这是一片红色的土地

韩春山 著

山东城市出版传媒集团·济南出版社

图书在版编目(CIP)数据

这是一片红色的土地 / 韩春山著. —济南:济南出版社,
2021.12(2022.9 重印)

ISBN 978 - 7 - 5488 - 4894 - 3

Ⅰ.①这… Ⅱ.①韩… Ⅲ.①纪实文学—中国—当代
Ⅳ.①I25

中国版本图书馆 CIP 数据核字(2021)第 260913 号

这是一片红色的土地
ZHE SHI YI PIAN HONGSE DE TUDI

韩春山　著

责任编辑	许春茂　郑红丽
封面设计	谭　正
封面题字	梁明栋
出版发行	济南出版社
地　　址	山东省济南市二环南路 1 号(250002)
编辑邮箱	545664285@ qq. com
发行电话	(0531)86131701
经　　销	各地新华书店
印　　刷	济南万方盛景印刷有限公司
版　　次	2021 年 12 月第 1 版
印　　次	2022 年 9 月第 2 次印刷
成品尺寸	170 mm×240 mm　1/16
印　　张	28.5
字　　数	500 千字
印　　数	2001—4000 册
定　　价	128.00 元

回望，是为了更好地前行

（序）

许　晨

美不美，家乡水；亲不亲，故乡人。

我的原籍是山东省德州市陵城区，也就是原来德州地区的陵县。虽说我早已随父母在外生活，但那片绵延着血脉的土地永恒地存留于心。父亲是从战火硝烟中走出来的，他常会回忆起冀鲁边区的那段抗战历史。对于发生在这片土地上的故事，我在步入社会后也从零散的历史资料中有所了解。"大宗家战斗""匡五县""十八团"等，这些名字和故事像流动的河水一样，汩汩奔向前方，时间久了，就渐渐地变得模糊了……

然而，在庚子年这个不平常的春天里，在举国上下团结战"疫"的日子中，我读到了德州作家韩春山刚刚完稿的长篇纪实文学《这是一片红色的土地》。我蓦然感受到了一股力量，这股力量将心中久未触及的"文件夹"打开了，七十多年前发生在家乡土地上的那些故事，重新浮现在眼前，激起了一个军旅作家的壮怀和对故乡的眷恋。

　　1937 年 9 月，卢沟桥事变爆发两个月后，日寇的铁蹄便踏上了鲁西北的德州大地。韩复榘命令驻守的国民党军放弃德州南退，陵县百姓自发组织起了"于团""李玉双团"等地方民团来抵御外敌、保护家园。1938 年 8 月，八路军东进抗日挺进纵队司令员兼政治委员肖华率领东进抗日挺进纵队进入冀鲁边区后，陵县的抗日斗争开始进入全国抗战的总体战略布局当中。面对日寇的凶残、顽劣土匪的嚣张及国民党反动势力的拉拢，部分民团武装左右摇摆、相互倾轧，甚至趁八路军主力部队立足未稳之时，与日本人勾结在了一起。在严峻的对敌斗争形势面前，陵县军民一边与日伪进行顽强的斗争，一边建立起各级抗日民主政权。党的各级组织也在斗争中秘密建立起来。陵县东部地区的三、四、五区，逐渐成为陵县、德县、德平三县的抗日根据地，位于四区的三洄河村成了冀鲁边区二地委的重要活动场所之一，当时的二地委领导何郝炬等长期在三洄河村工作、生活。三洄河村一度被人们秘密称为"小莫斯科"。

　　韩春山的纪实文学《这是一片红色的土地》，正是反映了在这样的时代背景下，这片土地上的军民与敌人进行艰苦卓绝的斗争的历程。把三洄河村的起源作为整部作品的开篇，可以看出作者的匠心。他要以此告诉人们，对于具有浓厚儒家文化思想的鲁西北农村来说，一个村子的历史文化的演变与发展，代表着一个地区所有村庄的历史文化的演变与发展。这片土地会被染成红色，是因为它有着深厚的文化基因。经过两千多年的历史文化积淀，面对外敌入侵，这片土地上的正直顽强、不畏强暴等精神特征全部展现了出来，所以陵县人民在敌人的屠刀面前表现出视死如归、大义凛然的民族气节也就成了一种必然。

　　接下来，作品对发生在陵县土地上的这场战争进行了全景式刻画：从组建地、县两级党委及县抗日民主政权到领导成员的人事变动，再到县、区行政区域的划分调整；从上百次对日作战到剿匪锄奸、借粮赈灾等。作者严格按照事件发生的时间先后顺序来讲述历史，但这种讲述又不是简单的对事件的堆砌，而是在时间和空间上对所有事件进行了有序连接。同时，对纷繁复杂的历史事件及参与其中的各类人物进行了深入细致的刻画：从分区妇联主任邱岩桂狱中对敌斗争到锄奸部长王兆曾击毙伪军小队长王秃子，从吴匡五除夕夜遥拜母亲到他喋血苏家庙后雨夜葬身沙河畔，从三洄河魏大娘擀制的杂面面条到"铁公鸡"木匠索要小米的贪婪心计，从地委成员之间的工作争执到同志们的恋爱故事……这里面的一桩桩、一件件都可以让读者在阅读时仿佛置身于七十多年前的战争中，激昂、悲愤、憎恶、同情……各种情感随着文字的流淌而相互交织着。

大宗家战斗是抗日战争时期发生在鲁西北三县的最惨烈的一场战斗。不甘心在平型关失败的"板垣师团",派安田旅团尾随八路军第一一五师东进抗日挺进纵队进入了冀鲁边区。他们趁天黑我八路军五支队在大宗家一带休整,纠集了步兵一千多人、骑兵五百余人、汽车六十多辆包围了大宗家、侯家等几个村庄。敌人想以偷袭的方式,全歼我冀鲁边区主力,以挽回失败的脸面。战斗从晨曦一直打到下午4点多。虽然我军一开始处于被动局面,但指战员们英勇奋战,最终不但冲出了敌人的包围,还击毙了包括安田大佐在内的五百多名日军。过去曾有多部作品描述过大宗家战斗,但本书作者在原有史料的基础上,通过深入走访,又丰富了许多鲜为人知的故事细节。这在增强赏读性的同时,也提高了读者对不同人物在残酷战争环境面前的行为表现的思辨水平。

《这是一片红色的土地》还对当年陵县最具有代表性的两大民团组织"于团"和"十八团"的发展过程及相互之间的恩恩怨怨进行了深入细致的描述。一个起初抗日积极主动,到最后沦为与人民为敌;另一个敌人已杀到门前,还抱着畏首畏尾的愚昧狭隘思想,到最后加入抗战的洪流。这其中的曲曲折折,既展现了我党在民主统一战线中的智慧,又体现了当时对敌斗争形势的复杂性。这些描述,让读者对正义与邪恶两种截然不同的选择的结局一目了然,也从另一个侧面反映了陵县东部一带成为红色根据地是"十八团"抗战的延续。

我的老家滋镇南许村距三洄河村仅几里,坐落在"十八团"防地的腹地。文中有一段关于地委书记何郝炬脱险的情节就发生在我们村里。较之过去我从父亲的讲述中对这段历史及"十八团"的了解,作者在书中的描述更具象化。小卖部老许的机智果敢、"十八团"经历的数次磨难以及他们与命运的抗争,一一展示出了家乡人民质朴正义、坚强不屈的精神气节,这让我的自豪感油然而生。

作者韩春山现任德州市陵城区作家协会主席,与我一样有数年军旅生涯的磨砺。五年前,陵城作协成立并创刊《陵城文艺》,韩春山被推选为首届主席,他邀请我为刊物问世写几句话,由此我们开始了文友、战友加老乡的友情交往。时任山东省作协副主席的我,自然为家乡的文学事业得以发展感到十分高兴,并且义不容辞地为其繁荣尽一份儿力。五年时间不短也不长,五年间陵城作协成就显著:先后建起党支部、工会等组织,发展了会员近百人,配合党委、政府开展多次征文大赛,组织了跨省采风交流活动。这在基层作协组织中是比较鲜见的。与此同时,韩春山的文学创作也与时俱进，继长篇报告文学《马颊河的儿女》出版后，带有明显地域特征的中篇小说《汉墓群》、短篇小说《猎人张生》亦陆续发表。我为他在做好行政工作的前提下，还能辛勤笔耕且著述丰硕，感到由衷的欣慰和喜悦。

"我想通过自己的努力，让作品体现出文学应有的功用，也让更多人认识、了解家乡。"这是韩春山的心里话，也是他从事文学事业的创作源泉与动力。《这是一片红色的土地》的采访与写作，无疑是这种创作思想的体现，是他对家乡历史文化的传承和发扬，更是他作为陵城作协主席的责任与担当。

习近平总书记曾指出："文化自信，是更基础、更广泛、更深厚的自信。在五千多年文明发展中孕育的中华优秀传统文化，在党和人民伟大斗争中孕育的革命文化和社会主义先进文化，积淀着中华民族最深层的精神追求，代表着中华民族独特的精神标识。我们要弘扬社会主义核心价值观，弘扬以爱国主义为核心的民族精神和以改革创新为核心的时代精神，不断增强全党全国各族人民的精神力量。"

在实现中华民族伟大复兴的道路上，《这是一片红色的土地》的出版发行，可以让我们全景式地回望发生在陵县大地上的这段历史，感悟它们的沧桑与悲壮，这会让看到的人不忘初心、牢记使命、砥砺奋进、筑梦前行。可以预见，我们的前行之路不会一帆风顺，但任何艰难险阻都压不倒华夏儿女崛起的脊梁！希望韩春山再接再厉，再出佳作，为我们的家乡——陵城这片古老而年轻的土地书写崭新的恢宏篇章！

是为序。

2020 年 4 月于青岛

（本文作者系中国作家协会会员，山东省作协原副主席，《山东文学》原社长、主编，青岛市作协名誉主席，国家一级作家，第七届鲁迅文学奖获得者。）

目 录

溯　源

——从一个村子的诞生说起

汉成帝时期，黄河下游多次决口泛滥。因汉成帝刘骜派往治理河道的官员多为庸碌贪婪之辈，非但没能解民倒悬，还让百姓如牛负重、生活难以为继。黄河下游的鲁西北各郡尸横遍野、民不聊生，百姓被迫背井离乡、四处流浪，处境十分凄惨。

据《汉书·沟洫志》记载，汉成帝鸿嘉四年（公元前十七年），"勃海、清河、信都河水溢溢，灌县邑三十一，败官亭民舍四万余所。河堤都尉许商与丞相史孙禁共行视，图方略"。

许商带领随从日夜兼程地赶到了鲁西北境内。他不顾旅途劳累，到地方后立即开始进行实地考察。当时正值晚秋，秋天本应是金黄色的收获的季节，但许商目之所及皆是哀鸿遍野、颓垣败井。许商决心效仿大禹治水，疏通河道、为民造福。他和他的随从四处奔波，看河道、查流向、测水深、画图纸，披星戴月、风餐露宿，在这片土地上随处可见他们留下的足迹。许商一身正气、两袖清风，为征服洪水不辞辛苦，当地百姓看到后都十分感动，纷纷表示支持许商的工作，就连那些外出流浪避险的百姓听到消息后也都陆续回来与许商一起重建家园。因生活环境艰苦、工作任务繁重，慢慢地部分随从流露出了抱怨的情绪。许商安抚他们说："食国家俸禄，理当为民造福。我们现在吃苦，是为了从根本上解除百姓的疾苦，让百姓能够安居乐业。对于这件事，我们绝不能有二心，不管如何，我是横了一条心，不征服洪水誓不罢休！"经过考察，许商决定修建一条新河，用以疏导洪水。他带领随从和百姓挖河道、筑堤坝，常年奔波在治水工地上。许商身先士卒、不畏艰苦疏通河道的奋斗故事流传至今，得到了百姓的高度赞扬……

许商新修的河道起始于黄河下游的漯川和笃马河之间，从安德县城南斜插东北，进入乐陵地界后入渤海。从此，河水沿新修河道平缓流淌，给鲁西北大地带来了富饶和丰盈。人们为纪念许商，把新修河道称作"商河"。

在两千多年后的今天，无论是许商——河堤都尉这一皇臣大吏的个人行为，还是他流芳百世的功绩都有很现实的教化意义。

许商立志效仿大禹治水，他所治理的流域，正是传说中大禹与洪水做斗争的地方。我们可以想象一下，许商站在大禹曾经战斗过的地方，会不会从流动的空气中，从散发着芳香的泥土中，甚至从荒野上随风摆动的花丛中感受到一丝大禹精神呢？又会不会是大禹精神让他生出了"不征服洪水誓不罢休"的雄心壮志呢？

在西汉时期，朝臣中有提出"夫仁人者，正其谊不谋其利，明其道不计其功"思想的廉洁正直的政治家、思想家董仲舒，有性格诙谐、不畏权势、敢直言切谏、体恤百姓的东方朔。他二人流传于朝廷内外的辅佐帝王治国的故事对在西汉朝廷任职的许商来说，不可能不产生影响。西汉武帝时期，儒家思想成为当时社会的正统思想，并产生了长达两千多年的影响。而许商来到的这片土地，正是儒家文化的发源地，是孔子、孟子等儒家先贤的诞生地。因此，许商携家眷、随从踏足这片土地的那一刻，除看到"哀鸿遍野"的凄凉景象外，他一定还感受到了这片土地的博大。他带着一份执着、一份虔诚、一份儒家的"仁""义"思想，开始了他的伟业。

《道德经》有云："上善若水，水善利万物而不争。"三年之后，商河之水开始滋养这片土地和这片土地上的芸芸众生。卓越的政绩，让许商由一个河堤都尉升任詹事，累迁少府、侍中光禄大夫、大司农、光禄勋等职。他不会知道，约七百年后，因为商河，在安德县东北三十公里处会出现一个叫"三溃河"的地方。

……

"三溃河"的出现，还是跟水有关。

公元 684 年，看似"温顺、和缓"的商河在安德县东北三十公里处决口了。决口后的洪水像一匹脱缰的野马，在广袤的平原上横冲直撞。洪水先是在河北岸冲开了一个大溃口，从这个溃口流出的洪水最后流入了上千亩的大片洼地。这片洼地后来形成了一片莲花湖。多年后，洪水又在原决口处向西冲开了一个豁口，从这个豁口流出的洪水最后流入了莲花湖。从此，向北、向西两个溃口，加上原河道，形成了三个河口的地貌。慢慢地，洪水收起了它狰狞的面容，水面变得平静，莲花湖也恢复了风平浪静。岁月的积淀让这一带变得绿树成荫、蛙跳蝶飞。

明建文帝时期，燕王朱棣为夺取皇位发动了"靖难之役"。"靖难之役"历时四年，战争所到之处百姓非死即逃，村落也几近丘墟，造成了河北、山东等地的荒凉局面。公元 1403 年，朱棣称帝，改年号为永乐。之后，朝廷为填充鲁北、冀南一带的人员空缺，出台了多次迁民政策，也就是历史上的永乐朝迁民。公元 1403 年，有丁、刘两家人于迁居途中在三溃口附近歇脚时发现三溃口这个地方水草茂盛，非常适合居住，于是决定在高岗之处"筑巢安家"。两家老少共九口人从山西来，身上只有少许银两，一路风餐露宿、节衣缩食。来到了三溃口，他们便觉得会在这里度过他们的余生。

明廷注重农业发展，鼓励百姓开垦荒地。当时三溃口一带人烟稀少，十里不见村落，数月不见人影。丁、刘两家开垦荒地，种植了小麦、高粱、大豆和棉花等农作物，日常生活还有野菜和鱼虾做补充，所以在安顿下来的第二年，两家人吃饭穿衣基本能够自给自足。在解决温饱问题后，他们也给自己的新家取了个名字——三溃河。二十年后，又有许姓人家从山东即墨迁来此地。这时丁、刘两家已经把耕地面积扩大了几倍，并且置办了农具，饲养了猪、羊等家畜。对于许姓人家的到来，好客的丁、刘两家表示热烈欢迎。他们帮助许家修建房屋、开垦荒地，安顿好生活。许家当家人能识几个字，遇事爱动脑筋，善营生，丁、刘两家有事都愿与他商议。天长日久，许家当家人成了三溃河的主事人。许家的儿子长大后，娶了刘家的姑娘。慢慢地，三溃河由两户人家发展成了一个小村落。这期间，陆续有人搬到三溃河附近定居，也就是后来的赵家屯、张有道、前许家等村。

1450 年，因官府胁迫，一个叫魏吉进的老汉携一家七口人，从寿光迁入三溃河。在丁、刘、许三家的帮助下，魏家人很快就在三溃河稳定了下来。因明廷有"四口之家迁一、六口之家迁二、八口之家迁三，且同姓不能移居一处"的移民政策，魏家在三溃河稳定下来没多久，魏吉进就被迫将两个小儿子送走，只留大儿子在身边。他将还未成家的小儿子送到了土桥一带的朋友家里，由朋友照料成家；将二儿子送到了外村，让其另立门户。在接下来的十年里，魏家长媳为魏家添了三个男孩。魏老汉欣喜若狂，视孙如宝。后来，三个孙子也都成家立业了，长孙家添了两个男孩，魏吉进坐上了太爷爷的宝座。此后，魏姓家族在三溃河一直是人丁兴旺。截至1550年，三溃河已发展成为拥有一百七十二口人、五百余亩土地、三十五处院落、一百四十余间房屋、十三辆木轮车、二十余头耕种大牲畜的村庄。三溃河在那时是方圆二十多平方公里内的人口、土地、资产等最多的村庄。随着村庄的发展，村名也在不断变化，先后又被称作"三汇河""三迴河""三洄河"，"三洄河"之名沿用至今。

1630年前后，李自成领导农民起义军与明廷对抗。经过多年对抗，最终攻入北京。在向北京进攻的途中，起义军提出了"均田免粮""五年不征、一民不杀""平买平卖"的口号。三洄河一带的村民抓住了这一难得的机遇，除男耕女织这一传统的生产生活方式外，魏家的儿子做了木匠，许家的儿子做了泥瓦工，丁家在村内开起了油坊，不多日许家在村内开起了酒坊。三洄河人除了在自己的村里发展，还把铁匠铺开到了五公里外的集市上。这个时期，三洄河的经济发展呈现出了鲁西北农村少有的繁荣景象。

村子的发展引起了官府的注意。根据官府要求，村内设立了主事机构，主事机构的牵头人是经民众推荐选出后，报地方官府审批同意的。有了主事机构后，官府及村内的大小事务等均由主事机构牵头人来协调疏通和办理。比如为防贼防盗，安排村民沿着村子外围建起了土围墙；又比如安排村民挖护村沟，修建东、南、西、北四个出入村庄的大门。之后，与村集体相关的民俗、约定等开始在村里出现。主事机构的设立，使三洄河一改以往自给自足的生活方式，组织、集体等意识在村民的日常生活中逐渐形成。

在明廷和李自成领导的农民起义军打得不可开交时，这个小村落也在静静地按照自己的步伐发展着。李自成战败客死他乡时，三洄河村的各种经济活动可以辐射到方圆几十公里的地方，三洄河村周围的各个集市上都可以看到三洄河人的身影，三洄河人迈出了由农耕文明向商业文明跨越的一大步。

回溯三洄河的起源及发展历程，我们不难得出这样的结论：三洄河人延续了逐水而居的生活习惯。三洄河人的包容、团结互助以及他们在生产生活中所具备的精明为三洄河的发展壮大提供了良好的基础条件。社会动荡的大环境所造成的生产生活环境的变化也迫使他们学会了在艰险中求生的生存技巧，获得了让生活水平进一步提高的能力。

伴随着三洄河的出现与发展，沿着许商开凿的这条河流，谷马二庄、郑家寨、前后侯、赵玉枝、鸭子庄、滋镇、东南寨、王洪开等一个个村落相继出现。一代又一代人在这片土地上辛勤地劳作、繁衍生息。

20 世纪 30 年代，日本侵略者的铁蹄踏进了陵县，这里的人们举起了民族正义的旗帜，并逐渐把这片沃土染成了红色。

第一章　萌　动

乱世年代

在 1403 年到 1912 年的五百多年里，三洄河村从一个荒无人烟的荒地发展成为拥有 143 户 715 口人、2860 亩地、500 多间房屋的大村落。私塾学堂、习武堂、秧歌队等相继在村子里出现。村子的繁荣景象吸引了大批外乡开明人士来到村里，他们或切磋技艺，或开商铺。开明人士的到来也为村子带来了外面世界的讯息。清朝末年，义和团运动爆发后，习武热迅速在当地蔓延，三洄河村从此不再平静。从军上战场、"杀洋人、灭赃官"成为当地热血青年的向往。一些民间武术团体如雨后春笋般崛起。1913 年，三洄河村挑选了那些家中世代教授武艺的村民来教大家习武，并通过民间募捐的方式置办了武术器材。当时，三洄河村的木匠、铁匠等人的技艺已十分精湛，训练中需要的武器他们完全有能力自己制作出来。很快，三洄河村就有了历史上的首家习武堂，第一批共招收了青少年学生二十多名。走南闯北、见多识广的魏立会比其他村民先一步认识到了文化的重要性，并看到了由此带来的商机。于是他继本村许财主之后建起了第二家私塾。他修建房舍、自聘教师，当年招收学生十九名。三洄河村的学生大多是出了习武堂再进私塾学文化。这些文武兼备的学生结业后很快在社会上"走红"，十里八乡甚至远在几十里地之外的土豪乡绅也来三洄河村请先生、招护卫。伴随着习武、读书的热潮一起发展起来的是民间医药。魏家人开的"神医妙堂"中药铺在村里初露锋芒。病人脸上的笑容和他们的赞誉，既是药铺先生和伙计的自豪，也是促使他们深入钻研药理的动力。魏家药铺在三泂河村及周围村庄的影响力变得越来越大。

随着社会的发展、朝代的更迭，三泂河人的思想也在不断变化。从山东即墨迁来的许姓人家的后人许有然在19世纪末期已经成为坐拥良田百顷、房屋百间、车马俱全的大财主，他的商铺还开到了天津、济南等地。物质的充盈加上三泂河村主事人的身份给他带来的人脉，让他变得无比贪婪。

村民魏立成的母亲因病卧床多年，无钱医治。许有然先是在村中散布魏立成不孝的言论，使得魏立成在村里抬不起头来。接着他又派人把魏立成叫到家中，俨然一位关爱晚辈的长者，对魏立成大讲忠孝持家、仁义道德，讲得魏立成老泪纵横并哀求许有然给予帮助。许有然的脸上露出了微笑，他又从许魏两家祖上的和睦讲到从某朝某代开始的联姻，最后说可以借钱给魏立成，老人的病看好了还钱，看不好不用还。魏立成听罢立马磕头作揖、连连道谢。

"但是……"还没等魏立成把低下的头抬起来，许有然呷了一口茶就把话锋一转，说："咱借钱有借钱的规矩，你不是有地吗，十块大洋一亩（大亩，相当于现在的一亩六分）地，你先把地押上，免得日后反悔。"魏立成犹豫片刻后，用五亩地借了五十块大洋。魏立成指望着这五十块大洋能看好老母亲的病，谁知三个月过去了老母亲的病不见好转，又过了五个月老母亲的病还是不见好转，没办法魏立成只好又去许有然家里借了五十块大洋。就这样，在不到两年的时间里，魏立成在许有然处借了一百五十块大洋。利滚利，驴打滚，三年里魏立成借债已高达三百块大洋，他把家里的十八亩地全部抵押给了许有然却还是还不上债。许有然故技重施，反咬一口说魏立成无心给老娘看病，借钱是为了骗取他的钱财，病看不好，债照样需要还。就在魏立成母亲去世后的那个春节，许有然带人上门逼债。他看到魏立成母亲的牌位前摆放着供品，就一脚把供桌踢翻，还把魏家的家谱撕烂，说："没钱还债，怎么有钱摆供品?!"眼看在三泂河村待不下去了，魏立成一家八口只好背井离乡，去了东北。

村民魏兆明、魏金领因借钱还不上，把二十六亩地抵给了许有然。之后许有然又反租给他们俩，不管年头好坏，每亩地收租粮八十三公斤。因借许有然的二十块大洋还不上，木匠魏玉科自带工具到许有然家当了一年长工。最惨的是村民魏全江，因还不上许有然的三十块大洋，被许有然家的壮丁直接用开水浇身上……

清朝末期，西方列强的入侵加上地主阶级的横征暴敛，老百姓生活在水深火热之中。地处县域边沿的三洄河一带，慢慢地就成了一个三不管的地方，后来逐步变成了土匪和盗贼的天堂。这些人一开始是单打独斗，后来逐渐结成团伙，他们仗势欺人、为非作歹、残害百姓。1920 年，军阀直皖混战，皖系边防军第二师师长马良为南路指挥，占德州。后皖系兵败，马良率兵过陵县时，烧杀抢掠，无恶不作。是年又逢大旱，民众十室九空。有了压迫便有了不屈和抗争。20 世纪初的陵县大地笼罩在一片阴霾之中，在找寻光明的同时，仇恨的种子也开始在这片土地上生根。

十八联庄会

义和团运动失败后，义和团成员大多从京津一带回归乡里，他们一边务农，一边习教、习武。民国肇始，受西方列强入侵的影响，再加之地方土匪猖獗，百姓的生活可谓苦不堪言。一批地方武装自卫团体应运而生，义和团"摇身一变"成了"红枪会"，在鲁西北一带再度崛起并向山东全境蔓延。但这些组织之间没有统属关系，平时联系也很少。只有遇到重大匪患时才会互相联合、共同应敌。面对日益猖獗的盗匪，这些松散的组织深感力不从心，深知凭一己之力难保一方平安。1920 年在三洄河村以南两公里处的仓上村，绅士王芝玉等人发出了成立以附近的"红枪会"为基础、以保卫家乡为目的的民团组织的倡议。三洄河村早年就有习武传统，从村里走出来一大批武艺高强的仁人志士，因此，倡议一经发出，三洄河村就积极响应。不几日，一支以三洄河为中心，由附近十八个村子联合组成的民团组织迅速成立，名为"十八联庄会"，亦称"十八团"。"十八团"团部设在仓上村，活动经费由十八个村分摊，规定每亩地交六升粮或交七角钱。"十八团"严守"保家防匪"的宗旨，严格遵循"不侵犯别人，亦不容别人侵犯"的原则。村里一有土匪抢劫扰民就击鼓鸣锣，团民们听到声音后就都拿着武器勇往聚歼。"十八团"成立后，匪寇大多远离他们的防地行走，不敢越雷池半步。周围村庄的民众在目睹了"十八团"的威力后，也都争相依附。

这个时期的三洄河村，同"十八团"防区内的其他村子一样，处于一个相对稳定的状态。魏丙臣是前清的老秀才，从前清到民国，魏秀才目睹了贫穷、战乱给百姓带来的苦难生活，他的脑中萌发出了教育救国的思想，他在村里办私塾，教附近的村民识字学文化。因婚后几年一直没有子嗣，他从附近村里抱养了一个男婴，取名魏立基，寓意要为魏家立基础、立根本。到了 1924 年魏秀才才有了自己的孩子，他大喜过望，遂为儿子取名魏立勋。他见自己年事已高，只盼儿子能为社会建立功勋。魏立勋内受家庭的熏陶，外受"十八团"这一民间武装组织的影响，从出生起他就受着父亲救国思想影响，这从思想上为他多年后走上革命道路打下了基础。

随着"十八团"的成立，以三洄河为中心的十八个村庄的人们对于团结、组织和武装斗争有了进一步的认识。他们团结一致、共同对敌，成为这片土地上最初的革命思想启蒙者。

一九二六年九月初六，活动在德平地界上的土匪"花蝴蝶"部在"十八团"防地南线外的李廷辉村绑架了数十家有钱的大户人家的人做"肉票"。有消息说匪首花蝴蝶带领的绑匪会从"十八团"的防地经过，团长王芝玉在深思熟虑后率众对这股土匪来了个突袭，顺利救下了被绑人员。花蝴蝶部张皇失措，世人都说"十八团"只保护自己的领地，不管外事，没想到会为了其他村的人对他们阻击拦截。事后，李廷辉村的村民甚是感恩。

逃回去的花蝴蝶部不甘心就这样栽在"十八团"手里，扬言要进行报复。他们先是串通了宁津南部的一伙外号"大辫子"的土匪和临邑县、陵县两县交界处的外号"二狗子"的土匪，后又从河北吴桥一带招来了团匪"盒子队"。经过密谋，一个阴险的计划形成了。

九月十八日拂晓，一场秋雨过后，浓雾笼罩着陵县城东的大片村庄。雾气中，几个黑影来到了郑家寨村的一座高宅大院门前，其中一人翻身上墙入院，随后大门被打开，其他几人迅速进入。院子里传出了女人的尖叫声，不多时尖叫声变成了低沉的抽泣。村子东头的狗在汪汪了两声后接着就是一声惨叫，此后再无声息。村里晃动的人影多起来，几辆马车停在了一户人家的大门前，几个包裹和一个面袋子被快速地丢到车上。有女人追出来挣扎着上前抢夺包裹，在被人拉开并踹了两脚后，倒地不起。天蒙蒙亮时，已有七八辆马车装满了财物。匪首花蝴蝶长得肥头大耳，面部左侧自上而下有一道刀疤。此时他手心里不停地转动着两只铁球，脸上露着得意的笑容。在不远处的另一户人家门前，一个土匪手里拎着一只竹筐，筐里只有两件衣服，另外几个土匪两手空空。一个小头目跑到花蝴蝶跟前耳语了几句后又迅速跑回，招呼着几名土匪重新进入院子。不多时，一名怀里抱着几个月大的婴儿的妇女被人推搡着走到了大车旁。这时，村子东头传出了叫骂声：雾气中，影影绰绰地看见一老妪跪在地上，双手紧紧搂住一个抱着羊羔的土匪的大腿，悍匪凶狠地拖着老妪慢慢挪动。院里冲出来一位手持木棍的男人，在他扑向抱着羊羔的土匪时，被另一个土匪抱住了腰，跟在男人身后的一个十多岁的女孩站在旁边大哭。花蝴蝶走过去时，男人并没有停下来，他手里的木棒挥出去几次都没有够着前面的土匪。花蝴蝶从腰间拔出了盒子枪指向男人，男人并没有被吓住，稍一愣神后又继续了先前的动作。枪响了，女孩的哭声戛然而止，男人的身子晃了晃栽倒在地，地上的老妪在叫了一声"儿啊"后背过气去。花蝴蝶一挥手，土匪们扬起马鞭，赶着满载着杂七杂八的物品的大车缓缓向前行进。那个抱着羊羔的土匪似乎刚刚缓过神来，他低头望了眼躺在地上的老妪然后紧跑了两步。他试了几次想把羊羔放到车上，或许是怕跑掉又抱在了怀里。他想连人带羊一块儿爬上车去，却又找不到合适的位置，于是只好与反绑着胳膊的村民一起跟在马车后面一路走走跑跑。两头脊背似刀削的黄牛在土匪的棍棒下低着头跟在队伍后面，似乎有些不太情愿。村口，有人拖着一条腿在地上痛苦地喊叫着，晨曦中那人身子底下的一团血污依稀可见。队伍离开村子几百米后，又有几名土匪拎着、抱着抢来的物品气喘吁吁地从村口跑出来。郑家寨村的上空升起了一团团黑烟，有几户人家的房顶上燃起了火苗。

天放亮后大雾渐渐散去，郑家寨村以北三里地的前张村同样有一群人涌出，他们和花蝴蝶部的人会合后，向着东北方向"十八团"的防地前进。冷风中，旷野里早已枯黄的几株秸秆不停地抖动着残存的叶子。

这就是20世纪20年代在陵县大地上发生的一起规模最大的土匪抢劫案。据《陵县志》记载：土匪共250多人，先后洗劫了陵县城东离陵县四十里地的郑家寨村和前张村，抢走大车23辆、大牲畜82头，烧毁房屋40余间，掳去村民200余人，杀害村民13人，并将村妇巩氏的尸体进行了肢解。

劫匪的队伍浩浩荡荡，他们有恃无恐，沿途路过村庄时，除呐喊怪叫外还要放上几枪。"十八团"手里的武器以冷兵器居多，少有土枪土炮。面对"盒子队"的快枪，有些人产生了胆怯心理。面对如此嚣张强悍的土匪，是否出手相救这个问题在"十八团"内部争论了一个多小时。眼看土匪越来越近，王芝玉对大家说："劫匪在'十八团'的地盘上如此嚣张，是在向我们示威，如果我们放这些家伙过去，以后我们'十八团'如何在乡亲们中间站住脚？"他劝大家说，"虽然这伙土匪强悍、武器好，但他们没有'十八团'人多，地形也不如我们熟，只要选好地点打个伏击，一定能救下被掳去的乡亲。"最后，大家统一了意见，要救乡亲们。

"十八团"在仓上村村南壕沟两侧的漫洼地里设下了埋伏。仓上村及周围过去是黄河故道，地势高低起伏，灌木丛生。村南的壕沟是经多年雨水冲刷自然形成的，后来慢慢成了连接沿沟各村庄的道路。壕沟约三里长两米深，在沟里的人很难看到两侧地面的情况，壕沟是土匪返回老巢的必经之路，所以壕沟两侧大片高低不平的漫洼地是最佳的设伏之地。

王芝玉在土匪全部进入伏击地段后打响了第一枪，队伍最前面的辕马应声倒地。前面车辆一停，后面整个队伍都停了下来，顿时喊声四起，杀声阵阵。"十八团"的成员冲进壕沟如猛虎下山。土匪一看这阵势立马放弃了抵抗，丢下抢来的钱、物四处逃散。花蝴蝶因身体太胖逃跑不及时被乱棍打死。王芝玉随后派人安抚被掳的群众、返还被土匪抢劫的财物。在听说有部分土匪逃进村北五里处的杨升红村时，王芝玉决定亲自带领几十名队员去追剿，其余人留下来清理战场。他们赶到杨升红村时发现村子里静悄悄的，王芝玉认为这些残匪一定是害怕躲了起来不敢露面，于是率众进村。队伍还没走出胡同就中了土匪的埋伏，子弹从两侧房顶上密集射出，其中一颗击中了王芝玉的头部，王芝玉倒下了。

"十八团"的成员们围着王芝玉一阵忙乱，土匪趁乱冲出了村子。原来，这伙"盒子队"土匪并没有跟着大部队行动，而是埋伏在附近。大部队大摇大摆地从"十八团"的防地走是想把"十八团"的人唬住，如果不成就来个反埋伏，里外夹击并寻找机会杀掉团长王芝玉以报先前的仇。不过，外围埋伏的土匪被"十八团"的气势震住了，为了保存自己的实力，他们在大部队遭到伏击时没有出手相救，悄悄溜走了，没想到还是被"十八团"发现了。

郑家寨村、前张村的民众在变卖自己的家产后集资为王芝玉办理了丧事。冷风里，痛哭悲号声不绝于耳，"十八团"防地的民众及县城以东的敬仰这位平民英雄的民众都自发地走在了送葬队伍中。

山雨欲来

"于团"与"十八团"是在同一时期成立的，其性质与"十八团"完全相同。"于团"只是俗称，因为当家人叫于志良。谈起于志良，我们还要从20世纪20年代说起。于志良是德县于集街人，他性情豪放、仗义好客、善交朋友，早年在于集街经营一家小餐馆，生意很红火，小餐馆也一时成了来往旅客的落脚点。为防兵匪，在一位名叫李光臣的村民的提议下，于集一带也成立了像"十八团"一样的联庄会。李光臣因与县府有关系被乡民推举为团长，于志良因行侠仗义、善结人缘被乡民推举为副团长。

于志良从客人那里听说附近村子里有一个鱼肉乡里、残害百姓的土匪，他将这个消息记在了心里。这年秋天的一个晚上，他带领联庄会的部分成员将这名土匪抓住后送进了官府。没承想几天后他被官府抓了起来，罪名是"捉良冒功"。踌躇满志的于志良面对这突如其来的牢狱之灾百思不得其解。不几天，城南魏家寨联庄会的团长崔朝林被关进了同一个号室。崔朝林告诉于志良，自己是受同乡乡绅排挤，遭陷害入狱的。心高气傲的于志良想起联庄会曾经抓过一个名叫王树五的土匪，因为王树五与于志良有交情，所以于志良就私自把王树五放了。他从狱卒口中得知：这次被他抓住的这名土匪的亲属早就与官府有来往，通过各方打点，要把案子翻转过来。而他们联庄会的团长李光臣因忌妒他的才能和威望，怕日后位子不保，于是与官府串通，把他关入了牢中。

从此，于志良和崔朝林两人成为狱中难友。他们一起发誓，出狱后一定要干一番惊天动地的大事，要让那些把他们送进监狱的乡绅人头落地。就在他们在狱中摩拳擦掌想要大干一场时，一场屠杀正在监狱外的县城西部进行。

为抵御匪患及散兵流寇，德县、陵县、恩县三县在德县七区王张屯人张老五的组织下成立了"红枪会"。短时间内就有一百多个村庄起来响应，德县东南、陵县以西一带很快成为"红枪会"的活动中心。"红枪会"发展迅速，在鼎盛时期有一万五千多名成员，有六千余支枪（包括快枪），以及其他由农民自己制作而成的兵器。在靠近陵县县城的北关、于家道口、东凤凰店、赵家寨、霍家寨一带，几乎村村都有"红枪会"，且参加人数占全村人口的三分之一以上。

一九二六年八月初四清晨，由德县县长升任德临道的道尹林介钰率一个营的兵力从德县县城向袁桥进发，声言要剿灭"红枪会"。张老五在收到消息后便擂鼓报信。北起桑园东至德平的"红枪会"会员闻讯蜂拥而来。因"红枪会"人多势众，林部战败，林介钰被擒。林介钰被吓得脸色苍白，发誓再不与"红枪会"为敌。边临镇"红枪会"会首、士绅刘文远为林介钰说情，林介钰遂被放回。

林介钰回德县后连夜赶往济南向张宗昌求援，张答应派兵镇压。林返回后组织地方官兵成功诱杀了张老五，随后张宗昌大举进攻袁桥"红枪会"总部。"红枪会"曾一度获胜，与张宗昌的第五军在德州发生冲突时击溃了张军的一个团，但终因遭遇突袭、失去首领以失败告终。德、陵两县的"红枪会"组织遭到严重破坏，辖区三十六个村的村民惨遭屠杀，死伤数千人……

消息传进监舍后，于志良的心情无比沉痛，但这个消息同时也激起了他的斗争欲望。冬季来临时，他和崔朝林两人在寒冷的监舍里相互鼓励，仇恨的火焰在他们身上越烧越旺。被囚多日的于志良变成了一个情绪无处宣泄的斗士，他狂躁、喊嚷、谩骂，但换来的只是狱卒无情的毒打，在狱中他尝到了虎落平阳的滋味。于志良就这样在监狱中度过了漫长的三个月。

从广州农民讲习所完成学业的共产党员于佐舟回到了自己的家乡于集街，他要在家乡领导农民运动。在得知于志良被官府关押后，他通过时任国民党县建设局局长、叔父于志清的关系将于志良解救了出来。于志良没有忘记崔朝林，他把崔朝林的情况向于佐舟做了汇报。急需革命力量的于佐舟马上同意出手营救。于志良一边收拾餐馆，一边为营救好友崔朝林准备钱财。不几日，崔朝林顺利出狱。很快，于佐舟把于志良发展为共产党员。于志良、于佐舟、崔朝林三人成了好朋友。于志良和崔朝林二人从于佐舟那里学到了很多革命道理，也明白只有团结起来才能打倒敌人。

于志良的副团长的位子早就被李光臣拿掉了。经过两个月的精心筹备，他那坐落在于集街上的餐馆在春节后又重新开张，并很快恢复了从前生意兴隆的景象。过去那些交往甚密的朋友大多不了解内情，认为这位带头大哥能从大牢里毫发无损地出来，本事通天。不多日，于志良就从朋友那里得知了事情的来龙去脉：于志良在被陷害关押后，团长李光臣在联庄会中放出一些有关于志良案情的风声，说县警备队队长崔连城收过于志良的好处，私自放走土匪王树五就是他们俩合谋办的。当时崔连城因犯案被押往平原，但案子还没被坐实，而接替警备队队长职务的是平原驻防军杜旅长的侄子杜广仁。杜广仁为了能坐稳警备队队长的位子就和李光臣串通一气，准备把崔连城押往济南，让他不能翻案。崔连城若翻不了案，于志良就永无出头之日。

联庄会的成员当时对李光臣的话深信不疑，现在于志良毫发无损地回来了，他们觉得于副团长能从那么深的案子里脱身，本事很大。聚在于志良身边的人越来越多，不到一年时间李光臣就成了光杆司令。联庄会逐渐被于志良控制了起来，于佐舟把这一情况向刚成立的鲁北县委进行了汇报，县委和于佐舟的看法一致，都认为陵县发起农民暴动的时机已经成熟。

一年前官府屠杀三十六个村的血腥场面还历历在目，所以发起农民暴动一呼百应，老百姓都积极响应，踊跃报名。于志良有他自己的打算。于佐舟给他灌输的革命思想他虽稍感兴趣，但还不至于对于佐舟言听计从，他主要是想通过农民暴动重新网罗势力，东山再起。

1927 年年底，以陵县县城为中心，南北两个方向迅速形成了两大暴动区域、三大主力军。

两大暴动区域：一是联庄会中心区域，即以于集村为中心的城东北五至十公里内，东西五公里内的区域，这也是联庄会经常活动的区域；二是联庄会（以"红枪会"为主）城南控制区域，即城南 2.5 至 7.5 公里内的约三十个村庄，是崔朝林联庄会经常活动的区域。

三大主力军：一是"于团"联庄会三十个村的近三百名成员；二是于集以西十公里开外的宋集农协会组织的二十个村约三百五十名会员；三是"红枪会"会员三百余人（以崔朝林领导的"魏家寨"联庄会为主）。另外还有"十八团"的小部分兵力及民间勇士。

于佐舟曾试图与城东二十五公里外的"十八团"取得联系，以期得到支持。在近一年多的时间里，"十八团"先后历经了两次磨难，先是团长王芝玉遭枪击身亡，后是张宗昌在血洗三十六个村庄后大肆追剿"红枪会"的会员。虽然"十八团"距离"风暴中心"几十公里远，但考虑到"十八团"成立之初也是以"红枪会"为基础的，所以林介钰也派了官兵对"十八团"的内部进行了重点清理，当时有十多人被官兵抓走。从那以后，"十八团"防地一带风声鹤唳，一部分成员被迫逃离了家园。收到于佐舟求援的消息后，"十八团"上层迫于官府的强大势力拒绝援助。虽然从组织层面上没有了支援暴动的可能，但朴实的阶级情感还是让一部分热血青年自发地参加了暴动。

于佐舟任三大主力军的总指挥。主力军按区域划分为三个大队，一大队由于志良指挥攻打陵县县城的北门；二大队由崔朝林指挥在城南门聚众声援；三大队由宋集农协会、"十八团"成员、部分民众及二十余名土匪组成，由总指挥于佐舟统一调配。于佐舟本人则利用关系打入城内做内应，动员守城士兵打开城门迎接攻城部队。

暴动的日子到了。天刚刚黑下来，于志良就身背大刀来到城北的天齐庙前，庙前高台上整齐地摆放着四五面大鼓。于志良亲自击鼓，他把一直以来憋在心头的怒气全部集中在了鼓槌上，重重地击向鼓面。几位壮年汉子也效仿于志良擂起了大鼓。霎时鼓声雷动，回荡在城北的上空。人越聚越多，他们带着大刀、长矛、铁锹，甚至是铁锤。

城南"魏家寨"联庄会的成员们在接到攻城消息后，陆续来到孙来仪村一个地主家的场院里集合。场院里燃起的十一堆篝火映红了成员们的脸。随后，他们在崔朝林的带领下向城南门进发，在到达预定位置后等待总攻信号。

戌时，天空突然刮起了大风，风里带来的寒气让城南、城北的人不由自主地抱紧了双肩。时间一分一秒地过去，人们的热情也被寒风一点一点地带走。他们等了很久也没有等来进攻的信号。牢骚、抱怨甚至谩骂出现在人群当中，部分民众开始撤离。至午夜时人群已经走了大半，于志良也返回了于集街。在回去的路上，他比任何人都感到失落和迷茫。

人们事后得知，于佐舟进城后就住进了当局长的叔父家中，他叔父得知他要鼓动士兵造反，认为那是灭门之罪，遂安排人将他看押了起来，任凭于佐舟如何央求都无济于事。

陵县历史上由中国共产党领导的第一次农民暴动以失败告终。官府在得到消息后立即开始了对共产党员的追杀，新成立的鲁北县委被迫撤离。由于于佐舟的叔父与官府达成了某种协议，于佐舟可免遭通缉，但此后他的情绪一直消极低沉，后来竟走上了背叛革命的道路。于志良因被通缉被迫逃往他乡。

那年冬天，随着雪花飘落在"十八团"防地的大街小巷，先是传来了陵县暴动失败的消息，再是官府张贴通缉告示——悬赏缉拿暴动分子×××。驻守在陵县与德平交界处的两百多名警备队士兵用拉网式的方法把"十八团"防地的各个村庄搜了一个遍。驻守在滋镇的三十名警备队士兵时常窜入各个村庄，队伍咚咚的脚步声频繁打破小村夜的宁静——村民们奔跑的动静、狗吠声、哭泣声此起彼伏。白色恐怖让老百姓的心里极度慌张，他们失去了往日的安全感，过去与官府有过抗争的村民纷纷逃离了家园。村民们开始劝自己的亲人离开联庄会等组织，"十八团"处于半停滞状态，而等待他们的还不仅如此。

"十八团"防地里的大部分兵器被搜走了，习武馆被强行关闭，私塾里也只剩下了孩子。按照张宗昌的说法，习武馆、私塾等都是滋生或藏匿暴动分子的地方，于是各种民间组织顷刻销声匿迹。三洄河村昔日的繁荣景象一下子消失了，人们感受到了这个冬天的漫长。

在之后的几年里，坏消息不断传来。陵县暴动时作为鲁北县委负责人、鲁北八县（平原、恩县、禹城、夏津、高唐、商河、陵县、德县）暴动行动委员会成员之一的王凤歧，暴动失败后在外逃亡了一年半，为恢复遭敌破坏的党组织，于1928年6月再次来到斗争环境恶劣的陵县，组织农民进行抗租抗捐活动。11月他回省委汇报工作时被特务盯上，在平原火车站遭逮捕，后被押往济南。王凤歧虽受严酷刑罚但仍坚贞不屈。在狱中，他参与了邓恩铭组织的越狱行动，后不幸被敌人追回。1931年4月5日凌晨，在济南经七纬八侯家大院刑场，王凤歧被反动军阀韩复榘杀害，时年二十岁。

一时间，"十八团"一带的村子全都"沉默"了下来。

日本人来了

1937年秋天，日本人的枪炮声从北平一路向南蔓延。

陵县大地被大片乌云笼罩着，连降四十多天的雨水将老百姓的心泡成了松散的棉团。他们蹚着雨水在荒野里从一根根腐烂的秸秆上搜寻着残存的谷粒。每一粒谷米都能燃起他们心里生存的希望，可是还是有许多人倒在了寻找希望的路上。

日军占领天津后，沿津浦铁路大举南侵，很快就要抵进处于鲁北要冲的陵县。还没有见到日本人的影子，国民党陵县县长就携十万元赈灾巨款逃走了，平时耀武扬威的地方武装也一哄而散，陵县顿时处于群龙无首的状态。

9月20日，日本人进占陵县县城。

日军在入侵陵县的过程中，曾遭遇地方武装的顽强阻击。因兵力不足、地形生疏，在攻占陵县县城后，他们就龟缩在城里。日军队长黑田一刻也没有停止进占陵县全境的想法，他在办公室里来回踱着步子，有时也会在墙上的地图前停下来观望。进占陵县的过程极不顺利，这大大出乎他的预料。他翻出了载明"陵县境内已没有国民革命军"的那份情报，认为情报来源出了问题。他认为师团长矶谷廉介手下情报部门的人全是蠢材，并且相信陵县极有可能潜伏着一支中国的正规军队，即使是民团组织，也是受过正规训练的。

一天中午，黑田正在慢慢品尝着德州扒鸡的味道，有人送来了情报：打他伏击的是陵县一个叫"于团"的民团组织。他听罢红着眼睛发誓要扫平"于团"的大本营——于集街。但另一个消息又让他很快冷静下来：陵县的民团组织不止"于团"一个，在陵县还有很多这样的地方武装。神头以东的三洄河、仓上一带的"十八团"防地据说是一个水泼不进、针插不进的地方,多年来当地政府拿它也没有办法。如果此时攻打"于团",极有可能会被"十八团"来个反包围……他一想起进攻陵县时遭到的民众阻击就不寒而栗。他望着墙上的地图,用红笔在于集街和三泗河、仓上一带画了两个叉,然后咬着牙自言自语地说:"慢慢来,要一个一个地收拾、消灭!"第二天,一夜噩梦的黑田带着他的人马撤出了陵县县城。

1937年10月3日,日军攻进德县县城。1937年10月5日,日军兵分两路朝济南方向进犯。黑田接受了一个月前的"教训",在给上级的汇报中无限夸大了陵县民团组织的力量。矶谷廉介下令用更加猛烈的火力扫清德济公路沿途一切可疑村庄内的抗日组织。

凤凰店位于陵县县城以东十公里处,德济公路穿村而过,全村有两百多户人家,九百余口人。1937年10月22日,日军飞机在凤凰店低空侦察并投掷数枚炸弹后,坦克车队开进了街内。第二天上午,大批日军在未遭任何抵抗的情况下开进了凤凰店。日军一面贴出所谓的"安民告示",一面满村捉鸡逮鸭。下午,日军抓了村民冯文秀等人做向导,让他们担着捉来的鸡鸭去凤凰店南边的马腰务村。傍晚,日军在马腰务村烧烤鸡鸭,冯文秀等人乘机逃跑,不料被日军发现,一阵乱枪过后二十多名百姓全部倒在了村北的庄稼地里。

10月23日夜,先期撤离凤凰店的国民革命军宋哲元部的一小股武装袭扰了日军。一场激战过后国民党军撤走了。日军四处搜寻,至天亮未果便恼羞成怒地在村内开始了烧、杀、抢、掠,凤凰店顿时陷入一片恐慌之中。马庆成十六岁的女儿在胡同里被日军发现后转身向回跑,日军在后面举枪射击,姑娘中弹倒在了血泊中。王志东的母亲抱着未满周岁的志东藏无处藏,躲无处躲,几个日军闯进了她家的院子,一个日本兵抓住她的头发狠狠地将她甩在地上,志东也被甩出几步远。其余几个日本兵用枪托子在她的头部和身上乱砸,志东母亲当场死亡。陈会胜一家四口藏在院内的柴垛里,日本兵闯进他家时见屋里没人,就把锅碗瓢盆砸烂了,然后又用刺刀朝柴垛乱捅。陈会胜的女儿被刺中时发出了一声惨叫,几个日本兵听见声音后就是一阵乱刺,之后还将柴垛点燃。陈会胜一家人都惨死在烈火中。李树海一家也藏在了柴垛里,不远处传来日军的脚步声时,李树海的小妹妹哭出了声。慌乱中,李树海的母亲用双手紧紧捂住了孩子的嘴,由于捂得太紧、时间太长,孩子被活活憋死了。

傍晚,日军把抓来的几十名村民撵到了村东的池塘边,一个满脸胡须的日军军官开始"训话"。老实巴交的村民王刚岭吓得浑身哆嗦。一个日本兵一把抓住王刚岭的脖子将他拖了出来，并叫嚷道："你的不老实！"见日本兵举刀朝王刚岭砍去，王刚岭的妻子急忙扑了上去，三个孩子也一起上前去拖父亲的腿。日本军官见状把刀一挥，几个日本兵立马上前，瞬间王刚岭家五口人死在了乱刀之下。曹树同的母亲曹高氏站在人群最前头，她不敢看日军的兽行，用双手捂着脸，眼泪不住地往下流。一个日本兵端着刺刀朝老人胸口猛地刺了过去，鲜血顿时浸透衣襟。老人倒在地上，又被日军一脚踢到水塘里。接着，王兴邦、杨仁、王方贵等人的父亲被砍了头，王六子父子俩、王狗子夫妻俩、黄河清父子俩、屠风岐父子俩、王复年、杨五静等人被残忍杀害，屠水河的叔父、二祖父被刺刀穿透胸背，挑进了水塘里。

裴文祥在被捅七刀后被日军踢到了旁边的猪圈里。之后，越来越多的人被扔进了猪圈，很快猪圈里就堆满了人。夜里，裴文祥苏醒过来，他吃力地推开压在身上的尸体，忍着疼痛爬到了村东 1.5 公里外的大吕家村的一个亲戚家。因满脸泥血，亲戚不敢相认，裴文祥说了一声"我，我是祥子啊"便昏了过去。亲戚见裴文祥胸部的伤口处还在向外冒血，便用些面糊敷到了伤口上，裴文祥这才得以幸存下来。

这一天，日军在凤凰店屠杀了三十多人，但刽子手的屠刀还没有放下。

10 月 26 日，日军再次对凤凰店进行搜索屠杀。刘富诚和刘宝田的母亲都已七十多岁，敌人将她们搜出后先用铁丝在她们身上捆绑了七八道，然后将她们丢到了水塘里。两人在水中挣扎了几下很快便沉入水底。曹庆智七十二岁的奶奶同样未逃出敌人的魔掌。日本兵先朝她的肚子捅了三刀，接着又朝身上开了一枪，老人当场死去。这一天，被搜出的还有高富升、卞和尚（诨号）、袁胡子、冯开山、蔡松义等人，他们有的被枪杀，有的被丢进水里淹死。那些侥幸躲过日军屠杀的村民纷纷逃离了村子。

10 月 27 日，出逃的凤凰店百姓听说日军撤走了，便急忙回到家中。外村的亲戚也赶过来寻找、安抚亲人。见到亲人的尸体，大家万分悲痛，悲怆号哭声此起彼伏。就在这时，日军在进攻郑家寨受挫后又退回到了凤凰店。日军的骑兵队疾驰而来，瞬间包围了整个村子。他们把全村的树不分大小全都拦腰砍断，然后将树头拦在村周围，再穿上铁丝，铁丝上拴着铁质罐头盒子，之后他们在村两头架起了机枪。慌乱中，一百多名村民试图冲出去，结果遭到了机枪的疯狂扫射，转眼间全部被打死。杨春、陈玉庆等六七十人沿胡同朝村西北方向跑，结果被日军骑兵队截住了，全部被机枪射杀。村民倒下后，日军端着枪逐个检查，发现未死者就再用刺刀乱捅几下。

刘凤山被日本人捉去喂马。那人朝他嘟囔了几句，刘凤山因为听不懂稍微愣了愣，就马上挨了日本人一刺刀。一些路人及邻村村民还没明白是怎么回事就惨死在日本人的屠刀下。最令人悲痛惋惜的是二十多位平津流亡学生也遭到了屠杀，他们南下途经凤凰店时正赶上日军在杀戮，一阵枪声过后，学生们的尸体横七竖八地躺在村南的荒地里、道沟旁。

小高家村位于凤凰店村南 1.5 公里处。10 月 29 日，日军一个小队前往小高家村，在村口遇到高庆祥在场院里干活。日军让他带路，他不肯，日军小队长就一刀将高庆祥的头砍了下来。日军进入村庄后，高行、高丙深、高振林等七人全部被赶到猪圈边砍死，之后尸体又被踢进了猪圈里。高丙寻被日军反绑在树上，日军一刺刀下去，他的肚子被挑开了，高丙寻当即惨死。随后，日军又用燃着的扫帚引燃了沿街的房屋、柴垛。仅半天时间，这个小村子就有九个人被杀死，两百余间房屋被烧毁。

同一天，日军还窜到了凤凰店村北五公里处的赵家油坊，在胡同里他们发现了一个姑娘。几个日本兵喊着"花姑娘"追了上去，几名年轻村民见日军不怀好意，便手执砖头上前解救。后来，气急败坏的日本人端着枪把几个人全部押到了村东头活埋。

有了之前的教训，村民们在日军撤走两个多月后才敢陆续回到村里处理被害亲人的后事。他们在村东头池塘中打捞出了袁胡子、冯开山等二十多人的尸体。因浸泡得太久，容貌已分辨不清，家里人只能靠衣服或其他记号去分辨。

日军的这次暴行共屠杀了无辜平民三百多人，被害人中有八十多岁的老翁，也有出生仅数月的婴儿。日军进占陵县县城后，小股土匪武装投靠了过去。陵县及周边的大的民团组织除"于团"与他们展开过正面交锋外，"十八团""李（会亭）团""杨（吉周）团""曹振东团"等，均是怀着复杂的心情静观其变。

第二章　枭雄春秋

"于团" 的壮大

想起"于团"，黑田就感到脊背发凉。这是自天津一路向南以来，他遇到的抗击最勇猛的中国地方民团。

话说抗日战争全面打响后，被国民党山东省政府主席沈鸿烈委任为鲁北一带游击司令的张步云来陵县又是收编县警备队、警察队，又是搜集民间土枪土炮，勉强拼凑成了一支两百余人的队伍。但是这个草包司令在日本人还没到沧州时，就闻风逃跑了。随着陵县国民党政府的溃退，于志良开始活跃起来。这位因暴动失败出走他乡的汉子流浪了几年后悄悄地回到了故乡。国民党对共产党人的持续追杀让他不敢抛头露面，而日本侵略者的枪炮声也使他意识到，自己大展身手的时候来了。

他积极联络地方乡绅，重新把"于团"组建了起来，并称"于团"为"抗日义勇军"。这时的国民党政府已无暇顾及他们。在于志良的提议下，"于团"开始向各村征粮要款，向富户摊派枪支。不到一个月的时间，"于团"发展为拥有成员一百人、战马二十多匹的队伍。日本人的马蹄声越来越近，于志良在他的家乡于集街召开了一次由原"于团"骨干成员参加的动员会。与以往不同的是，这个动员会不是偷偷摸摸地开的。

"小日本住在那么远的地方，敢跑到我们这里来祸害，真是不知天高地厚！"

"都说小日本全是矬子，个个超不过一米六，咱们一刀下去，还不砍他个三五个!"

"对呀,听说日本是个小国家,能来多少人,他再厉害咱们三个人打他一个还怕打不赢。"

动员会开得异常热烈。这也是庄稼人第一次这样毫无顾忌地发表自己的意见、看法。在国民政府撤退后,那些逼债的土豪劣绅等大户们也开始东躲西藏,或举家南迁,或全家化整为零分散到乡野亲戚家中。所以,这些"泥腿子"们一身轻松,按照他们的想法,他们不但要打日本人,还要让那些地主老财把过去欠下的血债一起还上。

于志良身材不高但举止干练。饱经风霜的他看到大家踊跃发言内心早已是热血沸腾,但他还是沉稳地提醒大家,日军不但装备精良,而且训练有素。大家面对的是受过训练的军人,过去那些对付土匪的手段是不能用到日本人身上的。"一是我们要抓紧训练,把过去好些年没摸过的刀枪棍棒重新拾起来;二是要利用我们熟悉家乡地形的优势打伏击战。"

动员会上,于志良还对"于团"的编制重新进行了调整。动员会后大家就利用晚上的时间积极训练,这些无畏的民众每天都想着能尽快与日军干上一仗,好看看他们是怎样的不堪一击。

9月20日,日本九松的部队从黄河涯闯入陵县。于志良闻讯后,率民众赶到县城西南三公里处的西曹附近设下埋伏。前面开路的是黑田率领的十几人的侦察小分队。这伙人在进入于志良的伏击圈后,先是听到鸟枪、火铳等一阵炸响,接着看到近百名手握大刀、长矛的民众一起冲了过来。面对于志良的正面阻击,骑在马上的黑田顿时慌了手脚。幸亏座下的那匹大白马逃得快,否则他就成了"于团"队员的刀下鬼。正当于志良他们沉浸在胜利的喜悦中时,黑田率领着大路人马又杀了回来。于志良率领民团成员迅速应战,面对拥有先进武器装备的日军他们且战且退。在城西雨淋店附近再次对峙后,日军突破了"于团"的防线,攻入县城。于志良率领的民团被迫退回大本营。

此次日军对陵县只进行了试探性的侵略,几天后黑田便带着日军撤出了陵县县城。根据日军的作战计划,他们要把主要力量用在对付从沧州南撤的国民党第二十九路军身上。二十九路军在德济公路沿线的土桥、凤凰店和郑家寨与日军有过三次交火,之后就完全撤出了德县。此后黑田退守德县县城,让日军对陵县进行间歇性的骚扰。"于团"趁机发展壮大起来。

1937 年 9 月底，国民党陵县党部委员宋元明（原名宋子亮，黄埔军校毕业）网罗陵县境内的民团武装、土匪等组成了十七个抗日大队，于志良被任命为第四大队大队长。于志良本来就很有名气，又刚刚带领"于团"和日本人打了一仗，现在又收到了国民党政府的委任，他心里甚是高兴。回去的路上他开始盘算着如何借机扩大队伍。有了国民党政府的委任状，扩充队伍、募集粮款等比过去容易了很多。不到半月的时间，"于团"成员便增至三百人。于志良仿照正规部队的编制配齐了副大队长、参谋长，把队伍编成了四个中队，任命了四名中队长。于志良让队伍驻扎在于集街附近的村庄里。由于于志良性格豪爽，又刚和日本人打了一仗，因此深受乡邻的欢迎和拥戴。几天后发生的一件事，让他的私欲膨胀了起来。

一天，二大队队长李会亭邀于志良去喝酒，他被李会亭摆在门口的三挺乌黑发亮的机枪给吸引住了。李会亭告诉他，那些都是前段时间二大队以抗击日本人的名义去河北吴桥驻扎时从民间募集到的。除了三挺重机枪，还有五十余支步枪。吴桥一带擅长制造兵器，早先以打造冷兵器为主，后来因为社会动荡不安就开始制造枪炮了。于志良后来从李会亭的手下嘴里听到了另一个版本，那些武器根本不是他们募集来的，而是从吴桥的百姓手里抢夺来的。李会亭叫于志良来说是为了喝酒，实则是想炫耀一下。这一炫耀还着实让于志良眼馋了一回。随后于志良如法炮制，把部队也拉到了吴桥一带驻扎。几天后，于志良不但拉回了一挺重机枪、二十八支步枪、三十一辆自行车，还运回了一台造枪炉。在那里他还强行打开了几个村子的地主家的粮仓，然后将粮食分给了群众。这一举动虽然老百姓拍手称快，但惹恼了当地的民团首领张国基。张国基放出话来要灭掉于志良。于志良得到消息后带着队伍连夜慌忙溜回了于集街。

随着"于团"实力的增强，于志良的名气也越来越大，归顺者也越来越多。截至 1938 年春天，"于团"已经有一千五百名左右的成员，队伍的编制设置也更加全面了。

队伍领导：

大队长：于志良

副大队长：于如周

队伍下设的"七处""两部"的领导：

参谋处处长：刘干青

秘书处处长：王风轩

征收处处长：谢长玉

副官处处长：张九伟

执法处处长：刘清河

军械处处长：李兰青

军医处处长：孟昭仁

政治部主任：华国璋

宣传部主任：刘益庭（宣传部内设文教科，科长为张植生）

队伍下辖的三个营、三个队的领导：

一营营长：孟震寰

二营营长：刘景周

三营营长：王书堂

特务队队长：谢鸿儒

炮兵队队长：张万海

骑兵队队长：李绍让

　　另外，禹城的"褚奎元团"、郑家寨的"邱勋白团"在名义上也属于"于团"，两团各有三百余人。

　　当时，"于团"所控制的区域主要是陵县、德县、平原一带。他们在平原张士府设有办事处，主任是吴邑尘；在陵县县城、凤凰店驻扎着部队，并装有电话。"于团"团部起初设在于集街，在李会亭部被消灭后，团部就搬到了神头镇北街的东方朔祠内。

校长变司令

　　随着日军的铁蹄踏进鲁西北，李玉双的名字逐渐在德县一带响亮起来。

　　李玉双，名珏玉，字玉双，出生于 1901 年，德县九区李全真村人，出身于书香门第，其父李铣与伯父李锷都是清朝举人。李铣在家排行老四，乡里称他为李四举人，民国时期曾任四川省綦江县县长。他看李玉双天资聪颖、勤奋好学，便于1929 年将其送入北平燕京大学读书。日本人的铁蹄踏进东三省后，怀有一腔报国之志的李玉双无心读书，经常参加各种社会活动。1932 年，在父亲的引荐下，李玉双出任国民党德县第九区区长。因李玉双希望把学识用到对中国民众的宣传教育上，于是任职几个月后便辞去了区长一职。1933 年，李玉双与好友宋达民、于圣言创办了《北鲁日报》。在当时的德县，燕京大学出身的李玉双，其文笔、才气都是首屈一指的，因此他被大家推选为报社总编辑，宋达民、于圣言任报社副总编辑。同年，国民党德县县长李树德任命李玉双为德县师范的校长，任命宋达民为教务主任。1935 年，李玉双当选国民党山东省参议员，也是在那一年，因发表抗战言论，《北鲁日报》被驻扎在德县的国民革命军第 74 师师长李汉章勒令停刊。

1936 年，李玉双和宋达民在收音机里听到西安事变的消息后激动万分。两人决定利用在学校任职的便利条件积极组织抗日活动，待时机成熟后再奔赴抗日前线。

1937 年卢沟桥事变爆发一个月后的一天下午，正在学校组织学生进行抗日宣传活动的李玉双，在见到宋达民身后的陌生人时怔住了。看到李玉双吃惊的样子，一同前来的李玉双的好友、在国民党县党部工作的张慧生忙介绍道："这是殷耀武先生。"殷先生听罢，赶忙脱帽并弯腰施礼。李玉双示意宋达民安排殷耀武落座。

李玉双看来人不苟言笑，就把目光移到了张慧生身上。张慧生说："殷耀武先生是受蒋委员长委派，来德县搞抗战情报工作的。"殷先生听罢起身点了点头。李玉双听完张慧生的介绍，和宋达民对视了一下，一起把目光转向了殷耀武。殷耀武轻轻咳了两声，清了清嗓子，然后用严肃的表情和清冷的话语向他们传达蒋介石的指示："大敌当前，你们要深刻认识到对日军一战的复杂性。"接着他把蒋介石那篇庐山讲话搬了出来："……如果放弃尺寸土地与主权，便是中华民族的千古罪人。""如果战端一开，那就是地无分南北，年无分老幼，无论何人，皆有守土抗战之责任，皆应抱定牺牲一切之决心。"讲到这里他掏出手帕放在嘴上又轻轻咳了一声，似在给大脑留一个接下来要讲什么的思考空间。

虽然李玉双和宋达民在收音机里听过无数次蒋介石的抗战宣言，但在亲耳听到国民党要员的当面传达后，感觉身上的血一下子沸腾了起来。李玉双拉了下椅子，向殷耀武身边靠了靠。看到李玉双恭敬的面容，殷耀武的表情显得更加威严了，他接着说："你们先把学生组织起来，迅速组建战地服务队。日本人眼看就要打过来了，蒋委员长决心要把日本鬼子阻拦在冀鲁边界，绝不让他们攻进山东。战斗一旦打响会很激烈、很残酷。战地服务队的责任重大，你们要提前做好准备，要对学生进行必要的战地救护训练，这是其一。如果我们的军队失利撤退，你们要在敌后组建抗日地方武装，配合正面战场对敌人进行不断袭扰，这是其二。"

送走殷耀武后，李玉双和宋达民马上开始工作。他们先从学校里挑选出三十五名进步学生组成第一战地服务队，然后把这些学生划分成三个小队及若干小组，并指定队长、副队长及小组长。随后，他们利用关系联系德州第十二中学的学生成立了第二战地服务队。

日军逼近德县县城的消息不断传来，也有消息说国民革命军早就和日本人交上火了，但李玉双他们始终没有看到国民革命军的影子，也没看到日本人的影子。后来又有消息说德县县城已经被日本人占领了，国民革命军的第二十九路军溃败南逃。顿时人心惶惶，学生们陆续离开了学校，李玉双也只好回到了乡下老家。

李玉双的归来让这一带处于观望中的十余支大小民间武装一下子有了主心骨。刚回来那几日，李玉双家的访客络绎不绝。他借机把了解到的一些抗战信息说给大家听，告诉大家眼下关键是要团结起来，要形成一个拳头，并且让大家对抗战胜利要抱有信心。李玉双想在家乡组建一支地下抗日武装，就在他信心满满准备大干一场时，被国民党军抓住并押往了济南。

事情的起因还要从李玉双的胞弟、德县乡农学校校长李鹿瞻说起。一天，李玉双正在家和一位民团负责人聊天，他的弟弟李鹿瞻突然回来报信，说有几名散兵跑到学校里要吃要喝，他们身上的衣服脏兮兮的，应该是从战场上逃出来的，他们手里的"家伙"很不错。

李鹿瞻知道哥哥想组建队伍，于是就赶紧回家给哥哥报信。李玉双听后说了声"妥了"，之后便和那个民团负责人交换了一下眼色，各自心领神会。

半小时后，李玉双带领三十几个团丁闯入学校缴了那几名散兵的枪。在返回村子的路上，那个民团负责人摸着锃亮的"家伙"爱不释手。李玉双说，这些东西可以武装起一个尖刀班，以后这个班就是他的警卫班了。

"这些东西不归我们？"那个民团负责人说。"归你们不行，暂时先由你们保管着。等再碰到几次这样的事情，我们队伍的装备就齐整了，那时我们就可以和日本人面对面地干了。"

两人正说笑着，忽然身后乡农学校附近响起了几声清脆的枪声，李玉双心里咯噔一下，应该是李鹿瞻遇上麻烦了。

派去打探消息的人一会儿就回来了，说是有上百名国民党军包围了学校，把校长李鹿瞻绑了起来，正在拷问枪支的下落。

李玉双连忙往回走，他一边走一边想着计策。李玉双到学校时正好看见一位国民革命军的军官气得浑身发抖，正用手指着李鹿瞻大骂："日本人敢欺负我们，全是因为你们这些刁民。你们不但不去打鬼子，还在这里抄我们的后路。"

后来才知道，他们是国民革命军第二十九军的一个连，骂人的是他们的连长。他们在天津和日本人交手后与大部队失散，一路南逃来到了这里。

当他看到送回来的枪支时，气消了一半。这位连长接着说："你们的胆子真大，我们的枪你们也敢缴？"李玉双身穿长袍，面目清秀，那位连长摸不清来路不敢造次。李玉双赶忙上前解释说，奉上峰指令组建抗日武装，收缴的散兵枪支也是为抗日队伍所用。李玉双所指的上峰无疑是那个殷先生，但他觉得像殷先生那样有身份的人即便说出来眼前这些人也不知道，倒不如卖个关子。连长见李玉双只是说说拿不出凭证便心生疑惑，但看李玉双言谈举止温文尔雅，又认为他不会骗自己。他心里的火还没完全发出来，有些不甘心，于是说："看来这件事是你的主意，那我放了这位校长，但你得和我们去趟济南，等找到我们长官核实清楚后再把你放回来。中不？"

李玉双心想"不中也得中啊"，别看连长此时一脸憨厚相，他要说不中，兴许立马就拨出枪来了，但愿到济南能见到那位殷耀武，李玉双心里想着。

当李玉双在国民党山东省政府旁边的小院里见到殷耀武时，他的心里就有了底。此时的殷耀武已被委任为国民党抗日武装的副总司令。

第二天，李玉双带着国民党抗日武装第四支队队长的委任状回到了李全真村。李玉双并不在意这份委任状，这位燕京大学肄业的学生心里真正想要的是组建自己的队伍。

冬天到来时，日本人占领的地盘已越来越大。

在济南接受了殷耀武的一番训导后，李玉双加快了组建抗日队伍的步伐。附近的联庄会、土匪等全都被李玉双的抗日队伍吸纳进来。抗日不分民匪，只要愿意打日本人都可以加入队伍。蜗居李全真村半年，李玉双对家乡有了新的认识。讲那些抗日大道理没有几个人能听懂，但只要说保卫自己的家乡，队伍就能立马显现出凝聚力。李玉双的思想发生着微妙的变化，他不再过多地去思考革命理论，而是一门心思地投入到眼前的斗争事务中去。

1937 年年底，李玉双的德县抗日武装正式建成，他自任司令。李玉双将队伍设置为十个中队，每个中队分为三个排，队伍总人数达千人。1938 年春节过后，在殷耀武的引荐下，李玉双和国民党山东省政府主席沈鸿烈取得了联系，并被沈鸿烈委任为国民政府的德县县长，县政府设在八区的申家湾。至此，依靠李玉双拉起的队伍和沈鸿烈的委任状，国民党恢复了对德县东部地区的控制。

俘获日本兵

于志良一心想要带领兵强马壮的"于团"和日本人干上一仗。1938 年 7 月的一天，骄阳似火，鲁西北大平原沃野千里，微风吹过，一望无际的青纱帐碧波荡漾，令人心旷神怡。在陵县城北八公里处的陈宝亮村外，一个汉子在高低不平的道路两侧观察了许久，不知看到了什么，他的脸上露出了笑容。

一天前，于志良得到线报，说日军有一批军用物资会在第二天途经于集运往济南，驻德县的日军派出一个班负责押运。听到消息的于志良一下子来了精神。他认为现在的"于团"已经兵强马壮了，需要一场酣畅淋漓的胜利来鼓舞大家的士气，提升自己的威望。

自从被国民党抗日武装部队收编后，他们还没参加过一场战斗，他想用事实来证明他于志良和那些一起被收编的民团首领是不一样的。于志良认为，论个人能力、论"于团"的实战能力，他们都要高出一大截，但他就是找不到合适的机会来证明自己。虽然"于团"的队伍壮大了，地盘也扩大了，但只有和日本人打上一仗才算得上是真英雄、真汉子。于志良手下的几个"高层"也是这样的想法，所以半年来他们一直在寻找和日本人硬碰硬地干一仗的机会。随着年龄和阅历的增长，如今的于志良成熟了很多。同样是鲁西北人的宋哲元带着国民革命军第二十九军在喜峰口与凶残的日本人一战成名，但二十九军在退到德县后没打几次像样的仗就南撤了。于志良对宋哲元的敬佩之情也变成了轻视。于志良本想率领队伍好好地配合国民党军打日本人，在家乡人面前证明他于志良是个真正的民族英雄，但他始终没能盼来上战场的机会。因此，一听到消息，一想到要打日本人的伏击，他激动万分。

日军的车队要从于集附近路过，这一带有几条沟渠、几座土坡于志良全都一清二楚。他沿着横穿家乡的土公路走了几个来回后决定在陈宝亮村设伏。陈宝亮村此时青纱帐密集，土公路的两侧壕沟纵横且地表起伏大，既便于隐蔽设伏又便于撤出战斗。

为防止有内奸通风报信，天亮之前他就让人马到伏击地点做好了埋伏。参与行动的一百多名队员往庄稼地里一钻，立马不见了人影。

上午九时许，远处响起了汽车马达的轰鸣声，从庄稼地里钻出来一辆辆卡车。

卡车拐过一处大缓弯后向他们驶来，一辆，两辆……

其实车队还在两公里外时，藏在树上的哨兵就把消息报告给了在下面指挥的于志良。头辆车的车顶上支着一挺"歪把子"机枪，车厢内大约有四五个日本士兵。

近点，再近点。第一辆车进入最佳射击区域后，于志良下达了开火命令，两侧埋伏的几十条快枪几乎同时响起，汽车向前挣扎着挪了几步就"趴窝"了。车上的日本士兵被突如其来的枪响吓蒙了，慌忙跳下车趴在地上，嘴里"哇哇"的不知在嚷着什么。紧随其后的四辆车被迫堵在路上动弹不得。

"冲啊！"于志良一声令下，青纱帐里冲出来上百人，他们挥舞着大刀长矛，嘴里喊着"杀"。日本士兵像傻了一样，还没反应过来是咋回事就稀里糊涂地当了俘虏。

这是一场漂亮的伏击战，共缴获卡车五辆、机枪一挺、"三八大盖"两支、"小钢炮"一门，俘敌十一人。

所有战利品被押往"于团"大本营，十一名日本士兵被关进了一所民宅。随后，于志良安排队员们杀猪宰羊，欢庆胜利。

政治部主任华国璋对正在饮酒的于志良说："咱们这一仗打得漂亮，明天要上报国民党省党部，看看能不能换回些武器装备。"

于志良听罢，把端起的酒杯往桌上一放："好，国璋，明天你负责和省党部联系，要枪，要炮。"

他又叮嘱参谋处处长刘干青："嘱咐弟兄们一定给我看好了，别让他们跑了。"

刘干青说，他已嘱咐过负责看押的队员们要好好看管，特别是晚上一定要提高警惕。回头他过去再检查一遍门窗，到嘴的"鸭子"别再让他们飞走。

晚餐散后，刘干青去了关押日本士兵的院子。手电筒的光亮透过窗户上花棂间的缝隙照在几名日本士兵身上，他们正垂头丧气地坐在地上，其中两名日本士兵在小声嘀咕着什么。听到屋外有动静，他们呜哩哇啦地叫了起来。刘干青把着窗子使劲拽了拽，又仔细查验了门上的锁头，之后满意地离去了。

第三天传来了国民党山东省政府主席沈鸿烈的指令，十一名日本兵由"于团"负责押往济南，他要上报南京国民政府，为于志良他们请功。于志良听到消息后随华国璋走出了院子，他问华国璋道："你估计南京国民政府这次会给我们什么奖赏？""目前到处打仗，物资短缺，给枪给炮的可能性不大。"华国璋看着于志良失望的表情又接着说，"给我们编制的可能性要大一些。"

"这些王八蛋给我们空头支票啊。"于志良见华国璋不语，接着说，"给个编制也不错，给个师长、旅长的也行，有了名头，咱好招兵买马啊。"

寻找党组织

对于志良来说，这是一个不眠之夜。于志良走过的道路充满了艰辛和坎坷，他和"于团"能走到今天实属不易。年初，听说有个名叫李青山的共产党员在土桥一带养伤时，他心里非常高兴。自农民暴动失败后便与组织失去联系的于志良，心里重新燃起了希望的火种。于志良与国民党人交往不少，但他们一个个像藏着个心眼，不如共产党人实诚，共产党人为人处世让人放心。多方打探后他亲自到边临镇的魏家集村把正在魏朝重家养病的李青山接到了"于团"。

李青山，原名刘定忠，1911 年出生在江西省永新县红桥乡一个贫民家庭，自幼由族人收养，勉强读了几年私塾后成了放牛娃。1927 年秋，毛泽东同志率领的秋收起义部队来到了永新县，十六岁的李青山毅然参军，成了一名"红小鬼"。由于小时候上过几年私塾，他成为队伍中少有的识字人。同年，李青山加入中国共产党。李青山在创建井冈山革命根据地的斗争中成长起来，历任红军班长、排长、连长。因年轻好学、机智勇敢，李青山被派往苏联莫斯科东方大学学习。1932 年，正在上海做赴苏准备的李青山不幸被国民党抓捕。抗战全面爆发后，根据国共两党达成的"释放一切爱国的革命的政治犯"的协议，李青山获释。胸怀满腔热血，急着要为革命事业做贡献的李青山拖着孱弱的身躯一路向北，决心要到抗日的最前线去。长期的狱中生活让他的身体极度虚弱，在经过陵县时他病倒了。

经过于志良的悉心照顾，李青山很快病愈。在于志良的一再挽留下，李青山做起了"于团"的政治委员。其间，李青山给于志良详细介绍了国际国内形势及共产党的方针政策。于志良听后心里感觉很亮堂，表示想把"于团"编入八路军。这一想法在"于团"内部一经提出就遭到了华国璋、于如周、刘干青等多名"于团"高层的反对。其实在那个时候于志良也只是随便说说而已，因为他根本就不知道八路军在什么地方，李青山也不知道。就在这时，于佐舟从济南回到了"于团"。

农民暴动失败后，逃往济南的于佐舟在国民党的威逼利诱下脱离了共产党加入了国民党。他这次回来的首要任务就是把"于团"拉入国民党的阵营。于佐舟是于志良的救命恩人，两人又共同经历过陵县暴动，所以于佐舟的回归让于志良思想上有些摇摆不定。他从认识上是较倾向于共产党的队伍的，但华国璋、于如周、刘干青等人反对将"于团"编入八路军，而这些人都是"于团"的高层，把持队伍已经很长时间了。于志良第一次尝到了孤掌难鸣的滋味。

一天晚上，于志良悄悄把李青山叫到了自己的办公室，他问李青山附近有没有党组织，他想尽快恢复他的组织关系，至于"于团"是加入国民党还是共产党，眼下先不考虑。李青山听后摇了摇头说，他自从来"于团"养病后就再没有和组织联系过，但他可以通过渠道联系上党组织。于志良思忖片刻后说："我听说津南有八路军的部队，你帮我打听一下，我想把队伍拉到那里去，然后加入八路军。"说到这里于志良的眼里放出了亮光。他想，只有加入八路军才能摆脱华国璋等一干人的掣肘。

李青山在"于团"养病期间，中共上级组织通过多方努力终于找到了他。他把自己的身体状况及"于团"的相关情况向负责联络的老朱做了汇报。老朱让他进一步加强对"于团"的改造工作，争取早日把这支队伍拉到前线去打敌人。老朱还说，对国民党的斗争也不要放松，目前冀鲁边地区各种势力交织，情况复杂，各派之间相互倾轧，这种时刻务必要提高警惕。由于冀鲁边地区急需恢复党组织，老朱要马上离开，临走前他告诉李青山自己居所不定，有事会派人来联系他。

老朱走后不久，李青山就发现于志良身边这些人的力量变得越来越强大，起初提起八路军时，于如周、刘干青等人还比较向往，后来就慢慢产生了敌意。在"于团"中层以上的军官中流传着这样一种说法：八路军根本瞧不上半民团半土匪性质的地方武装，过去后不但军官得不到重用，队伍也会被拆解得七零八落，即使对抗日做出过贡献，到了那边也不会被认可。一时间，这些有关八路军的负面消息越传越多，最后弄得于志良也没了主意。

不久，李青山得到了老朱捎来的指示："于团"在冀鲁边地区是我党必须争取的武装力量，要加快对这支队伍的改造步伐。接到老朱的指示，李青山感到了肩上担子的沉重。他想尽快扭转"于团"内部对八路军的负面看法，不然这支队伍就很有可能倒向国民党一方。

通过这些日子的接触，李青山认为于志良是一个为人正直、敢想敢干，同时也存在着匪气的民团首领，对于志良的争取和改造刻不容缓。他想尽快为于志良恢复党组织关系，以完成其夙愿。

1938 年年初，李青山在分析了日军在陵县的活动规律后，为"于团"策划了一个沿铁路线袭扰日本人的活动方案。于志良派人去平原火车站侦察敌情，得到的消息是：那里的日军经常在车站外面逛来逛去，警惕性不高。这让于志良看到了机会。驻德县的日军平时龟缩在城里不出来，"扫荡"时又都是大部队一起出动，他们没有机会下手。平原火车站的日本人不多，袭扰一下能打几个算几个。于志良听从了李青山的建议，用小、快、灵的战术袭扰敌人。他带着特务队队长谢鸿儒、副大队长于如周和特务队的三十名队员趁黑摸进了平原车站。队伍分成两路，一路攻击车站的日本兵，一路负责炸铁路。他们刚和车站的日本士兵交上火，北面就开过来了一列火车。因为引信受潮，炸药没有及时爆炸，他们眼看着载着日本士兵的列车开进了车站。车上的日本士兵在发现"于团"后，借着探照灯的光亮向"于团"开火。在腹背受敌的情况下，于志良被迫率领队伍撤离。在撤退过程中，于如周的胞弟被子弹射穿了心脏，刘干青的内侄被打伤了一只眼。这场战斗让于志良很窝火。

一个月后，于志良找到了报仇的机会。据报，平原城东三里杨据点的日本人要送伪军头目张志成去高唐接任伪县长，岗楼里只剩伪军。得到消息后，于如周强烈要求带人去攻打。弟弟牺牲后他憋着一肚子火，这次正好可以发泄出来。攻打三里杨据点的战斗进行得很顺利，队伍还没靠近炮楼，得到消息的伪军便丢下枪支向县城方向逃去了。整个过程没费一枪一弹，还缴获步枪十余支、手榴弹三十余枚。

于志良没有打过瘾，他发现铁路沿线很长，日军顾头就顾不了尾，如果在这上面做文章，很容易取得成功。他从李青山做的活动策划里看到了共产党人的智慧和能量。他想把"于团"编入八路军的念头又强烈了起来，于是他悄悄地派李青山去了津南。

李青山走后，于志良把破坏敌人铁路的任务交给了一营营长孟震寰，他要孟震寰在平原马腰务村南一带展开行动。孟震寰是当地人，对地形十分了解，十里八乡的人他大都认识。前几年，有一股土匪经常在这一带打家劫舍、祸害百姓。乡亲们找到孟震寰要他帮忙。请示于志良后，他带着队伍夜奔十五公里到前曹镇端了那伙土匪的老窝。之后，他的家乡太平了下来。这次，大家伙一听说孟震寰让他们破坏铁路，一个个都来了精神。不到一天的时间，孟震寰就找来了三百多人。一夜之间，他们把1.5公里的铁路上的钢轨、枕木、电线等全部拆除，之后装了十二辆大车运回了大本营。运不走的一些物品他们或就地掩埋，或丢入河中、机井里。津浦线在中断七天七夜后才恢复通车。驻德县的日军指挥官被他的上级骂了个狗血喷头。之后日军对铁路沿线村庄来了一次地毯式的"扫荡"。由于群众对此早有准备，日军空手而回。

离开"于团"后，李青山化装成逃荒的难民昼夜兼程一路北上。放眼望去，路上都是逃难的人群、散落的国民党士兵、焚毁倒塌的房屋。头天听见消息说八路军驻在某个村子里，待他赶到后又不见了踪迹。他寻思着这样东一榔头西一棒槌地瞎碰，找到津南八路军的希望很渺茫。他牵挂着"于团"，担心这支队伍会在他不在的时候跑偏，也担心在外时间久了引起华国璋等人的怀疑，所以他选择先回去。十天后，当李青山衣衫褴褛地回到"于团"时，于志良正在为孟震寰举办庆功酒宴。于志良看到李青山时，并没有显露出过多失落的情绪。

"这次的行动，孟营长指挥有方，干得漂亮，我敬你一杯。"说完，于志良就和孟震寰碰杯然后一口干了。他转身看到于如周坐在那里闷闷不乐，忽然想起前不久牺牲的于如周的胞弟和刘干青受伤的内侄。于志良端起酒杯后说："'于团'发展到今天，弟兄们功不可没。我于志良永远不会忘了一起出生入死的弟兄们。"说完他一仰脖子，杯中酒一气儿下了肚。队员们全都站了起来，纷纷干了杯中的酒。李青山看到这景象心里生出了一丝担忧。

与李会亭交恶

"李会亭这个狗娘养的！"于志良在屋里来回踱着步子，嘴里不停地叫骂着。

孟震寰派人来报告，从吴桥方向来了三辆大车，车上拉着银圆、鸦片等，他们是到神头找"于团"来"回票"的。于志良愣了，因为神头是李会亭的地盘，看来是有人以"于团"的名义进行了绑票。经过详细询问才知道，在一个星期前有一伙土匪闯入了吴桥县的四五个村子，他们以"扩军"之名实施抢劫并绑去多名富家子弟做"肉票"。那些人称自己是"于团"的人，并限他们十日内到神头镇"回票"。

这时，于如周和刘干青走了进来。问明情况后，他们建议于志良把东西扣了。于志良认为这事不怪吴桥人，他们是无辜的。"咱把这些东西扣了，人家更会认为'票'是我们'于团'绑的了。人赎不回去，最后倒霉的还是这些人。这样我们还把李会亭得罪了。眼下最要紧的是团结起来抵抗日本人，我们不能起内讧。"

于如周说："李会亭这个王八犊子也太坏了，这不是败坏咱们'于团'的名声吗。我们不能这样忍了，要让他知道我们对他有意见。"

于志良叹了一口气说："乱世之秋，与人行个方便或许对我们也有好处。李会亭与我同为地方抗日武装，撕破脸今后没法配合工作。就让他自己慢慢寻思吧。"说完他吩咐孟震寰不但要放行，还要安排人护送他们离开"于团"的防地。

孟震寰安排特务队队长谢鸿儒、战士孙宝才护送吴桥人出防地。孙宝才是一个未满十八岁的孩子，谢鸿儒比他年长几岁，平时孙宝才最爱听谢鸿儒的话。

谢鸿儒的小舅子因赌博欠了外债，前些日子来投奔他，后来躲进了"于团"。去平原火车站伏击日本人回来后，他小舅子趁大家都在忙着处理牺牲人员的后事，偷偷溜进了附近一家农户的院子里偷了一只鸡。户主发现后撵出了二里地把鸡追了回去，并找到了孟震寰告状。孟震寰把这件事捅到于志良那里，于志良当时正因袭扰失败怒气未消，当天就把他小舅子撵走了。谢鸿儒因为这个事对孟震寰心生不满，对于志良更是不满，他认为于志良不看僧面也该看佛面，这样才对得住他这个一起出生入死的特务队队长。于是他有了退出"于团"的打算。

知道车上装有银圆后，谢鸿儒便起了歹心，他劝说孙宝才一起弄点，说孙宝才岁数小，家里又穷，这样下去何时才能娶上媳妇，眼下的机会很难得。就这样，在即将走出"于团"的防地时，谢鸿儒威逼吴桥人交出了五百块银圆，他自己拿了三百五十块，分给孙宝才一百五十块。吴桥人把这件事告诉了李会亭，李会亭刚开始不相信于志良会这么干，因为"于团"在所有民团中算得上是"家大业大"，于志良根本看不上这点小钱，再说于志良做事一向光明磊落。但看到吴桥人一把鼻涕一把泪地哭诉，李会亭相信了。他认为于志良这么做是在故意羞辱他，便在心里给于志良记了一笔。而于志良还以为李会亭会感激他，在以后的交往中会敬他三分。

"李会亭团"的活动区域是以神头为中心的，向东与"十八团"防地接壤，西北和"于团"相交，东北方向紧邻"杨吉舟团"的地盘。李会亭与其他三个民团经常往来。

于志良万万没想到，李会亭此时已与日本人取得了联系，所以他做起事来才会这么有恃无恐。在周围的几个民团中，"李会亭团"无论在人数上还是在掌管的地盘大小上，都是最小、最弱的，投靠日本人是为了将来不被其他民团吃掉。在李会亭看来，靠近县城的"于团"实力雄厚；东邻的"十八团"成立时间较早，防地的所有村庄都非常团结，有着深厚的群众基础，也很少与其他民团来往。东北部的

"杨吉舟团"占据着宁、乐、临、陵四县交界的大部分区域，而且杨吉舟本人和于志良的性格有些相似，好交朋友，因此在社会上的口碑不错，有一呼百应的能力。鉴于周围环境如此，李会亭攀上了日本人。

一九三八年的二三月间，就在于志良的主要精力放在破坏平原的津浦铁路上时，一只黑手向他伸了过来。

日特分子李祖海把平原段铁路遭破坏是"于团"所为的消息提供给驻德县的日军头目。日军指挥官当时正在为战线拉得太长、无力向陵县广大农村入侵发愁。听到消息后，他要求李祖海趁着共产党还没有在各民团建立组织，在民团之间制造矛盾，让各民团相互残杀。李祖海混进了李会亭的队伍，他看到李会亭遇事总是摇摆不定，感觉在李会亭身上大有文章可做。当李祖海得知"于团"克扣了吴桥"回票"的钱财后，就怂恿李会亭找机会对"于团"进行打击，挫挫"于团"的锐气。李会亭也正有此意。他从国民党陵县党部委员宋元明处听说了于志良去了国民党省党部的消息后，便派副大队长王三录带着大约一个排的人去"于团"防地的孟家庙村催要高粱，而且张嘴就要一千五百公斤。接到报信后，孟震寰迅速带人包围了王三录他们。王三录外号王麻子，土匪出身，"于团"因陵县暴动处于低谷时，曾到孟震寰老家的村子里抢劫过财物。孟震寰对他恨之入骨，早就想找机会收拾他，但迫于民团之间的关系没有动手，于志良也一再提醒孟震寰不可轻举妄动。双方见面后，王麻子自恃有李会亭撑腰，根本不吃孟震寰那一套。两人还没说上三两句，孟震寰就一刀捅向了王麻子。剩下的三十几个人见这情形吓得纷纷跪地求饶。这些人大都是"于团"防地附近村子里的，论起来与"于团"的部分成员还有亲戚关系，所以孟震寰就把他们全放了。

消息很快就传到了神头李会亭那里。面对跑回来的三十几个弟兄的哭诉，李会亭发誓要还"于团"以颜色。三天后，他让一队人马冒充土匪把神头西南三公里处的李五道村洗劫一空，还把于志良姑姑家的房子点燃了。事后，李会亭还让人假惺惺地跑到李五道村村口放了几枪，算是把土匪撵走了。房子被烧，于志良的姑姑只好携全家回于集街娘家住。

事情说来也巧，德县铁西有一伙土匪与李祖海来往甚密，由于队伍偏小想要找个靠山。李祖海就介绍这伙人加入"李会亭团"。在他们途径"于团"防地前往神头时，于志良收缴了他们的枪支弹药，然后把他们遣散了。有个想跟着日本人卖命的土匪辗转来到了李会亭的总部找到了李祖海，并诉说了事情经过。然后，李祖海又添油加醋地说给了李会亭听。

李会亭这回下了决心要铲除于志良和他的"于团"。李祖海为他描绘的铲除"于团"后的"蓝图"让他的心狂跳不已。本来在投靠日本人的问题上李会亭还有些犹豫，但当他听到李祖海说能为他请来日本人协助时，他下定了决心。

李会亭和李祖海两人在屋子里密谋的事被伙房做饭的老康头听到了。老康头嫁到土桥的女儿就死在日本人的手上，所以他对日本人有着刻骨铭心的仇恨。老康头谎称家中有事，然后回家把消息告诉了小儿子，并让儿子迅速到于集街把李会亭已经投靠日本人的消息告诉于志良。

李会亭把请求驻德县日军协助的信写好后交给了李祖海，让他给日本人送去。同时他还派了两名手下人化装成赶集的农夫护送李祖海。他们计划先与混进陵县县城里的日本特务接上头，然后再做下一步的打算。

李祖海三人一进"于团"的防地就被"于团"的人抓了起来。三人被押到了于集街"于团"的总部，于志良的姑姑一眼便认出了其中一人就是前些日子烧她家房子的土匪。于志良说："都是庄里庄乡，别认错了冤枉了人家。"于志良的姑姑走到被五花大绑的土匪跟前，她揉了揉眼，接着就给了土匪一耳光，然后回身对于志良说："扒了皮我也能认出他的骨头。"这时，有人在李祖海身上搜出了李会亭写给日本人的信。看完信，于志良极为愤怒。"你不仁，就别怪我不义了。"说完他拿来地图把"李会亭团"的防地和"于团"的防地用红笔圈了出来。圈完后他发现，红圈内的面积接近整个陵县的三分之一。于志良看着看着笑出了声。他马上找来参谋处处长刘干青商议怎么除掉"李会亭团"。

就在当夜，李会亭和外地匪首联合抄了刘干青的"老家"。

铁了心投靠日本人的李会亭在派李祖海去和日本人联络的同时，也谋划着打于志良一个措手不及，彻底把"于团"吃掉。他利用关系联系上了高唐匪首李秀芝（绰号"胖娃娃"），他答应李秀芝将来在日本人那里为他谋个一官半职。对于有奶就是娘的土匪头子李秀芝来说，李会亭就是他的贵人，在他看来能与日本人挂上钩，今后一定能吃香的喝辣的。当天夜里他根据李会亭的要求，带着两百名土匪血洗了刘干青姥姥家在的小刘庄，还砍伤了刘干青的舅舅。

接着，李会亭和活跃在陵、平交界一带的大土匪张栋臣取得了联系，他想让张栋臣帮着攻打"于团"总部。张栋臣和于志良来往较多，但他见李会亭和日本人走得很近，也不敢得罪。日本人打进来后，张既想保全自己又想进一步扩大自己的势力。若不是怯于李会亭有日本人这层关系，他会把李会亭要攻打"于团"的消息透露给志良，甚至还有可能当场杀掉李会亭派去的使者。但现在他只能默不作声，只要不参与攻打"于团"，他觉得就算对得住于志良了。

就在高唐匪首血洗小刘庄的第二天，李会亭派出了一个中队的人马突袭"于团"防地内的细布李村，同时还安排了另外两路人马攻打任张村和小李村。这三个地方都是"于团"的机关所在。李会亭的计划是先把"于团"的指挥机关摧毁。

"于团"此时全心对付的是日本人，他们把主力人员安排在了津浦铁路平原沿线和土桥一带，所以他们对"李会亭团"的突然袭击毫无防备。激战两个小时后，任张村、小李村相继失守。"李团"又回过头来集中力量对付细布李村。很快细布李村就完全陷入了"李会亭团"的包围之中。就在于志良的人打算转移时，一队人马冲入了李会亭的队伍中。大刀、长矛、棍棒等在人群里上下飞舞。那些正喊着"活捉于志良"的人被突然冒出来的人吓蒙了，还没明白是怎么回事就倒在了地上。于志良的人趁机组织人员加入战斗，不多时，包围圈就被冲得七零八碎，李会亭落荒而逃。

"李会亭团"包围细布李村这一天正赶上"红枪会"在附近村子里举行比武大会。前些年"红枪会"遭打压，不能公开露面，成员们只能在乡下开展秘密活动。自国民政府的人逃走后，他们的活动就公开了。比武会上他们得到消息，"李会亭团"想"吃"掉"于团"，已经攻下了两处村庄。"红枪会"的成员大多听过于志良抗日的故事，也仰慕于志良的为人，"红枪会"的首领陈凤阁与于志良还私交甚密。所以，在听到"于团"的人被包围的消息后，他们迅速拉起队伍赶到了这里。

李会亭虽然跑掉了，但于志良已下定决心要除掉他。

之后两个月的时间里，于志良一边整顿队伍，积极练兵备战，一边联络各方"英雄"。于志良把李会亭投靠日本人的消息公之于众，各地方民间武装纷纷接受了于志良的提议，决心一起消灭这个民族败类。

1938年5月，于志良联合德平"曹振东团"和"红枪会"一起攻打"李会亭团"，同时联络了丁庄王蛮街"祁万同团"协同作战。

消息很快就传到了李会亭的耳朵里。据于志良后来分析，作战计划有可能是其中的某个民团泄露给李会亭的。李会亭投靠日本人不得人心，陵县的大部分民团在明面上不会与他站到一起，但保全自己的实力不与李会亭交恶的想法也是普遍存在的。因此，在利益不明朗的情况下，其实大部分民团都不想打这一仗。所以，对他们来说，放走李会亭是此次争斗的必然结果。

李会亭在得到消息后连夜带着家眷逃走了。他本想往西逃往德县县城，但往西要经过"于志良团"的防地，所以他选择一路向南直奔禹城，然后公开投靠了日本人。一大部分不愿跟着他投靠日本人的成员加入了"于团"。

不久，李会亭以禹城伪县长的身份出现在人们的视野中，伪县政府就设在禹城北部的辛集镇。

发誓要把李会亭杀掉的于志良在得到李会亭出任禹城伪县长的消息后，恳请禹城民团首领储奎元帮忙。两路人马很快就杀到了辛集镇，他们一把大火烧掉了伪县政府的房舍。再次提前得到消息的李会亭望风而逃，从此不知下落。

就在李会亭逃走的第二天，于志良以胜利者的骄姿进驻神头街。

日本兵逃跑

天刚蒙蒙亮，于志良就被慌乱的脚步声吵醒了，他刚想发作，发现刘干青站在床边。

"日本士兵夜里跑了，我已安排人去追了。"

"不是看管很严吗，怎么跑出去的？"于志良大吃一惊，一边穿衣一边问。

"他们在屋子西墙上凿开了一个洞。"

"凿洞？他们用什么凿的？"于志良越听越纳闷。

"我看洞旁有一把斧子，是他们白天劈柴用的那把。估计是在收工时偷偷带回去的，我已经安排人追查这件事。"

"好好查，查出来一定要严肃处理。"说完，于志良心头一阵惊悸。他前前后后想了一夜，扩编后的"于团"应该会被称作旅或总队，他也会被相应地称为司令，下面的弟兄们自不必说都要官升三级，像于如周、刘干青、孟震寰等为"于团"做出过巨大牺牲的骨干弟兄更是要好好安排安排。现在这些日本人跑了，那他去省政府邀功请赏的分量就会低很多，在南京国民政府那里，沈鸿烈替自己说话的分量也会低很多。想到这里，他轻轻地叹了口气说："这些小日本不熟悉环境，跑不远的。多安排些人去追，沿途向村子里的百姓打听打听。"

不多时，刘干青面带喜色再次回到屋里，他说人抓回来了。

原来，那几个日本人不熟悉环境，东转西绕地刚跑到神头镇以西三公里处的老李庄村天就亮了。他们害怕被人发现就躲进了路旁的桥洞里。老李庄村的村民发现他们后就立马到神头来报信，结果，在路上就遇上了出来找日本人的"于团"成员。就这样几个日本人又被重新抓了回来。

"活埋了他们！"于志良望着院子里的一个个日本士兵，气狠狠地说。

"使不得。"这时，华国璋从一侧闪了出来。他提醒于志良，国民党山东省政府的沈鸿烈主席还等着为"于团"邀功呢。

刚才也是一时气话，于志良没真想活埋了他们。但去济南路途遥远，又要押送这么多人，中途也不知会发生什么变故，万一再跑了或被日本人劫了去，那这一仗就算是白打了。

他想了想说："这下看好了，别再让他们跑了。"

陵县来了八路军

经过一夜行军，第二天凌晨，我们跨入了陵县境内。这时候，东方渐渐地亮起来。不一会儿，太阳出来了，灿烂的朝晖照亮了平原。啊，这是多么美丽的大平原啊！那太阳，似乎是从地面上爬起来的，又大又圆，血红血红，近得仿佛可以用手去摸它；这庄稼，满地的玉米、高粱、花生、大豆，全都是绿油油的，像一片无边无际的海洋。清新的晨风吹来，庄稼波动起伏，犹如波浪滚滚，一直涌向遥远的天际。

这平原晨景几乎把我们迷住了。我们贪婪地望着这瑰丽的景色，只觉得眼前金光一片。大家都大口大口地吸着清新的潮润空气，让这充满泥土香味的新鲜空气装满心胸。真是惬意极了！

这是曾任冀鲁边军区政委的开国中将周贯五在他的回忆录《艰苦奋战的冀鲁边》中写的两段文字，彰显了将军在那段苦难岁月里的革命乐观主义情怀。

1938 年 5 月，毛泽东同志电示十八集团军总部并中共中央长江局："徐州失守，武汉危急，我军准备向鲁、苏、豫、皖四省挺进。山东方面宜发展游击战争，那边民枪极多，主要派干部去，派一两个营去做基干更好。"

七七事变以后，中共中央北方局发出了"共产党员脱下长衫，到游击队去"的号召，中共津南特委的马振华与鲁北特委的赵杏村奉命在津南及鲁北交界的几个县动员群众，组织抗日武装。同时，针对冀鲁边区伪顽势力强大，土匪武装、地主民团和各种反动会道门十分猖獗的局面，党中央做出了派八路军东进抗日挺进纵队进驻该地区的决定。其主要任务为：一、打垮日、伪、顽、匪的四面围攻，借打胜仗迅速地发展抗日武装，同时整顿改编三十一游击支队。三十一游击支队是我党领导的由原冀鲁边地区各抗日武装组成的游击队伍。当时形势极度严峻，为搞好统战工作、免遭国民党军和地主民团的围攻，所以接受了国民政府军事委员会别动总队第三十一抗日游击支队的编制。始任总司令为邢仁甫，后叛变。二、培养大批干部。三、宣传党的抗日救国政策，放手发动群众，逐级建立抗日民主政权。

1938 年 8 月，八路军第一一五师政治部主任兼第三四三旅旅长肖华率旅部机关一百余人由山西出发，跨过津浦铁路进入冀鲁边区。肖华是在进入陵县后得知"于团"伏击日本人的消息的。他为陵县有这样的抗日民团感到高兴，遂决定路过神头时停下来看一看。

听说八路军要路过他的防地，于志良很兴奋。他马上让"于团"的人穿戴齐整，打起精神来，不要让八路军小瞧了。

于志良早早地站在了神头村村口，他的身后是"于团"成员沿街排成的长长人墙。看到八路军队伍雄赳赳气昂昂的阵势，于志良从心里由衷地敬佩。肖华把缰绳交给警卫员，然后走向人群，等在两侧的"于团"成员的脸上露出了诧异的表情。听说部队是从山西开过来的，这些一辈子没走出过鲁西北的汉子们伸长了脖子，想看看他们与当地人有什么不同。

当天，肖华让人把附近民团的首领召集到东方朔祠门前的广场上开了一次会。会上，他向大家传达了中国共产党的优待政策和抗日主张。他鼓励大家说："今天，看到陵县有这么多抗日力量，我的心里感到由衷的高兴。面对日本侵略者，我们的困难只是暂时的，最后的胜利还是属于人民。因为土地是我们的，群众也是我们的，胜利也一定是我们的！"

他接着说："冀鲁临界一带自古以来就是兵家必争之地，战国时期的军事家孙膑、名将廉颇，宋朝的军事家族杨家将等许多叱咤风云的人物都曾在这块土地上征战过，他们的逸闻趣事至今还在民间流传。我们中华民族历来有捍卫国家主权和民族尊严、维护国家统一和民族团结的优良传统，只要大家紧紧团结在一起，拧成一股绳，就一定能打败日本侵略者！"

于志良兴高采烈地穿梭在人群中同各民团首领握手寒暄。即使是过去与于志良有过节的民团首领上前来和他打招呼，他也会说上几句客套话。来开会的各民团首领，有共产党通过内部渠道通知的，也有于志良通知的。除民团首领外，来参会的还有一些当地乡绅。他们之前没见过八路军，所以八路军在他们眼里很神秘，现在他们看见八路军的部队纪律严明，八路军战士都着装朴素、为人亲切，从心里生出了一种敬佩。敬佩归敬佩，一些武装头目在看到战士们破旧的军装及部队简陋的装备后，对八路军能否打得过日本人产生了怀疑。还有些人盘算着能否捞取些物质利益或政治资本，给自己脸上贴贴金。当然，参会的人中也有不少人在想着如何跟着八路军一起抗日。会议最后，于志良第一个上台做表态发言。他表示，坚决拥护抗日主张，有机会多打日本人，坚决保护好"于团"防地内的父老乡亲，让他们免遭日本人的侵害。

"十八团"的负责人郭仁山、副团长干如玉也参加了这次大会，这对其他与会人员来说是件新鲜事，因为"十八团"一般不与外部接触。自从陵县暴动失败后，"十八团"一直很低调。他们对防地外的所有武装组织都抱有抵触情绪，在内部他们用纯朴和善良紧紧地团结在一起，小心翼翼地应对这个乱世。在这次大会上"十八团"没有表态，但不表态不证明他们没有态度、没有想法。几天后，"十八团"的人用行动来表明了他们的想法。

会后，肖华带领部队赶往乐陵。临行前，他叮嘱李青山一定要做好统战工作，并通过"于团"进一步扩大我党在冀鲁边区的影响力，努力让更多的民团组织加入抗日队伍。

比起国民党军，八路军的武器装备差了些，这让于志良稍感遗憾。八路军刚离开于志良就找来李青山，让他尽快制定出详细的培训方案，他想通过培训让"于团"在最短的时间内拥有八路军所展现出来的精神风貌。他认为，要想把队伍带到一个更高的水平，就必须向八路军看齐，而李青山正好是这方面的人才。此时，共产党员李青山在国民党人华国璋的眼里已成为拉拢"于团"加入国民党队伍的绊脚石。在他的鼓动下，"于团"内部很快形成了一个以上层人物为中心的排斥共产党的小团体，其中包括副大队长于如周和参谋处处长刘干青。

沈鸿烈送来委任状

1938年10月，也就是肖华他们离开神头几个月后，国民党山东省政府主席沈鸿烈突然来到了神头。

"好消息!"华国璋人还未到于志良的办公室门口,声音先传进了屋子。看到李青山在场,他马上收住了要说的话。见于志良和李青山都转过头来望向他,华国璋忙说:"我等一会儿,你们聊。"说完他就一屁股坐在旁边的椅子上。

李青山拿着一份培训计划让志良过目,两个人就政治学习课程的时间安排争论一番后定稿。李青山转身走出几步后忽又返回于志良跟前,他凑到于的耳边小声说:"你的党籍……"话说到一半,于志良赶忙竖起食指制止道:"过后再说,你先去安排学习。"李青山心领神会,转身冲华国璋笑了笑,走出了办公室。

李青山走后,华国璋起身来到李青山刚才坐的椅子边坐下。

于志良很烦华国璋那张"阴阳八卦"的嘴脸,华国璋眼镜后面那双透着精明的小眼睛让于志良感到很不舒服。因为华国璋在国民党那边有通天的人脉关系,所以他不便得罪。李青山走后,于志良就把身子斜靠在椅子上闭目养神。

于志良一想起自己曾经是共产党员就不免叹气。这么多年了,他始终没有和党组织联系上。李青山前段时间告诉他,老朱传来消息,说组织上已掌握了他的一些情况,只是与组织上失去联系这么多年,要想恢复组织关系,必须要经过上级部门的审查。李青山还告诉他,因为他的背景特殊、关系复杂,所以审查的时间可能要长一些。于志良是个急性子,他冲李青山说:"眼下最要紧的是打鬼子。你们愿意审查多久就审查多久,我可没那个耐心。"李青山忙解释说:"这是组织程序,不是针对你个人。"为了缓和气氛,李青山接着说,"只要你符合条件,早一天晚一天都不会影响你打鬼子。现在,你的名气很大,陵县人谁不知道于志良是个抗日英雄!"

"沈鸿烈主席明天去乐陵视察工作,路过咱们神头,说要来看看您。"华国璋的脸上露出了得意的神情。

听到沈鸿烈要来的消息,于志良的心里一惊,瞬间坐直了身子。他不知道沈鸿烈的葫芦里到底卖的是什么药。活捉的日本士兵已经被送到国民党山东省党部一个多月了,说好的奖赏至今没有下文。现在他一看到华国璋就会想起这件事来,他觉得国民党言行不一,靠不住。

"他来做什么?送枪?送炮?送大洋?"他站起来,身体前倾,紧盯着华国璋的小眼睛连续发问,他知道华国璋肯定知道沈鸿烈此行的目的。但华国璋只是笑了笑,说:"沈主席说过来看望你一下,顺便带个惊喜给你。"

于志良见华国璋再没有下文,就转身坐下。他端起桌上的茶杯喝了一大口,又把杯子放回桌子上。他让水在口腔里转了两圈，然后扭过头吐在了地上。华国璋起身提起桌子旁的暖壶往茶杯里加了些热水。

"目前的学习课程是否安排得多了些，下面的人都有意见。大家都是玩锄把子、枪杆子的，对笔杆子、纸片片很反感。再说这种'赤色'宣传很容易蛊惑人心，队员们的思想会渐渐活跃起来，如此下去，队伍怕是不好带了。"

"好带难带都要带呀。"于志良没有正面回答华国璋的问题。在冀鲁边区，几乎每个地方武装里都有共产党人。蒋介石的庐山讲话听起来冠冕堂皇，但具体的行动落实情况从华国璋的一言一行中就能看出端倪。共产党要抗日，但国民党却是要打击共产党。想到这，于志良马上想到，沈鸿烈来神头的目的一定与共产党有关。

于志良吩咐华国璋："你与刘处长商议一下，看看明日如何接待，规格可不能太低了，要隆重热烈一些。"于志良认为自己是无冕之王，沈鸿烈的话他可以听也可以不听，但沈鸿烈是华国璋的主子，而华国璋又是他的政治部主任，这点面子还是要给的。

后来的事实证明，沈鸿烈来神头的真正目的正如于志良猜想的一样——表面上是给于志良送委任状，但实际上是为了防共限共。沈鸿烈收到于志良送去的日本士兵后，想得更多的不是如何给于志良请功，而是如何给他自己请赏。

沈鸿烈是个老官僚，日本海军学校毕业，曾任北洋军阀张作霖的中将，东北渤海舰队司令。他在任国民党山东省政府主席之前，主政青岛六年，政绩可圈可点。七七事变之后，他在执行蒋介石的"焦土政策"中战绩显赫，因此被委任为国民党山东省政府主席。在出任国民党山东省政府主席后，在对待冀鲁边区的共产党人的问题上，沈鸿烈坚决执行蒋介石的"溶共、防共、限共、反共"方针。

沈鸿烈借着向蒋介石汇报陵县的民团组织在他的领导下取得了伏击日本汽车、缴获钢炮、抓获俘虏的成绩的机会，把心里早已酝酿好的"冀鲁联防"计划做了汇报。

从蒋介石那里得到的鼓舞让沈鸿烈心花怒放。留洋回来的沈鸿烈对于志良的民团组织是不屑一顾的。于志良抓获十多名日本人，取得伏击战的胜利，在沈鸿烈的眼里只不过是这个满脑袋高粱花子的当地农民领袖捡了个漏。按他的意思，就连空头支票他也不想给于志良，因为想要这些空头支票的组织和个人实在太多了，他要把"好钢"用在刀刃上。他明白，这种空头支票开多了含金量会大打折扣。

他通过华国璋知道了八路军的东进抗日挺进纵队路过神头并召开了民团首领大

会的消息。他汇报给蒋介石的"冀鲁联防"行动还没开始，肖华率领的东进抗日挺进纵队就开始给民团灌输共产党思想了，沈鸿烈有些急了。他想趁"于团"还没跟八路军走之前把这支队伍拉住。因此，他给于志良和他的"于团"带来了委任状。

见到沈鸿烈本人后，沈鸿烈的形象在于志良心里来了个彻底颠覆。平时，他一想起沈鸿烈就会联想到华国璋的模样——戴着一副金丝眼镜、举止猥琐、面容奸诈。可此刻站在于志良面前的沈鸿烈，除也戴着一副眼镜外，与华国璋的形象可谓是大相径庭：沈鸿烈长得高大魁梧，满面红光，说话膛音很大。刚一落座沈鸿烈就让勤务兵从公文包里拿出委任状摊放在于志良面前。

兹委任：于志良为国民党山东保安第九旅旅长兼陵县县长。

国民党山东省政府

民国二十七年九月十日

"于司令，从今往后，你就是我们的栋梁之材了。这张委任状是对你抗日有功的奖赏，希望你今后再接再厉。"说完他环顾四周，看华国璋、刘干青、于如周、李青山等全都正襟危坐，接着又说，"你们一定要精诚团结在国民党的这面大旗下，争取早日把小日本赶出中国去。"

开场白讲完后，沈鸿烈的讲话不再那么严肃，气氛随之缓和下来。沈鸿烈夸赞了一番神头，说神头是个人杰地灵的地方，不少文学大家留下了赞美神头的诗篇。说着他便吟诵了一首明朝曹天宪写的《吊东方先生墓》：

厌次西风上敝裘，偶因村叟识荒丘。

萋萋草色连秋色，冉冉云愁动客愁。

金马辟名嗟溷世，古祠遗像笑蜉蝣。

年来已解师曼倩，何事栖栖又白头。

听完沈鸿烈的吟诵，大家不由得生出了敬仰之情，就连李青山都有些佩服沈鸿烈的才气或者说心计了。李青山觉得，沈鸿烈在来之前肯定是做足了功课的。

从大家的表情上来看，沈鸿烈认为他想要的效果已经达到了。接下来他又说到了秦始皇东巡路过厌次（秦汉时期陵县被称作厌次）的事情。说着他还抬手指着于志良说:"好好干,说不定哪一天紫气也会出现在于司令的头上。"

一句话引得大家一阵欢笑,笑声里更多的是恭维。沈鸿烈的话让于志良感到有些羞愧。他把部队的武器装备及驻防情况一五一十地向沈鸿烈做了汇报,有些记不清楚的,就由刘干青进行补充。

听完汇报,沈鸿烈说:"部队装备差了一点,回去后我会向上面报告,争取为你们保安九旅增加些装备。"说完他把刘干青手里的地形图扯过来展开,又接过华国璋递过来的放大镜认真地看起来。地图上于志良用笔勾画出的"于团"的势力范围很清晰,往西绕过县城延伸到德县的部分地域,往南探入平原境内津浦铁路线往南一公里左右,但向东和向北只有几公里的样子。

"陵县地形呈西南东北狭长状,就你们'于团'现在的位置看,向西不远就是陵县县城,那里有日本人驻守,你们今后的发展方向只有东北方向。"

说到这里,沈鸿烈拿起桌子上的铅笔,沿着东、北、南三个方面的陵县边界一直画到县城位置南北水平线上。他抬起头来,发现于志良正不解地望着他,笑了笑接着说:

"'于团'现在的地方太小了,既然成了保安第九旅,地盘自然就应扩大了。你于志良是一只威震四方的猛虎才对,不要做只会看家的犬。"

听完沈鸿烈的话,于志良盯着地图看了一会儿,眼睛里闪出了一丝光亮。看站在一旁的李青山皱了两下眉,他忙说:"沈主席高抬于某人了,我就是想把家乡的父老乡亲保护好,能让他们免遭兵匪袭扰即可。至于其他,于某没想那么多。"

"胸无大志,胸无大志啊!"沈鸿烈连连摇头,他接着说,"不瞒你说,这次我还要到德平曹振东那里看看,我要把你们这些民团武装整合起来,让你们做大做强。如果你办不到,那我就只有请曹振东司令来做了,反正他也早有此意。只是到时你于司令可别说我没提醒过你哟!"

看于志良认真地望着自己,沈鸿烈的神情严肃了起来。华国璋马上接过沈鸿烈的话茬说:"陵县地盘岂能容外人觊觎,过后我们再商议一下,定不辜负沈主席的期望。"话说到这份儿上了,于志良也只好冲沈鸿烈笑了笑。

离开时,沈鸿烈一再嘱咐于志良:"作为国民政府的县长,务必要统一军令政令于国民政府,一切事务不容八路军和共产党插手,并且要限制他们的发展。希望你们能精诚团结,把这里打造成针插不进、水泼不进的模范战区,绝对不要让其他势力尤其是共产党染指这里。"

在得知沈鸿烈第二天要去"十八团"防地召开附近民团的骨干大会时，于志良劝沈鸿烈将这个会安排在神头召开。沈鸿烈微微一笑说："同样是地方武装，'十八团'也需要鼓励嘛。"

于志良带着"于团"的高层和他的醋心参加了沈鸿烈在滋镇小学召开的地方武装干部会议。除了于志良的民团和"十八团"，参加会议的还有"邱团"的骨干。"邱团"是一个约有一百二十人的民团组织，平时在郑家寨周围活动，首领叫邱勋白，是郑家寨大邱家的人。"邱团"的人是沈鸿烈让他的秘书王绂青召集过来的。会上，沈鸿烈做了《团结一致，共同抗日，争取最后胜利》的报告。主席台上的沈鸿烈谈古论今口若悬河，引得下面掌声阵阵。会后，沈鸿烈还煞有介事地从"于团"政治部里挑选了一位叫李春生的青年作为保安第九旅驻省府的联络员兼沈鸿烈的秘书，跟沈鸿烈一起到惠民工作。

回神头的路上，于志良望着道路两侧"十八团"的地盘，感到有些堵心，这是他以前从未有过的感觉。

第三章　风起云涌

打磨的石匠

在一个烈日炎炎的夏日，快近晌午时，在三洄河村东北五公里处的王洪开村来了一位肩背褡裢、衣衫褴褛的中年汉子。王洪开村的西侧紧挨临邑通往宁津的官道，因此常有过路的外乡人、逃荒落难的乞丐或生意人来村里落脚歇息，或讨碗水喝或讨口饭吃。因此，坐在村口等儿子下地回家的杨大娘看到有陌生人进村也没多留意。直到那人来到跟前叫了声"大娘"，她才认出来这人是前些日子来家里打磨的石匠老李。

"玉枝在家吗，大娘？"

"没呢，这不我也在等他嘛。一早就和他表弟下地去了。这都晌午了，也快回来了，咱先进屋。"说完，杨大娘就领着老李进了家门。杨大娘对老李很有好感。

两个多月前，老李进到她家院里问家里的石磨需不需要打。杨大娘说："磨确实该打了，但眼下没有粮食，打磨也没啥用，一年到头也用不了几回。"老李来到磨盘前掀开上面的柴草，发现磨盘的齿棱钝钝的。

"大娘，你这石磨有年岁了吧？"

"可不是咋的，还不知哪辈传下来的呢。"

看到杨大娘没有要打磨的意思，老李便不再问。他撩起衣襟擦了把汗，顺手接过杨大娘端过来的粗瓷碗，咕咚咕咚一碗凉白开一口气进了肚子。随后他和杨大娘聊起了家常，不知不觉就到了饭时，杨大娘的儿子杨玉枝下地也回来了。杨大娘多拿了副碗筷，让老李一起吃。饭桌上，老李和杨大娘的儿子越拉越近乎。老李懂得多，他讲的好多事情杨大娘都听不懂，但她的儿子玉枝却听得津津有味。饭后，老李对杨大娘说："我不能白吃你家粮食，我给你把磨打了，就当是饭钱了。"杨大娘觉得打磨对老李来说是顺手的事，就同意了。打那天以后，老李就常到杨大娘家里找玉枝聊天，有一次从中午一直聊到了晚上掌灯才走。再后来，玉枝似乎忙起来了，干完地里的农活，就一天到晚地不着家了……

　　老李进门坐下不一会儿，杨玉枝就扛着锄头进了家门，后面还跟着个十五六岁的半大孩子。

　　"这就是你说的那个表弟魏立勋？"老李一把把魏立勋拽到跟前，欣喜地打量着。

　　"对，他就是三泗河村姑姑家的表弟魏立勋，怎么样？"杨玉枝望着老李，脸上带着笑。

　　"不错，小家伙蛮机灵的。"

　　下午，三个人在杨玉枝家的小南屋里聊了足足两个小时。临走时，老李摆了个手势，要他俩在门口止步。

　　石匠老李名叫李晓瑞，河北省南皮凤翔村人，1918 年生，1937 年加入中国共产党。1938 年初，受中共鲁北特委派遣，李晓瑞来陵县接替老朱，负责重新建立党组织。经过一段时间的考察了解，他认为陵县四区三泗河一带群众基础较好，民众对社会环境久怀忧愤，他们既有强烈的抗日报国热情，手中又有许多散存枪支，一旦组织起来，能立刻成为一股强大的抗日力量。另外，四区地处陵县、德平、临邑三县界首，是敌人控制的薄弱之地。在这里退可潜伏隐蔽积蓄力量，进可形成据一地而扼三县之势。于是他每天化装成石匠来三泗河一带秘密传播革命知识、发展党员、建立党组织。

　　经过一段时间的考察，李晓瑞对杨玉枝说："小家伙各方面素质都不错，可以作为党员发展对象进行培养。"杨玉枝把这一消息告诉魏立勋后，魏立勋高兴得直跳。等他再次见到李晓瑞时，李让他暂时先参加中华民族解放先锋队，并提议由他担任三泗河村青年抗日救国会的主任。李晓瑞给魏立勋看了毛泽东同志写的《论持久战》和《抗日游击战争的战略问题》，还给他讲了好多抗日救国的道理。

这一年的9月9日，未满十六周岁的魏立勋成为继小高家村张华九、王洪开村杨玉枝后，抗日战争期间李晓瑞在陵县发展的第三位中共预备党员。

由于受"十八团"的保护，三洞河村魏丙臣老先生的私塾办得红红火火。战争的硝烟里弥漫的硫磺味与先进的文化思想一同撒进了这个古老的村庄。有了秘密身份的魏立勋开始了他对梦想的追求。在李晓瑞、杨玉枝等人的引导与启蒙下，魏立勋的梦想变得具体了。他把从李晓瑞那里听到的、学到的东西，通过自我加工提炼，变成了在私塾里讲课的内容。他讲中国苦难的根源，讲日军的暴行，讲庄稼人团结的重要性……来上课的人渐渐地多了起来。有些上了年岁的人也来听课，但他们还是心存疑虑——一个十五六岁的孩子嘴里的话，分量能有多重？

在这个节骨眼上，李晓瑞来到了三洞河村。从魏立勋那里听到的内容，他们在这位石匠的嘴里又一次听到了。

三洞河村的人能明显感觉到，这个秋天整个村子在不知不觉地发生着变化。

1939年年前，三洞河村村民魏乃德、魏立全、魏山阁、魏立吉先后加入了党组织。随即，三洞河村党支部成立，党支部书记魏立勋，组织委员魏立全，宣传委员魏乃德。这也是抗日战争期间在陵县继小高家村党支部之后成立的又一个党支部。根据当时的规定，不满十八岁的青年可以入党，但只能享受预备党员的权利，如果担任了领导职务，可以享受正式党员的权利。魏立勋此时拥有了正式党员的权利。后来，为便于开展党的地下工作，上级组织为他起了个化名——王士英。

行军遇阻

1938年8月，由八路军第一一五师第三四三旅六八五团二营扩编成的代号为"永兴支队"的第五支队携平型关大捷之喜，进驻冀鲁边区开展敌后游击工作。龙书金任第五支队五团团长。

从地图上看，冀鲁边区东临渤海，西抵津浦铁路和大运河，南临黄河，北到马厂减河，主要包括当时隶属于山东的陵县、德平、乐陵、临邑、济阳、阳信、商河、无棣、惠民、滨县、沾化等县和当时隶属于河北的盐山、东光、南皮、吴桥、新海、宁津、庆云、沧县（东部）等县。这一带位于天津、济南之间，又称鲁北、津南地区，是在津浦铁路以东沿渤海海岸展开的狭长平原地带，在军事上战略位置极为重要。

这片土地在遭到日寇"扫荡"和伪军洗劫后，土匪恶霸结伙逞凶，地方武装自立山头，派系林立。各民团良莠不齐，为抵抗日军入侵临时拼凑起来的武装组织很不稳固。为抢夺地盘、扩充自己的实力，各武装派别之间火并的情况时有发生，给当地人民造成了极大的灾难，也给共产党开展地下工作带来了许多阻力。因此，开辟冀鲁边区、建立起地方人民武装、成立抗日民主政权、组织人民群众共同抗战已迫在眉睫。为整合陵县及周边的地方民团武装力量，在第五支队的积极斡旋下，各民团达成共识：在陵县县城以北二十五公里处的义渡口街成立抗日同盟军。考虑到德平县"曹振东团"在当地有很大的影响力，于是推荐"曹振东团"的司令徐仲阳为同盟军总司令，曹振东为副司令，宋达民任政治部主任，李玉双任参谋长。

不久，抗日同盟军改名为八路军津南支队。八路军干部杨忠、赵焕文、王品山、刘家英等被派往支队。根据曹振东的要求，司令部机关除一部分设在义渡口外，其余设在陵县、德平边界以东三公里处的德平街。为做好统战工作，当时在德平县工作的一部分共产党员被安排在队伍中任职。

1938 年冬，日本人对冀鲁边区展开疯狂"扫荡"。为避开敌人的锋芒，八路军第五支队只好化整为零。龙书金根据上级指示随五团来陵县、德平、临邑一带活动。在开赴陵县前，冀鲁边军区政委周贯五就当前形势在干部大会上做了冷静的分析。他说："我们不少人参加了平型关大捷的战斗，平型关大捷是粉碎了日寇不可战胜的神话，但那是在山区，现在这里是平原。平原与山区不同，平原地势开阔，无掩无遮，铁路、公路四通八达，敌人的机械化部队和骑兵能够迅速增援。在平原要怎样打鬼子，我们还没有经验。另外，我们的武器装备同敌人比也相差悬殊。因此，我们不与敌人打攻防战、遭遇战，而是要多开展游击战、伏击战。"

经过多次谈判，曹振东的队伍被收编为"八路军第七支队"。八路军接下来的计划是把于志良的"于团"收编为"八路军第八支队"。

这次冬季"扫荡"，日本人的目标很明确。由于土匪、汉奸、伪军等人告密，日军对八路军经常活动的区域进行了拉网式的反复"扫荡"。龙书金带领五团采取昼伏夜出、穿插迂回的方式，多次跳出敌人的包围圈。时间久了，队伍里弥漫起了消极情绪，认为这样让日军天天撵着走太憋屈了。他们想打一场伏击战，杀杀日本人的锐气。

进入三九以后，天寒地冻，大雪过后，日军"扫荡"的主力部队撤回了德县县城，其他部队也回到了各自的据点里。人们估摸着敌人近期不会再有大的动作了。一天，龙书金得到消息，说驻德县的日军头目会在第二天派出一小股人马去陵、平交界处的马腰务一带"扫荡"。龙书金意识到打伏击战的机会来了。其实前一天他们刚刚穿越三十公里从德县北部的东堂赶到宁、陵、德边界的张习桥一带，但战士们一听说要打伏击战，一个个都摩拳擦掌不觉疲劳。为防止德平的日本人察觉，他们在夜深人静时开始行动。三百多人走在雪地上，发出嚓嚓的声响，留下一串串清晰的脚印。龙书金心想，这样很容易被日本人发现行踪，到时跑得再快也不如日本人的马队快。这时，前面影影绰绰出现了村庄，从村子里穿过可以干扰一下敌人的视线，于是龙书金问身边的战士前面是哪里，战士说前面的村子叫张有道村，属于"十八团"的防地。一听说"十八团"龙书金心里打了一个激灵。八路军进驻冀鲁边区后，多次派人联系他们，让他们和八路军联手抗日，可他们不理不睬。有"十八团"防地的村民传出消息说，防地里的老百姓怕八路军抢了他们的地盘，所以他们既防日本人也防八路军。肖华曾嘱咐龙书金及在陵县工作的其他同志："在与'十八团'的接触中，一定要把握好党的政策，多做宣传解释工作，用实际行动感召他们，让他们尽早加入到抗日队伍中。"

龙书金知道，日本人的几次"扫荡"都绕开了"十八团"的防地。他嘱咐前面开路的一连："到村子前要停下来，先派人沟通一下。"话音未落，村口就传来了咚咚的鼓声。顿时，吠声四起，家家户户亮起了灯。龙书金明白，这鼓声就是信号，在听到鼓声后所有联防村的人会在最短的时间内赶到这里。

"行动暴露了！"他喊了一声，要打马赶到队伍前面去。

"团长，你先在这里等一下，等我们弄清情况再说。"一营营长谭瑞志从后面追上来急切地说。

"这种阵势，也只有民团才有。"龙书金说着下马，然后沿着战士们让开的空隙迅速跑向前面，通信员紧随其后。谭瑞志也不敢怠慢，紧紧跟在通信员的后面。

村子似乎建在一个高台上，几个火把把高大的门楼映照得通亮，那只架起来比人还高的大鼓就立在门牌坊一侧的平台上。一个人背对着下面的人群，双手把鼓槌抡圆，鼓声在黑夜里回荡着。一些手持钢叉、长矛的民众陆续登上了牌坊两侧的耳楼。

"老乡，我们是八路军，想借道去南面打鬼子。"谭瑞志站在下面喊了两声，但喊声瞬间被鼓声淹没了。旁边有人示意鼓声停下来。

"我们不管什么八路九路，这是'十八团'的防地，请你们尽快离开！"一位上了年岁的人说。

"我看你就像鬼子！"有人站在上面冲谭瑞志喊了一声。队伍里发出了哄笑声，谭瑞志意识到村民为什么这么说后忙把头上的帽子摘下来握在手里。这顶两耳带帘的帽子是平型关大捷的战利品，谭瑞志觉得这顶帽子暖和，所以带在了身边。

很快，人们开始往村子四周聚集。看八路军部队整齐地、静静地站在原地不动，大家都感到好奇，很多人开始议论起来。

"看来村民不理解我们，我们绕道走吧。"谭瑞志对龙书金说。

"我们就这样走了，老百姓还是不理解我们。既然来了就应该让老百姓更多地了解一下党的政策。"龙书金说。

这时村口的大门打开了，一位手持大刀的汉子走了出来，后面还跟着四五个带着家伙的人，其中一人手里举着火把。

"老乡，看来你是领导了，我们是八路军东进抗日挺进纵队的，现在急着赶路去打鬼子，想从你们的防地路过，还请行个方便。"龙书金上前几步，走到汉子面前说。

"打鬼子可以，只是，这么大的地盘为何偏偏走到我'十八团'的防地来了？"

"我们走夜路，一是看不清，二是为了赶时间，所以就抄了近路。"谭瑞志在一旁说道。

"你这近路抄得非要从我们村子穿过？我们团长吩咐过，任何队伍都不能进入我'十八团'的防地，就连日本人来了都绕着我们走。"汉子说话的口气很牛。

"绕过'十八团'的防地还要走多远？"龙书金问谭瑞志。

谭瑞志告诉龙书金，要绕过"十八团"的防地，往北需经过两个村子然后再转向西走差不多五公里路，往南更远，要一直走到德济公路。但过了这个村子往西再走一两公里就能到了。

龙书金想了想，说想和他们团长谈谈。汉子回答："我们郭团长在仓上，要见他得等天亮了，有啥事和我讲一样，但这条路你们是走不通了。"

龙书金看了看表，对谭瑞志说："绕道恐怕是来不及了。"看到下面的人在耳语，台上的汉子得意地转动起了手里的大刀。

"彪子，你神气什么呀！八路军是咱老百姓的队伍，你挡着自己的队伍不让过，看你以后后悔不！"队伍里突然有人喊了一声。

彪子停下了手里的动作，他伸长了脖子在队伍中找着。一位小战士挤到了队伍前面，他穿着一件肥肥大大的衣服，肩膀上的枪几乎要拖到地面上。

"小盒子，是小盒子。"那个举火把的青年首先喊了起来。

"小盒子，你怎么也在队伍中，啥时候当的兵呀？"彪子看上去异常兴奋。他快步走下高台，上前摸着小盒子肥大的灰布上衣。

"俺跟俺爹出去讨饭，还没到沧州俺爹就被流弹打死了，后来是八路军收留了俺。"小盒子说。

"我们的队伍是打鬼子的，是咱们穷人的队伍，就让我们过去吧。"小盒子冲彪子央求着说。

彪子挠着头皮，一时半会儿没了主意。

"过，过，过。看咱小盒子的面儿也要让他们过。"旁边几个人边说边去抬路障。

"可是，可是，郭团长他们吩咐过，不让……"彪子支吾了半天，最后也去帮着抬路障。

"我们不管郭团长了，不让过也分不让谁过呀，看不见小盒子在队伍中嘛！"有村民嚷嚷着，路障被迅速抬到了一侧。

手持棍棒的民众越聚越多，后面的人不知道前面发生了什么，都想挤到前面去看个明白。

龙书金冲彪子几人一抱拳，连声说："谢谢乡亲，谢谢乡亲，我们后会有期。"说完一挥手就朝村子里走去，谭瑞志赶忙招呼队伍跟上。

"小盒子，你什么时候回村？"后面人群里有人高声喊着。

"过不了多久，很快就会回来的，我们队伍就在附近。"队伍里响起了小盒子的回答声。

虽然龙书金他们按照预定时间赶到了伏击地点，但日军"扫荡"的队伍并没有从那里经过。原来此时日军已经在马腰务及附近几个村子里挨家挨户地抢劫了。

是走漏了消息日军改了行军路线，还是选择的伏击地点本身就不合理，关于这个问题龙书金他们始终没有搞清楚，但有一个问题他觉得必须尽快解决，那就是地方民团的统战、整编工作。

退回委任状

抗日同盟军成立后，通过各方面的努力，人员配备很快达到我党在那个时期对地方民团组织的要求。颇具儒家风范的李玉双当上了同盟军的参谋长，政治部主任是他的老朋友宋达民，我党派出的共产党员赵焕文担任政治部副主任、杨忠为八路军驻同盟军代表。不久之后，在"于团"受到排挤的李青山也被派到"曹振东团"担任团长。龙书金从五团抽出了一个连的兵力跟随"曹振东团"活动，遇有紧急情况他们冲在前、顶着打，撤退时压在最后。党组织的种种安排对刚刚组建的同盟军起到了稳定作用。由于同盟军内部成分复杂，各部首领在思想上还大都停留在保护自己的势力范围并借机扩大自己的地盘上，因此他们对八路军存有不同程度的戒心。为了打消顾虑提高他们的抗日热情，当时的鲁北特委指示：不在他们有政权的地方设立新政权，不抽调他们的部队，但我军须能自由通过他们的地盘，我军经过时由他们负责提供给养，群众中如果有自愿参加八路军者要允许。

沈鸿烈在滋镇小学做完报告的第二天就带着一行人赶到了曹振东在德平的司令部。履历丰富和官位显赫的沈鸿烈踏进了曹振东的大门，这着实让曹振东有一种受宠若惊的感觉。

在谈话过程中，曹振东拿出八路军为他颁发的"八路军津南支队"编制番号文件，想在沈鸿烈面前炫耀一番，看沈鸿烈变了脸色，曹振东就赶紧收了起来。沈鸿烈拿出了他的那套反共理论，大谈正面战场上国民党军是如何英勇顽强地反击日本人的，同时指出当下共产党的八路军也是受蒋介石的统领。他让曹振东一定要把目光放远，要向国民党军靠拢。

沈鸿烈见曹振东在认真地听自己讲话，便让新任秘书李春生拿出了委任状。

"曹振东听令！"沈鸿烈手拿委任状站起身来，大嗓门一喊着实把曹振东惊出了一身冷汗。曹振东迷迷愣愣地站起来，紧张地望着沈鸿烈。

  兹委任：曹振东为国民党山东保安第五旅旅长。

国民党山东省政府

民国二十七年十月十八日

沈鸿烈宣读完了，曹振东还呆在那里，李春生提醒他，他才上前一步从沈鸿烈手中接过了委任状。

"哈哈，曹老弟，干吗这么紧张啊。"沈鸿烈坐下后一扫严肃的表情。

曹振东干笑了两声，又盯着委任状看了两眼，然后放到了桌子上。

晚宴设在司令部的小餐厅，曹振东一改往日待客只叫几名副手作陪的习惯。这一次他的秘书及司、政、后各主官均参加了晚宴，还另外多安排了两桌让连以上的主官一同庆贺。在沈鸿烈的招呼下，大家狂欢了一个晚上。

酒过三巡，菜过五味，基层军官就餐的屋子里传来了吵嚷声，而且声音越来越近。曹振东刚想安排人去看看，一大帮军官就端着酒杯拥进了屋，他们是来给沈鸿烈敬酒的。走在最前面的是三营副营长马二奎，他曾是沈鸿烈的勤务兵，几个月前来到了曹振东的队伍。马二奎识文断字，写得一手好字，文笔也特别好，曹本来想为他在政治部安排个职务的，但他非要下基层。沈鸿烈捎话过来让他一定要在曹的队伍里得到锻炼，还说他是个人才，就是缺少基层带兵的经验。没过多久马二奎就在基层官兵中聚起了人气。

跟在马二奎身后的几名军官个个面红耳赤，他们站在沈鸿烈和曹振东的酒桌前。沈鸿烈笑而不语，曹振东张着嘴一脸疑惑。如果没有沈鸿烈在场，曹振东或许会大发雷霆——没有他的允许，这么多人一起来到他的客人面前是很不懂规矩的行为。

"沈主席、曹司令，今天我们过来是想说出我们的两个心愿。第一是愿二位长官仕途远大、健康长寿。"说罢马二奎一仰头将整杯酒倒进了肚子里，后面的人也学他把酒喝干了。

沈鸿烈把杯举到唇边微微沾了沾，曹振东干脆就在那里一直端着，他要等马二奎把第二个心愿说完。

"第二个心愿就是愿我们永远团结在国民党的大旗下，不接受八路军的编制。"

闻言曹振东手里的酒杯抖了一下，脸上现出愠色。他把目光转向了沈鸿烈，沈鸿烈的脸上依旧挂着微笑，淡定得好似他早就料到了马二奎要说什么。

"一奴不伺二主，马营长你把儒家文化研究得很透啊。就凭这点这酒我也一定要喝。"说罢，沈鸿烈没有看身旁的曹振东，端起酒杯一饮而尽。曹振东犹豫了一下也把酒干了。

"多谢沈主席，多谢曹司令！"马二奎挺起胸膛，连打了两个敬礼后率众退出了屋子。看着马二奎他们的背影，沈鸿烈的脸上露出了不易察觉的微笑。

第二天，送走沈鸿烈后，曹振东就想把不久前收到的八路军颁发的委任状退还给冀鲁边军区。

敲山震虎

收到曹振东要退回委任状的消息，第五支队的支队长曾国华陷入了沉思。

国民党德平县县长见国民革命军第二十九军一路败退，携家眷跑得无踪无影。原县府的常备队、集训队、公安队、区乡农学校等一哄而散。赋闲在家的德平县城北徐家的徐仲阳，早年留学日本，在鲁西北一带颇有声望。邻村曹家的曹振东曾担任县常备队队长、民团团长，在当地也小有名气。见家乡人民抵抗日本侵略者的呼声极高，所以两人商量后决定把这些人组织起来，成立抗日武装。后来城南董家河的董静亭也加入了他们的队伍。

徐仲阳本系文人不懂军事，因其资历较老，同学故友多，跟国民党各方也素有联系，在地方上号召力大，故大家推他为司令，曹为副司令，董静亭为参谋长兼德平县县长。曹系军人出身，治军有方，且队伍里的干部多是他以前的下属，所以曹在队伍中发号施令。所以曹虽称副司令，但却是掌握实权的人物。

在共产党的倡议和推动下，鲁北抗日同盟军和八路军第五支队双方联合讨伐了活跃在德平城北一带的汉奸司令刘佩臣。这等于帮着曹振东除掉了眼中钉。而且，八路军根据曹振东的意愿委任他为津南支队司令，同时把司令部设在了德平曹振东的大本营里。这一切本在向好发展，但随着沈鸿烈的到来，全都变了。

"土匪就是土匪，国民党就是国民党，他们投机革命的本质是任何时候也改变不了的。"龙书金愤愤地说。

"现在斗争形势复杂，我们要尽最大可能去团结一切可以团结的力量。同时，我们也不能让这些人牵着鼻子走。这些地方武装是跟共产党走还是跟国民党走并不可怕，可怕的是他们和日本人勾结在一起。这样的人一旦出现，我们必须坚决除之。"曾国华的这番话，让龙书金的大脑飞速运转起来，他的脑海中浮现出了活跃在郑家寨一带的民团组织——"邱勋白团"。

日本入侵陵县后，邱勋白以保家卫国的名义纠集了当地一些地痞流氓成立了民团武装，名为抗日保护家园，实为打家劫舍残害百姓。在滋镇受到沈鸿烈的召见后，邱勋白就不再把其他民团放在眼里。1938年秋，邱勋白把队伍开进了陵县五区的刘双庙村。五区是匪首张老十、董连梦的地盘。张、董得知消息后，拉来队伍令他立即离开五区地界，"邱勋白团"的人被迫率众移到1.5公里外的吴家楼村。在那里两匪对峙，剑拔弩张。村里的群众吓得纷纷逃到村外避难。夜里，张、董的部队开始攻击"邱勋白团"的人，"邱勋白团"的人不支，溃退。临行前，"邱勋白团"的人把村内洗劫一空，还把那些没逃走的群众抓起来吊打，逼他们说出藏钱的地点，离开时还掳走了十多名村民做人质。

龙书金还了解到，邱勋白和曹振东交往甚密。除掉邱勋白不但能为老百姓除掉一害，还能对其他匪首尤其是曹振东起到一定的震慑作用。

晚秋的一个早晨，一支百十人的部队在晨曦中从临邑县城附近开拔，向着西北方向行进。天渐渐放亮时，赶早的庄户人已经到了田间。他们用惊奇的目光望着这支整齐的队伍，相互间小声嘀咕着。土匪民团的队伍他们见过，日本人的队伍他们也见过，但像八路军这样整齐划一、半点不给群众添麻烦的队伍他们还从来没见过。这是第五支队五团一营二连的两个排，他们要去郑家寨端掉邱勋白的老窝。

出发前，指导员朱永来做了个简短的战前动员，他说："今天要执行一个战斗任务，要去消灭一股土匪，还要把被绑架的群众救出来。大家在行动中要相互协助，动作要迅速，夜行军不要掉队。"至于去哪里他没有向战士们讲明白。为了保证任务完成，营里还专门为他们调配了一个机枪班。出营地后，队伍由三路纵队改为一路纵队前进。

这些都是龙书金他们计划好的。为了不让日军了解八路军的行踪，东进抗日挺进纵队在进入冀鲁边区后大都在夜间活动，像这样天亮了公开行军还是第一次。当然，这么做一是因为他们已经掌握了日伪的活动规律，二是想利用这种方式鼓舞一下队伍的士气，对沿途老百姓也能起到宣传作用。

两个小时后，他们到达距离郑家寨村两公里的小郑家村附近，部队停下来休息。其间，朱永来召集班排长开了一个简短的会议。会上，他告诉了大家这次战斗的具体任务，同时还对战斗中应注意的事项做了强调。二十分钟后，他们继续出发。队伍沿着乡间小路行进，很快眼前就出现了一个很大的村子。村子中间高高耸立着几座土炮楼，村里有几户人家屋顶的烟囱里正往外冒着缕缕炊烟，四周围墙上的荒草在秋风中不停地抖动着。几个持枪的哨兵在村口大门前走来走去，望着渐渐走近的队伍他们还有些好奇，相互之间交流了一会儿。一个哨兵举起手臂冲着队伍打着招呼，在那个哨兵眼里，这支队伍一定不是日军或其他敌对匪团，应该是路过的友军。

　　就在几个哨兵还未反应过来时，人已经到了他们眼前。尖刀班的战士一个箭步冲上去，缴了他们的械。随即，大部队蜂拥而上，冲进了村里。朱永来命令机枪班在街南侧的邱勋白大院的四周抢占制高点。准星瞄准了位于院子西北角的岗楼，一梭子子弹射出后，岗楼里没了动静，部队趁机冲进了院子。

　　土匪们正在院子里吃早饭，有站着的，有蹲着的。各式各样的枪支就架在院子中央，两百多名土匪根本没来得及反应就束手就擒了。

　　邱勋白在自己的寝室里刚刚洗漱完毕，桌上卫兵送来的饭菜还冒着热气。听到枪响后他快步跨到了北墙边，就在他伸手去拿墙上的盒子枪时被冲进来的几名战士摁倒在地上。

　　这次突击行动，共缴获枪支一百七十多支、子弹近万发。朱永来在打开后院仓库的一瞬间乐了——棉衣棉布及棉花堆满了整整三间屋子。他自言自语地说："战士们过冬的衣服不用愁了。"

　　这时，一排排长过来请示朱永来，问部队是否在镇上吃早餐。朱永来看着锅灶上冒出的热气说："就在这儿吃了，让咱们的战士也尝尝土匪的饭食好吃不好吃。"

　　朱永来先让人安排被关多日的村民吃饭。饭后，他向村民们讲述了共产党的抗日主张和八路军的纪律。村民们第一次见到这么亲切的队伍，个个都伸出了大拇指。清理完战场后，朱永来带着队伍押着俘虏和战利品迅速撤离了郑家寨。

　　这次行动扩大了共产党在群众中的政治影响力，给群众留下了良好的印象，为后来在郑家寨一带开展地下工作、建立抗日民主政权打下了坚实的基础。

　　对邱勋白的处理意见大家有了分歧，一部分官兵倾向于立即崩了他为民除害。尤其是那些曾经受邱勋白匪团欺压的战士，这种要求十分强烈。龙书金请示曾国华支队长，得到的指示是找个合适的时间开群众大会公开审理，以扩大影响力。可就在第二天夜里，自知恶贯满盈难逃法网的邱勋白拆下炕沿上的砖块把哨兵砸晕后逃出了房间。邱勋白刚爬上墙头就被带班班长发现了。班长眼疾手快，举枪便射，枪响过后邱勋白从墙头跌落到地上，当场毙命。

　　听到八路军把"邱勋白团"消灭的消息后，曹振东的心猛地跳了一下。他没想到，在陵县昼伏夜出的八路军会大张旗鼓地把刚刚受到沈鸿烈召见的民团消灭掉。

　　他从参谋长董静亭手里要回了想退给八路军的委任状。他在给沈鸿烈的报告中只阐明了曹五旅全体将士将誓死效忠国民党的态度，对沈鸿烈要他把队伍中的所有共产党员清理掉的事情只字未提。

寡妇村

自从 1938 年 9 月日军再次进驻陵县县城后，"扫荡"的次数突然增加了不少。县城周边的村庄、集镇，成了日军经常"光顾"的地方。宋堤口村位于土桥与陵县县城之间，南靠德济公路，北傍马颊河，西距土桥 1.5 公里，东距县城 5 公里。随着东西两个日军据点的建立，灾难很快降临到这个村庄。

10 月 13 日晚，驻土桥据点的日军在巡逻中发现，设在宋堤口村村南公路上的电线杆被人锯走了三根，电线被割去了上百米，公路也被挖断了，日军的交通和联络均中断了。日军怀疑是宋堤口村的村民干的，因为共产党的武装组织在这附近还没建立起来，只有少数活跃在土桥街一带的民团会不时给日军以袭扰。

14 日清晨，一声清脆的枪声打破了宋堤口村的宁静，土桥据点的五六个日本士兵从村西头闯进了村里。顿时鸡鸣犬吠，男女老幼四处奔逃。日寇瞪着血红的眼睛，端着上了刺刀的枪到处围追堵截。一个小时后，几十名来不及逃走的村民被赶到了村中央的一棵大树下。村长、主事等几个村里的头面人物忙将烟酒送到日本人的面前，以求无事。不料，日本人对他们一阵拳打脚踢。村民们见日本人态度蛮横便上前与他们理论，有人说电线杆不是他们锯的，也有人说有事说事，凭什么把人都抓来，人群里一阵嘈乱。有村民想趁乱顺着小巷逃走，但被日本人用枪逼了回来。日本军官挥舞着手里的指挥刀歇斯底里地号叫着："电线杆谁的干活？不说统统死了死了的!"见村民无人答话，两名日本士兵举枪就朝人身上砸去。村民蔡万祥背着粪筐站在最后面，他想装作拾粪借机离开。刚走出去几步枪就响了，蔡万祥应声倒地。

就在这时，县城的日军乘着一辆大卡车也来到了宋堤口村，几十个荷枪实弹的日本士兵跳下车，像饿狼似的扑向人群。村民们一下子被"压缩"在了一个包围圈里，老人、孩子抖作一团，人群也一下子安静了下来。一个日军军官领着几个日本士兵闯入人群，用凶残的目光扫视着每一个人。随着日军军官的一个手势，十几个青壮年被当作怀疑对象拉出人群拖到了大树底下。日本人狂叫着，刺刀对准了每个人的胸膛。被拉出来的这些人意识到他们已在死亡的边缘，个个握紧了拳头但又不敢轻举妄动。日军军官把这几个人挨个审视了一遍后突然抓住了蔡万树的衣领，问道："你的，八路的干活，电线杆谁的干活？不说死了死了的!"蔡万树摇了摇头，然后把头扭向了一边。他不屑的表情惹恼了日军军官。日军军官暴跳如雷，狠狠地给了蔡万树一个耳光。鲜血从蔡万树的嘴角流出，脖子上青筋暴起，他冲敌人喝道："不知道，就是不知道！"气急败坏的日军军官挥了一下手，几个日本兵拥上去把蔡万树绑在了树上，然后一个日本兵端起刺刀狠狠地向他的胸膛刺去。愤怒让蔡万树忘记了疼痛，他横眉大声叫骂。日本人见他如此"顽固"，便把刺刀从胸部豁到了腹下，然后用力一搅，蔡万树立刻血如泉涌、肝肠倾泻而出。日本人又把蔡万章绑在了树上，他们指着刚死去的蔡万树说："你的说，不说同样死了死了的！"蔡万章看了眼蔡万树的尸体，挺起胸膛厉声喝道："就是不知道！"日军军官又做了一个杀人手势，一个日本士兵端着刺刀窜上去，一刀就将蔡万章捅穿扎到了树上。村民们见如此惨景，怒火冲天，他们不约而同地冲破敌围，奔向四方。敌人随即开枪扫射，蔡福德、蔡德秀、蔡玉贵、李金升、宋书文、宋书玉、吕春发、吕春芳、吕清太、小镰头相继中弹身亡。

逃到了野外的村民听到村里的枪声，个个心惊胆战。村民吕春发的妻子李洁贞抱着刚出生三天的男孩，领着五岁的女孩在婆婆的搀扶下逃出了村。跑出一段距离后，李洁贞突然目光呆滞、呼吸急促、嘴唇青紫、瘫倒在地。李洁贞的婆婆把她搂在怀里，喃喃自语像在祷告："春发不会出事，春发不会出事。"她们哪里知道，此时吕春发已经惨死在日本人的枪下了。

村民们已经在野外待了三天，但他们还是不敢回村。蔡万祥十岁的儿子蔡福业趁夜找到了姥姥家，他请舅舅一起偷偷进村。找到蔡万祥的尸体后，他们将尸体拉到野外草草掩埋了。吕春芳七十多岁的父亲摸黑在尸体中辨认出了自己的儿子，他将吕春芳一步步地背到了村外，正想掩埋时，几个日本士兵突然赶了过来，他只好扔下儿子的尸体顺着道沟逃走了。

李洁贞在婆婆的帮助下把丈夫吕春发的尸体掩埋了，自那之后婆婆日夜啼哭、滴水不进，粒米不沾，她含泪劝婆婆："娘啊，只要我活着，我就会照顾你和孩子一辈子。"后来，村里人看她年纪轻轻，几次劝她改嫁，她都不从。一天，李洁贞从邻村碾米回来见大门紧闭，叫门也没人答应，于是找来木棍把门闩拨开，开门后见婆婆正在拴绳子准备上吊。她急忙扑上去把婆婆放下来，婆媳俩抱头痛哭。不久，李洁贞几个月大的男孩也夭折了。接连的打击将她婆婆彻底击垮了，不久便离开了人世。

1938年10月14日，宋堤口村有十四名青壮年死在日军的屠刀下。一个民风质朴的村落，瞬间成了"寡妇村"。

第四章 重生与泯灭

与日军的最后一战

1938 年年底，冀鲁边区军政委员会确定了重点向鲁北方向发展的方针，但国民党顽固派刘景良、张子良等人占据着惠民、商河、阳信、沾化、无棣等县，这几个县像一弯月牙一样挡在了我军向黄河北岸进军的前面。

两个月前，为解鲁南危机，八路军冀鲁边军区先抽调了津浦支队主力一千多人奔赴鲁南支援，尔后又有部队陆续撤离。这给冀鲁边军区的抗日形势带来很大影响，鲁北抗日活动被迫局限于平原、禹城、陵县一带。面对抗日形势的变化，上级要求先开辟陵县抗日根据地，继而南下平原、禹城。这是开创鲁北抗战新局面的重要一环。当时，陵县的形势同整个鲁北一样，党的基础非常薄弱，只有小高家村、三洄河村等几个村庄建立了党的基层组织。人民群众的思想觉悟还停留在村内自保或联庄团保的水平上，诸如"十八团"阻止八路军在辖区内通过的事件时有发生。民团等地方武装见风使舵、相互倾轧的行为非常严重。陵县西部有"于团"，东部有"十八团"，这两大民团武装左右着陵县境内抗日形势的发展。东部的"曹振东团"又在国民党和共产党之间左右摇摆。这些武装势力在抗日的问题上非但没能形成拳头，于、曹还虎视眈眈地盯上了"十八团"的地盘，"于团"内部甚至有人和陵县县城内的日本人开始来往。陵县的抗战形势变得异常复杂起来。

其实，于志良的狂妄是在沈鸿烈委任他为国民党山东保安第九旅旅长之后的几个月里迅速形成的。随着时间的流逝，他曾经的革命理想及他对恢复中国共产党党员身份的向往和期待已经快要消失不见了。过去一年多的时间里，他想恢复共产党员身份的愿望没有实现，他心有怨言，共产党人昼伏夜出的行事方式也让他很不屑，加之华国璋等国民党顽固派不断给他灌输反共思想，所以后来沈鸿烈的一纸委任状让他对国民党抱起了幻想，他觉得投靠国民党心里会更踏实。沈鸿烈走后不久，因华国璋、刘干青等人的排挤，共产党员李青山无奈离开了"于团"。

1938 年 12 月 22 日，驻扎在平原县大仇庄的国民党山东保安第九旅第一团（对外号称团，其实还是营的编制）团长孟震寰忽然接到了于志良的命令，要他移防至神头南三公里处的西王家。

"司令，眼看就要过年了，你让我们离开家，弟兄们意见都大着呢。"

孟震寰一进于志良的办公室就大声嚷嚷开了。自从孟震寰带着一营破袭了津浦铁路后，他的部队就常年驻扎在津浦铁路线附近。部队扩编后，他的一营扩充到团的编制，兵员就地招募。几次胜仗过后，"于团"声威大震，不到三天时间，一营就扩到近千人。士兵全部来自平原、陵县、禹城三县交界的村子。

于志良没有回答他的话而是问他先去大殿拜了没。于志良知道孟震寰每次来司令部都要去正殿祭拜一下东方先生。自司令部搬到东方朔祠后，不只是孟震寰，于志良每周也都要拜一拜这位至圣先贤，有时还要占上一卦，以测凶吉。

看到于司令脸上喜悦的神情，孟震寰觉得有好消息在等他。他一挠头皮，说了声"忘了"。孟震寰随后就要抽身返回祭拜东方先生，于志良忙叫住了他。

"告诉弟兄们，打完这一仗，咱过个好年。到时候酒敞开来喝，肉敞开来吃。"

"司令，又有新任务？是打小日本还是……"孟震寰说着，用手朝东指了指。

"那先放放，早晚的事。眼下这日本人不好对付。接到德县密探报告，德县、吴桥两县的日伪军明天要来'扫荡'，说是要炮轰神头彻底消灭我们。看来今年夏天的账还给咱们记着呢。"于志良说完，点起一支烟。

孟震寰忙问："我们怎么办？"

"和小鬼子硬碰硬不行，咱要和小鬼子玩捉迷藏的游戏，打打走走，能消灭多少算多少。明天不要和鬼子纠缠，也就是说打仗不能太黏，首先要保证我们的部队不受损失。如果打仗太黏，一来部队不容易挣脱，二来老百姓遭殃。这一带我们亲戚连着亲戚，庄乡连着庄乡啊。"说着，于志良来到墙上的地图前。

"我们的机关要全部搬出神头，到康庄、姜家、朱庄、郭庄一带的村里驻扎。

驻平原七区、八区的部队调到神头附近的李科、李五道、侯家一带设伏。司令部先设在药王庙，到时根据战场形势，随机行事。"

布置完工作，于志良陷入了兴奋中。他心里明白，明天将会是一场硬仗。喜欢冒险的他要在日本人身上练练兵，刚刚扩编的保安九旅实力到底如何，他要在父老乡亲们面前亮亮相，同时也给其他武装民团看看。此时的他心里又掠过一丝担忧：扩编后，部队虽然人数多了，但那是虚涨，武器装备并没有增加，人员的军事训练也很不系统。他又想起了李青山，随后他摇了摇头，叹了口气。

拂晓时分，神头街的村民们被几声隆隆的炮声惊醒了。等他们回过神来跑出家门时，一队队端着"三八大盖"的日本兵已经进了村，东方朔祠已经变成了一片废墟，只有几只土狗在废墟的缝隙中窜来窜去。

日本人没有搜寻到"于团"的影子就把怒气撒在了东方朔祠的这片废墟上。几声枪响后，土狗发出了声声惨叫，一只就地栽倒，另一只踉跄着没跑几步也栽倒在地，其余的四散逃走了。这时，一位黑衣男子小步跑到了日军翻译官的面前嘀咕了几句，翻译官又对着日军指挥官耳语。随后，日军指挥官手一挥，队伍迅速向着村外奔去了。

村西头满载着日本士兵的几十辆汽车和上百匹马队也立即行动起来，他们和刚刚从村子里跑出来的队伍一起向西南方向行进。走出一段距离后，他们分成两路，一路奔向康庄，一路扑向李五道、西王庄一带。

奔向康庄的日本士兵在村外与"于团"第三营交上了火。双方对峙了一会儿，营长王书堂觉得日本兵也不过如此，于是他直起身子端着机枪将一排子弹打了出去，还大声喊着："小鬼子，今天让你尝尝爷爷的厉害！"话音未落，一阵密集的子弹嗖嗖地从他头顶飞过，他赶忙又把身子缩进了战壕。这时，敌人驰援的骑兵部队赶到了，火力愈加密集起来。王书堂他们没有顶住日军的火力攻击，在伤亡数十人、损毁一门迫击炮后撤出了战斗，只留下了二中队的一个班。在队长孟雪琴的带领下，接应的马队从药王庙撤出，在牺牲了六名战士后退到了西王村村南的一片坟地里。

至中午时分，在"于团"退至凤凰树村、孙铁匠村一带后，战斗结束。下午，日伪军撤至陵县县城，从此长期占领。随后日军在神头镇、凤凰店、盘河等地设立据点。至此，日本侵略者在陵县的战略布局已基本完成，八路军的活动空间被进一步压缩。

暗中投敌

一天下午，八路军第五支队司令员曾国华在办公桌前坐了好久。在他面前的一张白纸上，"曹五旅""十八团""于团"三个名字被画了一个又一个圈，"于团""曹五旅"的下面都写着"震慑"，"十八团"的下面写着"改造"，"于团"下面还写着"改造"和"消灭"，上下摞着，后面画了一个大大的问号。

自从冀鲁边区军政委员会确定了重点向鲁北方向发展的方针后，在对待这些地方民团武装上，既不能违反我党统一战线的原则，要最大限度地调动他们抗日的积极性，又不能纵容他们假借抗战之名趁机扩大地盘、搜刮盘剥民众。"整编改造、震慑警告、打击消灭"已成为他开辟陵县抗日根据地的工作方案的重要组成部分。通过一段时间的观察，"于团"的状态让他越来越担心。

于志良与日本人的这一仗基本上算打了一个平手，但"于团"抗击日本人的消息还是在社会上引起了不小的震动。对日本人来讲，一个小小的民团竟敢与一个一千多人的日军大部队发生正面冲突，还击毙了十几名日本士兵，这让他们感觉被羞辱了。这一次他们感受到了来自中国民间武装的抵抗力。在人生地不熟的冀鲁边地区，日军指挥官有了"老牛撵兔子，有劲使不上"的狂躁与愤懑，怎样对付"于团"已成为他进入鲁西北后每天都在考虑的问题。

曾国华对于志良在这次反"扫荡"斗争中的勇敢表现给予了充分肯定。于志良在接到八路军的表彰信的同时，也接到了沈鸿烈的嘉奖令。嘉奖令制作得很精美，于志良吩咐人挂在了刚刚收拾好的办公室的墙上。他把华国璋叫到办公室，想探讨一下如何携这次战斗的余威进一步扩大自己的地盘。华国璋明白于志良的想法，但这次他没有同意于志良的意见。东邻的"十八团"可以窥视一下，但大敌当前抗日才是重点。国民党军统内部刚刚下发了文件，指示他密切关注地方民团的动向，谨防队伍里"滋生"内奸。文件还说日本特务机关最近把培养汉奸力量的重点放在了民团队伍里。

华国璋说："沈主席对司令您很器重，我估计用不了多长时间，于司令您还会往上迈一步。眼下我们最好不要逆着上峰的意见。"

"沈主席是站着说话不腰疼，打日本人时，他跑到哪里去了？除了给了个第九旅的头衔，还给过我们什么？就是那五百块现大洋也是咱用日本士兵换来的。'于团'发展到今天，一兵一卒、一枪一弹都是我于志良和弟兄们拼了命换来的。我自己想点办法拓展地盘，还要看他的脸色，狗屁！"

于志良把闷在肚子里好久了的话讲出来后，把地图往桌子上一扔生起了闷气。

华国璋碰了一鼻子灰，想退下去又找不到理由。就在这时参谋长刘干青进了屋。

和日本人打完仗没多久，刘干青就变得神神秘秘的了，好像在背后干着什么秘密的事。因此华国璋出门后并没有马上离开，而是在门口停了下来。谁知刘干青跟着他也走到了门口，华国璋有些尴尬，他冲刘干青苦笑了两下，然后迈动了步子。刘干青随手关上了门，华国璋听到身后传来的关门声踌躇了一下，还是离开了。

让于志良和华国璋没想到的是，刘干青现在干起了"兼职"，他现在明着是"于团"的参谋处处长，暗地里却在陵县县城当上了伪军的小队长。这件事还得从一个月前说起。

在遭遇"于团"的抗击后，驻扎在陵县县城的日军指挥官望着地图上"于团"的活动范围一筹莫展。他的队伍接连几天去神头一带"扫荡"，连"于团"的影子都没找到，"扫荡"部队的一名日本士兵还挨了黑枪。枪声是从路旁的土包后面传出来的，子弹穿透了那名日本士兵的胳膊，待日军呼啦啦围上去时，只看到雪地上有人卧过的痕迹。带队的日本军官气得冲天放了几枪以泄愤怒。

善于交际的生意人谢奎基在日本人占领县城后不久就卖身投靠了日本人，当上了陵县伪政府的伪县长。谢奎基进屋后凑在日军指挥官的耳边嘀咕了几句。日军指挥官的脸上先是狐疑，很快又换成了满脸笑意。"谢桑，你的大大的！"说着，冲谢奎基竖起了大拇指。

这天下午，陵县城东的刘泮街来了一位头戴礼帽的商人。商人走进刘记茶馆后，早已等在那里的刘干青急忙起身："谢县长，我们又见面了。"商人打扮的谢奎基跟刘干青寒暄了几句，然后坐到了刘干青的对面。这是他们第二次见面，第一次是三天前在县城西街的美味春饭店。

美味春饭店的老板吴国栋与谢奎基是旧友，日军开进陵县县城的当天，吴国栋就遣散了伙计关了门。他从天津聘请的厨房大师傅因家乡早已沦陷，就躲到了朋友家暂避风头。谢奎基找到吴国栋时，吴国栋正在朋友家玩牌，在谢奎基向他保证日本人鼓励工商业者恢复正常秩序，美味春饭店可以照常营业后，吴国栋找回了他的天津厨师。

　　刘干青和吴国栋是多年的朋友。于志良抗日的事陵县县城人人皆知，刘干青在"于团"任参谋处处长，爱屋及乌，吴国栋对刘干青就有了好感，一来二去，二人便成了朋友。谢奎基说想要认识刘干青时，吴国栋并不知道谢奎基已经当上了伪县长，谢奎基当时只是说久仰刘干青的大名，想与他做朋友。

　　席间，刘干青了解到谢奎基做的是茶叶生意，但从谢奎基滔滔不绝的谈话中可以看出，他对当今乱世了解得很多，对日本人的情况非常清楚，他说日本人是专和中国军队作对的，只要你是"合法"公民，他们就不会管你。刘干青想起自己所在的"于团"和日本人干过仗，便心生余悸。

　　最后谢奎基跟他们俩说："好汉不吃眼前亏，跟着日本人干没风险。"吴国栋听了哈哈一笑，说："小日本再好那也是东洋人，替他们做祸害老百姓的事，咱不干。"谢奎基赶忙说："那当然，那当然。"

　　刘干青走在回家的路上，回想着谢奎基说过的话，越琢磨越觉得谢奎基说得很靠谱。听说刘干青住在乡下的母亲身体有恙，谢奎基就带他去开了一大包药。刘干青给钱时，被谢奎基挡了回去。谢说："以后咱们就是弟兄，有什么事尽管开口。"最后他还悄悄地凑到刘干青的耳边说，如果想在县城谋个职，就和他说一声，现在"政府"刚刚成立，正缺像刘干青这样的人才。刘干青疑惑地问："那不成了给日本人干事了？"谢说："只要咱不干祸害老百姓的事就行，保管你能吃香的喝辣的。"看着刘干青的身影消失在夜色中，谢奎基的脸上闪过一丝满意的笑容。

　　谢奎基再次来找刘干青，是因为日军的指挥官急于要他出结果。谢奎基本想放长线，催得太紧怕把事情弄砸了。但他急于在日军指挥官面前立功，以巩固自己的"县长"地位。他拉拢刘干青，一来可以达到分化"于团"之目的，二来也能培养他自己的力量。

　　在刘记茶馆里，当刘干青怀疑以谢奎基的实力能不能在县城为他谋到一官半职时，谢奎基亮出了自己的身份，刘干青着实吃了一惊。经过谢奎基一晚上的摇唇鼓舌，刘干青做了决定，但明面上他却表示需要一天的时间好好考虑考虑。

　　谢奎基说："日本人可不等你，答不答应明天晚上给个话。最好带些人一块过去，带的人越多官职安排得越高。"

　　不久，刘干青就以加强于集防务的名义驻进了他的嫡系部队——驻守在于集陈宝亮村一带的二营。后来他又找了几个跟他"志趣相投"的弟兄一起背着于志良加入了县城的伪军大队。刘干青在伪县政府的职务是一中队三小队队长。

制造矛盾

"十八团"闭关自守的思想虽然得到了大多数联庄会成员的认可，但"十八团"的中层管理人员中有一些人却持有不同意见，如大辛庄的阎法贞、阎福楼村的阎德声、大宗家的康永祥、张有道村的张星五等。这几个人在"十八团"中算是有头脑有想法的人，看着西面的"于团"又是嘉奖令又是委任状的，队伍发展得也越来越大，再看看自己所在的"十八团"，死气沉沉，缺乏生机活力。平时遇到的那些个"于团"的团长、营长，个个都神气得很，在他们面前总觉得自己矮了半分。他们曾经给团长郭仁山提过建议：联络一下八路军，一起和日本人打上几仗，让"十八团"也扬眉吐气一回。但执拗的郭仁山总认为保护防地不受外敌入侵是他们的唯一职责，因为事实已经证明了这一策略是对的：日本人不来这里骚扰，八路军的部队也躲着他们的防地，让他们三分。郭仁山认为这就足够了。副团长王如玉对郭仁山执拗的性格也颇有微词。时间一久，这些不满情绪就让于志良捕捉到了，他想利用这些人给"十八团"来个"黑虎掏心"，并借机吞并"十八团"。但"十八团"在这块地盘上经营多年，甚至比他的"于团"都早。这些年"十八团"虽然没有"于团"发展得快，但他们的人都训练有素，群众基础牢固，成员全部来自本地。"十八团"的思想统一性是任何民团都比不上的。一想起这些于志良也有些胆怯了。除了这些，华国璋还在时刻监视着自己，所以对于吞并"十八团"，他迟迟下不了决心。

腊月二十八这天，神头东1.5公里处的大柳店村团首杨吉州提着年货来到了于志良的办公室。两人是多年挚友，相互寒暄了没几句就进入正题。杨吉州问于志良敢不敢和"十八团"较量一下，有个机会就在眼前。

原来，就在前些日子，三泗河村的大地主许有然因手枪子弹问题与"十八团"团长郭仁山产生了纠纷。郭仁山欠许有然六十发子弹已有些日子了，他认为许有然家大业大，六十发子弹就算是作为贡献也不为过，毕竟"十八团"是防地百姓自己的队伍，所以郭仁山没打算还。许有然的本性是事事都要算到骨头里，所以年底许有然就想用子弹顶联庄会的会费，被郭仁山拒绝了。看着上门收费的人，许有然想起了一年前在香火会上孙子许林柱舞狮子败给了"十八团"副团长王如玉儿子的事情，顿时心里的气就不打一处来。

三洄河村东南两公里处坐落着几间灰瓦白墙的房子，当地百姓将这里称为皈依店。每年的正月十七是皈依店的香火会。在香火会上，有舞狮子、耍龙灯、扭秧歌等节目，非常热闹，不但有相邻几个县的民众参加，还吸引了河北、天津等地的客商、艺人来这里赶会。三洄河村的财主许有然有个孙子叫许林柱，与"十八团"副团长王如玉的儿子都喜好舞狮子。每年的香火会上，二人都斗得天昏地暗胜负难分。许林柱生长在大地主家庭，又是单传，所以自出生那天起就被许家上上下下视为心肝宝贝。娇生惯养的生活养成了许林柱飞扬跋扈的性格。去年的香火会上，许林柱认为自己输给了王如玉的儿子是被羞辱了，所以回家后他便到爷爷那里告状。本来这是正月里的民间娱乐项目，输赢并不能证明什么。许有然心里也明白输赢很正常，输了只能怨自己没本事，怨不得对方。但许林柱是他许有然的孙子，不看僧面也该看佛面，王如玉的儿子就应该让一把才对。所以许有然虽然嘴上不说，但心里却是窝了一肚子火。这股火在经过近一年的发酵后因会费的问题爆发了。

许有然率兄弟、儿子、孙子共七人去仓上"十八团"的团部找郭仁山理论，刚进门就碰到了副团长王如玉。王如玉告诉他们郭团长不在，有事明天再去。许有然认为这是王如玉在故意刁难，于是他唆使家人把王如玉堵在门口大骂。王如玉在"十八团"也是郭仁山一人之下、上千团员之上的人物，岂能受得了这种侮辱，于是他命人绑了许有然的两个儿子。许有然气得举起了拐杖，王如玉也拔出了枪。郭仁山正巧走进门来，他忙劝说："大家都抬头不见低头见，不要伤了和气。"接着他命人为许有然的儿子解了绑。王如玉把枪收了起来，他身边的几人也把端在手里的枪放下了。郭仁山和王如玉转身没走出几步，背后突然响起了枪声，一颗子弹从王如玉的耳边划过。王如玉和郭仁山同时转身拔出了手枪，只见许林柱正端着枪颤抖地指着他们。郭仁山一愣怔，王如玉的枪响了，许林柱的身子晃了晃倒在了地上。许有然被眼前的场景吓蒙了，还没等他反应过来，其他人已一起扑向了王如玉。一阵乱枪过后，这几个人全都倒在了血泊中。就在王如玉把枪口对准许有然时，郭仁山一把把枪口挑向了天空，枪声响起，许有然像一个木偶似的呆在原地。

许有然悲痛欲绝，一向狂妄的他第一次遭受这么大的打击。许有然的家人被枪杀的消息很快在"十八团"内部传开，阎法贞、阎德声、康永祥、张星五等人聚拢到许有然的家中，他们表面上是去慰问、安抚，实际上却是撺掇许有然报仇。处理完家人的后事，许有然找到了远房表弟杨吉州。

翻过年来的大年初五，康永祥和张星五带着他们的手下公开投奔了于志良。这让于志良向着吞并"十八团"的目标又迈进了一步，但他对攻打"十八团"还是犹豫不决。因为他知道，和"十八团"开打不仅胜负难料，还会在历史上留下骂名。但正月初十发生的一件事成了他攻打"十八团"的催化剂。

这天中午，李廷辉村村外响起了枪声，三个衣衫不整的人踉踉跄跄朝村口奔来。待村口放哨的联防队员缓过神来时，这三人已到了跟前，其中一人的胳膊上还在滴血。三人称自己是"于团"的人，年后返回部队时遭日本人追杀，求进村躲一躲。一听说是"于团"的人，哨兵有些犹豫。一人说："当官的嘱咐过咱，不要参与外面的争斗，以免招惹是非。"

"可他们受伤了，咱不能见死不救吧？"两人犯了难。

"哪里的枪声？"一个挎盒子枪的人从村里走出来，看到眼前的场景吃了一惊。问明情况后，他严肃地说："郭团长年前讲过了，凡'十八团'以外的武装人员一律不许放进防地，以免小日本借机找我们的麻烦。如果放你们进村，就等于和日本人结了梁子。"

话刚说完，一位哨兵就指着远处叫起来："快看，日本人。"顺着哨兵手指的方向，一群刺刀上挑着"膏药旗"的日本兵正朝这边奔来。

"还不快跑，再拖下去你们就跑不掉了。"挎盒子枪的人一说完，就摆手让哨兵关上了大门。

几个人隔着门缝看到那三个人绕开了村子沿着一条小河朝南奔去了。日本人显然是发现了这三人的踪迹，他们越过村口追了过去。看到日本人远去，拿盒子枪的人说："真悬呢，若不是我你俩还真能把小鬼子引进村了。"哨兵听罢用手挠了挠头皮。他们重新把门打开后听见一声枪响，远远望去，有一人倒了下去，剩下的两人跑下河岸后不见了。

日本人在陵县刚刚完成据点分布建设，据点里的日伪军的嚣张气焰正旺，他们在河边搜了大半天才离去。岸边一片密集的芦苇让两人躲过了日本人的追击。他们在里面等到了天黑才磕磕绊绊地往营地走，到达时天已大亮。孟震寰把情况汇报给于志良时，于志良已提前两个小时从杨吉州那里知道了消息。

一心想帮许有然除掉"十八团"的杨吉州，把"于团"士兵如何苦苦哀求开门躲藏，"十八团"的人如何见死不救，如何对"于团"极尽侮辱讽刺等编造得有鼻子有眼的。于志良听罢，气得肺都要炸了。他立即吩咐人去找刘干青，想尽快拿出吞并"十八团"的方案。

刘干青接到消息后马不停蹄地从日本人那里赶回来。最近一段时间刘干青一会儿说春节老家事多，一会儿又说老母亲病重，所以经常不在。刘干青拿出的方案只有一个，那就是借助日本人的力量，否则赢的把握不大。于志良一听就来了气："小日本刚打死我一个人，现在要请他们来帮忙，你是不是脑子有病？"

刘干青说："是死个人重要，还是'十八团'的地盘重要？八路军不会帮着咱打'十八团'，国民党也不会，只有日本人会。"于志良有些不耐烦，他指着刘干青说："你过个年把脑子过糊涂了，让我和日本人合作？我先收拾'十八团'，回头再找小日本算账，你今晚必须给我拿出方案来。"

说完，他瞅着刘干青忽然想起了什么。他皱了皱眉，然后叫住了快要走到门口的刘干青，说："你小子是不是和日本人有关系呀？"

刘干青愣了一下，说："咱可以通过关系联系。"

"联系个屁，和日本人合作，那是当汉奸！"于志良愤愤地说。于志良对这位参谋处处长起了疑心。

偏离轨道

三泂河村党支部成立后不久便发生了许有然带人去"十八团"总部闹事的事情。因同属一个村，所以魏立勋很快就得知了消息。他马上组织召开支部会，分析研究当前形势。会上，魏立全说，他侄子在许有然家当护院，听他侄子讲，大柳店村的团首杨吉州最近来过许有然家里好几次，许有然也去过杨吉州那里。最近还有几个人经常去许有然家里，其中一个是阎法贞。许有然家最近经常提起"于团"。他侄子在许家当了近五年的护院，之前从没听说过许家和"于团"有任何瓜葛。

魏立吉说："许有然这个老东西哪能咽下这口气，他一定会想方设法找人报复的。"

魏立勋根据掌握的情况马上进行了分工：一是嘱咐魏立全，让他利用侄子在许家当护院的便利条件，尽可能多地了解信息；二是让其他人密切关注与许家往来的人的动向，发现可疑情况马上汇报；他想办法联系李晓瑞，向上级反映情况。他伸出手指算了算，离李晓瑞再来三泂河村还要三天时间。眼下已是正月初十，事不宜迟，他决定亲自去仓上"十八团"的团部找一趟郭仁山，把了解到的情况告诉他，也让他早做准备以防不测。

郭仁山和魏立勋的父亲魏丙臣是多年的好朋友，在郭仁山的眼里魏立勋还是一个孩子。

魏立勋是以找郭仁山学枪法的名义去"十八团"的团部的。郭仁山告诉他，想学枪法找副团长王如玉即可。郭仁山认为，魏立勋本就识文断字，再学好了枪法，将来一定会是"十八团"的栋梁之材。魏立勋有意无意地把话题引到了许有然身上，然后"不经意"地把许有然丧子之后特别是最近几天他家里发生的一些事情透露给了郭仁山。

郭仁山听完意识到了问题的严重性。在他心里"于团"并不可怕，因为他从未招惹过"于团"。"十八团"和"于团"都是保卫家乡的联庄会，大家井水不犯河水。再说，他认为于志良是仗义之人，恃强凌弱不是他的作风。但是，以许有然的脾气，他是一定会报复"十八团"的，这一点郭仁山心知肚明。虽然年前他就有所安排，但他万万没有想到，"十八团"刚与许有然结下梁子，康永祥、张星五他们接着就和许有然勾勾搭搭了。幸亏发现得及时，不然康永祥、张星五他们来个里应外合，后果会不堪设想。

魏立勋本来还想把从李晓瑞那里听来的共产党的有关政策讲给郭仁山听的，但还没说几句就被郭仁山给岔开了。魏立勋这才觉得自己有些冒失。郭仁山最后答应他，过了正月十五就让他去"十八团"团部学习枪法。

于志良终于做出了决定，要吞并"十八团"！

1939年3月3日（农历正月十三）晚，于志良召集营以上军官开会，商谈攻打"十八团"的具体事项。会上，华国璋、王书堂等少数人持反对意见；于如周、刘干青、孟震寰、刘景州等主战派占了多数。王书堂见于志良攻打"十八团"的意志坚决，于是中途退出了会场，华国璋也于当晚悄悄离开了"于团"。

于志良想以偷袭的方式攻打"十八团"的团部，这么做一是想试试"十八团"的火力；二是一旦偷袭成功捉住了郭仁山，"十八团"就会陷入群龙无首的状态，到时候拿下整个"十八团"就不在话下了。

二营作为先头部队负责强攻，其他部队负责掩护。二营营长刘景州系刘干青的胞弟，也是三个营长中主张攻打"十八团"最为坚决的。他计划从大宗家村、张有道村进入"十八团"的防地，康永祥、张星五他们负责接应。

3月4日夜，刘景州率二营的人马悄悄来到了仓上村村南，稍作休整后包围了驻扎在村西头的"十八团"步兵连。他们连掷数枚手榴弹后冲进了院子，结果发现院子里一个人也没有。刘景州一边叫骂情报不准，一边指挥部队去偷袭下一个目标——"十八团"骑兵连。骑兵连的人发现有人偷袭后并不慌乱，他们在进行抵抗的同时有序地退到了团部大院。刘景州大喜过望，他在心中念叨："这么不堪一击的部队，于司令还整天左想右等的。"刘景州命二连、三连负责外围警戒，他亲率一连往里冲。他边冲边大声为弟兄们鼓劲："打下'十八团'，坐地吃三年。把'十八团'四周给我围严实点，绝不能让郭仁山那小子跑了。还有王如玉，捉住后定要千刀万剐，给许老爷子报仇。"

"打下'十八团'，坐地吃三年！"

"把团部点了，烧死他们！"人群里一阵高喊，有人开始把柴草往大门口堆了，还有四五个人举起了火把。这时四周响起喊杀声，村民高举火把如潮水般从四面八方涌来，眨眼的工夫就把刘景州他们包围了。刘景州他们同二连、三连的联系被切断了。

二连、三连的官兵看大势已去，在外围稍作抵抗后趁黑逃走了。刘景州等五十余人被围在了团部门口。他们本想躲进团部，结果被院内的一排机枪打了回来；他们想突围，但里三层外三层的村民个个手里拿着大刀愤怒地盯着他们。"于团"的人慌忙丢下了手里的武器，一个个瘫坐在地上像霜打的茄子。

"剁了他们！"人群里不知谁喊了一声，随即，大刀、棍棒、斧头、长矛⋯⋯在民众手里举起又落下，落下又举起。在这个春寒料峭的夜晚，刘景州等五十多名"于团"的成员全都成了亡魂。

疯狂报复

"于团"和"十八团"火并，刘景州率人攻打失败后被乱刀砍死的消息在陵县引起了不小的震动。

那夜，对刘景州的突袭，郭仁山和王如玉他们早有准备。魏立勋提供的消息引起了郭仁山的高度重视，经他和副团长王如玉商议后，重新布置了兵力：一是唱好"空城计"，把"十八团"的步兵悄悄转移出去，驻地只留少量兵力吸引敌人，在村庄周围布下重兵；二是派人密切留意大宗家村、张有道村方向以及康永祥、张星五等人的动向；三是加强"十八团"防地边界的巡逻。因此，刘景州的部队在大宗家附近一踏上"十八团"的防地，郭仁山他们就得到了消息。

刘景州他们被围在"十八团"的团部门口时，郭仁山和王如玉就站在队伍中。看到愤怒的村民举着武器说要剁了这伙人时，他俩连忙高声制止，但随即响起的呐喊声淹没了他俩的声音。郭仁山预感到，这一晚过后与于志良的较量就开始了。

听到消息的李晓瑞当天就秘密来到了三洄河村。他对魏立勋的工作给予了肯定。鉴于事件造成的影响和潜在风险，李晓瑞要连夜向上级组织汇报。他提醒魏立勋："照于志良的个性随时都有可能对'十八团'进行报复，在这关键时刻一定要提高警惕，密切关注事态的发展，尽最大可能为'十八团'提供帮助。"

就在李晓瑞和魏立勋商议之际，郭仁山和王如玉两人也在商议。

这一次，他们俩真正感受到了来自于志良的威胁。论实力，他们能和于志良拼个差不多。虽然"于团"从部队装备到人员数量都比"十八团"强，但"十八团"是守，"于团"是攻。王如玉说："'十八团'要想取得全胜，办法只有一个——找八路军合作。"郭仁山还是担心把八路军招来会占了他们的地盘，而且也担心引来了八路军就会引来日本人。因此他否决了王如玉的办法。他侥幸地认为这次袭击事件是刘景州的个人行为，很有可能是背着于志良干的。他甚至还天真地想找个机会和于志良坐下来好好谈谈。

"明天是正月十五，咱们好好过个节。这个年让许有然搅和得大家都没过好，我们也该放松一下了。"

看郭仁山说完就收拾东西准备回家，王如玉欲言又止。

正月十五日夜，万籁俱寂，只有一轮圆月在天空中缓慢地移动着。枪声突然在仓上村、大新庄村、鸦虎寨村、刘双槐村、刘纸坊村等"十八团"团部周围的村庄同时响起。"十八团"防地的上空，枪声、鼓声、犬吠声、嘶喊声汇集在一起。"十八团"的大部分民众还沉浸在砍杀刘景州的胜利喜悦中，这突如其来的铺天盖地的枪声让他们觉得仿佛世界末日到来了。

于志良调集了"于团"的所有人马对"十八团"展开进攻。郭仁山赶到团部时，步兵连已经有人员伤亡了。他想调集兵力守住指挥中心，但"十八团"的成员们已经分散在各处陷入与"于团"的战斗中。

战斗持续了整整一宿，双方都有伤亡，位于仓上的团部被于如周率领的三营占领了，但核心区域始终牢牢控制在"十八团"的手中。郭仁山率领团部机关及警卫连撤到了鸭子庄。两军相持不下，每一分钟都有村民伤亡。鸭子庄村口的土楼上，一位长老给郭仁山出主意："'于团'与我们一样是保卫家乡的民团，于志良只是想扩大地盘而已，只要他以保卫村里百姓为己任，割让些地盘给他也没什么，毕竟这样百姓就可以免遭血光之灾了。"长老说他愿做使者赴"于团"劝和。郭仁山动了心，决定和于志良谈一谈。一个时辰不到，长老回到了鸭子庄，说"于团"那边有和谈意向，但具体事项必须请郭团长去当面谈。

郭仁山在地上磕去烟锅里的烟灰，起身整了整衣冠，说："为了'十八团'和老百姓，该委屈的就委屈一下吧。"长老看着眼前的这位汉子眼眶里浸满了泪水。

长老在前面带路，引着郭仁山向鸭子庄附近的"于团"营地走去。经过"于团"哨兵的盘查后，走在前面的长老忽然听到后面有响动，他回头一看，几名士兵正紧紧地勒着郭仁山的脖颈。郭仁山的脸涨得通红，脚在地上踢蹬着。长老刚想喊叫就被一名士兵捂住了嘴。就这样他眼睁睁地看着郭仁山的身子软了下来……

听后来人说，杀害郭仁山的几名士兵原来都是刘景州的部下，在被砍杀的五十多人中有他们的亲属。但这几人究竟是胆大妄为私自绞死了郭仁山还是得到了于志良的授意成了一个谜。

郭仁山的牺牲对"十八团"的打击是巨大的。"十八团"处于悲痛与悲观交织的氛围中。王如玉更是悲痛欲绝。他和郭仁山在一起共事十几年，虽然对郭仁山的固执个性有看法，但彼此十分了解，配合默契，这使得"十八团"防地内的百姓有着非常高的安全感，他们俩在防地内也有着极高的威信。眼下，王如玉必须迅速做出决策。他令各村首领整理队伍向仓上一带迅速集结，要集中优势兵力坚决抵住"于团"的入侵。在王如玉的号召下，部队很快稳定了情绪，位于仓上的"十八团"团部也很快从于如周手中夺了回来。一个下午于志良的部队迟迟没能前进半步。

刘干青对弟弟刘景州的死十分恼怒，几次劝说于志良找日本人帮忙。于志良知道勾结日本人的下场会是什么，因此他对刘干青的劝说始终没松口。他已经掌握了刘干青投靠日本人的一些证据，但在这个节骨眼上，他不想得罪刘干青。

虽然郭仁山死了，但害死胞弟刘景州的王如玉却毫发未损。亲人的仇没报，而"十八团"的防地又久攻不下，于是刘干青越过了于志良，私自去县城找日本人。这时日军大部队已经回到了德县县城。他在谢奎基的引领下找到了驻守陵县县城的日军军官。他说："'十八团'和八路军的部队开始合作了，现正与'于团'交战，望太君速速派兵。"日军军官对"于团"的人存有戒心，他没有动用身边的日本兵，而是派去了一个伪军中队，然后又调集了驻凤凰店据点的两个班的日本士兵和五门

"小钢炮"。

3月7日一早，仓上村、鸭子庄村、刘双槐村等几个主要阵地上落下了十几枚炮弹。密集的炮火让王如玉始料不及，"十八团"伤亡惨重，因为近千人全部集中在这三个村子附近。"十八团"在炮火的轰击下全面溃败，望远镜后面的于志良看得有些得意忘形。他命令所有人全面出击。刘干青这时撕下了伪装，他明目张胆地带着他的一小队伪军冲在最前面，日本人和"于团"的士兵跟在后面。就这样仓上及周围几个村子再次被"于团"占领，"十八团"被迫从这一带撤出继续向东转移。至此，"十八团"的防地全部被"于团"占领。

因"十八团"撤离及时，日军在攻陷的村子里没有发现他们的身影，随后日军和一起来的伪军撤回了据点。刘干青又恢复了"于团"参谋处处长的职务，带领着"于团"的人员在"十八团"的防地大肆烧杀抢掠。

自1920年底成立武装组织到1939年3月，勤劳朴实的"十八团"在这片土地上一边抵御土匪强盗一边辛勤劳作。人们天真地认为只要保卫好自己的家乡，只要不招惹是非就能平平安安地过日子，他们没有想到，即便如此，厄运还是降临到了他们的头上，而且几乎是一场灭顶之灾。

走向覆灭

"于团"的士兵在刘干青等人的纵容下连续三天在"十八团"防地内的村庄里"自由活动"。他们烧抢掠夺，极尽兽行。于志良本无意把"十八团"的人赶尽杀绝，因为他看重的是"十八团"的地盘。于志良把王如玉他们围困在刘双槐村北边的一个狭长地带里。他打算劝降，让王如玉和"十八团"的残余部队变成他"于团"的人马。正因为他的这种想法，王如玉他们有了一个喘息的机会。

王如玉与郭仁山的不同之处就在于王如玉灵活善变不固执守旧。他把主力部队撤出核心区域后进行了重新整编，这时主力部队只剩下了不到一半的人。村里战时为兵平时为民的组织结构在"于团"的"自由活动"下早就被冲击得七零八落，这种情况下群众基础再好在短时间内召集起上千兵力也是不可能的。面对"于团"的包围，硬冲出去的可能性不大，即使冲出去了，以后呢？离开家他们能去哪里……

外面不断有消息传来，"于团"的士兵还在防地内抢掠，家家有哭声，户户有悲歌。

王如玉想到了八路军。其实早在东进抗日挺进纵队路过时，他就被八路军吸引了。后来八路军几次派人联络收编之事，看郭团长一口回绝且态度坚决，他也就没有坚持自己的观点。

他把骑兵队队长孟广成叫到身边，让他带两三名队员骑快马寻找包围圈的空隙冲出去，然后沿东北方向到乐陵一带寻找八路军，早一分钟找到，"十八团"防地内的老百姓就能早一分钟脱离苦难。

孟广成三人趁天黑很轻松地摆脱了"于团"的包围。他们马不停蹄，一路狂奔。天亮后他们不敢走大路，怕被沿途据点里的日伪军发现，所以只能穿越村庄小路。在即将跨过马颊河走出德平地界时，他们被几名手提长枪的士兵拦住了去路。孟广成勒住缰绳跳下马来，扑通一声跪在地上，瞬间眼泪哗哗地流了下来——他们找到了八路军。

李晓瑞在和魏立勋分开的当天晚上就找到了活动在庆云一带的八路军冀鲁边军区第五支队。曾国华支队长在全面分析了当前局势后，认为"于团"与"十八团"再次火并的可能性很大。"于团"里有人投靠了日本人的消息，党组织已经有所察觉。他们本想在找到证据后敲打一下于志良，让他铲除队伍里的汉奸，共同抗日。在听取了李晓瑞的汇报后，曾国华迅速调集活动在东光、宁津、乐陵三地的近两个团的兵力向陵县附近集结，以防不测。

问明情况后，哨兵把孟广成三人带到了龙书金面前。在了解了"十八团"目前的处境后，龙书金认为："于团"此次勾结日本人的性质非常恶劣，完全转向了人民的对立面。只有消灭"于团"，解救"十八团"，才能为民除恶，这么做同时也能震慑其他那些"脚踩两只船"的民团武装。

以龙书金的五团为主力的八路军集结部队当天上午就把"十八团"防地里的"于团"成员团团围住。在五团面前，"于团"一触即溃。看着穿灰制服的八路军战士，于志良想不通了，八路军怎么突然就来了呢，就像天兵天将一样。于志良想不到，自己刚刚进驻"十八团"的团部，连个囫囵梦都没做完就稀里糊涂地当了俘虏。

政委曾庆洪进屋时，于志良正耷拉着脑袋蹲在墙角一言不发。曾庆洪示意警卫员拿把椅子让于志良坐下。其实曾政委和于志良第一次见面是在抗日同盟军的成立大会上，在当时众多的民团首领中，个性张扬的于志良给曾庆洪留下了很深的印象。没想到这才半年多的时间，于志良的变化就如此大。现在的于志良身体已经有些发福，头发虽然散在那里，但能看出来是精心打理过的，雪白的衬衫领子翻露在外，袖口处有几道灰尘，他左脸红肿，像是磕碰过。

曾庆洪给于志良丢过去了一支烟，他说了声谢谢没有从地上拾起来。

"讲讲吧，为什么要这么干？"曾庆洪严肃的表情让于志良不敢正视。他把头低下去深深地叹了一口气。

曾庆洪来之前和龙书金商量了对于志良的处置问题。勾结日本人理应按汉奸论处，但考虑到当前的抗日局势，只要于志良能回心转意说服他的残余部队投降，就可以免除死罪。所以曾庆洪是来找于志良谈判的。

曾庆洪给于志良阐明了共产党对汉奸的惩处办法及对俘虏的优待政策。从于志良复杂的表情中，曾庆洪看出了于志良有悔过之意，遂要求他下一步要戴罪立功。

于如周率领"于团"残部逃到了神头以东的大柳店村。他在那里集合整顿队伍准备伺机反攻时，收到了于志良写给他的信：

> 如周老弟，见字如面。接受八路军的收编，与八路军共同抵御外敌才是我们的真正出路。最近一段时间，部队的所作所为偏离了两年前恢复民团的初衷，这与我个人私欲膨胀有很大的关系。这支队伍的士兵都是咱们的家乡兄弟，只有带领他们走正路才对得起咱们的父老乡亲。见信后务必召集部队所有人员三天内归队，然后到李家塔子（神头以北五公里处，"于团"营地）听候点编。
>
> 于志良
>
> 民国二十八年三月八日

于如周收到信后立马带领刚刚聚拢起来的"于团"残部回到了神头大本营，然后召集各营连长开会商讨对策。没有了于志良，于如周说话的分量很有限。想起昨日还意气风发的于司令转眼便成了阶下囚，个个都垂头丧气。大多数人认为自己罪孽深重，即使八路军有宽大政策，自己也不会有好果子吃。还有人认为，没有见到于志良本人，谁知道这封信是不是八路军的诱降之计。来开会的军官大部分想另寻他处，也有一部分人想"解甲归田"。只有于如周、孟震寰等少数人同意于志良信中提出的接受收编的意见，后来一些想跟着于如周一起接受收编的军官在那些不同意的人的危言耸听下改了主意。听到于志良被抓的消息后，刘干青没有去大柳店和于如周他们会合，而是逃到了凤凰店日本人的据点里。

"于团"的讨论会开到夜里一点多时，参会的人陆续离开了。见意见不能统一，于如周顿感大势已去。他心如死灰，走到院子里对着夜空一声长叹，然后弃队逃离。

给于如周的信送出后的三天时间里，于志良感受颇多。自于家餐馆在于集街开张起，他的命运就变得大起大落。是什么原因让"于团"在日本人侵入陵县后的短短两年内由弱小到强大再到眼前的局面？是自己的狂妄、贪婪，还是自己用人出了问题……

他在心里默默念着几个出生入死的兄弟的名字，于如周、孟震寰、王书堂、刘干青，还有那让他讨厌的华国璋。想起华国璋他很是愧疚，华国璋的性格虽然不是他喜欢的那种，但如果这次听了华国璋的意见，事情就不会发展到如今这般境地。还有刘干青，他的内侄为抗击日本人血洒疆场，照理他是千不该万不该和日本人搅和在一起的，如果不是他勾结日本人，八路军也不会这么快对"于团"进行围剿的。可自己又是怎么做的呢？在"十八团"久攻不下时，默许了他找来日本人……一切都是贪心惹的祸。

押解于志良的车队行进在蜿蜒的小路上，离李家塔子越来越近了。于志良把余生的希望全都押在了于如周的身上。只要于如周按他信上说的去做，他于志良就有东山再起的可能。退一步讲，即使今后不能带兵打仗，也是完全可以免除他勾结日本人的死罪的。这样的话，他以后也能在家乡的父老面前抬起头来。

往日于志良来村子里时，几里远就能看到村口迎接他的弟兄，但此刻村子里很静。他预感不妙。村口，爆竹燃放后散落在地上的碎纸屑被一阵冷风吹起，红红绿绿，四处飞扬。村子里，挨着墙根晒太阳的两个老汉双手抄进了袖口里，他们正惊恐地望着突然出现的这群陌生人。

负责侦察的哨兵跑到曾庆洪面前说："'于团'李家塔子的营地内空无一人。"于志良听罢身子一软，若不是两旁的八路军战士扶了一把，他会瘫在地上。

于志良被押回仓上八路军的临时指挥所后一言不发，茶饭不进。附近百姓听说于志良被关押在这里后，纷纷前来请愿：希望八路军枪毙于志良。窗外铺天盖地的喊声传进了于志良的耳朵里，他想到了死。

"我要去厕所。"哨兵看沉默多日的于志良突然说话了，打了个愣怔，随即放行。

十分钟后还不见厕所有动静，哨兵赶忙去查看。只见于志良倒在了血泊中，他的腹部被划开了一道长长的口子，鲜血还在汩汩地往外流。一把剪刀被于志良紧紧地握在手中，此时他的呼吸已经很微弱了。战士们迅速将昏迷的于志良送到了卫生室。半个小时后，军医告诉曾庆洪，于志良伤势严重，保住性命的可能性不大了。

曾庆洪随军医来到于志良的身边时，于志良还在微弱地喘息着。院外，群众的喊声一浪高过一浪。

"把他交给人民吧！"曾庆洪说罢默默地走出了屋子。

这时，军医发现于志良微闭的眼睛里流出了一滴浑浊的眼泪。

各奔东西

于志良死了，最难受的是于如周。多年来，无论"于团"内部有怎样的政治、军事分歧，他都坚定地和于志良站在一起。在分歧最严重的攻打"十八团"的问题上，也是他亲自率部队攻下仓上村的"十八团"团部的。他亲历了于志良被俘的过程，也感受到了于志良在信中流露出的对他的信赖、对部队归顺八路军的殷切期盼，虽然这种期盼是寄托着生的希望的。那晚的商讨会上，他首先想到的是于志良得到消息后受到的打击和他今后的命运。大年三十的晚宴上，"于团"的弟兄还在推杯换盏把酒言欢，这才几天的工夫就分道扬镳了。他意识到，没有了于志良，"于团"基本上就是一盘散沙，他无力回天只能选择离开。于如周消失了，在后来的年月里，他再也没有出现在世人面前过。

王书堂没有跟随部队攻打"十八团"，除了下属的九连因跟着主力部队打侧应有部分战斗减员外，整个营基本上没有受到什么损失。因此，王书堂成了"于团"残部中说话分量最重的人。他把所有人员聚拢在他的周围，成立了一个团的架构。虽然同为营长的孟震寰心里有些不服，但论实力他确实处于下风，所以只好在王书堂的手下做事。

王书堂自知"于团"在八路军那里的名声太差，到了那边他的地位一定不会太高。于是他把离开部队的华国璋找了回来，一是让华国璋帮着自己管理部队，二是华国璋和国民党有联系，他要为自己找个靠山。

一个月后，在华国璋的运作下，王书堂派参谋孙雪琴联系上了驻守在河北盐山一带的国民党将领高树勋。此时高树勋正受其政治部主任、CC分子马皋如的影响，在津南大肆建立与抗日民主政权相对立的国民党地方政府。高树勋委任王书堂为国民党陵县保安团团长，并派其参谋贾铭高任国民政府陵县县长。在贾铭高的监督下王书堂开始活动了。

王书堂决定打入陵县县城逮捕伪县长谢奎基，经周密计划后，他派队长张文曾带百余人进城诈降，以便日后作为内应。一天夜里，营长孟震寰和中队长孟雪琴、锄奸队长华国璋等率队先至陈、马二庄，后由张文曾接进城去。进城后，他们先是冲到保卫团的团部，把还在梦中的伪团长、三个中队长及士兵全部抓住，后到伪县公署抓捕谢奎基，反复搜索后未见谢奎基的踪影，只捉到财政科科长一人，随后他们又到伪警察局抓住了伪局长苏省三。夜半，他们连同张文曾一起退出县城。一番教育后，他们把抓来的士兵全部释放了，把伪保卫团团长等六个"官"带到了王书堂新建的保安团大本营——李家塔子。审问后，除伪警察局局长苏省三被释放外，其余五人被处死。此次行动共缴获步枪八十六支、手枪两支、子弹五百余发、手榴弹三十余枚。在之后的一段日子里，以华国璋为首的锄奸队先后捕杀了南门里李保头、北门里丁良才等扰害百姓的汉奸特务数人，对陵县的汉奸特务形成了极大的震慑。从此，乡间安静了许多。

1940年，在王书堂手下始终感觉憋屈的营长孟震寰脱离了保安团，自行组团任团长。得到消息的高树勋异常气愤，派了两个旅围剿孟震寰。孟战败后逃往济南，余部高长江带着人去德县投靠了日本人，另一个连在贾铭高的带领下编入了高树勋的部队。

孟震寰另行组团后，王书堂带着剩下的为数不多的人投奔了曹五旅，被编为保安独立营。之后不久，董树斋、谢鸿儒皆带着人投日；王善同、祝兆贞一看大势已去，暗中把队伍的枪支交给八路军第五支队曾国华后出走天津。至此，"于团"残部全部瓦解。

重　生

"十八团"的民众在经历这次惨痛教训后，认识到只有八路军才是老百姓的依靠，这一点新"十八团"当家人王如玉的体会尤其深刻。

最近几天，附近村民及联庄的乡绅长老纷纷来找王如玉，请求让"十八团"加入八路军的队伍。其实不用乡亲们请愿，王如玉早就有这样的想法了。冀鲁边军区也想以此为契机彻底改造"十八团"。根据肖华司令员的指示，为鼓舞部队士气，收编后的"十八团"保留原来的名称，为东进抗日挺进纵队第五支队第十八团。支队民运股长梁国栋任团长，政治处群工干事杨秀章任政委，刘德胜为特派员，原"十八团"副团长王如玉仍为副团长。十八团下辖三个中队，从主力部队中抽调十多名连、排干部到三个中队加强领导。从此，陵县历史上第一支由共产党领导的人民抗日武装诞生了。

随着人员编制的落实，新十八团在团长梁国栋的带领下马上投入了紧张的备战训练。为迅速提高部队的战略战术水平，经五团团长龙书金批准，能打善战的一营营长谭瑞志被临时抽调到十八团帮助开展训练工作。

谭瑞志到十八团来上第一节课时，那顶从日本人手里缴来的帽子引起了战士们的哄堂大笑。他把脸拉得老长，说："这有什么好笑的？它见证了我们部队的荣誉，见证了我们的光荣历史。"

看着他严肃的表情，战士们立刻止住了笑声。谭瑞志把帽子摘下来拿在手中看了看，两侧毛茸茸的护耳本来是翻到上面系起来的，因系绳断掉了所以在上面支棱着。他在手里掂了两下，护耳瞬间上下动起来，像一只飞翔的老鹰。他情不自禁地笑了，队伍里也传出了一阵笑声。

卧倒、举枪、匍匐前进，谭瑞志动作干脆、迅疾有力。十八团的战士都看傻了，队伍里爆发出了热烈的掌声。

"难怪八路军能打胜仗，看人家这素质。"

"他这一人能顶咱'十八团'三人都不止。"

"咱们'十八团'过去要照这个训练法，他'于团'也不敢来欺负咱。"

……

这种紧张训练还不满一周的时间，一场战斗便悄然临近了。

3月14日一早，十八团一中队的官兵在魏龙江村村南一片开阔地上操练得正起劲时，谭瑞志下令停止操练。哨兵报告说，魏龙江村村北方向奔来了一队逃兵，人数大概在四五十人。谭瑞志命令部队立即进入战备状态。

远远地谭瑞志就判断出这是一支民团武装。这伙人刚走到村子跟前就被一跃而起的十八团士兵缴了械。

原来，这是曹五旅的一支部队，被日本人追赶至此。谭瑞志马上把这一情况汇报给了曾国华。支队领导认为这是一次伏击日本人的绝佳机会，遂决定由副支队长杨忠带部分兵力利用魏龙江村的有利地形给日本人来个伏击，新成立的十八团打头阵。

战士们听说有仗要打，个个摩拳擦掌，想把近几天学到的本领展示一下。经过简单动员后，十八团埋伏在村北大道两侧的一片坑洼不平的高地上，支队派出的另外两个连埋伏在稍远点的道路两侧，先放敌人进来，关门打狗。

随着汽车马达的轰鸣声，一大队日伪军顺着大道浩浩荡荡地跑过来。十八团的战士们第一次看见这么多的日伪军，先前的兴奋劲儿没有了，现在更多的是觉得惊恐和心慌。谭瑞志小声提醒大家要沉住气，听到喊打的命令后再开枪。但队伍中还是有一个士兵在慌乱中扣动了扳机，一时间队伍里枪声大作，子弹嗖嗖地向日伪军发射过去。

日伪军还没到八路军预定的设伏位置就被突然响起的枪声惊得立马趴在地上。密集的子弹把日伪军压制在长约百米的大道上。不明情况的日军想回撤，汽车却难以掉头。敌人很快镇定下来，在谭瑞志的望远镜里，一名手持战刀的日军指挥官正弓着身子调动部队，几名伪军也在忙着支起刚从车上卸下来的"小钢炮"。

谭瑞志乐了，心想："这个日军头目的官职应该不小。"自参加抗战以来，虽然参加过无数次战斗，但他还从没在战场上击毙过日军军官。他把望远镜递给旁边的通信员，从战士手中要过来了一支步枪，他竟兴奋得直起了身子。通信员喊了一声："营长小心！"话音刚落，一枚子弹直击谭瑞志的头部，他的身子晃了晃，随后倒了下去。谭瑞志同志牺牲了。

据俘虏交代，敌人这次的行动队伍中有一名狙击手。听到枪响后，狙击手迅速选好了位置等待时机，所以谭瑞志才会刚直起身子就被击中。十八团的战士和这位可亲可敬的教官才建立起感情没几天，他就牺牲了。大家异常愤怒，想跃出战壕冲向敌阵。就在这时，随着一声炮响，不明烟雾在阵地上弥漫开来，战士们开始咳嗽、流泪，敌人施放毒气弹了。

日军丢下了三十多具尸体向临邑县城方向逃窜。杨忠认为伏击的目的已经达到，于是命令部队撤出战斗。这次伏击战共缴获步枪二十八支、子弹五百余发。为防止敌人报复，十八团跟随主力部队撤至刘双槐村一带。

战士们第一次跟着主力部队打仗，事后都嚷嚷着说打得窝囊。小日本都被打得抬不起头来了，为何不全歼了他们，况且谭营长还在战斗中牺牲了。不但战士们想不通，王如玉也想不通。副支队长杨忠、团长梁国栋等来到了战士们中间，他们从战略、战术两个层面讲述了对日作战的方针原则，最后还告诫战士们："大家看到我们压得小日本抬不起头来，其实那是表象。大家应该知道，日本人手里的武器比咱们的先进，人数也比咱们多。我们的部队再拖延一会儿就有可能被反包围。日伪军在附近据点的人加起来比我们多出一倍多，就目前的情况，我们不能和日本人硬碰硬，必须打一枪换一个地方。"

战士们似懂非懂，大道理听不明白，但打一枪就跑的袭扰敌人的打法他们记住了。有些战士把这些当成新鲜事告诉了村里的亲戚朋友，并嘱咐乡亲们，一有日本人的消息就马上报告。五天以后，真的有消息传来。

3月19日晚上熄灯前，一连战士刘玉国领着一个中年妇女神情慌张地进了王如玉的办公室，这个妇女是刘玉国的姑妈。刘玉国的姑妈住在刘双槐村东南三公里处的李元寨村，她说她刚刚看见一大批日伪军进村后住进了李财主的土围子里。刘玉国问王如玉打不打。只有十七岁的刘玉国还满脸的稚气，王如玉看着有些感动，他能感觉到部队的精神面貌有了显著提高。

消息被迅速送到了曾国华那里。"打！"曾国华一挥拳头斩钉截铁地说。他嘱咐刘玉国的姑妈晚上不要回村了，在营地住一晚，以免发生危险，刘玉国的姑妈说回三洇河娘家住。于是王如玉安排了刘玉国去送，刘玉国很不情愿，曾国华马上明白过来。

"是不是想打鬼子了，小鬼？"曾国华抚了抚刘玉国的头。

"我自己不怕走夜路，过去不怕，现在有咱八路军更不怕！"

"姑，路上小心点。"刘玉国望着黑夜里姑妈的背影，高声喊道。

午夜过后，龙书金带领部队悄悄出发了。这次行动除十八团参加外，龙书金从五团抽调了张宝珊的十连。

对于从小打这儿长大的战士们来说，把他们放进这片土地，就像把鱼儿放回大海。部队很快到达李元寨村，龙书金安排了一部分人在村口设伏，另一部分人迅速摸到李财主的大院附近。李财主家的大院几乎占了李元寨村的半条街道，三个院落紧紧连在一起呈"品"字形，中间凸出的是主院落，围墙有一丈多高，门楼上修有碉堡。七八个日本兵组成的巡逻队在街上来回游动着。十连二排的战士们借着夜色的掩护隐到了胡同口。街中央停放着的卡车上放着两挺"小钢炮"，旁边老榆树上悬挂着一盏汽灯，汽灯把半条街照得通亮。这时，汽车里下来了一名日本士兵，只见他呜哩哇啦、连比带画地和巡逻的人说了一通后就关上了车门向院子里走去了。

"连长，这次咱把'小钢炮'弄回去吧，那太神奇了，还能让人睁不开眼睛。"日本士兵走远后，刘玉国小声地问。

"你忘了出发前支队长是怎样嘱咐我们的了，袭扰一下，能消灭多少算多少，这东西咱怎么弄回去，带着它是累赘。"张宝珊说。

"目前咱不能和鬼子硬拼，咱还没有那个实力。这是支队长一再交代的，要保存好实力才行。"张连长继续说。

"可是……"刘玉国还想继续问下去，却被张宝珊的一个手势制止了。巡逻的脚步声越来越近，日本士兵又转回来了。张宝珊看了一下表，低声说："准备!"十几名战士瞬间把枪口瞄向了快要走到跟前的日本兵。十米、九米、八米……

"啪——"张宝珊一枪撂倒了最前面的日本兵，其他战士的枪也跟着响了起来，巡逻的几人瞬间毙命。枪声在李财主家大院周围密密麻麻地响了起来，又有几颗手榴弹在李财主家的院子里炸开了花。张宝珊和另一名战士趁势把捆着的手榴弹扔到了卡车下面。两声巨响过后，"小钢炮"一下子就飞上了天。

一阵急促的集合哨在大院内响起，一队队日伪军从李财主的院子里冲出来，只是这时他们哪里还看得见张宝珊等人的影子。

日军冲到了村口，黑夜里突然冒出来的子弹打得他们不敢前进一步。等他们调整兵力组织起反击时，村口却变得异常安静了。日本人望着茫茫夜色不敢走出村子。天亮后日军村里村外反复搜寻，没有看见半点八路军的影子。

这些人原是驻陵县县城的日军部队。在魏龙江村遭八路军袭扰后，驻军首领被驻在德县县城的指挥官骂了个狗血喷头，并限他半月内消灭这一带的八路军。结果，他们非但没能消灭八路军还再次挨了八路军的伏击。这次夜袭后，驻陵县县城的日军在很长一段时间内都不敢远离县城活动。

"十八团"接受八路军的收编后，仓上、马家、大辛庄、三泗河、刘双槐等几个被"于团"祸害严重的村庄里的青年纷纷要求加入八路军。活跃在滋镇北一带的另一支由滋镇冯宝洲带领的约三十人的民团"二十二团"也请求八路军收编。收编之后，"二十二团"被列为十八团第四中队。

一个月后，冀鲁边军区工委选派了吴匡五、王其元、戴豪亭等一百多人组成的工作组进入陵县开展工作，王其元任陵县动员委员会主任。此后，十八团的武装活动更加规范了，但活动区域依然在郑家寨、盘河之间以及林子街西南和罗院四周的六七十个村庄内。这片区域后来发展成了冀鲁边军区二军分区南北交通的跳板和东西发展的重要依托。表面上日军每隔七八个村庄就设有一处据点或炮楼，但实际上这一大片区域都是十八团的"地下堡垒"。再后来，随着形势的发展，十八团第四中队改编为陵县抗日民主政权四区区队，五中队升为县大队，一、二、三中队随主力部队转战到其他抗日根据地。新生的十八团的革命火种在整个陵县及周边地区点燃。

第五章　血　祭

休　整

自 1939 年 1 月起，侵华日军把主要火力转向了对抗日根据地的重点进攻上，妄想以"扫荡"华北打通进攻我西北根据地的道路。冀鲁边地区由于地理位置的原因，成为日寇"扫荡"的重点区域。

根据东进抗日挺进纵队的指示精神，曾国华率领五支队机关及所属五团一部进驻陵县一带活动。在伏击"于团"之前，部队刚刚在东光的灯明寺、盐山的韩家集重创日军，本想等部队休整好以后再到陵县，一接到"十八团"告急的消息，他们便马不停蹄地赶了过去。在半个月的时间里，他们消灭"于团"，收编整顿"十八团"，打魏龙江伏击战、李元寨村伏击战，连续作战让部队官兵疲惫不堪。

李元寨村伏击战后，为躲开日本人的追踪，部队撤出了刘双槐一带，往西行进了十多公里，到了大宗家、赵玉枝、阎福楼附近。这一带是黄河故道，地势起伏，多年生杂木随处可见，便于部队隐藏休整。

"从今往后，我们再也不会像半年前那样被鬼子追着连个村子都进不去了。"曾国华支队长站在前侯村村口看着迎接他们的群众对政委王叙坤说。

"是啊，收编'十八团'让陵县的抗日局面有了很大的改观，其影响力是巨大的。"王叙坤接过曾国华的话茬说。

他们在一位老乡的带领下进了一家院子，参谋长刘正、政治部主任刘贤权跟在后面，警卫员牵着马随后也进了院子。这是十八团为支队安排的临时指挥所。还没进屋，曾国华又说："提醒龙书金他们，一定要安排好警戒，不可麻痹大意，刚刚打完伏击，小鬼子的嗅觉很灵敏。"

"在进驻前就已布置下去了，让他们今天下午就把方案报上来。"参谋长刘正上前一步说。

王叙坤补充道："借这次部队休整，趁着热乎劲好好地搞一次发动群众的工作。这片土地上的老百姓很纯朴，但思想较封闭落后，需要引导，这一点很重要。"

"群众发动起来了，我们的工作就好做了。"曾国华满意地点了点头，微笑着说。

"我马上安排下去。"刘贤权说。

他们进屋后还没坐稳，就有老百姓提着鸡蛋、干粮进了院子。

刘正根据曾国华的交代，对部队驻防进行了调整：支队带直属骑兵连、特务队和五团一营的一个连驻前后侯村；五团除二营随肖华司令员行动外，龙书金、曾庆洪率团部特务连、十二连驻大宗家村；一营的四个连外加一个重机枪排，计五百余人驻赵玉枝村；三营营长冯忠凯带领三营驻阎福楼村。全部兵力共计两千余人。一营副营长温先星被提拔为一营营长，一营教导员是唐文祥，为加强一营的领导力量，政治处主任朱挺先随一营行动。

进驻大宗家的第二天，龙书金就集合部队在村口为谭瑞志及其他牺牲的战士开追悼会。曾庆洪在会上致悼词，十八团的战士一想起谭营长指导训练时的音容笑貌都泣不成声，刘玉国更是像个孩子似的哇哇大哭。朱挺先在身旁拽了把他的衣角，他才意识到自己失态了，遂止住了哭声。

从被收编到谭瑞志牺牲的不到两个月的时间里，十八团的战士们不再觉得新鲜、刺激、好玩了，他们意识到了抗日斗争的残酷性。大宗家的街头也站满了群众，看到队伍里有战士哭，好多村民也跟着掉下了眼泪。

追悼会后，龙书金和曾庆洪回到了设在乡绅宗子敬家后院的临时团部，商量如何落实支队关于发动群众、开展抗日宣传工作的指示精神。一个女人领着一大帮村民进了后院，女人发髻高盘，齐刷刷的刘海没能遮住她眉宇间的英气。女人上身着紫红沿边的大襟棉袄，下身着绑腿灯笼裤。灯笼裤下是一双走路带风的大脚，这在农村妇女中很鲜见。她身后跟着的几个家丁模样的汉子抬着两担粮食、布匹等。

龙书金认出，这女人是宗子敬的孙媳秀姑。

"爷爷身体有恙，不能前来拜见各位，特派俺送来粮食、布匹，以支援咱们八路军多打鬼子。"秀姑说话不卑不亢，言谈举止颇有男人风范。

在龙书金他们的部队还没有到达大宗家前，听到消息的秀姑就去拜访过他们。她邀龙团长他们去家里住，并说这是爷爷的意思。她还告诉龙书金，爷爷早就对共产党八路军心怀敬仰，但始终没有机会拜见。一是身体原因，二是忌惮过去"十八团"有关不得与其他武装私下来往的规定。

再次相见，龙书金对秀姑有了亲切感。他让秀姑代他谢谢宗老先生，等他把部队安顿好了就去拜会宗老先生。

这时有通信员进来报告，说支队晚上在前侯村安排了与群众的联欢，邀请龙书金和曾庆洪参加。

晚上，两盏大汽灯高悬在前侯村的中央戏台两侧，戏台下面站着黑压压的群众。

> 同胞们听我劝金玉良言，
> 近百年民族恨切记心间。
> 九一八日本侵占东北，
> 汪精卫大汉奸引贼入关。
> 卢沟桥炮声响七七事变，
> 杀死的中国人尸骨如山。
> ……

戏台上，为大家演出一勾勾《劝伪军歌》的演员是由十八团的战士和群众组成的，各种角色轮番上场。那名花脸演员把汉奸、伪军的奴媚相演绎得惟妙惟肖。

"听见一勾勾唱，饼子贴在门框上。好久没静下心来听戏了。"随龙书金一起来的王如玉站在人群里把眼瞪得大大的。看见战士们的演出得到那么多的掌声，得意之情让他时不时地把眼睛瞟向一侧的龙书金。

一勾勾唱完以后，扎着两只羊角辫的支队卫生队女战士姜小芊上台来了一段小吕剧：

> 王三姐在房中自思自叹，
>
> 思想起奴的命好不惨然。
>
> 小奴家读诗书心高妄想，
>
> 实指望嫁一个有才夫男。
>
> 谁料想小奴家命运不遂，
>
> 嫁了个二鬼子丢人现眼。
>
> ……

最后的压轴节目是乡亲们和八路军官兵一起手牵手扭秧歌。只见曾国华、王叙坤、刘贤权、龙书金、曾庆洪等部队领导悉数登场，村民们则在场外评论着他们的舞姿。大家觉得几个人里面就属政委王叙坤扭得最好。

这是一个愉快的夜晚，欢快的锣鼓声久久地回响在这片压抑了很久的土地上。这声音，传到了附近的炮楼里，传到了陵县县城里的日军那里，传到了驻德县的日军指挥官那里。

一场大战，即将到来。

拂晓沥血

1939 年 4 月 1 日拂晓，睡梦中的龙书金突然听到村西传来了汪汪的狗叫声，接着是几声枪响。龙书金心里一惊，迅速穿衣下床，然后带着身边的几个战士奔向村西十二连的驻地。他赶到村口时十二连的战士们已经进入阵地。有战士向他报告，说枪声是村外的哨兵发出的，且哨兵已经遇难。他透过灰蒙蒙的晨雾朝西方仔细观察，随后惊出了一身冷汗。大宗家和赵寨村之间空旷的田野上黑压压的全是敌人，一个个弓腰端枪，正一步一步向大宗家逼近。龙书金让通信员立刻通知曾庆洪，让他向支队报告情况。他接着观察敌情：在右前方一百米左右的一座祠庙前，一个日本军官正手举战刀调动部队；在步兵的后面立着两排骑兵，他们摆开了一个扇面的队形，正横枪跃马准备冲击。

"敌人是想一口吃掉我们，坚决顶住他们的进攻，不能让他们再前进半步！"龙书金发出命令后，枪声从房顶、树上、墙头、猪圈、沟沿等不同地方发出，高低配合、左右交叉。机枪、手榴弹像爆炒豆似的在敌人的队伍里开了花。敌人没有想到趁夜偷袭会被这么早发现，也没想到会遇到这么顽强的抵抗。敌人顿时死的死，伤的伤，剩下的要么趴在原地不敢动弹，要么掉头回撤。日军的进攻被暂时阻止。

驻大宗家南边阎福楼村的五团三营在得到敌人进攻大宗家团部驻地的消息后，营长冯忠凯立即派张宝珊带领十连向大宗家增援。见援兵赶到，龙书金稍微松了一口气。

"那边情况怎样？有没有发现敌人？为何电话不通？"龙书金急切地问。

"那边还没有发现敌人，我们是听到枪声赶过来的。电话线已被日本人掐断了。"张宝珊的内衣被汗水湿透了，冷风一吹身上凉飕飕的，不免打了个激灵。

龙书金看在眼里，但他顾不了那么多了。"看敌人来势汹汹的样子，我们面前定有一场恶仗。"说完，他命令指导员杜峰带两个排加机枪班先到村东头待命，张宝珊带领另一个排进入村南迎击敌人。

此时的龙书金还没有意识到，形势远比他想象的严峻。电话线被掐断致使驻各村的部队自战斗开始后就处于各自为战的状态。就在张宝珊带领十连到达大宗家后不久，大宗家与阎福楼之间的通道就被日军切断了。随后，敌人又出动步兵、骑兵向阎福楼村和侯家村包抄迂回。

龙书金将村子西头的战斗部署完毕后又马不停蹄地跑到村子东头察看敌情。村民们早已被枪声和狗吠声惊醒，一个个正扒着门缝观察大街上的动静。

天色渐明，日军的骑兵已迂回到村子东面，并展开了一百多米长的攻击队形。中间的一匹枣红色战马撅起前蹄一声长啸，声音划过村子上空，村子里的狗停止了吠叫，整个村子突然变得异常安静。这种安静让龙书金的心里沉甸甸的。他又跑到了村子南面，张宝珊已带领战士们埋伏在了村头的各个角落。村南也出现了日军的骑兵，有的站立观望，有的打马来回遛着，他们在等待进攻的命令。此时，敌人已对大宗家及其他八路军所驻各村完成了包围。

第二波枪声又从村西传来。日军在短暂停歇后集中全部火力开始进攻。这一轮敌人用上了迫击炮。十二连的阵地上落下了数枚炮弹，十多名战士被弹片击中，其中三名战士当场牺牲，两名战士被炸断了腿。面对数倍于我军的敌人，十二连被迫撤到村里。

龙书金和曾庆洪认真分析了敌人分兵进攻的态势后，认为日军这次进攻的主要目标是大宗家村，敌人的主力军也全部集中在这里，只有顶住敌人的前期进攻，才能寻机突围，同时联系支队领导请求支援。

　　十二连的部分兵力撤进村里后与被冲散的团部特务连和十连部分战士会合。他们本想撤至设在宗家大院的团部，因为那里有较为坚固的工事，却发现中间已被敌人冲断。

　　"小鬼子多，不能硬战，大家三五人一组分散开，上房、进院，能杀多少鬼子就杀多少。"团特派员谢家树大声喊着。霎时，房顶上有枪声，胡同里有肉搏。特务连大都是从全团挑选出的军事素质过硬的战士，在敌人面前一个人能顶两三个人用。一名战士被三个日本士兵追到了一条死胡同里，他回身扣动扳机时却发现枪里没了子弹。日本士兵发出了哇哇怪叫，他们端着枪冲上来，就在刺刀将要抵住战士的身体时，对面房檐上射出了一排子弹，三名日本士兵当场毙命。十多名日本士兵把一名战士追到宗家大院附近后找不到人影了，他们撞开了宗家大院的门，还没等进入院子，一发发子弹打了过来。四五个日本士兵的脸上顿时血肉模糊，有一名日本士兵从绽开的血肉里摘出了两颗铁砂粒。后面的日本士兵冲进院子后发现院子里空空的。他们刚想进屋，从院墙外探出来了一挺机枪，一梭子子弹打来又有几名日本士兵倒在了地上。等他们趴下，对面也没了动静。日本士兵刚站起身来，枪声又在背后响起了。几名日本士兵不敢久战，匆匆跑出了院子。窗口里秀姑冲对面阁楼里手持猎枪的看门人大奎竖起了大拇指。

　　宗家大院的围墙全是青砖到顶，四角还有高高的角楼，像是一座村中城堡。经过一场激战，特务连控制了宗家大院，随后龙书金撤至大院内。进院后，他发现宗之敬老先生正拖着病体在院子里踱着步子，宗家一家老小十几口人立在旁边。看到龙书金进门，宗老先生焦急的面孔露出了惊喜。

　　"龙团长，我们能顶得住吗？"宗子敬捋着悬在胸前的白胡子向龙书金问道。

　　"我想拖到天黑总可以，到时再组织突围。"

　　宗子敬抬头望着天上被云彩遮挡着忽明忽暗的太阳，感觉熬到天黑太难了。他摇了摇头，叹气地说："唉，早些天黑就好了。"说着，老人焦虑地退到了一边。

　　龙书金想安慰老人几句，忽然觉察到屋子外面有异常。他凝神一听，发觉枪声稀疏了下来。"怎么回事？"他拿着手枪准备出去看看，这时作战参谋刘克大步走了进来："团长，子弹快打光了，一伙鬼子正向院子逼近，怎么办？"

　　"发动战士们搬砖头、拾瓦片、爬墙上房阻止敌人前进，目前也只有这办法了。"说着，他拔腿就往外走。

　　"慢着，龙团长！"宗子敬突然伸出拐杖拦住了龙书金。

"跟我来，我有办法。"说完他朝围在旁边的儿孙们摆了摆手，"来，都来帮忙。"

龙书金一时怔住了，心想他一个七八十岁的老头能有什么办法？

龙书金和刘克跟着宗子敬来到了后院的马厩里。宗子敬喊人挪开了一条牲口石槽，在掀掉槽下的一块木板后露出来了一个圆圆的洞口，洞里面整齐地排着几只木箱。儿孙们明白了老爷子的意思，他们一齐跳下洞去七手八脚地将木箱搬了出来。打开箱子一看，里面放着满满的崭新的枪支和黄灿灿的子弹。

"龙团长，别看我老了不中用了，但爱国的心多少还是有点的。"宗子敬颤颤巍巍地说，"你们为保卫国家能豁出去性命，我也不能袖手旁观。这是我以前置下的准备防盗护院的，赶快拿去打小日本吧。"

龙书金在箱子打开的那一刻激动不已，还没等宗子敬说完他就上前紧紧握住老人的手，连声说："谢谢，谢谢！"

这时，秀姑提着枪走了过来，见到这场景，她冲宗子敬说："爷爷呀，你终于想通了。"说罢，她忙令人将木箱抬到前院。龙书金吩咐刘克把枪弹分发给战士，并叮嘱尽快和被打散的谢家树取得联系，估计他们的弹药差不多也快耗尽了。

宗家大院的角楼上响起了一阵激烈的枪声，枪响之后日本士兵退了回去。

通信员前来报告，说村南张宝珊连长率领的一排在日军的反复冲击下已减员过半，怕是顶不住了。龙书金立即带通信排的一个班赶到那里，把十多名战士安排到各个伏击点，并重新调配了火力。就在这时，通信员突然大喊："团长，后面有鬼子。"

龙书金一回头，发现村内的一伙日本士兵沿街巷朝他们冲过去了。面对南北敌人的夹击，他令张宝珊把战士们分散开，防止被敌人吃掉，他自己则带着另一部分士兵迅速撤至村子东口，与在那里的曾庆洪及十连另两个排会合。

指导员杜锋见龙书金的后面还有日本士兵追着，抱起机枪冲着日本士兵就是一阵猛扫。十多名日本士兵倒在了地上，敌人退了回去。这时，日军已经觉察到村里驻有八路军的指挥机关，并猜测眼前的八路军里就有重要人物。于是他们重新组织兵力发起进攻，一排排子弹像冰雹似的把龙书金他们压在了一截矮墙下面不能动弹。

击毙安田

日军的机枪响过一阵之后便停止了射击，随后十多名日本士兵端着枪悄悄逼近。杜锋说："团长，还是撤到村外去吧，我带几名战士掩护你们。"龙书金想也只能这样了。他嘱咐杜锋不要恋战，掩护任务完成后立马撤到村外。

杜锋趁敌人不备之时把手下的三名战士分散开，轮番向靠前的敌人开火，敌人摸不清八路军的具体位置，冲冲停停。龙书金和曾庆洪带着通信排的战士迅速转移到村外，他们利用一条壕沟做掩护，继续阻击后面的敌人。日军首尾不能相顾，不敢冲出村子，怕被八路军截断。就这样，双方之间打打停停，战斗一直持续到了下午一点多。

午后，日军包围大宗家的兵力又增加了六七百人，妄图以重兵迅速结束战斗。龙书金从望远镜里看到一部分敌人在村内集结，虽然村中枪声不断，但这股日军好似不太关心，看着像是准备去执行某项任务。

"团长，我去赵玉枝村调一营来大宗家增援。"曾庆洪说。

"不行，你是全团的政委，去赵玉枝村要突破敌人的火力封锁，太危险了，还是派其他人去吧。"龙书金说。

曾庆洪沉思片刻，两眉间挤出了几道深纹。

"团长，还是我去吧。到了那边，我还可以根据情况调整兵力，别人去怕不合适。"曾庆洪说。

龙书金同意了。分手时，曾庆洪看着龙书金严肃地说："老龙同志，这里的指挥任务就全交给你了。"两人搭班子一年多曾庆洪从没这样严肃过。龙书金的心突突直跳，他有一种不祥的预感。

龙书金愣神的工夫曾庆洪已跳出战壕，一边躲避满天飞的子弹，一边向赵玉枝村的方向奔去了。

龙书金两眼紧盯着曾庆洪的身影，只见他忽而卧地，忽而跃起。一阵密集的枪响过后，曾庆洪再也没有站起身。

"快，快！把政委抢回来！"几个战士跃出战壕拼命朝曾庆洪倒下的地方猛跑。有两名战士倒在了地上，紧接着又有战士冲了出去。

曾庆洪被战士们抬回来了，龙书金的眼睛一动不动地望着曾庆洪，但他闭着的双眼始终没有睁开。

一阵激烈的枪响声把龙书金从悲痛中拉回现实，他迅速镇静下来，思考着眼前的局面，形势危急他必须尽快做出决断。就在这时，东面尘土飞扬，一匹战马向这边疾驰而来，龙书金认出是支队通信员。

"报告龙团长，支队首长命令你团立即撤出战斗。"

"你马上向支队首长汇报这里的情况，村里的十连和特务连正在和鬼子混战，十二连只剩下不到三分之一的兵力，能不能撤出还是个问题。"

送走支队通信员后，龙书金安排通信排的战士进村传达撤退命令。派出去的三批人全都牺牲在了敌人的层层火力阻击之下。龙书金气得把牙咬得咯咯响，那些都是整天跟在他身后的十七八岁的孩子。

"团长，派我去吧。这个村子周围的地形我都熟悉。"请求去送信的是调到通信排才三天的刘玉国。

龙书金不想再让这些孩子们冒险了，他望着刘玉国，摇了摇头。

"团长，就让我去吧，保证完成任务。小时候我来村里走亲戚玩捉迷藏时，总能让人找不到。"

听了刘玉国的话，龙书金的心里像刀扎一样。

"一定要注意安全。"龙书金同意了。他为刘玉国整了整衣领，把身上的手枪摘下给刘玉国挂在身上，然后给了刘玉国一个拥抱。

刘玉国见团长答应了露出了一个微笑。这个微笑今后是否还能看到，龙书金不敢去想，他只觉得刘玉国的这个微笑很甜很甜。刘玉国冲出战壕向村里奔去，卧倒、匍匐前进，一会儿在地面上消失，一会儿又冒出来了。龙书金的心随着刘玉国的身影起起伏伏，他焦急地望着离村子围墙越来越近的刘玉国，恨不得他能一步跨进村里。

刘玉国跃上围墙的那一刻，龙书金把心提到了嗓子眼，接着他看到刘玉国从墙上栽下来趴在地上不动了。

龙书金的脑子里顿时一片空白。敌人的枪声密集起来，不知道刘玉国伤情如何，此时派人去救无异于去送死。他双脚发软，一下子瘫坐在了壕沟里。

"快看，刘玉国站起来了。"

不知谁喊了一声，龙书金立马抬头望过去，只见刘玉国已爬上了墙头，瞬间翻到了墙的另一边。

龙书金知道，只要刘玉国进了村子就能躲过敌人的子弹。

刘玉国七拐八拐地到了宗家大院附近的一个巷子，他看见两个村民正在和日本士兵打斗。两个日本人把其中一个村民按在地上，另一村民上前抱住其中一个日本人的腰往后拖，另一个日本人见状丢下了地上的人端着刺刀刺向了那个抱人的村民。第一下没刺中，准备刺第二下时，地上的那人挥手一枪就把他撂倒在地。已挣开村民胳膊的日本人回头望去，像发现新情况一样，把手里的枪一丢，狂笑着扑向了坐在地上的人。开枪的是一个女人，混战过后头发披散开了。日本人一扑，女人挥枪的右手被压在了身子底下，但她却像变戏法一样，左手又抽出了一支，对着日本人的腰眼就是两枪。女人把日本人的尸体掀开，站起来时抬手就冲刘玉国的头上开了一枪。刘玉国吓得一缩身子，回头一看，只见一个日本士兵趴在了身后的墙头上。

开枪的女人是秀姑。她指着墙上日本人的尸体对刘玉国说："你来得正是时候，差点当了靶子。"

这时谢家树和几个战士被日军追进了胡同。看到地上有"三八大盖"，他忙捡了起来。随他来的战士手里都是空空的。他们的子弹打光了，枪也抢折了。谢家树看着秀姑双手握的"盒子炮"，很是羡慕。秀姑明白了谢家树的意思。

"跟我来！"她一转身进到门里。谢家树吩咐两名战士跟秀姑进了院子。他和另外几名战士躲在门口，举枪监视着胡同口。

"特派员，龙团长让你们马上撤出战斗。"

听见声音谢家树才注意到刘玉国。他刚想答话，就见几个日本人进了胡同。

说时迟，那时快，谢家树抬手就是一枪，前面的兵躺在了地上，剩下的兵见状赶紧趴下。日本人趴在地上等了半天，见没什么动静便小心翼翼地沿墙根摸了过来。谢家树把刘玉国招到了自己跟前来，他把刘玉国腰间的枪拔了出来，又把手里的"三八大盖"递给了刘玉国。刘玉国这才想起自己腰里有枪。日本人到跟前了，谢家树没有开枪，又一轮肉搏开始了。刘玉国手里握着三八大盖，摇晃着不知道该对准哪里。一个日本人发现了刘玉国，他大概认为刘玉国个头小好对付，所以努力摆脱了其他战士的纠缠，直奔刘玉国。刘玉国没有迎着敌人做动作，而是在敌人靠近身体的一刹那来了一个闪身，接着他用枪托来了个横扫，那个日本士兵一下子来了个嘴啃泥。没等他翻过身子，刘玉国又跳到了他的头上方，抡圆了枪托狠狠地砸在了他的头上，日本士兵当场毙命。

刘玉国顿时傻了眼，这是他第一次打死日本人，有些不知所措。所以当另一名日本士兵的刺刀刺向他的后背时，他全然不知。危急时刻，秀姑的枪又响了。两名战士提着三支步枪、两支"盒子炮"跟在她身后。那两名赤手空拳的战士手里有了家伙，瞬间结束了那几个日本士兵的性命。

见战士们重新装备起来，谢家树欣喜地说："有了这些东西，我们就能冲出村子了。"

有战士问："那咱们还撤不撤？"

刘玉国马上抢着说："撤退是支队首长的命令，是为了保存实力。"

"你们几个分头联系各分散部队，通知大家撤出战斗。"谢家树说完就带着几个人重新冲上了街头。

村里的枪声一阵紧接着一阵，村外的龙书金焦急万分。这位从长征走过来的身经百战的指挥员心里非常清楚，村里的队伍再这样纠缠下去迟早会被日军全部吃掉。不能再等了，他必须立刻请求支队领导派兵接应。

村里的新一轮激战吸引了日军的注意力，龙书金趁机纵马赶往侯家村支队司令部。龙书金到时曾国华他们正准备转移。支队长、政委见龙书金安然无恙十分高兴。他们听取了龙书金对大宗家战斗的情况汇报，龙书金也从曾国华的口中了解到了更多有关这场战斗的情况。

就在大宗家战斗打响的同时，驻赵玉枝村的一营也遭遇了日军的攻击，只是攻势不如大宗家猛烈。敌人的意图很明显，进攻的重点是大宗家村，赵玉枝村这边只是为了牵制兵力。一营在朱挺先的率领下迅速展开队形，利用熟悉的地势对敌人进行了有效阻击。得知大宗家的战斗情况后，朱挺先决定抽调部分兵力增援。

"主任，敌人在村子南面的火力很猛，有重兵把守，我们可绕道东南的尚奄附近，从东面直插大宗家，这条路线上的敌人少，且树林茂密，便于部队行动。"一连特派员高子贵向朱挺先汇报说。

朱挺先已朝南面大宗家方向望了好久，他牵挂着龙书金他们。起先他还不明白村外的敌人为何不急于展开进攻，但接着与上级的电话联络中断、南面大宗家方向的战斗又异常激烈，这让他有了警觉，他认为日本人是在故意拖住他的部队。他和教导员唐文祥商量后决定让高子贵带领一连的一、三排和二连的一排增援龙团长他们。

赵玉枝村与尚奄之间地势低洼、空气潮湿，夜里空气很容易形成水雾，艳阳高照时雾才能散去。

高子贵他们穿行在雾气中。战士们虽然对这一带的地形已十分熟悉，但此时此刻他们仍不敢大意，派出的尖刀班在前面始终和部队保持着五百米以内的距离。

天色还不十分明亮，四周一片静寂，只听得见战士们走路时发出的唰唰的响动。当他们由东向南正要跨过一片沙地时，尖刀班班长马小辉突然折返了回来。

"特派员，前面有鬼子。"马小辉紧张地说。高子贵命令部队停下来，战士们不由自主地打开了枪机保险。

高子贵随马小辉来到了尖刀班埋伏的位置，战士们静静地趴在草丛中用树干做掩护密切注视着前方。顺着马小辉手指的方向，高子贵看见了埋伏在这里的一支日军的骑兵部队，人数约五六十人。

"敌人埋伏在这里一定有阴谋，趁鬼子没有发现我们，打他个措手不及，打完再去增援龙团长。"说完，高子贵又四下看了看地形，然后迅速回到部队。他命令二连一排前去偷袭，其他人员就地埋伏，随时增援。他叮嘱一排排长让战士们多带手榴弹，一定要速战速决。

一排到达伏击位置后，排长对全连有名的神投手"黑楞子"招了招手，然后用手指了指那几名日本军官，又举了下手里的手榴弹，"黑楞子"点了点头。

"嗖！嗖！""黑楞子"朝几名日本军官聚集的位置接连掷出了两枚手榴弹。其他人也将十多枚手榴弹一齐投向了日军阵营。瞬间，多名日军官兵、十几匹战马被炸得血肉模糊，日军乱作一团，四处逃窜。一排的全体战士迅速冲入敌阵。一阵砍杀过后，地上除了十几具尸体，还有日军留下的三挺机枪、十多支步枪。

打扫战场时，一排排长发现一个被炸死的日军军官的肩章闪着金光。他虽然分不清敌军军衔，但估计官职不小。他把肩章扯了下来，又顺手把指挥刀也摘了下来。

一排的行动引来了日本人的猛烈反击。四散开来的敌人在发觉只是小股八路军的袭扰后迅速组织反击。在高子贵率领的其他两个排的掩护下，一排成功撤回。

敌人像疯狗一样动用"小钢炮"等重武器向高子贵他们撤退的方向展开猛烈攻击。增援大宗家的行动受阻，他们被迫退回赵玉枝村。朱挺先后来又组织了多次突围增援，但都被日军的猛烈炮火压制在了村内。

"你知道鬼子的这支部队是哪一部分吗？"听完曾国华的介绍，政委王叙坤拿出了那副日军军官的肩章问。

"不太清楚。"龙书金摇了摇头。

"老对手了,坂垣师团的部下又窜过来了。"王叙坤晃了晃手里握的肩章,又说,"被炸死的这位就是从平型关一路追到我们冀鲁边的鬼子联队长安田大佐。"

回马驰援

日本坂垣师团在平型关一役遭我军第一一五师痛歼之后,其残部怀着复仇心理尾随八路军东进抗日挺进纵队窜至冀鲁边地区,纵横"扫荡",血洗村庄。他们在获悉八路军第五支队驻扎在陵县大宗家一带后,便纠集河北沧县、泊镇、盐山及沿津浦铁路线的德县、平原、禹城等地的日军两千多人,包括骑兵五百多人、汽车六十余辆,向大宗家一带分兵"合围",妄图一举歼灭我军,报平型关战役的仇。

"哼,在平型关已打过交道了,他们是手下败将。"龙书金脸上露出不屑。

"我们不能轻敌呀,我看他们这一次就是想报仇。老龙,你看我们用什么法子把被困在大宗家的部队接应出来?"王叙坤关切地问。

"只要给我一个连的兵力足矣。"龙书金斩钉截铁地说。

在得到肯定回答后龙书金和警卫员一起快马加鞭返回了大宗家村东的指挥阵地。支队派出的增援部队在警卫连指导员梁世淦的带领下随后也赶到了。

"不是说一个连吗,怎么才来了这么些?"龙书金望着满脸尘土的梁世淦,表情严肃地问。

"团长,你别看是一个排,这排里面参加平型关战役的人可不少,打起仗来一个排能顶一个连。"此时梁指导员的脸上也换成了严肃的神情。

梁世淦的一席话缓解了龙书金的严肃神情。多年来,他的部队打过无数次以少胜多的仗。在这种四面被围的情况下,支队能抽出一个排的兵力来增援已经很不错了。他望着面前站着的一个个血气方刚的小伙子,只见他们个个眼睛里都流露出了勇猛顽强、不畏强暴的目光。这些战士已经同日军拼杀了十多个小时了,现在又赶来增援,龙书金的心里涌起了一阵感动。

他从这支队伍中留下了一个班做预备队,其余人员分成两个战斗小分队。龙书金下达完战斗命令后,他们个个刀出鞘、弹上膛,跟随梁指导员沿着刘玉国刚才的路线向村子里冲去。小分队冲到围墙附近时,遭到了围墙内的敌人的猛烈攻击。

战士们一排手榴弹扔过去,敌人顿时血肉横飞,滚地乱爬。龙书金手举望远镜一个劲大喊："好！好！"

在轰隆的爆炸声中，敌人的步枪、机枪变成了"哑巴"。战士们趁机跃上了围墙，但还没等他们冲进村子，就又遭到了敌人的再次火力拦截。经过一阵短暂的激战，有几名战士倒在了血泊中，梁世淦也让弹片刮伤了胳膊。小分队被迫撤回。

时间一分一秒地过去。困在村里的部队利用宗子敬支援的枪支从夹道、墙壁、柴垛等隐藏体内向敌人射击。子弹打光了他们就找来棍棒做武器，甚至拆下了墙上的石块、屋檐上的瓦片当作武器砸向敌人。敌我之间逢巷必夺、逢院必占，双方伤亡都很大，村中弥漫着血腥气息。特务连、十连、十二连的部分战士在十多个小时的战斗中几乎滴水未进，干部牺牲了，战士就主动顶上。

梁世淦带领的小分队增援未果，村内出现了一时的安静。龙书金的心又提了起来，他将预备队和通信排的十几名战士重新组织起来，准备再次冲进村里。就在这时，村内的枪声突然又响成了一片。龙书金判定是谢家树他们又组织突围了。于是他命令新组成的小分队立即向村内发起冲击。在村内村外的联合夹击下，敌人疯狂起来。他们层层结队，挺胸端枪，从村子里向梁世淦率领的突击队冲来，一面冲嘴里还一面喊："冲击——！冲击——！"跟在队伍后面的日军指挥官挥刀喊着："哈呀苦（快）！哈呀苦！"

战士们看到敌人趾高气扬的神情气得两眼冒火，端起机枪就是一阵猛扫，敌人瞬间倒下一片。但后面的敌人也不躲藏，他们踏着前面的尸体向八路军猛扑过来。

"投手榴弹，给我狠狠地打！"龙书金咬着牙，眼里冒着怒火。霎时，一排排手榴弹投向了敌人，他们的嚣张气焰终于被打了下去。

由于村外的战斗吸引了敌人的注意力，村内被困的部队很快杀到了村口，在外面部队的接应下，他们终于冲出了村子。

龙书金望着眼前的这些战士激动得热泪盈眶，他们有的头上缠着绷带，有的胳膊上吊着绳子，每个人都被硝烟熏得辨不清模样。

"谢家树呢？还有刘玉国？"龙书金突然想起来冲出村子的队伍里没有这两个人。梁世淦告诉龙书金，他们冲进村子时谢家树就已经牺牲了，敌人在他身上捅了无数刀。刘玉国是被敌人的流弹击中的。突围眼看就要成功了，刘玉国非常兴奋地冲在队伍的最前面，快到村口时一颗流弹飞来，人当场就不行了。

村内村外的战士成功会合，敌人眼看全歼我军的计划就要破产，便匆忙集中兵力朝我方部队疯狂开火。炮火过后尘土漫天飞扬，龙书金命令部队借机迅速朝村外东北方向撤退。日军很快从多个方向朝撤出的部队迂回过来。部队边打边撤，不久便越过了大宗旱河，敌人跟在后面一路追击。成功摆脱敌人的追击已到了黄昏时分，龙书金安排清点人数。两个连的兵力原本总计近三百人，一天下来已经不足百人。

"不知还有多少被打散的战士没有归队。"龙书金悲伤地念叨着。

"团长，供给科科长罗顺友他们也没跟上来。"梁世淦说。

龙书金皱了下眉，罗顺友是当年被陈毅同志誉为"井冈山上的一只黑蝎子"的小个子，在井冈山的五次反"围剿"中，他挥舞着闪亮的大刀，左冲右突，活像一只黑蝎子，他不但敢拼，而且机智灵活。这一次他应该不会有闪失的。

"队伍照此速度继续前进，走得越远部队越安全。"龙书金说完就带着通信班的五名战士往回走，不时有子弹从头上嗖嗖飞过。在离队伍大概五百米时，他看到两个战士正一瘸一拐地搀扶着艰难行进，他们不时地左右摇摆躲避敌人的子弹。战士们快速上前，背起伤员往回走。这时，右后方突然冒出来一小股敌人向他们冲过来。子弹在队伍两侧乱飞，龙书金指挥战士边还击边向小高家方向撤退。有战士告诉龙书金，越过小高家村村南的一条道沟就能进到村里。龙书金知道小高家村是战斗堡垒村，有党的地下组织。眼下敌人急红了眼，他们会一直追到村里，只有彻底摆脱这伙敌人的追击，部队进村后才会安全。他心里这样想着，不知不觉地来到了沟沿。他看到沟底有个模糊的人影，还没等他扣动扳机，对方的枪就响了，一颗子弹穿透了龙书金的左肩胛。他朝子弹射来的方向连开了两枪，沟底的那名日本士兵当场毙命。龙书金摇晃了一下，差点栽进沟里。

随队卫生员准备给他包扎，但后面追击的日军越来越近了。"来不及了，抓紧转移！"龙书金捂着伤口说。

战士们看团长受伤了，把怒火发向了追击的日军。一排子弹打过去，日军放慢了追击的速度，部队迅速奔向了小高家村村口。一位村民站在村口焦急地向他们张望。由于失血过多，龙书金感觉嗓子要冒烟了。卫生员再次提出要为龙书金处理伤口，但龙书金咬着牙说："简单一点，先给我找碗水喝。"

趁着村民去家里端水的空隙，卫生员为龙书金的伤口做了简单处理。村外，日军追击的马队越来越近了。喝下一碗凉水后，龙书金觉得精神好了很多。

"老乡，看到咱们的部队了吗？"龙书金问老乡。

老乡说："就在半小时前，部队路过这里朝东北方向去了。"

"谢谢老乡！"龙书金说完就带着战士们朝着大部队的方向去了。他们刚拐进一条胡同，追击的日军就到了村口。

"太君辛苦，你们的喝水。"老乡站在日军队伍的前头，提了提手里的水壶。

"赶紧滚……"翻译官刚吼了一半就被日军军官制止了。

"你的，看见八路，八路哪里去了？"

"八路？不认识，刚才有一伙人朝那个方向去了。"老乡说着，用手指了指东南方向。

"哈呀苦！"日军军官挥着刀回头朝队伍喊了一声。

"太君，别走啊，还没喝水呢。"老乡还想拖延一下时间。

"去你妈的！"一名伪军上来就是一枪托砸在老乡的腹部，水壶也被丢出去老远。

老乡痛苦地弯腰抱着腹部，嘴里轻轻地念叨着："上天保佑龙团长他们。"

龙书金他们走出村子后，卫生员看龙书金的伤口还在不停地流血，就劝龙书金停下来彻底处理一下伤口。他们隐藏在一个土坎后面，龙书金面色蜡黄，看不到一丝血色。"砰！"一颗子弹从头顶飞过，有一小股日军从村子的东面朝这边奔来。"不好，赶快撤！"战士们刚把龙书金扶到马上，日军的马队就赶到了，龙书金他们十几个人瞬间就被冲散了。

巧脱险境

供给科科长罗顺友带领的七八名后勤战士组成的后勤战斗小组，原本是跟十连一起突围的，但在日军的猛烈攻击下，有四名战士倒在了村头。虽然与敌人激战了一天，但他还是不想在撤退过程中让十连的战士把他们后勤兵低看一眼。他的短枪很不给力，远远地看到敌人却够不着。路过一片灌木丛时，他发现不远处躺着几具日本兵的尸体，旁边还散落着枪支。他不顾日本人的冷枪，匍匐着把"三八大盖"取了回来。他带着身边的三名战士沿着一条壕沟弯腰朝枪声稀疏的方向行进。他们不敢抬头，因为地面上到处都是追赶八路军的日本士兵。罗顺友在行进中侧耳听着地面上的动静。枪声停止了一段时间后，前面传来了日本人叽里呱啦的声音，罗顺友示意战士们停下来。四月的微风吹在他们身上有种柔柔的感觉。在罗顺友的脚下，一簇簇不知名的小黄花开得正艳。罗顺友看得有些痴迷，但他很快回过神来。

日本人的说话声依旧，而且似乎没有要离开的迹象。罗顺友顺着沟沿慢慢探出头来，他发现两门迫击炮就放在距离他们不到十米的地方，一名日军军官正指挥着两名日本兵调试。他又向四周观察了一下，远处有日军的队伍正在行进。罗顺友心里一乐，他示意三名战士用枪瞄准两个鬼子兵，自己用"三八大盖"指向了日军军官。他的枪先响，随后两名战士的枪同时响起，三个敌人一起上了西天。他们迅速把三具尸体拖进沟内。罗顺友示意大家扒下日军的衣服换上，他自己穿上了日军军官的衣服。剩下一名战士没有分得日本兵的衣服就戴上了日军的一顶帽子，罗顺友让这名战士把上衣脱掉露出里面已分不清颜色的衬衣。罗顺友笑了笑说，马马虎虎能骗过去了。大家把衣服换好后就赶紧转移。远处的日军在听到枪声后，喊叫着朝这边奔来。罗顺友他们沿着沟底一阵狂奔，随后又拐进了另一条沟里。壕沟再往前便是一段缓坡了，并且缓坡通向了地面。他们被迫停了下来，罗顺友慢慢直起身子，他发现前面不远处就是村庄。他想，只要进到村子里就能摆脱敌人的追击了。右前方远处的田野里，三五成群的日本兵还在东奔西跑。他把头转向左侧时，发现一群日伪军正列队朝他们这边行进。敌人马上就会发现他们。

"大家不要慌，迎上去！"罗顺友说完扶了扶腰间的战刀，然后迈出沟坎挺胸向日伪军走去，其他三人也学着他的样子跟在后面。走在前面的日军指挥官马上喊停了队伍，转向罗顺友立正敬礼。罗顺友愣了一下，意识到是他衣服上的肩章起了作用，遂马上还礼。对方用日语冲罗顺友说了几句，罗顺友懂得一些基本的日语，明白对方在问他为什么在那里。他不敢多说，表情严肃地用日语回了句"察看地形"后就带着战士们大摇大摆地朝村子的方向走去。

沙滩危机

龙书金一个人被日军追到了小高家村村西大宗沙河的河滩上。这个季节，大宗沙河的河床上遍地沙丘，马踩进去，行走十分艰难。龙书金只好下马，左手牵着马缰绳，右手不时地抚摸伤口。穿过一片沙滩后，他来到了一片树林边。天色将晚，四周一片静寂，树上新冒出的绿叶，白天还闪着油光，此时已变得黑魆魆。

"鬼子骑兵不会窜到这儿来吧。"龙书金自言自语。

他把马拴在树上，身体靠着树干歇了片刻就溜到了地上。他把紧绷了一天的身体放松，思考着接下来往哪个方向走才能尽快与部队会合。

突然，树林深处扑棱棱飞出两只乌鸦，他迅速拔出手枪四下巡视，只见远处一队日军骑兵正沿河岸追赶三名八路军战士。马队在沙滩里摇摇晃晃，一个日本人刚举起枪就差点被晃下来，之后他再也不敢直起身子，其他人也是搂紧了马脖子。被追赶的战士趁势在马队里穿梭跳跃，寻找机会用刺刀捅马肚子、挑马腿，搅得这些马东奔西窜，根本不听主人的指挥。待日本人跳下马后，几名战士又瞬间跑远了；日军随后追上来，战士们又把马队引进沙滩玩起了先前的游戏。眼看三名八路军战士就要跑进树林里了，日本人急了，慌忙朝战士胡乱开了几枪。

龙书金朝战士们低声喊了一声，三名战士快速跑到了龙书金的跟前。"团长，你也在这儿?"战士们一阵惊喜。龙书金认出这是通信排的战士。"快，快进树林。"龙书金说罢和战士们一起消失在树林中。他们在林子深处又发现了一名被打散的八路军战士。这名战士在见到龙书金后，眼泪止不住地哗哗往下落。

这名叫王海龙的战士是一营通信班的，他告诉龙书金，他亲眼看到朱挺先主任牺牲了。

高子贵他们在击毙日本安田大佐后，遭到了敌人的猛烈攻击，他们被迫退回村里。日军为了报复，增加了赵玉枝村周围的兵力。朱挺先组织部队多次突围，最终以牺牲一百五十人、伤五十二人的代价突破了敌人的重重封锁。就在迈出村子的那一刻，埋伏在房顶上的日军狙击手扣动了扳机，子弹从朱挺先的左太阳穴处射入颅内，朱挺先当场牺牲。

驻陵县的日军中队负责对赵玉枝村进行围攻。由于驻陵县日军首领的失职，安田大佐被八路军偷袭毙命。军部怪罪下来，他的责任重大。因此他要在此次战斗中有所"收获"才行。他在侦察到赵玉枝村的八路军最高长官是政治处主任朱挺先时，就把击毙朱挺先的任务交代给了狙击手。所以，在朱挺先他们突围成功的一刹那，日本人的阴谋就得逞了。

说着，王海龙拿出了朱挺先留下的挎包和手枪。龙书金望着战友的遗物，泪水浸满眼眶，头一天晚上他们还在一起和群众扭秧歌。朱挺先是一个能歌善舞、多才多艺的人，总能在紧张时刻活跃起气氛来。上级本来还准备调他到冀鲁边军区政治部工作的。

王海龙还告诉龙书金，一连指导员许长生和另外十几名战士是和他一起突围的，但后来被打散，不知他们有没有突围成功。

初春的鲁西北平原，春寒料峭。夕阳落下后，寒气随之而来。此时龙书金感觉伤口火辣辣地钻心疼。为了避开敌人的追击，他带领着这几名战士在树林里绕了几个弯，又向西行进了一段距离。天彻底黑下来后，他们来到了大宗沙河北岸的鸭子庄。

他们在村外静待了一会儿后悄悄来到了村头的一个院门前。有战士想敲门，但马上被龙书金制止了。他指了指低矮的墙头，战士们明白了。在战友的协助下一名战士翻墙跳进了院子，过了一会儿，院门被悄悄打开了，战士们搀扶着受伤的龙书金一起走了进去。

小院不大，有北房三间，东间里还亮着灯光。院里左侧堆放着柴草，右侧有一个猪圈。正房与西邻之间留有两米宽的夹壁过道，里面堆着柴草杂物。龙书金他们悄无声息地进入夹壁过道内，把地上的柴草整理了一下便坐了下来。龙书金认为这里是安全的，他示意大家在这里过夜。几个战士遂放松了身子相拥在柴草上呼呼睡去。

鸡叫三遍后他们才从睡梦中醒过来。起早做饭的房东刘大娘发现他们后吓得一声惊叫，叫声把十多岁的儿子小拴引了过来，他认出了袖标上的"八路"二字。八路军消灭"于团"、解救"十八团"的战斗才过去没多久，刘大娘还在心里挂念着八路军。昨天西南方向的枪声让她的心提了一整天，村长到各家各户嘱咐过，要大家注意安全尽量不出门，遇到咱们的部队时一定要热情招待，干粮、开水准备好，能帮多少算多少。

刘大娘把龙书金他们让进屋里，烧柴做饭一阵忙活。敌人撤走的消息传到了村里，村民们才敢大胆地走上街头。小拴为了显摆，把家里来八路军的消息告诉了别人，不多时这个消息就传到了村长的耳朵里。村长立马赶来看望龙书金，接着又叫来了村里的中医为龙书金把脉、包扎、上药。村民们陆续来到刘大娘家里对龙书金他们嘘寒问暖，并且都争着要把龙书金他们接到自己家里住。村长嘱咐大家不要声张，因为说不准哪天日本人又来了，要大家多注意外面的动静。

"我家的地窖很大，我回去收拾好，鬼子来了可以躲在那里。"一位老大爷说。

"我家的耳房可以藏人。"有个老大娘生怕龙书金他们不去她家，抢过老大爷的话说。

村长说："好好好，咱们一个个来，只要能让龙团长他们安全养伤，谁家都行。"

把乡亲们送走后，龙书金安排了两名战士去找部队，他和另外两名伤员在村长的安排下住进了一个村民家的地窖里。他估计日军很快就会对这一带的村子展开搜查。

果然不出所料，当天下午敌人就窜进了各个村展开搜查。在接下来的几天里，日伪军天天来附近几个村子"扫荡"。村长发动群众暗地里布下岗哨，大家在村子四周的农田里一边干农活，一边警惕地留意着村子周围的动静，发现敌情后立马把龙书金他们转入地窖。

敌情稍缓和后，李晓瑞决定把龙书金他们转移到滋镇街上条件稍好一点的大药房疗伤。路过三涧河村时，看见魏立全、魏乃德等几名党员等在了村口。跟在龙书金身边的魏立勋招呼他们把龙书金三人接到三涧河大药房魏玉坤老先生家中稍作休息。

三涧河大药房位于村子前街的中央位置，是一个坐北朝南的四合院，门口的两棵大槐树有一搂多粗。大门面南，院子的东南角，和大门连在一起的是做药房的三间南屋。药房进出的客人很多，有找魏老先生把脉的，有来抓药的，还有送药材的。紧挨着四合院的东西两侧各有一处院落，里面设有客房、病房、雇工居室及牲口棚、柴草杂物间。

魏立勋把龙书金他们安排在药房西院的客房后唤来了魏老先生为他们把脉疗伤。魏老先生走后，魏立勋向龙书金做汇报：日军偷袭大宗家的消息传来后，他们就发动群众为部队准备粮食物资，现在已把筹集起来的粮食、鞋袜、布匹等交给了部队；三名在村子里养伤的战士也已痊愈归队；目前村子里的抗日氛围很浓，老百姓的觉悟都很高。

龙书金听了很高兴，他说："只要把群众发动起来，就没有克服不了的困难。大宗家一战，面对着人数和装备都远远强于我们的日军，我们还能取得歼敌五百多人的战绩，是与当地老百姓所做的工作分不开的。"龙书金回想起养伤这段日子受到的老百姓的热情招待，高兴之情溢于言表。

"闹中有静，这是一个好地方。"龙书金伸了伸盘着的腿望着窗外。对面牲口棚里，自己那匹枣红马正悠闲地吃着草料，四只蹄子还不时地在地上刨出响动。

下午，龙书金带着魏老先生为其开的几服中草药和另外两名受伤的战士一起被转移到了滋镇。随着伤情一天天好转，他挂念部队、挂念同志们的心情越来越强烈。

"一连指导员许长生他们回到部队没有？"李晓瑞刚进屋，龙书金就迫不及待地问上了。

"有消息了，我怕首长着急，就赶紧过来向您汇报。"接下来，李晓瑞讲述了有关许长生的情况。

大宗家战斗的第二天上午，侯王村的村长王文元正带着十三岁的儿子王廷玉在村北的地里干活。突然从西南方向传来了一阵密集的枪声，王文元寻思着应该是八路军和日军交上火了。父子俩赶忙扛上锄头往村里跑。路上，他们远远地看见有两个八路战士相互搀扶着走到了村口，他和儿子赶紧跑了上去。

"老乡，帮帮我们。"年岁大点的脸色蜡黄，说话有气无力，另一名战士的肩膀上正往外淌着血。

王文元把肩上的锄头递给了儿子王廷玉，他腾出手扶受伤的战士回家。接着，他让廷玉到门口盯着外面的动静，他和廷玉妈扶着受伤的战士上炕。

这两人正是在赵玉枝村突围时走散了的一连指导员许长生和战士小李。许长生在进驻赵玉枝村的第二天就患感冒高烧不退，一天的战斗下来，身体已极度虚弱。他强撑着身体随部队转移，后被敌人冲散，途中遇到了负伤的小李。他们两人相互搀扶着东躲西藏，直到天黑才躲过敌人的追击。他们不敢在附近一带久留，于是趁黑磕磕绊绊地朝东北方向行进，因为迷路天亮了才转到界牌刘村附近。他们本想进村歇息一会儿找碗水喝，没想到还没到村口就被日本人发现了。他们只好在旷野里和日本人玩起了"捉迷藏"，然后就这样奔到了侯王村。

"老乡，你能帮我们找到部队吗?"许长生微闭着双眼，过度的疲劳让他无力把眼睛睁开。

"昨儿个天黑时陆续有部队朝东北方向去了，现在也不知到了哪儿?"王文元说。

"大概去了宁津东一带，那里是咱们的根据地。"许长生说。

"你们也别着急，慢慢养伤，现在知道部队在哪儿你们也动不了身子。"王文元说。

"要让部队领导知道我们的情况才行，大哥若是能帮我们找到部队就好了。"

安顿好许指导员他们后王文元就上了路，等他找到部队汇报完情况再赶回家里时，已是第二天早上了。

"我把你们的情况向首长汇报了，首长要我转告你们，安心养伤，注意安全。"一身疲惫的王文元双脚沾满了泥巴，上衣下端的扣子不知啥时被刮掉了，脸上也沾了些泥土，两只眼睛里布满了血丝。

"廷玉娘，把我的衣服找出来给许指导员他们换上。"王文元大声吩咐着。

他在宁津柴胡店附近找到部队时，曾国华的第一句话就是问他许指导员的安全如何，是否把军装、枪支都藏好了。曾国华的话提醒了他，他只把一大一小两支枪藏进了炕洞，衣服却忘记给他们换了。政委王叙坤让他住下休息一宿，但他心里不踏实，就连夜返回了。一路上王文元都在祈祷日本人千万别来侯王村。进到村里，看到一切都很平静，他提着的心才稍稍放下。廷玉娘找来了衣服，没等许长生两人换完，王文元就累得睡着了。

三天后，日军的大队人马去了他们村。

自从许长生住进家里，去村口放哨就成了王廷玉的工作。那天，日伪军的人马在一公里外出现时，他正和小伙伴们在地里挖野菜。他挎起竹篮飞似的跑回家里，王文元一看这架势就知道情况不妙，所以没等小廷玉把话说完，他就搀扶着小战士下了炕。经过几天的疗养，许长生的身子恢复得很快。按照事先准备好的方案，他们翻过了后院的院墙，越过了院墙外面的小树林，来到了几条纵横交错深浅不一的沟壑里。他们四人刚下到沟底，村里就传来了嘈杂的声音。

半个多小时后，村子里安静下来。小廷玉先溜回了家，他看到院里的东西一个个东倒西歪的，他娘正坐在地上抹眼泪。他扶起娘，看看有没有哪儿伤着，然后问："娘，鬼子走了？"

"走了，这些挨千刀的。"廷玉娘气哼哼地说。小廷玉又溜到门口观察了一下大街上的动静，确定"扫荡"的日伪军真的离开后才又顺原路回到沟里给爹送信。

经过十多天的休养，许长生和小战士基本痊愈。就在他们准备离开的前一天，一队伪军又去了侯王村。许长生他们像上次一样躲进了屋后的深沟里。一个小时后，伪军赶着满载粮食、物品的大车朝这边走来。

"趁这些汉奸没发现我们，我们沿道沟往西跑，能跑多远算多远。"许长生说。

等他们跑到一个岔口爬上地面观察时，发现伪军的车队就在他们身后不远处。于是，他们又向另一个方向猛跑。后来，他们发现这些伪军根本没有追赶他们的意思，因为伪军朝着下一个村子奔去了。

第二天，王文元借来了一头小毛驴，还安排弟弟王文德把许长生两人送回部队。

第六章 春 暖

星火燎原

全面抗战之初的陵县被划分为五个区：县城周围一带为一区，辖 25 个乡镇、98 个村；神头一带为二区，辖 31 个乡镇、105 个村；郑家寨一带为三区，辖 36 个乡镇、112 个村；滋镇一带为四区，辖 28 个乡镇、86 个村；林子一带为五区，辖 26 个乡镇、79 个村。

德县被划分为九个区：德县县城周围一带为一区；现在的开发区及高铁新区一带为二区；二屯镇至吴桥一带为三区；德县县城城西一带为四区；黄河涯一带为五区；现在的丁庄、土桥、于集、抬头寺、袁桥、边临镇、官道孙、徽王庄、前孙等地分属德县的六、七、八、九区。其中，六区（现 104 国道以南，西至抬头寺、东至现临齐街道邹家、南至平原交界处）辖 7 个镇、21 个乡、83 个村；七区（现 104 国道以北的安德街道及边临镇一带）辖 46 个乡、123 个村；八区（现于集乡、徽王庄镇一带）辖 4 个镇、32 个乡、123 个村；九区（现前孙镇一带）辖 5 个镇、35 个乡、122 个村。义渡、糜镇、张习桥、宋家、黄集一带属德平县。赵宅、赵虎属河北省吴桥县。

随着陵县第一支抗日民主武装——十八团的建立，革命火种首先在陵县四区燃烧起来。

根据鲁北地委的指示精神，要在改编后的十八团的基础上筹建陵县抗日民主政权。为此，五支队专门抽调干部组成工作团进驻陵县，工作团下设民运工作组和宣传队，团长闫玉楷，副团长杨劲、赵淳、梁国栋。工作团共四十八人，其中民运工作组八人、宣传队四十人。工作团的主要任务是在陵县建立县、区、乡三级抗日民主政权。工作团刚开展工作没多久，因五支队要向鲁南转移，所以大部分工作人员也跟着撤离了，只留下了少部分人随梁国栋率领的十八团五中队在这一带活动。工作团决定，在十八团原联庄会的基础上开辟滋镇抗日根据地。不久，党组织以三洄河为中心建立了四区抗日民主政权——四区区公所诞生，第一任区长为姜荣挺。活动在林子一带的共产党员曹明惠配合党的地下组织在五区积极发展党员，并组建起了一支拥有十多条枪的小型地方武装。在他的努力下，五区区公所也很快成立，区长为王子合。这两个区的抗日民主政权的建立为陵县建政工作提供了典范样板。

1939 年 7 月 18 日一大早，滋镇鸭子庄内响起了锣鼓声。戏台上面挂着一条大横幅，红纸黑字写着"陵县抗日民主政权成立大会"。会场下面，一群汉子把大鼓擂得咚咚作响。几名工作人员正忙上忙下布置会台。广场上已陆续来了好多人，有参加会议的人员，也有附近村子里赶来看热闹的村民。孩子们在人群中穿来跑去，好不欢喜。十八团五中队的战士们整齐地分坐在会场两侧，相互之间还赛着歌，喊着号子。村外各路口放哨的八路军战士正细心地检查着进村子的每一个人。参加大会的除了相关人员外，旧政府的乡长、村长及一些乡绅、开明人士等也来旁听。

上午九点整，大会正式开始。十八团团长梁国栋主持会议。他先是介绍了抗日民主政权的性质、作用，随后他代表冀鲁边行政专署宣读了陵县抗日民主政权的下设机构及人员任命名单。陵县抗日民主政权由财政科、行政科、文教科、粮秣科、民运科及秘书科组成。人员组成名单如下：

县　　长：吴匡五

财政科科长：王成斋

行政科科长：王工一

文教科科长：丁学凤

粮秣科科长：窦子扬

民运科科长：李丙如

秘　　书：孔莫（后由巩固接任）

随后，他把"陵县抗日民主政权"的大印颁示给与会人员。

会上，新任县长吴匡五宣布将十八团五中队提升为县大队，任命孙砚田为县大队大队长。

抗日民主政权的组成人员充分体现了我党统一战线的广泛性主张，既确保了党的领导，又不搞"清一色"：吴匡五、丁学风、李丙如是共产党员；粮秣科科长窦子扬是非党员（后投敌）；财政科科长王成斋、行政科科长王工一都曾参加过国民党（后来加入中国共产党）。

会后，县政府还就当时的主要工作进行了部署：一是尽快建立起各区、乡抗日民主政权；二是县领导包干各区开展工作。

他们还就乡政权的组成人员进行了深入探讨并制订出了详尽的计划：

成立三区区公所，任命马贯山为区长。除二区（空名，没有实际成立）区长赵刚外，四、五区的主要负责人做了调整，四区区长调整为戴豪廷，五区区长调整为李丙如（兼）。乡政权的建立主要基于两个方面：一是以共产党员为基干新组织的乡政权。全面抗战后一批有志青年在党的教育下投身抗日，有的经过培养锻炼加入了组织，再经过短期培训后就可以脱产组织乡政权。洄河乡乡长魏立勋就是典型的代表。二是搞好统战工作，保留改造旧乡政权。这些政权多为一些尚有民族气节的人所掌握，对这些人晓以民族大义，鼓励他们要"身在曹营心在汉"，利用他们多年来在地方上的威望及人脉关系，明着应付日本人的差事，暗地里为抗日民主政权做事。刘双槐乡乡长高庆孟就是这类典型代表。高庆孟虽然当了多年乡长，但从没干过坏事，在乡亲们中间威信很高，曾受我党的委托保释过被日伪军抓进据点的赵刚。所以新的抗日民主政权建立后就把他留了下来。

同月，作为中共陵县县委前身的陵县工作委员会（简称"陵县工委"）成立。陵县工委隶属于中共鲁北地委，冀鲁边区工委选派宁津战地动员委员会主任王其元任陵县战地动员委员会（主要任务是动员青年参加抗日、书写标语、组织武装、打击骚扰敌人、锄奸、禁毒、破路挖沟等）主任兼工委书记，王景茗（即曹明惠）任组织委员，丁学风任宣传委员，吴匡五任统战委员，李玉池任武装委员，马龙田任工委委员。他们大多为冀鲁边区抗日军政学校的毕业学员，在校期间加入党组织。早在全面抗战初期，为加强陵县抗战工作的领导，中共济南党组织派山东第一师范毕业的党员丁学风回到自己的家乡秘密开展工作。他利用张龙小学教师的身份先后发展进步青年李志清、王清圣及学生张立元加入党组织。在和冀鲁边工委取得联系后，丁学风在家乡组织起了抗日救国会。

吴匡五有着一段不平凡的经历。吴匡五原籍山东阳信县吴店乡后吴店村，全面抗战前从聊城师范毕业。1938 年初，已是小学教师的吴匡五恨透了国民政府的腐败。这位有远大抱负的知识分子对共产党的抗日主张非常赞同并向往。在听说离家乡不远的乐陵有八路军时便萌生了参加八路军、加入抗日队伍的念头。他说服了年迈的母亲，丢下了妻子和年幼的女儿，毅然离开家乡去了乐陵。后经朋友介绍结识了时任八路军冀鲁边区司令部参谋孙晓峰。通过考察了解，孙晓峰介绍他到冀鲁边区军政训练队（乐陵军政学校前身）学习。在学习期间吴匡五加入共产党，毕业后被分配到《烽火报》（中共冀鲁边区工委机关报）负责编辑部的工作，又在这年秋天调到庆云县任抗日民主政权民训科科长（即教育科科长），1939 年春任津南第七专署民训科科长。

组织委员王景茗是五区曹家村人。小学毕业那年正值日寇侵占华北，他怀着救国救民的抗战热情参加了中华民族解放先锋队（简称民先队）。1938 年初，在民先队负责人张海兰、马冲等人的鼓励下，王景茗进入乐陵军政学校学习。在学校里王景茗认识了许振国、李玉池、王兆曾、王哲、武联鹏、戴豪廷、张龙、张硕等，这些人后来成了陵县、德县的抗日骨干力量。学习期间，正值八路军组织工作队分赴各地开展宣传发动工作，以粉碎日寇对我根据地的"围剿"，王景茗作为优秀学员参加了这次宣传活动。之后不久，经张海兰介绍，王景茗加入中国共产党，并于同年底从乐陵军政学校毕业。毕业后，他回到了陵县。王景茗原打算进入于志良的部队，利用"于团"抗日之名声在其内部开展党的工作。但当时"于团"想"吃"掉"十八团"，他们在了解了王景茗的身份后便把他拒之门外。于是他只好在自己家乡开展抗日活动，做党员发展工作。

八路军第五支队在陵县相继消灭了"董连梦团"和"于团"后，派马英奇与王景茗联系，在听取了王关于地方工作情况的汇报后，从部队抽调了干部周东光协助他开展工作。其间，王介绍了刘润生、王子和、贾子良等加入党组织，并成立了由马英奇、周东光、王景茗组成的党小组，党小组的负责人为马英奇。王景茗家成了党的秘密联络站。王子和原为"董连梦团"的连长，手中有十几条枪，借此他们成立了区中队。

1939 年 9 月 7 日，一名代号五二〇的首长率领着一百三十五人的便衣工作团来到了陵县。他们要在这片土地上完成各级党组织的建立工作。他们到来后，选择了以三洄河村为中心的四区作为活动基地，并很快扎下了根。

这名代号五二〇的首长就是原五支队政委王叙坤。工作团的领导班子成员有陈文会、杜杰、胡定伦、赵淳，后来又增加了杨忠和龙书金。

五个月前的那次被迫撤离，给王叙坤的戎马生涯留下了刻骨铭心的印象。大宗家战斗是在敌强我弱的情况下，敌人经过周密策划、精心部署向我军发起的突然袭击。我军指战员在这场战斗中不畏强敌，顽强拼杀，粉碎了敌人妄图全歼八路军五支队的企图，同时也严重打击了日寇在鲁北地区的嚣张气焰。伪军土顽闻知我军莫不望风披靡，这给陵县群众做抗日工作带去了极大的鼓舞。这场战斗也有力地压制了冀鲁边区的一些干部滋生的"亡国论"及"失败主义"的思想，为奠定和开辟鲁北抗日根据地、扭转这一地区的政治军事形势、广泛发动群众形成联合抗日统一战线打下了良好基础。

短短几个月的时间，陵县及周边县的许多民团、地方杂牌武装纷纷归服接受我八路军的收编，鲁北抗日的新局面算是初步打开了。

同时，王叙坤也感觉到愧疚。在这厝火积薪的战争岁月，对于随时可能来犯之敌缺乏高度警惕，在遭到敌人突袭时没有果断地指挥部队转移，以保存实力，致使我军近五百名官兵血洒疆场。这教训是非常惨痛的。

路过仓上村时，"于团"血洗"十八团"留下的残垣断壁还依稀可见。王叙坤下马驻足停留了一会儿后对身边的赵淳说："假如大宗家战斗提前两个月，于志良也不会走得那么远。可惜了……"说完，一行人打马直奔三洄河村。

把工作地点定在三洄河村是在王叙坤等人来陵县之前就已商定好的。这一带的人民抗日热情高、三洄河村有党的基层组织、村内还有魏玉坤老先生的大药房……这些有利因素使得三洄河村后来成为冀鲁边区军民秘密赞誉的"小莫斯科"。

随着王叙坤他们的到来，陵县工作委员会的工作逐步展开，全县抗日活动进入了一个全面发展的新阶段。在党的领导下，工作委员会认真执行党的战时经济政策，领导贫雇农开展减租减息运动，在斗争中培养发展党员骨干。这时冀鲁边区工委又增派了地方干部周东光（原边区下属的区委组织部部长）、邹玉峰（原乐陵县委书记关峰）进驻陵县，指导陵县及周边县的抗日工作，陵县的组织领导力量进一步增强。

在魏玉坤家大药房西侧的闲院北屋里，工作团领导小组召开了一次非常重要的会议，会议就工作团今后一个时期的重点工作进行了深入讨论。王叙坤仔细聆听着每一个人的发言。他非常熟悉当前陵县对敌斗争的环境，建立党的各级组织离不开军事斗争和宣传发动工作。就军事而言，敌人在陵县、德县、德平三县的势力非常强大，我党领导的各类组织还不能公开开展武装斗争。怎样在敌人封锁严密的地区开展活动是个问题。陵县以北、以西的德县没有三区、四区、五区那样的群众基础，也没有自己的抗日根据地，如果能打上几场漂亮仗对党组织的建立一定会有事半功倍的效果。在宣传方面要加大力度，形式要多样化。目前三洄河村、小高家村等几个完成党支部建设的村庄党员发展得很快。要在此基础上搞好宣传发动，通过宣传以点带面，让四区里的村庄全面开花。三区、五区也要赶上来，要逐渐打造出模范区、模范乡、模范村。要组织好各乡、各村的热血青年的学习培训。要按照冀鲁边区抗日培训学校的模式，积极探索培养干部的路子，把这些经过培训的青年干部像火种一样撒向陵县的四面八方，最终形成燎原之势。

王叙坤的这些想法在会议开始前他就提了出来，他想在会上通过讨论形成正式的决议。

煤油灯灯花开过五次后，会议终于结束了。王叙坤的发言打开了与会人员的思路。最后，根据王叙坤提出的几个要点形成了今后一个时期的工作重点：

一、杨忠、龙书金负责在陵县边缘地域开展军事斗争，以增强敌占区老百姓的信心，并寻找机会给日伪军来几次漂亮的偷袭，进一步扩大我军的影响力。

二、周东光负责青年干部的培养。依实际情况在各地布点，三区、四区、五区内的培训班可以实行半公开的形式，以扩大影响力。在敌人布控严密的地区可采取秘密培训，规模不宜大，以三五人为宜。培训内容以《抗日救国十大纲领》《论持久战》《中国革命和中国共产党》等书籍为主。

三、邹玉峰和吴匡五负责宣传工作。邹玉峰之前担任过乐陵县委书记，又是冀鲁边区公认的才子；吴匡五曾在《烽火报》担任过编辑。下一步工作团要办一份自己的"烽火报"，通过报纸及时地把我党的方针政策及抗日工作动态传达到全县各抗日组织。

会议结束时天已蒙蒙亮。他们在放松心情后沉沉地睡去。但没过多久，他们就被北面传来的枪炮声震醒了。

陶家伏击战

自肖华带领挺纵司令部机关及主力转移到鲁西、鲁南后，冀鲁边区的形势越来越严峻。日伪军反复"扫荡"、匪团借机兴风作浪，再加上国民党顽固势力的从中作梗，留在冀鲁边区坚持抗战的挺纵政治部主任符竹庭觉得肩上的担子越来越重。

他日夜思考着如何在白色恐怖下寻求突破的问题。

秋天的傍晚，夕阳渐渐落下，彩霞映红了半个天空。符竹庭站在村口瞭望，从地里收秋回来的村民从身边路过时都与他打声招呼。

这是位于乐陵与宁津边界上的一个有七八百口人的村庄，名叫崔杨村。自挺纵主力进驻冀鲁边区后，这个宁津、乐陵、德平三县交界处的村子成了东进抗日挺进纵队的指挥机关驻地之一。

"大部队转移到外围后，虽然缓解了边区粮食短缺的问题，但鬼子蚕食'扫荡'造成的百姓生活窘迫的现状并没有得到缓解。当前最关键的是打上一场胜仗，提升士气，鼓舞人心。"他在心里念叨着。

"符主任，好消息，正想去找你呢。"符竹庭刚进门就和前来找他汇报工作的敌工部部长董秋农打了个照面。

"什么好消息？"符竹庭看董秋农满脸喜悦，不禁问道。

"你这几天不是总念叨着打小鬼子嘛，机会来了。"董秋农说。

原来，董秋农刚刚接到德平县城的内线送来的情报，说明早会有六十多个日军分乘五辆大卡车去陵县县城集结，参加"扫荡"。

"消息准确吗？"符竹庭所指的消息，除时间外，还有鬼子的人数、装备，因为他要安排兵力。

"应该准确，这个内线是一名伪军的小队长，是早前安插进德平县城的，这人做事一向谨慎稳当。"董秋农说。

符竹庭点了点头，对这位曾留学日本、文武双全的敌工部部长他很信任。

"打，一定要打！而且一定要打得漂亮，要大获全胜！"符竹庭攥紧拳头说。

"要不要通知附近的鲁北支队一起参加战斗？"董秋农问。

符竹庭沉思了一会儿，说："先不调他们，鲁北支队刚刚成立，他们有大量的工作要做。咱们带警卫连去，提前派出人员查看地形，选择好伏击点。"

符竹庭所说的鲁北支队是一个月前刚刚成立的。为了适应新的形势，冀鲁边区军政委员会决定以十八团为班底组建鲁北支队。一开始打算由五支队政委王叙坤任鲁北支队支队长兼政委，龙书金任副支队长，但考虑到建政工作任务繁重，就把在曹五旅担任特派员的杨忠抽调了回来，由杨忠担任支队长兼政委。

崔杨村的村长任玉杰听说部队夜里要去打伏击战，就连夜赶制了十把大刀。

"全部配到一排，让他们第一时间冲上去。"接过任玉杰送来的大刀，符竹庭吩咐道。

分到大刀的战士们欣喜地用袖口擦拭着刀刃，再用大拇指试着刀锋，还兴奋地小声嘀咕着："终于到手了！"

没有分到大刀的战士只能羡慕地看着，不住地咽着口水。

符竹庭看着战士们的表情若有所思。1933 年，宋哲元的国民革命军第二十九路军在喜峰口就是凭借着手中的大刀与日本人展开肉搏战的。自那时起，大刀魂魄就已升华为民族魂魄。作为宋哲元将军家乡的崔杨村与大刀也有着不解之缘，村里做出了一把又一把大刀送往抗日前线。因前线需要，村里由一开始的一台烘炉增加到了四台烘炉，但是大刀还是供不应求。驻在村子里的警卫连的战士们早就梦想着能有一把大刀，这一次，他们的梦想实现了。

是夜，符竹庭和董秋农带领着队伍悄悄出发了。根据先前侦察的情况，天亮之前他们来到了陶家村。之所以选在这里，是因为陶家村属德平县的边界，南邻陵县四区根据地，这一带的日伪势力相对较弱。陶家村的村南公路是日伪军的必经之路，且村南公路与对面王举村之间有一片苇塘，这片苇塘是绝佳的打伏击的地方。董秋农带着一排一个机枪班埋伏在这里，另有两路人马分别埋伏在公路南北两侧的附近。符竹庭的临时指挥机关设在王举村村内的一户农家的屋顶。农户院内有棵一搂粗的大槐树，树冠枝叶茂密，一名侦察兵爬到树上架设了天线。

天刚蒙蒙亮时东面传来了汽车的马达声。房顶的符竹庭屏住了呼吸，他听见自己的心在怦怦地跳着。

"报告，鬼子的车队已完全进入伏击圈。"哨兵的报告声刚落下，符竹庭就朝着天空开了一枪，随即在前后近百米的公路两侧，枪声如雨。一颗颗手榴弹在天空画出了一道道优美的弧线，飞向了公路上敌人的车队。五辆大卡车全都趴了窝，其中两辆车的油箱被子弹击中后爆炸起火，几十名日伪军拥挤在狭长的公路上乱作一团。

董秋农趁势端起机枪冲上公路，用日语朝混乱的敌人高喊着："缴枪不杀！"他想以此快快结束战斗以减少不必要的伤亡。这一切，被站在高处的符竹庭看得真真切切。

"不好，危险！"他的话音还没落，就见董秋农的身子晃了晃，倒在了公路上。

一排排长和战士们一下子全都跃上了公路，他们手里的大刀在空中飞舞着，舞出了仇恨，也舞出了快意。在这还不十分明亮的时刻，寒光闪过之处，惨叫声不绝于耳。其余的两路人马也很快杀上了公路。一排排长终于发现了那个躲在汽车底下向董秋农开枪的日本兵，他像抓小鸡一样把那名日本兵从汽车底下扯了出来，然后一刀劈了下去。

日军惊恐地望着八路军手里上下翻飞的大刀，一个个吓得魂不附体。有几个惊慌失措中跑进了芦苇边的池塘里，再也没能上来。

这次伏击战共毙敌六十二人，无一人漏网。

董秋农的牺牲让符竹庭陷入了巨大的悲痛之中。他知道董秋农身份特殊，他无法向周恩来同志、朱德同志和彭德怀同志交代。

董秋农原名董万丰，辽宁省金县二十里堡韩家村人。1928 年在旅顺二中读书期间因不满日方校长为奴化中国人每天举行"东方遥拜——向天皇致敬"仪式组织学生罢课，被学校列入了黑名单，被迫转学至北京弘达中学（今北京二龙路中学）。1933 年，董秋农东渡日本，考入神户商业大学经济系。1937 年毕业后，董秋农被分到日本造船厂。一心想要报效国家的董秋农没去造船厂而是直接回到了家乡大连。在家待了三天后董秋农踏上了奔赴延安的漫漫长路。行至太原时他已身无分文，在西北实业公司当了一名雇员。随着我党在太原抗战工作的顺利开展，他意识到自己在太原很快就能参加八路军。但因他家住在敌占区，又在日本留过学，所以两次要求入伍均遭婉拒。第三次来八路军办事处时，他把一头帅气的黑发剃光了，西装也换成了便服，在工作人员面前陈词时竟激动得泣不成声。周恩来同志听到消息后特意为他出具了介绍信，董秋农这才成了一名八路军战士。

根据周恩来同志的指示，董秋农被安排到八路军总部敌工部工作，负责搜集翻译日文资料，名字由董万丰改为董秋农。董秋农在情报方面业绩突出，他翻译的平型关大捷中所缴获的日军资料为中央领导指挥全国抗战起到了重要作用。为此，他不但受到了朱德同志和彭德怀同志的称赞嘉奖，还在他二人的介绍下加入了中国共产党。后来，董秋农参加了八路军总部组建的战地巡视团，在 1938 年夏随肖华的部队一起到达冀鲁边区后，担任东进抗日挺进纵队敌工部部长。

陶家战斗结束后，符竹庭站在陶家村村南一片坡地上新垒的一座坟前，久久不肯离去……

重任在肩

1939 年 9 月 27 日也就是农历中秋节的晚上，东进抗日挺进纵队组织部部长兼锄奸科科长周贯五率领一个骑兵班和警卫员周德保、勤务员侯延江共十一人由鲁西出发，披星戴月，马不停蹄地穿过了敌人的封锁线后，跨过津浦铁路，于 10 月上旬回到了冀鲁边。

从年初开始，为避开日军对冀鲁边区的"扫荡"，同时也为配合全国的抗日大局，冀鲁边区主力部队一万余人先后由肖华、曾国华率领转至鲁南、鲁西等外围作战。王叙坤因负责建工团的工作，在 9 月末也离开了冀鲁边。只有东进抗日挺进纵队政治部主任符竹庭与机关人员及杨忠、龙书金的少量武装部队在冀鲁边开展游击战。一下子，冀鲁边地区的抗日力量与敌人的力量对比悬殊，边区的斗争形势马上严峻起来。

通过地下党负责人的引领，周贯五在陵县与宁津交界处的一个村庄内找到了尚未转移的符竹庭。

"老周，我正准备派人找你，你自己却寻上门来了。怎么样，一路顺利吧?"符竹庭看见周贯五非常高兴。

"敌人的封锁很严，好在沿途都有我们的交通站，他们的封锁是聋子的耳朵——摆设。"周贯五诙谐地笑着说。

他们寒暄了几句就进入了正题。

"主力奉命都转移了，组织上决定让你回来坚持斗争，整个冀鲁边的工作主要由你领导。"

"啊? 这怎么行呢?"周贯五忙摇着两只手推辞。自抗战以来，他都在肖华司令员及各位首长的手下工作，特别是部队进驻冀鲁边区后。与单纯的行军打仗不同，他非常清楚边区对敌斗争的多样性、复杂性。

"怎么不行? 怕担子重把身体压坏了?"符主任笑着，递过来一杯茶水。

"不，不是这个意思。我是怕自己没这个能力，个人苦点累点无所谓，耽误了党的工作可了不得。"周贯五接过杯子端在手中，露出了为难的表情。

"别再推了，这件事组织上已经决定了，你就是想出一箩筐的借口也没有用。再说，这也是党对你的信任，对你的考验。"周贯五无话可说了。

符竹庭接下来对周贯五详细讲述了当前冀鲁边区的情况:

"一、冀鲁边区由于干旱、蝗灾等自然灾害造成了粮食匮乏，老百姓的生活非常困难。虽然主力部队转移后相应地减轻了群众的部分负担，但面对日伪的抢掠，百姓的生活困境并没有得到缓解。保障留守部队的供给，保护人民群众的粮食免遭敌人抢掠是当前的一项主要工作。

"二、边区尚有六支队的一、三两个营（团长杨铮侯，副团长杨承德，政委陈德）及津南支队、运河支队各一个营在津南活动，东进抗日挺进纵队直属队的一个连和陵县地方武装升级后的五百人（主要指十八团）组成了鲁北支队，由杨忠和龙书金同志率领，在鲁北一带活动。冀鲁边的总兵力仅剩一千六百余人。

"三、建政工作团正在陵县、德平、德县一带建立党的各级组织，政委王叙坤率部队转移后，要想顺利完成党委的建设工作，就目前的形势而言，还需要军事方面的有力支持和保障才行。

"四、主力转移后，日寇趁机蚕食我方根据地，不断增设据点。在极短的时间内，日军据点由原来的八十八个增加到了一百四十个。日寇还对我冀鲁边区实施大规模的破坏，他们摧毁我基层组织，逮捕我地方工作人员，并且扩大伪军人数，广泛建立维持会，推行伪化政策，妄图毁灭我方根据地。与此同时，国民党在冀鲁边的顽固派和投降派在看到主力部队转移后，也掀起了反共恶浪。惠民的刘景良、无棣的张子良、吴桥的张国基、德平的曹振东等大大小小的顽固分子蠢蠢欲动、互相策应，步步向我根据地紧逼。我们的抗日活动处在日伪顽三者的夹击与包围之中，形势严峻，情况复杂。"

符竹庭呷了口茶，接着说："目前所有问题摆在这里，冀鲁边区的抗日工作想要坚持到最后，想要取得胜利，需要勇气，更需要智慧和魄力。好在这段时间王叙坤他们做了一些工作，陵县四区党组织发展得很快，我们要把这种势头保持住，推广到陵县其他区及周围各县。"

送走了符竹庭主任后，周贯五就以冀鲁边区军政委员会书记的身份开始了工作。就在他为下一步如何开展工作寻找思路时，山东分局和第一一五师政委罗荣桓、政治部主任肖华就冀鲁边区的工作做出了新的指示：

> 要克服一切困难坚守冀鲁边，冀鲁边根据地绝对不能丢。它是清河区的屏障，也是我军发展抗日武装的兵员基地。它牵制了日军两个联队、三千六百余人，牵制了伪军一万五千余人和顽军一万余人。没有这块战略基地，我们在冀鲁平原的一切战略任务的执行和战争目的的实现就失掉了依据。

看完领导的指示，周贯五攥紧了拳头。他叫来杨忠、龙书金，想听听他们的看法。

杨忠说:"边区的群众基础好,特别是陵县四区一带,军民团结,抗日热情高,只要我们进一步加强和巩固根据地建设,坚持人民武装,就一定有能力站稳脚跟。"

龙书金介绍说:"建立各级地方武装是头等大事,过去好多时候我们是让一些地方民团在牵着鼻子走,工作处于被动状态。眼下虽然主力部队不在了,但通过这一年多的积累,基层党员干部数量增加了不少,这对我们建立地方武装来说是一个有利条件。"之后,他向周贯五汇报了建政工作团在陵县一带的工作进展。

在周贯五的主持下,冀鲁边区军政委员会召开了各层次的联席会议。周贯五在会上布置传达了罗荣桓、肖华等领导的有关冀鲁边区建设的指示精神,并就全区军民坚持边区建设提出了几点意见:"一是巩固游击根据地,逐步向外围发展,深入到敌人的后方去,把敌占区变为我军的游击区和根据地,竭力营造有敌人无敌区的局面;二是加强县大队和区中队的建设,发展武装,扩大队伍;三是进一步加强党、团、群众组织的建设,广泛地宣传、发动和组织群众;四是开展统战工作,争取开明士绅,团结一切可以团结的人参加抗日……"

这次会议还将鲁北、津南二十二个县,即整个冀鲁边区按区域划分成三个分区:一分区包括乐陵、庆云、东光、南皮、盐山、吴桥、新海、宁津、沧县(东部)各县,地委书记刘庆陵;二分区包括陵县、德县、德平、平原、禹城、临邑各县,地委书记杜子孚;三分区包括阳信、商河、济阳、无棣、惠民、滨县、沾化各县,地委书记李广文。会议要求在条件成熟的县尽快完成党的委员会建设,边区仅存的几支队伍要分兼各军分区的职责。根据这个安排,鲁北支队成了第二军分区的部队,两块牌子,一套人马。会后不久,陵县县委成立,冀鲁边区军政委员会参谋孙晓峰任陵县县委书记。

从周贯五那里回到三洄河村的杨忠和龙书金感觉整个边区的工作要点延续了过去召开的三洄河会议的精神,但在新的形势面前要有新的思路。晚上,杨忠在油灯下翻开了那本珍藏已久的《抗日游击战争的战略问题》:

> 建立根据地的基本条件,是要有一个抗日的武装部队……所以建立根据地问题,首先就是武装部队问题。从事游击战争的领导者们必须用全副精力去建立一支以至多支的游击部队,并使之从斗争中逐渐地发展为游击兵团,以至发展成为正规部队和正规兵团……

杨忠觉得"十八团"的收编足以说明这一点。鲁北支队主要是十八团的班底。主力部队撤离后，这支武装力量在整个鲁北地区的重要性凸显了出来。根据军政委员会的工作指示，下一步要加快队伍建设的步伐。

夜深了，杨忠还感觉不到一丝困意，于是披衣下炕，在院子里来回踱着步子。秋天的夜空，星星格外明亮。他心想，如果没有日军的入侵这该是一个多好的夜晚呀。他站在那里，一边望着天空，一边想着以后的工作。三区区长马贯山向他提过的侯文成的名字突然出现在他的脑海中。

侯文成的村民联防队

侯文成，三区前侯村人。1937 年日军第一次入侵陵县时，二十岁的侯文成就约了本村的几名小伙伴，商量着要与日本人干一仗。一直见不到日本人，他们心里直痒痒，后来听说日本人进城没多久就撤走了，只好作罢。一年后，听说日本人驻扎在陵县县城后，他的心又开始痒痒了。

"我们应该尽快拉起队伍，人多了才能和小鬼子干，单枪匹马是斗不过小鬼子的。"

天刚一擦黑，在前侯村村口，几个被侯文成约来的小伙伴把他围在中间，仔细听他讲他的打算。

"咱们往哪拉队伍去，大人们都参加'十八团'去了，人家实力强，很难说会不会有人参加咱们的组织，如果只靠我们几个恐怕不行吧，再说，大人们也不会同意我们成立组织啊。"弟弟侯继成望着哥哥，担心地说。

"他们成立他们的，咱们成立咱们的，他们不如咱们自由，他们保卫村子，咱们除了保卫村子还可以出去打鬼子。"侯文成在这群孩子眼中成了带头的大哥哥。

"对，咱们拉起队伍，专治那些坏蛋。罗院村的张小个子到我大爷家里把刚刚几个月的羊羔抱给了城里的日本人，说是回头给钱，结果一个多月了都没见动静。我和我大爷就把他堵在家里要他还钱，结果这张小个子就拿出了'王八盒子'吓我们。要不是我大爷拉着，我真要和他拼命。咱们若有了队伍，我非亲手宰了他不可。呸，当汉奸有什么可横的!"

侯文成和侯小全是邻居，这件事他以前就听说过，侯文成说："对，等咱们拉起队伍了先收拾这小子。"

"那咱们的队伍叫什么名字呢?"侯小全认真地问。

"就叫,叫村民联防武装队。你们看咋样?"侯文成也不知叫啥好,他边说边想。

"为啥叫联防武装队,不打鬼子吗?"小不点有些不解地问。

侯文成想了想说:"正因为要打鬼子才叫这个名字。大伙想啊,咱们附近汉奸伪军多,叫村民联防武装队不扎眼,就是鬼子知道了也没什么,村民防匪患需要嘛。但要叫其他的就不好说了,就怕等不到打鬼子就先把鬼子引来了。"大家伙都认为侯文成说得在理。

"从明天开始,大家分头联系、动员自己的亲戚朋友,凡是能端得动枪的都可以。"

"还要告诉他们,凡是参加队伍的,谁家再受汉奸伪军的欺负,队伍负责找对方算账。"侯文成最后还不忘嘱咐一句。

一周时间,他们联系了附近四五个村子的近五十名村民,经过筛选选出了三十八名身强力壮的村民收入队伍。他们还搜集到了九把大刀、八支土枪、两条九节鞭、三只梭镖,手里没有家伙的队员就每人找来一根一米半长的木棍当作武器。队伍成立一个多月时,他们就迎来了大显身手的机会。

1938年10月10日傍晚,收工回家的侯文成老远就看到侯小全向他跑来。

"队长,张小个子领着十多个日伪军去张挂村逼粮食去了。我们打不打?"侯小全气喘吁吁地说。

"你看清了,就十多个人?"侯文成止住脚步,把肩上的锄头杵在地上。

"就十多个人,但里面具体有多少鬼子多少伪军我不清楚。"侯小全说。

"打啊,你马上去穆庄召集咱们的联防队员在那里等着,我把咱村的联防队员召集起来,一袋烟后我们过去会合。"

侯文成带着本村的十五名联防队员及部分手持铁锨、锄头的村民赶到穆庄时,侯小全已经集齐了人马在村口等着。

张挂村位于前侯村往东三公里的地方,穆庄在张挂村和前侯村之间。侯小全带着侯文成及另外三五人去前面侦察,副队长领着其他人在村西的道沟里隐蔽着。侯文成转到村子南面时发现日伪军正在村口的一片小树林里歇息,张小个子在一旁不停地比画着,旁边堆了些粮食布袋。他数了数,有三个穿"黄皮"的是日军,其他都是伪军。

回到队伍后，他令副队长率领一部分人带上两杆土枪堵住往南逃跑的路；他率领另一部分人持三杆土枪从村子正面冲上去。他还嘱咐持枪的联防队员要朝着穿黄衣服的日本人打。

侯文成随后来到了村里，他听见几家院子里传出了哭声，一位衣衫褴褛的村民正背着半袋子粮食往村外走。看见侯文成他们，他很吃惊："你们这是……"

那人认出了侯文成。侯文成把自己的随身武器——一把尺长的砍刀藏进了腰里，又摘下了村民的帽子扣在自己头上，然后和村民一起出村朝小树林走去。其他人都在村口隐蔽着，等侯文成动手的信号。

日军见有粮食送过来，高兴得哇哇叫，张小个子却愣在那里，他总感觉哪里不对劲。

"放到那面，放到那面。"一个日本士兵看侯文成他俩没有朝堆放粮食的地方走，而是径直朝他们走去时大声嚷嚷着。

但一切都晚了。侯文成一个箭步冲到日本士兵面前，同时抽出了腰间的大刀，手起刀落，那名日本兵瞬间毙了命。看到侯文成动了手，埋伏在前后的两路人马高喊着"杀小鬼子呀！"冲了过来。伪军一看这阵势吓得连忙放下了手中的枪，举起手来。张小个子撒腿就跑，还没跑出几步，就被侯小全一棍子打倒在地没爬起来。一眨眼的工夫，剩下的两个日本兵就被愤怒的群众乱棍打死了。伪军在挨了几棍子后，被侯文成制止了。

这些伪军全都来自附近的村子，有些是被胁迫的，有些是被张小个子骗去的，大都只为混口饭吃。

侯文成数了数，这次行动共缴获了"三八大盖"三支、步枪七支。等他把目光转向侯小全时，只见张小个子身上的"王八盒子"已经挂在了他的身上。日伪军的这次行动一共来了八名伪军，除张小个子被侯小全用棍子打得在地上半天没爬起来外，其他伪军都跪在地上不停地求饶。侯文成在教育了他们一顿后，全都放回了家。侯文成告诉他们，愿意参加联防武装队的，他们欢迎。

十天以后，他们的武装队又增加了七个人，除张小个子在家养伤外，其余伪军全部加入了他的队伍。

过了不久，弟弟侯继成告诉他："哥，爹已经同意了，我要参加革命去。"

"现在不是革命吗？你要去哪里呀？"经过这几个月的活动，他已经离不开这个弟弟了。继成虽然比他小，但处事稳妥、计谋多，联防队里除了打打杀杀的行动，都是弟弟在帮他出主意。

"我要去乐陵找八路军。"侯继成说。

"爹让你读了两天书，你就心高了，去了那里就不自由了。"哥哥想把弟弟留在身边。

后来，侯继成还是去了乐陵，侯文成则加入了"十八团"联庄会。再后来，经过抗日军政学校培训的侯继成又回到了陵县，还把哥哥拉进了革命队伍。侯继成向王其元推荐了侯文成后，侯文成进了动委会，不久还当上了武装部部长。现在三区要成立武工队，区长马贯山立马就想到了侯文成。

德县第二游击大队

德县没有像四区那样的抗日根据地，这里的各区均被敌人占领。日寇猖獗，汉奸土匪沆瀣一气，政治环境十分恶劣。

自从李玉双在家乡组织起德县抗日游击部队并被委任为国民党德县县长，李玉双的队伍迅速扩大。当地的一些进步青年、从天津南下的流亡学生等纷纷加入李玉双的队伍。这些爱国青年高唱着"到前线去吧""走上民族解放的战场"，在德县掀起了一股抗日热潮。

1938 年，八路军东进抗日挺进纵队在到达冀鲁边区后派人与李玉双、曹振东联系做工作，希望能把抗日同盟军正式编入八路军。当时双方已经达成协议，"李玉双团"改编为潼关支队，"曹振东团"改编为洛阳支队，东进抗日挺进纵队还专门设计了标志符号。

被封为国民党抗日政府县长的李玉双心里很不是滋味。一年来，他为完成自己队伍的改造，接受了共产党的主张，先后选派了队伍中的四十多名知识分子到乐陵抗日军政学校学习。经过培训，这些人把八路军好的传统和作风带回了李玉双的部队，如"官长不许体罚士兵""中队设立士兵委员会""军队不欺压老百姓"等。李玉双把这些人任命为政治部各科室及下属基层中队的负责人。然而，"李玉双团"毕竟不是我党领导的抗日力量，李玉双身上固有的狭隘自私的个性及地方保护的偏见决定了他未来的命运。对于抗日发展形势远远落后于陵县东部四区的德县来讲，尽快建立由我党领导的地方武装是迫在眉睫的大事。在冀鲁边区军政会议召开后不久，一支由我党领导的抗日队伍诞生了。

在杨忠、龙书金的鼓励下，乐陵抗日军政学校毕业的学员张龙、武连鹏、王哲分别在德平、德县、吴桥联络了十多名进步青年筹建德县的抗日武装力量。9 月 18 日，由武连鹏、解元春、张龙、曹书元等人发起、组建的德县抗日武装——八路军东进抗日挺进纵队德县第二游击大队诞生。第二游击大队和八路军鲁北支队一东一西遥相呼应，形成了掎角之势。

为做好统一战线工作，打消李玉双的顾虑，上级安排了他的学生武连鹏任游击大队大队长。当武连鹏提着礼品以看望老师的名义提起这件事时，李玉双也只好顺着话给自己找了个台阶下。

半年后，冀鲁边区军政委员会从教导营中选派刘九如来第二游击大队任党支部书记，并先后发展了许辛光（原名张肥）、刘子光、王学武入党。

德县的抗日武装面临的威胁，除了日本人还有另外两股民团武装——东面的"曹振东团"和北面的"张国基团"。

一天，李玉双正把玩着八路军送来征求意见的标志图案，他的好友、已是吴桥"张国基团"副司令的宋达民来到他那里。

"想加入八路军的队伍?"此时的宋达民与过去相比，少了些原有的朴实，多了些圆滑世故，他进门后先来了这么一句，然后轻蔑地瞥了一眼起身向他打招呼的李玉双，把锃光瓦亮的大背头用手往后捋的同时坐到了椅子上。

李玉双知道，这位从日本留学回来的好友在张国基那里很吃得开。和殷耀武认识后，他通过殷耀武攀上了河北省保安司令张荫梧。张荫梧是臭名昭著的反共顽固派，他和山东的秦启荣一起被毛泽东封为华北的两个"摩擦专家"。受蒋介石的唆使，张荫梧在冀鲁边区大搞反共摩擦活动。宋达民就是张荫梧安插在"张国基团"的眼线。这位留学回来的知识分子很自负，他从骨子里看不起共产党游击队，他和张荫梧是王八看绿豆，对上了眼。他看到李玉双有归附共产党的意思，于是开始在心里琢磨着该如何阻止。

"看眼下时局，还是国民政府靠得住。在正面战场上同日本人作战的还是国民革命军。"他也不看李玉双，掏出指甲刀修着指甲，修完一指，吹了吹，接着又修第二指。

"再者说，你是国民政府的县长，可不能脚踏两条船啊!"沉默了一会儿后，他看李玉双没接话，就又来了这样一句。

李玉双没把宋达民的话放到心上，他关心的是宋达民此次来这里的目的。

　　"李玉双团"的西、北两个方向都被"张国基团"包围着，"张国基团"的一些活动经常渗透到他的地盘上。论实力，张国基比他强大得不是一倍两倍，他不能和张国基弄僵。李玉双曾通过宋达民提出过意见，就因为这个宋达民常在他面前居功自傲。李玉双积极接受其他各组织给予的番号，无论是国民党封的，还是八路军授的，目的就是为了用这些来牵制"张国基团"，争取解除"张国基团"给他带来的威胁。李玉双现在心里很烦，他觉得宋达民自从跟了张国基，像是变了一个人。

　　宋达民见李玉双久不答言，就主动提出了话题："前段时间我和你商量的事考虑得如何了？"说着，他顺手抄起旁边的鸡毛掸子，掸了掸散落在身上的碎屑，抬起头来。

　　"我已是国民政府委任的德县县长，这不是可以随意更改的。"李玉双看着宋达民，话语不冷不热。

　　"俗话说，背靠大树好乘凉。张司令是土生土长的司令，而那些八路军今天来明天走，你能指望得上？"

　　宋达民顿了顿，继续说："为什么山东省保安第三团的番号你始终没打出来？你自己心里也清楚，这和张国基的河北省第二路军总司令的头衔简直没法比嘛。"说到这里，他又环视了一下李玉双办公室的屋顶，露出了不屑的神情。

　　李玉双目前的办公地点还是早先借用的申家湾小学。两个月前，宋达民邀请李玉双去做客，说是做客其实就是为了炫耀一下自己所谓的"官邸"。宋达民率二路军三支队驻进了吴桥县的老鸹张村的一位乡绅的一个二进二出的宅院。那个乡绅听到日本人要来的消息后就携家眷细软南逃了。参观完他的办公地点后，宋达民告诉李玉双，他的防地在赵虎街上还有一处院子，其豪华程度不亚于他现在办公的地方，离李玉双也不算远。李玉双当时只是笑笑并未在意。参观完后，宋达民就直截了当地说，让李玉双归顺"张国基团"，他可以给李玉双安排个副司令的官衔。李玉双见宋达民是认真的，就开始找理由推诿。李玉双的心思根本没在这上面，赶走日本人，轰轰烈烈干一番事业是他从未改变过的初心。燕京大学的学历、优越的家庭背景让李玉双同样瞧不上张国基和曹振东等带有土匪习气的民团。因此，当沈鸿烈给曹振东的部队是旅的编制而给他的部队是团的编制时他的心里就不是滋味。好在他有一个国民政府县长的头衔，官虽不大但也算得上是地方大员。因此他对外始终用的是德县游击司令的头衔，并在部队内设立了政治部、参谋部等机构，又相应地设了副司令、政治部主任、参谋长等职务。他认为这样别人就弄不清他的官衔到底有多大了。其间，"张国基团"不断有人进入李的地盘进行骚扰，这让李玉双心有余悸。他委婉地让宋达民帮忙转达了他的不满，之后张国基才有所收敛。

他想着如果接受了八路军授予的番号，张国基应该会收敛一下他的野心。但就在这时宋达民上了门。

"宋副司令，我这个县长可是国民党政府任命的。我不能说归了他张国基就归了去，这需要请示一下沈鸿烈主席才行。再说了，我们虽然相邻，但跨着省呢，编制各方面不是那么好协调的。"

宋达民见李玉双对归顺张国基没有半点想法，就找了个脱身的话茬离开了。

宋达民并没有马上回吴桥，而是找到了中统专员殷耀武。经过一番密谋，李玉双和曹振东在第二天同时接到了远在惠民的国民党山东省政府主席沈鸿烈的指令：不得接受八路军的编制。

这样的指令虽然李玉双很不情愿接受，但他很留恋县长这个位置。虽然没有加入八路军的编制，但他开始听从共产党人的建议，他派人到乐陵抗日军政学校学习，学成回来再按照八路军的整训方法对下属队伍进行改造。此时李玉双已有八个步兵中队、一个骑兵中队、一个侦察中队和一个独立大队，共计千人左右。部队的编制也效法八路军，按连长（或中队长）、指导员、副连长、副指导员、文化教员的顺序排列，每人每天小米二斤、菜金五分，没有薪饷，官兵一致。指导员、文化教员多由从乐陵抗日军政学校回来的人员担任。1938年秋天，李玉双还保送了俞书贵、袁书芬、姜静儒、薛立中四人到延安抗日军政大学学习。李玉双部队的活动范围为六、七、八、九四个区，环境恶化时也会到平原、陵县、德平、吴桥等县活动。

怎样能尽快把李玉双这支队伍拉到共产党的阵营中来是杨忠现在反复思考的问题。在德县成立第二游击大队也是在做两手准备，即使是李玉双的统战工作不成功，共产党领导的游击大队也能迅速在德县发挥作用。这样这一带没有党的武装的问题就能得到解决了，各区、各乡建立武装队伍也有了基础和保障。

就在杨忠思考着如何做好李玉双的统战工作、把德县的地方武装做大做强时，李玉双那边却遭到了敌人的偷袭。

李玉双的司令部平时驻在德县九区的田家、杜家、封家、单家一带，跟随机关担任警戒任务的是一连和警卫排。考虑到部队的安全，他也会安排队伍去外面驻些日子。他带着人马从土桥一带驻防回来的第二天拂晓，一阵密集的枪声把他惊醒。哨兵报告，部队已被日伪军包围了。李玉双很吃惊，因为部队才刚刚回来，日本人是怎么得到消息的？

李玉双命令部队迅速突围。此时，李玉双的司令部在田家村，一连在封家，两个村是挨在一起的。李玉双决定从敌人防守的北侧突围，然后朝东向德平方向转移。为了牵制敌人掩护司令部突围，一连连长李鹿瞻带领一连负责阻击敌人的进攻。村里的老百姓在听到枪声后，带着家里的铁锨棍棒也加入了抗击队伍。敌人被打得首尾不能相顾。李鹿瞻率一连苦战了六个多小时，在得知司令部已安全转移的消息后才安排部队突围。李鹿瞻和全连一半的战士都在突围中牺牲了。

听到一连长李鹿瞻牺牲的消息时，李玉双已率机关安全转移至张万良村附近。李玉双百思不得其解，自全面抗战以来，他和日本人打的唯一的一场战斗是一年前的那场遭遇战。那是夜行军的途中在七区于家和日寇遭遇的，他们牺牲了两个人，估计日军也有伤亡。宋达民曾和他讲过，日本人对地方武装的策略是你不招惹他，他也不会主动攻击你，他们攻击的对象主要是八路军和国民党军，但是这次⋯⋯

他想起了宋达民。三天前宋达民给李玉双上了一堂"曲线救国"的理论课，在李玉双听来，那堂理论课比劝说他归顺张国基还要激进。这是继上次宋达民劝李玉双归顺张国基不成后的第一次见面。这次见面两人争得面红耳赤，最后宋达民直接告诉李玉双，如果不听从他宋达民的劝告，那厄运就随时可能降临。李玉双当时也明确地告诉了宋达民，他后天就起程回大本营。不管是国民党还是共产党，只要他们打日本人，他李玉双就可以合作；但是和日本人合作，那是绝对不可能的。最终两个人不欢而散。

《烽火报》

曾经在冀鲁边区做过一段时间《烽火报》编辑工作的吴匡五深知在办报方面需要怎样的人才。于是，在"十八团"收编之初入伍的战士肖廷被调进了陵县新成立的烽火报社。

肖廷，原名王尚烈，陵县三区张挂村人。1934年自山东省立第一职业学校毕业后，他到了诸城县泊里镇高小任教。任教期间，通过社会调查、走访民众和阅读大量进步书籍，他认识到只有马列主义才能救中国，并开始从思想上探索救国救民的道路。1936年，十八岁的他在惠民小学的教师短训班培训时参加了民先队，之后不久加入中国共产党。1937年，日军入侵陵县后，他激情满满地回到了家乡张挂村，他想以自己的实际行动报效国家。其间，他借走亲访友之机在邻庄亲朋、同学之间奔走，宣传"誓死不当亡国奴"的革命道理。来到十八团后，他教战士们识字，组织战士们学习，文化宣传工作做得有声有色。后来，支队抽调他去做了全队的文化教员。肖廷的工作引起了建工团的注意。抗日民主政权成立后，人才短缺的状况让吴匡五想到了肖廷。当他把儒雅斯文、戴着眼镜的肖廷带到邹玉峰面前时，邹玉峰立即被肖廷个人简历上那秀美俊俏的钢笔字吸引了。此后肖廷就被抽调到陵县抗日民主政权任宣传部部长，负责陵县《烽火报》的创办工作。

陵县《烽火报》为四开版面，双日刊，肖廷任主编。说是主编，其实还要负责组稿、刻版、油印等事务。

"第一期要把建立抗日民主政权的意义、当前抗日斗争的主要特点等在报纸上介绍一下。"吴匡五对肖廷说。

"还要把新成立的各乡政权、各区政权的先进工作方法及当前存在的问题等点明说透，这对巩固我们的政权很有帮助。"邹玉峰补充说。

"那间屋子不安全，要想办法找个隐蔽的地方。"吴匡五说的那间屋子是魏玉坤家的柴草房。

办报的人手少，为了方便肖廷随时了解吴匡五他们开会的内容及工作指示，报社的办公地点就定在了魏玉坤家后院的柴草房。前些日子，日军突然来村里"扫荡"，其他东西稍一收拾就能藏好，唯独这套油印设备隐藏困难。日军来得突然，魏乃德来报信时肖廷正把要晾晒的报纸铺在地上。两人慌乱中把报纸敛在一起藏进了院子里的柴草中，又把油印工具塞进了炕洞里。他们刚想点火把扫在一起的碎纸片烧掉时日本人就进了门。肖廷急中生智，扯过了一床破被连同自己一起盖在了地上，然后冲魏乃德眨了下眼睛。魏乃德明白了他的意思。

日本人进屋时看见地上躺着一个只露出面部的人，头发凌乱、脸色焦黄，像快死了的人一样。

日本人端着刺刀想往里闯，被站在门口的魏乃德拦住了。魏乃德指了指地上的肖廷，"太君，他的，疟疾，人不行了，传染的。"魏乃德连说带比画。日本人似乎听懂了他的意思忙往后退了一步。这时，又有一名日本人跟了过来，他与站着发愣的日本人叽里呱啦讲了一通后，瞧了瞧魏乃德，又看了看地上的肖廷，露出半信半疑的眼神。

刚进来的日本人嗅了嗅鼻子，他觉得不对劲。"嗯——"他把目光逼向了魏乃德。此时的魏乃德大气都不敢喘一声，也不知该如何应对。

突然，街上响起啪啪的枪声，俩鬼子对视一眼后迅速跑了出去。肖廷赶紧起身，只见好多纸片粘在了他那被汗水浸透的后背上。

"真悬啊，快把这些东西收拾掉。"肖廷说完就急忙把那些印有《论持久战》内容的纸片团成团，塞进炕洞里。

日本人是捶了魏立勋两枪托后离开村子的。魏立勋看到日本人进了魏玉坤大药房的后院就预感到不妙。他让儿童团的孩子们在街上放了两个爆竹，这样就把日本人引了出来。见日本人出来了，魏立勋拽过孩子，在孩子的屁股上狠狠地拍了两巴掌，说孩子太淘气了。日本人见这情形嘴里喊着"八嘎——"给了魏立勋两枪托子，然后匆匆撤离了村子。

肖廷他们从柴草堆里拿出了报纸，报纸上面的好多字都变得模糊不清不能用了。肖廷很难过，因为这些纸都是发动群众分散进城买回来的。一次不能买多了，不然会引起敌人的注意，因此格外珍贵。

"这样下去，不是个法子，必须找个安全的地方才行。"吴匡五说。

"你们几个看看村子里还有没有更隐蔽的地方。日本人的'扫荡'会越来越频繁，我们要多做假设，商讨出几个应对方案。"邹玉峰冲着魏立勋、魏立全、魏乃德他们说。

魏立勋他们各自想了几个地方，但马上又都被否决了。"让他们讨论着，咱出去走走。"邹玉峰看几个人讨论得很热烈，就披上衣服叫上吴匡五一起走出了院子。他俩边走边谈谈论着最近的工作，不知不觉就来到了村北的一片树林里。林地中央的灌木丛包围着一个大大的坟丘。他俩发现，在坟丘的底部有一个绿草掩着的半米高的洞口。洞里的一只土鼠瞪着圆圆的眼睛，看到有人来赶紧缩了回去。

吴匡五使劲弯腰往里看了看，洞内黑魆魆的。

"看来这坟也有些年头了，后人应该修一修。"吴匡五说。邹玉峰也弯下腰去看了看，直起腰后若有所思。

魏立勋他们几个还聊得热火朝天，见他俩进门，大家停止了争论。

"咋样，有结果了吗?"邹玉峰问。

魏立勋他们几个互相望了望，然后都摇了摇头。魏立勋说："实在不行咱就挖地道。"

吴匡五说："这个主意不错，不过眼下怕来不及。最近小鬼子'扫荡'越来频繁了。"

"村后树林里的那座坟是谁家的?"邹玉峰问。

"听村里老人们讲是刘家的祖坟,后人都不在了,也没人管——对呀,那里面倒是个好地方。"魏立勋话说到一半,突然想起了什么。

大家伙都把目光聚到了他那里。

"前几年我和伙伴捉迷藏时还进去过,里面足有这间屋子这么大。"

"对,我也进去过,是不小,只不过……"魏乃德说到这儿,挠起了头皮。

"咋了?"吴匡五问。

"里面还有一口棺材,挺吓人的。"魏乃德说。

魏立勋说:"那有什么可害怕的呀。等哪天你们在外面等我,我下去看看。"

邹玉峰说:"我们共产党人不怕那些,如果里面真有这么大个地方,那就太好了。"

天色渐晚,邹玉峰让大家散去,明天再说。

第三天早上还没吃早饭,魏立勋就一身灰土地来找吴匡五,后面跟着同样一身灰土的魏乃德。

"吴县长,我们进去了,里面挺大的,我派些人清理一下。里面空间很大,不但能在里面印报,还能藏不少人呢。"魏立勋说。

吴匡五忙止住了他,说:"就你们几个干吧,知道的人越少越好。"

肖廷知道为他找了个安全的办公地点后非常高兴,可一听说是在墓穴里,脸色立马变得苍白起来。他张了张嘴,没有说出话来。魏立勋知道肖廷有些害怕,便安排了支部委员、魏玉坤老先生的二儿子魏方亭协助肖廷的工作。

一张张《烽火报》就像是一把把尖刀,刀刀刺向敌人。《烽火报》不知不觉地飞进日本人的据点里,上面的《劝伪军歌》等宣传内容让一些伪军的思想出现了波动,有的伪军趁机逃出了据点。这引起了日本人的恐慌,他们将查找《烽火报》的办报地点列入了日本特务机关重点侦办的大事件中。

六月的一天下午,肖廷走在金黄麦浪"装饰"下的乡间小路上。一年多没去临邑县城了,他把手头工作干完后去那里看姥姥。肖廷从小跟姥姥在临邑县城长大,自离开家乡去外地读书后,就很少有时间去看姥姥了。

刚走出夏家村肖廷就发现他的后面跟着四五个人。肖廷站在路边,很淡定。那几个人走到他跟前突然停了下来时,他感觉有些不对劲,因为那些人看着都很面生。

"你是王尚烈（肖廷的原名）吧?"

他打了个愣怔，第一反应是老家的玩伴认出了他。

"你是······"这一愣引来了麻烦。

"就是他，绑起来!"随着一声喊，几个人上来就把身子单薄的肖廷绑了起来。

"队长，这回咱的赏钱稳拿了。"

"滚犊子，不说话能憋死呀。"队长骂完后转过身对肖廷说，"兄弟，对不住了，我们也要吃饭啊。"

这伙人是活动在附近一带的匪团"霍荣青团"的人。

由于保密工作出现了疏漏，日本人盯上了肖廷。因为肖廷很少在外面活动，日本人既不知道他的长相，也见不到他的踪影，所以就找到了当地匪首霍荣青。经过几天的盯梢，他们终于发现了肖廷的踪迹。

他们把肖廷带到德平县城后送进了日军的宪兵司令部。三天的严刑拷打过后，肖廷始终没有交代半点有价值的信息。日本人很吃惊，他们没想到这么单薄瘦弱的青年人竟这般地硬气。一周后，日本人在德平县城南面的团圆殿村附近将肖廷活埋。那时，肖廷刚刚过了二十二岁的生日。

宋达民的阴谋

1939 年秋天，在冀鲁边区西面不远的地方，我八路军晋察冀军区部队和第一二零师主力联合作战，歼灭了袭击我抗日根据地陈庄的日军一千二百余人。得到信息的李玉双心里觉得非常痛快，一扫八路军主力部队撤出后日伪军和"张国基团"带给他心头的阴霾。他也想找日本人干一仗，不能总让别人拿鄙视的眼光看自己，特别是张国基和宋达民。正当他踌躇满志、思考下一步的作战安排时，机会来了。

一天下午，宋达民手下的一名通信兵急匆匆地送来了宋达民写的一封求救信。宋达民在信中说，他的部队被日伪军围困在德县北部的金庄村里了，让他火速救援，信的最后还写了"如将我部于危难之中救出，日后定将重谢"。

"正想找他们试试火力呢，没承想还自己找上门来了。"李玉双说着就吩咐人集合队伍。

前些日子与宋达民闹得不欢而散，虽然责任不在他，但他觉得还是与宋达民维持着老朋友的关系为好。这次他帮了宋达民，兴许日后宋达民就不会再难为自己了。

他决定将队伍分成三支小队，他亲率独立分队从金家村南面进攻，其他两个小队绕道到金家村西、北、东三个方向给敌人以反包围。在不到四十分钟的急行军后，李玉双赶到了金家南面两公里的地方。他命令部队停下来，观察了一阵后他感觉有些不对劲，处在包围圈中的金家村太安静了，不正常。正当他准备派出侦察员去前面侦察情况时，突然冒出了日伪军的大队人马。一场突如其来的遭遇战就这样开始了，这时的李玉双在思想上还没有任何准备，或者说他从来没有想到过会有这么一场遭遇战。李玉双想着可以和宋达民来个里应外合，他觉得这一仗一定能打得酣畅淋漓，一路上他都沉浸在这种兴奋激动的心情之中。

遭遇战是惨烈的。李玉双的人在发现对方后的第一反应不是先开枪而是不知所措。端着机枪的敌人一梭子子弹扫过来，李玉双手下瞬间就有三名士兵牺牲，另有五名士兵的腿受伤了。李玉双命令士兵们卧倒后队伍里才响起了凌乱的枪声，敌人这时也已趴在地上或跳进了路旁的沟里。敌人密集的子弹压得李玉双他们小分队的士兵们抬不起头来。李玉双环视四周，他发现在路的一侧，秋后的庄稼秸秆散堆在地里，紧挨着庄稼地的是一片小树林。他命令士兵们交替掩护着向树林转移，有两名受伤的士兵在转移过程中没能躲过敌人的子弹，躺在路边再也没有站起来。

部队撤进树林后李玉双才发现，这片树林的纵深只有不到二十米，这样的纵深是躲不过这帮凶残的敌人的。日伪军看李玉双他们撤进了树林，便组织部队一步步向树林逼近。李玉双他们边战边沿着狭长的林地一步步向后撤。可就在这时，李玉双发现有一部分日伪军沿着他们来时的路在迅速向前推进，意图从后面切断他们的退路。

就在此时，日本人的身后突然响起了枪声。原来另外两路人马在金家村没有见到日本人的踪迹，听到枪声后便循着枪声找了过来。趁日伪军一时慌乱，李玉双带着小分队迅速摆脱了敌人的追击。

在这场遭遇战中，"李玉双团"有五名士兵牺牲、一人被俘，另有两名日本人被击毙。

日本人从被俘的士兵那里得知和他们交战的是李玉双的部队，之后不久就派人攻打了李玉双位于田家村的司令部。半年后，因队伍内讧，李玉双被杀。直到死，李玉双都没弄明白那次遭遇战的来龙去脉。其实这一切都要"归功"于他的"好朋友"宋达民。

第七章 较 量

谈判桌上

杨忠把目光聚焦到李玉双、张国基和宋达民的身上后，信息开始源源不断地向这里汇集。

"张国基去了义渡口曹振东的司令部，两人来往频繁起来。"

"宋达民找了李玉双，后又去了曹振东处。"

"'张国基团'的一个连去了德县二屯一带催要粮款，与李玉双的人发生了争执，双方都有人员受伤。"

"曹振东的作训参谋昨日下午去了陵县县城，回来后和曹振东密商了很久。"

……

种种迹象表明，张国基和曹振东在密谋一件不可告人的事，而且应该还和日本人有关系。

"自主力部队转移后，冀鲁边区形势严峻。老狐狸曹振东过去还左右摇摆不定，现在滑向日伪的可能性更大了。"杨忠严肃地说。

"这些投机分子，只要让我们抓住证据，坚决把他们收拾干净！"龙书金握紧了拳头。

就在这时，在德县边缘一带监视"张国基团"行动的侦察员回来报告，说张国基派出了大批人员去我根据地东光、南皮及德县西部一带横征暴敛、强索粮款，还在南皮一带扬言那是他们国民革命军二路军的地盘，说那是国民党河北省政府鹿主席（鹿钟麟）、张司令（张荫梧）的指令。他们还说八路军的大部队已经撤走了，剩下的几个土包子没几天蹦头了。在德县，宋达民下属的一个连长狂妄地说那片土地早晚要归张司令，不如现在表现得好一点，为自己留条后路……

消息传到杨忠那里的同时也传到了冀鲁边区政委周贯五那里。接到周贯五通知开会的消息后，杨忠、龙书金二人迅速赶到了冀鲁边军政委员会驻地。进门时，六支队的陈德、杨承德已在那里等着了。

"再不除掉张国基、宋达民他们，接下来恐怕曹振东那只老狐狸也会跟着效仿啊。"杨忠进门后说。

周贯五沉思了片刻，把手里的旱烟递进嘴里紧吸了两口，然后狠狠地扔在了地上，接着他又使劲用鞋底尖碾了碾，说："就在不久前，阎锡山派代表赴临汾参加了日军所谓的'临汾会议'，最后与日方达成了共识。阎方将晋绥军改编为'中国抗日忠勇先锋队'，实行反共；日军将隰县、午城等地的据点及汾阳一带让与晋绥军，帮助晋绥军'剿除'山西之八路军，并接济机械弹药。此后，阎完全停止抗日，并随时准备袭击八路军。这一切，想必宋达民从张荫梧处早就得到了消息。我们还是要坚持有理、有力、有节的斗争原则，先礼后兵。"

"我先以津南专员的身份给张国基、宋达民写封信，把他们横征暴敛、胡作非为的大量事实摆出来，同时指出这是一种挑衅行为，我们绝不能容忍。如果他们不就此收手，后果自负！"周贯五义正词严地说。

信送出去没几天，曹振东就派他的副官找到了边区军政委员会，说张国基想和周贯五政委谈谈，他愿意充当中间人，地点设在曹五旅的司令部——德平县义渡口街。

一年前，曹振东的部队遭日军追杀陷入绝境时，时任五支队副支队长的杨忠带着人给了敌人迎头痛击，救下了他的人马。曹振东感激涕零。因为了解到曹振东与张国基有一定的私交，于是杨忠就不定时地通过曹振东的嘴敲打那位左右摇摆的土司令和他的二掌柜——宋达民。

杨忠说："曹振东的调停有可能是真的，但张国基所谓的谈判一定是假的，他只是想摸摸我军的底细。"

"这样也好，我们可以当面向他阐明我党的政策，进一步劝诫他，让他停止反共活动。"

　　周贯五说完转身对副官说:"告诉曹振东,我们愿意与张国基交换一下看法。"

　　曹振东的司令部位于义渡口后街的中间地带。门楼两侧的哨兵见到周贯五、杨忠他们到来,一个个立正,动作连贯迅捷,这让杨忠心里有一种说不出来的感觉。"曹振东团"的训练过去都是在他这个特派员的协调下由八路军派人帮着完成的,几名基层军官也是乐陵抗日军政学校毕业的。杨忠这样做本来是想让这支部队尽早接受我八路军的收编,但曹振东始终抱着投机心态,摇摆不定。

　　还没进到二门,曹振东就迎了出来。

　　"失敬,失敬,没承想周政委、杨司令这么快就到了。"说着,曹振东上前与周贯五等人握手。曹振东少将军服上的饰物金光闪闪,再配上高腰马靴,看起来好不威风。跟在他身后的那位,除高腰马靴相同外,着的是便装,上身黑丝绸外套,白衬衣扎于吊带裤内,大背头上抹了很多的头油,原本稀松的头发紧紧地粘在一起成了一个整体。杨忠认出来了,这个人就是宋达民。他和周贯五交换了一下眼色。

　　宋达民是替张国基来谈判的。

　　"眼下国难当头,应当以抗日为先。我们是抗日的队伍,向百姓派粮要款用于民族大业,这有何不可?"宋达民在为张国基没能亲自来谈判做了一番掩饰后,来了个先发制人。

　　杨忠过去听肖华司令员说起过,此人阴险狡猾,两面三刀,人送外号"申公豹"。肖华还给他送了个"游击流氓"的名号。

　　"抗日救国,应当无可指责,但请问副司令,自全面抗战爆发以来,你们有没有抗击过日寇?国有国法,军有军规,像你们这样私征粮款,涂炭百姓,眼里还有没有政府,还有没有法纪?"周贯五目光炯炯,直视着在那里摇头晃脑的宋达民,铿锵有力地问道。

　　宋达民两只贼眼滴溜溜地转了转,又狡辩道:"我们二路军现有四五千人马,枪好弹足,装备精良。无奈吴桥地薄人稀,本部的粮草供应严重不足,总不能让我们饿着肚子抗日吧!"宋达民想唬一下周贯五。

　　杨忠在一旁忙插言道:"既然是为了抗日,粮秣困难我们可以帮助解决,不过需要具表造册,上报专员公署。"

　　"对,我可以代表公署答应你,按表供给部分粮款。"周贯五马上表态。

　　"这个,这个……"宋达民做贼心虚,一时说不出话来。

　　杨忠在一旁催问:"怎么样,两全其美了吧!"

宋达民慌忙掏出手帕抹了抹额头上的汗干咳了两声，眼睛望向了曹振东。

曹振东会意，忙出来打圆场："诸位，听兄弟进一言。周政委的建议在兄弟看来确实是两全之策。不过，张司令未能亲来，宋副司令也不便自作主张。依我看，先请宋副司令回去，待他与张司令商议妥了再作答复，怎么样？"

宋达民连忙抓起了自己的白手套，扬了扬说："那兄弟先走一步，告辞了！"说罢他出了门。刚想上马时，听到曹振东的勤务兵在后面叫："宋司令，衣服！"宋达民这才想起自己的外套，又回身接过了上衣。他尴尬地笑了笑，然后笨拙地爬到马背上匆匆溜掉了。

望着宋达民的背影，周贯五和杨忠两人会心地笑了。

"我们要静观其变，他们想耍花招，那就等于进了死胡同。"周贯五说。

"是啊，大部队走了，留守的这些部队就是随便一凑也够他张国基喝一壶的。"杨忠信心十足地说。

周贯五和杨忠上马准备离开，两人一唱一和，故意提高了嗓门。站在门口送他二人离开的曹振东听了，脸上阴一阵、晴一阵。

雕虫小技

宋达民回到吴桥后并没有把会谈的实情告诉张国基，而是按照自己的意愿炫耀了一番他与八路军领导的唇枪舌剑，最后他建议说："司令，看八路军现在的情势，他们已没有多少'本钱'了，写抗议信只是为了虚张声势，他们很害怕和我们搞僵。趁八路军大部队不在，我们要尽快扩充队伍，在巩固好原有地盘的同时，把德县的那部分也拿过来。"

"你这样想，他曹振东也这样想，李玉双的实力也不容小觑。如果曹振东不配合咱，再暗中使绊子，那可就坏事了。有肉大家一块吃才是生存法则。"张国基吧嗒吧嗒抽着闷烟动起了心思。

"靠近咱的归咱，靠近德平地界的归他，这样两不相犯！"沉默了一会儿后，宋达民的脸上挂着媚笑凑到张国基跟前说。

考虑了几天后，张国基听从了宋达民的建议。他除了安排部队继续向根据地老百姓催缴粮款外，还以帮助李玉双协防的名义派出了三四百人强行进驻德县，在德县索粮催款赖着不想离开。其间，东光县的一名区长被张国基的人抓去了，在拒绝投奔张国基后竟被打残了。德县的一位拒绝纳粮的乡长也被宋达民的手下抓去了，宋达民找出各种理由拒绝放人……"张国基团"所做的一件件令人发指的事情惹怒了广大人民群众。

"再警告他一次，让他立即放人。再有此类行为坚决除之。"周贯五把拳头重重地砸在桌子上。

安排勤务员侯延江去送信后，周贯五马上调集了杨忠、龙书金的鲁北支队、六支队八团、津南支队、运河支队和部分县大队等向吴桥边缘一带秘密靠拢，准备随时投入战斗。

就在周贯五准备对"张国基团"采取军事行动时，却收到了张国基派人送来的"求援信"。

> 尊敬的周贯五政委及八路军各位首长：
>
> 　　近段时间频繁发生扰民事件，全因鄙人才疏学浅、带兵无方，这才使得手下背于我胡作非为、欺压百姓，破坏我抗日之大计。我已责令军法处调查了解，查出真凶后定惩之。扣押人员即可放回，望贵军海涵。国基在此赔罪。
>
> 　　几日来，我驻东光、南皮、吴桥等地的部队均遭到日军来信威胁，要我率部投敌，否则将大军压境，希望贵军速来我部防地彭庄一带，共御日寇……

杨忠一眼就看出了这是宋达民的笔迹。因为宋达民"华丽"的笔迹背后隐藏着东洋味道。

"宋达民这只狐狸又露面了。"看完信，杨忠嘲讽地说道。

"八路军正在华北敌后发动'百团大战'，华北各个主要交通的沿线和大小据点的敌人，同时受到我几十万大军的进攻，交通全部中断，正处在一片混乱之中。这种情况下，日军怎能'大军压境'去打这个从不抗日的张国基，这里面一定有鬼。"六支队八团政委陈德分析说。

大家都点点头，认为陈德分析得很有道理。龙书金补充说："会不会是他和鬼子勾搭好了，设下个圈套来让我们钻？"

周贯五说："如果张国基和日本人合起伙来了，倒要小心防范了。从目前的情况看，张国基上有张荫梧的指使，下有宋达民的怂恿，这种可能性是很大的。"

经商议，周贯五他们决定乘机向吴桥进军！为防止日、张合谋，他们做了如下具体部署：

一、杨忠、龙书金带领鲁北支队进至德平、德县北部边界及吴桥一带，负责牵制吴桥、桑园和津浦铁路沿线的日伪军，同时暗中留意正在这一带活动的宋达民的动静；武联鹏率领德县第二游击大队跟随鲁北支队行动。

二、运河支队、东光县大队、南皮县大队进入铁路沿线的连镇、东光、泊镇、南霞口等地，负责破坏日伪据点，截断交通，牵制敌人。

三、宁津、沧县各县大队负责袭扰县城及各重要城镇的日寇。

四、津南支队的四个加强连移至东光县东部、南皮县东南部，作为机动兵力集结待命。

以上部队务必拖住当地的日伪军，不让他们有机会出动，并随时准备到彭庄集合待命。

吴桥县彭庄镇是张国基的老巢，周贯五带部分主力率先进入，一场智捉张国基的战斗即将打响。

将计就计

当听到侦察人员说周贯五、杨承德他们正带着部队浩浩荡荡地向吴桥开来时，张国基又惊又喜。惊的是八路军的胆子竟然这么大，来到吴桥无异于进了虎穴，没想到八路军竟如此大胆；喜的是他不费吹灰之力就让八路军进了他布下的"口袋"里。如此一来，八路军就成了他砧板上的一块肉，如何切割那就得看他张国基了。这还不算完，他要再施一计，彻底把周贯五的部队圈牢。

张国基见到周贯五，还没寒暄上两句，就提出要和八路军换防。他让八路军进驻到他所在的彭庄、牟家、老鸹张等处，而他自己则移防他处，理由是为避风头。

周贯五满口答应，当场安排了四个连跟自己一起进驻牟庄，另四个连在陈德的带领下进驻彭庄，剩余部分分驻到周围村子里。老鸹张离吴桥城较近，周贯五派了一个便衣手枪队秘密潜入。

张国基带着他的二支队撤到了东光与吴桥的交界一带，他的弟弟张国英带着一支队进驻在东光沙洋贵村。宋达民带领三支队仍驻守在吴桥与德县交界一带的南北狭长地带里。

从早上起床开始，宋达民就时不时地到地图前站一会儿，他一边听着留声机里传出的西洋乐曲，一边研究着德县的版图，还时不时地用铅笔在上面勾勾画画，有时还翻翻日历。周贯五的部队进入彭庄后，他就给吴桥、东光、南皮三地的日本人送去了密信。他算着日军的人马还有几个时辰就能赶过来和他一起把周贯五带领的八路军彻底消灭掉。胜利之后是自己骑着高头大马、挺胸抬头地踏上德县，还是由日本人陪着进去，他还没有想好。

宋达民和日本人关系好，这一点就连张国基都羡慕不已。因为宋达民的日本话说得流利无比，所以每次和日本人谈话，张国基都只能坐在旁边像傻瓜一样。此外，宋达民和张荫梧也有一定的关系。因为忌惮宋达民与日本人和张荫梧的关系，所以当宋达民提出消灭八路军后德县地盘要完全划在他宋达民三支队的势力范围内时，张国基也欣然同意。

想到最后，宋达民还是觉得不能让日本人陪着。和日本人勾勾搭搭已让他在父老乡亲面前失去了颜面，再和日本人肩并肩地走在一起，怕是地下的祖宗都不会同意的。

就在他因等不到日本人的消息而焦躁不已时，有士兵过来报告说吴桥、东光、南皮三县境内出现了多股八路军的队伍，且三县境内的铁路毁坏严重，吴桥至沧州段几乎全部瘫痪，白天修好，晚上又被人破坏了，目前，连电话都打不通了。宋达民预感不妙。

三天过去了，一直没见日本人出动的张国基不知该如何收场了。他在心里大骂宋达民没把事办利索。这时卫兵送来了周贯五写给他的信，信中说请他回去，八路军要撤走了。张国基就坡下驴，又带着他的人马返了回去。

"看来日本人也惧怕我们八路军，听到我们来了的风声都不敢露面了。"周贯五嘲讽地对张国基说。张国基心里有鬼，只好随声附和："那是，那是，贵军的厉害小日本早就领教过了，所以才请你们出山为鄙人解困。"

周贯五率部队撤出张国基的老巢后并没有走远，而是根据地理环境在东光、宁津、德平一带重新进行布防。部队部署完毕后，他吩咐杨忠派侦察人员及时了解张国基和日本人的动向。他觉得敌人绝不会就这样稀里糊涂地完事。

几天后，有两条重要消息一前一后地传来。在彭庄街上化装成摊贩的我方侦察员碰见了一位老相识，那人说他现在是"张国基团"二路军特务营营长张国智（张国基的族弟）的护兵。侦察员把他请进了饭馆喝酒，酒后，护兵把张国基写请求救援的来龙去脉全说了出来。

周贯五的警告信和八路军要发兵吴桥的消息接连传来，张国基被吓得六神无主，他先找到二支队支队长、胞弟张国英商量，后又叫来了张国智，这两人都没想出摆脱困境的好法子，于是他又找来了军师宋达民。看到张国基一脸惊慌，宋达民反而跷起了二郎腿，摆出了一副高高在上的神情。这让张国基又急又气，但危急时刻，他只好忍住了心里的火。

"把抓来的人先放了。"宋达民说。

"然后呢?"张国基接着问。

"向八路军求援。"宋达民憋了三分钟，才又冒出这句话。

"向八路军求援，你他娘的有屁快放!"张国基见宋达民坐在那里慢悠悠地摆弄着手指，火气立马上来了。宋达民看张国基真急了，他直起身子告诉张国基："我们假装遭到了日本人的包围，然后向八路军求援，把周贯五他们引进包围圈。然后我们和日本人一起来个内外夹击，让八路军插翅难逃。"张国基听罢思忖了半响，说："这下我这汉奸的名声可就坐实了。"宋达民说："眼下咱保命要紧，顾不上那么多了。你不打他们，他们早晚会把咱吃掉。"

另一个消息是一名侦察员跟踪了宋达民手下的一个大队长，此人去吴桥给日本人送信时绕道回了趟在吴集的家。侦察员听到这名大队长告诉他媳妇，说张国基已与日本人谈妥了条件：一是不动他一兵一卒；二是由日本人供给枪弹、粮秣；三是暗里勾结，明里不公开。这名大队长还说过几天由张国基出面给八路军设局，到时候日本人从天津调兵过来配合，准备一举消灭冀鲁边区的八路军主力。

张国基投靠日本人证据确凿，周贯五认为消灭张国基、宋达民的时机已成熟，遂命令各县大队、区中队等马上出动，破铁路、袭县城、割电线……务必牵制住县城里的日本人，以掩护我主力部队作战。

"政委，把消灭宋达民这只老狐狸的任务交给我们支队吧，战士们早就恨得牙痒痒了。"杨忠向周贯五要任务。

"鲁北支队对宋达民部的情况相对要熟悉一些。我也正考虑派你们去。"周贯五说。

黄昏时刻出发至晚上11点，四路部队四千多人将张国基的老巢团团围住。战争正要开始，曹振东的秘书长来了说要面见周贯五，说是前来调停的。原来，张国基得知我八路军要对他全面围剿时，连忙拍电报给曹振东，恳求曹振东替他面见周贯五求情，请八路军放他一马。曹振东觉得已无脸面见八路军首长，遂派秘书长前去。

周贯五对这位秘书长说："你回去告诉你们曹司令，我们给过张国基多次机会，但他已完全背离了人民，不杀不足以平民愤。在抗日问题上，当面一套背后一套的人绝没有好下场！"

那位秘书长听罢，不好再说什么了，只好悻悻地打马回去。

当杨忠和龙书金他们赶到老鸹张村时，却没有见到宋达民的影子。村民说，宋达民在一刻钟前带着他的部队逃往了连镇，躲进了日本人的据点里。

"这家伙太狡猾了。"龙书金咬着牙愤愤地说。

"看看能不能找到有价值的东西。"杨忠吩咐说。

不一会儿就有战士抱来一大摞文件信函。杨忠认真地翻阅后发现，里面好多都是与日本人来往的信件。

"老龙，你看看。'李玉双团'遭伏击与张国基请求解围全都是宋达民设下的圈套。"杨忠说着就把两封信递给了龙书金。

原来，宋达民劝说李玉双投靠张国基无果就想除掉他，但碍于和李玉双的交情下不了手，于是就想借助日本人的力量。宋达民在日本人面前多次提起李玉双，但日本人对李玉双不感兴趣。李玉双没有和日本人发生过冲突，日本人暂时还不想把李玉双推到敌对面，当前他们首先要对付的是国民党军和八路军。因此，宋达民就在日本人和李玉双之间制造矛盾，让日本人恨上李玉双。李玉双第一次遭伏击，是宋达民以那一带有八路军的部队为由，把日本人引过去的。第二次，宋达民先是对日本人谎称有一小股八路军进驻德县北部的金家村，后又通知李玉双说自己在金家村被日本人包围了。第二次遭遇战之后日本人恨上了李玉双。

"可惜呀，李玉双到死也不知道这两次与小鬼子的战斗都是他的老朋友宋达民从中捣的鬼。"龙书金看完杨忠递过来的信，惋惜地说。

"确定了吗，李玉双真的被杀了？"杨忠扭过头来问。

"确定了，刚才部队路过白家村时，有战士亲耳听家人说的。"龙书金说。

"大浪淘沙，有多少壮士没能死于疆场，而是死于非命啊！可惜了，可惜了。"杨忠痛惜地摇着头。

没有逮住宋达民，杨忠和龙书金率领鲁北支队迅速转入彭庄，随主力部队一起展开了对"张国基团"的包围战。

歼灭张国基的战斗进行得非常顺利。进驻彭庄后，周贯五就让战士们在重要区域挖通了与外面连接的地道。战斗打响后，部队很快冲进了张国基起居的地方。

战士们在司令部的后院里，把蓄着小胡子、吓得瑟瑟发抖的张国基一把薅起，问："你是张国基吗?"张国基早就吓破了胆，他哆嗦着说："我，我知罪，知，罪。"

这场战斗中，八路军活捉了张国基等一千多人，毙敌八百余人，缴获了迫击炮两门、机枪十余挺、长短枪两千多支、弹药无数，以及电台、军用图纸、机要文件等，还找到了张荫梧指使张国基向我军挑衅、进攻的手令。张国基的电台上还残留着张国基向日寇求援的电文。

几天后，张国基被处决。一千多名俘虏经教育后大部分自愿加入抗日队伍。

"张国基团"的覆灭解除了对我德县的威胁，为日后德县抗日根据地的发展壮大扫除了一大障碍。

流动学校

"张国基团"覆灭后，曹振东感觉自己成了孤家寡人。之后的一段时间，他把心思全部用在了国民党山东省政府主席兼保安司令沈鸿烈的身上。他把沈鸿烈的心腹马二奎由副营长提拔为营长后，就让马二奎带着他去惠民找沈鸿烈。曹振东的目的无非就是要枪要炮要经费，但沈鸿烈镜片后面眯着的眼睛好像看透了他的心思。曹振东刚坐下，沈鸿烈就给他大讲了一番国军与日本人在战场上的斗争形势。讲到兵员短缺问题时，曹振东听着感觉有些不对劲，这位保安司令似乎有把他的部队派往前线的打算，他顿时变得紧张起来。沈鸿烈止住了话题，他告诉曹振东，国民党山东省政府已经决定将德平、德县、陵县、临邑、商河、乐陵六县划为第十五专区，会在专区内设立一所中学，命名为"山东省立第十联合中学"。他准备把中学设在山东省保安第五旅的队伍里，费用由省政府解决。

见在沈鸿烈这里得不到什么好处，曹振东也只好作罢。回去的路上，他盘算了一路：一是如何借学校培植自己的势力；二是如何把这支学生队伍变成武装部队的一部分。

三个月后，山东省立第十联合中学（简称十联中）正式成立。曹振东安排他的军法处主任郭仙洲（法学专科毕业）兼任校长。教师分别是黑新裁（大学文学系毕业）、刘郁青（大学数理系毕业）、李雨生（大学历史系毕业）、徐聘忱（清末拔贡，民国后优级师范毕业）、张金轩（聊城三师毕业）、韩次源（大学艺术系毕业）、孟卓锋（高中毕业）。他们全都是抗日战争爆发后的流亡老师或学生、爱国积极分子。

十联中没有固定校址，他们跟随五旅活动。1940年夏，十联中在张耀龙村借用县立六高的校舍招考录取了学生一百二十多名，后又补招了三十名。根据曹振东的想法，十联中完全实行军事编制。他说这么做是为了适应战时情况下的游击活动。全校学生共分为三个分队、九个班，由受过军训的学生担任分队队长及班长，由体育教员韩永福（三营副营长）担任大队长。上课按学制编级，生活、行军按军事编制。

该校师生的生活费由国民党山东省政府拨付给五旅，后再由五旅统一供给。学生上学不但完全免费，学校还发衣服、被褥、讲义等。讲义是根据战前中学教材重新石印的。课程仍按照战前中学的规定，有国文、数学、英语、物理、化学、历史、地理、动物、植物、公民及音乐、体育等，减去了美术课。该校经常随五旅第三团活动在德平北部第五区境内。这一带地处山东、河北两省交界处，敌人势力相对较弱，学校移动行程短，驻期能适当延长，便于教学。上课完全在露天地，夏季找阴凉的地方，冬季找暖和的处所。每驻一村，都先由校职工找好一扇涂有黑漆的木板门，再选一处合适的墙壁或一棵大树，将门竖倚在墙壁或树干上充当黑板；向群众借来长木料或秫秸捆，平放于地上当座位；从村民家中借张条桌在黑门前面当教桌。这就构成了一间临时的露天教室。上课下课、集合、开饭、睡觉、起床都以敲梆子为信号。住宿、自习以班为单位借住在群众闲屋，夏季有时就住在群众的敞棚或门洞内。吃饭时，全校学生齐聚在一片较大的空地上，按班分组，由事务处将饭菜送到现场，各组派值日生领取。每逢行军，除校长及教员备有马匹外，学生及其他职工全都步行。行军前听到集合梆子响便将各自的衣被打成行军背包背在背上；将书籍及其他学习用品装入统一配发的背篓内挎在肩上。各班按顺序到集合场集合，经大队长检查好人数后，发布行军命令开始出发。每到一处新的防地，都会预先把房子找好，进村后大家按照指令进入各自住处。不准学生串屋。晚上自习，由事务处发灯油，校长、教师不定时到各班查号，一为辅导功课，二是检查纪律。如遇违反纪律的学生，一律按军法处置：轻者罚站、罚跪，重者责以军棍。

学校一般为傍晚行军，白天上课，不休周末。如遇敌情紧急，便暂时解散，学生各自回家；待敌情解除后，校方再命人通知集合。学校规定，体育课以军训为主，以适应军事行动，但只限于步法、转法及队形变化等制式教学。因没有枪支，所以不做持枪训练。其实曹振东向沈鸿烈提过给学生配发枪支的问题，但被沈鸿烈否决了。

学校挑选了十几名学生组成校篮球队。孔镇与黄集一带置有篮球架，学校到该地时即将篮球杆置于广场上，课外活动时由体育教员兼大队长的韩次源指导练习，移防时再将篮球杆收起放在群众家。学校还成立了雅乐队，乐器有胡琴、二胡、琵琶、笛子、笙等，课外活动时间由音乐教师辅导演奏。

另外，教导处还把一些爱好文艺、写作水平较高的学生集中起来组成了一个文艺社，在曹五旅创办的《抗建报》上辟出了一个"曙光"专栏，用以登载该文艺社的稿件。每逢驻地集市或节日时，便组织宣传队（内有雅乐队配合）写标语、进行街头演说、表演话剧、扭秧歌等，内容除了宣传抗日救国外，还宣传剪发、放足、破除迷信、学习文化等新女性运动内容。由于这所学校的存在，冀鲁边区曾对曹五旅发过信函表示鼓励和赞许。

第八章　乘风破浪

热闹的正月

元宵节前的一个下午，在三泗河村西南三公里处的小高家村村口，二百多名手持大刀长矛的青壮年聚集在一棵老槐树下，民兵队长李鹏岭正神情激昂地做动员讲话，几名荷枪实弹的民兵在会场周围巡逻。人群外站了不少看热闹的老年妇女，几个穿着新花衣的小女孩在人缝间相互追逐着。

"我们小高家民兵队成立一个多月了，还没和小鬼子交过手。别看鬼子现在强大，但他们是秋后的蚂蚱，没有几天蹦跶头了。我们只有团结起来，才能打败敌人。就像毛主席号召的那样，只要四亿五千万同胞一起努力，最后……最后……"说到这里，李鹏岭忘了下面的话，脸憋得通红，他不时用眼睛看看站在跟前的支部书记张华九。

"最后的胜利属于中华民族。"张华九小声提醒他。

"对，最后的胜利属于中华人民。"李鹏岭大声重复着。

"意思差不多，也对。"张华九点点头，脸上露出了开心的微笑。

上午，区委书记李晓瑞来到村里，他带来了大伙期盼已久的消息：明天一早，陵县县城里的一百多日伪军要来滋镇一带"扫荡"，可以打个伏击。李鹏岭平时就爱学习，自从当上民兵队长后，就更加勤奋了。他觉得提高自己的思想觉悟是一方面，但更重要的是在乡亲们面前讲话不能丢份儿。他羡慕李晓瑞，因为李晓瑞懂得多，在大家伙儿面前讲起话来也滔滔不绝。所以每次李晓瑞开会他都认真听、认真记。

针对有人担心能否打得过日本人的问题，李晓瑞分析说："他们在明处，咱们在暗处，日伪军在这一带还从未受到过伏击，思想上容易麻痹；再说，通往滋镇的路就从村口穿过，我们在房顶上设下埋伏，一定能打他个措手不及，让他们连个人影也见不到。"李晓瑞接着又说，"根据以往的经验，日军'扫荡'频繁，抽不出太多的兵力，每次出行大都是日本士兵少，伪军多。伪军步行，日本士兵坐车；伪军在前面蹚道，日本士兵在后面跟着。近几次'扫荡'也能证明这一点。针对敌人的出行规律，我们可以专打伪军。"

"虽然我八路军主力不在，但只要组织好，咱小高家民兵队也一定能打出威力来。"李晓瑞说到这里加重了语气。

"对，我们动员全村的男女老少齐上阵，能杀鬼子汉奸的，就多杀几个；杀不了小鬼子的，就做好服务。"张华九说。

"打仗可不是过家家，我们首先要把自身安全放在首位。但我们要有必胜的信心，只要我们全村人握成一个拳头，就一定不会让敌人的'扫荡'得逞。就像毛主席教导我们的那样，只要四亿五千万同胞一齐努力，最后的胜利是属于中华民族的。"说到这里，李晓瑞把握紧的拳头挥向了空中。

张华九把牙咬得咯咯响，一年多来，他虽然带领大家做了很多抗日工作，但和其他村比起来总感觉没有人家名气大。听说官道孙街上的大汉奸"三王爷"在大年初一被村里的民兵砍了脑袋后，他也想杀几个汉奸，在和支部的王长太、韩文会、李鹏岭几人商量后，决定拿附近尚家庵村的大汉奸、外号"火神爷"的乔公明和北王寨村的汉奸地主王丰昌开刀。通过打探，他发现春节期间这两人一个躲到了县城德州的小老婆那里去了，一个去了济南府女儿家，这让张华九攒了好久的劲没有使出来。

"到处都在打鬼子、杀汉奸，我小高家村绝不能落在后面。"张华九在支部会上说过的这句话很快就变成了行动。

临近中午，村西公路上还是不见有动静。

"看仔细了，千万不能马虎。"李鹏岭有些沉不住气，他抬头朝槐树上放哨的儿童团员虎子喊道。

"知道了，一会儿的工夫说了三回，快去给我弄点吃的，饿了。"虎子在树上嚷嚷着。

"干粮一会儿就到，你还真是饿死鬼托生的。"李鹏岭数落着。这时王长太拿着用麻布裹着的两块玉米饼子来到了树下，他将饼子系在虎子顺下来的绳子上，只见虎子三两下就提了上去。

"慢点，慢点。这孩子总是这样毛手毛脚的。"王长太仰起脸望着侄儿，嘴上虽然抱怨着，脸上却是满脸满意的笑容。

"来了，来了！"虎子在上面喊起来，刚刚提上去的干粮和绳子一块落在了地上。

"到哪儿了，多少人？"

"快说呀，到底咋个情况？"

李鹏岭在下面焦急地问着。

"刚过了乔庄，我正数着呢，看不清，路上全是灰土！"

"通知大家，准备战斗！"李鹏岭喊罢，王长太吹响了口哨。接着口哨声由近到远，一声接一声地在房顶上、胡同里、沟坎边响起。

李鹏岭迅速爬到了刘财主家的土楼上，那是全村的最高位置。"如果有一挺机枪，这个位置就能封锁住整条公路。"这是前些日子戴豪廷区长来村里部署工作时，站在那里对他讲的。具体封锁成啥样子，李鹏岭心里没有数。他在那里安排了两名枪法准的长枪手守着，那里响起枪声就代表着整个战斗开始。

在距离村子大约一公里的公路上，一队伪军正小跑着向这边涌来，接着便听到了汽车的马达声，两辆卡车在弯道口出现了。卡车赶上前面的伪军后便停了下来，伪军也跟着停下了。李鹏岭怀疑敌人发现了他们的行动，心一下子提到了嗓子眼。

"队长，打不打？"一位正端枪瞄准的民兵问。

"沉住气，等待命令。"

从卡车上下来了几个日本兵，他们走到了伪军队伍里和伪军围在一起嘀咕了一阵。接着，伪军又开始行动了，但他们不是沿大道继续前行，而是顺小路直奔村子而来，日本人的汽车停在原地没有动。

"他们发现了？"李鹏岭心里念叨着。伪军的队伍离村子越来越近了，后面还有两辆马车跟着。

"看来敌人是搂草打兔子——捎带活，他们想从我们小高家村带些粮食走。"张华九对李鹏岭分析道。

李鹏岭对身边的王长太说："没有命令，谁也不准开枪，放他们进来。"命令很快传达到了全村民兵。

伪军说说笑笑，一窝蜂拥进了村子。

"你俩看到前面那个挎'盒子枪'的头目了吗，瞄准了！"

"我早就瞄上了，要不是等你的命令，他现在就在阎王那儿报到了。"

"打！"

两发子弹几乎是在同一时间射出的，那个伪军头目瞬间栽在地上。随即，村内枪声大作，一颗颗手榴弹在伪军队伍中开了花。这些伪军被突如其来的枪弹打得晕头转向，丝毫没有招架之力，他们大都趴在原地一动不动。这时，胡同里拥出了上百名手持大刀长矛的老百姓，瞬间哀号声此起彼伏。缓过神来的伪军开始撒腿向村外跑，房上的几声枪响，又撂倒了四五个。

李鹏岭站在土楼上观察整场战斗的情况。他发现日本人的卡车向这边开来了，于是命令房顶上所有的长枪一起朝卡车射击。日本人大概认为村内埋伏着八路军主力，慌忙将卡车掉头往回开。王长太想带人去追，被李鹏岭制止了。

"你再追还能撵得上汽车？车上的鬼子不比这些伪军，等有机会再收拾他们。"

这次战斗共缴获长枪三十八支、子弹两百余发，毙敌二十六人。这次的胜利让小高家民兵队抗击日本人的热情更高涨。没过几天他们又缴获了日本人的两辆卡车。

村西公路上，日本人的卡车往来频繁起来。他们把武器弹药甚至狼狗运往各据点，然后再把贮存在各据点的从百姓家中抢来的粮食、物品等运回城里。敌人在领教过附近民兵的厉害后，路过这段公路时都会把车开得飞快，扬起的尘土老远就能望到。每当看到挂着"膏药旗"的卡车从村前驶过，民兵队员们就气愤难平。

一天晚上，戴豪廷区长来到小高家村开会。在李鹏岭家的北屋里，一张八仙桌的四周坐满了民兵武装队的积极分子。

"人都到齐了吗？"戴豪廷问李鹏岭。

"二班班长李青州还没有到。"李鹏岭扫了眼后说。

李鹏岭的母亲把水壶放到了桌子上，转身正要离开，李鹏岭凑到她跟前耳语了几句。

"不用你嘱咐，俺明白。"李大娘笑笑，随后便提着凳子坐在大门口。

"咱们不等了，开会吧。"戴豪廷说。李鹏岭赶忙拿出他的小本本准备记录。

"记详细点，否则开会又磕巴了。"黑影里不知谁来了一句，把大家逗得哄堂大笑。

"今天召集大伙开会主要是为了讨论一下这次伏击战和今后一个时期内对小鬼子的斗争。"

"小鬼子平时躲在城里咱够不着，有劲使不上。"

"鬼子的卡车来回跑，可咱这家伙事儿不行。"

"干脆，把道给他掘了，让他过不去。"

"那不是办法，你费了半天工夫，敌人一会儿就填上了，填比挖省力多了。"

……

区长刚开了个头，大家伙便七嘴八舌地议论开了。李鹏岭想让大伙停下来，但被戴豪廷制止了，因为他想从大家的争论中看看能不能找到有价值的东西。

就在这时，李青州一瘸一拐地走了进来。

"怎么回事？"戴豪廷关切地问，大家的目光也都集中到了李青州身上。

看到大家吃惊地望着自己，李青州道出了事情的原委。晚饭后，李青州急着往李鹏岭家里赶。由于晚上光线不好，他走到了街上一处地窖上面。盖地窖用的东西不结实，他刚踩上就塌架了。那地窖挖得还挺深，他在下面喊了半天也没人应，最后只好自己吃力地一点一点爬上来。

"屁股八成给蹾着了。"说着，李青州慢慢直了直腰。看到他浑身泥土的狼狈相，大伙一阵哄笑。

李鹏岭也跟着笑了起来，但笑容很快就在他脸上凝固了。

"我们是不是也能在公路上挖地窖？然后把上面伪装好，让小鬼子的卡车陷进去。"

"这主意不错。"戴豪廷点点头。

"对，明天咱们就去挖！"

"这样小鬼子想跑也跑不掉了。"大家伙跟着兴奋起来，你一句我一句地说着。

"我这一蹾，倒是蹾出了办法来，快给俺让个座啊。"浑身尘土的李青州想挤挤坐下，但大家怕土蹾到自己身上都不让。李鹏岭的母亲拿了把笤帚过来，把李青州拽到了一边，帮他扫干净。

大家兴奋地讨论了一个晚上，临散会时，戴豪廷嘱咐说："大家一定要时刻保持高度警惕，时刻提防鬼子的报复，平时多布些岗哨，遇有突发情况也能有时间准备。"

正月十七这天是周六，按惯例日本人在这天会有两辆大卡车在德庆公路上往返一次，早上来，晚上回。夜里十二点刚过，李鹏岭便带着民兵来到了公路上，挖坑、铺草、盖木板……一个小时后，路面上已看不出任何痕迹了。李鹏岭吩咐大伙埋伏在一侧的树林里，等待汽车出现。

天微亮时，汽车的马达声由远及近，两车前后相距十多米。此刻民兵们的心都快蹦到嗓子眼了。他们看到第一辆车栽进坑里后，后面的那辆车直接撞上了前面那辆卡车高高撅起的屁股。

"冲啊！"随着李鹏岭一声喊，民兵们跃上公路，把两辆车围在了中间。前面卡车上的两名日本人被卡在驾驶室里嗷嗷直叫，挨了民兵几枪托后，便没了叫声。后面车上的日本人当场就没有了声息。

民兵队员们从日本人身上摘下了"三八大盖"，王长太指了指陷在那里的卡车问李鹏岭："怎么处理？"

"烧掉吧，留着也没用。"

随着冒起的滚滚黑烟，两辆卡车不一会儿就变成了一堆废铁。

小高家村民兵队伏击日伪"扫荡"队伍、烧毁日本军车的消息接连传来，让刚刚升任洄河乡乡长的魏立勋兴奋不已。

"同是一个乡，三洄河村也必须尽快行动起来，不能落在别人后面。"魏立勋召集了三洄河村里的民兵骨干开会，要求大家集思广益，想出抗日的办法来。

"人家打伏击战，咱也打伏击战？人家火烧鬼子的汽车，咱也火烧？这不妥。小高家村民兵队取得的这两场胜利，除了民兵、村民勇敢外，还有村口公路的地理优势。叫我说，条件成熟时咱们就干它一场，时机不到，咱们也不能傻等。现在农闲，不如咱们组织些人悄悄在自家的房前屋后多挖些地窖。咱们这儿有驻村干部，鬼子来了也好隐藏。"组织委员魏立全平时说话就慢条斯理的，大家听他一字一句地说完，认为说得很有道理。

"咱们还可以把地窖挖深挖长，最好能连起来，即使鬼子发现了其中一个，我们也可以从另一个口出去。"魏乃德在鞋跟上磕了磕烟灰说道。

"我看咱们分分工，魏乃德负责画个草图，选好位置，看看要挖多少，在谁家挖，如何连接等，画完后咱们再讨论。"魏立勋说完，又转身对魏立全说，"上级在总结小高家民兵伏击战后，要求我们组织破路队，这项工作就由你负责。村子周围凡是能过汽车的路全部破坏掉，要让小鬼子跑不起来，到那时他们想跑都跑不掉。"

三泗河村热闹了起来，由民兵组成的四十多人的破路队伍，在这个正月把三泗河村方圆五公里内的道路破坏殆尽，甚至连德济公路也一起破坏了。挖地窖的工作也同时进行了起来。让他们没想到的是，他们所挖的地窖后来成了全村的地道网。这张地道网在后来的日伪"扫荡"中帮助了一批又一批党的地下工作者脱身。

德县抗日民主政权成立

李玉双被刺身亡，德县的流亡政府随之垮台。"张国基团"被消灭后，日军和曹振东部都想把黑手伸进德县这块地盘。假如伪、顽政权成立，那我们的抗战工作就将面临极大的困难。杨忠深深地认识到了这一点。

"成立德县抗日民主政权刻不容缓。"杨忠在详细听取了王哲有关李玉双遇刺的汇报后，迅速做出决定。

"今晚你先不要回去了，就睡在我这里。等我和石主任商量后再决定下一步工作如何开展。"说完，他来到了时任鲁北行政委员会主任石景芳的住处。

"我正要去找你呢，说说看，是不是一个事？"石景芳问。

"哦，关于李玉双被刺的事？"杨忠说。

"你的消息够快的，我也是刚刚听说。"石景芳说。

杨忠知道，鲁北行政委员会不同于他的鲁北支队，鲁北行政委员会是面向社会各阶层的，消息自然是要快一些。

"我们要抓紧成立民主政权，不能让敌人抢了先。"杨忠说。

"人选问题我们商量一下。目前我们在德县能掌握的人也只有第二游击大队里的几个。"石景芳说。

两人商议了一个晚上，决定在德县第二游击大队的基础上组建德县抗日民主政权。

经过一个多星期的筹备，德县抗日民主政权于 1940 年 4 月 12 日在九区翟家宣告成立。定下这个日子时，石景芳和杨忠对视了一下，两人都心领神会地笑了。

"这是我们对国民党反动派最好的反击。"杨忠目光坚定地望着远方。

德县抗日民主政权的人员组成情况如下：

县　长：王哲

动委会主任：武联鹏（后改名为安吉昆）

动委会副主任：张龙

民政科科长：张坤

教育科科长：崔振东

财政科科长：马致远（后改名为李培滋）

粮秣科科长：刘子光

承　审：郭德元（相当于法院院长）

游击大队改为县大队，王哲兼任大队长，武联鹏兼任副大队长

考虑到建立区政权的条件还不成熟，经与王哲他们商议后，只在敌情相对较弱的七区、八区、九区三个区任命区长，由区长负责开展工作。七区区长是于洪臣、八区区长是傅怀伦（后改名为傅经吾）、九区区长是魏维祥。每个区设两名助理员协助区长工作。

秋天来临时，德县八区、九区也相继建起了区政权。

"张连长，你过来一下。"

一连连长张建洪正在指挥新成立的县大队退出会场，杨忠叫住了他。

"一排长，出列！"张建洪叫人替他指挥队伍，然后他转身跑到了杨忠面前，立定，敬礼。

"县大队刚刚成立，把你放到一连连长的位置上，你的责任重大，不要辜负了鲁北行委和支队领导对你的信任啊！"

"请支队首长放心，绝不辜负首长的期望！"

杨忠看着这个才二十岁还满脸稚气的小伙子，满意地笑了。

"杨司令，德县的抗日民主政权建成了，下一步是如何为主力部队筹粮的问题了。你要多给我们提些意见和建议。"石景芳说着走过来。

杨忠紧盯着石景芳看了会儿，他发现这个担任鲁北行政委员会主任才三个月的地方领导的脸上已显现出了憔悴。

随着抗日战争的深入，边区民众的合理负担工作出现了不少问题，百姓有怨言，工作人员有压力。如何细化对粮食、物品的统筹，如何做好部队和地方政权的后勤保障工作，已成燃眉之急。

杨忠虽然没有直接参与这项工作，但作为部队领导，这些问题他也是知道的。听石景芳一说，杨忠马上来了精神。

"前些日子我安排人拟了份工作方案，你看一下。我想先找个县搞个试点，如果可行再全面推广。"石景芳说着把几张纸递给了杨忠。

杨忠问："周贯五政委看过了吗？"

"给他汇报过了，他也主张先搞试点。现在就是在哪里搞还没有定下来。"

杨忠想了一下，说："我看先从陵县搞吧，陵县的抗日民主政权基础好。负责粮秣科的科长王工一是个工作既认真又能干的同志，交给他，准行。"就这样，粮食合理负担的试点工作就落到了陵县抗日民主政权的头上。

"工一同志，交给你一项任务。"粮秣科科长王工一刚踏进县长吴匡五的办公室，吴匡五就拿起了桌子上的一个小本本递给王工一。

"现在上级交给我们一项任务，要求我们搞合理负担的试点，这是合理负担的相关内容、宗旨、目的、原则等全在这上面，你要依照上级要求拿出具体方案。有什么问题找战地动员委员会的王其元主任商量，他目前正在金庄养伤。"

见吴匡五忙得脚不沾地，王工一也不便多问，他拿着小本本回到了办公室慢慢研究起来。

白李张突围

王其元是在突围时受伤的。

1 月 31 日，王其元与锄奸部部长韩德正带领部分人员同三区区长马冠山、区动委会主任马龙田及区小队共六十余人在三区李庄召开全区村长会议，部署反击日军"清乡""扫荡"任务。会议快结束时，他们突然被两百多名日伪军包围。

王其元一面组织队伍抵抗，一面掩护干部转移。包围村子的敌人是由驻临邑县城的日军和盘河据点的伪军组成的，他们原本是去孟家寨"扫荡"，半路收到王其元他们在李庄开会的消息后赶了过来。王其元听到村口哨兵鸣枪示警时，日伪军离村口只有二三百米的距离了。在不到十分钟的时间里，日伪军将李庄村团团围住。村长李富告诉王其元，村南头李喜子家的地窖通向村外的一片小树林，只要大家撤到李喜子家就能突围出去。到李喜子家要穿过村中央大街和一条胡同，而此时敌人已窜至大街上。王其元和韩德正他们商量后，认为李喜子家的地窖是成功突围的唯一通道。于是王其元叮嘱大家无论付出多大代价也要把四十多名地方干部安全转移出去。他让韩德正率县动委会的人员迅速迂回到村子西头吸引敌人，他自己和马龙田率区武工队负责掩护村干部转移。

听到韩德正那边枪响后，王其元他们开始转移。他带领大家来到大街上时，一小队日军正向这边开来。日军发现了他们，武工队队员的几枚手榴弹没能阻止日本人的疯狂追击。大伙被堵在一条狭长的胡同里，转眼间就有两名战士被子弹击倒。王其元认为这样拖下去一个也突围不出去，便要求战士们把手榴弹集中起来一起投出。就在这时，他发现村东口又有大批的日伪军朝这边奔过来了。

"王主任，你带着干部们先撤，这里交给我。我喊一二三后，大家一起把手里的家伙投出去，然后你们就迅速往街对面跑。"

马龙田不等王其元同意就发出了命令。在一阵手榴弹的爆炸声中，马龙田率几名队员迎面扑向了敌人。王其元率领大家趁机迅速穿过大街，跑进了对面的胡同里。待他回头招呼马龙田不要恋战时，却看见硝烟里的马龙田身子晃了晃，一头栽倒在地上。

王其元一阵悲痛，但他顾不了那么多，忙令跟在后面的队员做掩护，他带着大家迅速奔进了李喜子家里。大家刚刚进入地窖，就听到敌人也跟进了院子。王其元屏住呼吸，有序地安排人员由地窖进入地道。这时，李喜子家院外突然响起了枪声，日军听到枪响后哇哇叫着跑开了。

躲在地窖内的王其元长长地舒了一口气。连接地窖与村外壕沟的地下通道虽然只有十几米长，但非常狭窄，有的地方身子刚能挤过去。王其元觉得肩胛隐隐作痛，他在黑暗中用手摸了一把，感觉手上黏糊糊的，他意识到自己可能负伤了。

他们爬出洞口后，穿过一片茂密的杂树林，来到了一条干涸的小河中。王其元让大家躲在河床上雨水冲出的几条壕沟里等韩德正他们来会合。在为成功冲出敌人包围圈感到庆幸的同时，王其元想起了李家村的村长李富。在人群中他没有找到李富。通信员樊仁杰告诉他，李富没有跟进洞里。马冠山想李富是本村人，留下来也说得过去。大约过了一袋烟的工夫，还是不见韩德正他们的影子。王其元认为这样等下去会有危险，于是和马冠山一起带着大家向李家村南边的白家村转移。队伍刚进到村里，四周就响起了枪声——他们再次陷入了敌人的包围圈。

王其元感到事态严重，他召集大家躲进了村头一个废弃的院落，并做了一次简短的动员："看来敌人这一次是早有准备，我们再这样聚在一起是很难冲出去的。

大家要利用熟悉地形的优势，能突围的尽量突围，实在不能突围的，就分散藏进老百姓家中。"话未说完，院子外面负责警戒的马冠山他们就与敌人交上了火，密集的子弹在他们头上发出嗖嗖的响声。

"马上散开！"王其元刚说完，大家四散而去，王其元带着通信员樊仁杰也消失在村子里。

一个小时后，他们俩被敌人追着跑进了帽张村。刘世清老人正在自家院子里干活，看到他俩跑进来便明白了是怎么回事。他领着两人来到后院的两间柴草棚子里，然后把他们藏进了棒秸垛里。老人刚回到前院门口，两名日本兵就赶到了。他们冲刘世清叽里呱啦喊了一通，老人惊恐地望着他们直摇头。敌人一把把刘世清扯开，然后冲进了院子。就在这时，村外传来了一阵密集的枪声，两个日本兵在院子里扫了一眼后慌忙跑出大门。

下午四点后，敌人开始撤退。被打散的人也于晚饭后陆续赶到穆家集合。

"区长马冠山在白家突围时牺牲了。"有队员告诉王其元。

怕听到的消息还是听到了，王其元悲痛欲绝。过了好大一会儿，他才抬起头来，问："韩部长呢，韩部长怎么还没回来？"又有队员说："韩部长刚要进到李喜子家时，突然发现村长李富和几个日本人在大门口，他猜你们可能有危险，于是就想引开日本人，朝日本人开了枪。韩部长他们被敌人追着跑进了一条死胡同，在掩护其他几名队员翻墙逃走后，韩部长拉响了手里的手榴弹……"

在这场突围战中，他们牺牲了一名锄奸部部长、一名区长、一名区动委会主任、十二名队员，成功保住了三区四十多名干部。

"代价太大了。"养伤期间，王其元每每回想起这次突围，就一个人在那里自言自语。突围的第二天，他让人把李富带到了他面前。还没问两句，李富就承认是他酒后不小心把村干部开会的消息透露给了一个在盘河据点当伪军的远房亲戚。看到敌人把村子包围，他意识到有可能是自己闯下了大祸，便努力想办法让大家都逃出去。在李喜子家门口，他拦住了追击的鬼子，他的那位当伪军的亲戚也拦住了日本人捅向他的刺刀。那位亲戚跟日本人耳语了几句后，日本人朝他竖起了大拇指。就在那时，韩德正他们赶到了。

问清了事情的来龙去脉后，王其元命人把李富关进了一间小黑屋，等待有关部门处理。自觉罪孽深重又无脸面见乡亲父老的李富，趁看守队员没注意，当天晚上就上吊自杀了。

粮食合理负担

随着"张国基团"被歼灭，德县及周边的抗战形势曾一度好转。时下，日军在陵县与临邑之间设的据点只有神头的孙禄还村和靠近临邑的盘河镇，两据点南北相距差不多十五公里，与陵县县城的驻军形成了三角形。敌人大规模"扫荡"时，三处敌人往往一起出动，因为这样"扫荡"的范围可以更广。

根据鲁北支队的统一部署，吴匡五要率县大队赴外地执行作战任务。王工一透过窗户看着院子里匆匆忙忙准备出发的县大队人员，思考着县长刚刚交给他的工作。"合理负担"这个词，他过去从未听说过。他想，既然上级让他做这项工作，那就是相信他有完成的可能。不断有人进屋找他问这问那，因为县大队转移过程中的给养需要他提前准备好。把吴县长和县大队他们送走后，他静下心来把那个小本本反反复复研究了十多遍。本本里的大体意思是：根据每个农户的人口、种地亩数等因素确定农户合理负担民主政权的粮食征收数额。其中要考虑的主要问题是人口数量的界定、种地的基本亩数和军属、烈属及伤残人员如何减免等。

王工一先在三洞河村进行了调查摸底，根据村民的实际情况，他在纸上画了张草图，然后涂了画，画了又涂。将近黎明时分，一张表格及文字说明终于完成了。

户主姓名	原有习惯亩数				折习惯亩数	全家人口	不负担的基本地	基本地外的人均亩数	累进负担亩数	全家负担亩数
	一等地	二等地	三等地	习惯亩数						

粮食合理负担表表头

图表说明：

①全家人口：除当伪军的人以外的所有人员（包括在国民党部队当兵的人员和政工人员）一律算在全家人口以内。

②不负担的基本地：每人有一市亩地可以不被列入负担亩数，这类地就叫作基本地。

③减免亩数：军属、烈属，鳏寡孤独者或伤残人员等无力负担人群的土地。具体数字要经过群众选举的评论委员会讨论，并在群众大会上宣布后才算确定。

第二天，王工一赶到金庄王其元的住处时，王其元正在院子里伸展着身体。经过一个多月的休养，他肩胛处的伤口愈合得很好。若不是房东李大娘总是念叨着"伤筋动骨要一百天才行，否则会落下后遗症"这句话，他十多天以前就回到县上了。

看到王工一，王其元兴奋起来。他接过合理负担的表格认真看着，然后思索了一会儿说："陵县各地的抗日民主政权建成还不到一年的时间，大家伙儿的思想认识还有待提高，在工作中可能会出现这样那样的问题，你要做好思想准备。另外，一些反动势力会趁机煽动不明真相的群众阻碍粮食合理负担工作的开展，这些问题我们也必须提前想到。"

王其元的一席话无异于给满怀信心的王工一当头浇了盆冷水，王工一的脸上立马露出了难色。

王其元看到后又赶紧说："我是让你要有必要的思想准备，情况也有可能会比我们想象的好很多。只要我们提前想周全了，再一步步稳妥地走下去，那就什么困难都可以解决。"说完，王其元笑着拍了拍王工一的肩膀。王工一放松下来。

"我们从哪里开始比较好？"王工一问。

"先找个条件相对好点的村子搞试点，积累经验，然后再在区里推开，最后在全县开展。吴县长不是说了吗，这是鲁北行政委员会让搞的，等经验成熟了，就会在鲁北全面展开。"

两人商定把合理负担工作的试点定在三区的罗院村。罗院村位于三区、四区的交界处，是陵县东部抗日根据地的腹地，远离交通干道，党的群众基础也比较好。这一带刚刚经历了日本人的"扫荡"，村民目睹了我党为掩护村干部转移做出的牺牲，所以在这里开展工作应该相对容易些。

王工一把表格油印了几十份，然后分发到罗院村的各家各户。其他村子的村长听到消息后，不甘落在后面，也找王工一要表格。王工一的工作量一下子大了起来，他想找人把表格刻制成木版，然后印刷，这样比油印方便，因为油墨是日本人当前严格控制的物资。

刻木版这项工作要求操作的人不仅政策性强，还要有一定的文化水平。面对即将展开的大量工作，王工一本想举办培训班，让更多的人加入进来，这样很快就能在全区普及。但政府里抽不出人来。他只好从民间找，但在动员过程中遇到了麻烦。村里稍有些文化的人大都是有钱人家或乡绅之类的，他们一方面存在对抗日民主政权的抵触情绪，一方面又慑于日本人、汉奸的淫威不敢干这份工作。

刻木版必须要找有文化的木匠才行。村里的木匠不少，但认字的没有。十多天后，他才在盘河附近的村里找到了一个外号"铁公鸡"的木匠。王工一是提着二十斤小米去的，老头戴着一副断了腿的眼镜，看着挺斯文的，说话慢声细语，天上地下知道的事不少。"铁公鸡"满口答应，可七八天过去了，一点动静都没有。王工一隔两天就去一次，可"铁公鸡"却总是敷衍。后来有村民告诉他，"铁公鸡"是嫌东西少。于是他又提了二十斤小米送去，人家这才开始刮板子。过了两天王工一又去，人家还是在刮板子。就这样，前前后后花了一个月的时间，他把小米追加到了一百二十斤，才拿回了木版。木版上面的字歪七扭八的，好在还算是清楚。事后王工一才知道，"铁公鸡"根本没读过书，他眼睛近视是家族遗传。他识得的那几个字都是现学现卖，因为嘴皮子功夫深，所以忽悠了一批人。但不管怎样，木版是刻出来了，算是解决了一个大问题，这让王工一稍喘了一口气。

接下来是如何印刷的问题。王工一把这个活儿交给了五十九岁的郑永旺。

郑永旺在陵县县城皈依殿里印过经卷，那里有一套现成的工具。皈依殿里的道长是民国政府任命的，也是位爱国人士。当王工一和郑永旺去殿里找道长说借印制工具一用时，道长不但痛快地答应了他们，还给他们带足了印制水彩。为防敌人发现，道长还亲自送他们出城门。

郑永旺负责印，其他几个人负责到各村发放登记表，负责登记的人员还负责宣传工作。登记表每天能印几百份，印得多了，郑永旺就和其他人一起去各村开展登记工作。罗院村及附近的几个村子的工作就这样慢慢开展起来。他们白天工作，晚上聚在一起商讨出现的问题及应对的办法。后来，工作范围不断扩大，有的村子要走五六公里，于是就改成了一周讨论一次，但发现问题随时聚。再后来，各区提出要派人来学习，王工一就向王其元提出集中培训，以星火燎原的方式燃遍全县。培训班结业时，王工一要求大家先回到自己的村子开展工作，先把自己家的土地核实清楚，然后公开给大家，这样后面工作起来才能有底气。在三区、四区，村民们从这项工作中见识到了共产党人办事认真、大公无私的工作态度。党的威信不断提高，合理负担的工作开展得也越来越顺利。

皂户阳、南张、于文林几个村庄在日军的孙禄还据点附近，不能大张旗鼓地开展工作，所以王工一把重点锁定在了赵马拉村。

赵马拉村位于罗院与孙禄还据点之间，南距罗院三公里远，北距孙禄还据点五六公里，是一个拥有七百户人家的回族村子。半年前，吴匡五县长安排时任县大队一分队队长马乾修（临邑赵家乡老马家村人）到赵马拉村动员青壮年参军，以壮大我抗日武装力量。经过一段时间的工作，村子里的热血青年冯永利、冯万忠、夏登奎、赵贵清、赵元胜、王顺福、李金德、白光山等穿上了军装。这些人被编成了一个小队，马乾修任小队长。当时，县大队刚成立不久，人员装备都非常落后，很难开展有效的抗日活动。吴匡五县长向鲁北支队的杨忠、龙书金汇报后，两人都觉得这一带回族兄弟多，他们打仗勇敢、作风顽强，如果在这一带建立起一支相对独立的回族武装，对抗日斗争是非常有利的。于是，在请示冀鲁边区领导后，他们随即派了边区回民救国总会青年部部长、老家在德平县崇兴街的李玉池回家乡协助建立武装队伍。李玉池回来后，找到了赵马拉村的回宝仁，两人一同到村里发动群众参加抗日。不久后，一个以赵马拉村青壮年为主的陵县大队回民中队就成立了。李玉池任队长，马乾修任指导员。因为这支队伍的出现，赵马拉村成了日本人眼皮底下的秘密保垒村。

敌人了解到赵马拉村加入抗日队伍的青年多，与抗日干部来往频繁，于是村子成了"扫荡"的重点。王工一把这个村子的合理负担的普查工作拖到了最后。

根据掌握的情况，据点里的日本人一般在上午 10 点左右出动。于是王工一带领六名工作人员在天不亮时悄悄进入了村子，然后藏在了回宝仁家里。

在白李张突围中，子弹在回宝仁的屁股上划出了一道十多厘米长的伤口。这位性情豪爽的热血男人这一个多月来一边养伤一边发动村里的青年参军参战。其间，李玉池也曾捎口信问他村子里几名青年的思想情况。前些日子，李玉池到赵马拉村做参军动员工作，中间突然有事离开了村子。他希望村里的青年能早日加入武装队伍。回宝仁回信说工作做得差不多了，月底就能送他们去德平附近找队伍。此时，回民中队已经升为独立大队，在德平一带活动。回宝仁养伤的一个月，几乎有一多半的时间是在下户做工作。他心想，幸亏有这项工作做，不然一定会闷出病来的。

在王工一到来之前，回仁宝已把村民的合理负担工作调查摸底完毕，只等在表格上填写了。在回宝仁家里悄悄完成这项工作后，已是上午 10 点，派去村口放哨的村民回来说据点里的日军没有出动。王工一与回宝仁对视一下，马上安排两人一组，去紧挨着据点的其他三个村子开展工作。

午后 3 点不到，三个小组陆续返回罗院村。至此，农民合理负担的工作在三区、四区根据地全部完成。

第三天，日军突然来到了赵马拉村，说要搜查藏在村子里的八路军。他们先奔向回宝仁的家里，后又在村子里折腾了一个多小时，一无所获。这时，回宝仁已经带着通信员冯希玉和另外几名参军的青年走上了去德平的路。

粮食合理负担的工作在陵县试点成功后，迅速在整个冀鲁边区推广开来，此后，根据地的武装部队及抗日民主政权有了稳定的物质保障。为此，山东省战时工作推行委员会在总结陵县经验的基础上，要求各地党政部门组成由地方和军队共同组织的各级合理负担委员会，同时要求各委员会在当地抗日民主政权的领导下，统一粮食的筹划、分配，并要求部队派人协助抗日民主政权征粮；粮食征得后，由抗日民主政权直接拨付给部队；部队每到一个新的地方，必须通过当地抗日民主政权筹粮；驻防三天以上，须将驻防日期和用粮数量报当地抗日民主政权统一筹办；战斗环境下的临时筹用粮秣，亦须在战斗结束后与当地抗日民主政权重新结算。同时，还实行预决算和支取粮票的制度，要求主力部队以旅或支队为单位，地方单位以专署武装科为单位，每三个月报预算一次，每月报决算一次，然后领取粮票下发部队，部队凭票到县、区抗日民主政权指定粮食机关或粮库领取粮食。部队自做自食，不得以生换熟、以粗换细；战斗环境中必须换熟时，得通过乡村政权按规定兑换。因公出发人员须有证明文件才可凭粮票向民间换取熟食。

粮食合理负担的工作圆满完成后，鲁北行委主任石景芳对王工一的工作大加赞赏。一次，石景芳当着王工一的面对吴匡五说："王工一同志，下一步还要重用啊。"王工一听后有些不好意思，他想起了为这项工作牺牲的通信员小姜。一天，王工一随通信员小姜一起去德县八区的王集村协助处理瞒地户问题。这本是一个矛盾尖锐的问题，但王工一恰恰疏忽了这一点。工作一天的王工一感觉很累，他没去积极分子的家里住，而是睡在了工作点上。对合理负担工作有意见的瞒地户跑到了徽王据点向敌人打了报告。敌人把小姜抓了去，王工一因睡在工作点躲过一劫。不久，就传来了小姜牺牲的消息。王工一懊悔地说："工作还是存在不细心的问题，小姜的牺牲本来是可以避免的。"

王兆曾的枪

锄奸部部长韩德正牺牲后，王其元失去了左膀右臂。在养伤的过程中，他请求上级尽快派干部来补上这一职位。不久，上级就派了刚刚从冀鲁边区抗日军政学校结业的王兆曾来陵县战地动员委员会任锄奸部部长。

王兆曾，化名王永庆、王兵山，原章丘县祖营坞村人。1935 年，十七岁的他高小毕业后随父兄来到陵县，先后在县城南街和神头街开办过"德生堂"中药店。1939 年夏，八路军东进抗日挺进纵队路过神头时，他瞒着父亲参加了抗日宣传队，后被送往乐陵的冀鲁边区抗日军政学校学习，在校期间加入中国共产党。

王兆曾的个头不高，但很干练，举手投足间透着一种机智。交谈过后，王其元对王兆曾十分满意。

"我八路军主力到外围作战以后，冀鲁边区的抗日形势日趋紧张，鬼子陆续在陵县增加了几个据点。在几次大的扫荡后，我党的武装组织已全部转为地下活动。一些敌伪顽劣借机蠢蠢欲动，过去那些摇摆不定的投机分子已有一部分倒向了敌人那边，给刚刚成立的各级抗日民主政权造成了一定损失，人民群众中也滋生出了一些消极情绪，当务之急是要给汉奸以迅速打击。"王兆曾静静地听着王其元对抗战形势的分析。

初夏，小麦马上要开镰，庄稼人在做着各种准备工作。适逢神头街大集，集市上的人比往常多出了不少。在集市的东北角，有一家挂着"仁和"幌子的酒馆，是县城马厂街张成老板所开的仁和酒馆的分店，平时由弟弟张和打理。张和与哥哥张成一样，人实诚，好交友，生意上童叟无欺。但与哥哥相比，张和的思想更活跃，他总想出去闯闯。父母早亡，长兄为父。"自家生意红火缺人手，哪有出去的道理？"哥哥张成不同意张和出去，神头街的分店也一直是张和在打理。张和想想觉得哥哥说得在理，也就安下心来。东进抗日挺进纵队从神头路过时，张和又动心了，一来二往，就和在于志良队伍里的地下党员李青山建立了密切联系。李青山给他分析了对敌斗争的形势，鼓励他继续把酒馆开下去。半年后，李青山介绍张和加入中国共产党。之后，他以酒馆做掩护为我军提供附近日伪军的一些动向，同时也为我军传递一些"于团"内部的消息。

王兆曾从王其元那里领了任务后，首先想到的是张和。上个集他从张和那里得到消息，说孙禄还据点里的伪军小队长王秃子在县城的怡红院找了个相好叫大凤，大凤的娘家在孙禄还据点附近的某个村子里。每次大凤回娘家，王秃子都会提前一天接她来张和的仁和酒馆吃饭住宿。王秃子在附近一带欺男霸女不说，每次日本人"扫荡"，他都跑在队伍的最前面。

附近村子的人一提起王秃子就又恨又怕。自王秃子第一次去大凤家后，大凤娘在村里就再也抬不起头来，她逼大凤断了和王秃子的联系。王秃子不敢在村里露面，每次都是把大凤送到村口，第二天再接回去。王秃子为了炫耀自己的本事，几天前在酒馆里说麦收前要随大凤回家看丈母娘，他还让张和帮着置办些咸鱼、粉皮、海带之类的食品，说好了下个集去取。

王兆曾想第一个拿王秃子试刀，因为他在神头一带也算"名人"，有影响力。

近晌午时，王兆曾来到酒馆，跟张和打过招呼后便找了一个角落坐下。张和借端水之际告诉王兆曾，王秃子还没到，但估计也快了。两人正嘀咕着，王秃子一挑门帘进来了。

"张老板，张和张老板。"

"来了，来了！"

听到喊声，张和赶忙迎过去。王秃子顺着张和的身影向王兆曾那边望了一眼。四目相交，王秃子眼很贼，顿时一个激灵。

"又添新客人……"说着，他便往王兆曾那边走。就在这时门外传来一阵骚动。

先是女人"哎哟"一声，接下来便是哭声。

王秃子赶紧退到门外。

"咋回事，咋回事？"

"队长，这老东西的锨把把大凤给绊了。"一名伪军上前对王秃子说。浓妆的大凤正蹲在地上，用手揉着脚踝。王秃子把俯下的身子直起来，转身吼道："这是你娘的摆摊的地方，我'崩'了你个老东西。"王秃子上前一步，一把薅住了正弯腰收拾农具的老汉的衣领。老汉吓得面色苍白，浑身发抖。王秃子想了想又松开了。

"收了，收了。中午的饭钱算你的了。"王秃子转过身对另一名伪军说，"二子，看着他点，别让这老东西跑了。"

说完，他扶着一瘸一拐的大凤进了酒馆。张和赶忙过来把王秃子一行领进雅间。进屋前，王秃子朝王兆曾这边又瞟了一眼。

张和还没安顿好，一个伪军手里捏着几张钞票跑了进来。

"队长，老东西兜里就这么多。"

"这个老王八蛋，打听他是哪个村的，日后上门取。"

"王队长不生气，不生气，今日这顿饭算我的，就当给夫人压惊了。"张和赔着笑脸。

"谁是他夫人，他家里的还没休呢。"大凤坐在一旁娇嗔地说。

"收完麦子咱就休。"说完，王秃子向着张和做了个鬼脸。

"对了张老板，客房收拾得咋样了？屋子还潮不？"

"一切妥妥的，要不让这位老弟上去检查一下？"

"二子，上去看看。"

那个叫二子的刚想转身，张和又说："不满意的话可以把床挪到南面靠窗的位置，北墙有些阴凉。"

"行，你看着弄吧，别误了我的好事就成。"

张和对一脚门里一脚门外的二子说："叫上你那个弟兄，一起上楼把床抬了。"

张和说完出门，王秃子让他关门时把门留出一条缝隙。

看到两名伪军跟着张和上楼后，王兆曾便起身朝王秃子的雅间奔去。当他推开虚掩着的房门时，发现大凤正惊慌失措地望着半开的窗户。王兆曾一步跨到窗台上，向窗外观察。

楼上，张和让两名伪军把枪放下再去抬床，随后张和把枪随意地倚到柜子一侧，没放稳的两支枪倒向了柜子和墙的夹缝中。

两个伪军刚把床挪过去放好，就听见窗外咚一声响，像是什么东西掉在了地上。他俩把头探出去看，发现王秃子正晃着光光的脑袋在一片残垣断壁处跑着、跳着。二子问："是不是大凤跑了？"另一名伪军说："有可能，来时大凤那么不情愿，若不是队长掏出枪，说不定人家还真不来了。"

这会儿他俩看不到光光的脑袋了。

"要不咱下去看看。""你看啥，人家两口子的事。"两个伪军站在窗前你一句我一句地说。

他俩朝着秃头消失的地方仔细搜寻了一会儿，发现脑袋在另一个地方又出现了。就在这时楼下响起了枪声，光亮的脑袋一下子消失了。两人等了好大一会儿，却再也没有等到光脑袋出现。

两人惊呆了，待楼下响起了吵嚷声，他俩才回过神来。他们忙跑到柜子边拿枪，枪却卡在了缝里，拿不出来了。就在这时，王兆曾的枪口顶在了二子的脑袋上。

"别动！"

二子本来是蹲在那里抽枪的，听到喊声后马上换了个下跪的姿势，另一名伪军瘫在了那里……

经过一番教育，这两名伪军返回了据点。他俩如何"机智"地躲过一劫，王兆曾枪法是如何准，飞出的子弹会拐弯等精彩情节被这两人说成了评书。

在仁和酒馆击毙汉奸王秃子后，王兆曾又把目光瞄向了另一个民愤极大的汉奸。

吉古寨是陵县与临邑交界处的一个有两千多人的大村落。村里有一个匪团，团首何狗子是个尽人皆知的专帮日本人祸害百姓的铁杆汉奸。但百姓认为最坏的是他的狗头军师李怀水，因为匪团所干的一切坏事都是李怀水策划的。

在得知吉古寨眼下只有李怀水和七八个土匪时，王兆曾认为铲除汉奸的时候到了。当天夜里，他带着两名战士用刺刀拨开了土匪驻守的院门。此时几名土匪正围着一张八仙桌玩牌。

"都别动，我是王兆曾，是专门来找李怀水的。"说着两名战士已把被窝里哆嗦成一团的李怀水拖了出来。

有个土匪钻到桌子底下试图掏枪，王兆曾隔着桌子抬手就是一枪，一声惨叫后那人没了声息。剩下的几名匪徒不敢再有动作，乖乖地缴了枪。李怀水被两名战士拖到了村外一枪结束了性命。

从此，陵县的汉奸听到王兆曾这个名字都会不寒而栗。人们把王兆曾传得神乎其神，有人说他有变身法力，若远远地看到一位陌生老太太向你走来，千万别相信自己的眼睛，因为那有可能是王兆曾。也有人把王兆曾手里的枪描述成了神枪，说枪口只要指向了敌人，无论敌人如何躲，都躲不过死路。

其实王兆曾手里拿的就是王其元给他的一把普通的二十四响驳壳枪，只不过王兆曾的枪法很准。他的枪法在冀鲁边区抗日军政学校的学员里是出了名的。

生命的第二十二个春秋

四区位于陵县抗日根据地的中心地带，锄奸的重要性，区委书记李晓瑞是心知肚明的。为配合全县的锄奸工作，区武工队成立了由李晓瑞任组长的五人锄奸小组。

一天，他来到三洄河村布置任务。

"王部长击毙汉奸王秃子的故事太精彩了，啥时候我们也跟着过过瘾？"洄河乡中心支部书记、洄河乡抗日自卫队教导员魏立勋一见到李晓瑞开口就问道。

"全县铲除汉奸的活动开始后，社会反响很大，老百姓拍手称快。上级要求把这项活动开展得轰轰烈烈，要动员广大民众一起参与进来。今天我来就是商量这事的，你们洄河乡也要行动起来，要配合区锄奸小组的工作。"

听到这儿，魏立勋立马说："李书记你快下任务吧。"

"你们洄河乡也成立一支锄奸队伍，然后从附近村子中筛选要惩治的对象。对那些完全投靠日本人的铁杆汉奸，必杀；对于那些拿不出投敌证据，但和鬼子伪军有来往的要警告一下，给他们点颜色看看。"

因锄奸工作要求行动快，保密性也很强，如果从不同的村抽人，不便于行动。经讨论，他们觉得锄奸小组的成员最好是集中在一个村，那样既便于联络，又能借一起赶集、下地、串亲等机会开展活动。他们在抗日骨干中挑出了魏立全（此时已接任支部书记）、王秀德、魏玉良、魏永太、盛云杰等八人成立锄奸小组，指定魏立全为组长。

当天魏立勋就把这些人召集到了一起。魏立勋做了一番动员后，大家开始讨论锄奸对象，最后他们把目标定为碱场店街的唐麻子、尚家庵的乔公明、王寨村的王丰昌及本村的魏乃厚等人。唐麻子以日本人为靠山，吃喝嫖赌，无恶不作。乔公明和王丰昌都是本地的财主，他们明里扮好人，暗里与日本人沆瀣一气，仇视抗日民主政权。魏乃厚则是"有奶便是娘"，他先是当土匪，后混进抗日队伍，最后又跑进县城当了伪军。李晓瑞看了报上来的名单后只说了一个字："杀！"

这几个人除了唐麻子是在集市上闲逛时被锄奸队处决的，其余几人均费了一番周折。

魏乃厚在县城做伪军，是在回村的路上被锄奸队处决的。其间，锄奸队员还碰上了慌慌张张要赶到县城为其报信的魏兆祥。原来这个平日里敲诈勒索乡亲的"坏人"早就跟魏乃厚一起当了汉奸。因为起初的汉奸名单中没有魏兆祥的名字，杀与不杀，魏立全拿不准。

"他已经通过魏乃厚把村里的抗日信息送给日本人两次了，这还不枪毙?"王秀德手持盒子枪，对着魏兆祥的脑袋把牙咬得咯吱咯吱响。几个人合计了一会儿后把魏兆祥拖到了魏乃厚的尸体旁，魏兆祥为了保命又供出了曾和他一起给日本人送信的魏信。

在魏信的家里，看着黑洞洞的枪口，魏信吓得尿了裤子，跪在地上不停地求饶。因为大家都是一个村的，所以他们没有惊醒熟睡中的魏信家人，只把魏信拖出家门处决了。

铲除乔公明和王丰昌都是在区武工队的配合下，与他们各自的护院经过短暂的枪战后完成的。

处决了王丰昌后，王家的佣人和长短工走的走、散的散，王丰昌的两个小老婆也各自回娘家去了，宽大的院落里只有大老婆带着两个孩子。区抗日民主政权把王家大院的一部分房产暂时征收当作区工作人员的临时落脚点。

干完这几个大活后，李晓瑞他们乘胜追击，又在二区、三区、四区选定了七名汉奸作为铲除对象。他们三人一组两人一伙，或在集市上，或在田地里，或打入敌人的据点，或入户家中，有时白天，有时黑夜，问题轻的先警告，问题重的当场解决。李晓瑞和他的锄奸队越干越有劲。一天，他接到线报，说临邑城的伪警察所设在城东门外的一处民房里，大约有十几名伪警察，晚上都住在那里，不许回家。

临邑城里的伪警察专门帮日本人干坏事，他们四处打探抗战人员的消息然后转送给日本人，引起的民愤极大，李晓瑞早就想敲打他们一下了。在得到线索后，李晓瑞觉得这是个机会。

"和王丰昌相比，伪警察是另一种汉奸，端了伪警察所，影响力应该会更大。"出发前，李晓瑞做战前动员。晚饭后，李晓瑞带着七名队员悄悄向临邑城东进发。

五月的天气，清爽宜人。他们穿行在麦田间的小路上，健步如飞。五六公里的路程不知不觉就到了。

伪警察所在县城外的城墙根下，整个村子只有那里灯火通亮。李晓瑞他们向目标快速地靠近，还没靠近院子就听到了里面的划拳声。

下午，伪警察所所长高占武把一名教书先生送到了刚刚"扫荡"回来的日本人手中，得到了一番褒奖，所以他没让所里的伪警察下班回家，而是畅饮了一个晚上。这也是李晓瑞得到消息后决定当晚采取行动的重要原因。

近半年来，日本人"扫荡"越来越频繁，弄得整个冀鲁边区鸡飞狗跳。他们还新建了很多据点炮楼，从陵县县城至临盘就依次建了活佛庙、李百都、王还子、凤凰店、大吕家、王明宇、钟家寨、郑家寨、大单家九个据点。

紧张的斗争形势，让这伙伪警察误以为现在已是日本人的天下，所以做起事情来也是肆无忌惮。

李晓瑞他们翻墙进入院子，在抵近屋门时被一名从厕所出来醉得东倒西歪的家伙发现了。醉汉的一声喊叫惊动了满屋子的人，李晓瑞一个箭步撞开了半掩的屋门，同时将两枚手榴弹掷到了酒桌上。

这些伪警察都喝得不成样子了，大都没了反应。除在门外的那人是用刀解决的外，屋里的十二个人都是当场毙命。处于兴奋中的高占武死得最惨，他眯着眼睛往前探着身子，想要看看那个"嗞嗞"冒烟的东西到底是啥，结果手榴弹响了，他的脑袋瞬间开了花。

从那以后，日本人不但注意上了王兆曾，也开始关注李晓瑞了。

为了李晓瑞的安全，组织上调他去临邑南部开展工作。在日军的一次"扫荡"中，由于叛徒告密，李晓瑞不幸被捕。三天的严刑拷打没有让李晓瑞透露出半点关于党组织的秘密。日本人知道李晓瑞的重要性，只要撬开这位共产党基层党组织负责人的嘴，整个陵县四区的地下党瞬间就会被铲除。为此，临邑城的日本队长专门从省城济南请来了审讯专家。他们使用了各种手段，用了各种刑罚，但都无济于事。时间一天天过去，他们始终没能从李晓瑞嘴里得到半点有价值的东西。最后，日本人放出狼狗将年仅二十二岁的李晓瑞活活咬死。

"王大胆"

一心想报白李张突围受伤之仇的王其元，在伤还未痊愈时便开始了行动。他白天出行常骑一头小毛驴，有时扮成教书先生，有时扮成看病郎中，有时扮成花花公子。出行时，礼帽、墨镜、黑衣长卦是标配，且每次都有小生跟在后面，小生的人数依装扮的身份而定。他出现过的集市村庄，凡是身上有人命的汉奸，人头接着搬了家；没有人命但跟日本人有联系的，重者缺胳膊少腿，轻者鼻青脸肿，且此后鲜少露面。大的锄奸行动一般安排在夜晚，行动人数根据实际情况，少时六七人，多时二三十人。随着日本人的据点越来越多，王其元的活动机会也越来越多。在汉奸经常出没的地方，王其元会神不知鬼不觉地出现。为此，乡亲们为他送了个绰号"王大胆"。至1940年夏，王其元领导的这支锄奸队已发展到一百多人，编制为一个连队，连长杜仁玉，指导员韩小虎，连下面设三个小队，一小队队长赵汉英，二小队队长刘洪章，三小队队长董玉珍。部队在陵县、平原、禹城、临邑四县交界的马腰务一带驻防。在敌人"扫荡"频繁时，白天他们和敌人转圈子，保存力量，晚上就寻机袭扰敌人，打了就走，让敌人不得安宁。

一天，日伪军去"扫荡"，他们绕着大沙河跑了三个来回。听说带路的是林子街据点里的伪军时，王其元就想晚上杀它个回马枪。

"杀鸡焉用宰牛刀，这点小事我们小队就办了。"一小队队长赵汉英对连长杜仁玉说。

王其元对杜仁玉说："战士们跑了一天，都很疲惫。选上十五名精兵强将去，要身体素质好的。"听说晚上有任务，战士们个个来了兴致，纷纷要求参加。

下午，王其元带部队秘密宿营在王奉昌的后院，那里离林子街只有不到7.5公里的路程。晚上10点左右，部队趁夜色进入林子街以南的霍家村北后，留下几名战士由杜仁玉带领，另一部分战士由王其元自己带领着绕到了林子街北面。

估计王其元他们已经到达预定位置后，杜仁玉命战士们冲炮楼开了十几枪，然后喊了一阵冲杀。炮楼里马上传来了密集的枪声，炮楼里的枪声刚停下来，北面又响起了枪声和冲杀声，敌人的枪口又调向了北面。就这样南北交替开火，敌人顾此失彼。王其元趁机带着两名战士快速潜到了敌人炮楼的东墙根处等待时机。

又一阵枪响过后，两名伪军摇晃着走出炮楼，嘴里还不停地叫着王其元的名字大骂着。一人说："骂吧，再骂让你明天出门就碰到'王大胆'。"躲在暗处的王其元差点笑出声，心想，这次等不到明天了。伪军的说话声在不远处停下，接下来是哗哗的撒尿声。探照灯射过来了，伪军的身影一清二楚，王其元手里的枪跟在探照灯的后面响了两声。等炮楼上的日本人回过神来时，王其元他们已经撤出了危险地带。

为了夜里行军不被敌人发现，他们把部队里的那匹白马用炉灰染成了黑色；为了迷惑敌人，战士们把鞋子倒过来绑在脚上，或者让骑自行车的战士在车子后面绑上一把扫帚，把行军的痕迹扫掉。秋天，随着青纱帐起来，据点里的日本人晚上也不敢外出了，黑魆魆的青纱帐里一有响动，他们就射出无数子弹。王其元知道这一情况后，就找了几条狗藏在据点四周，在夜里轮流着突然叫上几声，这样子据点整宿就变得热闹起来了。

"忠"　与　"孝"

1940 年初，国际国内形势都发生了很大变化。中国的抗日战争正处在战略相持阶段。日本帝国主义自身兵力不足，且我党领导下的敌后游击战争广泛开展，日军不得不停止对正面战场的进攻，把对国民党统治集团的政策由武力进攻转变为政治诱降和经济拉拢。国民党顽固派投降反共的倾向日益明显，国民党内以汪精卫为首的亲日派公开投降日本，而以蒋介石为首的亲英美派消极抗日、积极反共。国民党顽固派在军事战线上向八路军发动进攻的同时，在政治战线上和思想战线上也发动了攻势。

"毛主席的这本书有力地驳斥了国民党顽固派关于抗日战争和中国前途的种种谬论，纠正了党内外某些人的糊涂思想，鼓舞了全国抗日军民的革命士气，有力地推动了中国革命的发展。"

这是吴匡五组织大家连续学习的第三个晚上了。他左手用绷带吊着，右手举着书。翻页时，需要把右手放下来，在左手的协助下才能完成动作。

冲出了日本人的"扫荡"包围后，吴匡五利用熟悉地形的优势，率领大家连续转移了两天两宿，终于摆脱了敌人的追兵。极度疲惫的部队马上找地方放松休整。

"大家再坚持一会儿，到了目的地就能彻底休息了。"在离马腰务村不到十公里时，吴匡五给大家鼓着劲。但他感觉自己的身体已达极限，他的眼睛很难再睁开，最后人从马背上摔了下来……

马腰务村与陵县和平原两座县城的距离均为二十公里，三点组成一个等边三角形。马腰务村位于陵县、平原、禹城、临邑四县交界的地方，相对较安全。吴匡五觉得应该利用短暂休整的机会抓一抓部队的思想教育，手里的这本《新民主主义论》就是最好的学习内容。《新民主主义论》是 1940 年 1 月 9 日毛泽东同志在陕甘宁边区文化协会第一次代表大会上的讲话稿，原题为《新民主主义的政治与新民主主义的文化》，2月20日在延安出版发行。两个多月后，鲁北行政委员会将《新民主主义论》分发到吴匡五手里。这本书他已读过两遍，还没有集中组织战士学习。因陵县的斗争形势严峻，队伍中出现了不稳定的情绪，吴匡五觉得当前很有必要抓一抓学习，统一一下大家的思想。

在敌强我弱的情况下，身兼两职的吴匡五除了要主持抗日民主政权的日常工作，还必须转移宿营。行军前要周密规划，宿营后要细心部署，做完这些后他才能静下心来思考工作中的细节问题，完了他还要查岗、查哨……

经过两个晚上的学习，战士们反响很大：有的说毛主席就是伟大，下面的事他怎么了解得那么清楚。也有人说毛主席经历了那么多事，凭经验也能估摸个差不多。吴匡五听后满意地笑了笑。战士们大多数没文化，要让他们理解得多么深刻是不现实的。通过学习大家心里都亮堂多了，有了目标方向，这就是吴匡五想要的结果。

学习结束后，吴匡五坐在炕头上，打开笔记本开始记录一天的工作。不知不觉时间过了午夜，他又拿起了那本《新民主主义论》认真地学习起来……

> 在中国，事情非常明白，谁能领导人民推翻帝国主义和封建势力，谁就能取得人民的信仰，因为人民的死敌是帝国主义和封建势力，而特别是帝国主义的缘故。在今日，谁能领导人民驱逐日本帝国主义，并实施民主政治，谁就是人民的救星。历史已经证明：中国资产阶级是不能尽此责任的，这个责任就不得不落在无产阶级的肩上了……

聊城师范学校毕业的吴匡五要理解文章不是一件难事，但要消化好然后再讲给那些没有文化或仅仅认识几个字的干部、战士们听，是需要认真备课的。他要把书中的理论结合着具体实践中的事例深入浅出地讲解给大家听。看了会儿书后他发现已到了查岗时间，便披衣下床。马上就要进入七月了，白天刚刚下过一场雨，村口池塘里的青蛙正唱得欢实，叫声此起彼伏，让这夏日的夜也跟着热闹了起来。

"春天里，如果老家也能来这么一场雨，人们就不会逃荒挨饿了。"听着蛙声，他想起了老家。

自1938年10月离开阳信县的吴店村，屈指算来已近两年时间了。父亲有哮喘病不能干体力活，是小脚的母亲在里里外外地照顾着一大家子人。

五月参加冀鲁边抗日形势分析会时，听家乡的同志说，整个春天家乡没下过一场雨，庄稼近乎绝产，地里的野菜都被人们吃光了。在之后的日子里，虽然工作繁忙，但在夜深人静时还是会偶尔思念家乡、牵挂亲人。

跟哨兵对上口令后，吴匡五走上前，他认出了那是于文林村突围后才刚刚加入县大队的战士于小宝。

"想家了吗？"

"刚出来，这才几天。"

黑暗中，从于小宝欢快的回答声中吴匡五能判断出这个还没枪高的小战士对部队的新鲜劲还没过去。

"要做好吃苦的准备，艰苦的日子还在后头呢。"

"是，队长！"于小宝一个挺胸，响亮地答道。

看着眼前这个还不到十六岁的战士，吴匡五回想起自己在他这个年龄时正在读书，他爱惜地抚了抚于小宝的头，想起了几天前的那次战斗。

自春天起，日本人不断增设据点，我抗日武装的活动空间越来越小。吴匡五率县大队和政府机关驻进了神头东北方向的于文林村。较之其他地方，这片区域相对来说安静些。虽然村子离孙禄还据点也就 2.5 公里的路程，但吴匡五认为只要计划周全还是不容易被敌人发现的。自抗日民主政权成立以来，他始终是以这样的方式开展对敌斗争的。

临近午饭时突然有哨兵报告，说日伪军从南、北、西三个方向把村子包围了。

"来了这么多鬼子？"吴匡五一下子紧张起来。他虽然兼着县大队大队长，但要论经历还算不上一员武将。这一年来，他跟着王其元学到了不少军事上的知识，王其元不在时他就跟锄奸部部长王兆曾商量。但他俩现在都不在跟前，这样的紧急情况他也是第一次遇见。吴匡五的脑子迅速转着⋯⋯

"东边情况怎么样？"他问哨兵。

"东边很安静，其他三个方向的敌人好像也不急于进攻，都在五百米外游动。"

吴匡五意识到这是敌人给他设下的圈套，村东一定布下了口袋等他们去钻。

"于小宝你回来。"于小宝端着俩窝窝和一盘咸菜正想出门，吴匡五叫住了他。

"小宝，这村子的地形你最熟悉。除了村东，你把其他几个方向的地形和我详细讲讲。"

五分钟后，吴匡五下达了向村南突围的命令。一百多人的县大队被分成了两部分，前面两个中队，后面一个中队，政府人员走在队伍中间。当他们以迅雷之势出现在埋伏在村南道沟里的敌人面前时，敌人全都蒙了。我县大队占据着优越的地理位置，战士们居高临下，向着道沟里的日伪军用手榴弹一顿猛砸，敌人顿时鬼哭狼嚎。大部队和县府机关趁势快速冲出了日本人的封锁圈。敌人的指挥官发现情况不对后急忙调西面和北面的敌人增援，想从公路上快速插到我突围部队的前面进行堵截。在识破敌人的企图后，吴匡五根据于小宝描绘的路线图及时调整了部队的行进方向，他们大胆地从孙禄还炮楼底下穿过，然后巧妙地甩开了敌人。

这次突围有一名战士的腿部被流弹击中。因突围途中随时都有可能被敌人追上，所以在途经皂户杨村时，吴匡五把受伤的战士安置到了村子里的堡垒户家里。

"我的宝贝没给弄丢吧？"摆脱了敌人的追击后，吴匡五问于小宝。

于小宝一愣神，马上从斜挎在身上的包里拿出两本书，一本是《论持久战》，一本是《新民主主义论》。

"报告吴县长，完好无损。"

"那好，你合格了，可以加入县大队了。"于小宝是于文林村的儿童团长，因为年龄的关系，几次想加入县大队都没能成，在"纠缠"了吴匡五多日后，终于得到了批准。

……

哨兵来换岗，他陪于小宝一起下岗。突然，东北方向传来了两声清脆的枪响，接着便是狗叫声和百姓的哭喊声。吴匡五估摸着枪响的地方离着有好几公里远。

"小宝，你怕不怕？"小宝沉默着没有回答。

吴匡五把手搭在小宝的肩上，"等革命胜利了，再去上学吧。"

天刚放亮时，一位小脚老太太出现在了村口。

听到母亲来村里的消息时，吴匡五正在洗漱。他放下水杯，随手抹了把嘴角的泡沫就跑到了大街上，远远地他看到母亲正在一位战士的搀扶下朝自己走来。

吴匡五快步上前，喊了一声"娘"然后紧紧地把老太太抱住。老太太诧异地推开了吴匡五，一番仔细打量后说："儿呀，你怎么变成这样了。"说罢呜呜地哭了起来。

"娘，娘，你咋了？我挺好的。"吴匡五上下打量了一下自己，觉得没有什么不对劲的地方，再看看母亲，头发凌乱灰白，面颊消瘦，两条裤管湿漉漉的，鞋上沾满了泥巴。

"娘，你是咋找到这里的？"

吴匡五的母亲不回答，只是一个劲地抽泣。吴匡五见状只好和通信员一起搀扶着老人家回到屋里。

安顿好母亲后，吴匡五一回身从墙上的镜子里看到了自己的面容。他吓了一跳，胡子拉碴，头发也乱蓬蓬的，眼窝塌陷，眼睛看着比从前大了不少。他想起了母亲难过又惊讶的表情，他猜想自己一定是比原来瘦了许多，只是平时没感觉到。母亲的哭声里有冤屈也有对儿子的疼爱。已经两年多没回家了，给家里的信还是去年托人捎回去的。听说家里闹灾荒他本想写封信回去的，但后来工作一忙就全忘了。

"县长是个啥官呀，怎么把人折磨成这个样了？"母亲安静下来后开始发问。

"娘，共产党的队伍里人人都是平等的，没有啥官不官的。"

"四邻八乡的都说你当了县长，说县长官大，都让我来找你。"

"娘，我听说家里在闹饥荒，快给我说说村里的情况，还有，你是怎么找到这里的？"

吴匡五的母亲告诉他，春天那会儿别说粮食，就连地里的野菜也早没了影。因为吃榆树皮，村子里好多人都得了浮肿病。好在他父亲的一位朋友在县城开米店，母亲从那位朋友那儿借了十五公斤地瓜干才勉强熬过了春天。眼下虽然刚过麦收，但地里打下的那点粮食根本顶不了几日，所以就来找他了。"出来一个人，家里就会减轻些负担，你现在在当县长，咋也能管得起我的饭。"吴匡五的母亲说。她在动身前打听了一下，听说吴匡五经常在临邑、德平、陵县交界一带活动。她在路上走了三天，进了陵县就听说吴匡五他们刚从日本人的包围圈里跑出来，眼下不知去向。吴匡五的母亲心里着急，再加上路途劳累，一听到这个消息就立马晕了过去。在一户人家的照料下，过了两天她的身子才缓过劲来。因为怕暴露自己的身份，她也不敢多打听，从人们的闲谈中得到一些有用的信息后，就深一脚浅一脚地在这一带又转了三天，最后才找到了这里。

母亲在吴匡五这里只待了两天就回去了。原因很简单，一是部队天天行军打仗，母亲跟在身边很不方便；二是眼下不但他们这些人的给养要靠筹集，他们还得为正规部队筹集给养。王工一的合理负担工作有多难做，他一清二楚，政府机关里不能养着一位吃闲饭的，三天两天可以，时间久了，别人会怎样看他。

母亲走之前，吴匡五和她进行了一次长谈，除了革命道理，他还给母亲出了出主意，七八月雨水多，村南的小河里会生出些鱼虾，他让父亲把渔网修好，平时可以打捞些鱼虾补贴生活。另外，转眼就到秋天了，那时地里的物产也会多起来。吴匡五的母亲表示理解他，但这种理解更多的是心疼。

吴匡五的母亲一步三回头地离开了，娘儿俩谁也不会想到，这次的离别竟是永别。吴匡五的母亲离开不久，家里就来信说他父亲去世了，但工作繁忙的吴匡五没能抽出时间回家为父亲守孝。

徽王庄之战

自 1939 年下半年我主力部队陆续撤出冀鲁边区后，驻扎在这一带的国民党军高树勋部也奉命撤离。在敌伪加强对这个地区的"扫荡"封锁后，乐陵、宁津及周围几个县的县城再次沦入敌手，根据地也被分成了若干小块。

9 月 12 日，津南地委书记马振华在宁津县柴胡店区薛庄村召开区干部会议时被四百多名日伪军包围，马振华在突围中壮烈牺牲。之后日军更加疯狂地对我根据地做进一步蚕食抢掠。杨忠、龙书金被迫率领鲁北支队由宁津县转移至德平义渡口一带休整。同时来这里休整的还有津浦支队教导队及司、政、后直属机关等。鲁北行政委员会要求各抗日游击队及县、区地方武装不断袭扰敌人，以保障我主力部队安全休整。部队休整机关设在义渡口原曹振东的救国军司令部。自从作为八路军和"张国基团"的调解人遭到拒绝后，曹振东明显感觉到八路军对他态度冷淡，或者说八路军对他的态度已不及他退回委任状之前热情。因此，他把司令部搬回了他的老家德平县城附近的张习桥一带。之后救国军司令部的院子便空了下来。

鲁北支队已休整了二十多天。一天下午，龙书金站在街口不断向东遥望。两天前，北方局派出的巡视团团长张晔来支队了解完情况后让杨忠跟着一起去乐陵朱家寨开会。为安全起见，支队派出了一个骑兵班跟着。两天的会期，算算今天应该回来了。刚刚得到消息，敌人正集结兵力准备对整个冀鲁边区实行大规模"扫荡"。从目前的敌我形势来看，部队若还像现在这样集中在一起行动，目标太大，有被"吃掉"的危险。收到情报后，他就在反复思考这个问题，经过两个多小时的酝酿，一个方案在心中基本成形，就待司令员回来做进一步的完善。

远处升起的尘土不断向前滚进，那是好几匹战马奔跑起来才能形成的景象。龙书金的脸上露出了微笑——杨忠司令员回来了。

"鬼子的气焰越来越嚣张了，不打则罢，打就一定要赢，我们已经输不起了。"一听龙书金说敌人要来"扫荡"，杨忠就把拳头紧紧地握了起来。

"你心里有方案了吧？"杨忠问。龙书金微笑了一下，算作回答。杨忠了解这位老搭档，只要有新情况出现，他总能想出一套方案来让大家研究商议。

"咱们开个干部会议，你在会上说说你的想法，然后让大家议一议。"杨忠说着拍打了一下身上的尘土，结果衣服上的积尘太多，扬了龙书金一脸。

"这还是朱家寨的尘土。"杨忠诙谐地说，然后洗脸换衣服。龙书金吩咐人召集连以上干部开会。政治部主任张庆余、一营营长赖金池、教导员李明生、二营营长张宝珊、教导员梁国栋、三营（特务营）营长王洪胡、教导员陈文会、骑兵连连长程连生、指导员高杏林以及组织股长杨秀章、宣传股长赵淳、特派员高子贵等悉数到场。不一会儿，能容纳四十多人的会议室便坐满了人。

龙书金说："称不上什么方案，我只是想了个大体思路，说出来给大家听听。"然后他对当前国际国内形势、民众的抗日热情及抗日根据地的发展情况等进行了分析说明。分析完他又接着说："半年来，我们的根据地在不断缩小，队伍在不断壮大，人数已经由成立之初的五百人，发展到现在的一千六百人。虽然队伍的规模壮大了，但在强大的敌人面前，我们还是处于劣势，无法与敌人正面抗衡。如此规模的队伍是难以隐蔽行动的，一旦被敌人盯上，在没有其他部队接应的情况下，我们很容易被敌人'吃掉'。目前来看只有把部队化整为零，采取游击战术，能打就打，不能打就走。这样既能袭扰敌人，又能保存实力……"

龙书金说完，杨忠就启发大家谈谈自己的看法，会场上顿时热闹起来。杨忠一边吸着旱烟袋，一边仔细听着大家的发言，其间还时不时地和龙书金交换眼神。

会议快结束时已经形成了统一的意见：按照龙书金的思路，整个支队分开行动，但是分不能分得太散，太散了不但形不成合力，还容易丧失歼敌的机会，最好是一分为二，两支部队之间的距离要适中，太近或太远都不能实现相互牵制敌人的目的，近了容易暴露目标，远了又不便于增援。另外，要给敌人制造我部队已转移至外围的假象。

会议最后决定：部队分两路行动，伺机打击"扫荡"之敌。副司令员龙书金率一营到商河一带活动，部队行军要大张旗鼓，要给敌人制造一种鲁北支队主力转移至外线作战的假象。司令员杨忠带领二营、三营、骑兵连及教导队留在原地活动。

"形势紧迫，这次的会议精神来不及传达，等鬼子这次'扫荡'过去了，我们再好好研究。"杨忠握着龙书金的手道别。

龙书金他们离开后的第三天，杨忠就得到了敌人要来徽王庄"扫荡"的消息。

徽王庄位于德县县城向北通往东堂、宁津方向，向东通往官道孙、德平方向的交叉路口，地理位置十分重要，也是个打伏击的好地方。

杨忠研究完地形后很是兴奋，因为他看到了胜利的曙光。伏击战的兵力部署如下：

张宝珊率二营营部及五连、八连进驻徽王街；教导员梁国栋率七连进驻徽王西一公里处的孙良全村；司令员杨忠带特务营进驻东纸坊村；骑兵连、教导队进驻纸坊村西北的孙世官村、王屯村隐蔽。东西纸坊村位于徽王庄东北两公里处，与徽王庄、孙良全村一起沿马颊河故道北岸依次排开。骑兵连隐蔽的孙世官村和王屯村离徽王街稍远一些。宿营后各部队制订了严格的保密措施，对外封锁消息以防泄露军情。

第二天，日伪军朝徽王街奔袭而来。首先得到消息的是隐蔽在徽王街的二营。这天上午大约9点钟，村南的哨兵听到青纱帐里传来了嗦嗦的响声，定眼一看，只见一群日伪军正在玉米地里朝村子"蠕动"着。哨兵见回村报信已来不及，遂朝日伪军开枪鸣警。枪声就是命令，张宝珊果断命令五连、八连快速进入阵地，战斗正式打响。敌人凭借着优良的武器装备一窝蜂地越过了马颊河故道，进入到一片开阔地带。

"司令员，我们已经把敌人包围，有一个小队的鬼子和一个中队的伪军，总人数大约一百五十人。"二营营长张宝珊向杨忠汇报敌情。

"全歼敌人有没有把握？"

"敌人的火力很猛，已有人员受伤。请求派部队从两翼策应支援。"

"你的五连、八连在正面阻击敌人，梁国栋率七连堵住敌人回去的路，我派九连、十连从左侧协助你进攻，争取在最短的时间内结束战斗。"

敌人的火力异常猛烈，正面的阻击受阻。战士跃出战壕刚冲出两三米，就被密集的子弹给顶了回来。战斗进入相持阶段。

七连从西面对敌人发起进攻，张宝珊令五连、八连在北侧向敌人展开集中攻击，敌人的火力受到牵制。五连、八连的战士趁势前进了五六十米，但因为没有障碍物做掩护，他们每往前推进一步都会有战士受伤。敌人的四挺机枪隐藏在沙丘后面，只要战士们的身影一出现，子弹便如雨点般落下。

就在正面进攻受阻之际，东西两侧的枪声突然密集起来。随着手榴弹爆炸出现的硝烟在敌人的阵地升起，张宝珊发现，阵地东侧不远处出现了我们的部队，三营营长王洪胡率九连、十连的部分兵力赶到了。敌人的机枪改变了射击目标，朝着三营的方向一阵猛扫。张宝珊抓住了这稍纵即逝的时机令战士们向前猛冲，部队迅速前进了一段距离。

"有伪军向南逃窜，我们追不追？"梁国栋向杨忠汇报战场上的情况。

"可以放走部分伪军，集中力量全歼小日本！"杨忠在电话中嘱咐梁国栋。

在三支火力的交替掩护下，三个方向的突击部队一步步向敌人的阵地推进。一个小时后，敌人被困在了长三百米、宽一百多米的马颊河故道中。敌人还在顽强抵抗，战斗进入到僵持阶段。

敌人阵营中的场景已能看得一清二楚，王洪胡目测了下距离，认为"小钢炮"发挥威力的时候到了。"于团"被消灭后，这两门从"于团"缴获来的"小钢炮"早已成为这支部队的利器。

"这有六发炮弹，每门炮三发，一块打出去。"

"营长，咱的小日子不过了？"一个战士疑惑地问。

"司令员下了命令，一定要全歼。炮弹少了解决不了问题。"

"是！"

几声炮响之后，敌人在没有散去的硝烟里东躲西藏乱成了一片。

张宝珊令司号员吹响了冲锋号，霎时杀声震天。我八路军战士如猛虎般扑向敌人，一场肉搏战开始了。二营通信班班长王立强身材矮小，和敌人扭打在一起后见占不了上风，就死死地咬住敌人的一只耳朵不松口。敌人小队长举刀向王立强冲过去，就在他举刀砍下的一刹那，身后一声枪响，敌人小队长倒在了地上。

下午2点钟，在一阵短暂的手榴弹爆炸声、枪声之后，战场上安静下来。在西纸坊村坐镇指挥的司令员杨忠终于松了一口气，他命令十一连、骑兵连及"司政后"的部分人员去打扫战场。

三营教导员陈文会率部队赶到时，故道里横七竖八地躺着几十具敌人的尸体，到处散落着衣物鞋帽、水壶、挎包及折断的枪支、战刀等。燃烧过的荒草和人体产生的焦煳味与血腥味混杂在一起，直冲鼻子。这一惨烈的画面被定格在马颊河故道秋日的夕阳里，被定格在 1940 年陵县的天空下。

在这场战斗中，日军的一个小队除一人逃跑、一人被活捉外，其余六十三人全被击毙。伪军死伤二十余人，大部分逃跑。

后来得知，那名逃跑的日本兵是打伤了一名在地里干活的村民后，换上了村民衣服逃走的。而另一名被俘的日本兵还续写了后来的故事。

三营教导员陈文会安排十一连打扫战场，程连生带特务连在附近的沟塘及庄稼地里搜索失踪人员。正值秋收时节，一片片秸秆在四周地里立着。不远处低洼的地方长着一簇簇芦苇，肥硕的芦花在夕阳里抖动着发出耀眼的金光。程连生望了一会儿，便向着芦苇快步走去，几名战士觉察出连长有了新的发现，也端枪跟了过去。

芦苇里传出了沙沙的响声，程连生他们试图走进芦苇深处时，发现脚在淤泥里越陷越深，再往前走就到了水面。他站在水边静下来，芦苇里面也跟着静下来，但一会儿之后沙沙声再次响起，芦苇也跟着大幅度晃动。一天的枪炮声，苇塘里无论之前住着多少禽鸟，此刻都早已被惊飞，所以程连生断定里面有人。

"里面的人，赶快出来，不出来就开枪了！"程连生和几名战士边喊边拉动枪栓。不久，里面钻出来一个身上只穿了条短裤的大男孩。男孩全身发抖，脸上挂着泥水，能看出他非常惊恐。男孩不断叽里呱啦地说着，很明显他是一个日本人。程连生喊来了部队里会唱瓦解日军歌的战士，一番周折后，算是能和这名日本人沟通了。他说他叫小岛考其马（音译），是老百姓，希望我军不要开枪。所有人都能看出来这个叫小岛的是个日本娃娃兵，他那稚嫩的脸庞和惊恐的眼神让大家无法把他和凶残的敌人联系在一起。卫生员见他头上有伤口，忙为他包扎处理。十月天气渐凉，冷风吹过，小岛湿漉漉的身子在不停地颤抖。一名战士把上衣脱下来披在他身上，小岛的恐惧慢慢消除了。

小岛被带到司令部后，由特务连负责看押。晚上，程连生吩咐炊事班给他做了碗面条，他一口没吃只喝了碗白开水。第二天早上，战士给他端了碗小米饭，他还是没有吃。

程连生带着情绪找到杨忠司令员汇报说："我们像神仙一样供着他还不行？我看干脆找个背阴处毙了拉倒。"

杨忠说："论岁数他还是个孩子，应该尽最大努力改造，若能为我所用，对我们的策反工作是有利的，想想法子吧。"

从司令部回到驻地后，程连生对指导员高杏林说："这家伙是不是有什么想法呀？你是做政治工作的，办法比我多，还是你来对付他吧。"

高杏林挠了挠头皮，过去都是给战友或老百姓做工作，给日本战俘做工作这还是头一次。

中午，高杏林让炊事班为小岛蒸了大米饭，炖了鸡肉，还加了一盘豆腐。高杏林跟着送饭的战士一起来到小岛跟前。他发现小岛虽然不动碗筷，但眼睛时不时地瞟向桌子上的饭菜。高杏林示意送饭的战士每样都吃一小口，完了以后两人一起退了出去并带上了门。随后两人从门缝里观察小岛的一举一动。看到屋里只剩自己了，小岛来到桌前三下五除二就把饭菜吃了个一干二净。

"这小鬼还真够狡猾的。"看着俘虏把饭吃下，高杏林笑了。

当天下午，政治部主任张庆余从后方医院找来了一名会讲日语的医生，他们这才搞清楚小岛的具体情况。这名日本士兵名叫小岛考其马，译成中文叫青山康一，是边临镇日军小队的机枪射手，下士军衔。两年前，他作为日本预备役兵员加入日军乙级师团，后来到中国。小岛的父亲早年去世，来中国前他与母亲、妹妹一起生活，他非常非常思念家乡和家乡的亲人。在了解了他的详细情况后，司令员杨忠更加坚定了改造这名日本俘虏的决心。

一周后部队再出发时，小岛已经换上了八路军的服装，俨然变成了另一副面孔。张庆余让他在战士们面前讲几句，他很自然地用日语叽里呱啦说了一大堆。那位会日语的医生已回到原单位，会唱日本歌曲的战士只能勉强翻译出个大概。小岛的意思是说，他被征来中国是迫于无奈，是受天皇和政府的强迫。他们被骗来为天皇效劳，只能听从。现在他成为我军的俘虏，我军优待不杀，和日本军队说的完全不同。他还表示，希望能早日结束战争，他好回家和家人团聚。根据冀鲁边区军政委员会的安排，杨忠派专人送他去军区反战同盟培训班学习。看着小岛离开，杨忠心想，如果小岛学成后能回到自己的部队参加抗日工作，应该能对自己有很大的帮助。

四年后，当小岛以共产主义者的身份回到这支部队时，杨忠司令员已经牺牲三年了。

冀鲁边来了巡视团

黍落豆黄麦色青，醒来又道是秋深。

　　锦城九月菊花好，埋里三山炮火惊。

　　举瞩两眦思亲泪，登临一片故园心。

　　何时尽斩鸱鸦首，万里家山话远征。

　　这首《太行秋思》是当年巡视团成员之一的何郝炬在离开太行山准备赶赴冀鲁边区时写下的，从诗中我们能体会到作者高远的理想抱负和深沉的家国情怀。

　　巡视团团长为山西太南区党委组织部部长张晔。百团大战后，抗战形势发生了根本性的变化。北方局要求及时调整针对华北地区的抗日策略，所以巡视团是带着上级的指示精神来帮助和督导冀南、鲁北地区的抗日工作的。在北方局高干会议上，北方局书记杨尚昆就我党、我军在华北建立稳固的敌后抗日根据地，亟待确定的几项重大政策问题做了主题报告。张晔告诉何郝炬他们，这份报告是巡视团开展工作的重要武器。大伙听了心里一阵亮堂，因为下一步的工作有了具体的方向和目标。张晔还告诉大家，报告里有一份单独的《关于冀南鲁北的教训》（后简称"教训"），也是和巡视团的工作密切相关的。"教训"指出了冀南、鲁北三个方面的严重问题：一、政策上的严重错误。抗日民主政权成立了，但未做什么工作，人民不认为是自己的政府。在人民看来，抗日民主政权与军阀地主的政府没有多大差别。统一战线没有明确的方针，对群众的切身问题基本忽视。二、主力部队吞并地方武装的严重错误，并决定以后地方党只能管党的工作，不能管地方武装。部队中排挤地方干部的现象严重。三、党内团结存在问题。正规军的同志与地方党的同志不团结、不协调、不相互尊重，大家各干各的。地方党内也有不团结现象。

　　看完"教训"里指出的问题后，大家的心情都很沉重。张晔看出了大家的心思，他说："'教训'里指出问题，是要我们帮着接受教训、改正错误，帮着把抗日根据地建好。听说那里的地方组织在主力部队撤离后用不到一年的时间又建起了一支七八千人的部队，还陆续建起了县抗日民主政权、专区等，我相信到了那里，我们的工作一定能顺利开展起来。"

　　由于巡视团要经过敌占区，为了大家的安全，张晔要求大家把文件内容背下来，然后把文件烧毁。

　　对于"教训"里指出的问题，后来的专家学者给予了一定的认可，同时也分析出了出现问题的原因：一是冀南、鲁北都是平原地区，交通便利，信息传达畅通，在敌强我弱的形势下，要建立起稳固的根据地是非常困难的。二是面对敌人的蚕食

"扫荡"，我方抗日干部不断有人牺牲，与组织失去联系的情况也经常发生，经常是地方干部出面临时主持工作。这样与其他干部发生矛盾的情况难以避免。三是抗日民主政权建立后，因为敌人的疯狂"扫荡"，住所难以固定，这也造成了与当地群众的沟通困难。第三个原因也是群众对新建成的抗日民主政权不认可的主要原因。

十月初，张晔等人赶到了冀鲁边抗日根据地指挥机关乐陵县朱家寨。冀鲁边区以朱家寨为中心，包括宁津、德平、临邑、商河、乐陵和庆云边缘的一大片土地，有二百多个村庄。边区的主力部队和领导机关经常在这一带活动。朱家寨位于乐陵最南端，也是冀鲁边抗日根据地的中心所在，离乐陵县城有二十多公里，离德平县城有十几公里。朱家寨是一个有两千多人的大村寨，村里除了几套修得豪华气派的清一色的灰砖院落，还有一座教堂，只不过教堂里的洋传教士在日本人的枪炮声响之前就全跑掉了。

和冀鲁边区军政委员会书记周贯五、特委书记李其华交谈结束后，张晔来到了陵县义渡口——鲁北支队休整的地方，和杨忠进行了交流座谈，之后又到陵县、德县抗日民主政权了解情况。张晔在对"教训"里指出的问题进行实地考察。

张晔在这边忙里忙外，何郝炬他们在朱家寨等得心急如焚。原来张晔走之前交代说陵县调查只需要一天的时间，于是何郝炬他们就定下时间开会传达北方局会议精神，眼看开会时间马上就要到了，可还没有张晔的消息。李其华又是派通信员，又是拍电报，终于在会议召开前把张晔等了回来。与张晔一同到的还有鲁北支队司令员杨忠及护送他们的支队骑兵连的一个班的战士。

在巡视团到达冀鲁边区之前，第一一五师和山东省军区已经电令，将边区部队统一定编为教导六旅，下辖十六团、十七团、十八团。六支队的两个营扩编为十六团和十八团，鲁北支队为十七团。教导六旅还兼冀鲁边军区的职责，要统一指挥边区的地方部队。在旅长、副旅长到任之前，由周贯五政委主持军事工作，杨忠任旅政治部主任。命令还要求教导六旅迅速整编组建并立即行动，打通与清河地区西部五旅的联系，接受山东分局和第一一五师的直接领导。杨忠是个老红军，还有过驻曹五旅八路军代表的经历，政治军事样样过硬。他过惯了在前线摸爬滚打的日子，相比旅政治部主任一职，他更愿意担任鲁北支队司令员一职。因为六支队的扩编需要时间，所以部队整编和干部安排不得不延迟下来。

这是一次重要的会议，参加会议的除了六支队、鲁北支队的几名军事主官外，还有一地委书记刘庆陵、二地委书记杜子孚、三地委书记李广文和少数县的负责人。会议开始后，张晔将"教训"中的问题以"怎样做好这几个方面的工作"的话题形式向大家提出来，然后他再阐述北方局的指示精神。他根据这几天在陵县调查了解到的情况，再结合北方局的指示精神，从地方政权建设、军队建设、放手发动群众的方式方法等方面进行了深入细致的分析讲解。张晔讲完后，大家开始讨论发言。二地委书记杜子孚原来在冀南工作，对二地委所辖的陵县、德平、临邑几个县的工作还不熟悉，这次张晔去陵县巡视也没有和他联系。会后，杜子孚想要张晔到二地委去进一步帮助指导工作，但他也知道张晔的工作重心在边区党委和六支队这边，于是他与何郝炬等人进行了深入沟通。通过这次深入沟通，何郝炬对二地委的工作有了更深入的了解，这也为他后来担任二地委书记提供了第一手资料。

这次会议后，杨忠派龙书金率一营进驻商河一带。这么做能避开敌人的"扫荡"，在军事行动上能起到积极作用，便于迅速打通与清河区的联系。

徽王庄战斗结束后不久，杨忠就到旅里工作了，教导六旅正式成立。杨忠任旅政治部主任兼新成立的第二军分区司令员，龙书金任十七团团长兼新成立的第二军分区副司令员。从此，陵县的对敌斗争进入了一个新的时期。

突围四王寨

四王寨村位于滋镇正北方向五公里左右，是一个由后寨、中寨、东南寨和西南寨组成的大村子。四王寨北面与糜镇接壤，东邻临邑通往宁津的官路，一路之隔的就是魏立勋第一次见到李晓瑞的村子——王洪开村。因为这一带的群众基础较好，吴匡五经常带领抗日民主政权及县大队在这一带驻扎。

又到了收割庄稼的季节，与敌人夺秋、为部队筹粮成为抗日民主政权当前的主要工作。杜子孚已将朱家寨会议向几个县长分别进行了传达，吴匡五想找个机会开一次全县区以上干部会议，针对朱家寨会议精神进行工作部署。

会议安排在十月中下旬的一天上午，县、区干部，县大队及分区特务营的一个连共两百人齐聚村子里。部队驻东南寨，其他人员驻后寨，县大队的一个排负责警卫，前后距离近一公里。

会议结束时已近中午，村外突然响起了枪声。哨兵接连前来报告，说附近几个据点的日伪军正朝村子包围过来。吴匡五分析，敌人之所以能这么迅速形成包围圈，是因为德平、糜镇、孙禄还、罗院四处据点正好位于四王寨的四个方向。大片的青纱帐"掩护"了敌人的行动，等哨兵发现时，敌人已经离村子很近了。

吴匡五立即安排警卫排护送非战斗人员向村子西北方向突围。西北方向出了村就是青纱帐，那个方向是孙禄还据点，日伪军数量比其他据点的少。自从伪军队长王秃子被击毙后，孙禄还据点里的伪军个个身在曹营心在汉，有两三名已被策反成功。王其元让他们暂时在据点里待着不要做坏事，到时看他们立功的表现。吴匡五选择让非武装人员向这个方向突围，也是基于这些因素考虑的。为了吸引敌人的注意，他带着一部分武装人员边反击边向东南寨方向撤离。

跟随警卫排掩护干部们向西北方向撤离的还有刚刚参加县大队不久的于小宝。几个月来，于小宝跟着县大队参加了十几次战斗，吴匡五越来越喜欢这个机灵的小家伙了。打仗时于小宝随县大队一起行动，平时他就跟在吴匡五身边跑前跑后。队伍穿过一片青纱帐后，来到了县城德州通往德平的公路跟前。走在前面的于小宝发现公路上有伪军在走动，他朝后面打了个手势，队伍停了下来。

一老一少两名伪军在公路上溜达，上年岁的朝于小宝这边瞟了两眼，然后和岁数小的嘀咕了一句，那个岁数小的伪军便乖乖地离开了。同伴走远后，上年岁的伪军朝于小宝这边挥了挥手，随后转过身朝回走去。于小宝一下子明白过来，他提醒大家不要弄出响声，然后带领大家迅速穿过公路消失在茫茫的青纱帐里。到下午4点，他们一行已穿过笃马河，到达义渡口的柴家、冷家附近。按照计划，他们要去徽王庄与吴匡五的大部队会合。前不久有一个小队的日本兵在徽王庄被我军全歼，这种被死神关照过的地方日本人很忌讳，一般不会再去，所以吴匡五认为那里相对来说比较安全。

就在他们将要穿过马颊河时，前方的一个陡坡后面突然响起了枪声，子弹在他们的头顶上嗖嗖划过。一枚子弹击中了于小宝的头部，他瞬间倒在了地上，永远地闭上了眼睛。

看到敌人冲上来，警卫排于排长要求大家分开行动，到目的地集合。敌人越来越近了，他不忍心丢下于小宝，急忙把他的遗体抱到一隐蔽处用柴草盖好，然后随着大伙消失在青纱帐里。

吴匡五随县大队在徽王庄以东四公里处的王解村找到突围出来的大部分人员时，已是晚上九点钟。之后，又陆续有人员归队。

听到于小宝牺牲的消息，吴匡五只说了一句"他还是个孩子"，然后就泣不成声了。哭过之后，吴匡五坐在一边发呆，其他人员为了能让他休息一会儿也不敢上前打扰。

突围的场景在吴匡五的眼前浮现。

他和县大队在村子里会合时，部队已在老百姓的协助下在村口构筑好了工事。和大伙商议后他们准备组织队伍向东南方向突围，然后再折向北，特务连做开路先锋。最先到村口的是糜镇据点的日伪军，三十多名伪军在前，日本士兵在后。吴匡五认为敌人眼下行动不一，用全部兵力去对付眼前的敌人还是绰绰有余的，于是他当机立断，命令特务连迎面冲出去。一声令下，特务连尖刀班班长康照海率领十几名战士向伪军猛扑了上去。那些伪军大都是些混混，一见这阵势扭头就跑。后面的二十多名日本士兵趴在地上打了一阵枪后也跟着撤了回去。

部队刚离开村子，罗院据点的敌人就赶到了。他们比糜镇的敌人凶残不少，一名手持指挥刀的军官冲在最前面，在吴匡五他们身后边追边用机枪扫射，很多玉米秸秆被拦腰打断。有两名战士被子弹击中，因伤势过重倒在青纱帐里。康照海说："连长你们先撤，我带尖刀班断后。"说罢，他就抱着特务连唯一的一挺机枪朝着敌人阵地一顿扫射。敌人进攻的速度放缓了，吴匡五趁机带着大队人马钻进了青纱帐深处。康照海带着尖刀班趴在一条地势较高的田埂后面，等那个手持指挥刀的日本军官毫无顾忌地冲了上来时，康照海一声令下，十多名战士一起直起身来，冲着近在咫尺的敌人开枪就打。日本军官高高举起的刀因身子倒下在空中画了一条长长的弧线，后面的敌人全愣住了。康照海他们不敢恋战，一眨眼工夫就不见了人影。

经后来证实，被打死的日本军官是敌人驻罗院据点的小队长。这次四王寨突围，我军打死打伤日伪军二十多名，我方有三人牺牲、五人负伤。第二天，吴匡五派人把于小宝的遗体临时安葬在了马颊河河畔。

龙书金与三洄河

为落实朱家寨会议精神，龙书金率领鲁北支队一营从商河返回陵县。部队分驻进洄河乡各村，他自己带着一个匣子枪班驻在三洄河村村南的一处破砖窑里。

三洄河是陵县抗日根据地的中心，因此，朱家寨会议中提到的有关地方政权建设、军队建设、放手发动群众的方式方法三项工作能在这里迅速展开。

由于村里还住着邹玉峰等领导干部及部分伤员，而匣子枪班的目标太大，于是他们住在了村外，这样的部署在遇到紧急情况时有利于相互策应。来村里后，龙书金先去了魏玉坤老先生的大药房。自参加红军至今，他负伤数次，魏老先生开的枪伤药的疗效他感觉是最好的。回想起一年前在这里疗伤的日子，这位长年奔波征战的湖南汉子此刻有一种回家的感觉。疗伤时他就觉得魏老先生的家可以作为抗日斗争时期的堡垒户，没想到这一次他在魏老先生的后院里又有了新的发现。

看到龙书金来家里，魏老爷子很高兴。他让魏立勋带龙书金去西厢房就坐，接着又吩咐老三魏方荣去村口放哨。魏立勋说："爷爷，不用您操心了，咱们的儿童团早在那里哨着呢。"说着他用手拉住了正要出门的魏方荣。魏方荣转头用目光征询父亲的意见。

"多派个人手稳妥些，龙司令目标大，和其他人不一样。"听到父亲这样说，魏方荣撒腿朝村口跑去。魏玉坤忙完了手头的活儿，让二儿子魏方亭在前台盯着，并嘱咐说："机灵着点。"

"知道了，爹，这句话你说过许多遍了。"魏方亭对父亲不放心自己感到不悦。

"多说没坏处。"魏玉坤说完也来到了西厢房。

龙书金此时正在听魏立勋汇报工作。

"修建一套完整的地下通道是有效防范敌人的'扫荡'、保障我抗日人员的安全的最好的方法。支部的几个委员也都很赞同。"魏立勋顿了一下接着说，"地道虽然才挖了一部分，但对于掩护我党的抗日干部、开展秘密活动发挥了很大作用。"龙书金问："如果现在有敌人来到大门口咋办？"魏立勋和刚刚进屋的魏玉坤对视了一下，笑了笑。魏玉坤说："龙司令，跟我来。"

说完他带着龙书金来到北屋，只见他掀开了炕上的被褥，再撩起炕中央的一块木板，一个直径半米多的黑魆魆的洞口出现在龙书金的面前。龙书金跃到炕上，跳进洞里，身子一缩便没了踪影。魏立勋和魏玉坤在外面等了片刻，龙书金探出头满意地冲魏立勋点了点头。两人搭了把手把龙书金拉上来，魏玉坤顺手拿起鸡毛掸子为龙书金掸去衣服上的灰土。

"目前最让人头疼的是村民家里养的狗，咱们的行动时间大都是在夜间，一有动静村里的狗就吠个不停。敌人一听到狗叫就会追出来，有几次行动就是因为狗叫坏了事。"魏立勋一脸无奈地说着。龙书金说："部队在行动中也曾遇到过类似的情况，看来这狗不打是不行了。"

打狗问题曾有人在上级召开的会议上提出过，但讨论的结果是打狗涉及面广，而我们在人民群众中刚刚站稳脚跟，有的地方，像德县的一些村庄，连正常工作都不能深入进去，更别说打狗了。因此打狗的事就不了了之了。

就在龙书金思考的当口，魏方亭慌里慌张地跑进来。他说刚才有两个陌生人来抓药，鬼鬼祟祟的，一进屋就东张西望。那两人自称是盛家村的，可问他们村里的情况他们又答不上来。魏方亭在身后跟了他们俩一段，发现两人朝村南去了。龙书金脸上凝重起来，他对魏立勋说："你们要提高警惕，对进村的陌生人员一定要严格盘查，发现新情况要立刻报告。"说完他就去了村南的窑洞。魏玉坤老先生紧张起来，他在心里念叨着："又不太平了，鬼子不定啥时候会突然进村。"第二天，敌人真的进了村。

首先得到消息的是负责宣传工作的魏乃德。龙书金走后，魏立勋召集三洞河村的所有党员干部开了个紧急会议。他在会上传达了龙书金交代的工作，他还提醒与会人员："最近敌人会有反常举动，大家一定要从思想上绷紧弦。"这两天正好是魏乃德负责查岗布哨，头天晚上他把工作向村里的民兵反复做了交代。夜里三更刚过魏乃德就睡不踏实了，他披衣下炕准备把村里四个方向的岗哨逐个检查一遍，村北岗哨是最后一个检查的。这个季节，地里的庄稼已经泛黄，人们对秋日的景象格外珍惜。魏乃德想，这个秋收一定要抢好，要尽最大努力不让敌人得到一粒粮食。他对哨兵嘱咐了几句，突然发现村外小路上影影绰绰一群人向村子走来。"不好，有敌情。"说完他转身就向村里跑。魏乃德跑到了村秘密联络站站长魏立仁的家里，与正想出门的魏立仁撞了个满怀。

"不好了，敌人来了。"

魏立仁一听有些慌了，村里还藏着几名八路军伤员，还有几名干部，但最让他担心的还是龙书金和他的匣子枪班。魏立仁要去通知龙书金他们，他俩一前一后刚来到街上就见敌人的马队冲了上来，他俩又赶紧躲回了院子里。静了一会儿，他们发现敌人并没有在村子里停留，而是朝村南奔去了。魏立仁心想，莫非敌人发现了龙司令他们？魏乃德提醒他先把在村子里养伤的同志藏好。于是，两人分头行动，利用刚刚修好的地道把妇救会干部王玉茹等人安全转移到了村子东北的一片谷子地里。他们并没有听到村南窑场一带有动静，反而是村西南一公里处的盛家村响起了枪声。

原来，三十多名日伪军在砖窑里扑了个空后，就沿着大沙河南岸朝盛家村去了。而此时，龙书金和他的匣子枪班就埋伏在盛家村村口的一处院子内。为防汉奸告密，从魏玉坤家回去后龙书金马上命令部队由砖窑转移到了盛家村，同时布下了哨兵密切关注三泗河及砖窑一带的动静。

手榴弹的爆炸声在敌群里响起，敌人丢下同伴们的尸体，分散到沙河里的土丘后面重新组织兵力还击。听到盛家村的枪声，驻防在附近村子的十七团一营的两个连队迅速赶来增援。敌人还击了一阵，发现有被包围的危险后便开始撤退。战场由盛家村沿沙河故道慢慢向三泗河村蔓延。附近几个村子的村民、民兵手持猎枪、棍棒等陆续加入到战斗中。敌人躲进了三泗河村村东湾内的一片芦苇丛中，围住这片芦苇丛的我方军民已有五六百人。在一阵阵愤怒的呐喊声中，日军小队长剖腹自杀，其余二十多人全部被击毙。这场战斗共缴获敌人战马三匹、机枪两挺及步枪十几支。

看到眼前的胜利，望着群情激昂的群众，龙书金很是激动。他想起了毛泽东同志的《论持久战》，于是冲着人群喊道："是三泗河人民的汪洋大海淹没了这些日本侵略者。"

魏立仁走过来对龙书金说："鬼子这次来得太突然了，部队走到哪里，他们就跟到哪里。"

龙书金把手挥向了天空，很自豪地说："有强大的人民群众为我们做后盾，一切尽在掌握。"他嘴上虽然这样说，但心里还是为复杂的敌情感到忧心。

听到战胜的消息，魏玉坤老先生喜上眉梢，积在心头的阴影早已散去。三位受轻伤的战士在他这里做了些简单的包扎，他嘱咐三位战士留下来观察几天，他也提前把病床收拾好了。但等魏方亭提着刚烧开的水回来准备为战士们沏茶时，却发现他们已经离开了。

这场胜利让魏方亭那颗不安的心更加骚动，他决定去当兵。

打狗运动

几天后，龙书金向军政委员会提出的打狗问题得到了边区的批准。这项工作一年前就在冀中根据地开展了。北方局刚刚把冀中根据地的经验做法传达到冀鲁边区，并要求边区根据实际情况适时开展打狗运动。北方局还强调，只要深入扎实地做好宣传工作，老百姓会理解的。会后，边区要求统战部门就打狗工作制订相应的措施，原则上要求百姓自愿，但道理要向大家讲明、讲透。打狗运动可以先在条件好的乡村开展，积累一定经验后逐步在整个边区推广。

在陵县，一场打狗运动轰轰烈烈地开始了。

"我们洄河乡带这个头，三洄河、张有道、赵家屯、刘鸭子、高家这五个村力争在一周内把所有的狗消灭干净。"魏立勋兴奋地对前来布置任务的区长戴豪廷说。

当天晚上，三洄河村就没有狗叫了。"狗肉可以自己吃，但狗皮要献出来给咱军工厂。你给大家动员一下。"魏立勋对魏立全说。

"我已经嘱咐过了，大家不但同意把狗皮捐出来，还表示煮熟的狗肉也要慰问村里的抗日干部。"魏立全得意地说。

"行啊，立全。这事干得漂亮，我可要给你记一功了。"魏立勋说。

不到一周的时间，洄河乡所有村子就再也听不到狗叫了。

打狗运动在二区开展得有些曲折。由于敌人的渗透，二区始终没有建立起有效的根据地。区长刘润生大多数时间都是遥控指挥二区的工作，只有武工队能寻机进入这一带开展些活动，但也不像四区那样大张旗鼓。为此，刘润生给在神头一带有一定影响力的乡绅张明忧写了一封信，信中写道："明忧先生，久仰大名，我们在此活动，犬吠之声有时使我活动大受影响。素知明忧先生深明大义，今更当以国事为重，敬请先生带头将狗打死，以绝敌之耳目……"张明忧接到刘润生的信后，见共产党对他如此尊重，深受感动，便带头将自己的狗打死，后又极力说服邻居，处于观望的村民纷纷效仿张明忧将自己的狗打死。

到1940年秋天，以三洄河为中心的我抗日根据地的土地上已听不到狗的叫声了。很快，整个陵县既看不到狗的踪影，也听不到狗的叫声。

第九章　艰难中绽放

硝烟下的爱情

1940 年 11 月，日本与汪伪政府正式签订了丧权辱国的《日"华"基本关系条约》。1941 年 1 月，蒋介石统治集团制造了震惊中外的皖南事变，将第二次反共高潮推向了顶峰。在华北，国民党顽固派不断对共产党领导的抗日根据地进行军事进攻和经济封锁。

位于冀鲁边二军分区中心的陵县，处在日军、伪军、国民党顽固派三方的夹击当中。敌人为实现"铁壁合围"的堡垒政策，沿陵德边界挖封锁沟二十三公里，沿封锁沟设岗楼十一个；在德县至盘河的公路两侧挖封锁沟约十七公里，除原有的十个据点外，又增设了三十个据点。驻陵县、德县的日军也由开始的一百五十人增加到近六百人，伪军增加到了两千人。陵县的抗日根据地在日渐缩小，整个冀鲁边区被分割成了分散的小块根据地。游击区与日伪顽占领区犬牙交错，陵县的抗日斗争进入了艰难时期。

为动员全县各界群众共同抗战，组成广泛的抗日民主统一战线，在冀鲁边二军分区地委及陵县县委的领导下，陵县农民抗日救国联合会、陵县青年抗日救国联合会、陵县妇女抗日救国联合会相继成立。随后，陵县战地动员委员会改名为陵县各界抗日救国联合会，陵县的抗日运动从此进入一个新的阶段。

1941 年 1 月 24 日，杨忠、龙书金率教导六旅十七团来到马腰务一带准备过春节。在抗日军民的共同努力下，马腰务村已成为抗战堡垒村。形势紧张时，吴匡五也会率县抗日民主政权的机关及县大队转移到这里。

就在杨忠他们把部队安置好的第二天，驻沧州、德县一线的日军联合驻济南、惠民、商河以及附近各县的日伪军共八千余人，动用飞机、汽车以及先进的武器装备，分五路对马腰务一带进行围攻。飞机所到之处，弹片横飞，炮声震天，人们在弥漫的硝烟中呼号狂奔。十七团危在旦夕。

炮声停歇时，硝烟中冲出两匹战马，枣红马上坐着十七团供给科科长罗顺友，两只布袋子分搭在马背的两侧。自大宗家战斗后，这个被陈毅称作"黑蝎子"的后勤供给官在部队里名声大振。龙书金一度有调他任军事主官的打算，但因杨忠的一句"当前形势下部队后勤工作也很重要"打消了念头。紧随其后的白马身上是通信员小杨。小杨斜挎着一支长枪，手里紧勒着缰绳，嘴里不停地催促着马儿快跑。他们的两翼是十七团的机关人员，人们手拉肩扛，匆忙而不慌乱。突然，一枚炮弹在队伍的最前面爆炸，气浪瞬间把两匹马掀倒。枣红马的肚子被弹片击出了一个窟窿，血汩汩往外流着。罗顺友随马倒下，一半身子被压在马的脖子下。他双眼微闭，前额淌出的血沿着被硝烟熏黑的脸颊滴落在他双臂搂抱着的布袋子上。枣红马的两只大眼努力睁合了几下后就永远地闭上了。小杨被甩出四五米远，胸前一片殷红。他想用枪支撑着直起身子，试了两下没有成功，便无力地躺在那里。白马卧着身子，四只蹄子乱发了一阵力，最终也没能站起来。它望向小杨的方向，嘴里发出了几声低沉的哀鸣，之后便不再动弹。

"赶快抢救罗科长，保护好'北海票'！"带领战士们突围的龙书金焦急地下达命令。警卫员用毛巾把罗顺友的头部裹好，然后把他抬上了担架。战士们抬着担架刚想起身，罗顺友睁开了眼。

"'北海票'呢?"

"科长，在这儿呢。"

一名战士抱着那已被染红了的布袋子站到罗顺友面前。罗顺友招了招手，战士会意地把装着"北海票"的布袋子放到了罗顺友身边。

"我是供给科科长，这里不用你们管，快去打鬼子。"罗顺友想直起身子，可刚一起身，一阵疼痛袭来又昏了过去。龙书金冲抬担架的战士们摆了一下手，四名战士抬起罗顺友迅速消失在了硝烟中。

罗顺友，原籍湖南耒阳县，出生于1910年。1927年，在国民党反动派制造的白色恐怖下，罗顺友追随兄长罗顺福参加红军。一年后罗顺友加入中国共产党，后来陆续担任过班长、排长、连长。平型关战役结束后，罗顺友随肖华的东进抗日挺进纵队来到冀鲁边区。他在大宗家突围一战成名，之后在战场上更加勇敢也更加有智慧。

傍晚，杨忠、龙书金率领部队借着夜幕沿道沟迂回突围到平原县城脚下，刚想喘口气，敌人又追了上来，他们只好立即转移。为摆脱围堵，除夕夜，伴着阵阵鞭炮声，他们急行了五十多公里，先是从陵平边界到德县的东堂，后又转到临邑、德平边界。

其间，不断有消息传来：日军突袭马腰务的同一天，中原日军司令部新上任的侵华日军总司令畑俊六调集日军第3、第17、第40师团主力及第4、第13、第39、第34、第15、第21师团各一部，从信阳兵分三路沿平汉线及其两侧北犯，向豫南驻军发起进攻，以歼灭驻防豫南的汤恩伯集团军主力。

同日夜，日军第3师团向信阳北侧守军阵地进袭，遭刘汝明第六十八军顽强抵抗，日军向泌阳以北突进的计划未能奏效。

1941年1月25日，经中央军委批准，新四军军部在江苏盐城重新成立……

这些消息，让杨忠、龙书金的心情喜忧参半。马腰务一战，由于得到消息及时，主力部队得以迅速跳出敌人的包围圈。敌人妄想歼灭我八路军主力部队的企图再次被挫败，在这场战斗中敌人被击毙一百多人，我八路军也有七十余人的伤亡。

"这群狗日的，新年都没让人过痛快。"龙书金和罗顺友两人都是从井冈山走出来的老红军，看到老战友被安置好了，龙书金松了一口气。

2月8日，罗顺友躺在担架上已经十多天了，原本就消瘦的脸颊现在已经瘦得不成样子了。他被抬进陵县三区盐场村妇救会会长许立荣的家里后，屋里屋外、炕上炕下，许立荣着实忙碌了一番。崭新的被褥从箱子里拿了出来，铺在了罗顺友的身子底下。

"还是换一户人家吧，你家这么多人口，生活本来就拮据，能承受得了？"区长李青云在征求许立荣的意见。

"咋了，小瞧我们？放心吧，只要有俺们一口吃的，就有咱八路军的吃的，就算是没有俺们吃的，也有伤员吃的。"许立荣的快人快语，让准备和罗顺友道别的龙书金笑出了声。

"好好养伤，养好了伤咱再打鬼子。"龙书金安慰完罗顺友，又握着许立荣的手说，"拜托了。"也许是和龙书金不熟，一句话竟让这位二十岁的姑娘红了脸。

送走龙书金和区长李青云后，许立荣用盐水给罗顺友清洗了伤口，然后重新包好。第二天，许立荣又悄悄把当地小有名气的老中医请到了家里，把脉、抓药、煎服，做完了这一切她才松了一口气。许立荣全家十二口人，只有六分耕地，一家人吃穿本就很困难。为让罗顺友吃饱饭，她向乡亲们借粮借钱。在许立荣的悉心照料下，半月后，罗顺友就能下地走动了。

正月末的一天午后，罗顺友看太阳挺好就拄着拐棍来到院子里晒太阳。许立荣感觉院子里还有些凉，就找出了一件夹袄为罗顺友披在身上。

队伍现在到了哪里？是打仗还是休整？后勤科的一大摊子事现在由谁管着呢……他眯着眼睛想了很久。他睁开眼时，突然发现对面墙上的豁口处有双眼睛正朝院子里窥视。和罗顺友对视后，那双眼睛很快消失了。罗顺友觉察到有危险来临，他忘了自己身上的伤，丢掉拐棍疾步躲进了对门邻居的院子里。对门的高大娘正在院子里劈柴。

"我来，有坏人。"罗顺友低声说着，又用手指了指墙外。高大娘立刻会意，她把斧头递给了罗顺友，自己则在院子里拾掇着。罗顺友接过斧头一边劈柴一边侧耳细听着院外的动静。不多时就听到胡同里响起了杂乱的脚步声。

"搜仔细点，为'皇军'立功的时候到了。"声音是从对面院子里传出来的。随后这边院门也被人踢开了。几名伪军拿枪逼问罗顺友叫什么名字，罗顺友仰起头，用手不停地比画着。

"不说？再不说就把你带进炮楼！"一名伪军推了罗顺友一把，罗顺友摇晃了一下差点坐到地上。"你们要干什么，他是个哑巴，我儿子是个哑巴。"高大娘对伪军怒声说道。院子里这时拥进来好多乡亲，许立荣也在其中。

"二蛋子你想干什么，都是庄里庄乡的，穿着这身皮专祸害老百姓，就不嫌丢人吗？！"许立荣斥责着面前这个名叫二蛋子的伪军，众乡亲也开始七言八语地数落开了。

"再这样下去，谁还给你说媳妇！"

"是呀，跟着日本人有啥好果子吃。"

"我们也不愿意来，这不是'皇军'派我们来的嘛，吃谁家的饭就应听谁管啊。"二蛋子挠着头皮说。

"二蛋子，你再这样下去，就会像尚家庵的大汉奸乔公明一样，早晚吃枪子。"

"就是，人还自称'火神爷'呢，不比你厉害。"乡亲们七嘴八舌地说着，最后二蛋子几个伪军灰溜溜地走了。

罗顺友在许立荣家养伤始终处于保密状态，乡亲们并不知道罗顺友的真实身份，但他们知道伪军要找的人一定不是坏人，于是都主动站出来帮助罗顺友。为了安全起见，罗顺友继续装哑巴，并认了高大娘做干娘。从此，"罗哑巴"的名字就在附近村子里传了开来。

因为长时间的朝夕相处，许立荣与罗顺友之间产生了感情。两个月后，罗顺友身体康复，两人的爱情序幕也就此拉开。

何郝炬来到二地委

经历了春节期间敌人的偷袭围堵后，敌我双方都有了疲惫的迹象。敌人为了巩固"扫荡"成果，在我方活动频繁的区域加紧修建炮楼。陵县县城北面十多公里处的陈宝亮村被敌人选为重点布控位置。他们占用了村子西南角的一处民宅修筑土楼两座、暗堡四个，随后派驻日军三十多人、伪军一个中队，总兵力在百人左右。在各交通要塞处，敌人要么增加了据点，要么在原来的基础上筑高墙、挖深沟、增加人数等。随着敌人布控力量的增强，我方的交通联络变得愈加困难，边区根据地的范围也在逐渐缩小。

"我还是要尽快到二分区去，只有把那里的工作开展起来，才能尽可能地减少敌人'扫荡'带来的不利影响。"在何郝炬的反复请求下，张晔同意了。

2月，何郝炬从朱家寨出发，绕道德平北部，行走了大概五十多公里后进入了德县。在小张家村何郝炬见到了二地委书记杜子孚和津浦支队支队长靳兴侯。

"早就等着你们的到来了。"杜子孚这是第二次见到何郝炬。

"鲁西北边区是最晚开辟、力量最弱、形势最严峻的地区，特别需要领导的帮助、指导。巡视团的同志从北方局来，具有很高的理论政策水平，对于我们这个地区的工作开展是极其重要的。"何郝炬他们刚坐好，杜子孚就谦逊地介绍起来。

"我和同志们一样，谈不上有多高的水平，只是在张晔同志的指导下，做一点具体工作，到这里来，一方面是了解这儿的斗争情况，另一方面是向地委的同志们学习。你刚才把我们说得太高了。"何郝炬说完端起水杯呷了一口。

随后，杜子孚诚恳地向何郝炬介绍了地委的情况：二地委是去年从鲁北地委分出来的，专署成立得还要稍晚些。他就是那时从津南地委调过来的。现在二地委管辖范围内的德县、陵县、临邑、平原、禹城五县都建立了县抗日民主政权和县委，也都有了县区游击队，德平县目前只有党组织，没有建立政权。

"年前，由于汉奸告密，陵县县委书记孙晓峰被捕了，目前下落不明。县委的工作暂时由宣传部部长丁学风兼着。"说到这里，杜子孚停顿了片刻，又接着刚才的话题介绍，"二分区这几个县的工作开展得有早有晚，各县既有我方活动区，又有敌伪控制区，边缘游击区呈现插花渗透的局面。过去我们在陵县、平原的控制范围很大，这一带也成了我们抗日根据地的中心。去年，敌人对这两地进行了大规模的'扫荡'，并新设了据点，使得我方的活动开展遇到很大困难。现在中心区、边缘区已经很难分辨了，主力部队只能在几个县之间跳跃行动，地方上也只能是小股武装分散活动。这里比起一分区，各方面条件都差很多。"杜子孚喝了一口水后继续说，"以德县为例，德县有八九个区。但我们现在的活动范围只是东部两区的一部分，因为这两个区的敌伪军据点少。西部几个区我方的武装还进不去，无法建立政权。总的来说，我方的中心区占总面积的比例很小。抗日活动一般在夏秋两季开展，那时候庄稼长起来了便于隐藏，冬春两季则异常困难。"

杜子孚分析得很细也很有道理，德县东边的两个区指的就是东堂和徽王一带。"我们一个县一个县地了解情况，针对不同问题，再商讨解决的办法。"何郝炬说。

杜子孚建议先从德平开始："德平县靠近乐陵中心地区，虽有几个敌伪据点，但力量相对薄弱。我方有两支部队经常在这一带活动，农村党组织也有一定的基础，分布也比较均衡。虽然县工委成立时间较长，但在当地的领导力不强。"

"您去指导开展工作，对德平党组织的发展将是一个推动。一个月时间就够了，之后再去其他县。"杜子孚最后说。

接下来，靳兴侯又谈了津浦支队的一些情况。津浦支队不是过去的那支部队，只是沿用了原来的番号而已。说到底津浦支队是德平县境内的游击队，支队人员都是德平县人。靳兴侯在外地上过大学，算是德平县有文化的人。他在德平教过几年书，抗战全面爆发后到东进抗日挺进纵队军政学校的干部班接受过培训，回到家乡后组建了这支队伍。

"我们就是德平县的游击大队。我们和曹五旅有过口头承诺，八路军可以在德平活动，但不得建立政权和地方武装。用其他番号，我们既能在德平活动，又能在德平外边的其他许多地方活动。"

"那这个曹五旅和你们之间是否经常有矛盾或摩擦？"何郝炬问。

"暂时还没有。"靳兴侯说，"不过未来会怎样不知道，因为国民党经常从中搅和。八路军过去对曹振东有过帮助，杨忠司令员还曾做过曹五旅的党代表。"

情况了解得差不多后，何郝炬来到了德平农村，他决定从了解农村党支部开始：党员在群众中的组织活动，如何提高党员的觉悟，怎样掌握村政权，怎样支援人民军队等。实际上，每到一个村除了了解他们的活动情况外，何郝炬更多的是向党员进行党的宗旨和理想的教育，向党员进行如何团结群众进行对敌斗争的教育。让何郝炬意外的是，这里的党支部都是在残酷的斗争环境中建立起来的，有支部的村庄不多，但吸收进来的党员大多具有相当高的文化水平和思想觉悟；支部活动也都有具体内容，而不是光说说而已。

不久，何郝炬见到了回民大队大队长李玉池。何郝炬之前就听说过，李玉池领导的回民协会在回民群众中有相当大的影响力和凝聚力。回民大队在离开陵县县大队时人数并不多，在李玉池的影响和号召下队伍发展得很快。现在回民大队不仅在德平有很好的生存发展条件，在鲁北各县也可以自由地开展活动。这次相见，何郝炬通过李玉池了解到了更多的情况。

1940 年，边区根据形势需要成立了回民救国会，边区领导派当时在二军分区的李玉池到救国会工作。回民救国会是冀鲁边区第一个回民组织，刚成立时王连方是主任，刘振环是武装部部长，陈道宏是宣传部部长，丁希野是宗教部部长，李玉池是青年部部长。随着形势的发展，回民救国会决定成立回民部队。当时一军分区已建有一个回民大队，陵县县大队的这支回民部队就成了二军分区的一个回民大队。组织决定由李玉池任大队长，另外指派连长、副连长、指导员等。至此，回民大队正式组建完成。回民大队发展到一百多人的时候，部队的活动范围就不再局限于德平了。临邑、陵县、德县等二军分区的地界上都能见到他们的身影。之前回民大队属于地方武装，和主力部队是分开的。眼下主力部队和分区合并，回民大队就直属二军分区领导了。军分区之前不断给大队补充武器弹药，再加上缴获来的武器弹药，回民大队逐步发展成了一支人员装备齐整、战斗力很强的部队了。

听完李玉池的汇报，何郝炬感到很欣慰。李玉池身材高大魁梧，看上去比较粗犷，但仔细听下来，何郝炬发现，此人的文化水平较高，交流中如果有问题会当场指出来。粗犷中有真诚、镇静中有果断、工作热情高是何郝炬对李玉池的第一印象。

一个月下来，何郝炬感受颇深，不知不觉中增长了不少地方知识和对敌斗争的经验。在来之前，上级把二地委的这几个县定性为工作较为薄弱的县，但他发现二地委从领导到基层支部，都还是很有战斗力的。和他曾工作过的山西翼城比较，这里的工作环境显然更为严峻和恶劣，但是战斗在这里的人们表现出了同样的顽强精神，他们对艰苦的革命斗争充满了乐观和信心。和这样一群干部、群众一起战斗、生活，令他对未来充满无限的激情和信心。

何郝炬走访完德平准备去德县时，杜子孚对他说："德平和德县是两个完全不同的县。德平的党组织有一定的基础，有自己的武装，但是没有抗日民主政权。德县有抗日民主政权和地方武装，但活动范围不大，党组织的实力比德平薄弱得多。德县面临着如何发展农村党组织、发动群众、扩大政权和武装活动范围等问题，工作环境比德平要复杂得多。"

就在何郝炬信心满满准备去德县的时候，他接到了冀鲁边区军政委员会的通知，让他先放下二地委的工作，马上回去。

黑田的 "挽歌"

当敌人调集人马对杨忠、龙书金他们实施"合围突袭"时，吴匡五率领县抗日民主政权机关和县大队也正在马腰务一带活动。为摆脱敌人的"追剿"，吴匡五主动与主力部队分开，以分散敌人的注意力，掩护主力部队转移。他让机关人员组成一个战斗小分队，粮秣科科长王工一率领转移。自从粮食合理负担工作完成后，王工一身上的工作忽然多了起来。一些复杂、棘手的问题，吴匡五都愿意交给他去办，这次也一样。和王工一分开后，吴匡五率领着县大队灵活地与敌人周旋。他们数度穿插在多路敌军的空隙间，最艰苦的那一夜，他带领同志们奔走了三个县。经过连续几日的穿插迂回，他们终于摆脱了敌人的追击，再次赶到了陵县四区的四王寨村。

当房东王大娘说要给吴匡五热饺子时，他才想起今晚是除夕夜。吴匡五此时的心飞回了阳信老家。他来到院子里，对着家的方向在心底默默祈祷："娘、孩儿他妈，这个年你们过得好吗？离开家三年多了，我也想家、想你们。春天家里闹灾荒，也不知你们是咋熬过来的。听说因为我，孩子们要饭时都不敢暴露自己的身份，我对不住孩子们啊。父亲离开我们已经八个月了，听说他病重的那段日子在不停地喊我的乳名，我知道他是想我了，想我这个一走就是三年的不孝儿子。我也想你们，可我不能回去。主力部队撤走后敌人虎视眈眈，每时每刻都想吞噬我们刚刚建立起来的抗日民主政权。没能给父亲他老人家送终，也不知他能原谅儿子吗……"

吴匡五想给家里写一封信，等边区开会时让家乡的同志捎回去。于是，他提起了笔。

母亲大人：

　　恕儿不孝，这个春节又没能回去陪你们。我这里一切甚好，请母亲勿念，只是因为工作太忙，实在抽不出时间回去。母亲，请不要责怪儿子，是日本鬼子的侵略造成了我们骨肉分离，他们欠下的血债太多。当您看到我们的战士一个个倒在鬼子的屠刀下时，我相信您是不会责怪儿子的……

他不想再写下去，一是怕母亲牵挂，二是时间不允许，因为他还有许多的工作要做。

刚把大家安顿好，他就接到了边区敌工部派人送来的消息：延安抗大毕业的三百名学生干部东进，已有部分人员到达陵县的五区一带，让他把这些人妥善安置，绝不能出现任何差错。他想趁机让民兵及各区武装在全县袭扰敌人，这样做一是迷惑敌人，扰乱敌人的视线，让这批学生顺利通过；二是作为对敌人此次大规模"扫荡"的回应，激发全民的抗日热情。

通知下发后，各区迅速行动起来。

一天，陵县县委宣传部部长丁学风去滋镇孙明山小学找教师张立元，他进门便说："大显身手的时候到了。"张立元猜到有任务来了，忙放下手中的课本。

一小时后丁学风走出校门，他看见张立元远远地向他挥手告别，他觉得这块好钢到了用的时候了。

张立元，糜镇湾头李村人，是丁学风的学生。早些年在张耀龙村读书时，受老师进步思想的影响秘密加入了中国共产主义青年团。后来在丁学风的安排下，张立元进了离孙禄还据点较近的滋镇孙明山村，当了一名小学教员。此后，他以教师的身份作为掩护成了我党地下工作的秘密联络人。不久之后组织批准他加入中国共产党。

一个多月前在湾头村大集，他提着石灰水小罐在村头墙壁上写下了"共产党万岁"五个大字，最后落款"张贯一"。当时附近的西刘村还驻着曹五旅的一个班，丁学风每每想起这件事都会为有这样的热血青年学生而自豪。

张立元当晚就找了后王寨村的民兵王志高、王志远、王志深、王金石、郑明远等十几人，经过商量，他们决定把附近连接敌人据点的电线割断，能破坏多少算多少。

月上树梢的时候，他们悄悄来到寺后刘村的东南角。他们要从这里开始，争取用一晚上的时间割断通往孙禄还据点的电线。他们中有负责搬梯子的，有负责捯线的，还有负责放哨的。当他们拆到于文林村附近时，东方出现了亮光。

"还拆不拆？"郑明远问张立元。黑暗里，张立元看大伙干劲正浓，便说："加把劲，再有两三空就到炮楼下面了，注意不要弄出声响。"

王志深说："伪军夜里不敢出门，大胆地干吧。"

张立元说："那也不能掉以轻心，安全第一。"

话音刚落，炮楼里就传来了两声清脆的枪声。

"什么人，干什么的？"黑夜里传来了伪军的吆喝声。

"不要慌张，沉住气，这是伪军给自己壮胆呢。"张立元提醒大家。大家屏住呼吸，片刻后炮楼里真的安静了下来。张立元一挥手，民兵们又开始行动了。

大半宿过去他们没有听到一声狗叫，这让张立元觉得去年的打狗运动是非常明智的决定。

孙禄还据点里的伪军在天亮后出门，他们望着光秃秃的电线杆露出了惊恐的表情。

五区的民兵也忙活开了。赵辛村、王家庙、三官道及周围几个村子的民兵正在联防队队长徐文才的带领下，研究如何袭扰敌人，这时有民兵急匆匆地赶来。民兵手里拿着附近岗楼里刚刚传出来的一个纸卷，徐文才打开一看，上面写着"明天鬼子队长黑田要来附近'扫荡'"。徐文才惊出了一身冷汗，因为有一部分东进的大学生正藏在三官道村。

莫非敌人知道了消息？事不宜迟，他马上向刚刚兼任五区区长的王兆曾汇报了情况。王兆曾觉得事关重大，大学生的安全问题是件大事，吴县长曾专门嘱咐过他。

王兆曾说："我现在到三洄河附近去找咱们的主力部队，你悄悄把联防队员组织起来，区小队随后会赶到三官道一带，听我的消息。"

杨忠、龙书金率领十七团突破了敌人的大规模"围剿"，稍作休整后就跟随教导六旅的主力执行"集中主力打通边区和清河区通道"的任务去了。为防止二分区防地过于空虚，他们留下了一个连配合县大队活跃在三区、四区附近。

王兆曾找到高连长他们时已是晚上 11 点多。高连长认为，敌人知道大学生在村子里的可能性不大，不然来"扫荡"的就不只是岗楼里的这些敌人了。以防万一，他们还是迅速进驻到三官道附近设伏，同时他还认为最好是把敌人引向他处，待机全歼。

王兆曾听了，心里顿时豁亮了。

"对啊，把敌人引到三官道东面的马家寺去，那里地道都修好了还没发挥过作用呢。"

高连长听罢拿出了地图，然后在徐家店西面的三官道画了一个三角，最后又在徐家店上面打了个叉。

"就在这里歼灭黑田！"

第二天拂晓，黑田骑着高头大马带着二十多个日本兵和五十多个伪军大摇大摆地朝三官道出发，他们后面还跟着几辆拉东西的大车。他或许认为春节的大规模"围剿"后，八路军不敢再在这一带活动了，剩下的地方武装也不敢露面了，因此胆子就大了起来。离村子一公里的地方有个岔口，徐文才带着六七个民兵埋伏在岔口旁的沟里。见敌人到跟前了他们一齐开火，走在前面的一个敌人当场毙命，黑田吓得急忙从马上跳下来。敌人的队伍一阵慌乱，等缓过神来他们发现有几个人正往东面的村子跑。气急败坏的黑田把手里的指挥刀一挥，日伪军一窝蜂似的朝村子里拥去。徐文才他们在村口又打了一阵，引得敌人的机枪、小炮一阵猛轰。在村里负责指挥的王兆曾命令徐文才他们停止射击，放敌人进村。敌人的队伍追到村口看不见地方武装后就停止了射击。他们端着上了刺刀的枪在村里四处搜寻。这时村内枪声四起，墙缝里、磨盘下、水井沿上到处都有子弹射出。有几个伪军听见一处院墙上传来了枪声，他们迅速冲到门口。刚推开门，一个炸雷就把他们送上了西天。

处处挨黑枪，还找不到地方武装的影子，自己的人已经死了二十多个了，黑田气得嗷嗷直叫。这时有日本兵来报告，说刚才跑的那几个人在村北露面了，正向徐家店跑去。黑田将剩下的日伪军集合起来朝徐家店追去。敌人见几个人进了一个大场院，便乱叫着拥了进去，等进去后他们却一个人也没见到。他们东找西找，黑田突然发现柴草垛里伸出了一支枪管来。他还没来得及喊出声，一枚子弹就擦着他的耳朵飞了过去。

"快，快跑！"黑田的话还没说完，又有几支黑洞洞的枪口吐出了火舌。武工队的队员们早已在房顶及两侧埋伏好了。一阵乱枪过后又有十多名敌人和伪军被击毙。黑田意识到中了圈套，他被三十多个人护着冲出了院子。有十几个日伪军躲在北屋用机枪朝外面疯狂扫射，几名联防队员瞬间倒在地上。民兵队长王连胜见自己人牺牲了，马上急红了眼。

"点火，烧！"一声令下，房顶上的两名联防队员往屋门口的两堆柴草上扔下了一个火把，柴草堆瞬间被点燃。不多时，屋里的敌人狼狈地窜了出来，除三人逃走外，剩下的有被联防队员用刀砍死的，有在逃跑的过程中被子弹撂倒的。

黑田带着剩下的不到三十人还没跑出村子就被及时赶到的八路军截住了。穷凶极恶的黑田刚举起东洋刀就被一名武工队的队员击下马来。倒在地上的黑田眼睛瞪得大大的，到死也没弄明白这些人为何这么厉害。其余的敌人匆忙跑进了附近的一座寺庙，被八路军悉数击毙。

还没到 10 点，战斗就结束了。打扫战场时发现，这场战斗共击毙敌人六十多人，缴获枪支弹药若干。敌人逃走的不到十人。

"毛主席指示真英明，村村地下筑长城；来无踪，去无影，打得鬼子送了命。"看着联防队员们哼着小曲，脸上还露着得意劲，高连长的脸上露出了笑容。他想，这应该是唱给黑田的"挽歌"吧。

"赶快撤吧，一会儿临邑城的鬼子该出动了。"王兆曾提醒大家。

陵县抗日民主政权近期的活动比较多，成了日本人关注的焦点。敌人把恨全部集中到了吴匡五和他率领的县大队身上。熟悉陵县一带情况的藤井队长被驻德日军头目金川美治郎叫了回来。藤井来到陵县后调动了所有据点的敌人连续不断地向我县大队常活动的三区、四区、五区展开"拉网式扫荡"。县大队每到一处还没站稳脚跟，敌人就跟来了。

"县抗日民主政权和县大队应该到外围去，要避敌锋芒。和部队的同志商量一下。"吴匡五向杜子孚汇报完情况后，杜子孚下了决定。

德县危机

德县靠近津浦铁路，县城德州是鲁北最大的城镇，日军在那里驻有重兵。在德县开辟抗日根据地的工作非常艰难。随着德县抗日民主政权的成立，县、区武装也要相继建立起来。德县的党员骨干少，开展活动时经常顾此失彼，因此发展基层党员的工作迫在眉睫。随着二地委的建立，组织部部长李萍（原名于梅先）安排刚从抗日军政学校结业归来的许辛光前往德县负责建立德县党小组。经过一个月的筹备，1940 年冬天德县党小组成立。德县党小组是德县的第一个党组织，组长许辛光，组织委员王学武，宣传委员李占忠（后改名为薛寒衫）。德县党小组成立后，党员的发展工作也有序地开展起来。此时，陵县抗日民主政权也正准备迁往德县。

在三泗河小学，吴匡五正在给县府机关干部及县大队中队以上干部做转移前的动员工作。魏方亭坐在前排，他手里拿着个小本本，不停地记着。

晚饭前，泗河乡党总支书记魏立勋告诉他，吴县长在学校有个学习动员会，让他参加一下。这个消息对魏方亭来说是激动人心的。魏方亭的心早已不在大药房里了，这一点魏玉坤看在眼里，但老人的内心是矛盾的。虽然他是以满腔的热情来对待那些抗日干部，抗日工作也是积极主动，但真要将儿子送进抗日队伍，他还是犹豫了许久。通过来来往往的在他这里治疗的八路军战士和抗日干部，老人知道抗日的路不好走而且充满了危险。方亭给他提过几次说想要参加抗日，但他都用药房的零碎事支开了。眼下药房缺人手，老大方成性情懒惰，老三方荣虽然机灵，但岁数小还挑不起担子，他的身边也需要魏方亭。在那些抗日干部身上，他看到了太多向上的力量，看到了阳光和活力，他又盼着儿子也能成为那样的人。这次魏方亭提出来要参加学习，他思量了许久，最终还是答应了儿子。

早春的鲁西北一到晚上室外还很寒冷。敌人的袭扰让村民们养成了一到黑天就关门的习惯。整个村子早早地安静了下来，只有村口偶尔能听到哨兵交接的口令声。

三间教室里黑压压地坐满了人。吴县长手里拿着一份文件站在讲台上，头上吊着一盏马灯。屋里显然要比室外暖和得多。

"日本鬼子在我冀鲁边区实行大规模'扫荡'后，开始在华北采取'分区'政策。即'治安区'（敌占区）、'准治安区'（游击区）和'非治安区'（抗日根据地）。对'治安区'以'清乡'为主，实施并强化基层保甲制度，镇压一切抗日活动，扩大伪组织，加强伪军力量；掠夺控制和禁运经济物资，掳掠和压榨劳工，加紧对人民的征敛搜刮；实行奴化教育，广泛进行思想文化上的麻醉、欺骗。对'准治安区'以'蚕食'为主，通过大量修筑公路网和封锁沟、封锁墙制造无人区，隔断'准治安区'和'非治安区'的联系，并随着'蚕食'的进一步发展，逐步将'治安区'的做法在这些地区加以推行，使之殖民地化。对'非治安区'以'扫荡'为主，实行烧光、杀光、抢光等毁灭性的'三光'政策，并进行普遍而严密的分割、封锁，使抗日根据地处于严重的困难之中。"

吴匡五读完这些后停了停，望了一眼下面，把文件收起后又说："我们四区，说得再具体一点就是我们泂河乡，按照日本鬼子的分类是标准的'非治安区'。但是现在小鬼子不让我们在这里待了。最近驻陵县、德县两地的鬼子由过去的一百五十人增加到六百人，伪军也增加到两千多人。除了反复不断地'扫荡'外，沿德、陵两县边界挖封锁沟长达二十三公里，沿封锁沟增设了十一座岗楼；在德县县城至盘河的公路两侧挖深沟约十七公里，除原有的十处据点外，又增设了三十处。敌人一再压缩我们的生存空间，我们咋办？"

"打，打这些狗日的。"

"对，我们跟小鬼子拼了。他们赶不上我们的人多。"

……

"我们当然不能在这里坐以待毙，但硬拼肯定是要吃亏的。"

说到这里吴匡五停了停。下面的人都屏住呼吸望着他，等着他讲下面的内容。

"根据上级的指示精神，我们县大队和抗日民主政权要暂时离开这里。"

"要离开，那要去哪呀？"

"叫敌人认为我们是吓跑的，说啥也不能走啊。"

"对啊，咱挖的有地道，打不过鬼子咱到地道里躲着就是了，怎么也不能离开这里呀。"

人们又是一阵议论。魏方亭的心跳得很快，但他很快镇静下来。现在的他觉得只要能参加抗日队伍，到哪里去都一样，只是不知道父亲让不让他跟着队伍走。

"我们要避开敌人保存实力，所以暂时转移到外县去。我估计时间不会很长，我们还会回来的。"

就在吴匡五开动员会的那个夜晚，罗院据点的敌人又出动了。及时得到消息的吴匡五他们被迫连夜转移。

魏方亭没有跟随县大队一起行动，吴匡五让他留在村里，说还有更重要的工作要他做。

根据二地委的安排，陵县抗日民主政权转移到了德县八区。为便于工作，地委决定将德县八区划归到陵县七区。这样一来德县抗日民主政权就仅辖一个九区了。为更好地开展工作，县政府把九区一分为二，东堂以南为一区，东堂以北为二区，魏维祥、于洪臣分别为区长。

吴匡五他们刚刚安顿下来，九区就传来了坏消息：二区区长于洪臣被人暗杀了。于洪臣是商河县白桥村人，早年加入中国共产党。遭暗杀时他正率区队战士在东堂以西五公里处的徐百马村宿营。原来二区区公所内的一名工作人员暗里投靠了汉奸宋达民。经过密谋，在那名叛徒的带领下，几名汉奸伪装成村民来到了于洪臣休息的地方，将其残忍地杀害。于洪臣牺牲后，县抗日民主政权马上任命孙义民为二区区长。

几天后，由于汉奸告密，一区区长魏维祥也陷入了险境。

麦收刚过，一区区长兼区武工队队长魏维祥、副队长宋刚带领区队十多人袭击了义渡口的日伪据点。虽然没给敌人造成大的伤害，却吓得日伪军缩在炮楼里不敢出来，只能在黑夜里对着天空放空枪。折腾了日伪军大半宿，魏维祥担心天亮了队伍暴露，便在拂晓前撤出了战斗，带领队伍回到徽王附近的东西解家休息。区机关就设在这个村里，他们与建党小组组长许辛光住的村子东冯家寨只隔几十米远。

早起后，许辛光在院子里活动了一圈，然后简单扒拉了两口饭，就开始提笔给地委写关于于洪臣遇害的情况汇报，只是几次提笔都没有写成。于洪臣的牺牲令他十分痛心，这么优秀的党员干部，没牺牲在打敌人的正面战场上，而是倒在了汉奸的暗杀中，过分悲伤使他笔下的文字难以成行。如果正气不能压制邪恶，德县的工作就难以开展。眼下，德县需要一场胜利来缓解人们的压抑心情。

"也不知昨夜的行动咋样了，该去看看魏维祥他们。"许辛光再次搁笔，决定去东西解村看看。

昨天上午魏维祥找他一起研究当前形势下该如何开展工作。他们俩都感觉德县的抗日活动与陵县相比存在不小的差距。虽然这与群众基础及周边环境有很大关系，但照此下去，何时才能翻身呢？魏维祥说："于洪臣区长被害，激起了武工队员们的仇恨，大伙一再要求干它一家伙。和敌人面对面硬来肯定不行，就是想袭扰一下敌人解解气。"许辛光提醒："在目前的情况下，咱们的人不能有任何闪失。"魏维祥紧接着就派人去勘察义渡口据点周围的地形，准备晚上袭扰敌人。

麦子刚刚收割完毕，地里已有部分村民开始夏种。由于准备工作做得好，敌人的抢粮计划大都破产，这让许辛光感到一点欣慰。他边走边思考这些问题，等他赶到区武工队住处时已是上午 9 点多钟。

这是一座位于胡同深处的大院，有五间平顶的北房，大门面西，院子东南角有一间厕所，院中间堆放着好多麦草、干柴，院子两侧修有两米高的花墙。院墙外面西侧是胡同，东侧是一片空地。

许辛光进屋时，魏维祥和队员们挤在一个炕上睡得正酣，另两间屋子的炕上也躺满了熟睡的武工队员。

"让他睡吧。"副队长宋刚想叫醒魏维祥，被许辛光止住了。

"昨晚上顺利吗？"

"还行，把小鬼子折腾得够呛，可劲地放空枪，又不敢出炮楼。"

"队伍没有损失吧？"

"怎么会呢，夜里是咱们的天下……许组长，你先坐一会儿，我去查哨。"宋刚扯过了一只方凳，小声地招呼许辛光坐下，然后提着匣子枪出了院子。

许辛光望着炕上横七竖八睡得香甜的队员们，从兜里掏出纸笔继续给地委写报告。

事件经过写了有两页纸的样子，他还想总结一下这次的教训，如工作人员的甄别、住地选择、布哨……每一方面似乎都有缺漏。想起布哨，他忽然想起副队长宋刚查哨有些时间了还没回来。他坐不住了，于是放下纸笔起身来到院子里。院外静得出奇，他的心跳开始加速，一种不祥的预感涌上心头。

他快步走向门口，他刚把头探出门外就惊出了一身冷汗。一名腋下夹着"五色旗"（伪政府的旗帜）的伪军正端着枪从胡同南面走来，已到达门口。

"敌人，有敌人！"许辛光大声疾呼并迅速拔枪。听到喊声，伪军扭头就跑，许辛光顾不上这名伪军，他跑进屋里把队员们喊醒。魏维祥揉着眼一骨碌从炕上爬起来提枪就朝门口跑，其他队员们也都提枪跑出了屋子。

当魏维祥来到门口时，又一名伪军从胡同北面端枪过来，两人几乎来了个面对面。魏维祥甩手就是两枪，伪军立刻倒在地上，战斗就这样开始了。魏维祥做了简单的部署，许辛光和班长张大虎爬到东南角厕所的屋顶上，屋顶上面有一圈女儿墙，正好能跪着射击敌人；其他队员有利用后窗的，有爬上屋顶的，有踩着凳子以墙头为依托的。

魏维祥卧在门口，紧盯着胡同两头，敌人一出现他就不慌不忙地一枪一个。匣子枪不过瘾，他吩咐通信员小宋送来一支步枪。

"小宋，把子弹送来。"

"小宋，也给我送些过来。"

"我这里手榴弹没了，快给我送些。"

小宋成了运输队长，在院子里不停地跑着。

战斗越来越激烈。西面、北面的房顶上出现了敌人，南面的屋子在枪弹声中燃起了大火。敌人的手榴弹开始在院子里爆炸。

"小宋，赶快把院子里的柴火搬进屋里，否则烧起来就麻烦了。"一颗手榴弹在院子里爆炸后魏维祥大声吩咐着。

当最后一抱柴草被小宋抱走后，一颗手榴弹在堆放柴草的地方爆炸了。弹片擦着小宋的头皮飞过，血瞬间流到了下巴。他以为是汗，就顺手抹了一把，结果弄了个大花脸。魏维祥再喊他要子弹时才发现他负了伤。

"快去包扎一下。"魏维祥大声喊着。

"过一会儿吧，这点伤算啥，我一点感觉都没有。"小宋取回子弹送给魏维祥时说。

"魏维祥，快投降吧，你们被包围了！"

"魏维祥，投降吧！"

开始是西面屋顶上的一个人在喊，接着好几个人的喊声从西面、北面传来。

"当汉奸可耻，当汉奸死路一条！"魏维祥大声回应着对方。

许辛光正在屋顶上密切关注东边村外的动静，听到喊声后，他一回头发现胡同西面的屋顶上有个头戴草帽、身穿白衬衣的人。那人正在大声指挥："南边的给我冲，大胆地冲，北面的给我猛烈地射。院子里只有十来个土八路，不要怕。"话音刚落，两侧的枪声马上密集起来。

两人相距不过五十米，许辛光端枪对着那人瞄准，接着便扣动了扳机。随着枪响，那人嘭的一声跌了下去。接下来不但西面没了声音，四周屋顶上也全都不见了人影。外面的枪弹声顿时稀疏下来，虽然还是能听到敌人在院子外面喊"冲"，但总不见有人进来。敌人不往里冲，魏维祥他们也不敢轻举妄动。双方这样对峙了好久，其间偶尔有零星的枪声响起。下午两点后，院子外面彻底静了下来。

看到许辛光从屋顶上下来，魏维祥起身，他招呼一个队员来顶替他的位置。

"敌人故意不打枪，是不是在骗我们突围，趁机消灭我们？"许辛光对魏维祥说。魏维祥摇了摇头说："不像，外面太静了，若真是敌人的圈套，都这么长时间了，他们应该早就沉不住气了。"

"那就耗着吧，反正敌人不敢在根据地过夜，若真耗到那时，咱们就趁天黑突围出去。"许辛光说。

又过了一个多小时，听到外面有人吹口哨，还有大人在唤孩子，许辛光和魏维祥交换了一下眼神，相互之间示意再等一会儿。太阳偏西时，区交通员老高过来送信，说敌人真的撤走了。队员们这才把紧绷的神经松弛下来。

老高介绍说："许辛光打伤的是牛王据点的汉奸副营长，这帮伪军就是他带来的。由于伤势过重，还没抬回据点就死了。"大伙听后脸上都露出了笑容。

"宋副队长呢，宋刚呢？"魏维祥突然想起来很久没见到宋刚了。

"上午来时我见他了，说是要查哨去。"许辛光也突然想起宋刚来。

"小宋。"

"到！"

魏维祥见小宋头上缠着绷带，就转头冲正在打扫战场的张大虎说："张班长，快到村口去找一找。"

张大虎刚出大门就见两个老乡抬着宋刚往院门口走来，宋刚牺牲了。

在门口那名被打死的伪军身上，除了一把匣子枪和一支长枪，许辛光还翻出了怀表、扇子、自行车扳手等物件。他们还从这人身上搜出了两张通行证，让许辛光没想到的是其中一张竟是曹五旅签发的。

"曹振东，你的狐狸尾巴终于露出来了。"许辛光气愤地说。

忽然村外传来了一声枪响，接着有老乡喊："鬼子又来了。"

魏维祥没来得及多想，急忙命令队员们向村南转移。他感觉敌人不会就这样善罢甘休，敌人看到伪军这么狼狈地回去一定会反扑。

晚上，新任德县县长曹茂先在东西解村东南的西庞村找到他们后，告诉他们日伪军的确又返了回来，只是快到村子时忽然发现我军分区的部队正在向这里进发。专署机关当时正在附近村子里，为安全起见，战斗打响后他们朝东面的安善仁村转移。这次行动正好被汉奸发现了，他们把消息传给了正在行进的日伪军。同时，民运科科长张龙带着一部分人也即将到达东西解村。消息一个接一个传去，敌人认为八路军为他们在东西解村设下了陷阱，是故意引他们来的。敌人不敢再前进半步，对着天空放了一阵枪后就打道回府了。

这次敌人偷袭，伪军有二百五十多人，其中七十多人是自行车汉奸队。敌人死伤大约有七八人，我方区队副队长宋刚牺牲，通信员小宋负轻伤，其他人毫发无损。这一仗给许辛光及曹茂先他们提了个醒：这一带的汉奸耳目已成了抗日斗争的一大祸患。

"德县的被动局面必须尽快扭转，还有没有更好的办法？"杜子孚听取了曹茂先的工作汇报后找到了刚刚兼任军分区司令员的龙书金。经过一番商议，他们决定开辟县城德州以北至吴桥南的德县原三区，任命张龙为三区区长兼区武工队队长，区武工队配合主力部队行动。他们还决定调用军分区的三个营的兵力从北面挺进德州城，形成兵临城下之势，这样做可以转移敌人的注意力，缓解陵县、德县抗日根据地的压力。经过半个多月的激战，进逼德州城的部队被迫退了回来。

龙书金、杜子孚他们认为，敌人无论是兵力还是地理位置都占有绝对优势，在陵、德两县根据地丧失后，敌人掌握了主动权。他们以逸待劳，对我方无后援的城下部队进行打击，军分区派出去的部队处于送上门挨打的被动局面。

主力部队从西部撤走后，德县县委让县侦察班临时补充到三区区队，以维持正常的武装力量平衡。由于三区还控制在敌人手中，区队便只能撤至牛王、徽王庄一带。同时，陵县县委根据二军分区的指示精神回到了陵县，将原八区归还德县。德县又恢复了八区、九区建制，保留了三区编制，崔光明、魏维祥、张龙分别任三个区的区长。德县的危机依旧没能摆脱。

绥靖策略

鉴于冀鲁边地区严峻的对敌斗争形势，1941 年 7 月 1 日，中共山东分局号召全体党员、各级组织、各地军民"紧急动员起来，为建设、巩固山东抗日民主根据地而斗争！"同时要求做好五项主要工作：第一，要建设真正进步与彻底的抗日民主政权，各级政府机关与参议会要实现普遍民选，实行"三三制"。坚决实行最低限度的民生改善事业，切实做到减租 20%，工作好的地区逐渐实行减租 25%。普遍实行合理负担。实行法制的领导，一切依照已经颁布或即将颁布的法令、条令去行使政令。第二，要建设自给自足并能支援其他抗日根据地的财政经济事业。第三，要建设强大的地区工作与普遍的民兵制度。第四，要建设社会化与群众化的文化事业。第五，要开展广泛的群众运动……

虽然陵县的抗日活动在好多方面与上级的指示精神不谋而合，但面对巡视团指出的问题，地委书记杜子孚还是有所顾忌，所以工作起来手脚也受到了一定的束缚。现在，有了山东分局的工作安排，杜子孚的心里更加踏实了。

"你们陵县县委和县抗日民主政权应当回到老根据地去，然后按照上级的指示精神，一步一步地走。"杜子孚看着吴匡五、丁学风，接着又说，"德县的环境过于恶劣，起初我们认为只要躲过了敌人的反复'围剿'就是胜利，但实践证明离开抗日根据地开展工作是难上加难的事。"

"我们在德县的工作还没有做好，只要给我们时间，不远的将来德县八区也会被打造成陵县四区那样的根据地。"这样撤出吴匡五有些不甘心，他向杜子孚表决心。

"德县目前的局面不是哪个人的原因，是社会大环境的问题。军分区研究过了，准备把临邑县大队的路有水调到德县帮助开展锄奸活动。陵县县委、县抗日民主政权撤回陵县根据地后暂时秘密开展活动，这个时期不宜大张旗鼓地开展工作。"杜子孚说完见吴匡五还心事重重地站在那里，就走过去拍了拍他的肩膀，"'客观现实的行程将是异常丰富和曲折变化的'，这可是《论持久战》中毛主席说过的一句话呦。"

陵县县委和县抗日民主政权重新回到陵县根据地后，根据中共山东分局的指示精神，对党的基层组织重新进行了梳理、完善，派贾子良、王同善去开辟二区根据地。不久二区区公所成立，区长刘润生不再遥控指挥。至此，陵县已建立起四个区级政权。陵县在进行县、区抗日民主政权建设的同时，也进行了乡级政权的建设。

"对乡政权的建设主要采取以下两种方式：第一种是新建，即由共产党员和经过党组织培养的地方干部建立乡政权（亦称新政权）；第二种是改造，即旧乡政府人员只要不失民族气节，就可对其进行抗日救国的教育，继续保留其职，这种改造亦称两面政权。"杜子孚在二地委召开的各县主要负责人会议上认真强调了这两点。吴匡五听完就开始在心里盘算：新建的乡政权很好理解，如魏立勋领导的泗河乡就是模范乡政权；两面政权在选人上需要慎之又慎，做起事来也不太好把握。不单是吴匡五，其他县长也有类似的困惑。会后，杜子孚给大家分析说："当下，一些村长、乡长在任多年，处事虽然圆滑，但是有民族气节。他们在敌人面前不得不去做一些敌人安排的不失民族大义的工作。他们明着为敌人做事，暗地里为我们做事，既便于各乡、各村工作的开展，还能查出内奸。这样安排能尽快扭转当前抗日工作的被动局面。"吴匡五在心里掂量着，五区刘双槐乡的乡长高庆孟就属于这类。

刘润生情绪高涨，在二区开展了一系列的对敌斗争活动。他把四区民兵的对敌斗争经验移植了过来，马上就收到了成效。

"我们二区早就盼着在自己的地盘上有自己的组织，这样干起工作来有方向、有劲头。"杜刘村民兵联防大队大队长杜云洪在新成立的区公所动员会上道出了心里话。会后，根据全区统一部署，杜云洪组织了刘向前、赵马拉、五老庄、刘东龙等20多个村的民兵挖地道、挖交通沟、破坏敌人公路等；同时，他们还配合区里挖洞藏粮、掩护抗日干部等。

吴匡五按照地委会议精神要求重新建立、调整基层政权后，逐渐在根据地重新站住了脚。尝到甜头后他按照这个思路对抗日学校也进行了整治改造。

在魏立勋的安排下，三洄河村魏丙臣老先生的私塾早已改成三洄河村小学。眼下，教室墙上的孔子画像旁边不得不挂上"大东亚共荣圈"的标语，每张课桌上还准备了一套日伪课本。上课时派学生到村口站岗放哨，一有敌情就立即把抗日读本藏起来换上日伪课本。

"非要挂鬼子的这些破玩意儿，凭什么呀！"村长魏永连气呼呼地冲魏立勋喊。

"如果不这样做学校就不能办下去，这个道理你应该懂得。该忍的时候我们还是要忍一忍，只要能把事情办成就行。"魏立勋耐心地做着思想工作。经过两年多的锻炼，魏立勋现在的政治理论水平较之前已经提高了许多。

"下一步我要把乡抗日自卫队教导员的职务辞去，然后买上几只羊做个羊倌。做了羊倌就不能为党工作了？不是，那其实是为了更好地为党工作。"魏立勋笑着对魏永连说。

"你真去放羊啊？那自卫队员的学习呢，你还教不教？"魏永连疑惑不解地问。

"当然要教了。"

"可是……"

"慢慢地你就明白了。"魏永连还想问什么，但被魏立勋打断了。遵照上级指示，魏立勋把乡抗日自卫队教导员的职务辞了转入地下工作。至于他的党内职务，魏永连是不清楚的。

不久后，魏立勋赶着羊群的画面出现在了村民们的视野中。

汉奸李玉祥

自从县大队接连在四区的于文林村和四王寨村遭遇敌人偷袭，四区区长戴豪廷就及时调整工作策略，要求每个村务必配合队伍做好保密工作。他放手发动群众，调动了全村的力量看管那些见风使舵、摇摆不定之人。这些措施的实施取得了一定的成效，但随着 1941 年斗争形势的恶化，村里有人开始撕下伪装。

一天夜里 10 时许，四区干部王德曾在三涧河村布置完区委任务后又去了小高家村。进村东门时他不慎绊了一跤发出了响声，村长李玉祥家就在村东门口。响声惊动了他家那条藏了半年多的狗。这条狗是在两个多月前放出来的，乡长魏立勋为此还专门找过李玉祥，但李玉祥说那是赶集时半路上窜出来的狗，一路跟着，咋也撵不走。看它瘦得不成样子就是杀了也没几斤肉，想把它养肥点再杀。魏立勋督促他尽快将狗杀掉，李玉祥表面上也答应了下来。

自从上级对"两面政权"有了明确指示，李玉祥就开始和罗院据点的敌人打得火热起来。王其元当时对他有所怀疑但并没有他投靠日本人的证据。其实李玉祥早就投靠了日本人，吴匪五他们在于文林村遇袭就是李玉祥为日本人提供的情报。后来不断传来王其元、王兆曾锄奸的消息，这让做过几回汉奸勾当的李玉祥惶惶不可终日。他曾通过罗院据点的汉奸恳请日本人让他搬进城里住，日本人答应了他的请求，但要他在村里再待些日子，只要能弄到有价值的情报马上允许他进城。

几声狗叫让李玉祥发现了村里的动静。王德曾去了民兵队长李鹏岭家，之后又陆续有人进去。他猜这些人一定是在开会。如果能把这个消息提供给日本人，那他马上就可以住进县城了，那样就再也不用天天担惊受怕了。

他悄悄溜出村子，一路小跑赶到了几公里外的罗院据点。据点里的敌人不敢怠慢，马上报告给了日军指挥官藤井。藤井决定亲自出马，因为李玉祥说来小高家庄的是一位抗日的"大人物"。

藤井带着二十多名日伪军和伪警长龚希杰率领的三十多名伪警察于拂晓前悄无声息地来到了小高家。在李玉祥的引领下，他们直扑李鹏岭家。屋里正在开会的人听到院子外面有响声时已经来不及撤退，现场的十五名村干部及王德曾全部被抓。三天后，李鹏岭、于清洲、田胜堂、李玉珠、高贞五名共产党员因被叛徒指认遭到杀害。

第十章　二地委

杨忠牺牲

打通冀鲁边区和清河区通道的任务是由周贯五和杨忠两人指挥完成的，具体行动路线为：从商河经惠民、济阳的交界向青城、齐东方向突击。惠民、济阳的交界处是一个难以穿越的地带，距离泺口的位置很近，属于驻济南日军的严控范围。1941年春天，已任旅政治部主任的杨忠回到十七团指挥战斗。在经过几次试探性进攻穿插和两次较大规模的战斗后，杨忠发现横亘于两个边区之间的敌伪势力非常强大，我方部队不得不退回原地。按照巡视团团长张晔的话说，当时的情况已经不能再打下去了，只能等青纱帐起来。周贯五和杨忠都认为，若想完成上级交付的任务，只能从长计议。

在之后半年多的时间里，周贯五和杨忠带领着部队一方面积极应对敌人对我冀鲁边区的"围剿"，另一方面也在为打通清河区通道，取得分局对边区直接领导做着准备。

眼下的行动比之前准备得都要充分。机关单位和非战斗人员都留在了后方，部队行动机动性大，又有青纱帐这个有利因素，完成任务大有希望。

此时，三地委组织部部长的何郝炬在他的办公室里来回踱着步子。几天后他就要赶赴陵县接任第二地委书记了。正式的任命还没有下来，参加边区会议的三地委书记李广文让交通员给他捎来了一份会议文件。文件还提到要在边区的三个地区正式建立军分区。杜子孚调一军分区任政治委员，和他一起搭档的专署主任是原鲁北行政委员会主任石景芳。何郝炬兼任二军分区政治委员，二军分区司令员为徐尚武。

何郝炬不明白自己怎么一下子变成了部队政委，他从来没干过这个工作。他几个月前曾下德平做过调查了解工作，虽然没来得及去其他县了解情况，但通过德平就能看出二军分区的抗战形势错综复杂，没有三军分区简单。既然边区党委（根据北方局批示，边区党委刚刚成立）已经有了决定，他也一定会坚决执行。此刻他急切地盼望着杨忠回来，因为杨忠常年活动在二军分区一带，对情况比较了解。从来没在部队任过职的他，希望能在杨忠那里得到些指点。

早起便听见济阳、惠民之间炮火轰鸣，到下午了还在继续，大有愈演愈烈之势，这在游击战争中是很少见的。何郝炬的心始终不能平静。

他等了杨忠两天，等到的却是杨忠司令员牺牲的消息。

"咱们打的是运动战，没有后续支援力量，时间久了肯定不行。杨忠是咱们边区截至目前牺牲的最高级别指挥员了。"开会回来的李广文阴沉着脸说。

这次旅部率两个团顺着徒骇河打过去，两边的先头部队都接上了火。清河区方面行动很快，除两天前主力部队就已进入沾化地区外，在青城齐东边界上也建立起了区抗日民主政权和武装部队，离我们这边的边缘地带不远，部队行军一宿就能过去。行军途中有一道坎，大部队一进去就会被发现。因为无法对村庄进行封锁，消息泄露得很快，敌军来得也很快。我军进入的第一天，只在下午有敌情，打得不算激烈。如果当天撤出应该不会有大问题，但部队只是在小范围里动了一下。第二天天刚一亮，几个据点的敌人就同时出动将我先头部队驻防的地区迂回包围。部队来不及转移就和敌人接上了火。战斗坚持到下午，敌人越聚越多，我军一看情况危急，迅速组织突围外撤。这时敌人的包围圈已经很小了，有几处已经打起了白刃战。杨忠司令员带着十七团转移，最后他带着一个骑兵班往外冲，因为他骑着大白马跑在最前面，敌军的狙击手早早地就瞄准了他。杨忠司令员当场牺牲，龙书金副司令员也负了重伤。好在这次十七团没有被打散，保持了整体的战斗力，最终成功突出重围。

"杨忠的牺牲对边区斗争的影响将是难以估量的，对鲁西北的影响会更大。杨忠在那里战斗了好几年，他的名字震慑了多少敌人。消息一传出去，在人们的心中会引起多大的震动呀！"

说到这里李广文看了看何郝炬，提醒他说："你们二军分区的敌伪往后会更加猖狂，工作中遇到的困难也一定会更多……"

何郝炬感觉到了巨大的压力。看到何郝炬在那里低头不语，李广文问："是不是有压力了？"何郝炬抬起头点了两下。

"这可不是你的风格呀，咱们相处的这段时间，在我的印象中，你是个乐观、自信、不怕困难、不会轻易说不行的人。今天的这种态度照理不应该出现在你身上呀，你应该坚决甩掉它。二军分区、三军分区都是在区党委领导下的兄弟地区，我衷心地期待听到你在二军分区工作中的好消息。"李广文说完走上前拍了拍这位共事只有半年多却结下了深厚革命友谊的战友。

虽然李广文对何郝炬进行了一番开导，但何郝炬心中还是空荡荡的。他想找张晔谈谈，毕竟他们是一起来冀鲁边区的，彼此了解。他想让张晔给他出出主意、理理思路。没承想见面没说上几句，他就让张晔劈头盖脸地怼了回去："不要再说了，现在需要你去你就爽爽快快地去，别那么顾虑重重，你是可以干好的。"

张晔先是一脸严肃，他怕何郝炬接受不了，又面带微笑地说："你赶紧去二军分区报到吧，也好让杜子孚去一军分区上任，别让人家等急了。"

秋风阵阵，马颊河两岸的庄稼已被人收走，只剩下一些稀疏的秸秆在那里抖动着。这次陪何郝炬一起去二军分区工作的还有时任地委组织部部长李萍、秘书许国珍。他们从朱家寨出发，一路西行。他们在德平北部边界处住了一宿，之后又走了一天，在黄昏时分来到了德县北部一个叫小张庄的村里。杜子孚和二军分区的几名干部与一支负责警卫工作的武装小分队已在那里等他们了。

"我们又见面了！"杜子孚说着上前紧紧握住了何郝炬的手。

杜子孚看着身边站着的几名干部说："按理说应该召开一次地委会，李萍、邹玉峰、李援、孙子权以及军分区司令员徐尚武一起参加，但我不清楚你到达的确切时间，地委的同志又都分散在各地，要集中起来不容易。知道了你来的消息再集中已经来不及了。"

"有你这个地委书记在，一切就全代表了。我没有在地委工作的经验，希望你能给我详细介绍一下地委的情况，免得我盲人摸象。"何郝炬说。

"好，那我就和你详细说一下，不全的由李萍同志补充。德平的情况几个月前你虽了解过但还不全面。"

何郝炬说："这次和那次的身份不同，侧重点也会有所不同，这次是越详尽越好。"

杜子孚讲得很细，地区环境、武装斗争情况、地方党组织建设及政权建设都谈了。由于李萍分管德县、德平两县的工作，因此从晚上到第二天上午他始终在谈话现场。

在何郝炬的印象中，鲁西北地区是边区开发最晚的区，在三个军分区中是基础最薄弱的一个区。通过杜子孚的介绍，他又有了进一步了解。在鲁北支队的大力开拓下，全区的活动范围一直在扩大，对敌斗争的环境似乎比三军分区还要好一些，范围也比三军分区大。敌伪明显加强了对这一地区的进攻，除了在我党经常活动的陵县四区、五区增加了据点，还在陵平交界的马腰务村修建了岗楼。我方的活动范围受到很大限制，主力部队的活动开展也遇到很大困难。队伍不能在一个地方长期驻扎，只能在几个县之间来回攻击敌人。

"今年以来，十七团跟随教导六旅参加了两次打通清河区的行动。陵县、临邑主要靠县、区武装以打游击的方式坚持斗争。德县地区也只能在靠近陵县、德平的八区、九区的几十个村子活动，而德平县这边，现在杨忠司令员不在了，曹振东这只老狐狸随时都有可能倒向敌人那边。"何郝炬听到这里心头一惊。

"曹五旅过去和我八路军联系密切，杨忠司令员曾以八路军代表的身份跟曹振东进行过交往接触。随着形势的发展曹五旅对我方的态度也在悄悄地发生变化，他们看到日本人势力强大，于是和八路军的关系就渐渐疏远了。自从德平城里有了敌人的据点，曹五旅就和据点里的日伪军眉来眼去了。虽然现在和八路军没有公开发生过摩擦，但这种可能性变得越来越大。目前的情况是我作为地委书记连每月召开一次地委会的时间都保证不了。多数时间是我带领这支武装小分队到各县和当地的地委领导同志及其他抗日干部碰头、谈工作。现在大家都习惯了这种工作方式。当然，换个角度看，这种工作方式也锻炼出了大家在各自区域坚持斗争的本领和能力。"杜子孚的介绍让何郝炬的心里阴沉沉的。

"当然，我们也有好的一面。"说到这里，杜子孚看到何郝炬的眼睛重新亮了起来。

"青纱帐起来后，陵县四区、五区恢复得较好，区政权和武装已能在全区乡村开展活动，敌伪据点基本被孤立。县抗日民主政权和县大队经常在几个区的边缘地带活动，正逐步向原来的中心地区挺进。原来的中心地区群众基础较好，今后找个合适的机会可以把地委机关搬到那里办公。"

听完杜子孚的介绍，何郝炬的脑子里已不再是空空荡荡的，一下子接收那么多信息，他有些不知该从哪儿下手工作了。

"考验自己能力的时候到了，党把自己推上了这个位置，路总得走下去呀！"送走杜子孚他们后，杨忠、龙书金的身影又浮现在何郝炬的脑海中。此时此刻，他的心底涌起了一股莫名的惆怅。

人事考察

在二军分区所属的六个县中，平原、禹城只有工委书记，德平县委书记是周悦农，临邑县委书记是李援，陵县原县委书记孙晓峰被捕后，丁学风暂时代理县委书记，德县目前只有许辛光、王学武等人刚刚建立的党小组。这次调整班子，李援要调到三地委接任何郝炬先前的组织部部长的工作，因上级无人可派，当地一时半会儿又选不出人来，所以临邑县委书记一职只能暂时空缺。

新成立的二地委领导班子只有三个人，地委书记何郝炬、宣传部部长邹玉峰、组织部部长李萍。好在专署孙子权专员和秘书主任王亦山、二军分区司令员徐尚武在召开地委会之前赶了过来。何郝炬本希望主力部队十七团的龙书金团长和新来的军分区政委曾旭清能来一起开会，但龙书金因为身体原因、曾旭清因工作原因没能参加。正常情况下主力部队一般不参与地方上的具体活动，但在实际工作中双方又是难以分开的。根据一贯的做法，地方的地委书记、专员和部队军政首长会定期召开军政联席会议商讨本地区斗争的重大事项，何郝炬在三地委当组织部部长时也是这样。这次的会议他想照此办理，但龙书金他们没能参加，所以他打算在地委会后再去平禹地区专门联系。

在何郝炬眼里，已近中年的老党员、专署专员孙子权诚实稳重，而长得人高马大的专署秘书主任王亦山看上去精明能干。王亦山是牟宜之当乐陵县县长期间的县政府秘书。全面抗战前夕，牟宜之不惧危险接任乐陵县县长一职与老同学王亦山的宣传、鼓动分不开。牟宜之随同挺进纵队南下后，由王亦山主持乐陵抗日民主政权的工作。鲁北行政委员会撤销后，鲁西北部几县划归新成立的七专署，王亦山便调来担任秘书主任。

身材瘦小单薄的邹玉峰看上去十分精神，和别人谈话或会议中常皱眉沉思，给人一种似乎对别人的意见有疑问甚至不满意、不同意的感觉，其实并不是。邹玉峰分管宣传工作，在会上谈得最多的是开展"雇工增资"斗争。徐尚武沉默寡语，不善言辞，他是在临邑县县长任上调任二军分区司令员的。他虽身材魁梧，但没有军人那雄赳赳的气势，看上去倒像个村里的教书先生。

这次会议上，何郝炬按照地委原定的分头领导的办法对职务重新进行了调整：邹玉峰位置不动，负责平原、禹城两县的工作；李萍暂兼任临邑县委书记，并负责开辟济阳、齐河两地；剩下的陵县、德平、德县三县由何郝炬负责。会上同时决定：把地委领导中心重新迁入陵县三洄河一带的中心区，向南开辟齐河、济阳，作为今后一段时间对敌斗争的主要方向。因专署目标较大，之后的活动地点以陵县、平原两地为主。二军分区才刚开始建设，部队人员也主要从德平地方上来，目前大部分时间是在德平、德县一带活动，今后要逐步向南拓展，要让部队在战斗中得到锻炼和提高。

会议结束后，委员们按照分工各自开展工作。何郝炬率领地委的几名干部和直属武装小分队继续在德县八区、九区一带活动。他还直接联系了德县、德平、陵县三县的党委和德县、陵县的县抗日民主政权、县大队以及独立的回民大队。他第一次来二地委了解情况时就对回民大队大队长李玉池留下了深刻印象，这次过来工作就首先想到了他。

在何郝炬看来，要想尽快回到陵县原中心地带安营扎寨，改变地委现在居于德县一隅的状况，就必须了解那里的活动情况及陵县的历史与环境。机关秘书许国珍就是三洄河村东南三公里处的南许村人，地委的武装小分队也是在陵县组建起来的，战士们大都是陵县本地人，都希望打回老家去。

何郝炬对陵县县委宣传部部长、代理县委书记丁学风印象颇深。之前他就听说，这个又矮又小、其貌不扬的宣传部部长在敌斗形势非常严峻的时期仍坚持开展工作，被敌人堵在村子里好几次，每次都是村民掩护着突围的。

丁学风向他介绍："陵县自夏天开始开展'两面政权'运动，极大地调动了群众的积极性。大部队转移外线作战后，三区、四区开展的小武装活动很有成效。队伍寻机打击那些依附敌人的汉奸、坏分子，打击周围的伪军，使得据点里的敌人不敢贸然出来。几个月来，敌人的嚣张气焰在逐渐减弱，随着青纱帐起来，各据点的日军人数在不断减少，有的据点只留下了伪军把守，滋镇、郑家寨据点的日军直接撤走了，有些据点里的伪军甚至偷偷向我方人员拉关系、送消息、卖子弹等。当前，除据点附近的几个村庄外，其他地方我们已能正常活动。吴匡五县长率县大队多次从周围地带进入中心区开展游击战。"

听完丁学风的介绍，何郝炬想起他路过一个靠近敌人据点的村子时，看到一面墙上写的一首《劝伪军歌》：

同胞们听我劝金玉良言，
近百年民族恨切记心间。
九一八日本侵占东北，
汪精卫大汉奸引贼入关。
卢沟桥炮声响七七事变，
杀死的中国人尸骨如山。
鬼子兵所到处人民遇难，
天无路地无门逼上梁山。
报国仇雪国耻抗日救国，
被压迫反侵略理所当然。
关云长困曹营心却思汉，
花木兰从过军女中魁元。
岳鹏举抗金兵流芳百世，
贼秦桧害忠良遗臭万年。
当伪军怎么讲"三民主义"，
还自称国民党委曲求全。
见日寇三鞠躬恬不知耻，
到死后对不起地下祖先。
你有胆量敢问问你自己：
为什么不要脸去当汉奸？
大丈夫都应该精忠报国，
头可断血可流不当汉奸！

在何郝炬眼里，丁学风是位难得的人才，他在心里掂量着下一步该如何重用丁学风。

"目前中心区的群众抗日热情如何？"何郝炬最关心的还是地委迁入中心区的问题。

丁学风说："群众的抗日热情高着呢，他们天天盼着我们的同志去村里工作。"接着他向何郝炬讲了一件事。

1941年夏，第二次执行打通清河区任务的龙书金率部队撤回，路过三洄河村时已是半夜，他在街口碰到了一位老人，于是聊了几句："我们是八路军，你知道八路军吗？害怕不害怕？"

老人笑着说："同志，你怎么还问这个呢，八路军狠狠打击了鬼子汉奸，解救了咱们'十八团'谁不知道呀。'十八团'的老少爷们儿，一辈子都不会忘记八路军的，我们永远跟八路军一起抗战到底。"

丁学风说："龙团长碰见的这位老人不是特例，在我们陵县四区的好些村里都能听到类似的话。这里的人们对八路军、对共产党和抗日民主政权有着非常深厚的感情，所以，在这里坚持斗争是很安全、很放心的。"

何郝炬还简单地从丁学风那里了解了一下陵县县长吴匡五的情况。他想尽快见到吴匡五，从武装斗争的角度和吴匡五深谈一次，以便地委早日搬到中心区。

初识吴匡五

何郝炬第一次见到吴匡五时，吴匡五穿着一件普通整洁的衣衫，要不是背上斜挎着盒子枪，他会认为眼前的人是一名斯文的乡村教师。个子不高的吴匡五脸色有些苍白，眼睛里布满了血丝，看上去相当疲惫。在何郝炬看来，吴匡五是一个说话干净利落，做事从不拖泥带水的人。

何郝炬感觉二地委的大部分干部都是教师出身，杜子孚、李萍、李援、徐尚武、靳兴侯、丁学风无一例外。他想这也许是敌后农村斗争的一个特殊现象吧。他们有文化、思想前卫，较普通人更容易接受革命思想的洗礼，从而加入中国共产党，他们之后能成为革命队伍中的领导骨干也不足为奇。

"我听说你过去一听见枪响就发怵，确有其事？"何郝炬问。

吴匡五有些不好意思，他告诉何郝炬："当县长前确实是这样，是杨忠司令员改变了我。"

杨忠见吴匡五太斯文，专门告诫过他："你一辈子没听过枪响，猛的一听怎么能不胆怯。但你是一个革命者，革命要求你拿起枪杆子和敌人战斗，你除了拿起枪没有别的选择。现在你是一个县的军政首长，要带领一大帮人战斗，大家都看着你呢，所以不管你心里是如何想的，紧不紧张，在大家面前你必须镇定自若。无论是战斗还是冲锋陷阵，你都必须要走在大家的前面。你要时刻想着自己的责任，要时刻想着一个革命者的崇高使命，这样你就不会乱了方寸。"

吴匡五时刻铭记着杨忠的教导，渐渐地在恶劣的斗争环境中锻炼出了冷静沉着的性格。

"所以你成了三个'五'中的一员。"听何郝炬这样说，吴匡五有些难为情。何郝炬指的三个"五"是陵县县长吴匡五、二军分区司令员徐尚武和商河县县长王权五。他们在频繁的战斗中，在人民群众中树立起了英勇善战的形象，在日伪军那里也是出了名的。

吴匡五除介绍了近一年来陵县军民坚持抗战的情况、陵县的环境与形势外，还重点介绍了以三洄河为中心的县大队活动情况。青纱帐起来后，他把大部分时间放在了三区、四区、五区的活动上，其间打过几次小仗。三个区据点里的日伪军见状也不敢轻举妄动。大部队不在时他们就找寻敌伪军实力薄弱的地方进行袭扰，打完就走，部队也不会有什么损失。在经常活动的村子里，他们会在夜里集合村民讲形势、讲如何抗击日伪军，组织群众积极行动起来支持县、区抗日民主政权和游击大队的一切抗日活动。

"中心区的群众觉悟真高，我们之所以能坚持到现在，全靠老百姓的支持。中心区的老百姓和咱们心贴心，队伍如在那里遇到紧急情况，为掩护我们，他们真是什么方法都能用上。"听吴匡五这么说，何郝炬的脑海里浮现出丁学风被当作小孩子躲过敌人追查的画面，嘴角不觉露出了笑容。吴匡五看到后就讲得更来劲了。

"咱们进去也是对村里人的一种鼓舞，可以增强他们抗敌的信心。眼下我们各项工作基本上都恢复了，我们县大队虽然不能在一个地方常驻，但能安全地在几个区来回活动。与过去相比，也就是多了几个敌人的据点而已。就拿过去的'于团'防地来说，以前我们根本进不去，但现在这个网被撕开了，我们二区队已经活动到神头周围，距县城也不过八九公里路。"

吴匡五又从敌我斗争的角度谈了他的看法，他对何郝炬说："陵县在鲁北的地理位置对敌我双方来说意义有所不同。对我们来说，它是二军分区贯通南北的中心地带；对敌人来说，它却是排在临邑、商河之后的一个偏僻的县而已。陵县与德县极为相似，陵县的县城在西边一隅，而原中心区离县城有二十多公里远。这一点陵县与临邑、商河大不一样，临邑、商河的县城都是在县中央的位置，到哪里都差不多远。所以驻陵县的日伪军望着原中心区只能是鞭长莫及！"

吴匡五的一番话让何郝炬更加坚定了地委进入陵县原中心区坚持斗争的信心和决心。当吴匡五知道何郝炬此次谈话是为了让地委重新回到中心区时，高兴得几乎要跳起来了。

"前两年陵县一直是咱鲁西北的中心根据地，在东西两个地委分设以前，代表鲁北地委坐镇西部地区的邹玉峰就是以陵县四区、五区为依托来指挥其他县工作的。在邹玉峰的指挥下，几乎每个村都成立了农会、识字班、青抗先、儿童团和民兵连，很多小伙子参加了八路军。邹玉峰的名字在这里家喻户晓，群众的抗日热情非常高。去年鬼子在陵县大'扫荡'以后在附近安上了据点，我们不能像以前那样大张旗鼓地干了，地委、专署也离开了陵县，这些对老百姓的影响很大。现在地委决定把活动中心重新转回陵县，就等于向人民群众宣布咱们的中心区又回来了，这无疑是对陵县这一年对敌斗争的肯定和鼓励！"

"几个干部、一支小队伍能起多大作用？敌人据点密布，要完全恢复到原来的局面还是很困难的。"何郝炬说。

"那种公开的、大张旗鼓搞活动的局面眼下自然是不可能的，不过这些区域目前实际已控制在我们的手里。"吴匡五低沉而有力的声音充满了自信。

"临邑城北的情况最近咋样？"何郝炬在详细了解了陵县的情况、确定地委马上要进驻后转移了话题。杜子孚和李援都曾和他说过这个地方。敌伪盘踞临邑县城，将整个县分割成几块。县抗日民主政权、县大队主要活动在城南、城东南一带。我方想要开拓济阳一带，向临邑城北、城西活动困难很大，力所不及。城北原有一个区与沙河南北的陵县五区距离很近，地委、专署早已确定将此区划给陵县管辖，要求陵县县大队尽快进入该地区活动以开辟新的地区。

"我正准备写报告向上级汇报。目前，我们已经与那个区的同志接上了头，暂将该区划为陵县六区。我已率县大队到沙河南沿去过两次，下一步准备继续向南伸进，把我方的实际控制区往前推进--大步。"

听完吴匡五的汇报，何郝炬的心里彻底有了底。他高兴地告诉吴匡五："待处理完德县、平禹和分区的一些事情后就与陵县县大队一同进入老中心区，然后一同去临邑城北活动。"他们就这样约定下来了。

碰头会

在决定地委进驻陵县的同时，地委书记何郝炬开始考虑几个县的县委、县抗日民主政权一把手的人员调整问题。

组织部部长李萍和司令员徐尚武到临邑布置安排新到任的临邑县县长王其元的工作去了，等他们回来还需些时日。德县的县抗日民主政权、县大队早已成立，但县委一直没有组建。全面抗战后，王哲、武联鹏在德县秘密建立党小组，在建立起抗日民主政权后他们几个或到专署、政府部门任职，或去了武装部队，党小组名存实亡了。西部地委最早只有邹玉峰一个代表，所有事都是由他做决定。虽然后来杜子孚来了，但还是没有组建党工委，所以还是由地委直接领导。

1941年初，杜子孚宣布正式成立德县党工委，李萍带着刘之光、王学武、李占忠三个年轻人东奔西跑发展了几个党员，最后还是以组建党小组的成绩交了答卷，离杜子孚的要求还有一些距离。李萍给这三个年轻人的评语是：入党时间不长，年纪小了点，但是有文化有一定的革命觉悟，将来会成为好党员、好干部，但现在他们还挑不起大梁来，还得有人领着他们干几年才行。目前县里只有县长秘书、副大队长几个人，也抽不出人来，两个区长张龙、魏维祥很能干，但区里又离不开他们，别人也顶不了这个能文能武的活儿。杜子孚和李萍他们曾向区党委提出过请求，让从冀南调派干部，但这个事情短时间解决不了，于是李萍就负责了德县有关党的一切活动。李萍现在根据分工去了南部，德县的问题就凸显出来了。

一个多月前，德县王老仁村发生了一起县抗日民主政权驻地被日军包围的事件。

一九四一年农历八月十七，县长曹茂先率县抗日民主政权机关刚从安善仁村转移到王老仁村，张龙率领着三区队也跟了过来。张龙起初计划到西北方向距王老仁村两公里的田庄休整，但曹茂先想到当年李玉双曾在田庄被日本人包围过，所以有所忌惮就临时改在了王老仁村。他们是上午9时许进驻村里的，下午3时许就有一小队日军和十多名伪军突然在村子南北两个方向同时出现。县抗日民主政权机关当时驻扎在村子东北角的一所院子里，张龙带领的三区队驻扎在对面的一所院子里。

县教育科科长崔振东收拾安顿好后和曹茂先打了声招呼，说是要到外面去转转，曹茂先还开玩笑说："你也不嫌累。"没承想，崔振东这一去就再也没有回来。

他被青纱帐里突然冒出来的敌人抓住了。扭打过程中哨兵发现了情况，并开枪示警。张龙组织队伍掩护县抗日民主政权机关向村西方向突围。突围过程中曹茂先不慎把腿摔伤。好在这次敌人的数量不是太多，他们也没有想到张龙带领的三区队会勇猛抵抗。天黑前敌人始终未能占到上风，他们怕天黑后形势对自己不利，就押着崔振东仓促撤走了。

德县反动势力的猖獗在群众中造成了很大影响，抗日民主政权内的悲观情绪也在日益加重。虽然这次我方损失不大，却再一次为张龙他们敲响了警钟：汉奸必除！

因曹茂先受伤，七专署派文教科副科长兼专署干训班的指导员、副校长张硕调任德县县长一职。张硕是德县坡张村人，他是在德县抗日局面处于极度困难时走马上任的。张硕的到来立即引起了汉奸敌人的重视。上任不到一个月，他的家就因汉奸告发被抄了两次。没办法，家人四处逃散以要饭为生。为摆脱敌人，张硕不得不把德县县委的活动中心由德县东部边缘转移至县城德州附近的六区、七区一带的农村。每到一处，群众便送去自己家做的干粮。因为一直东躲西藏，体质本来就弱的张硕患上了严重的肺病、哮喘，时常卧病在床。

何郝炬利用在德县活动的间隙，分别与张硕、武连鹏、魏国光、张龙、魏维祥及建党小组组长、青年干部许辛光、王学武、刘之光谈过话。通过谈话他发现张硕为人性急，看问题偏颇，思想上具有不稳定性，又常年患病，工作都是秘书武连鹏一肩挑。德县的两位区长工作都很出色，他们的位置也没有别的合适的人选替代，所以暂不考虑调整。李萍认为三个年轻干部中王学武最优秀，为人稳重、诚实，学习也是最好的。但何郝炬认为，此人斯文、胆怯、腼腆，与人说话会脸红，如果不做出改变，想要独立担当重任将会十分困难。他反而觉得刘之光的反应很快，敏感、果断，对组织上交办的事说干就干，也不怕承担责任。

他把这一看法说给组织部部长李萍听时，李萍提醒道："要小心他浮躁、做事不踏实的毛病。"李萍说完看何郝炬没有表态，又说，"你看许辛光如何？相比其他两位，许辛光更温和一些，今后培养培养应该会比他俩发展得快一些，前些日子我还想把许辛光调到组织部来做我的助手呢。"

何郝炬说："目前最要紧的是德县要有一位工委书记，在地委不能直接管理德县具体工作时，可以独立地领导德县的工作。可以让这几个同志组成工委的领导集体，我感觉从他们中选个一把手的条件还不算成熟。"

何郝炬说的不无道理，许辛光的条件是要好一点，但还是稚嫩了些，他是张硕县长的亲弟弟，也是在张硕的帮助下走上革命道路的，但各方面的能力都与张硕相差甚远。

何郝炬站在村外，望着秋收后的大地心里有些着急。青纱帐倒下后的这段日子，德县东部和德平、宁津边上的几个据点里的敌人人数有所增加，边临镇、义渡口几处的日伪军又开始频繁出动了，这些都预示着这个地区即将进入敌情紧张、斗争形势严峻的时期。看来各县领导班子的调整刻不容缓了。

"德县、德平、陵县领导干部的配置问题须从现有人员条件出发通盘考虑。这么大动作的调整，必须要召开一次地委会，要对任用的人员进行反复讨论、认真掂量才行。"何郝炬的心里开始想地委会召开的时间和会议的方式及内容。开会前需要提前把人选名单拟好，他正在思量着人选时，一个人名突然从他的脑海里冒了出来，他焦躁的心顿时平静了下来。

他要先和专署的孙子权、王亦山开个碰头会。和专署的人开碰头会是孙子权在二地委第一次会议上提出来的。地、县委书记和专员、县长最少每月要安排一次碰头会，目的是讨论全区形势和政权工作，讨论后由地委书记拍板。

何郝炬对即将到来的第一次碰头会有点惴惴不安。因为无论是年龄、党龄、文化水平还是实际工作能力，他觉得自己都不如孙子权和王亦山。但孙子权却表现出了对党组织任命的尊重，表示一定会尽快汇报工作。

碰头会上，孙子权说得最多的是当前最迫切也是最难的征收钱粮的问题。其中包括了全专区能有多少乡村配合部队行动，能够开辟多少新控制地区，也涉及培养"两面政权"的问题、抗日宣传教育的问题等。我方政权能控制的地区一般都遭受过敌伪多次蹂躏、搜刮。"两面政权"的村还免不了要向敌伪缴纳花销，这无疑就形成了两重负担，老百姓真的负担不起。部队处于极度恶劣环境时，不得不向敌占区的地主老财伸手索取钱粮，再没收一些汉奸的财产维持生计。由于流动性大，部队在根据地的各个村子里驻的时间长短不一，驻得久的村庄负担就重。虽然通知每年结算和平衡各村负担，但实际上难以办到。村里管事的人也常常自作主张，不按政策办，这就造成贫苦农民的负担减不下来。"减租减息"只在陵县、平原的一部分区域实行过，敌情严重后已经停止。尽管号召提倡公平负担、减轻农民负担，但在实际工作中很难落实到位。

听了孙子权和王亦山两人的汇报，何郝炬更加感受到了基层工作的艰难。实际工作中的一些做法显然是与北方局有关敌后根据地的政策精神相矛盾的，但考虑到实际情况又不得不那样做。何郝炬本来是带着北方局的精神来边区巡视的，但实际情况却又是……

反复探讨后何郝炬认真地说："党的政策必须坚决执行，这一点任何时候都不能动摇。根据实际情况对一些问题的处理允许有灵活性。向敌占区村庄的地主老财征收钱粮是必要的，没收汉奸财产也是必要的，这和党的政策规定并不矛盾。关键是我们要明确具体执行的界限，不能任意扩大罚没的范围，要避免打击过宽，形成政策上的混乱。这也要求我们选派的干部的政策水准一定要高，人员安排的问题是今后我们能否处理好这些工作的关键。"

说完，何郝炬看他俩表情自然并不住地点头，在心里松了一口气，有一种"过关"的感觉。

接下来，何郝炬结合上级有关政权建立的"三三制"原则问题，和孙子权、王亦山交换了意见。

第一次地委会议召开后，经过一段时间的调研，三个委员都有了自己的调研报告。综合分析比较，平禹、德县暂时还比较平静，工作进展较为顺利。临邑城周围困难仍然很大，但城南和毗连的济阳部分地区情况要略好一些，适合县、区武装和政权活动，便于开展党政的基层工作。李萍对济阳地段和临邑南部工作的开展很有信心。在临邑城西到平原、禹城、齐河北部这一片，主力部队以平禹中心地区为依托向齐河、禹城边界的敌占区伸进。齐河北部条件较好，便于活动，但地方未建立组织。由于我方在禹城县的力量薄弱，很难深入开展工作，所以对部队提出的帮助建立齐河抗日民主政权一事高度赞同，同时地方也会尽力开展在禹城敌占区的活动。

邹玉峰提出趁平禹中心区相对稳定，要根据群众的需求不失时机地发动普通群众开展一次"雇工增资"的运动，以巩固乡村政权和加强群众与组织之间的联系，有力地进行对敌斗争。孙子权担心发动起来以后可能会影响农村稳定，也可能会不利于对敌斗争。李萍赞成邹玉峰的设想，认为开展抗日斗争离不开基本群众的支持和参与，对基本群众当前的迫切需求不能不闻不问。

何郝炬很认真地听完了大家的发言，对邹玉峰提出的观点也表示支持。他觉得委员们虽然划片分工，但提出来的问题却是很有各自职务的特点。邹玉峰的观点看似与当前的对敌斗争关系不大，但这是基础性的问题，对我党长期建设是很有益处的。何郝炬陈述了德县、德平、陵县的现状及地委进入陵县老区的行动计划，计划得到了与会人员的一致同意。他又把先前已经单独沟通过了的三县领导方案在会上宣读了出来：

一、调德平县工委书记周悦农任陵县县委书记。原县委组织部部长曹明惠、县委执委王战亭职务不变。地委秘书许国珍调任县委宣传部部长。

二、德平县工委书记暂由组织部部长李仁代理。

三、德县成立党工委，丁学风任工委书记，王学武任组织委员，刘之光任宣传委员。

宣读完毕后，何郝炬就人员安排进行了说明："做这样的安排一是因为陵县的情况特殊，下一步地委要回到陵县去。县委书记周悦农加上县长吴匡五，陵县的党政领导班子可谓是全区最健全的了；二是因为德平没有政权和地方武装，工作相对单纯；三是因为德县党工委建立后，形成了党的集体领导。根据组织部部长李萍的提议，许辛光调地委组织部任组织科长。许辛光的调任可以填补许国珍调陵县县委后地委机关的空缺，再者是他与兄长张硕同在一个县委工作不太合适。"这次安排无意中形成了丁学风—许国珍—许辛光三者职务上走马灯似的调换。

会议最后，他们还商定了代号问题。在边区战争环境中，从区党委到县委一般都不用本名活动，边区本地的同志尤其如此。这么做是为了避免敌人的破坏。何郝炬来之前，代号沿用部队的办法，以数字排列，如宣传部部长邹玉峰用的是"八四三"。县委代号由他们自己定，报地委备查。何郝炬听完了李萍的介绍后想了想，然后说："我的想法是地委同志多数时间是在农村和群众中活动，使用数字代号对于安全和保密反而不利，我主张分别以'大哥''二哥''三哥'为地委代号，县里可如法炮制，由地委搞个统一的化名作为代号，如陵县县委以'王景'二字代表，县委同志可分别以'王景芳''王景茗''王景华''王景芝'等作为代号。"

这次会议后，陵县县委书记周悦农就以"王景芳"的名字出现在了人们的面前。

进驻陵县

送走丁学风，又迎来新的县委书记王景芳，各项工作的衔接还要让吴匡五忙活一阵子。陵县军民在艰苦的斗争环境中书写的一个个传奇故事，王景芳早就听说过。虽然德平县和陵县相邻，斗争形势也几近相同，但真要在陵县这片热土上主持开展县委工作，也还是需要一段时间来熟悉适应。但对吴匡五和王景芳来说，眼下最要紧的工作是地委进驻陵县的相关安排。

"何书记他们马上就要进驻陵县了，咱们是否需要提前准备一下？"王景芳问吴匡五。

吴匡五明白王景芳所指的准备是什么。老根据地四区一带，群众对八路军的热情他心里最清楚不过了。"三洄河村魏老先生的大药房过去就是二地委的办公场所，还在那里就行。三洄河村可是号称'小莫斯科'，是堡垒村中的堡垒。"

说到这里，吴匡五好像想起了什么："三洄河村你去过呀！"说完吴匡五不好意思地笑了，他感觉自己这么说好像有点自夸。王景芳笑着点了点头，他之前确实因开会去过几次。这几年，在基层党组织建设方面德平和陵县没有可比性，陵县老区的三区、四区、五区处处插红旗，村村建起了党支部。他每次来开会都会被这里群众的热情所感动，想着德平县要也能有这样的堡垒村就好了。

"明天是三洄河大集，咱们到集上逛逛。"吴匡五说。

"可以呀。"王景芳来了兴致。

吴匡五又说："我得化下装。不过你不用，没有人认识你这个'王景芳'。"

王景芳打了个愣，马上明白过来："还有些不适应这个新名字。不过说真心话，郝炬书记想得就是全，平时和老百姓打交道用假名确实比数字代号更安全。"

吴匡五安排通信员把第二天去赶集的消息通知给三洄河村的秘密联络站。

第二天，当吴匡五和王景芳领着几名战士来到三洄河村村口时，通信员魏立银和站长魏立成已经等在了村口。

由于敌人的反复"扫荡"，三洄河的集市曾一度萧条，最近几个月人气才有所回升。此时正是农闲时节，赶集的庄稼人比往常多了不少。

上午10点左右，三十多名伪军突然来到集市上，领头的是孙禄还据点的伪军队长谢仙基。吴匡五他们心里一惊，这么多伪军一下子冲进村子的情形好久没出现过了。

"看来这是据点里最近新增的伪军。"他在心里思量着。起初他认为敌人是冲他和王景芳来的，于是将手伸进了腰里。从神情上看，王景芳比他要紧张一些，毕竟王景芳还人生地不熟。几名战士也在时刻准备着拔枪，眼睛不时瞟向吴匡五，等着吴匡五下命令。伪军分成了两拨，从东西两个方向把所有的摊点赶到了村子里的一块空地上。吴匡五、王景芳他们躲闪不及，和赶集的人一起被赶到了空地上。

谢仙基站在一张八仙桌上，双手叉腰，说："大家都给我听好了，从今儿个起，三泂河的集解散了，孙禄还村交通便利，集市大，大家要赶集就去那里。"

下面的群众开始议论："赶集也要管，还要不要老百姓活了？"

"就是呀，他们有他们的集，咱赶咱的，凭什么非要去那里？"

一位老大娘挎着只篮子，篮子里盛有十多枚鸡蛋。她挤到桌子跟前叫着谢仙基的小名说："蛋子，你整天发孬，说不定哪天让你碰上'五块五'。"

这时上来一名伪军想要抢篮子，谢仙基摆了下手让那人停下。

"二婶子，咱一个村的你也不捧我个场，还拿什么吴匡五吓唬人。下一步我就是咱陵县的'县长'了，有种的他吴匡五出来咱公开较量较量！现在他呀不知道躲到哪里去了呢。"

吴匡五听了不由得把早已拿出来的手又伸进了腰里，战士们也从不同的角度瞄准了谢仙基。王景芳用手捅了吴匡五一下，示意他不要鲁莽。其实那只是吴匡五下意识的动作，这种时候他是不会把事情闹大的。因为他知道，村子里也许有上级领导住着。

谢仙基吆喝了一阵子就跳下了桌子，他吩咐伪军把集市上的商贩往村外赶。然后他走到刚才那位大娘身边嬉皮笑脸地吓唬说："二婶子，要么你跟我走，我帮你提着鸡蛋，要么你回家，反正在这里是不行了。"

"蛋子，你就作吧。"那位大娘咬着牙扭过身子走了。谢仙基看二婶子走了，就回头招呼伪军："一个不放，所有的摊子全给我收到孙禄还去。"

话音刚落就有伪军开始抢夺集市上的物品。摊贩们无奈只好收拾东西跟着伪军们去了孙禄还的集市。

看着敌人离开，吴匡五愤愤地说："便宜了那小子。"

"咱这可是'小莫斯科'，如果真的打了起来，不仅暴露了干部，就连领导也要受牵连。"王景芳说。

他们还真猜对了，当时十七团二营的政委赵淳就在魏立基家养伤，被称为"二哥"的组织部部长李萍也提前来到了三泂河村，住在村民魏荣贵家里。

"地委已经研究过了，准备调临邑的路有水（别号"路虎子"）来德县协助开展锄奸工作。这个路有水很有个性，你们要积极配合做好工作，人家可是出了名的锄奸英雄。"何郝炬离开德县时叮嘱赶来送行的丁学风、张硕等人。听到这个消息，大家喜形于色，都觉得德县的抗日工作要开新局。

吴匡五他们为地委机关重新进驻陵县做了一个多月的准备工作。何郝炬、许国珍、许辛光等带领地委直管的武装小分队，从德县八区向陵县中心地带进发。这支武装小分队只有二三十条枪，相当于一个区游击中队的兵力。他们已经打过多次游击战。他们以德县、德平的边界作为活动的常驻点，尽管战士们多是陵县本地人，且都盼望着能回到本土本乡活动，但因为缺乏单独作战的能力，需要与其他部队联合行动，因此回归陵县的想法一直未能实现。他们常与吴匡五率领的县大队一起同敌人展开斗争，且配合也越来越默契。县大队这时已有二百多人，下辖四个中队，他们可以掩护、帮助这支武装小分队，而这支武装小分队也能壮大县大队的声势。所以县大队和武装小分队配合展开斗争可以说是一个两全其美的方法。

进入陵县后，何郝炬发现这支武装小分队在这里完全可以自由行动，因为他们到了哪个区就可以和那个区的区队联合行动。区里对敌人的情况掌握得较准，遇到敌情他们也完全有能力应付，只需要和县大队保持紧密联系，必要时再配合共同行动。

从德县进入陵县首先要经过陵县二区，二区区长刘润生告诉他们，因为二区过去属于"于团"的防地，有一段时间我方在二区的活动范围不大，三区、四区、五区活动搞得正红火的时候我方还只能活动在二区的边缘一带，能够进入原"于团"防地内的村庄开展活动的时间和机会很少。

何郝炬坐在刘润生为他准备的一头小毛驴上，边走边听刘润生介绍二区的情况。

"敌伪大举进犯我中心区以后，县、区武装实行'翻边'策略，转入边缘甚至是在敌伪区开展活动。二区往西伸展，扩大了活动范围。那些距离敌伪据点近、政令难以到达的村庄，在'翻边'策略下反而被我们打开了局面。全区五六十个大小村庄，除了敌伪据点所在的神头村及附近的大村子孙鬼脸村等少数村庄，在多数村庄抗日武装、干部都能公开活动。神头和陵县县城里的日伪军虽然时常来这些村庄进行'扫荡'，但他们无法也不可能摧毁二区的抗战力量。村庄周围的道沟也在和敌人反复挖、填的较量中基本保存了下来。"

何郝炬边听介绍边仔细打量着刘润生，心里思量着：这个原来是小学教师，后来脱下长衫扛起枪参加抗战的区长，长得其貌不扬，个子不高，说话也不甚流利，但他骨子里却是个有胆有识、坚强能干的人，是在中心地区环境急剧恶化的情况下敢于向敌人心腹地带进击的人。他们在一些村庄进行了细致具体的组织工作，团结和组织了一些有觉悟的农民和青年，在村里撒下了革命的种子，为以后的抗战工作打下了坚实的基础。尽管这里的对敌斗争仍然激烈反复、困难重重，但这里的人们却始终保持着对革命胜利的信心。丁学风曾向他介绍过，说不仅刘润生这样，其他三个区的区长、区委书记也都是这样的人。难怪陵县地区斗争环境恶化的时间短，恢复得也快，这样的结果与这些抗日干部的辛勤工作是分不开的。

刘润生还告诉何郝炬，吴匡五县长本打算亲自来接他的，只是前几天刚从前后于家突围出来，部队这时正在休整。

"有伤亡吗？"何郝炬问。

"仅有一名战士受轻伤。这次是和回民大队一起活动的，力量较强。"

何郝炬听罢放了心。回民大队李玉池的身影再次浮现在他的脑海中。李玉池的性格不同于路虎子，他比路虎子沉稳得多。以他的个性独立于各县之外还是比较妥当的。孙子权专员也看好这支队伍，本打算作为专署警卫队来使用的，还是何郝炬提醒他"李玉池就是一只雄鹰，不喜欢别人把他圈在笼子里"，孙子权这才作罢。

陵县五区是何郝炬一行人的第一个目的地，位于陵县中心区的东南边。他们一开始本来打算去四区的，因为那是二地委过去工作的中心。三泗河集市散了以后，吴匡五、王景芳都将这一情况及时报告给了何郝炬。同时他们都认为四区的据点较密，各村距日伪的几个据点均不远，而五区的中心地段距敌人的据点均在五公里开外，且在陵县、临邑的边界上横着一条沙河，河的南岸是临邑县属的村庄，距临邑县城也很远，这些有利条件会让我方的活动有很大的回旋余地。经过商量，地委小机关暂时先在五区的于、信二庄住下来，吴匡五率领县大队住在朱二歪村，距离于、信二庄大约1.5公里的路程。吴匡五对部队进行拉练，地委的武装小分队则在附近进行游击活动。

于、信二庄是紧靠着的两个村庄。于庄有五六十户人家，信庄只有二三十户人家，两个村的南边都紧靠沙河。沙河说是河，其实就是一片干沙，河里白洼洼的一条条长长的沙丘，起起伏伏，人走进去不远，就会被风沙遮住看不见了。沙河只有在夏天雨季时才会有一点点水，但也很快就干涸了。这里东距林子街据点有近十公里远，西距陵临公路上的盘河据点、北距罗院据点就更远了。村里的老少爷们儿见何郝炬他们住下来，个个都笑吟吟的。

五区区委书记侯继成说："这里白天晚上都挺安全的，假如北边有敌情出现，我们就迅速转移到沙河南边，一般不会出现两边的日伪军同时出动的情况。如遇到大的敌情出现，凭借沙河和村庄间的道沟对抗转移也很方便，尽可放心。"

听了侯继成的话何郝炬想到了太行山里的那些村庄，它们和这里的村庄一样，都是在严峻的革命斗争中巍然屹立着。"多好的战斗堡垒呀！"何郝炬在心里念叨着。

"这两个村庄最大的遗憾是党组织还没建立起来。于庄有三个党员，信庄目前还是空白。"侯继成外号叫"三侯子"，为人机灵，点子多。他在向何郝炬汇报全区党组织现状时说："前两年，陵县党组织大发展时四区真正做到了村村红，五区就差一点。五区当时只在一些大的村庄开展过建党工作，于、信这样的小村庄还没来得及开展，就遇上了日伪对陵县的大'扫荡'。后来斗争环境恶化，也顾不得进行此项工作了，就一直拖到了现在。这是我们工作上的问题，我们会抓紧做工作，尽快赶上去。"

说到最后，他建议地委机关把活动基点放在朱二歪村，因为那里已经形成了地委的秘密交通中心站。朱二歪村子大，有一百多户人家，党支部牢牢掌握了村政权。村里还有半公开的民兵组织、农会、青救会，是五区的一个堡垒村庄。

"当然不能老驻在一处，可在附近村庄轮流驻，同样方便。"五区区长巩铁锋插话说道。巩铁锋比侯继成老练得多，是个既教过书又种过地，看起来既稳当又世故的山东汉子。他行动不像侯继成那样敏捷，对人对事也不如侯继成观察得透彻，但比侯继成更为沉着冷静。他率领的五区区队是一支敢打敢拼的队伍，敢单独和据点里的日伪军较量，遇日伪军几路来袭也可以灵活地转移，队伍的机动战斗力强。县大队不在这里时，他们自行开展游击战也没什么问题。

由于地委暂时还不能进入四区，赶到于、信二庄的丁学风就简单地向何郝炬汇报了四区区长戴豪廷和区委书记魏立勋的情况。

"立勋比侯继成小两岁，是刚提拔起来的区委书记。他没有侯继成的点子多，却比侯继成多读了一点书，能够较为细致地做好党员教育工作和青年群众的动员工作。和巩铁锋相比，四区区长戴豪廷更有冲劲一些，他带领的区队虽然人数没有五区区队的人多，但隔三岔五地就会和敌伪交火。四区四周有罗院、林子街、神头和德平县的理合务等好几个据点，四区中间还有个滋镇小据点，所以战斗频繁。由于四区是老'十八团'的中心地区，群众发动得早，差不多村村都有党支部，而且大多数的村都有民兵组织。四区依靠群众和基层党组织控制着据点以外的村庄，最近滋镇的日伪军因不敢单独留在据点里撤到罗院据点去了。"说到这里，丁学风激动地站了起来，"四区简直就是游击战争汪洋大海里的一个坚实的战斗堡垒！"

何郝炬看到他那样子忍不住笑了起来。

"说实话，这与邹玉峰同志近几年来一直在四区开展党政工作，打下了良好的革命基础有很大关系。"

晚上，何郝炬在给边区党委的工作汇报中写下了这样几句话：

"……我们到了这些地区，犹如回到了家一般。有这样好的人民、这样好的党组织和党的干部，我对二地委的工作和对敌斗争充满了信心。"

"二侯子" 侯文成

在陵县的县、区干部中，何郝炬注意到了一个人，每次开会他都是最后一个到场，而且少言寡语，不问就不说话，这个人就是三区区队副队长侯文成。

"这个侯副队长为何整天一副吊儿郎当的样子？"

丁学风和许国珍对视了一下后笑了。

"按照常规标准来划分，他还真是一个'问题干部'，自由散漫，好多事不按正路子来，但是他打鬼子有胆量、办法多。"接着丁学风就讲起了发生在侯文成身上的故事。

原来，侯文成是"三侯子"侯继成的二哥，人们管他叫"二侯子"，比侯继成大三岁，是侯继成把他拉来参加革命的。侯文成之前在村里拉过队伍，打敌人很勇敢，也常和乡里联合会的枪手们来往，在老人们眼里算是一个痞子，不过没听说他干过什么坏事。因为人有胆量，又有一手好枪法，在当地有点名气，后来成了"十八团"里的一个不大不小的头目。1938年底，陵县临邑的联庄会、保安团闹得正厉害的时候，团长郭仁山嘱咐大家要注意安全谨防保安团的人报复时，特别提到了侯文成的名字，让他要防范好。因为他在"十八团"是个出了名的大大咧咧、啥事不在乎的主儿。

"就凭他们，敢！这几天我就在村里晃悠。"侯文成说完就摇晃着脑袋往家走了。等他感觉到异常拔枪冲到大门口时，十几个黑洞洞的枪口指向了他，他被保安团的人包围了。团丁们让他把随身带的两把驳壳枪拆开包在他随身带的毛巾里自己提着。他的前后都有团丁，身后的两名团丁用枪管顶住他的后背，说是要将他拉到凤凰店的伪区部去。在这种情况下，他依旧慢腾腾的，一路上说说笑笑没当回事。大家都知道他是这个德行，只能吆喝他快走。出了村没走多远天就黑了下来。侯文成突然像是被什么东西绊了一下，一个跟跄摔在了地上。

"哎哟，疼死了。"侯文成嘴里喊着，身子在地上来回蠕动着，看上去爬起来很困难。

"这小子，不知又想耍什么花招，快起来。"

"想死也要等到了凤凰店让大爷们领到赏钱后再死。"说着有团丁上来踹了他一脚。就在这时，只见他猛一下挺起身子，把毛巾往边上一扔，一只手握着一把驳壳枪。两声枪响后，那个上前踢他的人大腿上挨了一枪，后面拿枪顶住他的人手臂上挨了一枪，手上的枪也应声落地。

"你们这些狗崽子，还不快跑，二老子我饶了你们的小命，再不走我的枪可不认人了。"那帮人像傻了一样呆在那里，他们怎么也不会想到侯文成能那么快把枪装好。等他们缓过神来，瞬间都跑得无影无踪了。

打那以后，侯文成的名气更大了。郑家寨虽然安了据点，但那里的日伪军不敢出来骚扰百姓，因为他们都怕"二侯子"。1939年夏，动委会主任王其元把他调到动委会工作。1940年，陵县局势恶化后为加强三区的力量，组织派他回来担任区队副队长。本来一开始是想让他当区队队长的，但考虑到他性子不稳就安排了个副的。他担任副队长后不久郑家寨据点就撤掉了，当地好多群众说伪军是让侯文成给吓跑的。当然，郑家寨据点撤走的主要原因不是侯文成，但他在当地的影响力确实还是挺大的。

"他这人单打独斗有两下子，真要让他带兵和敌人面对面地干，就容易出问题了。"丁学风说。

他告诉何郝炬，有一次区队遭遇附近几个据点的日伪联合"扫荡"，他顶不住了就收起家伙，招呼着他的手下的人散掉了。吴县长原本要重重地处罚他的，见他后来把散掉的人全都叫了回来，枪也没有损失才免了处分。不过从那以后，他带的队伍就好了许多……

在一次会议结束时，何郝炬叫住了正要出门的侯文成。

"文成，我怎么发现你老是躲着我呀，有什么见不得人的?"何郝炬这么一问，侯文成反倒是有些不好意思了。

"何书记，我这人嘴笨，也不认得几个字，怕你笑话。"他说着脸还红了。

"我觉得不是这个样子吧，你在敌人面前话不少呀，在村里动员村民参加抗日也讲得头头是道的。还有，那些散掉的同志，你是怎么又召集起来的?"何郝炬这么一问，侯文成更觉得不好意思了。

"何书记，这事你都知道了。"说着侯文成低下头去。

"抗日英雄怎么像个小媳妇似的?"听何郝炬这么说，侯文成抬起头来。

"知道自己的不足，并且能克服掉就是好同志，哪有人是十全十美的。"

侯文成听见地委领导对他的工作如此肯定，眼里立刻有了光亮。

"战争和困难时期，还真需要这样的人。"看着侯文成离开的背影，何郝炬的脑子里顿时有了些想法：侯文成这样的干部边区不止他一个，路有水算一个，三地委代号"三三五"的也要算一个，他们这些人在艰苦的战争中表现得都很好，至于本身的一些小毛病，只要能够改正就好。对于这样的同志，我们应该团结他们共同战斗。

重返德县

二地委安顿妥当后，何郝炬计划着召开新的陵县县委班子成立后的第一次会议，因为有些问题需要做进一步强调。县委第一次会议的召开标志着陵县县委集体进入了陵县中心地区，预示着陵县的工作迎来了一个新的开端。

许国珍显得特别兴奋，因为现在的工作与他先前在地委机关做的一般事务性工作可谓是天差地别，所以他一接到开会通知就赶了过来。何郝炬对他的表现感到欣慰，因为是他力荐许国珍下基层锻炼的，他也相信许国珍在一个有经验的县委书记的领导之下一定能够把工作做好。

刚到朱二歪村住了两天，地委机关又出发了。许辛光、队长傅洁民、指导员耿杰山和警卫员贾金砚，以及青年武装队——这就是何郝炬率领的地委机关全部人马。地委原有一个小报编印组，原属于宣传部，现已调至邹玉峰处负责宣传工作了。

地委一行人匆匆返回德县是为了丁学风到德县履新一事。丁学风先去德县报到，后又返回陵县交代工作，还未来得及接手德县的工作。德县的工作是在地委监管之下由许辛光、刘之光、武联鹏等几位同志具体执行的。在丁学风到任、工委成立之际，地委领导觉得有必要召开一次会议，向丁学风交代一下德县以前的情况和今后的工作。尽管工委就三个人，但分工明确，王学武、刘之光都明白自己在工委的责任，他们将更好地发挥自己的特长，积极努力地工作。丁学风和工委的两个同志一起开会商讨完工作后，又和县抗日民主政权的张硕、武连鹏等人碰头了解了德县的一些情况。对搞好德县今后的工作，丁学风在会上表达了自己的决心和信心。

丁学风最后提出的唯一要求是希望地委领导能够定期到德县帮助他们解决工作中存在的一些困难和问题，最好一个月一次。何郝炬爽快地答应了他的要求。德县成立了党的工委，有了党委的主要领导人，这当然是一种前进和突破，但眼前的斗争形势却无法令人高兴。敌情日趋紧张，边临镇、义渡口几处据点的日军人数都有所增加，日伪军向我方经常活动的八区、九区发起"扫荡"的次数逐渐增多；县府、县大队在德县境内的活动区域和时间都有所减少，被迫向德平地界转移的次数增多，我方经常活动的区域面临的压力越来越大。这些情况使得丁学风一班人一接手工作就面临很大的难题。然而最要紧的还是领导德县公开斗争的主将张硕县长的身体太差，因为经常犯病不能主持县抗日民主政权的工作，只能靠县抗日民主政权的秘书武连鹏代理，这就使得很多事情不能当机立断、见机行事，对敌斗争的效果必然会受到影响。这也是丁学风觉得最困难的事。

"其实武连鹏很能干，文武都行，真要把担子压在他的身上，或许事情就好办多了。"虽然丁学风和武连鹏是初次见面，但他已经从王学武、刘之光口中了解了武连鹏的为人。在地委时他就听过有关武连鹏如何能干的传闻，所以在目前德县的严峻形势面前，丁学风大胆地说出了自己的想法。

对丁学风的想法，何郝炬虽然没有明确表态，但其实也赞同丁学风的看法，他已经通过李萍了解了武连鹏的一些情况，所以他没有贸然表示同意。据李萍介绍，德县在中学学校里已经建立了党小组，就是王哲、武连鹏、张硕他们三人一起开展抗日救亡活动，武连鹏是三人中活动能力最强的一个。但是武连鹏在入党前曾在北京、天津、济南几处跑滩闯江湖，还参加过一些组织，往来关系很多，尽管参加东进抗日挺进纵队军政干部班学习时经过审查，但是以前的问题还没有查清楚。德县建立抗日政权和县大队，王哲担任县长期间，武连鹏一直担任科长。张硕接任县长后，武连鹏才调任县抗日民主政权秘书，作为县长的第一助手。由于张硕身体太差，经常委托武连鹏作为县长代表率领县抗日民主政权和县大队坚持工作和开展斗争。李萍认为，在他的历史未搞清楚之前，不宜再委以重任。看来历史背景这条杠杠，目前不能逾越。何郝炬的脑子里突然生出了一个想法，可以让武连鹏先担任副县长或者兼县大队副大队长呀，这样不就可以名正言顺地干工作了？

因事关重大，需要地委领导讨论看是否可行。边区各地没有一处配有副县长，所以对这一任命是否合适更需要谨慎讨论，所以丁学风的想法只好暂时搁置，何郝炬不予回答。根据形势来看，尽快调路有水来德县协助工作已迫在眉睫了。

路有水来了

路有水又称路虎子，临邑县城关路家庙村人，1939 年加入临邑县县大队。路有水在当地是一位极富传奇色彩的英雄人物，他智勇双全、胆大心细，率领一支部队锄奸惩恶，仅他亲自参与铲除的汉奸恶霸就多达四百人，给日伪军和汉奸造成了沉重的打击，令敌人闻风丧胆。

"路队长，给我们讲讲你打鬼子的事吧。"

"对呀，路队长，你打扮成大姑娘，抓流氓汉奸的那一段给大伙讲讲。"

路有水一来到德县三区队的驻地就被武工队的队员们围了起来。他们早就听说临邑有个传奇英雄路有水，但都没见过真人。一听说路有水要来帮忙铲除汉奸，个个来了兴致。

看到路有水有些不好意思了，张龙忙上前说："你还是给大家讲一段吧，你看队员们多热情啊，自打听说你要来我们这里，我们就天天盼着了。"

路有水想了想说："那我就给大家讲一段吧，不过，想要听我的故事，就要多打胜仗，不然让敌人赶得整天到处跑，哪有心情讲故事啊。"

队员们一听路有水要讲故事，呼啦一下全都围了上来。路有水讲的是一个月前刚刚发生的一件事。

秋天，在棉花地里拾棉花的大姑娘小媳妇，时常会被流氓汉奸欺负，老百姓是既恨又怕。路有水知道后，下决心要对那些可恶的流氓汉奸进行惩治。他派人进行了侦察，事先摸清了这些汉奸出城做恶事的规律。

一天下午，路有水和匣子枪班的几个战士头上罩着花手巾，腰里围上了拾棉花的花兜兜，打扮成拾棉花的姑娘来到棉田里假装拾棉花。不一会儿就有三个伪军来到了跟前。

"哟，小妞，拾棉花呢。"

"叫你呢，没听见呀，今天让大爷快活快活吧。"

见拾棉花的人不理他们，其中一人上前去拽棉花篮子。路有水这时突然转过脸来，手里拿着把匣子枪。他把头上的手巾一摘，说："你看我是谁？听说过路虎子吧？"那几个伪军一听马上吓瘫在那里，跪在地下连连求饶。路有水掏出匕首将那个为首的伪军的生殖器割了下来。从那以后，那些流氓汉奸再也不敢出来为非作歹了。

路有水是个急脾气，故事讲完战士们刚刚散去，他就和张龙一起研究起惩治汉奸的方案来了。

"咱们提前在家写好空头布告，凡作恶多端、民愤较大的人，抓着谁就添上谁的名。"路有水说得很坚决。

锄奸行动无疑是激烈的。

张龙和路有水各带一路人马开始了行动。除提前了解到的一部分汉奸外，还有一些是老百姓共同指认出来的。对那些因为害怕躲到敌人据点里的铁杆汉奸，路有水他们就派人蹲守，只要人出了岗楼，他们就会想尽一切办法抓来处理。

边临镇据点的一名汉奸在听到风声后不敢自己出岗楼了。路有水他们等了几天，见实在找不到机会，就埋伏在了伪军外出经常走的路边。一天，这名汉奸随十几名伪军外出，路有水他们瞅准机会从路旁的青纱帐里跑出来把那名汉奸拖进了地里，那些伪军还没反应过来是咋回事，人就没了踪影。第二天早上，汉奸的人头被高高挂在岗楼附近的一棵大树上。

锄奸行动开展了不到一个月，先后有四十多名汉奸被砍了头，影响力巨大。但在这次锄奸行动中，被处决的汉奸中有一部分是由村子里的老百姓指认的，事后证明其中的个别人是罪不至死的。因此，这次锄奸行动在某种程度上也在群众中造成了一些不良影响。

第十一章　润物细无声

初见成效

二地委成立后，随着各县领导班子调整的结束，县里的工作开展起来也一改过去的随意、盲动，秩序性、方向性都更加明确。陵县、德平、德县三县的抗日斗争进入了一个崭新的阶段。

以往二地委转移行动，负责警卫任务的武装小分队都会提前和县大队联系，因为需要县大队的掩护。这次返回于、信二庄，他们没有和县大队联系，而是在区长刘润生带领的二区队的配合下穿过神头至罗院间的公路的，他们在几个据点的夹缝中用了大半宿的时间才回到了五区。

陵县县委第一次会议后，几个领导分赴各区了解情况、帮助工作。吴匡五也在和县委的同志碰头后率领县大队向陵县县城附近活动。何郝炬他们正好借机到陵县的三区、四区看一看，以便于地委机关和武装小分队在陵县范围内开展活动。

三区距于、信二庄只有几公里远，来往行动方便。三区原有郑家寨据点，据点内人不多，在侯文成他们的多次打击下，据点里的日伪军平时不敢出来活动，郑家寨据点最后并到了伪三区区部所在的据点——凤凰店据点去了。这样一来，郑家寨和东面的老官张、老官陈等村庄一起和五区形成了连片，斗争环境也大体相仿，这对于全县的斗争形势非常有利。在侯文成的引领下，何郝炬他们在老官张村见到了三区区委的王晋卿、罗星和区长李青云等人。王晋卿是个瘦高个，看起来身体素质相当差。他是在八路军进驻"十八团"防地建立起抗日政权和党组织时和许国珍同时入党的，后来在地委机关工作。因为生病，组织上同意他回村休养一段时间。两个多月前，地委派他回陵县三区工作。由于身体差，他不像许国珍那样凡事身体力行、思想敏锐，也不像侯继成那样精明健谈。王晋卿的言语不多，但是考虑问题周到、细致，遇事沉着。他对三区的敌情和我方各个村寨的情况了如指掌，谈起来如数家珍。罗星是地委社会工作部下派的干部，是王晋卿的得力助手。罗星和王晋卿刚好相反，罗星是个壮实的山东大汉，敢说敢做。他在村里跑得最多，了解的情况也多。凡是王晋卿顾不过来的事，他全给包揽了下来。李青云虽然瘦，但长得很结实，话不多，但通过言语能感觉到他是一个性格坚毅、做事沉稳的人。

三区的工作基础不如四区，工作状况和环境相比五区也差了一些，但整个情况都在向好的方向发展。三区实际上已经成了恢复中的陵县中心区的一部分，是一个充满希望的地区，区领导班子对未来的工作开展充满信心。

通过与这几位同志的交谈，何郝炬对三区的现状了解得更深了一些：我方已经控制了大多数村庄的政权，一半以上的村与村之间都挖通了道沟，即使是发现敌情也能迅速处理，这些和五区那边的情况基本一样。不足的是这里的村庄里的农会、"青救会"等在去年形势恶化时都散了，现在还没来得及恢复，三区已经建立党支部的村庄比五区也要少一些，虽然东边的村庄有民兵组织，但是半数以上的村庄都没有。跟五区相比，三区有一点比五区强，那就是据点里伪军的投诚工作做得比较好，哪怕是形势恶化时他们也在坚持做工作。郑家寨据点里的伪军队长早就偷偷和我们的区队拉上了关系。区长李青云介绍到这里时用眼睛瞟了眼坐在旁边的侯文成。侯文成虽然面上看不出有什么变化，但何郝炬还是捕捉到了细微之处，看出了这个"二侯子"其实心里正扬扬得意呢。

李青云直接把话点开了："说穿了就是靠了'二侯子'的名气，伪军们都怕他，所以想法子和他拉关系。投诚也是为了他们自己的安全。"听李青云这样说，侯文成有点不好意思，脸都红了，他露出一丝笑意，但还是没作声。

"你们在这方面就比五区强嘛！"何郝炬将自己的想法脱口说出。照理他不该对三区的同志说这些话的，因为这样会使他们产生满足心理，但是话已出口只好算了，或许他的话能对三区的同志起到一点鼓励作用。

四区跟三区、五区相比，差别很大，究其原因，环境是主要因素。但戴豪廷、魏立勋等人并没有因此愁眉苦脸。戴豪廷和五区区长巩铁锋的个头高矮差不多，他披着的一件黑色大褂把身子全包住了，腰上扎满了子弹带，肩上斜挎着一支驳壳枪，枪把上还包了一绺红绸子。照他的说法，在四区出现敌情是家常便饭。今年青纱帐后，村里的道沟都恢复了，滋镇的伪军被区队和民兵包围、打击，已经被挤压得透不过气，如果不与别的据点一起出动，他们根本不敢出门。就在前几天，滋镇据点也被撤并到罗院据点去了。

罗院地方不大，却是几个区的中心据点，平时驻有二三十个日本兵、一百多个伪军。如果据点里的鬼子、伪军出动，我方的武装力量就要避开，打游击战。滋镇据点的撤并使我们中心区的人们舒了一口气。现在干部和区队的活动已经基本公开，日伪军要是出动，我们自然就会隐蔽分散或通过道沟自行转移。日伪军一走，我们的一切活动照常进行。时下全区绝大部分村庄都在我们的控制之下，大点的村庄都有民兵组织，区队和他们联合在一起，监视敌情，打击来犯的小股敌伪，将敌伪的嚣张气焰彻底打下去。

魏立勋比戴豪廷沉着冷静得多，但却没有侯继成那样侃侃而谈，使人感觉他是进过学校读过书的农村青年。他汇报说，四区除了几个小村庄和罗院附近的村庄，绝大多数村庄都有了党支部，支部又掌握着村政权和民兵，这些都是邹玉峰之前建立起来的。那时候四区真是搞得红红火火、热火朝天，虽然有些事人们还不大明白，但大伙都有那么一股劲，就是要组织起来抵御日寇的侵略。经过几年的战争考验，虽然吓跑了一些人，但是大部分党员和群众都挺过来了。他们从战争中学习，与敌人打游击战，玩捉迷藏，狠狠打击了敌人，坚守住了我们的阵地。

魏立勋提到了他的家——三泗河，那时邹玉峰多半时间都住在这个村里。村里二百多户人家，就有上百人参加了八路军和县区武装队。在邹玉峰动员教育下，有的人入了党，被抽调出来脱产当了干部。魏立勋说："现在我们在外打游击，碰上敌情，情况紧急时，回到三泗河休整休整，就像真正回到家里一样。村里的人们想着法子保护你，让你能放心歇歇。咱们的干部战士给三泗河起了个外号，只是这个外号不敢传出去，怕被敌人知道后乱子就惹大了。"

"什么外号能把敌人都惊动了呢？"何郝炬不禁问他。

"说起来真有点悬！'小莫斯科'呗！"魏立勋说完，自己也笑了。

何郝炬还是第一次听说这个名字，既然战士们私下这么传，那就说明三泗河村的堡垒作用给人们带来了很大的安全感。不过他还是觉得这个名字不宜传播，那样存在安全隐患。

"是有点悬，叫敌人听见，真是怪吓人的。这里有多少人知道'小莫斯科'这个绰号？"

"苏德战争开始的时候，邹玉峰在村里搞了个大的宣传活动，真正做到家喻户晓。我们当时都下到村里，向村里的群众宣讲苏德战争，宣讲苏联共产党，自然也多次提到莫斯科。后来随着形势越来越紧张，慢慢有人想到了它。王战亭在这个区工作时，有一次说漏了嘴，被人记了下来，慢慢地在一些人嘴里传开了。"

"这可不好，在现在的环境下，这太容易暴露了，对我们长期进行对敌斗争不利。"何郝炬觉得这个称呼有些夸大，不过这事是王战亭说漏了嘴所致，话已出口，没法收回，只能在今后的工作中设法弥补。但这也让何郝炬产生一个念头：先去三洄河看看。

魏立勋似乎看出了他的心思，觉得不该给地委书记谈这件事。他趁机又补充说："王战亭同志话也说绝了，咱四区像三洄河这样的村庄还多着呢！只不过三洄河村子大，自然在这一带的名声也大些。其实王战亭家所在的高家村早就是四区的模范村，也有最坚强的党支部，以前做什么事都跑在前面，只是村子小了点，人没有三洄河那么多。"

最后，何郝炬两个村都没去成。因为有地委武装队伍跟着，到一个村住一宿就必须转移。像三洄河这样的村子，队伍一般不进去住，留给县里和区里来的同志三三两两地去活动，以减少敌伪对这些村子的注意和破坏。但何郝炬得出了这样的印象：四区工作基础好，有一批革命的堡垒村，具有和群众在一起坚持斗争的良好条件，但是形势比五区甚至是三区还要更紧张，小规模战斗时有发生。小部队打游击、天天转移可谓是家常便饭。今后要在这几个区里活动，必须尽快适应这种新的工作环境，那样才不会吃亏。

何郝炬从老官张村听完汇报后，来到了朱二歪村，正好和陵县县委几个人碰上头。原来王景芳给县委定下制度：县委成员在一起开会，商量完工作后，即分赴区、村帮助检查工作，大约二十天后，再返回县委开会。这是县委会后第一次回来开会，县委的四个人都到齐了。

王景芳主要谈到他在二区、四区的接触和感受。他拿这些地方的情况和德平的情况做了对比，对陵县的基础工作评价较高，他表示对这一地区的工作充满了信心。曹明惠、许国珍叙述得比较简略。他们本来就很熟悉这里，所以有些话无需多说。

　　陵县县委执委王战亭的谈话引起了何郝炬的注意。王战亭是陵县土生土长、地地道道的工农干部，从小扛活，八路军进入"十八团"防地以后，最先入党并被提拔起来，从村支部委员到县委成员，现在兼任六区区委书记。这是王景芳提出的安排意见，理由是六区为临邑划过来的新区，我方力量薄弱，需要大力开拓，王战亭大胆、敢干，有股子冲劲，又是县委领导成员，这样安排对六区的工作开展更为有利。这次是王战亭头回到六区，时间也只有十多天，他差不多跑遍了沙河南沿一带的村庄。他说的话没有条理，没头没脑，有时正在说一个话题，突然又跑到别处去了，使人听了不得要领。听他讲话，颇费力气。然而从他的谈话中，可深深感受到他对革命工作的热情，以及质朴、诚实的性格。何郝炬原来听丁学风、许国珍谈到过他，说他说话常常词不达意，闹了不少笑话，但他做的对农村党员和群众的宣传教育工作，还是很有成效的，人们对他的评价也不错。通过这次接触，何郝炬对他有了较深的印象：他是一个有觉悟、有干劲的工农干部；能力和办法欠缺一些，但可以用他对革命的热情和干劲来弥补，上级领导应该放手让他去工作，同时也应更多地帮助和培养他。

　　和陵县县委同志谈话的第二天，吴匡五也赶到了朱二歪村，此时许国珍等人已离去，只有王景芳留下来等他。谈话的内容，仍然是陵县近期的情况。吴匡五着重谈了有关全县的一些比较大的情况，更多地谈到发动群众与敌人展开针锋相对的斗争，把抗日的旗帜插到敌人据点跟前，甚至打入敌人据点里去。不仅在三区、四区、五区如此，也要扩大和发展到一区、二区、六区，为此还要做好在伪军及其他伪组织中的工作。也不仅是罗院、林子、盘河这些距离我们近的据点，还要想法到陵县、临邑两个县城里下手。目前别处都有点眉目，唯独临邑，过去联系较少，关系难找，但还是得想办法搞。他率领县大队多向陵县和临邑活动，向两边的伪军、伪组织施加压力，以配合据点里的隐蔽工作。这次刚从一区、二区方向回来，他希望地委同志能够率领武装队和县大队，一同去临邑城北，进行深入活动，找机会对当地的伪军予以打击，并造成声势，扩大游击区的范围，把敌占区的斗争向前推进一步。

　　吴匡五的想法和何郝炬所想的可谓不谋而合。这位新来的地委书记很赞同吴匡五的做法，这套做法算得上是积极进取、大胆前进，而又不失稳重、审慎、步步为营。吴匡五要求地委同志和他一起进入临邑城北进行一次活动，这是他对地委领导的尊重，因为何郝炬上次来时专门与他谈到临邑城北一带该如何开展斗争的问题，这次他正好就此做了汇报，希望地委能实地看看那个地方，并对他的工作给予实际的指导与帮助。他的这个提议正合何郝炬之意。何郝炬感觉自己来二地委已有一段时间了，但都是在中心地区活动，就算往返德县、陵县、平禹，也基本都是在夜间通过，所以他考虑去一趟六区，吴匡五和何郝炬立刻商定好时间，准备这一行动。

喋血苏家庙

秋后的夜里，一片寒凉，湿气也格外重。不多时，战士们的鞋子、裤管就被露水打湿了。

何郝炬按照吴匡五的计划，带领地委武装小分队随县大队一起向临邑城北的苏家庙方向挺进。他们首先在沙河南沿一溜村庄迂回行动，并以突击的方式在晚上行进到十几里以外的村庄，天明时又迅速转移到另外的村庄。

新区需要开辟，一进村庄要首先找到村里管事的人或者村里的头面人物，这么做的目的是震慑和教育这些人。这是吴匡五他们向敌占区开拓过程中常用的方法，由县政权民政科科长王诚斋具体负责这项工作。王诚斋总是比大队人马早进村一些时间，目的是找上述人员谈话，说是谈话实际上就是训斥，但王诚斋着重向他们指明出路，约法三章，要他们与县区政权和区队取得联系，报告敌情，接受抗日民主政权的命令和任务。王诚斋干这活很顺手，算得上轻车熟路，多半都取得了成功，他要使这些人成为抗日斗争的"两面派"。此外，还要找一些老乡来谈谈、聊聊，对他们进行抗日爱国的教育。其实这都是县政权教育科科长的事，因为在这兵荒马乱之时，村里的学校大都停学，没有停学的也是三天打鱼两天晒网，教育科的职责就转向了对村民进行抗日救国的宣传教育。这件事也不是硬性的，在村里的时间短，能找来几个算几个，用王诚斋的话说，总能起到一些宣传抗日、传播革命道理的作用。

就这样，一路稳扎稳打、步步为营，三天后，县大队和区武装队一起开进了临邑城北的苏家庙村，那里离县城有十几里远。

"村里有两个在城里混事的'小汉奸'，早前搬到城里去了，还有几户摇摆不定的，通过宣传教育，暂时也算规矩，所以目前村里还是比较安全的。"王诚斋向随后赶到的吴匡五汇报说。

何郝炬他们跟随县大队进驻后，部队立刻封锁了村庄的进出口。大家感觉村子里里外外都让人放心。吴匡五带着几个中队长沿村子四周查看了地形，最后在村外的西北角选好了遇到危机时的撤退路线。

这是一条早已干涸的小河岔子，高低起伏的河床通向西北方向，对部队的行动和转移非常有利。吴匡五的想法是，苏家庙村所处的位置便于部队机动，如果发现敌情，可以伺机打击城里或宿安镇出来的伪军；如果附近几个敌伪军据点的日伪军同时出动，形成敌众我寡的局面，也可以顺着这条干河岔子，先往西北，再向沙河两岸转移，以保存我们的有生力量。

今天，村子里出人意料地安静，这让一部分老队员有一种不祥的感觉，因为这种安静，在过去是不曾遇见的。

晌午时分，被派往村东的侦察组与伪军派出来的巡逻小队突遇，双方迅速接上了火，然后都边打边退，此后再也没有什么动静，村子四周，特别是临邑方向也没什么消息。吴匡五合计，正常来说一般到下午敌伪军还没出动，那这一天就不会有什么敌情发生了。部队已做好准备，在黄昏前出发转移。

"通知下去，让大家马上吃饭，吃完饭立马出发，转移到十几里外的李王庄去。"吴匡五话音未落，村南一里地外的一个村子的东南方向，突然响起了一阵枪声。何郝炬、吴匡五几人闻声立即出了小屋，跑向村南查看。部队按原来的部署各就各位，地委武装小分队则靠西北面警戒，准备掩护大队向西北的干河岔子进行机动转移。就在大家向南面瞭望时，一队穿着黄军衣、扛着上了刺刀的枪的队伍，正向苏家庙冲来，队伍中还不停地响着叭叭的枪声。他们断定城里的敌人出动了。这时东边远处也响起了枪声，宿安的敌伪军也出动了，正在向苏家庙驻地逼近。

吴匡五看着何郝炬，果断地说："看来这仗不能打下去了。"何郝炬说："那就按计划赶快撤吧，看来敌人是有备而来的。"

"立即通知各中队，按预定计划迅速撤往李王庄。"说完，吴匡五拔枪冲进了村南的队伍里。

此时，村南我阻击分队已向南边扑来的敌伪军开火，冲上来的敌军被阻击在几十步以外成散兵线展开，两边同时枪声大作。吴匡五转过身招呼何郝炬，意思是请何郝炬先向西北方向撤离，他和阻击分队在后面掩护，最后再撤。就在此时，副大队长杨立柱在一旁喊道："一号，你不能在后边，这是事先规定好的，掩护是我们的任务。"他一面向王工一打招呼，要他推着吴县长往后撤，一面径直往阻击分队的掩体跑去。

吴匡五和王工一拐过一堵墙，赶上了在前边等待他们的何郝炬和警卫员贾金砚，他们正准备走到另一间土房后面时，一阵密集的子弹向两房间的豁口射来。这是敌人被我方阻击后，发起的第二次冲锋，枪声距他们不过几十米远。突然，一颗流弹射到了吴匡五身上，他"哎呀"叫了一声，随即倒在地上。

"你怎么了？"何郝炬几人同时跑向了吴匡五。王工一个子高，有力气，他立即扶起了吴匡五。通信员小王和贾金砚也一上去帮忙搀扶，何郝炬紧跟在旁边一起往西北方向撤去。

杨立柱提着枪也赶上来了，他招呼着后撤的部队，催促大家赶紧向西北方向走。身后又是一阵激烈的枪声，这时天色已黑，由于提前有方案，部队迅速进入了干河岔子。杨立柱从后面给何郝炬带信说，副教导员率领的阻击分队已撤出掩体工事，随时警戒敌军进入苏家庙村……

看不清脚下的道路，还不断有子弹从头上嗖嗖地飞着。挎着吴匡五两只胳膊的队员又不能直起腰，只能任凭吴匡五的两条腿在高低不平的道路上拖着走。渐渐地，吴匡五痛苦的呻吟声低了下去。

后面的枪还在叭叭作响，但听起来已渐渐远去，王工一一把搂住吴县长，把他举起驮在自己的背上，然后微微弓着腰，用双手护住吴县长的腿，大步往前奔走。何郝炬和贾金砚等几个人紧紧地跟在后面，不多时就要跑上一段。

夜色已深，已听不见苏家庙方向传来枪声，大伙一直在干河岔子边上疾行。吴匡五趴在王工一的背上，低沉的呻吟声几乎听不到了。

人们还在往前跑，直到走出了干河岔子才长长地吁了口气。他们从干河岔道拐到沙河沿上，进入目的地李王庄。王工一一气喘吁吁，艰难地迈着脚步。几个人围着他，接过了吴县长，将他轻轻地放在地上。王工一已经累得瘫坐在地上，一时爬不起来。

吴匡五被放在地上时，脸色蜡黄，吃力地张着嘴喃喃地说："我要……喝……水……"

等通信员小王从老乡家里舀来一瓢水时，不管怎么喊叫吴县长的名字，他都没有睁开眼睛。

夜里下起了雨，唰唰的雨声淹没了夜空所有的声响。在李王庄村北的一所房子里，队员们守在吴匡五的遗体前哭成一片。王工一蹲在角落里更是泣不成声。过了一会儿，何郝炬拭去眼角的泪水，起身说："大家不要过于悲伤，我们先把吴县长的后事料理好。"

王工一、王成斋、杨立柱及大队教导员一起围到何郝炬跟前。面对残酷的战争环境，他们不可能将吴县长的遗体运回他的故里安葬，后事料理也不宜声张。在何郝炬的吩咐下，他们敲开了几户村民的院门，想为吴县长找一口棺材，但找了大半夜也没找到。何郝炬和几个人商量后，决定连夜将吴县长的遗体掩埋，否则天一亮就会走漏消息。那样不但在人民群众中会产生消极的影响，敌人也会很快得到消息。村里的人说，遗体深埋在沙子里可以保存很久，等战争胜利后再起运回他的阳信老家安葬是完全能够办到的。大伙寻思也只能这样了。十几个同志将吴匡五的遗体运到沙河沿上掩埋。之后他们集中在村北广场上，何郝炬说："吴县长牺牲了，大家的心情都十分悲痛，我们革命战士的哀痛不是眼泪，而是更加坚强！我们一定要把抗日斗争坚持到取得最后胜利，解放我们的民族，解放我们的人民，为吴县长报仇！此时，眼泪只能使人心涣散，唯一的方法就是鼓起勇气，化悲痛为力量，坚定抗日的信心。"听完何郝炬的讲话，杨立柱、王工一和贾金砚都不约而同地喊起了响亮的口号，大家的情绪一下子振奋起来。

拂晓以前，部队撤向沙河北沿。除了几位同志因为在阻击战中受伤，需要临时离队治疗，部队其余人很快投入到正常的工作当中。

县大队和县政权在最近的于、信二庄住下，何郝炬和地委武装小分队则回到了朱二歪村和许辛光等几人会合。由于沙河是陵、临二县的分界线，在沙河北沿、临邑那边发生的事，陵县这边的人们除了听见隐约的枪声外，其他什么也不知道。

谷家会议

县委书记王景芳闻讯立即赶来朱二歪村。初来乍到就失去了工作上最亲密的搭档，无疑会让他的工作增添更多的困难。除了对吴匡五表示悲痛和悼念，目前最要紧的是尽快确定新的县长。何郝炬征求了王景芳和陵县其他同志的看法和意见。

"请求上级尽快派人。"王景芳用低沉的声音说。

"上级派人来的可能性不大，时间上也来不及，还是尽量在陵县现有的干部中选拔。"何郝炬沉思了一会儿说。此时，他想起了王工一在这场战斗中的表现，王工一是吴县长的主要助手，应该说具备了一定的条件。他向王景芳提出来后，王景芳说："怕有些不妥，王工一还没入党呢。"

何郝炬愣了一下，说："一个共产党员，是需要时间来培养发展的，看来只能考虑其他同志了。"

他又想到了二区、四区、五区的区长，当他说出刘润生这个名字时，王景芳表示同意，但还需要召开地委会议，和专员一同研究后再做最后的决定。他们决定先责成王工一同志主持县抗日民主政权的工作，直至地委任命的新县长到任为止。

何郝炬带领武装小分队和许辛光等人一起，穿过陵临公路的封锁线来到谷、马二庄。这是平原县境内我方比较稳固的中心区北沿，其情况犹如于、信二庄。平原八区和陵县所属各村，犬牙交错，利用敌伪间的矛盾，我方便于隐蔽转移。平原八区也是过去邹玉峰经常活动的区域。在鲁北支队打开平禹地区的局面后，平、禹两县的北区连成一片，抗日工作有了上百个村庄的活动范围，超过了陵县"十八团"防地鼎盛时期的活动范围，这也是鲁北支队主力集中活动之地。可自从去年年末敌人借"大扫荡"在根据地中心马腰务安了据点后，这一区域被分成几个小块，但八区还是较大的一个地区，主力部队在此仍有较大的活动空间。地委专署的每次集中会议，仍然选择在此处召开。

谷家位于郑家寨西南十余里处，是一个回民村。它与另一个回民村马家仅一路之隔，俗称谷、马二庄。谷家大约有九十户人家、四百多口人，谷姓为该村大姓。经过三年多的抗战洗礼，谷家现已成为我抗日民主政权的堡垒村，印刷所、修枪所、后勤医院，县抗日民主政权的粮库、钱库均设在该村。

何郝炬之前就听说过，谷家秧歌在附近一带是颇有名气的，素以规模大、行当全、盖头出众、内容独特为周围群众所乐道。这种地方戏原本他并不喜欢，感觉演得再好也不如老家川剧的变脸艺术，但到了陕北后，他就逐渐喜欢上了黄土地上的秧歌。来到冀鲁边区后，一听说谷家秧歌他就来了精神。但吴匡五县长刚刚牺牲，看秧歌的念头只在心头一闪，很快就被悲痛覆盖，想起吴匡五，他禁不住轻轻地摇了摇头。

但事有凑巧，他刚到村头便听到村内传来了锣鼓声，原来是有村民为80岁的老太太祝寿。何郝炬进村后才发现，整条大街里里外外站满了看热闹的人，他们围着的秧歌队扭得正欢实。最前面是民乐、锣鼓开道，紧跟其后的是执一把大红伞的壮年汉子，红伞随着鼓点上下跳动，再后面是数十名精壮男子装扮成的各种戏剧中的人物，他们踩着高跷、踏着鼓点行进。接下来是"旱船"数只，最后是身着各色古装、扭着秧歌、唱着小曲的男女。整个队伍浩浩荡荡，不下百人。

何郝炬稍作停顿后，就由村联络员领着，直奔村北头堡垒户谷大娘家里去，地委的会要在谷大娘家里开。

离地委原来约定的会议时间还差几天。由于形势所迫，何郝炬来得早了一些。孙子权、徐尚武、李萍也都提前到了。陵县发生的事，自然成为会议的主要话题。半年来，北部地区的形势稍好一些，苏家庙这一仗无疑使大家挨了当头一棒。对于现在以一支小的武装，深入到敌伪重点控制的临邑县城附近活动是否妥当的问题，邹玉峰、孙子权有不同的看法。

"吴匡五同志的牺牲令人十分痛心，但他的牺牲完全是他自己造成的。"与会的几位同志虽然把责任直接指向了吴匡五，但吴匡五是得到何郝炬的同意和支持后才决定行动的，所以这个话实际上是冲着何郝炬说的。

徐尚武并不这么认为。他认为在陵县、临邑这样的斗争环境下，用积极的行动把斗争扩大到敌人控制区附近，是巩固和扩大我方控制地区的有效做法。把敌人的注意力集中到其控制区附近，敌人对我中心区的骚扰和破坏必然会大大减少。他在临邑时，就是率领县大队这样干的，他认为在县级领导中应该倡导这种斗争方式。

大家对这个问题没有做过多的议论，然后将注意力主要集中在了今后的工作上。何郝炬提出需要讨论的两件事：提拔刘润生担任陵县县长，并且积极发展王工一入党，以作后备；将陵县改为匡五县，以示对吴匡五的纪念与追思。第二件事得到了大家的一致同意，并由专署公布实施。对于刘润生能否胜任陵县县长一职，孙子权持保留意见。孙子权对王工一颇为赞赏，但因他尚未入党，如担任县长工作会有诸多不便，只能今后再考虑。

会议开的时间不长，散会时秧歌还没有散场。何郝炬觉得谷家秧歌与陕北秧歌不同，谷家秧歌除了高跷、"旱船"、秧歌的表演精彩，最让人惊艳的是唱功。只见高跷队、秧歌队等都退到四周，在中间让出空场。打鼓板的、抱弦琴的各自拿着乐器，提个小凳子入场。一位戴墨镜的盲人手提一把三弦，在一位小姑娘的搀扶下坐到了场地中央。鼓板响了两下，就算开场了，盲人边弹三弦边唱了起来：

　　众位老少你听我言，
　　细听我表表民国十七年。
　　冯玉祥把守德州城，
　　吴佩孚镇守在四川。

外三省坐下了张作霖，

山东济南有个张督办。

第五师过来打群仗，

来到便占了千佛山。

宗昌一看事不好，

买洋油，要干草，

一心要把济南烧。

……

何郝炬看了一会儿想离开，但是随他一起来的刘润生正瞧得起劲。

"地委会刚刚开过了。"何郝炬的这句话被人们的欢笑声淹没了，刘润生没有听到，何郝炬只好拽了下他的衣角。

"准备让你接替吴匡五的工作。"这句话刘润生听清楚了，他愣了一下，马上就明白了过来。"这对我来说是十分意外的事，因为我清楚自己有多大的能耐。县长这个重担，我真的挑不起呀！咱陵县一起工作的几位同志，哪一个不比我强呀！不过既然组织上已经做出决定，我就会接过这个担子，用尽我全部的力量。如果组织上物色到比我更合适的人选，就把我换下来吧，我不会有丝毫意见。我对自己的能力是清楚的。"因为太吵，两人边说边退到了场外一个安静的地方。

何郝炬说："县府的王秘书就是一个很好的同志，办事有能力。在吴县长受伤到牺牲的那段时间里，表现得沉着勇敢，令人佩服。但他不是共产党员，需要培养帮助他。"

"那太好了。"刘润生听了很高兴，因为王工一在师范教书时，刘润生还是一个学生。这种师生情分他很看重，那时他就对这位老师尊崇有加。

"如果他具备了条件，干这事是再合适不过了。"

"也好，帮助培养王工一同志入党这件事，我希望你能够承担起来。"何郝炬说。

"行，没问题。"刘润生一口答应下来。这时，场子中央又走上了一位30多岁的大嫂。这位大嫂一上来就来了一句长长的悲调，然后就唱了起来，一位老大爷坐在旁边拉着二胡：

……

> 梦似长江水，
>
> 涓涓不断流；
>
> 泪如秋蓉雨，
>
> 一点一声愁。
>
> 小奴家的那个命啊，
>
> 好似那断线的风筝无篷的船，
>
> 凭风吹来随浪流。

……

刘润生凑在何郝炬跟前低声说："临邑县有个县官的少爷与丫鬟胡闹，县官将丫鬟赶跑了，事情传出来后，谷家村里有个叫李振忠的老师就给编了这段词。"

何郝炬和刘润生两人又看了会儿，心情逐渐好了起来。

改造 "道会门"

根据德县工委的决定，除针对八区、九区社会基础复杂、敌特活动猖獗的特殊情况采取镇压措施外，贯彻中央"敌进我退"的方针，以隐蔽斗争的方式开辟七区（土桥一带），转移德县抗战活动中心。为此，地委和德县工委决定派宣传部部长刘之光来这一带开展工作。

七区和其他区有一个显著的区别，那就是"道会门"多，较有影响力的"道会门"是"白吉会"和"黄沙会"，几个村子就能组成一个会部，较大的会部有张西楼、任桥、将军寨、董家阁、胡家寨等。会部有常备武装，人员多为二三十人。会首一般由当地绅士担任，会部的宗旨一般为"看家护院，谁来打谁"。在过去，这类民间组织极为常见。大敌当前，这些帮会不可避免地会被敌人挑拨利用。我方一侦察排长曾被将军寨会首捉去交给敌人，后惨遭杀害；任桥会部还曾与试图经过他们地盘的八路军交火。大多数会首思想守旧、顽固，如果想以隐蔽斗争的方式开辟七区根据地，那改造他们就成了当前工作的第一要务。

地委决定派刘之光来这里开展工作，就是看中了他是当地人，可以利用关系较快地渗透到一些会部并取得信任。

刘之光来到七区后，逐个了解了各会部的情况，决定先从任桥会部开始做工作。"任桥会"的会首杨俊成是贫苦人出身，年轻时为地主扛过活、受过罪，重情重义好交朋友。会部的先生纪风纲同刘之光及区公所的进步青年魏国光彼此熟识。

通过纪风纲的介绍，能识文断字、气宇不凡的刘之光成了任桥会部的座上客。没有读过书的杨俊成一向崇拜读书人，因此当酒过三巡、菜过五味，刘之光提出拜把子时，杨俊成欣然同意。一碗鸡血酒喝干后，随着白瓷碗摔在地上发出的响声，刘之光、杨俊成、纪风纲三人成了铁兄弟。刘之光大杨俊成二十一天，为大哥；纪风纲小他们两岁，排老三。就这样，刘之光轻易拿下了"任桥会"。

"老二，咱们的力量还是小了点，如果能多找几个弟兄结盟，咱们的实力就强大了。到那时，土桥一带谁还敢惹咱们？怕是就连日本人也要敬着咱们。"刘之光对杨俊成说。

"大哥，这好办，近的'刘玉台会'，远的'张西楼会'都是咱们的铁哥们儿。早前他们就想和我结拜，这些人像我一样，敬重文化人。这几天我就和他们联系。"杨俊成快人快语道。第二天杨俊成就把他的几个好哥们儿叫到了"任桥会"会部。这一次又有三个会首与刘之光结盟，再加上刘之光暗地里自己结盟的朋友，根据"盟兄弟的兄弟也是兄弟"的原则，刘之光的朋友就像滚雪球一样越滚越多。

"前些日子'将军寨会'会部让我给他们找人做先生，我看你挺合适的，愿不愿意干这个活儿？"刘之光帮纪风纲抄写章程时，杨俊成问他。

"我们都是兄弟了，哪有愿不愿意之说，既然能看得起我这个大哥，那还有什么不好说的，去！"刘之光心里乐开了花。有了这个正式身份，以后工作起来会更加方便。

当上"将军寨会"会部的先生后，他干的第一件事就是清理会员。会员成分很复杂，入会时会部不问出处，只要同意会部章程就可入会。有些土匪地痞趁机混了进来。他们打着会员的旗号干一些见不得人的事，然后再利用会部的武装报私仇。因此，刘之光建议清理队伍。本来这些会首们的传统思想根深蒂固，他们打心眼儿里看不惯地痞混混的做法。刘之光提出来清理，正合他们的心意。在清理过程中，刘之光还吸收了一些进步青年到会部工作，这一下子就改良了会员的成分。接下来，他又把"看家护院，谁来打谁"的口号改成"中国人不打中国人"。会首听后直夸刘之光改得好，说"这样一改，也显得我们高大了许多"。但会首过后嘱咐刘之光："口号虽然改了，但那是给外人看的，咱们会部最主要的还是保卫自己的地盘，不管谁，都别想攻打咱们的防地。"刘之光听罢点头笑笑，心想他们的思想要一点一点地改造，口号改了就已经算是一大进步了。刘之光在清理会员的过程中通过考察培养，秘密发展了"任桥会"的杨成俊、刘子珍（武装队长），"将军寨会"的赵洪泉、刘玉成入党。再加上已是中共党员的魏国光、孙象九二人掌控的"董家阁会"和"胡家寨会"，整个七区的"道会门"实际上已成为受我党控制的民间武装。

把这些会部改造完后，刘之光利用会部搞起了情报。刘之光知道，会部的人人脉很广，有些甚至经常跑到日伪的据点里去。有时日伪有什么行动据点里的人还会主动告诉会部，这是意外收获。因此，刘之光在会部与我抗日民主政权之间建立起了一张秘密情报联络网。

一天，刘之光接到"刘玉台会"会首捎来的口信，让他去一趟。刘玉台离将军寨只有一公里的路程，正吃中午饭的他撂下碗筷就迅速去了刘玉台。午饭前，他听到刘玉台方向传来了几声枪响，他估计要说的事与那枪声有关。等他赶到会部时，意外发现七专署专员孙子权正在屋里坐着，表情很悲愤。

原来，孙子权和警卫员小高去丁庄一带检查工作，走到土桥附近时被敌人发现了。敌人把他们赶进马颊河沿岸的荒草丛里。小高为掩护孙专员，被敌人的子弹击中落马被抓。孙子权趁势利用遍地红荆做掩护跑进了刘玉台村。他是眼见着小高落入敌手的，就在刘之光赶到时他刚得到消息，小高已经牺牲了。

"刘玉台会"的会首刘卫国是个有心计的人，刘之光曾试图发展他入党，几次探口风都让他给绕开了。刘卫国一开始就怀疑刘之光的身份，但他是一位不失民族气节的开明人士，所以始终没有说破。这次他及时通知刘之光前来其实就是表明了一种态度。见到刘之光，他的第一句话就是："光老弟提倡中国人不打中国人，我不但赞成，还要用行动来拥护。"

刘之光听到这话连忙抱拳施礼："刘老弟的为人老哥一向敬佩，咱土桥的父老乡亲一定不会忘记你的。"

孙子权在刘玉台住了几天，顺便了解了七区工作的开展情况，之后就回七专署了。后来，二军分区政委曾旭清因形势所迫，在刘之光的安排下也来将军寨、刘玉台住过一段时间。最传奇的是分区敌工科科长杨成林带人驻在任桥时，正赶上敌人来任桥"扫荡"。眼看敌人就要来会部了，他们急中生智，找来了会章戴在杨成林他们身上，然后又每人发了一把刀，让他们假装会部的人，成功躲过了"扫荡"。

过去，各会部有生杀予夺的权力。会部性质改变后，他们会找一些合适的理由，把汉奸一个个处理掉，慢慢地，会部就成了专杀汉奸敌特的组织。

据点里的伪军慢慢地成了刘之光他们争取的对象。土桥据点的伪军小队长张执信就是在和会部人员的一来一往中加入中国共产党的。

组建军分区

有关成立军分区的事，何郝炬来二地委时已与徐尚武做过简单交谈，而后他们一起去了临邑、德县、德平等县。在德平，何郝炬住进了津浦支队，筹划成立军分区的相关事宜。军分区的成立仪式相当简单，徐尚武、孙长江（六旅旅部派来的军分区政治处主任）、现有干部和直属部队到场参加，由靳兴侯主持并宣布任命，徐尚武总结讲话。

司令员、政委、参谋长、政治处主任一起参加了军分区成立后的第一次会议。军分区成立后召开的第一次会议要商定的事情很多，会议由何郝炬主持。现在成立的二军分区，是冀鲁边区党委、军区按照杜子孚和地委提出的方案研究成立的。任命徐尚武为军分区司令员，是因为他在担任临邑县县长这几年，带领县大队和敌伪军战斗较多，还打掉了几个伪军据点，在鲁北小有名气。济南敌占区的报纸差不多每天都有"鲁北共军杨忠、徐尚武两部和日伪军作战"的消息，两人多次被报道已经死亡，可见他在敌伪军中的影响力确实不小。从地方上挑选人员，徐尚武是最理想的人选。徐尚武是教师出身，像他这样勇猛善战的县长，还有调任平原县县长不久的王其元和刚刚牺牲的陵县县长吴匡五。但他们几人中就数徐尚武的名气和影响力大一些。徐尚武到军分区后，王其元接任了临邑县县长的职务，专署民政科科长周今生又去平原接手了王其元的工作。

路有水带着他的手枪队在完成了德县锄奸任务后跟随徐尚武到了军分区。由于临邑环境艰苦、任务繁重，县大队原地不动。所以军分区的部队由在德平活动的津浦支队、专署的警卫队、地委直管的武装小分队及路有水的手枪队组成。

"这样拼凑起来的队伍战斗力肯定不强，只能在以后的斗争中通过锻炼逐渐发展壮大。"徐尚武对何郝炬说。

"实力确实是比不上三军分区，因为三军分区把在新海、盐山活动的一个支队调作了直属队，这样他们的实际力量自然是增强了几分。二军分区什么时候能够赶上，就看我们今后的努力了。"何郝炬说。

对于军分区的成立，大家的看法大同小异，只有孙长江，因为初到，言语含蓄且高深莫测。大家都觉得成立军分区不会是简单的小事，看起来似乎很容易，就是在津浦支队的基础上，重新调配了一些人，再宣布上级的命令罢了。但实际上并没有那么简单，因为这是一个拼凑起来的班子。现在的津浦支队是一支活动在德平县的游击队，是德平县游击大队，只是对外沿用了津浦支队的番号。因为八路军和德平县曹五旅有口头承诺，八路军可以在德平活动，但不能建立政权和地方武装，所以这支队伍只能用其他的名号。津浦支队由德平地方武装组成，部队的指战员都是德平人。支队长靳兴侯可以算是德平的一位有学问的人，上过大学，在德平教了几年书。后来他到东进抗日挺进纵队军政干部班受训，回来后组建了这支队伍。

"我们这支队伍用了那么大的一个番号，不敢说是和三十一支队、永兴支队、鲁北支队差不多，最起码是和北边的运河支队、津南支队一个档次的吧！"在军分区会上，靳兴侯自嘲地说。使用津浦支队这个番号还有一个方便之处，就是能在德平以外的许多地方活动。

会上，自然提起了和曹五旅的关系。

"曹五旅和我们之间是否经常发生摩擦和矛盾呢？"这一年多以来，何郝炬听到的摩擦事件太多了。

"没有！"靳兴侯又接着介绍了曹五旅的一些情况。

何郝炬望着开会的军分区这几个人，他们中的大部分人都没在正规部队干过。何郝炬觉得他这个政委还不如其他人，从未当过兵、打过仗。孙长江稍好些，原来在六支队政治部工作过两年，能说会道，但他也没干过军事工作。不过既然已经干上了，那他们就只能在战争中边干边学了。

大家在一起议定了几件大事。

第一件就是部队的代号，确定现有几支队伍的编制。军分区的名字不能对外公开，否则会泄露边区有几个军分区的秘密，沿用津浦支队比较好。靳兴侯从支队长变成参谋长，是否会在德平一带人们的心目中产生什么影响？虽然他本人没有说什么，但大家还是觉得那样做不妥。最后大家一致同意用七支队做代号，因为专署现在用的是七专署。徐尚武和靳兴侯已经商定好了部队的编制：津浦支队原有的三个中队为分区的一、二、三中队；专署的警卫队为四中队。何郝炬建议地委的武装小分队也用中队编制，定名为青年武装队，路有水的队伍改称特务大队。这样二军分区的武装算上李玉池率领的回民大队就有两个大队、五个中队，但实际人数并不多。

第二是部队的活动范围和主攻方向。按照规定军分区应当指挥管理各县的县大队，但实际上县大队都是"守土有责"，基本上只在各县范围内活动，而专署地委的武装也基本上只为专署地委的行动服务。所以军分区能够掌握的也就是三个中队和特务大队，暂时只能把德平、德县一带作为自己的主要活动范围，之后再逐步向其他县发展，配合主力部队的行动部署。

第三是部队的战斗力，以及怎样作战。靳兴侯坦言，津浦支队极少参加战斗，和日军还没有进行过面对面的作战，缺乏战斗的经验。按现在的战斗力，还不能成为地方武装部队的骨干力量，比临邑县大队、陵县县大队的战斗力要差一些。徐尚武也认为，这支队伍常年在德平一带活动，平时参加战斗少，论战斗力确实赶不上陵县县大队、临邑县大队，如目前到一些县里活动，可以先配合县大队的工作，逐渐锻炼提升自己的战斗力。何郝炬则提出，分区要主动联系主力部队，配合主力部队的行动，在他们的带动下，提高分区部队的战斗力。分区成立以后即刻去了平禹地区，和主力部队的同志会商当前的工作，实际上就是主动配合主力部队的工作。何郝炬的提议得到了大家的一致同意，经大家讨论决定由参谋长、政治部主任率领三个中队继续在德平、德县一带活动和整训，配合德县县大队和回民大队的战斗行动。何郝炬和徐尚武率领特务大队、青年武装队南下平禹，穿过陵县二区、三区地界，越过陵临公路，进入平禹和主力部队接头。

散会前，何郝炬突然想起一件事，说："条件好的县大队可以继续扩大武装，为军分区储备力量。目前陵县县大队的条件就很成熟。"

徐尚武说："这个主意不错，一年给咱培养一个中队的兵力，用不了多久，咱们军分区就会壮大起来。"

何郝炬这样说是因为他心中早就有了合适的人选，他要给有能力的人创造机会。

转眼间何郝炬到二地委已经二十多天了，早应该去十七团和主力部队的同志见面。此时，从组织体制上讲主力部队和地方党委没有直接的组织关系，但地方局面的开拓实际上是主力部队打开局面后才得以形成的。鲁北西部党政工作的顺利开展就是鲁北支队进入以后的成果。二地委七专署也是配合支队行动展开地方的各项工作，从而成了部队的大本营。二地委所处之地还算不上敌后游击根据地，离开主力部队的活动将难以生存。因此，地方上也需要根据部队的行动来确定今后的工作方向。

何郝炬认为，他早就应该到主力部队去拜访，听取部队同志对地方工作的意见和要求。部队目前也处于严峻而艰难的时期，需要与地方的同志见面交流，得到地方上对部队工作的支持。

"想干的事情太多了！"何郝炬想起眼前的工作直摇头。杜子孚走前曾交代，他已和部队同志多次接触，对双方的情况已经做了了解和沟通，可以过段时间再去部队交流。刚来时何郝炬认为应该先了解一下部分地区的环境和工作情况，那样对工作更有利，因此就把与部队交流的事推后了。现在他觉得是时候了，于是拉着徐尚武、孙子权一同去了十七团。也就是说，地委、专署和军分区的一把手一起去十七团，为了表示对主力部队老大哥的尊重，他们认为这么做是必须的。

他们赶到时十七团团部警卫连正在上操，战士们刚换了新棉衣，队列整齐，步伐有力，精神面貌非常好。

"经过这段时间的休整、补充，比起夹河战斗刚结束的那段时间，算是稍稍缓过来一点气了。"龙书金团长对何郝炬三人说。看来，杨忠司令员牺牲的阴霾已在部队官兵的心头渐渐散去。

何郝炬以前见过龙书金一次，那是在巡视团刚到边区时的区党委、军区大会上，但是没有机会交谈。在何郝炬的眼里，龙书金身材高大、略显清瘦、声音不大，看上去文质彬彬的，有着标准的军人风范。据说，他当兵以来多次负伤，仅在鲁北地区就有三次，最近一次负伤是在夹河战斗中。当时，他负伤不能行动，命令警卫员开枪打死自己，是警卫员拼着性命在漫洼地里背着他突出重围跟上部队的。眼下他的伤势才痊愈不久。

龙书金和曾旭清政委热情接待了何郝炬他们三人。

何郝炬他们已经知道军区任命龙书金为教导六旅副旅长兼十七团团长，并且明确龙书金是边区军政领导成员。龙书金并未给人一种"上级首长"的感觉，他把地委的同志当作同一战壕里作战的战友来对待。龙书金的言语不多，倒是曾旭清政委的谈话占了大部分时间。曾旭清个头不高，是个川北老红军，刚从总部调来边区，和何郝炬到二地委的时间差不多。曾旭清很健谈，对部队和地方的情况较为了解。

曾旭清说："我俩都期盼早日和你们见面，共商地区部队和地方的大计。我们有很多事想和大家一起聊聊。"曾旭清的话让何郝炬觉得他们或多或少有点埋怨自己来晚了的意思。

曾政委一再谈到，部队在夹河战斗中损失很大，元气大伤，急盼得到地方的支援和补充。前段时间地方上来不及解决这些事，以致许多事不得不由部队自己去解决。

龙团长这时插了句话："我知道地委、专署都是新成立的，本身也很困难，但是部队的困难更大，还得靠地方支援。"

见地方上的同志认真地听着，他又说："部队准备开辟齐河北部沦陷区。经过了解，那里敌伪力量薄弱，老百姓支持八路军进入，完全有可能成为一个新的游击根据地。这个行动需要地方的配合与支持，禹城、临邑的县政权、县大队距离齐河北部很近，可以进去。当前最主要的工作是建立起齐河的抗日民主政权，需要地方上和主力部队一起行动。部队在当前困难大、人员不足的情况下抽调人员组建抗日民主政权，还请地方上考虑能否同意一起行动。"

部队同志的意见，让何郝炬感到条条有理，他不禁在心里猜想，杜子孚交代工作时，为什么没有强调这些问题？地方上全力支持主力部队，搞好和主力部队的关系是二地委的重要工作。何郝炬先前在的三地委没有主力部队，客观上不存在这个问题，地委只是执行区党委和六旅的决定。可二地委要和主力部队直接打交道。事实上，没有主力部队，没有鲁北支队，地方上的工作怎么开展呢？没有及时和十七团联系、及时支持十七团的行动简直就是一个严重的错误。现在革命工作已经把他推上了一把手的位置，他就绝不能以杜子孚没有具体交代为理由推卸责任。

何郝炬想马上向部队同志承认错误，但一时又说不出口，只能在简单地向他们表示歉意后说："就目前了解到的情况和地方上现有条件来看，确实难以办到。如果早些和部队同志接触沟通，汇报地方的实际情况，相信彼此间的隔阂是能够化解的。回去后我们一定努力想办法配合好部队工作。"

接下来，龙书金团长的话语中也表达了对地方同志的体谅。开辟齐河地区，本来是部队要求地方配合跟进的，现在反倒成了部队抽调干部帮助地方建立县政权，这地方上能不同意吗？还没等何郝炬说话，孙子权就已经抢先接过话说："非常感谢部队对建立齐河县政权的帮助和支持。"他的话让何郝炬颇感意外。尽管大家都赞同，但是这么重大的事情，还是应该在地委会上讨论一下，哪能这样简单地一口就答应下来。但他已经说出了口，何郝炬只能表示赞同。他想，具体工作要在地委会上议定后才能执行，应该不会有什么问题。龙书金团长和曾旭清政委对此也都表示理解。

第一次见面就这么多事，但是大家把话说开了，彼此间也都表示理解与支持。大家都是为了一个共同目标而奋斗，有意见摆到桌面上，什么问题都可以解决，什么困难都可以克服。

何郝炬深深感到两位老红军像老大哥一样，给了他同志般的关心和爱护，他紧张惶恐的心情放松了下来。他们还谈到部队对开辟齐河北部很有信心，是因为团里的参谋长李聚五是齐河县人，并且在齐河当地很有影响力。有了这个有利条件，部队就能及时掌握当地的情况、联系当地群众，可以大胆地进入这一区域活动，开展抗日斗争，也能很快地建立起抗日县政权。此时何郝炬的心情非常激动，他对部队同志深表谢意，并表示地委会马上开展相关工作，绝不拖延。

离开部队后三人谈及此次碰头时，徐尚武保持沉默。他性格内向，平时就不多说话。在他看来，部队同志的意见明显是针对新任地委书记的，他不好说什么。他只是觉得要地方上出力解决部队当前的困难，确实是难以办到。孙子权则直言不讳地说，和部队同志有种相见恨晚的感觉。通过这次与部队领导的见面，何郝炬感到遇事考虑问题应该更全面些，要有好的工作方法。他首先应抓全区的大事，抓全面工作，不能老是往下跑，那样会分散精力，丢了重点。在此之前，孙子权与龙书金团长见过面，也听了他们的一些意见，但他却没有向地委及时转告，以致问题拖到了现在。

"地方现在比部队还要困难，现有的一点点力量维持眼前的斗争局面已属不易，看来谁靠谁都不行，只能是团结合作，大家一起克服困难。"孙子权的话似乎带着某些情绪，说完后他就觉得有些不妥，"要地方积极主动配合部队开展开辟齐河新区的工作，这点很好，本来开辟新区就是我们地方上的事。"

何郝炬没有什么别的话可说，就在心里反复思考着。他想起了张晔常常说的话："我们都是在战争的大海中游泳，依靠主力部队、支持主力部队比我们自身的战斗更重要，没有强大的主力军，我们的斗争就不可能取得胜利。不要以为我们都是在战斗，就可以平起平坐、各不相顾，那样只能导致斗争失败。"

现在想起来，他才真正领悟这段话更深层次的意思。面对现实，他没有做到这一点，也没想到在地委一班人中强调和倡导这一思想。所以，不管有什么样的理由，部队领导与地方上产生隔阂，他都是难辞其咎的。

在接下来的地委会上，何郝炬转述了部队领导同志的意见，李萍、邹玉峰和徐尚武、孙子权的说法一样，认为部队对地方上的力量估计高了。地方不是不想支持部队，而是本身也需要部队的支持，所以部队领导有意见也没用。大家承认和主力部队接触不及时，情况交流不够，对部队提出的向齐河进军、帮助建立齐河抗日民主政权等事宜，一致表示赞同，并愿意积极配合部队的行动。

面对大家的这种情绪，何郝炬一时半会儿也想不出更好的办法去劝说。他想把这个问题暂时放一下，等有机会再慢慢和大家沟通。

第二县大队

新上任的县长刘润生久久不能从吴匡五县长牺牲了的悲痛中走出来。直到军分区司令员徐尚武找到他，交代他要尽快成立第二县大队再打造一支武装队伍时，他才振作起来。分区点名让王工一具体负责这项工作，刘润生心里明白，这是地委书记何郝炬对王工一的新安排。

扩军小组一个月后发展到了四十多人，小组也被正式命名为"陵县第二大队"。孙子权、徐尚武、靳兴侯悉数参加了第二大队的成立大会。

大队的武器多是历年来部队分存在各村的一些破旧的枪支，有的已不能再用。王工一故意安排队员拿着一些破旧枪支在徐尚武跟前绕来绕去。徐司令明白王工一的意思，他拍着王工一的肩膀说："我们哪支部队不是从无到有，从弱到强？不要指望上级给你们配装备，有本事你就向敌人要！"

王工一笑了笑，转身冲着队员喊："背这么个破玩意儿，还不如烧火棍呢，赶快放回去。"喊完，他又扭过头来对徐尚武说："这些没枪的队员手痒痒，就背出来了。"

然而就是这样一支小小的武装，在巩固陵县抗日根据地的过程中起了很大的作用。

开始时，这支小武装仅在五区以东，即以三官道为中心的二十余个村庄内活动，后来逐渐扩大到四区以至全县。起初，林子、盘河、罗院三个据点的敌人隔一天就要到三官道集合一次，时间准得很，并且一待就是大半天。虽然群众支持，我们也未受到什么损失，但敌人也给我们的工作带来了很多困难。面对这种情况，王工一想了一个办法，那就是在敌人回去的时候，在后面迅速集合起来追击，打敌人的追腔枪。敌人是排着纵队走的，一时摆不开阵势，等敌人布置开队伍，他们早就已经跑远了，所以敌人是光挨打。后来，敌人是集合以后很快就回去，以免挨打。这样我方就有了较为充足的时间开展工作了。

一段时间后，为了扩大政治影响力，王工一等人又以整个五区为中心向四区扩展。当时四区的形势极为紧张，大小武装只要一露面，就会立马遭到敌人的袭击。在充分掌握敌情后，王工一决定搞一次武装游行刺激敌人。

第一次行动是在一个上午的十点钟左右开始的，王工一带着队伍先到了滋镇北边的小郭家，然后又向南走。到下午四点钟左右他们从罗院据点旁边穿过，去了北边的鸭子庄。因有几个战士是鸭子庄的，当时王工一还叫他们回家看了看。之后他们又向东走，到晚上在五区的双庙驻了下来。这样的行动果然刺激了敌人，第二天他们就出来"扫荡"，结果扑了空。后来，王工一他们又搞了几次这样的行动，敌人还是摸不着头脑，就索性不出来了。在那之后王工一他们再去四区，就是待上一天一夜也无事。

有一次，县大队第一大队在王工一他们游行的第二天从四区路过，结果和出来"扫荡"的敌人遭遇，双方打了一阵，好在队伍没受什么损失。何郝炬听说后笑着说："王工一鬼点子就是多，但这也是教训，幸亏一大队没有什么人员伤亡，否则好事就变成了坏事。"

经过锻炼，陵县第二大队的战斗力逐渐加强，慢慢由开始时的迂回战术转变为和日本人正面接触。他们先是打小仗，再是打大仗、恶仗，涌现出了许多传奇的人物和事迹。

何郝炬在看到成绩的同时，也有了一丝担心。

刘润生接任陵县县长时把县大队大队长的职务也接了过来。面对这样一支庞大的队伍，没有带兵经验的他指挥起来有些吃力，更何况还有好多具体工作需要他去完成。县一大队在四区突遇敌人"扫荡"一事，虽然王工一负主要责任，但作为一县之长的刘润生也是难辞其咎的。何郝炬与地委几名同志协商后，又和临邑县县长王其元进行了沟通，决定调临邑县县大队一中队长李恒昌来陵县一大队任副大队长，协助刘润生的工作。

李恒昌，原籍商河，后移居济阳县寄庄户村。自幼性情豪爽，为人正直，好打抱不平，遇事总是站在穷人一边。七七事变让李恒昌看清了日军的侵略罪行，之后他便决心参加革命。

1940 年夏，李恒昌加入临邑县县大队，开始时任侦察员，继而升任班长。他精明强干、办事机敏，在工作中勤恳负责，在战场上敢打敢冲，深得同志们的信任，很快就被提升为中队长。同年，国民党临邑县县长霍荣青因经常在宿安一带杀害我抗日军民，引起了极大的民愤。李恒昌带领十多名队员一举将其击毙，一战成名。李恒昌用兵机警灵活、多谋善断，常能出其不意，以少胜多。他曾组织七个人用五支枪在临邑孟家寺将敌伪汉奸田三秃子的一个中队打得落花流水。在济阳八区玉皇庙战斗中，他仅用一个班的兵力就把绰号"南阳"的白玉亭二百四十名伪军击溃。因此，李恒昌在县大队中有着很高的声誉。

1941 年冬，一纸调令让李恒昌来到陵县任陵县第一县大队副大队长。

李恒昌到陵县第一县大队时，由于队员们还没有适应新县长刘润生的工作方式，队伍的战斗力相比之前弱了一些。部分队员的情绪低落，对敌作战有畏难情绪，还有一部分队员，包括中队长以上的个别干部都有些不服这位空降的副大队长。面对当下尴尬的局面和困难的斗争环境，李恒昌决定领着队员们打一次胜仗，以鼓舞大家的士气，同时打消大家对自己的怀疑。李恒昌一直在等，没想到不久之后，他要的机会就来了。

李恒昌指挥大家提前埋伏在道沟里严阵以待，他告诉战士们等敌人靠近了再打。不久他们就看到远处尘土飞扬，五六名日本兵、十多名伪军在一面"膏药旗"的引领下，朝着他们设下的伏击阵地开来。敌人还没到伏击位置，有队员因为情绪紧张提前开了火。敌人立刻停止前进，并架起机枪向他们扫射。面对突发情况，李恒昌一面沉着应战，一面冷静思考。他发现，由于摸不清我方有多少兵力，敌人不敢贸然前进，躲在了道路两侧，不敢露头。敌人的一挺机枪躲在路旁的一棵大树后面疯狂地吐着火舌。李恒昌想，只有拔掉敌人的机枪火力，战士们才能施展神威。李恒昌决定自己冲上去赤手夺机枪，在他看来这是打消队员们心中疑虑的最好办法。

"死了就死了，要死不了那这队伍以后就好带了。"他抱定这个信念，瞅准敌人换梭子的短暂空隙，几个跳跃就到了敌人的机枪跟前。敌人被李恒昌那不怕死的架势吓慌了，扛起机枪就想跑，没想到却被滚烫的枪身烫得大叫。李恒昌果断命令队员们出击，敌人被打得四处溃逃。

正如李恒昌预期的那样，初战告捷。他们缴获了战马三匹、机枪一挺、步枪两支，我方无一伤亡。这次战斗虽未达到全歼敌人的目的，但李恒昌临危不惧、机智勇敢的战斗精神，让队员们深受鼓舞。大家高兴地说："有李副大队长带队，我们不愁打不败鬼子！"此后，陵县第一县大队的士气大振。

　　第一县大队在李恒昌的带领下，采用迂回穿插的战术不断在敌人的据点间开展游击战，狠狠地打击了敌人。两个多月之后，陵县各个据点里的日伪军就都知道县大队来了一个不怕死的副大队长，他们再也不敢轻举妄动了。陵县第一县大队像重生了一样，恢复了过去勇猛顽强的战斗力。

第十二章　怒放的生命

两面人物

1939 年初，日军占据了德平县城。在敌人还未站稳脚跟时，八路军曾与曹五旅联合夜袭德平县城。曹五旅的人平时缺乏训练，战斗纪律松弛，所以在这场战斗中受到了一定程度的损失。八路军英勇善战，给了敌人严重打击，致使敌寇蜷缩在城内，许久不敢出城。此后，曹五旅在八路军干部的协助下在农村展开了游击活动：扩军、收枪，发动群众破坏道路、割电线、捉敌特，进行抗日宣传等。曹五旅的声势愈来愈大，力量也日益增强。后来，曹振东把部队扩编为三个团：一团由八路军派的干部李青山任团长；二团由李伯哲、刘英三先后任团长；三团由弭庆云、李继兰先后任团长。曹五旅和八路军合作，不仅自身力量得到了壮大，还曾几次顺利粉碎日军的"扫荡"。如在焦家楼的一次战斗中，一团团长李青山身先士卒，指挥有方，击败了藤田部队的进攻，给敌以重创；又如在王化庵、王营及孔镇的几次战斗也都是在八路军的协助下，才挫败了敌人。之后，曹五旅又收编了民团"张绍臣部"为第四团，收编了陵县的"于团"残部——"王书堂部"为第五团。德县李玉双被刺后，部分武装归顺曹五旅，被编为第六团。此外，曹五旅还成立了骑兵营、卫队营，曹立身、曹立法分别任营长。继而又学习八路军的办法，在部队中加强政治工作，成立了政治部。各团设有政治部，各营有政治指导员主管政治宣传教育及纪律检查工作。同时曹五旅还设立了制枪厂，招收当地炉匠制造步枪、刺刀、手榴弹、大砍刀等武器；办起了被服厂、学校和后方医院；在各区设置粮站，专司粮秣供应事务。这时除后勤人员外，曹五旅具有战斗力的部队人员已不下四千人。在八路军的协助下，曹五旅达到鼎盛时期。

1940年下半年，国民党山东省政府保安处派张光第来曹五旅，名为主持训练该旅团、营以下干部，实则是来破坏曹五旅和八路军的抗日联合战线。之后国民党山东省政府又将德平、德县、陵县、临邑、商河、乐陵六县划为国民党山东第十五专员区，委任徐仲阳为专员兼保安司令，曹振东为副司令。徐、曹选派国民党各县县长：董静亭继续兼任德平县县长，郭绍贤任德县县长，阁继民为陵县县长，霍荣青为临邑县县长，张育贤任商河县县长，王陶轩为乐陵县县长。这时的曹五旅上有省府名位的引诱，下有张光第的反共宣传煽动，曹振东有些膨胀了，他开始与八路军疏远。随着八路军政委杨忠和团长李青山以及其他干部的撤离，曹五旅与八路军的合作结束。此后，曹五旅日趋衰落，开始走下坡路。

何郝炬刚来二地委任职时，曹五旅在张习桥被日本人击溃，昌耀南、张紫馨等人被俘，敌人让他们和前不久被俘的曹五旅军官齐忠友对曹五旅进行劝降。之后不久，曹振东在茄子李村连续召开了几次团营长会议商讨战降问题。会上有人主张继续联共抗日，有人劝曹投降。这时的曹振东因身患痈疮，久治不愈，已经厌倦了鞍马生活，遂决定接受战降条件。他派第四团团长张绍臣率部进驻德平县城，听敌调遣。曹派出代表常驻城内与日军保持联系，并沿德平县边界挖沟筑墙，建立岗楼，曹派各团营分兵把守。曹将司令部常设在了褚家集，妄图苟安，以度时日……

曹振东投敌是在何郝炬的预料之中的，但他没有想到会这么快。还记得一个多月前，靳兴侯向他汇报曹振东的情况时说曹五旅虽然和我八路军的摩擦不断，但和津浦支队的关系还算说得过去。当时何郝炬就断定曹振东投敌是早晚的事。这几年八路军对曹振东和他的部队可以说是仁至义尽了，但曹振东始终游离在国共两党及敌伪之间。眼下，何郝炬需要考虑曹部投敌将带来什么样的负面影响以及可能出现的情况。这个晚上，他把掌握的有关曹振东的所有情况像过筛子一样，在脑子里过了一遍又一遍。

第二天，许辛光来向何郝炬汇报，说曹部目前正在闹分裂，副司令徐仲阳不知去向。

"徐仲阳虽然反共，但他还是一个有良心的中国人。他是极力反对曹振东投敌的，看来是觉得自己无力挽回，或者是受了某些排挤出走的。"何郝炬接着说，"曹振东投敌当了汉奸，那他这个国民专员的位置也就没有了。"说到这里，他又反问道，"消息来得挺快的，可靠吗？"

"可靠，靳兴侯参谋长派人来说的，他还说曹振东任命张光第为他的副司令。不过，张光第没在据点里，仍然在农村活动。"

"十联中学也宣布解散了。据说沈鸿烈非常气愤。他安排了一部分学生进了国民党黄埔军校鲁干班。校长郭仙洲及教师有的去了济南，有的去了天津，只有体育教师韩永福又回到了部队……"

看到何郝炬不停地望着自己，许辛光继续道："据说曹部有一名营长是共产党员，是上级提前安排打入到他们内部的，在曹五旅做了不少分化工作。"

何郝炬没有过多地追问，他明白这是组织纪律，况且许辛光也不会知道这名营长是谁。（直到三年后这位营长牺牲时，何郝炬才知道他的名字叫孙培成。）

许辛光走后，何郝炬在静静地思考着，曹振东的投敌会令对敌斗争的形势更加复杂，县一级必须尽快完善敌工部的设置。在区、乡两级也要尽快成立相应的组织，以便及时搜集、整理、分析敌方的信息情报，尤其是曹五旅一类的武装组织的信息。同时，区、乡的组织还要负责分化、瓦解和策反敌军，掌握反"扫荡"斗争的主动权。何郝炬想，曹振东的投敌目前还没有表面化，所以暂时还不能激化他，今后需要察其言、观其行。

只有"以夷制夷"才能粉碎敌人的阴谋。何郝炬开始在心里酝酿地委会上要谈的内容。

"党组织首先要加强情报工作，要切实掌握敌人的动态：一是派共产党员打入敌人内部做地下工作，在各敌伪据点安设联络员或联络站；二是在接近敌伪据点的重要村庄设立地下情报点，建立起迅速可靠的情报网。"何郝炬在地委会上做了明确部署。会后，地委和专署联合下发通知：为进一步加强敌工工作，县委增设敌工站，各区委均配备敌工干事……同时任命刘之光兼任德县敌工部部长、王成斋兼任陵县敌工部部长。县、区敌工组织受县、区委和县大队、区队的双重领导。这样就从上到下建立起了严密的组织和领导机构。

文件下达下去后，各县、区迅速组织落实，在较短的时间内取得了显著成果。临盘公路上的十一个日伪据点里都有我地下党员和抗日工作人员做情报工作：钟家寨据点的地下党员是钟成义；大单家据点的地下党员是马廷忠；王明雨和大吕家村据点里的情报员是二军分区的一名宣传队员；东蔡据点的情报工作由钟成义兼管。

因我地下工作人员分别在敌人内部担任班长、副班长、传令兵等职务，所以就有了获取敌人情报的机会。敌人出来"扫荡"时，有多少日军、有多少伪军、"扫荡"的主要方向和重点村庄等信息，都会通过据点附近的我方地下情报点传送给县委、区委或县大队、区队。了解了敌人出兵的人数和"扫荡"的路线后，我党政军人员既可跳出敌人的包围圈，转移到安全地方，又可视情况与敌方交战，做到战之必胜。我方派入地下工作的人员除了能及时掌握敌情外，还能利用关系教育说服一些伪军弃暗投明。如地下党员钟成义和东蔡据点的伪军小队长曹文佐是结拜兄弟，钟成义的儿子认曹文佐为"干老"，两人之间的关系进一步加深。钟成义抓住时机对曹文佐和该据点的伪军进行民族气节教育。不久之后，这个据点里的伪军三小队就宣布起义，转投我方的队伍，曹文佐也装病回家不再当伪军了。

戴豪廷脱险

对于陵县的工作，何郝炬始终挂在心上。过去，王工一作为县府秘书几乎包揽了机关杂七杂八的工作。成立第二县大队后，他就不能抽出身来做这些工作了。虽然把李恒昌派去担任一大队的副大队长，但刘润生这个县长当得还是有些焦头烂额。何郝炬想着再为他配个得力干将，让他能从具体事务中脱身，可以通盘考虑全县工作。这时，四区区长戴豪廷的面容浮现在他的脑海中。通过联络员找到戴豪廷时，戴豪廷刚从三泂河脱险出来，他一见到何郝炬便说："何书记，差一点就见不到你了。"

何郝炬打了个愣怔："咋了？"

只见戴豪廷一口气咕咚咕咚把何郝炬递过来的白开水喝了个干净，然后才慢慢道出了原委。

戴豪廷和通信员小李在高家村检查完地道修建情况后又去了三泂河村，他们在三泂河村郭大娘家住了两天。三泂河村有两个民兵闹着要找大部队参加八路军，其中就有郭大娘家的儿子小福。两人与其说是民兵，倒不如说是儿童团员，因为他们都刚刚过十五周岁。因为他们年龄小，大人拦着不让走。其实村里已经把他们吸收到民兵队伍中了，可他们就是觉得当民兵不如当八路军过瘾，于是就在家里闹情绪。戴豪廷见状想把他们送到县大队去。他做完母亲的工作，再做儿子的工作，两天下来，终算皆大欢喜。就在他和小李准备出门时，日伪军突然进村来"扫荡"

了。戴豪廷在郭大娘的帮助下从后院越墙跳出，小李还未来得及走，伪军就进了院子。郭大娘急中生智，随手拿起一个口袋连喊带踹地对小李说："你这个懒小子，快去把花生装起来。"

一名伪军用狐疑的目光看向小李，然后转身问郭大娘："你家有什么人？"大娘说："老头子去给人家扛活了，家里还剩俺娘俩。"伪军对旁边发愣的日本士兵耳语了几句后，在屋里屋外又搜了一会儿，见没什么可疑的才出了门。躲在墙那边的戴豪廷早就惊出了一身冷汗。他和小李刚出了村子就收到了联络站通信员魏立银送来的通知，接着便赶往了朱二歪村。

听了戴豪廷的描述，何郝炬想到了最近接连发生的几个人民群众掩护抗日干部的事。

前些日子，战士郭俊山住在赵家屯村的董维山家，因汉奸告密，几百名日伪军包围了村子，挨家挨户进行搜查。小郭刚换好衣服，敌人就进了院。董维山的妻子董大嫂机智地把怀里的小孩递给小郭，然后自己忙着做饭。伪军问："他是你什么人？"董大嫂不紧不慢地说："他是俺孩子的爹。"敌人看董大嫂不慌不忙，就信以为真了。郭俊山因此躲过了敌人的搜查。

县委组织部部长曹明惠住在孙坡枣村抗属孙希圣家。一天拂晓，临邑城的十多名日伪军在去罗院的途中发现了自行车驶过的痕迹，便沿着痕迹一路搜进了村里。曹明惠听说敌人来了，便走出了院子。正好有两个伪军来到门口，后面还跟着一个骑马的日本士兵。一个伪军问他："你是干什么的？"曹明惠沉着地说："我是林子街人，这是我姥娘家。"说完他冲院里的房东孙大娘喊："姥娘，姥娘。"孙大娘应声忙跑出院子冲那伪军说："这是我外孙，你们别吓唬他！"这时，孙希圣的儿子对曹明惠说："你站着干吗？还不赶快给皇军遛马去！"曹明惠一听，牵着大白马就往外走。看到他出门，孙大娘忙招呼孙子说："你也去帮你表哥。"话音刚落，孙希圣的儿子也跟了出去。

"也不知道魏永连现在咋样了？"戴豪廷说完叹了一口气。戴豪廷提到的魏永连是三泗河村村长。四区队副队长平福顺住在三泗河村魏方成家时，日伪军的马队突然闯进了村。平福顺假扮村民给敌人喂马，当时平福顺的腰里还插着匣子枪。村长魏永连看见了就想把他支开，于是拿起一杆杈对他说："场里活很多很忙，你别在这里偷懒，赶快去场里。"说罢他接过了喂马的活。平福顺赶忙趁机出了村子。日伪军后来回味过来了，说魏永连放走了八路军，于是就把他抓进了罗院据点。

"魏永连在据点里受了不少苦，听说日本人对他用了酷刑，还把他推进坑里吓唬他，说要将他活埋。"戴豪廷说。

"这里的人民太好了！我们要想办法尽量把他救出来。"何郝炬说。

"营救工作已经在开展了，我们现在正在策反据点里的伪军队长穆中山。穆中山有个侄子也在里面当差，他答应帮忙策反，估计问题不大。"戴豪廷自信地说。

"但愿能把人救出来。"何郝炬说完沉思了一会儿，然后接着说，"我准备调你到县里工作，当行政科科长，协助刘润生县长。"

戴豪廷听罢像是早有准备一样，他冷静地说："革命工作，干啥都是干，我一定会干出成绩来的。"

看戴豪廷回答得这么爽快，何郝炬欣慰地点了点头。

到县委履职后，戴豪廷开始了马不停蹄的工作。县机关的每一次转移，从行军路线到宿营地他都会反复考虑、精心设计。整个机关的吃喝拉撒、粮草筹措、伤病号护理等涉及的琐细工作，他都安排得井井有条。刘润生再见到何郝炬时深有感触地说："戴豪廷为我顶起了半边天。"

一个月后，通过穆中山的帮助，被关在罗院据点里的魏永连终于回到了家里。

土桥锄奸

德县县工委的成立，给全县的对敌斗争增添了很大的活力。刘之光对"道会门"的整顿让他尝到了甜头。敌工部成立后，多了一个身份的他把眼光瞄向了斗争复杂的土桥一带。

路有水在德县开展的锄奸运动，让敌人的"剿共班"一夜之间尽数被歼。警察所里的伪警察只好散了，派出的特务也一个个似泥牛入海、一去不返。这一情况引起了驻德县县城的日本特务机关的密切注意。他们挖空心思想要扶持汉奸，以达到"以华制华"的目的。

经过长时间的挑选，他们选中了一个叫张朝良的伪军小队长。张朝良，土桥东街人，一向不务正业，先是拦路抢劫、欺男霸女，后发展到打家劫舍。日本人来了后，张朝良投靠了日本人，选择了认贼作父的"求生"之路。

张朝良被日本人派到了土桥，随他一起的还有二十多名伪军，美其名曰是维持家乡的治安。

在刘之光看来，张朝良的到来是一件非常棘手的事，因为他是土生土长的土桥人，对这一带非常了解。他的到来极大地限制了我方的活动自由，让我方抗日工作的危险性陡然升高。我党曾严厉警告过张朝良，但他不仅不加悔改，反而变本加厉。针对张朝良的行为，我党给出了处理意见：坚决铲除！

张朝良是个十分狡猾的家伙，出没无常且十分诡秘。敌工部通过各种方法侦察了一段时间后，发现此人喜欢打麻将。于是，敌工部依据掌握的张朝良的行动规律，决定以打牌为诱饵，引蛇出洞，捕而杀之。

"引"是这次锄奸工作的重要环节。谁能把他引出来呢？刘之光同锄奸部的徐晓峰、吕子诚等人分析研究后锁定了土桥小学的老师赵子敬。赵子敬是个正义感很强的人，和张朝良同村。因看不惯张朝良认贼作父的丑恶行径，两人经常发生争执，时间久了，就有了些积怨。他们首先要做赵子敬的工作。但他们也担心万一赵子敬的工作做不通，那样不仅会走漏消息，还会造成整个计划的"流产"。到那时，再想除掉张朝良可就更难了。

次日下午，刘之光、徐晓峰二人到学校走访赵子敬。三人对坐品茗，促膝畅谈当前的抗战形势，从国内到国际、从抗战到锄奸，涉猎颇广。谈话期间，刘之光列举的张朝良投靠日本人、祸害百姓的种种罪行激起了赵子敬的国恨家仇，他愤然骂道："像这样的民族败类，我们不能再容他继续作恶了，必须干掉他！"刘之光见条件已经成熟，遂把计划告诉了赵子敬，希望他能以民族大义为重，配合刘之光他们把张朝良引出来。赵子敬慨然应允。

刘之光他们走后，赵子敬一个人想了很久。除掉张朝良他很赞同，但怎样才能成功地把张朝良引出来呢？直接约恐怕会引起张朝良的怀疑，他突然想到了校长张连塘。

张连塘算是一名进步人士。日军侵占德县后不久便霸占了设在马颊河北岸古寺中的县立第二小学（土桥小学），将学校建成了土桥的据点。当地人通常称古寺为北庙，因此土桥据点也被称作北庙据点。1938年底，在张连塘、赵玉洁、吕永顺、徐士达等人的积极努力下，在土桥南街的杨宅、张宅两处空院恢复了土桥小学。他们就以教师的身份向学生进行抗日宣传教育。

刘之光和张连塘是同学，让张连塘一起来完成诱敌工作会增加胜算。做事一向谨慎的赵子敬思考再三之后还是没有把实情透露给张连塘。

张连塘喜欢打牌，平时和张朝良走得也比较近。用张连塘的话说，张朝良之类是不能得罪的。赵子敬觉得，张连塘可以以打牌之名约张朝良，他在中间传话，这种方法可以把事情做得圆满些。

深秋时节，晚饭后的土桥街上早已不见了人影。一阵风刮过，那些零星地挂在树上的枯叶簌簌飘落了一地，让人感觉到了秋的凄凉。远处的村庄里，偶尔传出来几声狗叫声。打狗运动在这一带开展得不算彻底，黑暗中的刘之光想着等这次任务完成后，再处理打狗的问题。

刘之光站在土桥街南头一段半人多高的土墙根处，等待着锄奸小组人员的到来。不多时，魏国光、徐晓峰、吕子诚、孙象九、刘玉珍、崔世珍、吕永章七人陆续到达，他开始布置任务。

"组织决定今晚处决汉奸张朝良。现在他正在李永湖家打牌，我们要以迅雷不及掩耳之势闯进去把他抓出来，然后带到街外去处决。如情况有变，可就地枪决。"

黑暗中，大家虽然看不清彼此的表情，但都感觉到了气氛极为紧张。为了保密，下午传达任务时只说了集合的时间、地点和是锄奸任务，但具体干什么并没有告诉大家。这让大家把附近的汉奸们猜了一个遍。

"世珍在墙外埋伏，防止张朝良伺机逃窜，其余的人分两路，分别从东西豁口进院（院子没有大门，只在东西留有两个豁口）。吕永章、孙象九、刘玉珍为东路；魏国光、徐晓峰、吕子诚为西路，我随西路行动。如没什么意见，马上开始行动！"

看大家都没发表意见，刘之光一声令下："出发！"东路进至距李永湖家十余米的距离时，听见屋里传出了"你赢多少，我输多少"的吵嚷声，看来赌局就要结束了。

刘之光低声说："看来咱们来得正是时候。"接着他拍了拍孙象九，又用手指了指不远处。孙象九快走几步，堵住了东豁口。就在这时，院中走出了一人，孙象九低声喝问："谁？"

对方颤声回答："我是张连塘！"

放走张连塘后，孙象九立马跨过豁口进院。就在这时，忽然从北屋窜出来一个人直奔南墙根，随后又一人紧跟在后面。前者双手扒住墙头，正要纵身跨越，突然被后面的人拦腰抱住拉下墙来，随后两人扭打在一起。孙象九认出那两人正是张朝良和赵子敬。为免误伤，他未敢开枪。夜色中，张朝良使劲咬住了赵子敬的手臂。赵子敬疼痛难忍，稍一松劲便被张朝良猛一拧身甩开了。张朝良沿南墙根向西逃去。当张朝良沿西墙北窜想从西北豁口逃命时，孙象九已在他右前方举枪等待。西路徐晓峰此时也已进院，张朝良稍一愣神，徐、孙双枪齐发，张朝良应声倒地。刘之光扭亮电筒后又连补数枪，只见张朝良蜷伏在地，脑浆迸裂。听到响动后，土桥据点里立刻枪声大作。

"马上撤！"刘之光招呼着大家。

当敌人赶到时，现场只剩下张朝良的一具尸体，刘之光他们早已杳无踪影。

张朝良被杀的消息像风一样传遍了土桥一带的大小村庄，人民群众听说后无不拍手称快，家家户户都改善生活以示庆贺。敌伪人员则是闻风丧胆，在之后的一段时间里都龟缩在据点里不敢出门，只有土桥据点炮楼上的那面"膏药旗"还在无力地随风摆动，似是汉奸张朝良的招魂幡。

"依我看呀，咱们应该乘胜追击，再把李绍唐除掉，彻底消除这帮心存侥幸的汉奸。"听完刘之光的汇报，丁学风对来开会的张硕、武联鹏、刘之光几个人说。

"李绍唐这个民族败类，读书时我就看他不顺眼。"张硕说完吸了口烟，见丁学风用疑惑的眼神望着他时，他接着说，"他和……我是……是……"话没说完，他就不停地咳了起来。

丁学风看他呛得不行，就说："就你这体格，还是早点把烟戒了好。"

武联鹏接过话说："我和张县长与李绍唐是小学同学，张县长还和他一起教过书。"

"照这么说，此人就更不能留了，必须尽快除掉。"丁学风严肃地说。

刘之光说："二区敌工站的徐晓峰、吕子诚他们俩当时也在'二小'教过书，都和李绍唐熟悉。李绍唐前些日子还向他们俩打探张县长和武秘书的情况呢。这是个极为危险的人物，如不及时除掉，可能会贻害无穷。"

会议决定，由刘之光负责制定锄奸方案，尽快除掉李绍唐。

李绍唐和张朝良同为土桥东街人。李绍唐好吃懒做、天马行空，抱着"有奶即是娘"的想法到处招摇撞骗。李绍唐头脑简单，靠寡廉鲜耻混于社会，先前当过教员，后任国民党德县县党部常务委员。国民党跑走后，社会上莫名其妙地传他已转为八路军的通信站站长。要说他"二"就是因为这个，他只顾到处吹牛，从没想过这个身份在日本人那里会有什么样的后果。

日军华北先遣军总司令多田骏因"囚笼政策"失败被撤职，继任者冈村宁次一上台就提出了"强化治安运动"，实行所谓的"三分军事、七分政治"，即集军事、政治、文化、交通、特务为一体之总力，命令各地搜罗地痞、流氓、土匪、恶棍、投机者、野心家以及奴性十足者为其效力。李绍唐就是在这个时候被驻德县县城的日军"一四一五"特务部队捉去的。据敌人内部传出来的消息说，李绍唐在被捉的第二天就向敌人写了卖身契，这个冒牌的八路军通信站站长摇身一变成了货真价实的特务，并回到了土桥街开展特务活动。李绍唐回到土桥街不到两个月，就以私通八路或其他罪名先后敲诈了村民周玉魁、张洪漠、赵金利、张福寿、牟佃芳、吕清怀等六人。他还以与弟媳通奸的罪名，在吕庄附近杀害了与自己存在过节的李德福的三弟。李绍唐的恶行把土桥街搅得人心惶惶、鸡犬不宁，全然不顾乡情、亲情。他还以"一四一五"特务的身份到伪区公所去勒索。

"爷来了。"看门的老王远远地看见李绍唐进门，忙点头示好。

"嗯。"李绍唐没有正眼看老王，仰着脸只顾往前走。这时，雇员孙耀卿从屋子里走了出来，他瞥了李绍唐一眼，继续往前走。

"嗬，你个小样，给我站住！"

听到李绍唐的喊声，孙耀卿止住了脚步，他回头问："咋了，有事吗？"

"你不认识老子，嗯？"李绍唐上前一步，眼睛直视着孙耀卿。孙耀卿鄙视地看着他，说："谁不知道你'一四一五'的大红人，这和我有关吗？"

"我说有关就有关，下午跟我到县城走一趟，我查了你的档案，历史有问题。"李绍唐冷冰冰地说。

"我能有什么问题，你愿咋样就咋样，我不跟你去！"孙耀卿说罢扭头就往外走。

"你个小样，我今天就按私通八路的罪名毙了你，信不信？"说着，李绍唐把枪顶在了孙耀卿的后背上。

"怎么回事，李主任？"区保甲自卫团团长张泽民从屋里跑出来，"都是自家人，怎么还动起枪来了？"说着张泽民把李绍唐端着的枪挪开了。李绍唐顺势把枪插进了枪套里。

"今天我若不是看在你的面上，他这条命就甭想要了。下午让他跟我到皇军那里走一趟。"李绍唐说着一扬手就走出了门。张泽民赶忙追出去拉着李绍唐的手说："李主任，您消消火，自家人有啥不好说的，非要闹到太君那去。"看李绍唐站住了，张泽民又说，"今天晚上我安排好酒好菜，咱们喝点。"

李绍唐半推半就地跟着张泽民又回到了院子里。张泽民看孙耀卿还站在那里，就瞪了他一眼，说："老给我惹事！"

那晚，李绍唐喝了个满面红光，这件事才算是罢休了。

一心要为日本人挖出土桥街隐藏的共产党地下组织的李绍唐，迫于日本人的压力，寝不安席、食不甘味，他冥思苦想，始终不得要领。看见刘之光来了伪区公所，李绍唐的贼眼珠子转了好几圈。他在伪区公所转悠了大半天，也没找到什么证据。一天，他把在伪区公所工作的孙象九叫到南街村民兰登科的南屋里，问："刘金文（刘之光原名）经常到区公所来干什么呢？"

孙象九说："你对他也怀疑吗？人家可是刘玉台保甲自卫团的先生，经常到区保甲自卫团来汇报情况。"

李绍唐想了想，又问："都汇报些什么呢？"孙象九故意戏弄他说："对外保密，对不起，恕不奉告。"李绍唐立时拉下脸来："你们区公所成天人来人往，都是些干什么的？"李绍唐腔调里带着质问的成分。

"有乡长开会的，有保长说事的，有老百姓送粮款的，你不是也经常到区公所来吗？"孙象九说着也提高了嗓门。

"我问的不是这个意思。"李绍唐看孙象九起了脾气，马上缓和下来。孙象九也装起了糊涂："什么意思，我不明白。"

"我是说到区公所来的这些人，不都是为了公事，有的是另有目的。"

孙象九听罢立即站起身来，说："非常抱歉，察言观色这个行当我天生是个门外汉，什么也看不出来。"说完他转身走了。

李绍唐见在孙象九那里得不到想要的答案，只好另辟蹊径。他来到土桥小学，对教师们进行讹诈。

"咱们土桥街，谁通八路，我心里有数。过去的老朋友、老同学，现在谁干什么，人所共知，能说一点联系也没有吗？"

这些话徐晓峰、吕子诚两位老师当天就转述给了张硕他们，张硕气得直骂："这个狗东西，留着他就是个祸害。"武联鹏说："他是望风捕影胡乱猜疑，到学校里说这些就是为了在昔日的同事面前显摆一下。"

刘之光说："敌工部已观察他几日了，发现这个坏蛋十分狡猾。他只在白天出来活动，太阳一平西就隐藏起来不再露面了。我们必须想一个万全之策，既不会让自己人暴露，又能除掉敌人。"

大家研究了一个晚上，把李绍唐的关系网逐一进行排查。刘之光忽然想起了一个人——土桥据点里的伪军队长高长江。

　　高长江和李绍唐有矛盾。李绍唐自认为是日军"一四一五"特务部队的特务，平日里未把高长江放在眼里。而高长江自恃有枪有人，兵权在握，也看不起李绍唐这个中国造的日本特务。二人互相猜忌，关系形同水火。因此，大家在分析了二人的关系后，决定利用高长江除掉李绍唐。

　　方案既定，他们就开始物色人选。谁能让高李二人火并呢？想来想去，大家的目光再一次聚到了赵子敬的身上。

　　经过上次铲除汉奸张朝良的行动，大家认为赵子敬是一个可信赖的人。首先，赵子敬在那次行动后经常向学生灌输爱国主义思想，同情并支持抗日，政治上可靠。其次，赵子敬的家人也曾被李绍唐敲诈过，所以赵子敬对李绍唐是怀有私恨的。再次，赵子敬的父亲和高长江的私人关系颇深。以上三条再加上孙象九与赵子敬的同学之谊，只要讲明道理，想来他是不会拒绝的。果然，赵子敬慨然应允，当天晚上就赶到了伪军据点。在见到高长江后赵子敬泪流满面，像是受了天大的委屈一样："高叔啊，土桥街往后咱混不下去了。"高长江此时正和一伙人打牌，听了赵子敬的哭诉，把手里的牌一推，问："怎么回事，谁又欺负咱们了？"

　　赵子敬边抹眼泪边说："李绍唐前些日子敲诈了咱，你是知道的，他有'一四一五'给他撑腰，咱只能忍气吞声。现在他又放出风来，说还要弄我，还说前次碰我爸是杀鸡给猴看的。说到底是给你看的。"说完赵子敬学着李绍唐的语气说道："他赵三爷（赵子敬的父亲）不是和北庙上（指高长江）好吗？高长江算个什么东西！我根本没把他放在眼里，别看咱现在地位不高，但是有势力，'一四一五'给咱做主，他高长江算个什么东西！"

　　听了赵子敬的话，高长江气得暴跳如雷。他把桌子一拍，大声骂道："我宰了他个狗东西！"

　　赵子敬觉得还应该加一把火，就说："人家有日本人给他做主，咱惹得起人家吗？"

　　"老子今天就要了他的命。"高长江说完就去摘墙上的枪。

　　"叔呀，咱先沉住气，别打草惊蛇，只要你敢动他，我就有办法。把这个事交给我，到时候我给你来送信，你准备好就行了。"

　　"要人有人，要枪有枪，准备什么？"高长江气呼呼地说，"可得快一点，我的肚子快要气爆了。"

　　俗话说天作孽犹可违，自作孽不可活，还没等去找李绍唐，他却鬼使神差地找上门来了。李绍唐刚进学校大门，就被徐晓峰、吕子诚热情地让进了屋，徐、吕二人热情地烹茶相待。李绍唐跷起二郎腿故技重演："××人通八路，××人是共产党……"就在他得意忘形之时，赵子敬悄悄地离开学校到北庙据点给高长江送信去了。傍晚，学生们放学回家后，李绍唐和校长张连塘一起走出学校南门。张连塘为人圆滑，和什么人表面上都能合得来。两人边走边聊，走到往东拐不远处的一个厕所附近时分开，张连塘往北走，李绍唐继续往东。隐藏在厕所后面的伪军小队长徐秀岩和高长江的护兵牟传通闪了出来，径直向李绍唐走去。李绍唐自以为是老虎的屁股无人敢摸，所以对朝他走去的两人毫不在意。待徐、牟二人走到近前时他才发现不对。他想伸手掏枪，可两人已到眼前，来不及了。他拔腿就跑，还没等转过身，对准他的两支枪同时响起，李绍唐一命呜呼。

陵县的 "第比利斯"

又一个新年来到了。除夕之夜，在陵县三区老官张村的一间小草屋里，县长刘润生正在给村干部张星源、张企新、张企更三人开一个秘密碰头会。刘县长开门见山地说："借这个特殊的日子向你们交代一个特殊的任务。"

说着刘润生展开了事先画好的地形简图。张星源提着马灯往前凑了凑。

"当前，日伪军正在我们县境内实行分割蚕食式的拉网'扫荡'。在军事上我们以化整为零的游击战还击他们，在政治上我们也必须加强秘密宣传工作，以达到教育人民打击敌人的目的。你们村地处陵县、临邑、平原三县的交界处，既适合开展秘密活动，又是本乡本土易于掩护，所以上级决定在你们这里建立一个秘密印刷所。成员就是你们三人，由张星源具体负责。任务由交通员随时送达，你们必须在规定的时间内完成印刷任务。"

说完他从口袋里掏出一百元法币往桌上一放，接着说："你们用这些钱筹建印刷所，地址一要隐蔽，二要交通便利，更重要的是你们要在五天内完成印刷设备的安装。"说完，他趁着夜深人静离开了村子。

位于三县交界处的老官张村看似属于三不管地带，但三县的日伪军在拉锯"扫荡"时，都会捎带着来这里拉一次"网"，这"网"只是拉得漫不经心而已。群众坚壁清野，经常风餐露宿。白天村里人迹稀少，夜里村民们更是惴惴不安，唯恐敌人偷袭。在这样的情形下，要筹建一个既隐蔽又交通便利的印刷所谈何容易？更何况只有五天的时间呢。但任务要求刻不容缓，必须坚决完成。张星源他们在送走刘润生后连夜商议方案。第二天傍晚，一个"利用古井壁挖洞修筑计划"就开始实施了。

"这大过年的，你们在鼓捣啥？"张星源媳妇听到动静后，隔着窗子向外喊道。

"你睡你的吧，一会儿起床了给我们下饺子就行了。"张星源应答着。妻子从家里进进出出的那些人能猜出来男人干的是抗日工作。她不懂，也不便多问，她只知道打鬼子是好事。

几个人不知不觉地干了一夜。"天放亮了，上来吧。回家洗洗，吃完饺子还得串户拜年呢。"张星源对着井口下面的张企新、张企更说。

不一会儿，他们俩就先后爬了上来。"外面太冷了，还不如在下面暖和呢。"张企新一上来就浑身打战，搓着两只耳朵说。

"那你就在井里别上来了，这年就在下面过。"张星源开玩笑说。

"那可不行，过年串门子的人多，这个说那个问的，还不得露馅。"张企新跺跺脚上的尘土，然后和张企更两人相互拍打起身上的土来。

张星源把院子角落里的一只破缸移到井口上面盖住，又在四周堆放了些柴草。这时，张星源的妻子来到了院子里，她叫住张企新兄弟，让他们在家里吃早饭。张星源说："他们回就回吧，大年初一谁不回自己家过年。"

村里不知谁家响起了爆竹声，接着，各家各户接二连三地响了起来。

张星源想着快快吃完饺子到村里的长辈家磕完头就回来好好睡上一觉，因为晚上还要继续挖，不然五天时间怕是完不成。

又一个通宵过后，他们在离地面三米深的井壁上，朝着张星源家一座"破南屋"的地下室挖了一条直径一米的隧道。井壁上的砖、洞内的土，全部被垫入井底。又经过两天的简单整修布置，一个由古井出入、还能通风的地下印刷所神不知鬼不觉地修建完成了。完工后，刘润生边看边诙谐地说："你们建造的地下印刷所比苏联的第比利斯地下印刷所还隐藏得巧妙呢！"

印刷所修建好以后，他们立即开始了紧张的工作。印刷所除了印制全县的财政表册、单据和对敌的宣传品，还印刷学习文件，偶尔也会印刷小学课本。

印刷所虽不大，但工作量却不小，有时一夜能印纸百余张，十天能用一盒油墨，二十天能用一筒蜡纸。当时，在敌人对我根据地实行严格经济封锁的情况下，每一张纸、每一滴墨，都是区队的人从敌占区偷偷买回来的。所用的白纸，有时还会被染上血渍，有的还有弹孔留在上面。白纸短缺了，他们就用草纸代替；草纸用完了，就拆开线装的古书用其反面印刷。没有蜡纸和油墨了，就用复写纸写；复写纸用完了，就用笔一张一张地抄。总之，不管印刷材料如何短缺，陵县的这所"第比利斯"都能按时完成上级交给的任务。

长时间在地下室工作，潮湿、昏暗的环境以及蜡纸、油墨挥发的毒气，令三人的身体很快出现了问题。先是三人都长了疥疮，接下来是张星源和张企新患上了关节炎，不久之后张企更又出现了咽喉红肿。尽管这样他们也没有停下来，一想到在前方与敌人浴血奋战的战友们，他们就会忘记自身的病痛，专心投入工作。

一天，赶印完一份十多版的文件后，他们爬出洞来呼吸口新鲜空气。忽然，外面传来了一阵枪声，接着大街上响起了慌乱的奔跑声和孩子的哭叫声。

"不好，敌人来了。"张星源迅速把洞口伪装好，然后把院子里的一台铡刀抬了过来，三个人一个按铡刀，一个续草，一个运草。转眼间，敌人就冲进了院子。一名日本军官指挥着伪军在屋内、院里翻了一遍，未找出任何破绽。然后他上下打量起张星源他们三人来，最后把目光停在了张星源的脸上。他们三人的脸色都很难看，他们是知道的，但此时此刻，他们只有沉着应对，慢慢想办法。

这名日本军官把张星源的双手抬起，仔细翻看了翻看，又逐个看了张企新和张企更二人的手。

"八嘎！"日本军官突然喊了一声，接着便抽出了战刀。气氛陡然紧张起来。在日本军官叽里呱啦说了一通后，上来了几名伪军把他们三人绑了起来。就在日本军官准备带走他们时，村长张香源赶来了。他和翻译官很熟，于是把翻译官拉到一边说了一阵子，又悄悄拿出了五百元法币揣进翻译官的裤兜里。翻译官凑到日本军官跟前说了半天，最后只见日本军官一挥手，伪军就解开了他们身上的绳子。不久之后，陵县各区小学的课桌上摆上了由"第比利斯"印制的课本。后来，课本还一度被传到了德平、德县的各个小学，甚至在一专署、三专署也能看到它的影子。

再后来，何郝炬听了刘润生讲的印刷所的故事后，感慨地说："我们陵县的'两面政权'建设得好，关键时刻发挥的作用巨大。"

过春节

就在张星源三人在井下一锨一锨地挖隧道的时候，在正东离他们不足十公里的朱二歪村，何郝炬正和机关人员在联欢。这是他离开故乡后过的第五个春节。

前四个春节，他也是和大家一起过的，但是在冀鲁边区的大平原上过春节，还是第一次。农家人过年时的不同习俗，让他觉得很新鲜。

朱二歪村是这一带比较大的村庄。在战火笼罩的日子里，人们整天提心吊胆，时刻防备着敌伪的骚扰，各家各户都是安静地守岁到黎明。地委机关的人员是百姓家里派饭的，一顿饺子、一锅萝卜白菜，多少带点肉。在这样的战争形势下，大家是不允许喝酒的。一是因为敌情瞬息万变，再一个是因为打酒还要去林子街，这年头谁也不愿到据点街上去买东西，万一遇上了麻烦怎么办？

其实老百姓过年，汉奸、伪军一样也要过年，那帮家伙们比起庄户人家来过得就奢侈多了。据点周围的村庄都得送酒送肉，要供他们花天酒地、大吃大喝。只要"皇军"不吆喝他们出门，谁也不愿意在过年过节的日子里下乡打仗。因此，这个春节对何郝炬他们来说，可谓是过得相当地安谧。

只有几个人的地委小机关和武装小分队一起过年，倒也不显得寂寞。小分队全是一帮年轻的小伙子，队长傅洁民、指导员耿捷山都只有十八九岁。何郝炬、许辛光等几个人也都是年轻人，只是经受了更多的战争的磨炼，所以显得老成稳重。到底是过年，所以何郝炬嘱咐大家要热热闹闹地过。

晚上，大家凑在两个大点的房子里，低声唱着《大刀进行曲》，然后点着谁就让谁说笑话，要是说完了大家没发笑，就再罚一回。队伍里的苏班长和贾金砚，还有一个小战士胖墩，是说笑话出洋相的高手，逗得大家乐不停。到轮岗时，轮到的人自动去换岗。指导员和队长两人轮换带岗。不带岗的时候，傅洁民和战士们说说笑笑。耿捷山只会唱几句抗日歌曲，尔后就听大家讲笑话。平时他是书不离手，还会写点诗歌散文。在过年的这段日子里，耿捷山给大家谈了点抗日救国的大道理，讲了讲眼前的形势，顺带着还朗诵了他自己写的诗歌。他的这些行为感染着每一个人。

在这艰难的岁月里，看着大家能这么兴高采烈、情绪高涨地过大年，何郝炬也倍感兴奋。虽然只是娱乐娱乐、高兴高兴，但他也能从中感觉到大家都有战胜敌人的勇气和信心。小队战士，包括贾金砚、尹寿和及其他大部分人，都是经过教育自愿参军的；有的是在村里入了党来参军的。也有几个人是勉强来参军的，像信庄的蔡玉田就是小队驻于、信二庄时，被傅洁民半动员半拉扶进部队的。经过教育，他们和大伙一样，怀着高昂的抗日救国的热情投入到革命工作之中。他们的想法都很简单，那就是为祖国而战，为家乡而战。在党的教育帮助下，这些守在家门口的战士们根本没有考虑过过年了家里人是否惦记他们，而是义无反顾地为了保持战斗力，选择在队里过一个名副其实的"团圆年"。

此时此刻，何郝炬也情不自禁地在心中暗诵"每逢佳节倍思亲"的诗句。祖父、母亲，细雨中的故乡——四川成都，以及在中条山上一同战斗过的同志们，一下子都萦绕在脑际。他在离开山西夏县以后就与家人失去了联系。前几天，听说村里有户人家收到过逃往陕西的家人寄来的信，他才意识到邮政尚未受到战争的影响，还可以和全国许多地方通邮。何郝炬想抱着试一试的心态写封信寄给亲人，让他们知道他现在还在人世，至于他能否看见回信，那就不管了。

写信的方式让何郝炬颇费了一番脑筋，首先，他得想一个假名，其次，因他常住朱二歪村，信也只能自朱二歪村寄出，为不暴露自己的身份，信的内容还不能让人看出来是四川人在山东写的信。于是他就伪装成在家的子弟给逃亡在外的父母写信，用问讯平安的口气写，写了诸如大人在外、注意身体、儿在家一切尚好、家小均安好等话。他想，如果祖父、母亲能够收到信，肯定会觉得莫名其妙，但至少他们可以知道他何郝炬还活在这个世上，甚至能知道他是在山东的某个地方，这样他们就可以暂时放心了。

何郝炬此时已完全陷入了对家乡亲人的思念之中。由于父亲常年在外省工作，与他感情最深的是陪伴他长大的祖父和母亲。此刻，他已经开始畅想祖父和母亲收到远方游子的信时的情景了。

很快他就从儿女情长中回到了现实。有消息传来，李玉池领导的回民支队在大年三十晚上打了一场胜仗。同时传来的还有一个国际上的好消息，1942 年 1 月 1 日，中、美、英、苏等二十六国的代表签订了《联合国家宣言》，标志着世界反法西斯同盟正式形成。两个消息给了何郝炬不同的感受：第一个消息让他感觉我们的地方武装越来越专业，敢打胜仗，能打胜仗；第二个消息让他觉得日军离灭亡的那一天，越来越近了。

听说回民大队没费一枪一弹就拔除了孙耿这个据点，还缴获了步枪二十余支、匣枪一支，何郝炬激动地说："这场胜利来得太是时候了，告诉徐尚武司令员，要给回民大队记功。"何郝炬回话给送信人员后，又迅速把这个好消息告诉了正在联欢的所有人。

红豆　黑豆

经过半年的历练，刘润生的工作也开始变得有条理。他开始对个别区的领导进行调整：三区区长李清云调任二区区长，调魏立勋任二区的区委书记，前任区委书记贾子梁调到四区任区委书记。

区委书记的工作交接相比区长的要麻烦一些，因为整个区的党组织和党员关系都要逐一交接。为严格保密，二区原区委书记贾子梁带着魏立勋在晚上挨村挨户地接头，耗费的时间很长。贾子梁比魏立勋年长几岁，文化程度也比他高。在交接工作的过程中，魏立勋觉得贾子梁的一举一动都对他帮助很大。贾子梁对当地情况的熟悉、与群众关系的融洽，给他留下了深刻的印象。在他亲身经历的一次非常危险的事件中，贾子梁表现出来的勇敢和机智也让他终生难忘。一天，他们从杜、刘二庄到赵家屯去，中间经过的是一片平原开阔地。下午三四点钟，他们走了近一半的路程，远远地他们看到两个人迎面走来，但他们并未在意。当双方相距不足百米时，他们才看清两人的衣装：一个高个子穿着蓝色长衫，戴了一副墨色眼镜和一顶大檐帽；另一个有点像农民。贾子梁一看说："不好，赶快把手放在怀里。"当时他俩穿的都是不算厚的棉袍，用黑布带扎腰，是典型的北方农民的冬春天的打扮。老百姓一般都喜欢把东西放在腰带怀里，游击队员的短枪也常这样放。对面两人越走越近，大约还有十多米时，对方看到他们把手放在怀里，以为他们手中都有短枪并扣着扳机，便向路的一侧跨出两米左右，魏立勋两人也跨向路的另一侧，双方互相紧盯着走了过去。约走过七八十米后，那两个家伙才从背后朝他们开了两枪。其实当时他俩都没有带枪。

"真悬呢，幸亏你机智，否则咱俩都得把命搭上。"魏立勋说。

"其实，这些经验大都是拿生命换来的，让我们这些活着的人努力用工作偿还吧。"贾子梁拍拍魏立勋的肩膀说。

贾子梁刚到四区，新上任的敌工干事李伯桑（原名魏玉州）就找他商议给敌人的据点送樱花的事。贾子梁说，这个创意很不错，一定会收到成效的。于是，李伯桑把这个任务布置给了时任三泂河村村长盛云章。

接下来的几天里，盛云章带着几个民兵给罗院、滋镇、孙禄还的据点送去了大量樱花。那些日本人见到樱花个个像丢了魂一样，思乡厌战的情绪在各个据点里蔓延开来。那段时间，日军在进村"扫荡"时，也是消极应付，对村民不再肆无忌惮地侵扰。

"向在徽王庄战斗中被八路军俘获后成为反战同盟盟员的小岛学习，不与中国人民为敌""我们也有父母兄弟姐妹，中国老百姓是无辜的，都应善待"这些话开始在敌人队伍里流传开来。

对取得的这种成效，刘润生甚是高兴。他希望四区再进一步拓展，形式再多一些，然后在全县作为一种模式推广。这更加调动了敌工干事李伯桑的积极性。当然，这种政治宣传攻势对四区来说，是有天然的优越条件的，因为地委宣传部部长——邹玉峰常年住在三洄河村。

接下来，李伯桑他们对伪军和汉奸采取教育和打击相结合的办法，通过各种渠道教育伪军反正，或者暂时隐于敌人的队伍里做内线，在可能的情况下，提供敌军情报，不出卖、不敲诈老百姓，不做坏事。他们还采取记黑点、红点的办法，汉奸伪军做了坏事就记一黑点，做了有利于抗日的好事就记一红点。

陵县敌工部部长王成斋安排人对县城至盘河间的敌人的九个据点进行了一番详细调查。除大单家据点是由盘河伪军刘万良一个班驻守外，凤凰店以东的五个据点均由陵县伪警备队第四中队派兵驻守。四中队的伪军总兵力约八十人，枪六十余支，中队部设在凤凰店据点内，中队长是东北人吴懿臣。二小队队长王海长率两个班驻凤凰店，三小队队长李泉带一个班驻大吕家，另一个班驻王明雨家。一小队队长曹文佑带一个班驻东蔡，另一班驻钟家寨。靠县城近的王还子、李白都和活佛庙三个据点由另一个伪军中队曹文瑞部驻守。曹文佑、王海长都是陵县城东街人，李泉是城外人，班长士兵也大多是城外人。根据这些人的情况，县敌工部决定分别进行教育，分化瓦解，争取让他们立功赎罪。

在邹玉峰的安排下，三洄河村的党员群众还成立了宣传小组，由支部宣传委员魏乃德任组长。他们常常在夜里钻进村北树林中的大古坟里利用创办《烽火报》时的那台破旧油印机印制宣传单和布告等。宣传小组还时常在晚上到据点贴布告，或者是用话筒向敌人喊话。宣传内容主要有"中国人不打中国人""日本侵略中国长不了""多一个朋友多一条路，多一个冤家多一堵墙""善有善报，恶有恶报，不是不报，时候不到，时候一到，一切都报"。

为了做好瓦解敌军工作，宣传小组还印发了不少诗画。有的印上关羽像，在关羽像的下面写着"身在曹营心在汉"；有的印上如来佛祖像，写着"好有好报，恶有恶报"之类的话；有的印上波涛汹涌的大海，写着"苦海无边，回头是岸"……

> ……
>
> 同胞们听我劝金玉良言，
> 近百年民族恨切记心间。
> 九一八日本侵占东北，
> 汪精卫大汉奸引贼入关。
> 卢沟桥炮声响七七事变，
> 杀死的中国人尸骨如山。
> 鬼子兵所到处人民遇难，
> 天无路地无门逼上梁山。
> 报国仇雪国耻抗日救国，
> 被压迫反侵略理所当然。
> 关云长困曹营心却思汉，
> 花木兰从过军女中魁元。
> 岳鹏举抗金兵流芳百世，
> 贼秦桧害忠良遗臭万年。
> 当伪军怎么讲"三民主义"，
> 还自称国民党委曲求全。
> 见日寇三鞠躬恬不知耻，
> 到死后对不起地下祖先。
> 你有胆量敢问问你自己：
> 为什么不要脸去当汉奸？
> 大丈夫都应该精忠报国，
> 头可断血可流不当汉奸！
> ……

读着魏立全拿来的刚刚印出来的《大家看》报纸上的内容，邹玉峰很高兴，他为自己策划的这个宣传方式感到自豪。

"不错，不错。"邹玉峰喜形于色，连说了几声不错。

"只是那台油印机太不争气了，干干停停。"魏立全说。

"我早给上级打报告了，新的油印机马上就到。"

听邹玉峰这么说，魏立全说："这太好了，效率一定会有很大提高。"

"你们要趁热打铁，趁着天黑把这些宣传报贴到敌人据点附近的每个村庄，包括敌人的据点，不但要贴上去，还要送进去。"

有了邹玉峰的鼓励和指示，魏立全他们的干劲更足了。他自己带一组，另两组分别由许信然、王秀德带领，每组三人。几天的时间，附近村庄的大街小巷就贴满了宣传材料。

在李伯桑的秘密发动下，一些稍大点的村在一些如办秧歌、演小戏、唱小调、说大鼓书等民间演出中全部加上了宣传的内容，编写了不少劝伪军骂汉奸的歌谣。村村有队伍，人人会说唱，现在到据点村的演唱更加频繁了。他们演唱的主要剧目有《孟姜女哭长城》《送情郎》《锯大缸》《二十四糊涂》等，据点里的伪军也常常出来看戏听曲。与此同时，抗日军政人员还发动伪军伪政人员的家属做自己亲人的工作，督促他们回心转意，为人民做好事，争取立功赎罪。抗日军政人员对伪军伪政人员的家属不歧视、不谩骂，还根据他们的实际情况给予适当照顾，促使这些人记牢共产党、八路军的恩情。另外，他们还选派了一些立场坚定且能灵活应付敌人的党员干部或群众，以给据点烧火做饭或当伪军的理由打入据点内部。这些人中有的在经允许后，在表面上还与据点里的伪军拜起了把子。通过这些方法，能把一些有爱国心的敌伪人员拉过来为我们所用。

"黑白两党向着共产党"是"两面政权"开展以来，在敌伪中流传的一句宣传语。敌人据点内部的伪军、伪特警人员面对浩大的宣传攻势，纷纷找关系接近我方工作人员，表示要立功赎罪，并询问"生死簿"上他们名下有多少红点、多少黑点。在这种氛围下，很多伪军开始暗中给我方传递情报、掩护抗日人员、帮助释放被捕志士等。有的伪军家属苦劝自己的亲人，要他们立即扒掉"汉奸皮"回家过日子。还有的伪军头目通过劝导做工作毅然带队弃暗投明加入抗日行列。三泀河村的老村长魏永连、党员魏兆明，为掩护我抗日军政人员，先后两次被日伪军抓进县城和罗院据点，都是在反正的伪军掩护下营救出来的。县"青救会"主任李树林被日伪军抓捕后，魏方亭积极联系村民魏玉珍、魏兆亮，三人合伙凑了七十元法币和一些大烟面，通过反正人员将其营救了出来。

联四庄地道

三月樱花的浪漫并没有淡化日本人的凶残，接连有坏消息传进德县工委书记丁学风的耳朵里：先是王哲牺牲，后是敌伪血洗了佟家寨。

王哲原名王希贤，黑龙江省滨江县人。1936 年在哈尔滨读书时加入中国共产党，受抗日联军第三军赵尚志部领导。后来，哈尔滨党组织遭敌破坏，许多共产党员被捕，王哲因有事外出才侥幸脱险。1937 年，王哲到河北省吴桥县焦庄，暂居其姐家中。1938 年春，为了抗日救国，王哲参加了国民党二路军张国基部。同年夏，因共产党员的身份暴露，遭张国基排斥，后到德平县抗日同盟军司令部工作。其间，他与中共冀鲁边区特委书记李启华接上关系。党组织指示他仍在德平县开展抗日工作，直接同乐陵党组织联系。是年秋，乐陵党组织指示其仍回吴桥张国基部开展工作，张不收留。他便在当地从事抗日工作，秘密发展党员，并组织了"民先队"，后来与德县"民先队"的组织者武连鹏等人取得联系。

1939 年秋，德县三宝店村正式成立了八路军东进抗日挺进纵队直属第二游击大队，王哲任指导员，武连鹏任大队长。1940 年 4 月，王哲、武连鹏等人组建了德县抗日民主政权，将第二游击大队编为县大队，王哲任县长兼县大队大队长。

调离德县后，王哲先是被调到津南地委党校任校长，后调任东光县副县长。在日军的"铁壁合围"下，王哲同志在东光县砥桥村壮烈牺牲。

丁学风没有和王哲直接接触过，王哲的事是在来到德县后从同志们的谈话中才有所了解。丁学风对王哲在德县的那段工作经历给予了很高的评价。武连鹏和王哲接触最深，在工作思路、处事风格上面跟着王哲学了不少东西。因此，王哲的牺牲让武联鹏悲痛不已。

最让丁学风怒火中烧的是佟家寨血洗案。丁庄前王村土匪头子王登山，自 1938 年起纠集了三十个地痞流氓四处扰民。就在前不久，王登山在土桥东南三公里处的佟家寨村抢劫民众时被联防队员一顿猛揍，落荒而逃。从此，王登山怀恨在心。十多天后，他以佟家寨村藏有共产党八路军的伤员为名，勾结附近据点的日伪军血洗了佟家寨，杀死村民十二人，打伤八人，火烧房屋两百余间。

"如果我们的力量够强大，这些土匪地痞岂敢这样猖獗！"丁学风对武连鹏、刘之光说。

　　自德县工委成立后，经过一系列的人员调整及对敌斗争，虽然取得了一定的成绩，打击了汉奸伪军的嚣张气焰，但较陵县的对敌斗争环境而言德县还是比较艰苦。德县除八区外均在反复"扫荡"后被敌人占领。刘之光说："如果我们也学陵县四区那样，建德县的后方根据地，在根据地巩固提高后再向四周蔓延，那局面一定会有很大改观。只是我们选择区域很重要。"

　　"对，不能太偏僻了，那样起不到震慑敌人的作用，特别是像王登山那样的土匪们。"武连鹏说。

　　丁学风看着刘之光，突然有了主意。他说："我看七区的联四庄一带就比较适合，你在那个地方又有一定的基础。"

　　刘之光想了片刻，然后点了点头，说："那一片还真行。"

　　武连鹏也点头赞同。就这样，他们把根据地定在了联四庄。

　　联四庄包括时庄、刘玉台、张集、李明岗，位于德县东南的马颊河大堤西侧。马颊河的大堤下是一片荒洼，红荆遍地，杂草丛生，遇到敌情易于隐藏转移。此处也是早期共产党员王凤歧同志活动过的地方，有一定群众基础，并且与陵县毗邻。由于刘之光之前在这一带开展过改造"道会门"的活动，在群众中打下了一定基础。眼下刘之光的公开身份还是联四庄一带"黄沙会"的秘书，勤务员是时庄党支部的组织委员刘集中。"黄沙会"内部建有秘密党支部、两个党小组，党支部书记由刘集中担任。

　　此后不久，随着党员的人数增多，以时庄为中心的地下区委开始有了雏形。"黄沙会"会长刘宝公是刘玉台人，目不识丁，虽是土匪出身，但很念乡情。只要能维护当地人的利益，不管你是哪样的组织，他都睁只眼闭只眼。但明面上"黄沙会"归土桥的伪公所管理。

　　丁学风想到的还有县工委机关的安全问题。选择的驻扎地，不仅要成为人们思想上的堡垒村，在敌人突袭时还要能让抗日干部迅速安全地转移。

　　挖地道是从党员家中秘密进行的。他们在总结三洄河地道经验的基础上，同时修建地道和地下室，这样不但能躲，还能长时间隐藏居住。地道被设计为几户相通，有数个出入洞口。刘集中家的地道就有三个出口：一个通往村外的荒漠丛地；一个通到村民刘基泉家的锅台底下；还有一个通向他自己家后院的草垛下。如敌人不是常驻，短时间内是不会发现的，就是发现了也抓不着人。在挖地道的过程中，丁学风不敢有丝毫马虎，从开始到一期工程结束，他没有离开过一步。大家趁着天黑把挖出的土运到田里，不方便时就把土堆到牛棚里或倒进猪圈里。由于只能夜间秘密行动，工程量又大，因此工程全部完成已是五个月以后的事了。

边区党委的通报

自何郝炬来二地委已有半年多的时间，这期间，他与边区党委的联系只能靠书信和电报，而且文件和信件的联系越来越少。他刚到二地委时，德县通往德平和乐陵、朱家寨一带的交通还比较方便，地下交通员每月都有几次往来。他后悔自己一来到二地委就钻到德、陵、平、禹之间，没有主动跑一趟乐陵向张晔、李其华当面汇报请示工作。

边区党委将他放在二地委似乎也很放心，没有通知他去参加过一次会议，只有函件或由十七团转发的电报传达指示、通报情况。这与三地委李广文经常去参加边区党委的一些会议大不一样。他心里想，三地委书记李广文是冀鲁边区特委成员，边区党委非常倚重，自己和其他同志都不能与之相提并论。但是和上级不能经常联系，许多事就不能直接得到上级的指示，这也使他的工作陷入极大的被动。入春以来，以朱家寨为中心的区军政驻地的一大片地区，形势比德县、陵县一带要严峻得多，敌伪的"合围进击"十分频繁。边区党委和六旅司令部已经撤离此地向东北方向转移，行动很不稳定，这也是他和地区联系减少的重要原因之一。前些日子，边区党委派专人送来通报——

敌人已经开始第五次"治安强化运动"，包括冀中和冀南五分区、冀鲁边一分区在内的广大地区，都是敌人攻击的重点。今年开始，"扫荡"必然更加频繁、更加残酷，朱家寨一带已成为敌人集中攻击的目标。我领导机关及部队后方补给、伤员治疗的基地已经转移，目前已进入高度运动战状态，各分区、各县的对敌斗争也明显加剧。今后一段时间，将进入坚持抗战最困难的时期，各地同志务必对此有清醒的认识，要与根据地人民群众同甘苦、共存亡，采取更加灵活的斗争方式，尽量减少较大规模的兵力集结，化整为零，分散活动，注意保存我方的有生力量。坚持就是胜利，在最困难最艰苦的时候，要看到光明，要看到最后的胜利一定属于我们。党在不久前提出的"一年打败希特勒，两年打败日本鬼子"必将成为现实。应该使全区同志了解这两句口号的重大意义，增强胜利的信心，并加倍努力与敌人展开斗争，为实现这个目标而奋斗。

其次通报了边区党委和六旅、军区在这段时间的活动有很大的进展。"打通清河"已经办到，南北两条线已经接通，取得了和山东分局、山东军区的直接联系。分局也选派了于居愚、彭瑞林带领巡视团来边区巡视检查和参加实际工作。冀中军区根据野政的指示，派工作组来六旅所属部队检查帮助工作，边区党委、军区目前较大的困难是人手太少，领导力量不足。张晔因工作过度疲劳，身体虚弱，已难以坚持工作，分局已通知他去鲁南根据地休息养病。新派的区党委书记何时能到任尚无确定日期。六旅和军区在很长一段时间里都是由周贯五政委一人兼任司令、政治部主任职务，山东军区已决定调人来分别担任司令、副司令、政治部主任，但现在人选还未具体确定。边区党委、军区目前正抓紧开辟北部地区，已确定将新海、盐山划给三军分区，让一军分区能集中精力抓津浦路东一线的对敌斗争。

接到通报后的第三天二地委的会议在谷家召开，地委、专署、军分区的领导悉数参加。何郝炬传达了边区党委的通报，大家听后都感到心情沉重，难以掩饰对当前严峻斗争形势的担忧。敌人的重点攻击造成领导机关及后方补给的转移，这是很久都没有发生过的事情。通报中除了明确今后一段时间的工作方向外，还断言：反法西斯战争将在两年时间里取得胜利。这个消息让大家兴奋不已。不管眼前受到多大的煎熬，大家已经依稀看见了黎明前的曙光，斗争有了盼头，情绪瞬时又高涨起来。

"胜利是不会轻易来到我们面前的，我们将会为此付出沉重的代价。用我们的血和肉，筑成我们新的长城，让怒放的生命，迎接胜利的到来吧！"散会后，在回朱二歪村的路上，何郝炬的心底一下子涌起了文人的情怀。经过几年大风大浪的考验、眼前激烈斗争的磨炼，他不仅看见了胜利的亮光，也看见了斗争的困难，他必须更加认真地考虑当前的斗争，时刻准备迎接新的考验。

沉睡了一冬的麦苗开始返青，田野里已展现出忙碌的春耕画面。

"今年的收成不知如何。"此时此刻，春天并未给他带来好的心情，因为他预感到，又一个更为艰苦的年月即将来临。

第十三章　山雨欲来

区长叛逃

边区党委的通报不断传来：苏德战争正处在激烈的血战之中，保卫莫斯科的战斗仍在继续，希特勒又开始进攻斯大林格勒，南、北、中几条线的大规模战斗已经开战；日本侵略者发动太平洋战争以后，对华北解放区的进攻丝毫没有减弱的迹象，所谓的第五次"治安强化运动"比以往的力度都要大、形势也更为严峻，战斗也将更加残酷。

就在中、美、英、苏等二十六国签署《联合国家宣言》后，党中央及时指出：盟军将会很快打败希特勒，中国打败日本侵略者的时间也会提前来到。但根据近期边区局势的发展来看，没有看到丝毫胜利的曙光。对此，边区党委通报指出，要时刻保持警惕，战斗随时都有一触即发的可能。战斗一旦开始，必将是非常残酷的。事实上，局势的变化确实如此。春天还没过完，敌人对我中心地区的"扫荡"就在德县、陵县、临邑频繁展开了。

迫不得已，何郝炬率地委机关从朱二歪村转移到了六区张古良村。这也是他们打游击的活动方式。在一个地方住些日子，然后转移到另一个地方。近日，陵县的几个据点都传出了敌人增兵的消息，所以何郝炬他们被迫转入沙河南岸临邑地界，以便观察陵县敌伪的动向。吴匡五牺牲后，沙河南岸一带村庄仍然是我方经常活动的地区。1942年春节以后，临邑的敌伪有过几次进犯和骚扰，最近稍微平静一些，所以何郝炬他们可以顺利进村。

在张古良村，何郝炬他们和杜子玉率领的六区区队不期而遇。一进村，村干部就告诉何郝炬，杜区长他们也刚到。何郝炬想，这样正好可以了解六区的活动情况。

杜子玉是原临邑县的一名副区队长，是临邑本地人，关系多，活动方便。徐尚武认为他在斗争中表现较好，是可以带领城北地区独立斗争的领导人人选，所以在划归陵县时，将他和区队一同划了过来。这半年多来，杜子玉确实很积极，他带领区队几乎走遍了城北的大小村庄。吴县长率领县大队进入六区时，也起到了很好的配合作用。吴县长的牺牲原本对六区的影响很大，但杜子玉带着队员们坚持积极开展活动，慢慢地大家也都走出了吴县长牺牲带来的阴霾。

"敌伪的活动比以往更加频繁，区队以机动灵活的方式昼伏夜出，与敌伪周旋，局面较为稳定。沿沙河一带的村庄仍然是我方比较安全的活动地带……"

杜子玉汇报的这些情况，何郝炬已从区委王战亭等人那里较为详细地了解过了，现在又听到杜子玉这样汇报，他心里非常高兴。

按照斗争中的惯例，只要不是预先约定好共同行动或是在一起商讨事情，两支队伍必须分开住宿。因此，拂晓前何郝炬他们就从张古良村转移到了季家寨，杜子玉也率领他的队伍沿沙河向东转移。

转了一圈后，何郝炬他们又从沙河南岸回到了沙河北岸的于、信二庄。陵县几个据点新增加的敌伪军到四区骚扰了一阵后又回了老巢。

"我们可以放松一下了。"何郝炬感觉有些疲惫，斜着身子躺在了炕上。看到新来的警卫员许金堂要把他的随身行李全部打开时，说："暂时就这样吧，我们要做好随时转移的准备。"小许听罢停住了动作，转身烧水去了。

眼前这位小战士入伍只有几个月，何郝炬是在听说了他的事迹后破格将其调到身边的。

家在三泗河村的许金堂年初刚刚入伍，论条件，当警卫员是不够格的。部队曾流传着这么一段顺口溜：要当警卫员，必须具备三年兵、两年党、脑子灵活、身体壮。许金堂的一段特殊经历，让他成了地委书记的警卫员。

许金堂参军一个多月后，在化装成老百姓去为部队买粮食时被敌人逮捕了。面对敌人的审问，他一口咬定自己是老百姓，买的粮食是一家人的口粮，别的他什么也不知道。敌人用灌辣椒水、坐老虎凳等办法对他严刑拷问。开水浇头后，他的头发被全部烫掉，人也昏死过去，但他仍然什么都没说。在被保释出来的第二天，他就返回了部队。望着他的光头，战友们开玩笑地问他："小许，这是去哪儿走了一趟亲戚？"他打趣说："去过一次日本，喝过日本人的茶水，坐过日本人的老虎椅，理了一次日本发。"后来这件事被何郝炬知道了。何郝炬见到许金堂后，发现小家伙长得蛮机灵的，于是破格把他调进了警卫班，还介绍他入党。

就在何郝炬微闭起双眼、在脑海里理着最近的工作时，陵县县委书记王景芳、执委王战亭一人骑着一头毛驴，慌慌张张地跑了来。何郝炬感到非常意外，因为两人神色都很紧张，一看就有很急的事要谈。

他们刚坐下，还没等何郝炬问，王景芳就开口说："前天晚上六区出事了。"随后，王战亭介绍了事情的前后经过。

前一天晚上，杜子玉带着区队住在王战亭相邻的一个村子里，他们第二天没有走。天黑后，王战亭听见杜子玉住的村里传出来两声枪响，之后就再也没听见什么动静。因为敌情不明，王战亭怕敌人夜里来偷袭，就隐藏在一个党员家的地窖里。一夜平安无事，当天白天也没听到什么动静，于是他让村里的同志装作去那个村串门，这才弄明白枪响的始末。

原来，那天天黑后没多大工夫村里就来了一帮伪军，他们径直走到了杜子玉和区队住的那个院子。只听见两声枪响，也没听见区队有还击的枪声。随后，区队和伪军一起，连人带枪一齐向宿安方向去了。两队人马像是一家人，队伍一点也不慌乱。

"这肯定是有预谋的行动。"王景芳说。

"看来杜子玉和临邑、宿安的敌伪军早就有了勾结，前天晚上的行动不过是做给人们看的，这也说明杜子玉还想给自己留条后路，欺骗群众。意思是他不是自己跑去投敌的，而是被敌人包围了不得已而为之的。他还是想要一张脸皮呀。"何郝炬沉思了一会儿说。

"他的卑劣行径，明眼人一下就看穿了。杜子玉原来的表现给人们的感觉还挺好，怎么一夜之间就投敌了呢？"王战亭在屋里踱着步子，边说边摇头。

何郝炬说："随着抗战条件越来越艰苦，意志不坚定的人会感觉日子越来越难过了。杜子玉在临邑伪组织里的关系很深，汉奸何狗子对他的拉拢引诱为时已久。他最终还是堕落成了汉奸，成了民族的败类。我们必须提高警惕，同时要对六区各方面的工作做认真检查，不要出漏洞、出乱子。"他看着王战亭，又说，"在各村建立的关系户，尤其要特别注意。他们是我们工作的基础力量，千万不能毁在这个败类手上。"

"那倒不会。"王战亭摆了摆手打包票说，"杜子玉虽然当了区长，但他不是党员。党组织的活动，向来没让他知道，上级尽管放心好了。不过，不管怎么说，一个区队、区长全没了，对六区而言损失太大了。六区现在只剩下村里的党组织，只能搞点秘密活动，没有公开的武装斗争力量，怎么坚持斗争呢?"

"这件事应该马上解决，六区这个阵地我们绝不能丢掉。区队搞垮了，我们马上重建一个区队；区长没了，另派一个区长。不能让我们的抗日旗帜倒了。"何郝炬表情严肃地说，"你们赶到三官道，连夜找刘润生商议一下应对措施。"

找到刘润生时，他刚从西线赶回来。一番商议后，他们决定采取如下紧急措施：从五区抽调一个加强班，加上王战亭组织起来的游击小组以这一带为活动基地，重新组建一个新的区队，区长暂时挂五区区长巩铁锋的名，另配备一个副区长，过段时间再宣布区长的任命。王战亭以区队指导员的身份直接参与区队的工作。县委、县政府也给了巩铁锋一个任务，必要时他可以以六区区长的身份带领五区区队到六区地界开展工作。

何郝炬很赞成他们采取的这种过渡性措施，他们用五区的力量来支持六区克服眼前的困难，把斗争坚持下去。

没过几天，事情就清楚了。杜子玉果然在宿安西面没多远的一个小据点里当上了伪军队长，还算他没有丧尽良心，一直没有主动出来打击抗日政权。他所在的据点离六区较远，和六区的事也不沾边。没过多久，杜子玉就领着这支队伍去了临邑城里，之后便没了踪迹。

六区的事情发生后不久，又传来了二区区长李青云出事的消息。李青云是从三区调来二区接替刘润生任区长的。二区还是原来的二区，区队也还是原来的区队，但是李青云和刘润生的做法却大不一样。按何郝炬的话讲，要说斗争的胆量和气量，两人都差不多。刘润生比较沉静、仔细，开展外线活动时尤其明显，开展起工作来有条不紊；李青云则是一直将弦绷得紧紧的，给敌伪制造紧张气氛。听村里的人说，李青云可以算是一员骁勇善战的猛将。李青云来二区以后，二区的活动范围比刘润生在时要大得多，经过几次面对面的战斗，李青云有时将区队拉到敌伪据点附近活动，伪军们也不敢出来，他们对李青云可以说是闻风丧胆。开春以来，形势渐渐严峻，李青云不但没有畏惧反而以更加积极的行动来应对日伪军的"围攻"。

敌人白天来我方活动的村庄骚扰、破坏、填沟、毁屋，区队就在晚上深入敌伪据点袭击伪军，挖开被敌人强填的道沟，开展针锋相对的斗争。由于他过分暴露自己，被敌人掌握了活动规律。在他带领区队的四名战士抓捕逃到平原境内的一名汉奸时，在谷家附近遭到几路日伪军的包围。就在快要冲出包围圈时，李青云不幸身受重伤，倒在地上。他命令副区队长率三名战士强行突围。李青云被日伪军俘虏了，并很快被指认了出来。在狱中，他通过关系向党组织转告了由他负责保管的钱、粮的地点。在日军队长和伪军头目面前，李青云强撑着受了重伤的身躯，昂首挺胸怒斥日本人和汉奸的罪行。他的言行彻底激怒了日军队长，那人当场就开枪将李青云杀害。

"他才二十三岁就为国捐躯了。我曾几次到他管辖的区内活动，和他一同打过游击，他是一个有勇有谋、斗志坚强的革命同志。"何郝炬听到消息后，不无感慨地说。他胸中的悲愤难以抑制，彻夜难眠。他在心里酝酿了一首小诗，第二天抄录了下来，并让地下交通员送到了三泗河的地委机关。邹玉峰读后，令魏立全在《大家看》上登出。

回到三泗河

两个多月里，除了陵县六区、二区发生的两件大事以外，王工一率领的陵县第二县大队也在三区的金付寨附近与敌人打了一场遭遇战。

当时，二大队驻在金付寨。一早，罗院据点里的内线传出消息，说上午罗院和林子两个据点里的敌人在中心村会合后回去时要路经盛刘村。

"机会又来了。"得到消息的王工一乐了。最近一段时间，他逮不着敌人，有劲使不上，心里直痒痒。他提前赶到了盛刘村，把埋伏地点选在了敌人可能要经过的盛刘村东头的一块高洼不平的地段。两股敌人兵力多，他想打个有把握之仗，骚扰一下就迅速撤离。他安排一排长马勇率三十多人打伏击，自己率主力部队埋伏在附近准备策应。刚刚布置完毕，敌人就来了。敌人的队伍拉得很散很长。走在前面的一伙人似乎是知道前面有埋伏，快到阵地前沿时顺着一条交通沟直冲过来。马勇看得真切，命令开打！因为二大队的装备比较落后，一排枪弹打过去，就有七八支枪不能用了。敌人并没有被吓住，后面的日本兵也三三两两地赶了过来，他们"哇哇"叫着往前冲。马勇镇静地注视着敌人，他发现道沟上面插着一面"膏药旗"。

马勇知道，这是敌人的指挥旗，旗子插在哪里，他的兵就会攻击哪里。

马勇一跃而起，只身冲过去将小白旗拿了过来。看不见指挥旗，敌人顿时慌了神，急忙转身逃跑。马勇命令全排战士严阵以待，准备应对敌人的再次冲锋，结果等了好长时间都不见动静。马勇登高一望，敌人正向王工一率领的大部队扑去。

"马上撤！"王工一边大声喊着一边沿道沟朝村子里撤。马勇在发现情况后从侧翼向敌人开火。牵制住敌人后，王工一率领主力迅速脱身。马勇他们也趁机脱离了敌人的追击。虽然我方也有伤亡，但王工一觉得能与敌人正面打上一仗，对于提高部队士气有很大作用。

之后不久，四区队在罗院以北也和敌伪有过一次大的战斗。几次战斗累积下来，部队的伤亡损失比吴匡五牺牲那次还要大一些。

"虽然伤亡有所增加，但经过一年多的艰苦斗争陵县总算是挺过来了。县区干部和人民都能够冷静地面对这场日益严峻的斗争，只是斗争方式必须时常随着形势的发展而变化，更多地以游击战的方式与敌伪周旋。"何郝炬对刘润生说，"五区的三官道、朱二歪村、于庄、信庄一带，仍然是陵县地区的'安全岛'，但地委不能老是停留在这些地方。"

"今年以来，敌人加紧了对抗日根据地的'扫荡'，总在一个地方容易暴露。在五区待的时间不短了，该回到四区一带去了。"刘润生说。

"还是毛主席的运动战好，在运动中歼灭敌人。在敌强我弱的情形下，一直坚持下去，是保存有生力量的唯一途径。"

何郝炬和武装小分队的活动从沙河两岸，逐渐转移到离罗院据点不远的盛刘家—郑家寨东面的老官张、老官陈—滋镇附近的前后许、高家。最终，他们进驻三洄河村。

过去，他们在德县、德平几处行动完后，总要转回三洄河来休整。开始时，地、县的同志们都很珍惜这个在困难环境中矗立的堡垒村，尽量少住，避免使其成为敌伪注意的目标。但实际上，这个村也和朱二歪村、于庄、信庄一样，仍然是大家去得最多的地方。越是风声紧，人们越是觉得三洄河村是大家的安全之家。

魏玉坤家的大药房变得热闹起来，每天人来人往，看病抓药的络绎不绝。魏玉坤家是大家族，亲叔兄弟六人。魏玉坤慈祥、和善，在家族中威望极高，整个家族的几十口人，全在一个锅里吃饭。这一大家子的宅院也全部集中在三洄河老湾口北岸，大药房和东西邻院打头，其他宅院往后依次排开。站在大药房门前的老槐树下，视线越过老湾口往南望去是一片田地。青纱帐倒下后，前面的小魏家，甚至再远点的张庄村、西南方向的盛家村都能尽收眼底。有时老三魏方荣还会爬到树上，向很远的地方眺望一会儿。

何郝炬把这里当作二地委的大本营，是基于四方面的考虑：

一是大药房客流量大，便于我方人员隐藏；二是此地交通便利、视野开阔，地道通在北屋的炕下面，退进自由；三是经过这几年党的培养教育，魏玉坤家早已是堡垒中的堡垒户，魏玉坤的三个儿子，老大魏方成、老二魏方亭先后入了党，老三魏方荣因年龄小尚在培养中；四是工作联络便利，老大魏方成可以收账之名去附近村子传递一些情报，老二跟着父亲看病，走街串户行医也可以为党做一些工作，兄弟二人的工作都不容易引起敌人的怀疑，老三人机灵，在村口、树上站岗放哨很方便。还有一个便利条件就是经济方面比较宽裕。魏玉坤家开药房，日子殷实，一些花费能担负得起。何郝炬到来后的第一顿饭就是魏大娘亲手擀的杂面条，筋道、细滑，让他一下子就有了家的感觉。看着魏大娘，何郝炬时常想起远在成都老家的母亲。

他的那头坐骑——大黑驴，也跟着享起了福。何郝炬前脚进家门，后脚老三魏方荣就接过了缰绳，把驴牵到了西院的牲口棚里。因为草料里不时掺上一些黑豆，所以黑驴的毛发变得更加溜光乌黑了。

何郝炬的到来，给魏玉坤、魏方亭父子二人吃了一颗定心丸。

"就让方亭继续帮着你为病人治病，他哪儿也别想去了。这里就是他的战斗岗位，这个位置比任何位置都重要。"

张龙遇险

德县的斗争环境比起陵县依旧严峻。在德县八区、九区的一些村庄，村里的"管事"一职，掌握在有抗日觉悟的农民手中，其中包括已被发展为党员的人。村里暗藏的坏人已被清除和暗控，我们的行动也能够得到群众的掩护。凭借这些村庄，地方武装和干部虽然勉强能够坚持开展抗日活动，但形势还远远赶不上陵县四区、五区，军民间缺少亲密无间的感情。因为八区、九区的抗日政权建立得晚，再加上敌伪在这一地区频繁"扫荡"、汉奸土匪对这一带百姓残酷迫害等原因，我党还没能在人民群众中进行广泛深入的思想教育。

自春天以来，敌人先后在徽王、程庄、后寺、李全真等地修建了据点。据点里的日伪军三天两头进犯我中心地带，其凶狠、频繁程度远超陵县。有时是几个据点同时行动联合"扫荡"，有时是一个据点里的日伪军不分白天黑夜地向一个村寨发动袭击。我方的主力部队来此活动的时间间隔长。县大队的力量不足，而日伪军的兵力较多，所以日伪军敢有恃无恐地骚扰、进犯我活动中心，以致三个区队频繁受到攻击。县大队经常被迫转移到德平甚至是陵县边界地带。麦收前，边临镇的日伪军突然包围据点附近的村庄，抓走了村里的青壮年，还在几处集市上抓走了大量赶集的人群。七区的五名工作人员也被当作老百姓一起抓走了，下落不明。事后闻知，这些人被迅速送到了远处，据说是给日本人干苦力。此后，这一带始终笼罩着一片恐怖气氛，老百姓"谈虎色变"。敌伪得寸进尺，在夜间偷袭了离据点较远的我方活动中心的村庄，八区区长张搏及其率领的区队就曾被日伪军包围，遭受重大损失。

张搏率领的八区区队在和敌伪进行战斗时，向来灵活机动，极少吃亏，但这一次例外。因他未能想到敌伪会在夜间包围并袭击他们宿营的中心村庄，他和几个战士均在战斗中身负重伤。情急之下，张搏命令副队长率领队伍突围。他和几个受伤的战士躺在地上无法行动，就将伤口淌出的血涂抹在自己的脸上和身上的其他部位，然后躺在地上不动。日伪军冲进院子对着地上的战士就是一顿扫射，完了再一顿乱踢。张搏被敌人翻来覆去地踢了好几脚，后来看他血肉模糊、一动不动，以为他死了才丢下他走了。他和另外两个受伤的战士挣扎着爬了起来，在村里老百姓的帮助下被转移到了邻村百姓家里，之后又设法找到了区队。当时，人们都以为他已经牺牲了，并报告给了丁学风他们，没想到他竟然能虎口脱险，重新回到区队。经过治疗，没过多久他又开始带领区队开展活动了。

为缓解德县的危机，何郝炬只好向龙书金求援。龙书金的十七团此时也正根据旅部命令化整为零，和敌人展开游击战术。龙书金遂命令赵淳带领二营进驻德县。部队到德县后，驻在中心区的九区前孙街。

一天上午九时许，义渡口据点的日军和伪军共七十余人出来"扫荡"，在前孙街被二营击退。敌人贼心不死，又从陵县孙禄还据点调来日军数十人，妄图兵分两路对二营夹击：一路由东向西直奔王奇村；另一路直向西北袭击前孙街。二营在给敌人以杀伤之后，迅速向后程家一带转移了。袭击前孙街的敌人发现扑空后，便掉转头来向西南方向的张架庄扑去。另一路敌人则仍停留在王奇村一带未动。

此时，三区区长张龙带着区队驻在王奇村东北三公里处的东庞家。由于三区位于德县县城与吴桥之间，敌人"扫荡"频繁，因此张龙他们根本没有落脚之地，不得不退守到九区的老根据地。根据丁学风的要求，张龙要把九区打造成陵县四区的样子。

二营在击退敌人之后随即转移的情况，张龙并不知道，他认为二营仍在前孙街。因此，区队在东庞家并没有转移，只是提高警惕，时刻准备战斗。下午两时许，张龙发现有一股敌人自东向西而来。张龙对副队长王前进说："敌人肯定要报复二营的，我们区队应该向西北转移跳出包围圈。"王前进立即带领区队转移，张龙和通信员小高一面跟随区队转移，一面观察敌情。他们俩走走停停，逐渐和区队拉开了距离。张龙想让区队尽快和二营靠拢以应对突发事件、相互支援，于是就让小高去通知王前进改变转移方向，向二营靠拢。小高走后，张龙就向前孙街方向疾行，他想尽快赶到前孙街和区队会合。走至距离小王庄村西约百米处时，他看见数十名敌人迎面而来，前面是三个骑自行车的伪军。敌人看见张龙就喊，张龙听不懂日本话，不知他们说的是什么，随即转身走进了道沟，沿回路向东庞家走。敌人在后面随喊随追，张龙想，既然已经暴露了，那就打吧。他抽出枪来瞄准，当敌人距离他约五六十米时开枪狙击。前面骑着自行车的敌人在车上射不准，便停下车子还击。张龙就趁着敌人下车、停车的机会向前跑，他与敌人总是保持着一定的距离。就这样他利用道沟的有利地形做掩护，走走打打。枪里的子弹很快就被打光了，他抽出了一个二十粒的梭子来，谁知刚打了三枪，扳机就坏了，不能再打了。此时，张龙已到了东庞家村东头，他在村口一闪，接着便没了踪影。

张龙并没有进村，而是绕道朝义渡口的方向奔去了。到了柳庄后，张龙直奔村长家。见到村长时，他已累得上气不接下气。

"鬼子在后面追我，我实在走不动了。我躺在炕上装病人，敌人来了你应付吧！"说完他把匣枪、背包摘下来递到村长手里，又说，"先把这些藏起来，再到村西头监视一下敌人的动向。"

"敌人刚刚从这里往西去了，早上听到北面有枪响就估计要出事。什么情况了？"村长焦急地问。

"部队目前没事，我是和部队走散了才被敌人偶然发现的。如果敌人往回走，你赶快来告诉我。"说完，张龙便坐下来休息。不久，村长就慌慌张张地跑回来说："鬼子从原路回来了，怎么办呢？"

这时的张龙已经换上了村长的衣服，头上多了一顶破帽子。

"不要慌，给我找一个粪筐、一把铁锹，我到村外装成拾粪的，敌人走了再说。"

张龙背着粪筐在村外转了一圈，发现敌人并没有进村。又待了些时辰，直到村长来村头招呼他，他才又回到村长家。张龙让村长把枪找出来。他把枪拆开，把卡壳的子弹卸掉，之后又重新把枪组装了起来。张龙在村长家里吃了晚饭就接着出门去找区队了。

张龙在小王庄村遭遇敌人时，听到枪声的区队在副队长王前进的率领下已经由郭和睦村跑步赶到了小王庄北面的道沟里。他们看见了大批的敌人，但那时敌人的注意力被张龙吸引过去了，没有发现区队。因此，区队得以安全转移，向县大队靠拢。

听到王前进的汇报，已是第二天的上午。张硕、武连鹏他们听完汇报后四处打探张龙的消息，最后得到的消息是，张龙被敌人打死在东庞家的一个猪圈里，尸体也被敌人拖走了。消息里有很多细节描述，大家都信以为真。

"筹备一下，给张龙同志开个追悼会吧。"丁学风低沉的声音让张硕、武连鹏他们更加悲痛不已。

"像张龙这样的得力区长太少了。"张硕说。

"追悼会就定在后天吧，让张龙同志早点安息，同志们也能早日恢复正常工作。"

第二天，当张龙出现在县委驻地门口时，悲痛中的张硕喜极而泣。

游走的工委书记

联四庄的地道修建完工后，日伪军的频繁"扫荡"也开始了。由于整天忙着应对日伪军的奔袭，县工委落脚联四庄办公的计划暂时落空。尽管平时都是以普通老百姓的形象活动在群众中间的，但敌人所到之处，老百姓也随时面临着被抓捕、枪杀的危险。最终，丁学风不得不随着县委、县大队围着敌人绕圈子，大部分时间都是跟随张龙的区队，在德平、德县边界打游击。

地委书记何郝炬几次到德县都是先到九区找张龙的区队，然后再通过张龙的区队和丁学风联系。张龙老家就在义渡口附近，在这一带人地两熟。工作能力强、能带兵打仗的张龙率领的三区队和张搏率领的八区队一起支撑着德县东部抗日活动中心的局面。在人们眼里，九区似乎比八区的抗日工作做得更好一些，九区队、三区队加在一起被人们说成是德县的第二县大队。在形势紧张的时候，张龙很注意和敌伪拉大距离，时刻警惕敌伪的奔袭，特别是夜里的突袭。有时候他们一夜要转移两个村庄，目的是让敌人无法摸清他们的去向。有一次，敌伪进入九区"扫荡"，没有寻到丁学风、张龙他们的影子，却听到了从义渡口方向传来的枪声。原来张龙率领队伍绕开了敌人的"扫荡"，打到义渡口街上处决了两名汉奸。这种快速进攻、打了就走、让敌人疲于奔命的做法，在形势日益艰难的情况下，能够帮助队伍稳住阵脚。但这种打法一直坚持下去，是很不容易的。对丁学风来说，张龙这样的频繁游击战是不适合他经常跟着的。县工委不能跟着县委、县大队活动，因为敌伪的目光主要是盯着县大队的，他们根本不把区队放在眼里。最近几次的"扫荡"都是冲着县大队来的，县大队在几次战斗中受到较大损失，但很难有休息调整的机会，有时不得不走出德县范围。丁学风也因此常常独自游走在德县各区。就在此时，张硕县长的病情加重，已经不能率队坚持斗争。有位老中医说，张县长的病乡下无法治疗，只有去省城济南才有希望治好。

根据丁学风反映的情况，经过地委会讨论决定，同意张硕转去济南治病，在新县长到任以前，任命武连鹏为副县长并代理大队长，以稳定人心。何郝炬提出的这个方案是被动的，也是在当前斗争极为紧张的情况下不得不采取的应急措施。按丁学风的说法，早该让武连鹏担任这个职务、负这个责任了。在德县、德平边界活动的还有徐尚武、靳兴侯率领的分区津浦支队，但他们大多数时间都离不开德平。津浦支队在德县、平禹、陵县地界都是机动行动，打游击战。只有李玉池率领的回民大队靠着回族村，活动的范围大一些，也相对稳定，但在离回族村较远的地方，他们的活动也会受到限制。十七团二营进入德县后在北部一带活动，大部分时间是在配合军分区津浦支队的行动。在形势紧张时，主力部队每到一个地方最多停留两三天就又要转移。主力部队虽然是被迫转移，但对德县及其他几个县的坚持对敌斗争起到了很好的作用。

在麦子开始泛黄的这段日子里，边临镇据点里的敌军在连续几次出动抓走一些青壮年后，已经一个多月没再出动。这给了德县军民暂时喘息的机会，让遭受严重打击的八区区队缓过来劲儿，八区区长张搏已伤愈复出，人员都已重新集结并得到补充。县大队在困难时刻向西挺进，进入了过去不能进入的一些村寨。张硕已经离开德县去济南治病，丁学风随同武连鹏和县大队一起活动，这让他这个游走办公的工委书记稍稍能喘口气。在这段时间里，县大队的同志们对武连鹏的工作能力和指挥能力非常认可。徐尚武、靳兴侯率领的分区津浦支队和李玉池率领的回民大队经常来这片区域开展活动，他们和县大队之间配合得非常默契，这也使得德县的恶劣斗争环境在很大程度上得到了改善。

风声鹤唳

罗院的日伪军又向李元寨方向出动了，那里还住着几名十七团的伤病员，他们被安置在几个堡垒户家里。日伪军几次袭击都一无所获。就在何郝炬他们移驻三泂河的第二天，日伪军就去了离三泂河只有几里路远的滋镇。在三泂河一带坚持活动的许国珍向何郝炬报告四区面临的敌情时分析，敌人是以罗院为中心向四周不间断地出击，不一定是发现了什么目标。

李元寨归属五区，是原"十八团"的边沿村庄。王景芳认为，这个村的抗日组织力量虽然不强，但它掩护八路军战士方面的工作做得很严密，令人放心。面对五区的紧张局势，刘润生率领的县大队已经走出"十八团"的圈子，到五区一带活动。他们和留在这个圈子里的小部队和干部一样，需要频繁转移，宿不隔夜，掌握敌人的活动规律，展开机动灵活的游击战。

何郝炬率领地委机关跟随武装小分队在各处活动，巡视检查，为县、区的同志们鼓劲打气。当他把区党委传达的"一年打败希特勒，两年打败日本鬼子"的口号告诉同志们时，大家都情绪激动、信心大增。他也不能常驻在一个地方，即便是朱二歪村、三泂河村也是如此。他和平时一样，去到了德县、德平边界，他想，在那里也许能有重要收获，上次他就是在那里和区党委派来的通信员接上头的。

从整个二军分区来看，南部新开拓的地区，因为有主力部队在，情况最好。北部有赵淳率领的十七团二营在这一带活动。他们根据情势采取的化整为零的小部队分散作战模式，虽然经不起大的战斗，但在群众中打下了很好的基础，无论敌伪的进攻多么凶猛，总能在群众的掩护下坚持斗争。这次到德县、德平边界，何郝炬发现这里比上次要安谧。每到一地，人们都在他面前掐指计算已经过去的时间。

"我们已经坚持了四年多的敌后斗争，还有一年多时间，不能坚持下去吗?!"听完地委书记不容置疑的回答，人们都相互鼓励，心中充满了对胜利的憧憬与渴望。

　　何郝炬经常在几支小部队之间活动，和回民大队接触最多。在他眼里，回民大队是这几支部队中最有特色的一支队伍。他们的人数不多，都没经过严格训练，却有较强的战斗力；队伍内部富有团结精神，无论遇到多大的困难，都能拧成一股绳，压不垮，打不散。他们主要分布在以德平为中心的鲁北各县的一些回族聚居村庄，这些村庄是回民大队能够坚持斗争的依靠和基础。这些村庄的村民之间的往来在无形中形成了一张有效的情报信息联络网。他们在陵县通过赵马拉这个回民村庄和县城回民之间的来往所得到的信息，往往比陵县县委、县大队掌握的信息更快更准确。李玉池不单是回民大队大队长，他还兼着二分区回民救国会的主任。回民救国会把各县的回民村庄串联了起来，使得回民大队能不断发展壮大。尽管此间的回民人数不多，回族聚居的村庄也很少，可回民大队却是抗敌斗争的一股重要力量。

　　何郝炬再次见到李玉池，除了工作上的交谈外，他还想了解一下一军分区、三军分区斗争的新情况。李玉池通过一军分区、三军分区的回族聚居村之间的情报信息联络网与一分区的回民救国会取得了联系，这也是地委交给他的一项任务。在和边区党委的秘密交通线联络不畅的情况下，地委期盼着能从民间渠道得到一些信息，但这次李玉池所掌握的信息却是少之又少。信息主要是关于以朱家寨为中心的乐陵、宁津一大片地区的。在入春以来持续紧张的形势下，边区的领导机关和指挥中枢已经转移到乐陵以外的地区，开始向北开拓更大的空间。这些情况上次边区党委专门派交通员来二分区送情况通报时，就已经了解了。现在离领导机关越来越远，他们几乎得不到边区活动的信息，只能偶尔听见一些有关乐陵和附近县里的消息。即便如此，何郝炬也收到了令他感到非常震惊的消息：乐陵县委书记马学泉在与敌伪的交战中不幸牺牲。马学泉是边区县一级领导人中公认的能文能武、有胆识、有魄力的一员干将。从游击队指挥员、县战委会主任到乐陵县委书记，马学泉都以英勇善战、富有开拓精神著称。边区党委把他放在乐陵的这个位置上，就是因为乐陵地处边区中心地带，将乐陵建成革命的堡垒县，对全区的对敌斗争有重要意义和影响。他的牺牲，不仅会对乐陵地区产生影响，对整个冀鲁边区的对敌斗争也会产生很大的影响。自巡视团进入冀鲁边，何郝炬就听说过马学泉的事迹，在他的印象中，马学泉行事总是高人一筹。这个消息让大家进一步感受到了对敌斗争的残酷及环境的恶劣，警示大家必须时刻做好为革命牺牲的思想准备。

　　马学泉的牺牲也让李玉池清楚地认识到，乐陵斗争环境急剧恶化后，边区领导机关已走出敌伪的包围圈，向北开拓的步伐已开始加快。他们和二军分区的距离愈来愈远，已很难得到有关他们的信息了。

"今后地下秘密交通员传递消息会更加困难，因为路程变长，还有战事阻隔、敌人破坏等不利因素。当然我们还可以依靠部队、电台和上级取得联系，但对许多事情的理解，可能无法得到有关领导的帮助和指导了。"何郝炬看着李玉池说道。

"独立地进行战斗！"李玉池果敢地把拳头挥向了空中。

"这将是更为艰苦的日子。"看到李玉池的样子，何郝炬也紧握起拳头说。说完他就和李玉池、宋安南一同开始研究德平的现状、有什么新的发展、在工作中应该采取怎样的应变措施等。

王景芳走后，德平的工作主要依靠李玉池，因为工委的李仁、宋安南等人均分散隐蔽在农村。从所有渠道得到的消息每隔一段时间都会汇总到李玉池那里，这从客观上形成了李玉池在德平的中心地位。从他们目前掌握的情况看，乐陵县委书记马学泉同志的牺牲及边区机关的转移，并未令德平陷入危机。

曹五旅要进县城打起"皇协军"的牌子已经是公开的秘密。事实上，曹振东一直处于拖而不办的状态中，了解内幕的人说，曹振东处于两难的境地：如不靠近敌伪就免不了被敌伪消灭，他是顶不住的；若公开投敌，八路军一动手，他也顶不住。曹振东和八路军还有一段交情，只要他没公开投敌，八路军对他就会手下留情。因此，曹振东想用周旋于二者之间的方式拖延时间。他想看看时局的发展，他的最终目的是希望国民党政府和军队能拉他上岸。敌伪对他逼得很紧，曹五旅内部也很不稳定，有人催他赶快做决定。曹五旅的二号人物、参谋长董静亭在敌人的分化拉拢下，主张迅速公开投敌，然后进驻德平县城。据说敌人许诺，在曹五旅进城后让曹振东担任"皇协军"司令，让董静亭继续任参谋长并委以德平县知事，以架空曹振东。最近听说曹振东患病了，所以一些事情就拖了下去。

曹五旅这支队伍和八路军曾有过共同抗日的经历，将来要对他们采取什么样的行动，必须要由边区党委来定夺。之前边区党委已经明确：对曹五旅的一举一动都要冷静观察，尽可能地争取他们留在抗日阵营中；在其未公开投敌之前，我方不采取行动。针对目前这种情况，估计此种局面还将维持下去。

"这是迟早要发生的事情。"李玉池和何郝炬的看法一样，"目前这种僵持局面，对我方没什么坏处，只要曹振东不和我方翻脸，至少在德平的北、西、南三面靠近我方活动中心的地带，暂时可以成为缓冲区，便于我方各个部队机动行动。同时，我方也要做好两手准备，毕竟这支队伍的本性决定了他们不会拖很长时间，迟早会露出本来面目走到公开投敌的道路上去。到那时，我方在德平打出抗日民主政权的旗帜，双方之间的战斗将是不可避免的。"

神秘小分队

麦收时节刚过，天气就变得酷热难当。周边的形势也和天气一样，昏暗沉闷，让人有一种黑云压城、喘不过气来的感觉。日军集中两万余人的兵力，分别沿津浦铁路南北两线，自西向东推进，开始对冀鲁边区疯狂"扫荡"。

何郝炬他们在德陵、平禹之间兜了几个圈子，又一次回到了德县九区的地界上。他们按照以往的活动规律，在平禹地区与专署同志碰头，到十七团看上级发来的电报，领会上级传达的精神和了解敌后战场的战争形势。这段时间，十七团收到的边区党委、军区发来的电报很少，十七团发过去的电报，也很难收到回音。敌伪在陵县四区、五区的活动有增无减。何郝炬他们进入该区后也不能久留，必须经常转移。他原以为，在德平可以捕捉到津南地区的一些信息，但现在看来似乎十分困难。李玉池和回民大队也在利用民间渠道想方设法了解北乡的信息，但收获也不多。

一天早上，有人来向何郝炬报告，说头天晚上东北方向的一个村庄里突然进驻了一支远道而来的小队伍。他们一去就封锁了村子，还向村里的人打探县大队、区队及回民大队的消息，说是要和他们取得联系。看样子应该是从北乡来的自己人，就是不知道为什么突然来了这里。下午，李玉池、张龙两人来了，他们说那是宁津县大队的一支小分队，在乐陵大"扫荡"中冲出了敌人包围圈，护送几位干部来到了德县、德平边界。

李玉池他们很快和这支小分队取得了联系。被护送来的干部希望能和地委书记何郝炬见面谈谈，也让他们能有一个短暂的休整时间。何郝炬也想从他们那里了解一下领导机关最近的情况，于是让李玉池当天晚上在驻地附近把这些人安顿好。边区各县大队一般都着便装，但这时和他们在一起的，还有另外一支身穿紫花布军装的小部队，他们中的一位带队的同志一见到何郝炬就打招呼："想不到咱们老同学在这里碰见啦。"

"啊，原来是你。"何郝炬也想起来了，打招呼的是他陕北公学的同学。结业时，这个同学要求转抗大再学一期军事，以后干军事工作，应该是姓程，但名字何郝炬已记不清了，他也没好意思问。原来，程同学所在的抗大分校到晋察冀以后被分派到了冀中的一个分区，这次冀中分区奉总部指令需要抽调几位军政干部支援边区，程同学奉命带领一支武工队护送这些干部来边区。在行进途中，遇上了敌人的大"扫荡"，他们越过铁路线，一直赶到了新海、盐山一带才找到冀鲁边区的领导机关。军区交代他们护送到盐山附近的振华（宁津）县大队西返，途中他们又几次撞上了敌人的"扫荡"。后来，他们得知德县、德平一带稍微平静些，于是临时转移到此。

程同学说，他们早就从情报中获悉敌人要发动这次大"扫荡"，且兵力会数倍于往昔，可见对于这次"扫荡"敌人是策划已久。侵华日军头目冈村宁次亲临衡水坐镇指挥，其目的是彻底肃清在其限定范围内的抗日军政力量，企图完全控制"真渤特区"（日本占领华北地区以后专门针对我敌后根据地特设真定道、渤海道行政区域，大致包括冀中大部、冀南五分区和冀鲁边一分区、三分区的一部分）。冀中军区针对日军的侵犯，本来是有经验的，凭借地雷、地道、道沟三大"武器"，多次粉碎了敌人的"扫荡"，但是他们没有预料到敌人此次会集结如此多的兵力。日军主力在进行大"扫荡"的同时，还四处平道沟、破地道、挖壕沟、修碉堡，与我方反复交锋，令我大部队难以活动。我军主力部队，大都已撤出冀中转移到外围，目前主要依靠县区武装、民兵、武工队坚持斗争，他们即将面临的是一个异常艰苦困难的时期。

"那你们还能回冀中去吗？回去还能找到部队吗？"何郝炬关切地问。程同学看上去很平静，态度也很坚决，似乎早已做好了充分的思想准备。"按照军区的安排，我们将留在分区坚持斗争。我们来此地是执行临时任务，完成任务后当然得回去，那里才是我们的战斗岗位。只要回去了我们自然能联系上组织。冀中区的广大群众和共产党、八路军始终是站在一起的，有群众的支持，我们就一定能取得这场伟大斗争的胜利。"程同学说完就将话题转到了津南鲁北目前的斗争情况上。

"在敌人的这场大'扫荡'中，津南面临的困难可能会比冀中的一些地方还要严重。相比之下，你们鲁北这边的情况可能好一些，因为它处在'真渤特区'之外。按照敌人对冀中地区残酷'扫荡'的情况来看，敌人即将对津南采取大的行动，严峻的局势还在后面，那时可能就不是眼前这种小规模的骚扰进攻了。"

程同学带领着小队和何郝炬他们一起活动了好几天，在侦察了北部一带的情况后又重新北上，准备转到沧州与东光之间，然后再伺机返回原来战斗的地方。何郝炬对程同学的坚毅、顽强和沉着深感佩服，预祝他们一路顺风。

这些日子从德县、德平的情况来看，鲁北地区比起津南地区是要平静一点，但只是暂时的表面现象，如与去年相比，则要严重许多。

德平、德县在沉寂了个把月后，边临镇、义渡口等几处敌伪据点又开始频繁骚扰我方抗日活动的中心地带。地委的武装小分队就不能总在德平、德县边界一带行动了。回到陵县后，何郝炬发现，无论哪个区，天天都有敌情，必须每天换驻地。武装小分队的行动机动灵活，总体上没受什么影响，但有时也会与敌人来场小规模的遭遇战。小队长傅洁民有股张飞的猛劲儿，一遇到严重的局势就容易暴露出慌张、沉不住气的弱点；指导员耿捷山和刚从班长提升为副队长的老苏，冷静沉着，遇事能灵活机动处理。

一天，傅洁民带领的一个班在滋镇附近与伪军正面撞上，傅洁民他们被迫撤至附近的一个村庄里。何郝炬和耿捷山、贾金砚三人从另外一个道沟和敌人周旋。耿捷山一直在何郝炬的后面观察着地面上逐渐逼近他们的敌人。何郝炬很着急，想快点绕过敌人，但耿捷山却是不慌不忙地紧紧握着驳壳枪的扳机，待敌人逼近道沟时才从暗处开枪。警卫员贾金砚在前面一手握枪一手拉着何郝炬顺着道沟向前移动。他们在道沟里转悠了半天时间，直到下半晌敌伪撤回据点，他们才和傅洁民、老苏会合，并连夜撤到了五区。

原来五区一带比四区要平稳安全一些，最近却倒了个个儿。罗院、林子两个据点的敌人好像对地委和县委在这一带的活动有所察觉，每隔几天就会到三官道一带"扫荡"。县委书记王景芳和五区区委书记侯继成几次被敌人追进沙河滩里，他们只能利用两县边界的荒滩与敌人周旋。这一带过去是"十八团"的防地，群众基础好、抗日劲头高，他们可以凭借道沟和村里的地道与敌人周旋。天一黑，据点里的敌伪不敢出门，这一带就成了抗日军民们的天下。眼下正值麦收时节，他们在晚上抢收抢种。这期间李玉池带着回民大队的几个战士去了赵马拉村摸清了敌人在那里的情况，他和回宝仁想把何郝炬他们接到赵马拉村去，并且已经在村里找好了何郝炬的办公地点。一切安排妥当后，李玉池就去老官张村找何郝炬，动员他和许辛光、耿捷山、贾金砚等人一同到赵马拉村。李玉池拍着胸脯说："赵马拉村绝对安全。"李玉池特别介绍了回宝仁的情况，说此人在村里威信高，曾多次掩护抗日战士和我方工作人员，和陵县、德平、德县几处回民聚居点的关系较好，能及时得到与敌伪有关的信息。李玉池的意思是，在三洄河村、朱二歪村等地驻扎的时间久了，暴露的可能性就很大，赵马拉村是个回民村，表面上看不活跃，实际上却也算得上是个战斗堡垒村，外人在村子里插不进脚，村里的大人小孩都能保守秘密，所以住在那里可以完全放心。

听李玉池说完，何郝炬感觉心里暖暖的。李玉池不但有军事才干，而且想问题周到细致，有大局观念。在目前的情况下，这样的人才真是太难得了。

看何郝炬在那里愣神，李玉池赶紧补充说："这只是顺便提的事，我并非专为这事而来。"李玉池非常清楚地委机关当前情报来源不畅的处境。他刚得到津南地区敌我斗争的最新情况：敌伪在冀中大"扫荡"后不久，对津南地区进行了大"扫荡"，一地委、专署和十八团的主力部队在"扫荡"中遭受重大损失，确切的情况目前还不知道。有的说大部分人都牺牲了，"扫荡"地点在靖乐边界，也就是原来乐陵和盐山接壤的地方，但更加详细、具体的信息就不知道了。至于边区党委、军区领导机关等是否已经转移、转移到什么地方、发生过什么事等，就更不得而知了。李玉池被这个消息震住了，这才专门来找何郝炬报告情况。这个消息几乎是令人窒息的。事情发生在津南分区，令人感到万分痛心，在场的所有人都预感到，边区党委、军区处在重大危险之中。他们的安危实际上影响到全区的安危，万一发生什么不测，谁来领导冀鲁边区的斗争？这是何郝炬脑子里快速闪过的问题。不久前，边区党委、军区曾以电报告诉大家："在目前这种恶劣的条件下，各级组织、干部，各个同志要时刻做好各自为战的准备。在各个地方，都要能独立自主地与敌人开展斗争。最后的胜利必将是我们的。"这其实已经告诉我们，要做最坏的打算，要做好独立作战的思想准备。但谁能预料到，失去上级的指示会遇见什么样的困难？何郝炬决定提前去平禹向地委、专署、军分区和十七团的同志通报这一重大消息，他希望能从十七团与军区来往的电报中，弄清津南地区目前的状况，以便大家对眼前的形势有正确的估量。

三封电报

谷、马二庄，集合了地委、专署和分区的一班人，大家都谈到了各自活动地区目前的局势以及对未来形势发展的预判。大多数人认为平禹地区当前的形势还是比较平静的，因为它离"治安强化"的重点地区"真渤特区"较远。敌人在平禹地区的力量不仅没有加强，反而有所减弱，加上十七团的主力部队游弋在平禹、齐临之间，因此小股敌伪不敢随意行动，这些因素让这个地区在较长的一段时间里保持了相对稳定。邹玉峰认为目前这些形势是暂时的，敌人在"打击"了"真渤特区"的抗日军民后是不会停手的，他们会对包括平禹在内的广大地区实施大规模"打击"。冀中、津南的今天将会是平禹地区的明天。现在最重要的是要吸取冀中、津南地区在斗争中的经验教训，及早做好应对更严峻斗争的准备。

李萍和徐尚武、靳兴侯是一同前来的，他们三人的看法各不相同。徐尚武认为，临邑眼下是二军分区里斗争环境最恶劣的地区，能够坚持到今天并有所发展，说明坚实稳固的群众基础是极为有利的。面对目前的困难局面，坚持陵县、临邑的斗争方式应该是他们斗争的主要方向。靳兴侯却不认同，他以津浦支队为例进行了说明。津浦支队过去一直在德平周围活动，虽没遇见什么困难，但作为分区武装到各县活动却是困难重重，所以他认为今后应主要以地方武装坚持就地斗争为主，主力部队适度分散以保存力量，机动出击，打击敌人。孙子权则是强调开展政权工作离不开主力部队的支持，他认为当下的斗争环境对建立齐河、济阳和平禹的革命政权来说是有利的，他主张专署接下来的行动主要放在上述这些地方，至于北边的几个县，则依靠县、区抗日民主政权坚持原地斗争。李萍赞成把主要力量放在齐河、济阳和平禹，但也不能不管北边几个县的对敌斗争。

虽然看法各异，但大家都谈到了"两年打败日本鬼子"的口号。口号已经喊出来几个月了，日军必定会进行疯狂反扑，想先消灭我抗日力量。往后，我方必将面对前所未有的困难，但我们是绝不会被敌人的疯狂反扑压垮的。我们会采取更加灵活机动的斗争方式，积极应对眼前的局势，大家都坚信胜利最终必然是属于我们的。此刻，大家关注的重点是边区党委、军区的行动和津南地区的形势发展，如他们有什么闪失，也就等于二军分区会受到同样的打击。从目前了解到的情况来看，一军分区遭受损失是确定无疑了。想到这，一张张熟悉的面孔在何郝炬的脑海中浮现：杜子孚、石景芳、马学泉……都是曾经并肩作战、生死与共的战友！一下子牺牲这么多同志，何郝炬的心里非常痛苦，他知道这也预示着津南分区的工作此后会面临更大的困难。

在十七团驻地，当何郝炬再次见到龙书金、曾旭清、李恒泉几位同志时，几只大手紧紧地握在了一起。津南分区的情况让他们此时都有着无限感慨，虽然经常见面，但谁又能够料到下次是否还能相见呢？眼下十七团还处于开顺风船的时节，开辟齐河给主力部队的行动创造了有利条件，让部队有了较大的活动空间。在齐河、济阳、平禹地区，部队有时还可以集中两个营甚至是更多的力量机动作战，自由活动。

"我们这里的情况比津南分区好一些，这也说明去年以来我们的斗争方针是正确的。在去年秋天那样困难的条件下，我们开拓了新的区域，发展了部队的力量，打击了敌人的嚣张气焰。我相信如果现在军队和地方的同志共同努力，一定可以把这里发展得更大更好。"曾旭清脸上的神态和爽快的语言充满了自信和自豪。

何郝炬看到曾旭清脸上兴奋的表情，顿时想起了上次见面时的不悦。

邹玉峰曾向何郝炬反映过主力部队在齐河、济阳地区征兵的情况，他说："齐北地区看似宽松，但老百姓对部队的意见很大，只是没有表现出来。听禹城的同志反映，齐河那边确实发生过强迫村民当兵的事，在老百姓中造成了极为恶劣的影响。这种行为是违反政策的，是会极大地破坏党和军队在人民群众中的威信和声誉的。地委有责任将这一严重情况汇报给边区党委，同时向部队领导提出意见，希望他们能够及时纠正，不再犯这样的错误。"何郝炬觉得邹玉峰更多的是在发牢骚，因为他的话语中充满了对龙书金他们的不满。他觉得实际情况一定不像禹城的同志反映的那样，龙书金的思想觉悟还是很高的，但他同时又觉得这件事也一定不是空穴来风。

所以何郝炬在上次与龙书金、曾旭清见面时就委婉地告诉他们，部队在动员老百姓当兵时，一些地方可能出现了强迫当兵的情况，地方收到了一些反映，希望引起部队的注意。曾旭清听后脸色一下子变得难看起来，立即回答说："去年冬天，在动员群众参军时，可能有个别人的思想教育工作做得不够，出现了一点问题，但要说成是部队强迫当兵，显然是言过其实。事情已过去几个月了，部队现在的情况很稳定。真要像所说的那样是强迫当兵，部队不可能有现在这样的战斗力。这种对部队进行诽谤和中伤的话语，地方负责同志应该当场予以驳斥，而不是以此为由来责备部队。"曾旭清还说，希望地方领导同志对二军分区的人民子弟兵给予包括兵员、后勤等许多方面的更多支持，让地方和部队能够团结一致，共同坚持抗日斗争。

虽然曾旭清已经声明他的讲话不是针对地方上哪一个人的，但是指向很明显，因为何郝炬集中反映了地方同志的意见。虽然那次碰头已经把话说明了，而且双方都有明确的态度，不会因为此事影响共同战斗，但还是让何郝炬极为不安。

何郝炬再次见到部队领导，聚积在心里的阴霾随即散去。大家的话题转到了津南，表达了对边区党委、军区和一地委专署、一军分区的深切关注。正常情况下，军区和十七团之间每隔几天就该有一次电报联系，目的是下达命令、通报情况或报告下情。边区党委发给地委的指示、通报是通过电台转发的。龙书金算了算，上个月军区在靖远、鬲津地区时来过电报，之后就没再来过；团里曾发过两次请示电报，也一直没有收到回讯，这是很不正常的情况。在这样严峻的斗争形势下，和上级电台失去联系是军事上的大忌，部队同志也是十分焦急和无奈。好在这种情况没有持续几天，他们接连收到了几封军区的电报。

第一封电报通报了敌人针对冀中地区发动的"五一大扫荡"的情况，和原来知道的略同。敌人攻击的重点是冀中全区、冀南五分区、冀鲁边的一军分区和三军分区的一部，由侵华日军头目冈村宁次亲自坐镇衡水指挥。针对冀中、冀南地区的大"扫荡"历时半个月，发生过几次大的战斗。我军主力已机动转移，但敌伪对地方武装、民兵的攻击一直在持续进行。之后不久，敌人开始了对津南地区的大规模"扫荡"。边区党委机关、军区及直属部队经过几次战斗已经安全转移到新海、盐山一带，最近刚稳定下来，特此向各团、各军分区紧急通报，并要求各地部队，继续发扬不怕困难、独立作战、机智灵活的革命斗争精神，坚持地区斗争，并注意保存我方有生力量，以便伺机打击敌人。读完这份电报，大家长长地吁了一口气。

随后的一份电报通告了边区党委、军区领导班子的最新任职情况：

边区党委书记王卓如，已在五月反"扫荡"的紧张战斗中到职；张晔因为生病已经被护送去山东分局。巡视团于居愚留任宣传部副部长。由王卓如、周贯五、李其华、黄骅等同志组成边区党委委员会。军区（兼六旅）司令员邢仁甫、副司令员黄骅、政治部主任刘贤权均已到职。

这是大家十分关注的事情，在如此紧张的斗争环境下，军区指挥中枢是否充实健全是关系到全区战局的大事。

第三份电报是通报一地委、专署和十八团受到的重大损失的情况：

6月19日，华北敌军以重兵突袭靖远、乐陵邻接地区，正在该区活动的我十八团部队和一地委、专署机关，陷敌重围，与敌军展开了激战。一地委书记杜子孚、专员石景芳，十八团团长杨柳新，地委组织部部长邸玉栋、妇联主任崔兰先、文联主任吕器等同志，在战斗中英勇牺牲，部队受到严重损失，地委专署的工作人员及警卫部队也有多人壮烈牺牲。鉴于一地委专署机关遭受重大损失，已不能正常开展工作，边区党委已派出工作组，力求近期重新组建一地委和专署。

边区党委在电报中同时指出，在当前严峻的斗争形势下，地县领导机关的活动务必做到隐蔽分散，避免遭受不必要的重大损失。

军区在发来的一份电报中传达了总部、北方局对部队活动的指示，指示中特别指出，在华北敌军大规模"扫荡"中，部队要采取灵活机动的作战方式，伺机打击敌人，注意保存有生力量，避免遭受不必要的损失。一些地方敌伪据点林立、沟壑纵横，主力部队难以开展活动，地方武装务必采取更加分散、小型的活动方式，根据敌情，以班、排为单位打游击战；依靠人民群众，打击汉奸特务，保护人民生命财产的安全。

前些日子的种种传闻终于得到了证实，一地委和专署机关在战斗中受到毁灭性的打击，全区一共三个主力团，其中一个遭受重大损失，这在边区乃至华北其他地区也是前所未有的。

"我们真得好好准备迎接更严峻的战斗了！"龙书金说话时的神情非常严肃，"军区首长发给我们的指令、通报，给我们敲响了警钟。敌寇此次在'真渤地区'的行动得手，下一步必将扩大到华北各地，我们这里也不例外，我们不仅要坚持战斗，打击日寇的疯狂气焰，还要注意爱惜、保护好我们自己的队伍，绝不能使部队毁于敌人的进攻，要在反'扫荡'中尽量减少军队、地方各方面的损失。保护好我们的队伍其实就是保护了地方，保护了人民，这也是保护边区行动的一部分。"

边区党委、军区的电报让大家心里一直紧绷着的弦略微放松，心底的沉重瞬间化作了对敌人的无比仇恨。大家对津南地区发生的这一严重事件的关切，变成了对全边区及自己所属地区的关切，深深感到自己肩上的担子之沉重和所负责任之重大，也进一步肯定了分散隐蔽、灵活机动的斗争方式。同时，大家也意识到要尽量减少主力部队的集结，以保存我方有生力量。一个更加艰苦、更加残酷，使人感到窒息和漫长的斗争就要到来了。

地下交通线依然被隔断着，只能依靠收发电报进行断续的联系。地委、专署、军分区的各个同志为了避免重蹈一地委、专署、分区的覆辙，基本采取了各自为战、分散活动的方式。二军分区北部四县的大小警讯不断，一日数惊。地委的武装小分队在不停地转移，有时是几人分散行动，夜里在漫洼地里露宿，天亮前悄悄进入村里偏僻的人户家中。好在麦收季节已经过去了，地里的青纱帐开始缓慢升起，这让他们在紧张斗争中能有个喘息的机会。外面的情况还是只能通过李玉池断断续续传来的消息进行了解。

烈士魏玉珩

冀鲁边区的抗日斗争遭受重大挫折后，凶残的日本侵略者变本加厉，将他们的魔爪一再伸向我中心地区。三洄河村成了敌人盯防的重点。

魏玉珩，原籍临邑县徐家店村，十八岁时因为家庭贫困来到三洄河村入赘到一户人家。因岳父家里地少，老实的魏玉珩靠在粮市上替人过斗、在牲口市上当个"经纪人"挣些钱来养家糊口。

8月22日清晨，魏玉珩早起去赶神头集，他刚走出三洄河村就迎面碰上了来"扫荡"的日伪军。他转身就往村里跑，敌人在他身后紧追不舍。眼看无法脱身，他掉头朝冲在前面的日本兵跑去。敌人还没明白是怎么回事，就被魏玉珩的一个猛扑扑倒在地。魏玉珩将随身带着的秤砣砸向了敌人的头部，砸倒了一个之后又砸向了冲上来的另一个。这时，好几个敌人一起冲了上来，其中一人从背后将魏玉珩死死地抱住。魏玉珩拼命挣扎，可他的两个臂膀被卡死了不能动弹，小臂也使不上劲，最后被敌人捆了起来。敌人早就怀疑三洄河村和共产党有来往，但一直抓不到把柄，每次"扫荡"都扑空。他们怀疑魏玉珩有可能是共产党，想撬开魏玉珩的嘴巴，希望能获得更多信息。他们认为，从魏玉珩看到他们后的种种反应来看，即便他不是共产党也应该是个抗日积极分子。

敌人把魏玉珩带回三洄河村后，把全村的老百姓圈在了村子中心的一块空地上，还迫使魏玉珩指认八路军、共产党及八路军家属。由于敌人来得突然，抗日干部魏俊杰和五名在村里养伤的八路军战士及数名抗属没来得及躲藏，此时正站立在人群中。魏玉珩看着村子里的男女老少，暗下决心，绝不让日伪军的图谋得逞。敌人以为魏玉珩是个普通农民，只要以"保全他和家人的性命"为诱饵，就能得到他们想要的信息。

一个伪军走到了魏玉珩的面前，阴阳怪气地说："现在摆在你面前的有两条路，一条是生路，一条是死路，只要你说出谁是八路军、共产党，谁是八路军家属，我保证你和你的家人都是安全的，而且全家都能享受荣华富贵。"

魏玉珩说："俺就是个庄户人，哪知道那些东西。再说，三洄河从来就没有你们所说的什么八路。"一名和魏玉珩相熟的伪军也上来劝说:"你还是说了吧,不说你的命就没了,我还能害你不成?"魏玉珩朝他吐了口唾沫,然后愤怒地说道:"呸!"敌人见软的不行,便凶相毕露。他们把魏玉珩反绑在旁边的一棵大树上,然后开始了各种酷刑。面对敌人的严刑拷打,魏玉珩始终咬紧牙关、怒目圆睁。最后,敌人把他绑在梯子上,向他嘴里灌石灰水,等肚子鼓得快要撑破时,再用杠子压出来,之后再接着灌。魏玉珩被折磨得头发昏、眼发黑,全身疼痛难忍。敌人架着他再次来到群众中间,让他指认八路军、共产党及八路军家属,但他仍怒视着敌人说:"没有!"

敌人见无计可施了,就将他扔进了猪圈,用砖头将他活活砸死。

第十四章　山重水复

一元化领导

夜幕下，一支游击小分队专程从盐山、靖远来到了德平。他们先到了德县，在那里没有找到何郝炬他们，于是连夜赶到了德平。

几天前，二地委已经从部队电台收到边区党委、军区的紧急电报，电报内容是转发中共中央于1942年9月1日发布的《关于统一抗日根据地党的领导及调整各组织间关系的决定》。决定指出，为了适应当前斗争形势的发展，将在各根据地、各地区的主力部队和地方党、政、军实行党的一元化领导，其中特别强调：

> ……农、工、学、商、党、政、军，党是领导一切的；主力军固然是全国性的，同时也具有地方性，在一个地区范围内，应当统一于地区党委领导之下。统一领导下的地区党委可以由地方党委负责人担任领导，主力部队的领导人担任副职；也可以由主力部队负责人担任地区党委的负责人，原地方党委负责人担任副职……

边区党委、军区在转发决定时，已经注明将迅速做出贯彻中央决定的紧急措施。现在，小分队专程送的就是这个紧急文件，需要下发到各部队和地委。

根据分局决定和山东军区的命令，原教导六旅兼冀鲁边军区今后统一为冀鲁边军区。邢仁甫为冀鲁边军区司令，黄骅、龙书金为副司令，冀鲁边区党委书记王卓如兼任军区政委，周贯五为副政委，刘贤权为政治部主任。

同时下发的还有新成立的冀鲁边军区的命令：军区直属运河支队与一军分区合并为一军分区；十七团与二军分区合并为二军分区；十六团一部和三军分区合并为三军分区，一部为军区基干团。

一军分区司令员为傅继泽，政治委员为彭瑞林，副政治委员为康伯敏；二军分区司令员为龙书金，副司令员为徐尚武，政治委员为曾旭清，副政治委员为何郝炬；三军分区司令员为杨铮侯，副司令员为杨承德，政治委员为李广文。

边区党委下发通知，调整各地委书记和副书记，依次为：

一地委书记为彭瑞林，副书记为曹戎；二地委书记为曾旭清，副书记为何郝炬；三地委书记为李广文，副书记为冯乐进。

这次各分区人员的调整中，一军分区司令员傅继泽保留了原职，二军分区原司令员徐尚武改任副司令员，而原军区副司令员杨铮侯改任三军分区司令员，原十六团团长杨承德任三军分区副司令员。从人员调配上看，各军分区的领导力量加强了。

有了这些调整，原来在二军分区出现的军队与地方的协调问题，马上就迎刃而解了。中央的这个决定显然是在了解了各地的实情后采取的果断措施。

邹玉峰说："组织上早这样安排，我们也不会惹得曾政委不高兴呀。"

"过去的一些隔阂主要还是因为沟通少。这样一调整，工作开展起来就会顺畅多了。"何郝炬说。

"上级的文件精神，对县、区干部的调整也能有所借鉴。"李萍说。三个人都深刻地感觉到党的领导处事英明果断，也由衷地拥护党中央的这个决定和边区党委、军区贯彻这个决定的具体措施。这是关系全局的大事，也是直接关系到各军分区抗日斗争领导体制上的重大变化。

按照中央决定的精神，一元化领导的地区党委书记可以由地方党委书记担任，也可以由军队党委书记担任，具体根据各地实际情况确定。在边区，一、三地委由地方党委书记担任地区党委书记，二地委则由军队同志担任地区党委书记，看来这是边区党委在进行综合比较后做出的调整。何郝炬曾向黄骅提过，他觉得让经验丰富的同志担任地委书记一职更为合适。黄骅当时的回答是，让他安心工作，他是可以胜任这个工作的。现在的这个任命说明边区党委实际上是考虑过何郝炬本人的意见的。

何郝炬再回过头来看，觉得自己和一、三地委的同志不能相比。首先，他一直认为自己和这些同志的差距很大，简直不在一个档次上。他曾做过李广文的助手，对李广文是心服口服；彭瑞林是分局巡视团的负责人；曾旭清是老红军，参加过二万五千里长征，在地方上也担任过县委书记，斗争经验丰富。在这些人面前，何郝炬觉得自己只算得上是个半大孩子。在一元化领导以后，他将担任地区的二把手，协助一把手工作，会将主要力量放在地方党政工作方面，这对于整个军分区乃至他个人的工作来说都是件好事。从长远来看，他认为这样的安排对自己会有更大的帮助和提高……

不久之后，何郝炬主动到部队报告工作，曾旭清一见到他，就特别主动地跑上前握手："过去我们是两家人，免不了有点疙瘩，现在可好，大家合在一起成了一家人，有什么事不能说，不能解决呢。"接着他又强调说，"我的主要任务还是在部队，地方上的担子照样由你担着，遇事大家商量着办就是啦。"

龙书金司令员本来话就少，他坐在旁边望着何郝炬他们笑而不语，等何郝炬他们停下话才十分热情地向何郝炬说部队的一些情况："你是副政委，军队的事你也多参加嘛，你说不熟悉军队，不懂军事，咱们以前谁懂，还不是打出来的。你们在地方上不是一样要带队伍打游击，和鬼子汉奸斗吗！"

一元化以后的第一次会议，实际上就是地区党政军负责人的大碰头。边区党委批准的地委成员为：龙书金、曾旭清、何郝炬、李萍、邹玉峰、孙子权、徐尚武。

由于二军分区成立不久，组织一直不健全，新的军分区实际是由十七团团部改建而成的，原分区司令员徐尚武带少部分人到司令部，路有水的特务大队随同编入军分区直属建制，随司令部行动；原分区参谋长靳兴侯已被通知到山东分局党校参加学习，政治处主任孙长江日前已调往军区司令部；军分区的其他人员连同直属的两个大队，恢复津浦支队建制。根据德平局势的发展，准备成立德平县大队。回民大队仍在北部几县独立活动。专署警卫队、地委青年武装队仍由专署、地委管理。主力部队十七团根据中央决定精神与地区斗争现状，做了大的调整和部署：从一营、三营各抽出一个连归军分区直属，一般情况下，分区带领直属连队、特务队活动；三个营改为三个地区队，分别在三个片区协调组织包括县区武装在内的军事行动，其中一地区队在齐河、济阳、临邑南部地区活动，队长由赖金池担任；二地区队在德平、德县、陵县、临邑北部地区活动，队长为赵淳；三地区队在平原、禹城地区活动，队长为李明生。主力部队适度分散，与县区地方武装结合开展对敌斗争。

大家一致认为会议确定的这些举措解决了当前对敌斗争的关键问题，有利于县区斗争的坚持与开展，与会者的心情都非常兴奋。新的地委真正体现了中央决定指出的团结统一的精神，大家都发自内心地认为，在当前艰苦的斗争形势下，中央做出的这项重大决策非常及时，也非常重要，这也更加坚定了他们坚持地区斗争、夺取抗战胜利的信心。

考虑到青纱帐倒下后敌伪日益频繁的进攻态势，会议只开了一天。由于这次会议着重讨论了地方、军分区与主力部队合并后的有关事宜和军事斗争问题，因此，地委、专署工作中遇到的一些问题没有来得及讨论。会上最后约定，新的地委仍按过去地委的规矩，一个月开一次会议。

在一元化领导执行了一段时间后，人们就感觉到了这个决定带来的新气象：主力部队和地方上配合更紧密了，主力部队近一年多来很少到过陵县、德平、德县等几个县，现在开始进驻。他们在进入该地区后，底气十足，因为有了依靠。县区武装的活动随之增加，对于小股来犯的敌伪军，他们也能给予打击，这也使小据点里的敌人不敢轻举妄动。

秋天的故事

党的一元化领导在二军分区掀开了抗日斗争的新篇章。各县区根据实际需要在机构人员方面做了部分调整并开展了一系列的抗日活动。

建立公安科

为打击日伪、保护人民群众、维持地方秩序，根据二地委的指示精神，陵县率先设立了保卫机构——公安科。

公安科下设三股一队。军分区二营副政委张克光任公安科科长。侦查股长祝万兴是从渤海区党委公安保卫训练班调来的，下有侦查员若干人；总务股长王大惠，是东林子区新脱产的村干部，下有管理员若干人；审讯股长由张克光科长兼任，下设干事二三人；警卫队设队长一人，下辖三个班。张克光和祝万兴两人为共产党员。

公安科设立后不久，即向各区派出了公安员。在工作基础较好的大村，也配备了村治安员。

公安科当时主要有三项工作：一是保卫县领导机关；二是清理内部人员，纯洁队伍；三是打击顽固分子。县公安科自设立之日起，在与日、伪、顽的斗争中，跟随县抗日民主政权的机关东征西战，在与敌周旋的同时，守护机关的安全。公安科设立后不久，就接到了群众举报，说有一名干事曾做过伪警察，在调入时隐瞒了历史。经查证核实后，将其调出了公安科。

开辟二区受挫

德县工委为缓和八区、九区的紧张局势，决定在巩固七区的基础上争取向二区发展。工委任命张龙为德县第七区区长兼区队长，命他带着一支小型武装以七区为基点，开辟德县以东的地区，刘之光兼任七区区委书记。七区有联庄会里的灰色武装，也有新来的正式武装，还有农村党组织做基础，再加上张龙、刘之光他们对敌情摸得准，所以在巩固七区的过程中，从未发生过遭遇战。为伺机开辟二区，丁学风率领的县委经常活动在七区一带，之前挖的地道终于派上了大用场。新的地委指示：德县一定要拿下二区，平禹方面也要从南部向德县逼近。军分区基干营营长李青山带领主力部队配合平禹及德县开展活动。当时德县城南是李功德、李功智、徐长义三个"团头"在左右局势，德县二区有吕清海"团头"在左右局势。这些带有土匪性质的民间武装危害地方，影响我抗日大局。我德县、平禹方面的抗日武装都和他们有过军事协定：共同抗日，互不侵犯。平禹方面镇压徐长义引起了吕清海的猜疑，他派人偷袭了我武装队伍，抓去了六人并全部活埋，致使二区开辟工作受挫。

鸦虎寨锄奸

一天，四区鸦虎寨据点的地下党员丁寿昆送出的一封信很快传到了区敌工干事李伯桑的手中，信中说鸦虎寨村的地下党员张金荣已叛变投敌，希望上级部门尽早采取措施。李伯桑向区委做了汇报，区委决定除掉叛徒张金荣。考虑到张金荣就活动在敌人的眼皮底下，为了不打草惊蛇，行动必须一次成功。

何郝炬和他的武装小分队正好前一天刚刚进驻三泗河村，于是就派了贾金砚、耿捷山等去完成这次的任务。他们化装出发，由村民魏立仁领着去鸦虎寨赶集。魏立仁让他们几个在集市上闲逛，自己去张金荣常去的饭馆里看看。鸦虎寨集不大，一条不足百米的大街两侧摆满了各种小商摊，此时正值农闲时节，人群熙熙攘攘。集市上有两个饭馆，分别位于村子中间和东头。村子中间的这个比较热闹，卖包子、油条、麻花等，买东西的多是些赶集的人；而村子东头的饭馆就在据点下面，有些偏僻，主要招待酒席之类，除一些头面人物外，很少有村民去那里。魏立仁在村中的饭馆里没有找到张金荣，便估计他在据点下面的饭馆里。他把一个摊上的五棵白菜全部买了下来，然后扮成商贩来到了村子东头。他刚踏进饭馆，就看到张金荣正和三个伪军在一楼厅堂的角落里推杯换盏。魏立仁和张金荣是熟识，他用眼角扫了一下张金荣所在的方向后，径直朝厨房走去。还没等他走进去，就被一个伙计迎了出来。他问人家要不要白菜，对方说："早上刚刚买了，我也不清楚，估计不要了，你去后面问问。"魏立仁忙说："刚买了就算了。"说完他出了店门。就在这时，贾金砚几人也逛到了村东头，魏立仁给他们做了个手势。只见贾金砚他们三步并作两步冲进了屋里，在魏立仁的指引下揪起张金荣就走。在场的三个伪军都被吓傻了眼，等他们回过神来去炮楼送信时，魏立仁他们已押着张金荣来到了鸦虎寨南边的公路上。敌人追过来时，只见张金荣的尸体横卧在公路旁，而贾金砚他们几人早已顺着道沟跑得无影无踪了。

宿安的枪声

二军分区军政会议召开后，何郝炬便回到了三涧河村。处理完手上的一些工作后，正好看到警卫员许金堂送水过来，他便问："小许来警卫排多久了？"小许打了个立正说："报告首长，半年多了。"

"那你打过几次仗，缴过几条枪呀？"何郝炬这一问把小许给问住了。只见他挠着头皮说："首长，打的仗记不清了，但缴获枪还没有过。"

何郝炬笑了笑，说："把你们耿指导员叫来。"

耿捷山刚进门就听见何郝炬说："最近两个月，我们没有充实一条枪。明天你们都给我出去，到宿安（六区）集上至少抢两条枪回来。"

第二天，指导员耿捷山、匣子枪班班长贾金砚、战士魏景山、许金堂、马占河（原名盛云杰）、刘信、九子（小名）等十几人，打扮成百姓模样来到了宿安集上。

宿安集设在一条南北街上。贾金砚带领的第一组刚到街北头，街西侧的一个吃西瓜的人便引起了马占河的注意。只见那人头戴礼帽，身穿黑色大褂，蹲下身子时正好可以看见大褂下面露出的一个黑色的枪口。

马占河向贾金砚使了个眼色，贾金砚紧走两步掏出了手枪，在离敌人一米远的地方开了枪。子弹打在了敌人的肋骨上，那人回手抓住了贾金砚的枪。马占河一看不好，拔出手枪又向对方打了一枪。那人躺在地上打滚，马占河又补了两枪。见敌人不动了，他们才从其腰间抽出了那支手枪。再看第二组，他们已经赶到炮楼跟前打死了两个伪军，缴获了两支三八式步枪。此时，一个抱机枪的伪军正往炮楼里跑，被刘信一枪击中。刘信跑进炮楼拿起那挺机枪后又快速地跑进了人群。匣子枪班随群众开始撤退，直到战士们全都钻进了青纱帐，炮楼里才响起了"哒哒"的机枪声。

回去的路上，小许问耿捷山："指导员，这回抢的枪算不算我的份儿？"耿捷山划拉着他的脑袋说："当然算了。"

马排长夺枪

秋日里的一天，陵县第二县大队从敌占区的一个村子里出来后，发现敌人也从这个村子走了出来，而且走的是同一条路，前后相差不到两百米。怎么办？跑，肯定会被敌人发现；硬打也不行，我们人少武器差。战士们有点慌，带队的排长马勇命令大家沉住气，一切听他指挥。他走到了队伍最后边，装作若无其事的样子。敌人通常是伪军走在前边，日本兵走在后边。渐渐地，我们的人和伪军的队伍接到了一块。眼看就要走到前面的村子了，马勇突然来了一个急转身，他抓着走在最前边的一个伪军的枪低声命令道："给我！"这个伪军还没反应过来是怎么回事，乖乖地把枪交给了马勇。老马夺了枪后，命令部队快速前进。后面的日军以为是自己队伍里的伪军在打架，等他们明白是怎么回事以后，我们的队伍早就已经冲进村子里去了。

何郝炬背醉汉

初冬的一天，地委书记何郝炬、组织部部长李萍等六七个人正在魏玉坤家的北屋秘密开会，罗院据点的日伪军突然进了村，自西向东挨家搜查八路军、共产党。在外瞭哨的老三魏方荣赶紧从树上溜下来回家告知父亲。魏玉坤忙跑到北屋里告诉大家："敌人来了，不要慌。"其实，他的神情比谁都紧张。

"鬼子来得突然，咱们下地道。"说着，他打开了地道口。何郝炬说："不到万不得已，还是不能下地道。再说，地道里面狭窄，这么多人不方便。这次鬼子从西往东搜，看来是毫无目标地搜，咱们往东出村。"

魏玉坤说："咱们还是分开脱险吧。"何郝炬觉得魏玉坤说得在理，便让魏方荣领着一部分人从村东门脱险，自己跟魏玉坤走。武装小分队也分成了两组行动。何郝炬带着一组小分队的人跟在魏玉坤后面，他们顺着胡同七拐八拐，没一会儿便到了围墙根。围墙上有个洞，何郝炬他们就跟在魏玉坤的后面从洞口来到了村外面。

　　原来，兵工师傅们此时正在地道里修理战场上被损坏的枪械，这属于高度机密，所以何郝炬没有同意让大家进地道脱险。

　　天黑后，两路人马在村北的一片树林前会合，大家一致认为换个村子宿营会更安全。就在大家准备动身时，突然发现前面有一个黑影一晃而过。贾金砚喊了声："有情况！"大家迅速卧倒。随后，战士们弯腰朝着黑影出现的地方包抄了过去。到了近前一看，原来是个醉汉。初冬时节，天气本就寒冷，加之又受了这么场虚惊，人们开始埋怨起这个醉鬼来。何郝炬把刚穿上没几天的棉袄脱下来披在了醉汉身上，然后命人背起醉汉向宿营地转移。大家的思想说什么也转不过弯来，谁也不肯背。何郝炬一看这情况，便弯腰亲自背起了醉汉。看到何郝炬要自己背醉汉，大家这才争着抢着要背，可何郝炬这时说什么都不让。路上大家还是争着轮流背起了醉汉，一口气走了一公里多路，到了宿营地。第二天，等醉汉醒了酒，大家问明了情况就让他走了。

　　这一年，在这片土地上发生了很多故事。随着严冬的到来，斗争最艰难的时刻也来了。

"游击会议"

　　从春天干旱开始，人们就盼着天上的雨水能更多地眷顾鲁西北这片土地和这片土地上频遭涂炭的生灵。除了秋日里的一场淅淅沥沥的小雨勉强洒下了庄稼人来年的希望，还没有下过一场透地雨。人们带着焦虑和心存的一点希望跨进了 1943 年。

　　一场带着羞涩的小雪在 1 月 24 日的傍晚飘向了鲁西北大地，随之而来的还有嗖嗖的北风。

　　徒骇河北岸的张王庄村距临邑县城大约十五公里，在那里刚刚开完地委会的何郝炬急着赶回陵县去。他啃了两个窝窝头，喝了碗稠粥，顿时感到身上暖和了许多。

　　"抓紧时间赶路吧，趁雪下得还小，否则天亮前就赶不回陵县了。"他吩咐许辛光集合队伍，准备出发。龙书金过来和他握了握手，又拍了拍他的肩膀，只说了两个字："保重！"

　　这两个字说得有多沉重，只有他们心里清楚。

　　"司令员，你也要保重，我们很快就会再见面的。"说完，何郝炬和许辛光率领的地委武装小分队一行，消失在茫茫的夜色之中。

出了门，何郝炬便感到了空气的寒冷。他把棉大衣裹紧了一些，又放下了耳帘。这次分别，何郝炬总有一种不祥的预感，但他又说不清到底是哪里有问题。他骑在驴背上，紧眯着双眼回想着这次地委会的内容。身下的大黑驴却不知主人的心事，它对这场迟来的雪好像格外兴奋，在雪地里撒欢儿一样深一脚浅一脚的，颠得何郝炬几次差点儿掉下来。

1月初，地委在平禹军分区的驻地召开了会议。由于此时地区形势紧张，军分区主力部队已在平禹驻了十多天，加之他们得到情报，日伪军近日将对平禹北部地区进行一次大的"扫荡"，因此会议只开了一天就决定移师齐河北部再接着开，三区队留在平禹地区坚持战斗。

这次会议除了汇报上次会上提出的若干工作的进展情况，还主要讨论了当前面临的斗争形势，分析了敌情，列出了进一步贯彻北方局指示的措施。会上还提出了一个目标：一、三军分区目前的斗争局面紧张，二军分区尚有较好的活动条件，在关键时刻，要努力向外拓展，进一步扩大中心活动区的范围。二军分区目前应该是边区的一块较为隐蔽的游击根据地。也有人认为二军分区只能算是一个范围不大的游击区，但曾旭清、邹玉峰都不赞成这个说法。他们认为，二军分区已经是一个隐蔽的游击根据地，现在他们有信心、有责任巩固和扩大这块根据地，为边区斗争大局分忧。其他同志的观点和他们的也不完全一致。龙书金看着邹玉峰那张激动得涨红的脸，特意提到了陵县四区的三洄河村及魏玉坤家的大药房，说像这样的堡垒村、堡垒户要更多地发展一些。随后他的话锋一转，进一步强调了北方局、分局指示的重要性，让大家都要深刻领会，对二军分区的形势评估，要做好进一步恶化的准备。眼下敌伪的活动十分频繁、猖獗，让大家千万不可掉以轻心。对于龙书金的话，何郝炬深有同感。依陵县、德县现在的实际情况来看，敌人如果集中兵力撒下几个"口袋"，估计北部几个县就能被折腾得无暇自顾，恐怕到时二军分区的斗争形势比一、三军分区要严重得多。曾旭清、邹玉峰是在严峻的斗争中看见了胜利的曙光，而何郝炬和龙书金则是在相对乐观的形势下更多地看到了眼前形势的严峻，相互之间并没有原则上的争论。最后，曾旭清的说法隐约成为地委同志的共同认识。因为不断更换开会地点，所以每天开会的时间都不长。他们这几天已经换了三次地方，从齐河北区到临邑南部，得到的情报都是四处的敌情有变化，最终他们的会议开成了一个名副其实的"游击会议"。

他们在平原的张士府村召开县团以上干部会议，三天后转移到徒骇河南边的济阳县二太平村继续开会。途中，他们接到平禹送来的紧急情况报告：1月17日，军分区主力部队刚离开不久，敌伪就对该地区进行了大规模"拉网式的扫荡"，三区队和平、禹两县的县、区武装被一千余名日伪军"合围"，三区队队长李明生等人在战斗中牺牲。

"看来战斗的'重头戏'要转到我们头上来了。"龙书金再次预感到，敌人对二军分区的大"扫荡"以及激烈的战斗已经迫在眉睫。一军分区事件在先，二军分区能幸免吗？李明生的牺牲让大家陷入了极度悲痛和惋惜之中。这个被龙书金和同志们戏称为"小老虎"的年轻老红军战士，是十七团的三个营长中最年轻的，以遇事沉着冷静、作战勇猛著称。

邹玉峰第一个提出来不再继续参加会议，因为他要立刻赶回平禹地区。发生了那么大的事，而且情况不明，他必须回去和同志们一起坚持战斗。地委的每个同志都对自己分管的地区有很强的责任感，邹玉峰提出的要求，别的同志找不到合适的理由去阻拦。

邹玉峰走了，龙书金也认为地委会已经开了好几天了，也转移了好几处地方，不宜再继续开下去；军分区的直属队也要机动转移，以防万一。何郝炬对龙书金的想法是赞成的，他也认为应当迅速分散转移、机动作战，以保证安全。曾旭清也认为地委会的议题已经讨论完，会议可以结束了。大家仍按以往的活动方式、范围，各自分散。孙子权说专署还有一些事需要和曾旭清谈一下，希望多留一天，谈完再分散活动。龙书金说，即便有事需要多留一天，他们也得向东边挪动一下，这样比较安全。但曾旭清则认为，此地距夏口据点不远，现在掌握的情况是夏口、济阳几处均无新的敌情，再在这里待一天问题应该不大。

何郝炬觉得他没有再待下去的必要了，陵县、德县这边还有好多事等着他去处理，于是决定先走。他说："你们留吧，我今晚出发赶回陵县。"组织部部长李萍提出也要离开去济阳县大队。一看这些人都要走，龙书金立刻找来刚由基干营长转任参谋主任的李青山布置搜集齐河、济阳、夏口以及沵口几处情报的工作，让他们时刻做好战斗准备……

雪夜返陵

　　到陵县和临邑城北一带，要通过商河到临邑的公路。年初，敌军在公路两侧挖了壕沟，而且每隔五公里就修建了一处碉堡。沟虽不深，但人要翻沟上下却很困难。公路两侧有很长的一段距离是临邑县委、县武装开展活动经常出入的地方，附近有一片村庄在我们的控制之下，有的碉堡、岗楼里也有我们的人。所以，入夜以后在沟旁挖一些小缺口穿过公路，是没有什么问题的。从张王庄村出发到公路边大概有十五公里路，何郝炬他们顶风行路，速度较慢，直至午夜时分才到了公路边上。他们决定从距离临邑城较远的一处碉堡近处通过，因为那里地方偏僻，敌人防备不严。在村里民兵游击小组的引导下，他们扒开了一个缺口越过了沟。

　　午夜时分，北风更急了，呼啸的风声不但淹没了他们行动的声音，而且连一路的痕迹也刮得荡然无存。

　　过了壕沟他们又走了一大段路，直到来到了一大片漫洼地才算是到了比较安全的地方。大伙儿背靠着地边的坡埂休息了许久，被汗水浸透的衣服附在身上，又凉又硬，大家都感到有些饥渴。何郝炬叫上了许辛光、傅洁民、耿捷山和副队长老苏凑在一起合计，他觉得这漫洼地不是久留之地，可是进村需要等到天明前才行。眼下形势瞬息万变，敌情不明，半夜三更的，去早了怕出危险。经过讨论，他们决定赶到沙河沿上的张家村去，因为那里距于、信二庄没多远，又有沙河两岸的地形做掩护，哪怕是遇到危险，也能马上转移。

　　"咱们这小队伍，不管多累，现在也必须一股劲儿地往前赶路。"说完，何郝炬就带着队伍开始了跋涉。等他们快到沙河边上时，已近拂晓。

　　突然，他们隐约听见南面响起了隆隆的炮声。"看来夏口方向真的打起来了。"傅洁民第一个打破了沉默，"大哥，幸好昨晚咱们下决心走了，否则说不定还会碰上这一劫呢。"

　　"听说平禹这一仗敌人用的是'拉网战术'，要是夏口这仗也是拉网，真要网住了，就不容易钻出来了呀。"一向不多说话的耿捷山这时也插嘴说了几句。

　　何郝炬的心情马上变得沉重起来。进村住下后，一宿的赶路让他很快就闭上了眼睛，但一有动静他就会被惊醒。后来他干脆坐了起来，仔细地听着南面传来的炮声，好似每一次炮响都是敌人在轰炸他的心。

"大哥，还不吃点东西？早上你就没吃。"贾金砚进来看到桌上的干粮还原封不动地摆在那里。

"我吃不下呀，也不知道那边的情况咋样了。"说罢，何郝炬起身走到了窗前。

外面的雪早就停了。因为大风的关系，院子里很干净，雪被刮到墙根下面形成了一道道波皱。贾金砚不知该如何安慰何郝炬，他坐在那里低头不语，在心里祈祷着一分区发生的事情千万不要在二分区重演。

到了晚上，去临邑城里赶集的人回来说，城里传闻，南乡打了大仗，济南、德县、平原、齐河、禹城、惠民几处的日伪军全部出动，铺天盖地似的围住了王家楼子那一块，打了大半天，死了好些人。

王家楼子就在张王庄村的西边，这可真是晴天霹雳！同志相别一夜竟天人永隔，何郝炬无法相信这是真的。一分区的惨痛事件，难道真的又在二分区重演了吗？

王景芳、曹明惠、许国珍、王战亭，还有离得比较远的刘润生，纷纷来此打听消息。大家的心里都很难过，肯定是出事了，只盼着损失能够小一些。

几天后，消息传来了。秘密交通员将突围同志带出来的信息星夜送来，随后只身突围的分区组织股长也连夜赶到陵县向何郝炬他们详细汇报了当天发生的事情。

何郝炬离开司令部后，龙司令员总感觉心里很不踏实。他命令一区队的赖金池队长率领部队到夏口以东我方活动中心的地区边缘监视夏口方向的情况，一旦发现敌情，立即掩护司令部转移。这次"扫荡"，敌伪出动得很早。天明以前，敌伪的大队人马就从沲口、济阳两个方向同时向夏口挺进。这时，驻在二太平村的专署机关及警卫部队已集合待发，孙子权只身赶来司令部等候一起行动。这时，他们发现商河、临邑之敌亦有向夏口一带出动的征兆。龙书金认为形势突变，敌伪兵分几路向我方"合围"之势已不可避免，战斗随时都有可能发生。他力主司令部立刻向夏口方向逼近，用机关枪封锁夏口据点，利用道沟迅速通过夏口据点，再从夏口与济阳来敌之间的侧沟中冲出去，与在外围的赖金池会合，然后转移到比较安全的地带。但曾旭清则认为，过了夏口就是我方的游击地区，没有可靠的依托，把司令部置于夏口据点的火力之下，风险太大，一旦出事，付出的代价太大了。眼下西边尚未发现大的敌情，我方在东西四五十里、南北三十里的范围内还有一定的活动空间，可以先向西转移，确定了敌人的动向后再决定去向。孙子权也赞同曾旭清的意见，力主向西转移。他补充说，西边现在并无敌情，司令部不宜铤而走险。凭着以往的斗争经验，尚未发现该地区几个县的敌军同时出动进行"合围"的先例，敌人的目标显然是放在了东边一带，往西转移应该是安全之策。一番分析后，徐尚武也赞同曾旭清的意见。龙书金见状就没再坚持自己的意见。于是，司令部连同专署机关、部队立即出发，向西转移。此时天已大明，刚走不远就发现了从西边转移过来的区武装和工作人员，他们这才得知西北方向也有大批敌伪正向东来。原来我方只注意监视了禹城、齐河的敌人的动向，未料到德县、平原方向的敌人也会加入此次"扫荡"行动之中。

　　四面"合围"的形势已经形成，龙书金原本命令赖金池带人掩护司令部西移，因为齐河等地的日伪军已从南边逼近，命令已无法传递。赖金池他们被挤在敌人合围线的外围，在敌众我寡的情况下，已不能强行向司令部靠拢，只能自行向东北方向行动，以求避开敌人的"合围"，所幸最终没有遭受损失。随司令部、专署机关行动的部队加在一起也不过一个营的兵力，他们被挤在徒骇河北岸王家楼子附近的一个不大的村庄里。专署及警卫队因为未赶上司令部的行动，被挤在徒骇河边上，遭到了埋伏在河堤上的日伪军的迎头射击，队伍顿时大乱，与司令部失去了联系。此时王家楼子的东南西三面均已被敌人包围，部队绕到了王家楼子的北面，想从漫洼地里突围出去。那儿是一片低洼的开阔地，到处可见夏天洪涝积水形成的一块一块的洼地。但是临邑、商河方向之敌正向王家楼子的北面涌来。直属一连被敌人包围，两面作战；二连掩护机关干部向外冲时被敌人打散，只能各自向外突围。

　　徐尚武换上便装藏在了一户农家的菜窖里，被敌人发现后遭枪击身亡。曾旭清原也准备先藏匿，待躲过敌人的搜捕后伺机突围。政治部特派员高子贵对他大声喊："你是政委，不能插枪藏匿！我在前边掩护，你往外冲。"高子贵、曾旭清和一名警卫员在道沟里左冲右撞，在两条道沟的交叉点碰上了敌人的散兵。他们利用交叉点上的大土堆和敌人周旋，在打死一名日本兵后，冲到了另一条道沟里得以成功脱身。

　　龙书金带着参谋和警卫排的战士，冒着敌人的枪击翻过了道沟，冲向了北边的漫洼地里。

　　战斗一直打到了晚上，此时天色已黑，漫洼地里到处是人，多数是老百姓，突围出来的专署干部、战士伤员在漫洼地里和老百姓混在一起。敌军只是往王家楼子一带集中，并不过问漫洼地里的都是些什么人，所以很多人得以成功突围。突围出来的人大都跑到了齐河一带，在找到李聚五的县大队后，逐渐集合起来。龙书金最担心的收发报机和密电码总算没丢，电台由队长和译电员轮流掖在身上，他们连滚带爬地拼命突围，最后找到了李恒泉主任，成功地回到了大伙身边。

损失最惨重的是直属一连，他们在敌人的四面围攻下展开血战，一排排战士倒在了王家楼子的土围子下，只成功冲出去了十几个人。二连在掩护突围时也伤亡过半。

敌军这次也是使用的拉网战术。在纵横几十里的范围内，许多地方几乎是手牵手往中间围拢，挤到最后想要突围出来十分不易。但网拉得越宽，外面也就越稀疏，迎头碰见了我方的小部队，只要不是面对面地交火，他们一般都不过问。孙子权带领的专署机关和司令部隔断联系后，被迫往西南边上突围，尽管他们也碰到了一部分日伪军，但很快就冲了出去。敌军忙于向中心合围，没有和他们过多纠缠，所以他们的损失不大，之后平安地转移到了齐河地区。

敌人的行动持续了一天一夜。待各路敌军都撤回各自的据点后，临邑、济阳的县区武装连夜赶回清理战场，掩埋牺牲同志的遗体，联络收容被冲散的干部、战士。

一段时间后，司令部又收容了六七十名战士和干部，除机关干部外仍然保持着两个连的原建制，再加上一个警通排。部队被分编为两个分队，龙书金和李恒泉、曾旭清和李青山各率领一个小分队分别在平禹、齐济两处活动。

失利之后的日子

军分区部队战斗失利的消息，给分区各地的斗争蒙上了一层阴影。平禹、齐济、临邑南部等主力部队过去经常活动的区域，形势陡然恶化，当地的伪军、伪组织趁机向我方控制地区疯狂侵扰。相比之下，形势一向严峻的陵县、德县地区，现在反倒成了安全地带。

"当下，军心稳定至关重要，大家一定要统一好思想。"何郝炬对刘润生几人说，"就拿陵县来说，前年大'扫荡'时，主力部队被迫转移，敌伪势力一时甚嚣尘上，现在还不是挺过去了。我军虽然在临邑南部的这场战斗中遭受了严重挫折，但比起一军分区，我们算是幸运的。"

王景芳说："我们不会被眼前恶劣的斗争环境吓倒，会安心工作的。"刘润生也说："陵县人民早就习惯了这种'锻炼'和'考验'，我们有信心。这一点请领导放心。"

在德县，何郝炬见到了工委书记丁学风。丁学风和武连鹏此时正随张龙他们在七区活动。看到何郝炬，两人像是吃了定心丸。丁学风说："听到分区部队遇到严重挫折，敌伪及一些反动势力叫嚣得更加厉害了，他们时常拿这事儿吓唬老百姓。咱们的部分干部也出现了畏难情绪，有的干部开始怀疑'两年打败日寇'能不能实现，口号提出来一年多了，日寇不仅没有被打败的迹象，相比以前现在还更加猖獗了。"

何郝炬说："不能死掰手指头数天数，时间不可能一点不差，但敌寇必败、抗战必胜，是不容置疑的。就拿德县来说，德县现在的形式和一年前就不一样了吧，过去这块地方被敌人把持着，针插不进，水泼不进，现在不是变化很大吗。看问题要全面，要坚定打持久战、游击战的信念。"看到张龙，他想到了年前开辟二区受挫的事，说："七区的斗争环境本来就恶劣，一来就想要成果哪那么容易。心存侥幸很容易出事，人的精力是有限的，依我看还是选派一名区长过来开辟二区，不能干这捎带脚的事。只要我们计划好了，遇事想周全，就能避免一些不必要的牺牲。"他看丁学风像是在想着什么，便问道，"考虑人选的事了吧？"丁学风笑了，说："领导就是厉害！"

何郝炬最后说："你们掂量一下，找一个敢打硬仗、有开拓能力的人来开辟二区，担任二区区长。开辟二区，必须要一炮打响，只有这样才能打消大家心中的疑虑，重新树立起抗战信心。这么多年了，地方干部紧缺的问题一直得不到有效解决，我想这个问题只能靠我们自己解决了，往后我们要自己培养干部。"

半个多月的时间里，何郝炬马不停蹄地在陵县、德县、德平三县来回奔走，召集干部群众打气鼓劲。

从德县回陵县的途中，他发现敌人正在对四区、五区进行"合围扫荡"。跟前几天相比，形势又严峻了许多。

"看来敌人是在搜查从南面进入德、陵一带的区队主力。"何郝炬心想。幸好赵淳率领的二区队接受了平禹和王楼战斗的教训，及时走出了包围圈。二区队现在正回过头来打敌人的尾巴，前几天还在德县边上取得了一场胜利，打破了敌人的如意算盘，也极大地振奋了军民的信心。

不久，王战亭派人给何郝炬送来消息：王楼战斗后，附近罗院、凤凰店、盘河等据点的增兵均未撤走，五区近来较难活动。何郝炬收到消息决定绕过林子据点，向宿安方向转移，然后视情况绕回滋镇以北活动。

一天三更时分，何郝炬他们沿着沙河来到了天齐庙村跟前。这里离林子街很近，已无道沟可以隐蔽，紧靠沙河的地方有一条绕过林子街的便道，他们决定走便道转移。这时，意想不到的事情发生了。

在靠近天齐庙村边时，一排子弹突然袭来，队伍立刻停止行进，紧急卧倒。只听见枪声密集响起，子弹贴着头皮"嗖嗖"飞过。一颗流弹从何郝炬的背上擦过，将棉袄划开了一条长沟。警卫员贾金砚、队长傅洁民掩护队伍沿着沙河滩迅速撤退，边退边向敌人还击。此时天色灰暗，双方相隔较远，实际上都是在进行无目标的对射，敌人也未敢追击。

"敌人的数量应该不多，从枪声密集程度上看，应该全是伪军，稀稀拉拉的，日本人一般打得密。"贾金砚说。照傅洁民的估计，应该是杜子玉之流的汉奸队伍，他们最近正在村里四处骚扰。然而，无论是哪一伙敌人，在这紧张的形势下，这突然的枪声都着实让何郝炬他们紧张了一阵。

何郝炬他们这次正好闯入了敌人在四、五区布下的包围圈，天齐庙村附近是这个包围圈的网边。由于敌人在此处的兵力薄弱，因此他们能够迅速冲出，并按原计划迂回转移到宿安附近。因为二区队在敌人的包围圈外的回击取得了胜利，所以敌伪的行动开始有所收敛。何郝炬他们也因此能够回到四、五区，并以此为中心联系附近各点开展工作。

龙书金和李青山率领一大队和警通排先到平禹和三区队汇合，稍事休整后又来到了陵县。何郝炬和龙书金再次在朱二歪村见面时，两人的手紧紧地握在了一起。

"我们又见面了。"说完，何郝炬的眼眶红了。龙书金很乐观，他说："咱们的命都硬。"

龙书金给何郝炬他们讲了王楼战斗的经过，讲完他摇了摇头说："王楼战斗的责任主要在我，我是司令员，在当时的情况下就应当机立断向东转移，那样损失不就可以完全避免了吗，我怎么能以尊重政委意见作为理由，轻易放弃自己的主张呢。我应该向边区党委、军区报告，请求给我处分。但现在还不是时候，当务之急是要集合收容现有的队伍，要恢复部队的战斗力，要把二军分区的斗争坚持下去。"

何郝炬说："事情已经过去了，司令部虽然遭受了重大损失，但从全分区的角度来看，损失是局部的，因为你的正确决策，一区队完好无损；二区队下到北部几个县，未遭受损失，还打了几次胜仗；三区队的损失也不大。我估计用不了多长时间，就能恢复到过去的局面。"他见龙书金没有接话，似乎还沉浸在那场战斗中，接着说，"我个人认为，二军分区这次的损失比一军分区要小，一军分区在那样严峻的形势下都能坚持斗争，我相信二军分区也绝不会落后于他们。只要我们并肩战斗，就一定能取得斗争的最后胜利，对此我十分有信心！"

何郝炬的一席话让龙书金打起了精神，他疲倦憔悴的脸上多了几分兴奋，比起平时他的话也多了一些。他们都对徐尚武的牺牲感到十分惋惜，"如果他没有躲藏，而是勇敢地冲出去，也许结果不会是这样。他的牺牲，对临邑老百姓来说是非常大的伤痛。相比吴匡五在陵县、王忠民在禹城，徐尚武在临邑的影响要大得多。"龙书金满是惋惜地说道。

何郝炬挂念着专署孙子权的情况，龙书金说："专署很幸运，他们向西南方向突击，人员虽然冲散了一些，但很快就集合得差不多了。现在他们随着齐河、临邑县大队活动。"介绍完专署的情况，龙书金说起了曾旭清，"政委和我分开行动，他和李青山带领的二大队损失要小一点，更何况他还把路有水的三大队也带上了。你也知道，路有水对临邑一带很熟，那天徐副司令让他去临邑城附近监视敌人，所以他侥幸被隔在了网外。三大队打个麻雀战、摸个据点、抓个汉奸什么的，还是挺有办法的。他们只有三十几人，队伍小，到处都能钻，有了三大队这支队伍，政委那边大可以放心。"

"郝炬同志，这次要交给你们一个重要任务。"介绍完政委的情况后，龙书金严肃地对何郝炬说。

"我们的电台目前已无法正常工作，所以无法和军区取得联系，只能自己领着干。因为我们的队伍小，无法保障电台收发报的安全，所以这一二十天里一直没敢使用电台。现在我将电台交给你，你们这边的群众基础好，能够保障电台收发报的安全，译电员小刘以后就跟着你行动。你们每隔两三天开启一次电台，发出呼叫信号，争取和军区电台取得联系，现在只能以这种方式与上级进行联络了。"

在之后的一段日子里，守护好电台和保护好译电员成了何郝炬的工作重心。

电台开启后，何郝炬连续接到多封军区询问分区近来情况的电报。二军分区已经很长时间没有和军区联系了。王楼战斗后，因情况紧急，龙书金只来得及向军区发送一封简短的电报。电台被送到陵县后，也只发过一封简短的电报给军区。整个二军分区，无论是部队领导还是地方领导，都分散在下面，很难及时复电报告，只能通过呼叫联络让军区知道二军分区仍在安全活动。从军区连发电报询问详细情况来看，边区党委、军区对先前的汇报并不满意。

不久之后，军分区部队和专署被冲散的干部、战士，都陆续回到了原来的岗位继续战斗。

即将远行

2月末的一天下午，龙书金又一次来到了何郝炬的住处——陵县五区三官道村碰头，跟他一起来的还有曾旭清。

边区党委、军区发来电报，要详细了解日军第六次"治安强化运动"以来，特别是王楼战斗以后，二军分区斗争的情况，要求派人去当面汇报。二军分区一、二大队除了收容集合了被冲散的人员外，又从齐河县大队抽调了一个排充实到一大队，这使司令部仍然保持着精干的两个连的编制，小刘和电台也能够跟随司令部一起行动了，何郝炬他们卸下了保护电台这一千斤重担，分区和军区的联络也恢复到了常态。

"我和政委商量了一下，由你去边区党委、军区汇报比较合适。目前战斗频繁，我不能脱身，况且地方上的事你比我和政委了解。不过这次的行程有较大的风险，你要一路保重。"龙书金对何郝炬说。

何郝炬知道，边区党委、军区地处津南、海滨、新海、盐山一带，距离陵县数百里。这会是一次非常艰难的行程。地委武装小分队的小伙子们听说有新任务，而且还是个出远门的任务，个个都兴奋得摩拳擦掌。他们那种喜欢刺激与挑战的劲头，那种乐观的态度都深深地感染着何郝炬。在以往危险艰难的日子里，他们一起经历了一次又一次的严峻考验。何郝炬心里清楚，这次的任务比以往任何一次都更艰险、更困难。地委武装小分队的队长傅洁民前不久跌伤了腿，已离队休养，队里还有几个伤病员，所以眼下队伍已不大整齐。出发前，何郝炬不得不把人员做了调整，让队伍更紧凑、精悍一些。耿捷山现在实际上已成为全队的主管，副队长老苏协助他的工作。

地委武装小分队没出过二军分区，对北行的路也不熟，所以李玉池从回民大队调来了李金德。李金德曾在回民大队当过班长，经常到津南地区做侦察工作，是个机智、勇敢的战士。李金德的到来让大家对顺利北行的信心大增。

离开边区党委已有一年，人和事都发生了许多变化，一想到现在能有这样一个当面向领导汇报工作和思想的机会，能接受边区党委的指导，何郝炬就激动不已。出发前，何郝炬接到德平县工委书记李仁传来的消息：2月5日曹五旅四团头子张绍臣率一众匪徒闯进了黄集小王家，杀害了两名无辜群众，抢走衣物三十余车。这让何郝炬的心情瞬间低落，也让他想起了龙书金在军分区会议上讲的和曹五旅的一场战斗。

曹五旅第五团由王书堂、李洪祖、程宝树等土匪组建而成，原属"于志良"部，后投靠曹五旅，被混编为第五团。他们打着抗日的旗号到处敲诈勒索，杀害抗日军民。元旦刚过，二军分区的两名侦察员执行任务途经凤凰店南五公里处的张机村时被五团扣留，一人被杀害，另一人在房东的帮助下成功脱险归队。龙书金听说了这件事，决定消灭这股顽匪。腊月初三下午一时许，八路军包围了五团驻地张机村。经过一个多小时的战斗，八路军击毙匪首李洪祖、程宝树，打死打伤敌人数十名，活捉敌人两百余名，缴获机枪一挺、掷弹筒两个、步枪两百余支，子弹和其他战利品大宗，唯有王书堂逃脱。何郝炬记得，龙书金最后还用了一个非常形象的比喻，他说曹五旅就像是长在二军分区的一个脓包，等他熟透了，也就彻底烂掉了。

怀着紧张、激动、兴奋、盼望的心情，带着对陵县、德县、德平的牵挂，何郝炬他们踏上了北行的路。

史存善服软

何郝炬离开德县后，丁学风就着手开始二区的人员调配工作。因刘之光在七区联庄会取得了骄人战绩，所以丁学风安排刘之光回到五区老家一带以联庄会为依托建立区政权和区武装。刘之光的工作开展得很顺利，区武装和区政权不久之后就相继建立起来了。

丁学风和武连鹏商定，调八区区长张搏任二区区长，化名于继先，和原区队副队长潘志新一起接管二区所属驻地，组成新的区队。"如果二区开辟出来了，就能和七区、五区连成一片。就像陵县的三区、四区、五区那样。这样德县的'星星之火'，就可以燎原了。"丁学风对未来充满了希望。

二区以减河为界，减河以东的尹庄一带是根据地的中心，减河以西是敌占区。因此，二区队白天在河东活动，晚上就在河西敌占区活动。张搏率区队进入二区，还没站稳脚，就遭到了曹家庵据点的攻击。为保存实力，张搏他们没有和敌人正面接火，而是沿李树槐村西北方向撤退至齐桥附近。

"我方主力部队距离这里较远，很难施以援手，所以能打就打，不能打就退，不能硬啃。只要你们能在二区生存满半年，就算是成功了。"张搏进入二区前，丁学风一再这样叮嘱他。

几天之后，黄河涯焦庄据点的中队长史存善带领一队伪军从西屯向我方驻地宋堂村方向出击的消息传到了二区队，副队长潘志新率人在西南一里多的地方设好埋伏。前段时间张龙被土匪偷袭的事让潘志新窝了一肚子火，现在终于有了发泄的地方，这次，他要打个痛快。敌人越来越近了，50米，40米，30米，当和敌人的距离只有不到20米时，潘志新手里的枪响了。面对突然出现的袭击，敌人没有一点思想准备，顿时乱了营。一阵密集的枪声过后，队员们大喊："缴枪不杀，抓活的，冲啊！"敌人抱头向焦庄方向逃窜。潘志新带着队员们在后面紧追不舍，直到焦庄才停下。

这次战斗击毙敌人两人、打伤敌人七人，缴获了步枪九支。这是张搏他们进入二区后打的第一场解气的仗，二区队也因此一战成名。因为张搏带领的二区队的存在，汉奸伪军此后处处小心，不敢轻举妄动。二区内的那些地方民团对张搏他们更是惧怕不已。

"一定要稳扎稳打，步步为营。你们要好好总结近来的战斗经验，争取再接再厉，再得胜利。眼下大敌当前，我们一定要在冀鲁边区树立一面旗帜。"县工委会上丁学风叮嘱张搏道。武连鹏说："咱们在德县创建八区、九区，就属你和张龙付出的心血最多。在德县，大家一提'二张'都会竖大拇指，所以你们一定要保护好自己，千万不能有任何闪失。"武连鹏听说一分区牺牲了好多干部，所以心里有所顾虑。会上他们分析了二区队打胜仗的原因，他们认为，除指挥有方外，敌人没把我区武装当作一回事也是取胜的一个关键因素。先前，斗争多发生在德县东北部各区，而此次战斗发生在德县的西南地区，这一带靠近津浦铁路，发展空间小，因此很少发生战斗。

何郝炬也有着相同的看法，他对丁学风的要求也是在开辟新区的同时保存好实力，切勿急功近利。会后，还在黄沙会任职的刘之光提醒张搏，史存善不会善罢甘休，敌工部已在黄河涯一带做了一些工作，嘱咐他们保持联系。

史存善在黄河涯一带骄横跋扈惯了，被张搏、潘志新他们击溃后总想伺机报复。不久，张搏就从敌工部获得消息，说史存善计划在第二天对我二区进行"扫荡"。张搏同潘志新商量，与其坐等不如主动出击。叶家园村位于焦庄村东南两公里处，是史存善进入二区的必经之路。他们决定在叶家园土围子墙设下埋伏，挫一挫敌人的嚣张气焰。倘敌强我弱，我方实力不支，也可率队顺马颊河东下。

第二天，史存善带着五十多名伪军浩浩荡荡地向二区扑来，途径大史庄时，憋了一肚子火的史存善在村子里闹了个鸡犬不宁。靠近了打是潘志新的击敌法宝。100米、80米、60米……潘志新打响了第一枪，队员们齐声高喊："捉活的，缴枪不杀！"敌人怎么也不会想到会半路遇到伏兵，被吓得抱头乱窜，拼命向史庄跑去，鞋子、帽子、枪等丢了一路。区队队员们越过史庄又往西追了一里多地后，张搏命令大家停了下来。

经过两次交手，史存善这个飞扬跋扈惯了的汉奸伪军队长彻底服了软。他称二区队是神八路，碰上了就要吃大亏。此后，一听到二区队，史存善就会浑身发抖。

王兆曾就义

王楼战斗后，日伪军发现他们费尽心机开展的"拉网行动"并没有让八路军的主力损失多少，且都没了踪影，于是把目光转向了北部的几个县。日军对我冀鲁边区进行大规模"扫荡"后，妄想再给我边区抗日部队造成一次重创。日伪军虽对二分区进行频繁"扫荡"，但我根据地军民并没有陷入恐慌。各级组织按照上级指示，采取小、快、灵的战术应对，不但让敌人的"扫荡"四处扑空，还在德县与德平的交界处吃了败仗。

一天晚上，王兆曾带领锄奸队共计十三人进驻五区霍家村。正在附近活动的匪团头子支开更得到消息后，乐得直跳脚，他立马派人把消息送给了他在林子据点里当伪军副队长的"磕头兄弟"刘信清。先前，刘信清跟他说过，如果他能提供八路军的消息，那他就可以按消息级别得到奖赏；如果他能亲手抓住，奖赏还会翻番。

不久，林子据点里的五十余名日伪军偷袭霍家村，正在附近"扫荡"的一百多名日伪军也紧接着赶了过来。很快，霍家村就被包围了。王兆曾立马组织大家突围，刚冲出胡同，通信员小王就被一颗子弹击中了腿。王兆曾二话不说背起小王就往外冲。出了村他发现队伍已经被打散了，只有他和小王两人在一起。就在这时，一颗子弹击中了他的脚踝，他一下子栽倒在地上。小王从他背上摔了下来，趴在地上一动不动。王兆曾用手指在小王的鼻孔处探了探——小王没了呼吸。王兆曾拖着受伤的腿，朝围上来的敌人射击。王兆曾明白，这一次自己很难成功突围了。在打光最后一颗子弹后，他把匣枪拆散了扔到了庄稼地里，并将随身携带的文件、现金全部毁掉。敌人扑上来抓他时，他伸手抓住一个日本兵，并咬住那人的耳朵不放。一番挣扎后，由于寡不敌众，王兆曾被捕。天快亮时，王兆曾被押送到了陵县县城，关进了位于东街的宪兵队。得到消息的日本特务长本间诚于当天从德县县城赶到了宪兵队。

第二天，敌人把王兆曾的父亲抓了来。面对突然出现的父亲，王兆曾明白了是怎么回事。他扑通一下跪在地上，不等父亲开口，就连磕了三个响头。待抬起头时，已是泪流满面，他对同样泪流满面的父亲说："爹，你不要难过，只要能把小日本赶走，我就是死也值得。"

望着满身伤痕的儿子，王兆曾的父亲难过得说不出话来。王兆曾深吸一口气接着说："爹，我不在了，两个哥哥会照顾好你们的。我媳妇儿是走是留都随她，你们不要干涉她。"见王兆曾如此坚决，父亲只能含泪连连点头。

日本特务长找来伪县长冯玉林出面劝降，王兆曾一见到冯玉林就破口大骂："你这软骨头还想来劝降，你早晚会受到人民的惩罚！"冯玉林挨了呛，话都没说就红着脸灰溜溜地走了。后来，刘信清想通过冯玉林找日本人领赏，非但一分赏钱没领到，还挨了一顿臭骂。

敌人不死心，他们想从王兆曾的嘴里"撬"出些东西来，便安排医生为其治疗，还改善了伙食。王兆曾看穿了敌人的鬼把戏，心如磐石，横眉以对。已无计可施的敌人最终露出了他们狰狞的面孔，他们强迫王兆曾走烧红的铁板、坐老虎凳，还往王兆曾嘴里灌辣椒水。走完了一趟烧红的铁板，王兆曾对敌人说："可否再来一趟？"监刑的敌人顿时吓得目瞪口呆，一个日本兵半天说出了一句话："中国人大大的！"

王兆曾咬紧牙关挺过了所有酷刑，敌人仍是一无所获，便决定杀掉王兆曾。因王兆曾被折磨得两条腿已不能行走，敌人只好找来一只竹筐将他抬往刑场。王兆曾牺牲时，年仅二十五岁。

王兆曾牺牲一个多月后，日本特务机关见"扫荡"的队伍一无所获，且频遭袭扰，便下令撤走部队，各据点增加的日伪军也被陆续撤走了。

向海上进发

王兆曾牺牲的时候，何郝炬他们正在去往军区驻地的路上。

队伍是从李金德所在的回民大队的驻地出发的，在李金德的带领下，大家走得很快。午夜时分，他们赶到了阳信一个叫王家的村子里。何郝炬在一分区工作时曾来过这一带几次，所以对这里也算是熟悉。他们叫开了村里一户地处偏僻位置的老乡的院门，何郝炬见过老乡，老乡也记得他这个外乡来的"同志"。乍见何郝炬，老乡露出了吃惊的表情——这么长时间不见踪影的人，怎会半夜突然出现？直到确定眼前是自己的部队时，他才舒了一口气，露出了笑容，说："这一年，咱这地方难熬得很。从年初到现在，鬼子、伪军每十天半个月就要来一趟，还接二连三地打了几回大仗。咱县里、区里的同志夜里经常歇在漫洼地里，直到天亮后发现没有敌情了才敢进村。有时候甚至一天要挪好几个窝。你们这次过来，可得当心点儿，别让鬼子、伪军堵在屋里，走不掉，耽误大事。"

何郝炬记得这位老乡是村里党支部的成员，是实实在在为党做秘密工作的同志。在老乡的协助下，何郝炬将大家安顿在了相邻的几户人家里，并为大家找了些吃的。安排妥当后何郝炬立即向村里的负责人做了汇报，安排专人在村外放哨，之后又找到区长和区队接头了解情况。

区长告诉何郝炬："这一年多来，斗争极为残酷，县区武装都受到了不同程度的损失，两任县委书记被敌人逮捕，至今生死不明。地委专署过去常驻扎在阳信和商河北部一带，现在被迫在几个县里打游击。已经有好些日子没上这儿来了。"

何郝炬认真听着，没有说话，区长继续说："阳信最近可谓是连遭不幸。先前的县委书记身体不好，不能坚持工作，所以地委又派了一个新的县委书记来。这名新书记来了没多久，就在一次'扫荡'中被敌伪围住了。幸好他和百姓一起，没暴露身份。地委想了很多办法才把人救出来……"

听了区长的话，何郝炬看了一眼耿捷山，提醒他时刻准备转移，不能在一个村里久留。

天黑以后，他们重新出发。马不停蹄地赶了十几里路后，他们来到了马颊河南沿的一个小村庄。路经庆云城南时，当地的区长说："你们的运气不错，昨天附近几个据点的敌人在我活动区内实施重点'围剿'时，和县大队接上了火。要是你们碰上了，准会耽误行程。据可靠消息，敌人要过几天才会再来，现在正好是个'空档'，你们可以好好休息一天。明晚我们派人带你们去盐山，那里是大洼地，离敌人的据点远，行动比我们这里要方便得多。"

进入盐山后，即使是在昏暗的夜空下，何郝炬他们也能感觉到四周空旷。向导指着远处地面上覆盖着的一片片黄色植被说："这里的洼地里都长着那样一丛丛低矮的黄荆稞，一钻进黄荆稞中，就只能看见脑袋和双肩了，稍远一点整个身子都能遮住。此地村庄少，且村与村之间相距又远，所以敌伪的据点也少而且相隔较远。三分区的队伍经常在这一带活动，有时也去更远的北边一带。这一带也是军区主力部队机动回旋的地方，只是今年这一带时常闹敌情。"

耿捷山说："咱们真要在这里和鬼子打起来，那这环境还得好好适应呢。比起咱们那边，这里说能藏人也行，说不能藏人也可。"

贾金砚说："这漫洼地里，要趴在里面，敌人想找到确实不容易，但一直起身子，老远就能被发现。"

向导笑了笑，说："你们这个时候到这里来，人生地不熟的，联系不上主力部队，要半路上碰上了'合围'之敌，可就危险了！"

向导为他们选择了一个安全的宿营点，在何郝炬他们与盐山的同志取得联络后就离开了。盐山的同志说，最近这一片比较安静，没有什么重大事情发生。大家都觉得这是出发以来最为宁静的一个晚上。屈指算来，已行走五日，走了三分之二的路程，过不了多久就能到达边区党委、军区指定的地方了。此时，大家较前几日都略有放松，但耿捷山仍像往常一样安排布哨、带岗，时刻留意着周围的动静。驻下来后，耿捷山给大家做了一下动员，要大家在没有到达目的地前时刻保持警惕，一刻也不能放松战备。

第六天清晨他们进入了新海。这是一个从盐山分离出来的地方。阵阵海风从远处吹来，带着一股浓浓的咸腥味。队伍里除了李金德，都没见过海，大家的心里都涌起了一股欢喜，但很快这种欢喜就被恐慌代替了。因天色灰沉，阴云四合，大家分不清东南西北，周围的田野村庄恍惚中好像都是一样的。

"分不清东西南北没关系，只要知道海风吹来的方向就行。"一位带路的民兵告诉大家。听了他的话，大家的心沉静了下来。

临近晌午，带路的两位民兵与何郝炬他们告别，虽然距离目的地还有一段路程，但此地路况明晰，已经不用他们带路了。何郝炬吩咐大家稍作休整，然后向村里人详细打听了他们要去的地方。当地人把他们要去的那一带称作"大小山"。村民们见到他们很热情，并告诉他们，这里离大小山不远，一顿饭的工夫就到了。离开时村民们提醒何郝炬他们要走得紧一点，要尽快找到大部队。原来大小山最近风声紧，新海、盐山的日伪军来过几次，还和咱的队伍接上了火，万一队伍转移了，他们就前不着村、后不着店了。

何郝炬招呼着战士们打起精神，三步并作两步地向大小山奔去。

在大小山何郝炬他们遇到了军区的一支小分队，小分队负责人略带责备地说："你们的行动太慢了，再晚我们就走了。刚得到消息，附近几处的日伪军今明两天要来这一带突击'扫荡'，我们现在要立刻转移。我安排两个侦察员带你们去海边，你们开条船，赶快到望子去。"

"望子在哪里？我们要去司令部。"何郝炬略带疑惑地问了一句。

"快走吧，到了就知道了，别再说什么了，现在形势危急得很！"听负责人这样说，何郝炬只好领着大家跟随两个侦察员一溜小跑着奔向海边。他们只听见涛声阵阵，根本无暇去看大海是什么样子。一条木船此时正停在海滩边上，侦察员招呼他们赶快上船，并嘱咐船老大人齐了就赶快离开，说罢匆匆离去。

"这船是去望子吗，这条道对不对？"李金德和船老大打了个招呼。听李金德这么一问，大伙的目光一齐转向了船老大。船老大只顾划船，看都没看李金德一眼，过了差不多半袋烟的工夫，他才慢腾腾地回答道："不上望子上哪儿。"

船开得不快，但在海浪的作用下晃来晃去，船上的人只感觉头晕。

"看样子，鬼子要到大山那边了！"船老大望着远处对船尾的伙计说。伙计听了船老大的话也望了过去，就好像那里正在发生着什么。何郝炬他们也不约而同地看了过去，只见远处有几棵枝条稀疏的白杨树在风中摇晃，因海雾弥漫，更远一点的地方就什么都看不见了。过了好大一会儿，大家透过海雾看见前方有一个黑黄色的小点，随着向前航行，小点越来越大。何郝炬感觉那个小点应该是一座大礁石，且礁石顶上是光秃秃的。

"这就是望子？"何郝炬看向了船老大，急切地想从船老大的口中得到答复。船老大照旧不言语，径直将船划向了那个何郝炬以为是礁石的地方。等船靠了岸，何郝炬才看清原来这是一个小岛，停泊着大大小小的船只十多艘。

船老大后来告诉何郝炬，民国时期的望子是海匪的盘踞地，一年前，海匪被改编为冀鲁边军区海上独立团，原海匪头目陈二虎（陈子芳）任独立团团长。形势严峻时，望子岛是冀鲁边区的海上堡垒和后方生产基地。

何郝炬他们下了船就向岛上走去，慢慢地他们看见了十几处窝铺。窝铺是用秫秸捆成的矮小的三脚架，星星点点地散布在岩缝旁边，只能稍微挡点风，人进去得弯下身子才行。何郝炬突然明白过来，边区党委和军区就在这里。

何郝炬一行还没落座，就有人进来通知："有敌情，我们得做好准备，一会儿可能要转移地方。"

原来，何郝炬他们前脚刚上了船，敌人"扫荡"队伍的前哨马队就冲进了他们刚刚路过的山村，并且一路追击划船出海的百姓。侦察员报告说，敌人大队人马进村后未见开展下一步行动。这一带百姓对于敌人的"扫荡"早有准备，一发现敌情就立即将大小渔船开出，在海上游弋。敌人没有船，只能朝海里胡乱开枪。南望子离村子很近，军区首长提醒大家，需提防敌人集中未出海的民船越海强攻，要随时做好战斗准备。

何郝炬他们转到岛上后，管理科给分了一片岩坝，叫他们自己去平整场地、铺干草、搭三脚架。但接着他们又被告知立马回到船上待命。他们不敢停了搭窝铺的活，得做两手准备。天黑时，又来了一条船，老苏带着一半人上了那条船，何郝炬和耿捷山待在原来的船上。两条船上都配备了几天的干粮。望着岛上刚刚搭好的窝铺，大家心里都在想着不知还有没有机会住进去。

何郝炬一行人大部分自小在陵县长大，不谙水性。头一次坐船本就难受，又遇上了战事危机，气氛略显得紧张。此刻的他们反倒觉得六天的陆地行军比现在要好得多。

船老大和伙计都是海防大队的游击队员，经过一天的接触，大家都熟悉了，能在一起有说有笑了。船老大给何郝炬他们讲了一些在船上生活的常识，伙计也插空进行补充。一阵北风吹过，船老大听见远处传来了枪炮声，他提醒大家道："战斗发生在大山西北不远处，准是咱的同志和敌人干上了。"

军区一个干事在深夜来到船上，他说在黄昏前接到侦察船报告，外海有敌方的轮船来回游弋。因为望子附近是一片浅滩，轮船不能驶近，所以可能与岸上"扫荡"之敌配合形成对我方的围堵之势。司令部决定让大家立刻出发，转移到另外的海域去。何郝炬带过来的武装小分队被分配到司令部船队前方右侧翼的警戒船上。

凛冽的寒风呼啸而过，一艘艘小船在茫茫大海上航行。大家的心情都很紧张，谁都不说话，只沉静地注视着前方和两侧。海浪拍打着舷板，在这茫茫大海和阴沉的黑夜里，让人听了觉得恐怖。

耿捷山将船上的战士分为两个班，一班伏在船舱两边，密切注视周围的动静，以防遭遇敌人；另一班在船舱里休息，到点轮换。这一夜，大家心里都七上八下的，没有人入睡。

拂晓前，船停了下来，何郝炬不清楚船是靠岸了还是来到了什么岛上。船老大说，他们离南望子不近了，昨天晚上的风帮了大忙，船行速度不算慢。船现在停泊的位置离岸边不算近，附近也没什么岛礁，所以比在望子要安全得多。

"这是到海丰的埕子口附近了吗？海丰是国民党顽固派张子良的老窝，离他们这么近能行吗？"何郝炬问船老大。"离埕子口还远着呢，我们还在新海，张子良的队伍平素不敢往这里跑，倒是咱们的海防大队常来。这里是咱们的地盘。"

晨曦初露，云层依旧低沉，眼下只有小分队所在的两艘船漂浮在海面上。两艘船虽然相隔不远，但只看得见另一艘船上的人在张口说话，说的是什么却听不见。中午时分，天空变得明朗起来，碧空如洗，万里无云。司令部那一组船在这时进入了何郝炬他们的视野。

老苏和耿捷山分别站在船的中间，贾金砚、李金德、尹寿和、蔡玉田等在互相取笑作乐。耿捷山问老苏："你的脸怎么这么白，和昨天在小山比完全变成了另一个样。"

老苏笑着说："别说我了，看看你自己吧，兴许比我还要白得多。在船上摇了一整宿，谁不头昏脑涨的，这一道儿连苦胆都要吐出来了，脸不白才怪哩。你看看大哥，他不是一样脸色煞白吗。"

耿捷山笑着大声说："咱们大哥莫笑二哥了，两条胳膊一般粗，谁也别笑话谁了！"大家听完都笑了。

大家好像一夜之间就适应了海上的环境，战士们也忘记了呕吐难受，都有说有笑。

黄昏时分，大家继续行动，他们也不知道还要在海上漂泊多久。为了不暴露行动方向和停泊地点，他们总是在傍晚出发。

一天晚上，风轻浪缓，船的航行速度很慢。何郝炬他们在出发前接到通知，船要驶回望子海域了。

天亮后，有人来通知何郝炬上岛。武装小分队被留在船上，直到下午才被允许上岛到窝铺休息，且必须留两人和船老大一起守船。

直到这时，何郝炬才长长地舒了一口气。

第十五章　风景这边独好

借粮斗争

　　日伪军对北部三县的"拉网式"搜索没有达到预想的目的，因此沉寂了下来。何郝炬去军区汇报工作，龙书金率领军分区各部进入休整期。王景芳、刘润生他们针对陵县的特殊情况开展了武装斗争之外的活动——挖地道、借粮赈灾。正如后来何郝炬在地委会上总结的："在巩固政权方面，挖地道与借粮赈灾是两件极为重要的事，在这两件事情上，陵县都走在了前头。"

　　去年三泗河村、三官道村等先进行了挖地道试点，效果很好。在学习了冀中地道战经验的基础后，地委决定在陵县群众基础比较好的五区的部分村庄开展广挖地道运动，地道挖成以后可以利用地道主动打击敌人。这次运动选定的村庄主要在沙河北，西始东西祝家，东至徐家店、马家寺，南至沙河边的芦坊、甄家，北到马章寨、吴家楼一带，这些村庄的政权均属抗日民主政权。村里的干部大多经过抗日斗争，且多数为共产党员。这些村的村民思想觉悟高，懂得抗日道理，十来岁的孩子都能主动站岗放哨，盘查来往可疑人。尽管敌人"扫荡"频繁，斗争环境恶劣，但挖地道的工作开展得还算顺利。

　　五区的地道网建设取得了显著成绩。截至1943年8月，一张由东西祝家村经老官张村、老官陈村至姜复初村，芦坊村经朱二歪村、于家、信家至三官道村，徐家店村经马家寺村至吴家楼村、西张村纵横交错的地道网成形了。这张地道网在反

"扫荡"中发挥了巨大威力，我方军民利用地道与敌伪周旋，打得敌人晕头转向，也让处于危机中的群众得以安全转移。

五区这一带在地道挖成后成了二军分区的隐蔽根据地，也是除三洄河村外二地委的负责同志经常活动的地方。

相比挖地道，借粮斗争则要困难得多。1943 年春，鲁西北遭遇百年不遇的旱蝗灾害，大片田地颗粒无收，但日伪军仍不断下乡抢粮。农民靠吃野菜、树皮充饥，因难以消化，百姓大多肚大皮薄，青筋明显。一些地主、财主趁机高利盘剥穷苦百姓。"春放一斗粮，秋收三斗米；春借一元，秋还三块。"如当年还不上，就"驴打滚""利滚利"。

粮食问题已演化成重大的政治问题。陵县县委意识到，解决全县人民的粮食问题已成为头等大事，为此他们提出了"不饿死一个人"的口号。

"把开展借粮斗争，与基层党的建设和落实中央'三三制'建政原则结合起来，效果会不会更好一些？"在县委会议上，王景芳提出的这个想法引起了大伙的共鸣。组织部部长曹明惠说："把一些民主人士招揽进来，应该会对咱们的借粮斗争起到保障和促进作用。"不久，民主人士许达民被任命为县参议长，这一任命是我党在陵县抗日统一战线工作中的一个里程碑。

为帮助群众度过灾荒，县委采取了三项措施：一是帮助群众安排好生活，搞好生产自救。县委要求全县所有干部深入各村，逐村逐户调查了解情况，帮助百姓安排生活和制订生产自救措施。二是县委组织人员到济阳、临邑等收成较好的兄弟县运粮，用"以工代赈"的办法分放粮食，让百姓度过春荒。三是开展借粮斗争。由于全县受灾面积大、人口多，单靠外地运粮还不能完全解决群众的缺粮问题。当下，贫雇农民的生活难以为继，而地主、富农却囤积居奇、高利盘剥，大发国难财，当务之急是要发动贫雇农向地主、富农开展说理斗争，要让他们拿出粮食救济穷人。同时，还要发动反抢粮斗争，让县区武装到敌占区与敌伪夺粮。

借粮斗争在四区的刘双槐村率先搞起了试点。听完试点工作汇报后，刘润生认为应该找一个群众基础好的区正式打响借粮斗争的第一炮。他想到了二区，魏立勋目前是二区的区委书记，年轻有魄力，且农会主任牟建华也是个得力干将，工作开展起来应该会很顺利。在征得王景芳的同意后，借粮斗争在二区逐步开展起来了。牟建华是个干活细心谨慎的人。在对全区所有村庄逐个进行分析了以后，他决定从大柳店村开始开展借粮斗争。他同农会干事对大柳店村的政治、经济状况进行了调查研究，分析了开展借粮斗争的三个有利条件和一个不利因素。有利条件：一是大柳店村拥有两百户人家，其中贫雇农占全村人口的百分之六十左右，贫雇农多，做工作容易。二是地主、富农的藏粮多，有粮可借，且村东头的毛财主、村西头的王财主及村中的"万国道会"头子杨财主之间存在矛盾，易分化瓦解；三是群众基础好，遇到敌情容易藏身。不利因素：村里的政治环境复杂，有一个赋闲在家的国民党军的营长，有土匪杂团的扩散小组，有叛变投敌日伪密探，还有为日伪效力的村保长。他们这些人探听消息、搜集情报，左右着村内形势。大柳店村地处孙禄还、神头、赵家寨、罗院四个日伪据点的包围之中，在这样一个政治环境复杂、地理位置特殊的村子里开展借粮斗争，一旦取得胜利，必定会引起轰动。

不久，区委就派出了工作人员进驻大柳店村。刚进村时，村内的日伪密探、村保长、地主、富农等大造谣言，蛊惑人心，妄图破坏借粮斗争。工作人员察觉后，趁夜走家串户，宣传借粮斗争，耐心地和群众讲道理，逐步打消了群众的顾虑，也坚定了取得借粮斗争胜利的信心。很快，工作人员联合上百户人家，推选出了百名贫雇农代表，组织起了民兵自卫队，在村里站岗放哨，防止敌人搞破坏。

在充分发动群众加入借粮斗争的基础上，工作人员开始确定借粮对象，研究斗争策略、方法和步骤。最终，他们决定先拿村里比较有影响力的村东头的毛财主开刀，具体分三步走：第一步，派少数代表登门说好话，诚恳借粮；第二步，如果借粮不成，便增派代表人数，讲道理，再次求借；第三步，"吃大户"，不借就不走。

一天晚上，以郭麒麟为首的十多名贫雇农代表来到了毛财主家，他们恳请毛财主能借点粮给他们糊口。毛财主顿时装出一副可怜的样子，说："遇到灾荒年，粮食都吃光了，我比你们也好不到哪儿去。咱们都是本村人，有粮我能不借给大伙吗，实在是爱莫能助啊。"看来对于借粮的事，毛财主已经有了准备。郭麒麟说："你先别急着表态，你把粮食拿出来接济大家，大家会记住你的好的。"说完他们就离开了毛家。

第二天，另一批贫雇农代表又来到了毛财主家。"人在难处拉一把，你不能眼看着乡里乡亲的饿死不管吧。行好积善，会有大报。"毛财主还是不为所动，端坐在太师椅上摇晃着肥大的脑袋哭穷。

第三天晚上，郭麒麟进门后一屁股坐在毛财主家的八仙桌上，一脸严肃地对毛财主说："既然你不肯借，那咱们就有福同享、有苦同受吧。我们就在你家帮着做饭。"话音刚落，其他人便准备动手做饭。看代表们如此，毛财主沉不住气了，他问郭麒麟要借多少斤，代表们异口同声地说："借一万斤。"毛财主听了不同意，并且同代表们争执了起来。牟建华马上把村里的贫雇农全部集中到毛财主家里，他们一部分站岗放哨，监视敌情，一部分持铁锹、大镢找粮食。不一会儿，大家就从夹壁墙内搜出了成堆的粮食，估摸着足有两万多斤。毛财主无言以对，只好把粮食借了出去。

向毛财主借粮取得成功后，工作人员筹划着向村里的另一个财主王荣借粮。王荣过去掩护过牟建华，平日里和工作人员也走得近。如果绕过王荣，接下来的借粮斗争必会困难重重。贫雇农代表刚到他家，他就去找牟建华了。牟建华一见王荣就明白了他的来意。牟建华说："借给贫雇农粮食，解决他们的生活困难是爱国爱民的行为。你是个明白人，平素抗日很积极，这个事情上可不能扯后腿呀。"

王荣说："郭麒麟他们张口就要借五千斤粮，我哪有那么多呀。"看到王荣脸上为难的表情，牟建华笑了，他说："力所能及，尽你最大努力，能拿出来多少算多少，我们相信你。"最后，王荣借出了一千五百斤。村里的其他地主、富农见毛财主和王荣都借出了粮食，也就痛痛快快地答应借粮了。这次斗争在大柳店村就借到了三万多斤粮，广大贫雇农有了饭吃，斗争的积极性更高了。在开展斗争的过程中，贫雇农主动处决了破坏借粮斗争的周连元与村保长，人民群众同我们的关系变得更加紧密了。

为扩大战果，夺取全区借粮斗争的胜利，区农救会发扬连续作战的精神，把借粮斗争的"战场"迅速转移到西郭家村。大柳店的借粮斗争对西郭家村的影响很大，西郭家村的贫雇农迫切想要借到粮食。该村郭大财主家势大、土地多，他一面造谣惑众，一面搞假借粮，明借暗贷。牟建华进村后立即召开群众大会，揭穿郭大财主的阴谋，宣传大柳店村借粮斗争的经验，讲述了日伪密探周连元与村保长通敌，在破坏借粮斗争后被百姓处决的下场。通过宣传，西郭家村的百姓很快行动了起来，成立了以村民宋明祥为首的三人领导小组。为壮大声势，三人小组去了相邻的几个村活动，不到十天的时间，就组织起了四百多人。宋明祥带领着贫雇农队伍浩浩荡荡地开进了郭大财主家的大院里。郭大财主见状只得乖乖地把粮食借了出来。

县委及时总结了牟建华他们的借粮斗争经验，并号召全县干部分赴各处，借粮斗争此后在陵县全面铺开。王景芳把陵县的借粮斗争经验汇报到了地委，地委在认真总结后以文件的形式发到了各县，并在文件里指出了陵县借粮斗争取得胜利的重大意义：

> 一是解决了广大贫雇农的吃饭问题，使他们的生活得以维持，平稳度过灾荒年。

> 二是团结了广大群众，坚定了群众的抗日信心，提高了中国共产党的威信，巩固和发展了抗日根据地。

> 三是发展和壮大了党组织，扩大了党的队伍。在借粮斗争中，吸纳积极分子入党，加强了农村党支部的建设，并普遍建立了乡、村农救会，建立了民兵联防组织。

> 四是打击了敌人的嚣张气焰，镇压了一批日伪侦探和坏分子，改造了一些好逸恶劳、游手好闲的人，震慑了敌人，鼓舞了广大群众。

借粮斗争虽然在当时发挥了重大作用，但在斗争过程中个别村采取了过激的斗争方式，扩大了打击面，侵犯了部分富裕中农的利益。县委在发现这些问题后，及时地采取了措施并加以纠正，使斗争达到了预期的目的。

重拾信心

何郝炬把二分区的工作向军区领导做了汇报后说："二分区开展的两次战斗，已经让我们看到了一些好的苗头。王楼战斗给二分区军民留下的阴影，我相信用不了多长时间就会消除。未来一年形势可能会更加严峻，我们可能会面临更大的困难，但是经过这两场战斗，再大的困难我们都能挺住，这一点我们有信心。"

边区党委、军区的多数领导同志对二分区前段时间所取得的成绩表示了肯定，对于下一步的工作如何开展，他们认为应从最困难处着想，要进一步分散隐蔽，保存有生力量，保护人民群众。周贯五政委特别强调："战斗失利后，大家都要接受教训，总结经验。在当前严峻的斗争形势面前，最要紧的是鼓起劲头，坚持战斗，而不是要哪个同志站出来承担责任。"黄骅副司令员在会上强调："王楼战斗我方之所以失败，原因在于低估了敌人采取的'拉网战术'的破坏力，造成了行动失误。深入一点来说，根本原因是部分同志满足于前段时间鲁北地区取得的成就，思想上麻痹大意。这一点，希望领导同志要深刻吸取教训，同时，要注意防止低迷情绪的蔓延。二分区在鲁北地区有着坚实的基础，我相信必定能很快恢复过来。"

边区党委特别强调，在今后的斗争中，大家要提高思想认识。"一年打败希特勒，两年打败日寇"的口号从全局来看是正确的。希特勒已经难逃失败与死亡的命运，而日本在整个战局上也处于不利位置。他们在华北地区的疯狂举动，其实就是为了扭转被动局面，想以重点打击的方式快速消灭我军有生力量，以抽出兵力奔赴太平洋战场。大家要努力争取尽早让口号变为现实，不能死掰着手指头去算时间。二分区在干部中已经进行了这方面的教育，下一步务必要让广大干部、战士，对大的斗争形势有清醒的认识，要用自己的努力争取胜利的早日到来。

边区党委强调，当下要灵活、机动地使用兵力，要避敌之锋芒，以保护和保存我方有生力量，保证抗日民主政权屹立于人民群众之中。敌人的据点虽多，但实际上大多由伪军把守，所以做好伪军的工作尤为重要。至于需要在抗日军民内部采取什么样的措施，地委可以自行研究制订，确定后电报给边区党委、军区就可以了，工作的主动权还是在各分区自己手里。

边区党委书记兼政委王卓如最后总结说："我们坚持斗争最重要的一点，是要依靠群众，事事为人民着想，做群众的贴心人。要特别注意落脚于群众，为什么呢？因为我们是共产党人，是工农革命的队伍，工农群众是我们依靠的主要对象。我们的干部到村寨活动，接触的多半是一些上层人士，开展工作也主要依靠党的支部和农救会、青救会，这么做不是不对，只是我们在开展工作的时候绝不能本末倒置，脱离了群众。这个问题希望你回去能认真传达，引起地委同志的高度重视。"王卓如最后代表区党委通知何郝炬：原六旅副旅长龙书金现已被任命为军区副司令员，仍兼任二军分区司令员。

汇报会结束时已是深夜，因为激动与兴奋，何郝炬迟迟不能入睡。区党委领导的讲话让他拨云见日，重拾信心。

新的起点

在何郝炬他们出发回去之前，边区党委、军区已经给分区发了电报，以便何郝炬他们回去能及时取得联系。因为回去的速度比来时快了不少，所以他们到达的时间比预定的提前了。到德县时，丁学风正在和李玉池商量第二天到县界去接他们的事。大家热情地拥抱、握手致意。他们这次穿越几条封锁线，长途行军数百里，能够顺利回来，大家都无比高兴。

接下来丁学风和李玉池分别向何郝炬汇报分区在这十几天里发生的事情。敌伪还是频繁进出村庄，我们的队伍还是白天隐蔽，晚上活动。专署的秘书主任杨鸿恩和警卫连在临邑县与敌军遭遇，杨鸿恩不幸牺牲。何郝炬听了这个消息十分惊诧和悲痛。杨鸿恩刚从乐陵调到二分区接替王亦山，他的胆识与能力都很强，没想到还未施展才华就牺牲了。

随后赶来的陵县县长刘润生带来了第二个坏消息：两天前，李恒昌带领陵县一大队一百二十余人在五区官道李被数倍于他们的敌人包围，经过四个小时的艰苦奋战，只有三十多人成功突围，其余的全部壮烈牺牲，包括李恒昌。

"李恒昌是我们二分区的优秀后备干部，他的牺牲是我们的又一重大损失。"何郝炬停了一下，接着说，"当前的斗争形势非常严峻呀。"

"我们准备将一、二大队合并，组建新的县大队。"刘润生说道。何郝炬点头表示同意。

听完几人的工作汇报后，何郝炬把区党委指出来的下一步的工作重点进行了传达。刘润生表示，策反敌伪军的工作正在进行，应该很快就能见到效果。丁学风认为，德县据点的伪军比较顽固，可以集中力量打击一下，为策反工作做铺垫。

在说到何郝炬他们接下来的住处时，李玉池让何郝炬到陵县二区的赵马拉村住，因为那里有回宝仁，很安全。接着他讲述了不久前发生在回宝仁家里的故事。

回宝仁是个抗战积极分子，在他的带动下，他的父亲、妻子也都参加了抗战工作。他是村里联络站的站长，负责掩护工作人员，收发各处的情报。一天，罗院据点的日伪军包围了赵马拉村，回宝仁家里当时住着一名八路军战士和一名地方上的同志，发现敌人时转移已经来不及了。回宝仁的父亲安排张坤躺在东屋里间的炕上并盖上棉被，然后把里间的窗户遮得严严实实；又叫另一位同志趴在北屋西头那高低不平的小土房上，然后用柴禾盖起来。回宝仁的妻子则把八路军的枪埋在了牲口棚中的粪堆里。回宝仁的父亲就坐在张坤身边等着敌人到来。不一会儿，两个日本士兵、三个汉奸就进了院子，其中一人还是个汉奸小队长。

敌人一进屋，回宝仁的父亲就热情地打招呼，先是施礼、让座，接着又倒茶、点烟。他对小队长说："这是我一个弟弟，从上海回来后得了重病，起不来床，还请您原谅。"见回宝仁的父亲非常恭顺，敌人的态度有所缓和，掀开被子一看，见躺着的人面色蜡黄，盘问了几句后就走了。

刘润生听完说："那我也给大哥详细汇报一下发生在四区高家村的民兵的故事吧。"

何郝炬对高家村的情况还是比较了解的，高家村民兵伏击敌人汽车的故事在三涧河乡早已家喻户晓。三涧河乡百姓的心现在比之前更齐了，大家的革命觉悟也普遍较高，多次成功掩护县、区党政军人员。

刘润生说："前些日子，有三百双军鞋需要高家村民兵送给驻在平禹的主力部队。送军鞋需要穿过罗院、乔家、马家的敌封锁线。为完成任务，民兵们兵分两路，一路佯攻马家的敌伪据点，负责吸引敌人的注意力；另一路负责穿越封锁线，护送军鞋。最终，村民们顺利完成了任务。"

"不久前，高家村的民兵还截获了一大批资敌物资，与曹五旅对峙了很久呢。"何郝炬一听来了精神。

刘润生介绍说，那天参与截获物资的民兵有八人，四人拿枪，四人持长矛。他们在站岗放哨时查获了准备送往敌占区的四担鸡蛋和五头耕牛，且紧接着就遇上了前来接应的曹五旅的部队。在敌众我寡的情况下，八名民兵轮流做哨兵，换人不换枪，敌人见状也不敢贸然上前。民兵队收到消息后，及时增派了人员进行支援，曹五旅的人见此情况只能留下物资撤走。

"干得好！这个曹五旅……"听刘润生说到曹五旅，何郝炬忽然想起了曹五旅在德平北部烧杀抢掠的事。思索了一阵后，何郝炬说："瞅准时机，干掉曹振东这只老狐狸！"

成立临北办事处

王楼战斗后，地委会议经常在三区的老官张村召开。这次地委会议的议题是由何郝炬传达边区党委、军区对二军分区工作的指示，并商讨接下来一个时期的对敌斗争与党政工作的方针、任务和具体措施。这是王楼战斗后召开的第一次地委会议。

老官张村的地理位置较偏，且只有七八十户人家。郑家寨据点被撤掉后，老官张村附近就没别的据点了。老官张村虽然没有朱二歪村、于信二庄那样"红"，可群众基础却不差，且村里也有通往南边沙河沿的道路，照理说在这里住个一天半宿应该是安全的。但是，有了上次地委会议的遭遇，为尽可能地保证参会人员的安全，本次会议打算开一宿就结束。

"邹玉峰应该是来不了了。"孙子权说。孙子权从平禹过来的途中见到过邹玉峰，听邹玉峰说他最近身体很差，而且平禹地区的斗争近期又比较紧张，很有可能赶不上这次会议，到现在还没到，就极有可能是来不了了。

当下的局势很紧张，组织召开一次地委会议很不容易，且地委成员集中的时间不宜太长，所以曾旭清提议会议开始，不等邹玉峰了。对于曾旭清的提议，龙书金、孙子权、李萍都表示赞同。

对于下一步的工作该如何开展，在未听到边区党委的具体指示前，大家都难有系统综合的考虑。何郝炬在返程的路途中已经做了较为全面的分析考虑，所以他率先提出了自己的设想和意见。对于边区党委指出的以更加隐蔽、分散的方式进行斗争，保存有生力量，采用多种办法做伪军的工作等，大家都表示赞成与拥护。会议集中讨论了如何调整地区力量才能适应当前斗争形势的需要。鉴于目前的局面，大家一致认为，我方的活动应更加分散，但在组织力量上应更为集中。

二军分区现有八个县的党组织、七个县政权及县大队，但每个县的领导力量和活动范围都不大。即使是在一个相对较大的片区内，两个以上的县级组织独立开展活动，活动的空间也会变得非常狭小，且领导指挥也统一不起来。于是大家主张进行组织调整。

何郝炬认为这是一次大的组织调整，虽涉及六个县域的变动，但势在必行。他们一致认为：齐河与济阳、平原与禹城，现在合并的时机正好；德县和陵县不在一个活动片区，仍然独立坚持斗争。调整的难点在临邑。临邑已被分割成三块，县委、县大队现在想要开展个活动十分困难，且临邑处于二军分区的中心位置，是敌我双方争夺的焦点，可以说谁控制了这个中心点，谁就掌握了斗争的主动权。基于此，何郝炬提出一个方案：临邑西、南两个方向的区域暂时分别交给齐济、平禹两县管理；在以宿安镇为中心的临邑城东北及城北一片设立临北办事处，对外称"临邑抗日民主政权"，保留"临邑"，下辖三个行政区。临北办事处的主要任务是坚持领导所辖区域内的斗争。临北办事处的设立对于坚持二军分区中心地区的斗争是有利的。临北办事处的干部由原临邑县的部分干部和从陵县抽调来的干部组成。临北办事处的武装力量由原陵县五区区队大部和六区区队、宿安区队组成，称"临北游击大队"，原临邑县大队改称"济阳县大队"。原临邑县的党政干部除部分留在临北外，大部分充实济阳县委。

对何郝炬提出的这个方案，除孙子权略有疑虑外，大家均表示同意。但因方案结果不影响王其元调专署，因此孙子权最后也表示同意方案。曾旭清宣布方案通过，并将各县的主要干部做了相应调整：

  一、齐济县：李聚五任县长，吴鸿宾任副县长，王西平任工委书记；

  二、平禹县：周今生任县委书记，王林华任县委副书记；周今生任县长，郭毓芬任副县长；

  三、临北办事处：许国珍任临北工委书记，刘润生任副书记；王战亭、张健（原临邑工委宣传部部长）为工委委员；巩铁锋任临北办主任；

  四、陵县：王工一任县长，马冲（原临邑县委副书记）任县委副书记兼宣传部部长；

  五、王其元调任专署秘书主任。

从调整方案来看，临北办事处的领导班子成员大部分是陵县选派过来的，这为后来矛盾的产生埋下了隐患。

会议开到了下半夜，大家情绪依然很高，只有孙子权好像有心事，但人们沉浸在热闹的气氛中，都没太注意。司令部管理员从村里找来了一些白酒，尽管没有下酒菜，但大家还是觉得很尽兴。

本次地委会议议定了全区各级抗日民主政权的组织建设和干部调整问题，大家对今后的工作都充满了信心。第二天，大家分别到各县传达会议精神，部署下一步的工作。待边区党委电报批准调整方案后，立即按调整方案开展工作。

被否定的地委决议

何郝炬决定次日奔赴德平、德县传达边区党委的指示及地委的相关决议，然后返回陵县着手开展组建临北工委的有关工作。龙书金、曾旭清、李萍分别返回齐河、济阳，孙子权直接回平禹。

何郝炬终于来到了李玉池多次提到的陵县赵马拉村。何郝炬到边区党委做汇报工作是回族兄弟李金德做的向导，这让何郝炬对回族兄弟有了更多的了解，也有了更深厚的兄弟情。

赵马拉村离罗院据点较近，这里的两面政权工作做得比较好。在回宝仁的安排下，村里有专人应对敌寇和汉奸。在村里，一切抗日活动都是公开的，不管是抗日武装人员还是革命干部，只要是住在这村里的，全村人都会自发地保护他们的安全。赵马拉村是二军分区回民救国会的大本营，李玉池每隔一段时间就会来村里一趟，回宝仁既是村里当家人，又是村救国会主任。何郝炬来到赵马拉村后，踏踏实实地睡了一个安稳觉。第二天一早，何郝炬又急匆匆地赶往德平张庄，给回民大队、津浦支队和德平工委的同志们传达边区党委的工作指示和地委的会议决议，并部署下一步的工作。在德平传达完毕后，何郝炬又来到了德县，和丁学风、武连鹏、刘之光、王学武、李玉池等人一起研究德县的工作。研究完下一步的工作后，何郝炬留下了李玉池，他想给李玉池交代一件事。就在这时，地委交通站的同志陪同许辛光赶了过来。许辛光带来了谷、马二庄送来的一封十万火急的信。

"什么事情会这么紧急？"何郝炬当着李玉池的面拆开了信。信上有曾旭清、龙书金、孙子权、李萍、邹玉峰的签名。信中写道：

> 老官张会后，我们几人南下，在谷、马二庄见到了邹玉峰同志。大家均感觉在老官张会议上，未能将议题研究透彻，以致影响决定问题的正确性，遂继续开会，重新讨论。大家认为，鉴于二军分区当前复杂尖锐的斗争形势，精简合并县级机构有利于更加灵活、机动地坚持斗争。临邑地区的斗争环境比其他县区更为突出，县里已不能正常开展活动，因此将临邑划给相邻各县管辖，对临邑对相邻各县均有好处。西、南两面已经确定由齐济、平禹管理，北面也应如此。组建的临北办事处，实际上只管辖了临邑东、北面的部分地区，力量较为薄弱，起不到预期的作用，因此不宜设立。且拟任临北办事处的几个干部，恐难以胜任工作，只凭地委个别领导人的一时印象提拔，恐旁人多有议论，影响不好，现不设临北工委，此事可不议。
>
> 会议议定，全区保留平禹、齐济、陵县、德县四个县的建制。德平保留党工委，加上四个县的县委，县级党委为五个，县级领导干部配备需重新确定。除临北办事处不设立，涉及干部不做调整外，其他领导干部基本维持原来的任命。
>
> 在讨论中，大家对你的民主作风、干部任命等方面的工作有一些意见，希望你今后能够引起注意。重新决定的事项已电报边区党委，批准后执行，特专

函送你处，请按会议通过的口径向下传达，免致差错。

何郝炬无法理解怎么会发生这样的事情，显然这封信的矛头是对准自己的。地委会议统一决定了的事怎么会反过来说错了呢？就算是错了，又怎么能将一切错误都归结于自己一人身上呢？难道地委会议成了我一个人的事？临邑县的撤与不撤，对几个干部的任命，难道真的是自己的错？

回过神来，何郝炬发现李玉池和许辛光正齐刷刷地望着他。李玉池说："大哥，你好像有急事要办，要不我先走一步，咱们另外找时间谈？"

何郝炬一下子忘了留下李玉池是为了什么，于是说道："你先等一等，明天一早咱们谈过以后你再走吧。我还想找李金德去执行一项任务，明天一起说吧。"

何郝炬彻夜未眠，他感觉自己在二军分区陷入了最大的信任危机，他觉得自己受了很大的委屈。这次地委会议他只负责传达区党委对二军分区的工作指示和提出的意见，而这封信的言外之意是，地委会议没开好，是因为他何郝炬的民主作风、干部任命等方面的工作有问题。地委的几个同志都在信上签了名，这表示他们都对自己的工作有意见，难道真的是自己做错了？在地委大多数同志同意的情况下，他是否应该接受这个新的决议？

"委屈就委屈，大局是第一位的。"

"会上形成的决议，到底错没错呢？"

……

何郝炬翻来覆去地想，最后发现问题的关键在"临邑是否撤县"的问题上。何郝炬觉得"临邑是否撤县"不是一件小事，而是事关全局的大事，他应该坚持自己的主张，尽一切努力坚守临邑这个阵地，即使不能保住完整的临邑，也要保住临邑这面旗。撤销临邑县可能会传递给敌人甚至是我方军民一个错误信号——抗日民主政权保不住了。设立临北办事处，虽只解决了临邑城北、城东北的问题，却保留了和日伪面对面斗争的旗帜力量。撤与留，必然会带来两种不同的结果。几位同志在信中虽然表达了对临邑是否撤县的不同看法，但更多地表达的是对何郝炬个人的意见，其实质是后者影响前者。他该怎么办？是坚持设立临北办事处，还是服从大家的意见？如果坚持设立，势必会让大家对自己更加反感，那时他的处境将会变得非常尴尬。

"不能因个人得失而放弃正确的主张，听任不利于革命的主张落实不是一个共产党人应有的态度。"因地委已电报边区党委，所以他决定给边区党委写信力陈自己的观点，还原事情的真相。

"我有紧急的事要处理，谈回民村庄的工作需要另约时间了。我打算让李金德再跑一趟新海，给边区党委送一封紧急信件。"次日一早，何郝炬对李玉池说。

"没问题！"李玉池回答得很干脆，"金德这人你了解，遇事沉着，为人勇敢，也不怕苦，你给他三天时间完成任务，他只会提前不会延后。"李玉池随后离开了村子去联系李金德。

何郝炬安排警卫员尹寿和、蔡玉田轮流在外面站岗，让谁也不要打扰他。凝神片刻后，他一口气写了一封长信：

　　旭清同志并地委诸同志：
　　　　紧急快件收悉。
　　　　我怀着十分沉重的心情向你们陈述此时此刻我内心的感受。完全没想到，刚开完地委会形成有关当前斗争的重大决议，第二天又针对同一议题召开了地委会并推翻原决议形成新的决议。第二次会议上指出，因为我的民主作风及干部任命方面的工作存在问题，所以先前形成的决议不正确。同志们对我提出批评意见，我应当虚心接受，并且认真反思自己，不应找理由为自己开脱。但是眼下摆在面前的问题不是作风问题，而是关系到二军分区斗争的大问题。两次决议的不同之处主要集中在临邑是否撤县这一点上。设立临北办事处的意见是我提出来的，我是从坚持抗战的大局出发，综合考虑临邑县县城被分割的实际情况提出来的。我仍坚持认为，这个意见是对的。决议是经过大家讨论形成的，我提出意见也只是尽我自己的责任，谈不上我将意见强加在大家头上；我更以为，如因对我个人有意见而推翻决议，岂不是本末倒置、因噎废食。经过反复思量，我觉得不能因为害怕同志们对我进行批评，而三缄其口。我们都是共产党员，我们不能违心地接受不应该接受的事，不能轻易放弃原则和主张。
　　　　关于干部任命的问题，对干部了解得不深入、不全面，这一问题我已感觉出来了。地委会决议中的干部任命是着眼于当前斗争的实际情况来安排的，我不认为是任人唯亲。我来二军分区已经一年了，接触的同志都是一起出生入死、不怕牺牲的好同志。同志们提到的有些干部的能力不足，不能担当大任，但我以为，称职与否是相对的，是会随着时间的推移而出现变化的。二军分区的工作开展得晚，干部成长自然就慢。现有领导干部中缺位或不能胜任的情况为数不少，我们几次要求边区党委从老区调干部支援，但一年来只调来了德县县长曹茂先一人。在这种情况下，总不能因为干部少而弱，就放弃许多应该开展的工作吧……

这封信送达之时，地委给边区党委的决议报告可能已获批准，我的这些意见可能也无实际意义。但考虑再三，我还是决定将此信及你们的来信交交通员送边区党委。

送边区党委的信中另附短信：

边区党委：

地委此次开会（邹玉峰因事缺席）传达边区党委指示，做出了调整县级组织机构以适应当前斗争形势的决议。次日，地委在平禹重新开会（未通知何郝炬到会），形成了新的决议，且已电报边区党委。鉴于决议内容直接关系到地区斗争的大局，我已重新向地委提出意见，大概不能赶上边区党委批准报告之时。为此特将地委来信及我致地委同志的信一并抄录，紧急送呈边区党委审查，如有不当，甘愿接受党给予的任何处分。请原谅我的鲁莽，我愿意接受同志们对我进行最严厉的批评。

临楮匆匆。谨致

革命的敬礼！

何郝炬

两封信写完后，何郝炬交给了李金德。他已经整整两宿未合眼了，但仍毫无倦意，脑袋里一下子变得空荡荡的。他本打算去了德县工委后立即返回陵县的，这时发现不用急着回去了，因为边区党委的指示，他已跟王景芳、刘润生几人谈过，而地委的决议现在又无法传达。何郝炬决定在德县多停留几日，到新开辟的五区看看。

何郝炬来到德县五区

短短几个月的时间，德县五区就建立起了抗日区公所，并且有了自己的区武装队伍。这让斗争环境恶劣的德县看到了一丝曙光，因为武装队伍可以经常进入五区开展一些抗日宣传活动，在斗争中取得主动权。这充分证明了边区党委传达的上级领导关于"敌人向我根据地打进来，我们则选择有利条件打到敌人控制的地区去。以牙还牙，以血还血，东方不亮西方亮"这一指示的正确性。不过不能说"东方不亮"，因为在西方亮起来的同时，抗日的烈火也在东部几个县、区熊熊燃烧。

"五区太小了，把二区开拓出来连成一片就好了。未来我们要让德县都燃起熊熊烈火。"何郝炬在心里说。由于环境恶劣，何郝炬之前从来没有静下心来欣赏过五区的广袤原野。五区村庄密集，土地肥沃，与八区、九区相比，相差较大。

晚上，何郝炬他们住在七区联四庄一带的将军寨。"土桥据点的伪军队长高长江很少带他的队伍来这里，一般村庄都只有联庄会活动。等青纱帐起来后，我们就可以开展活动了，争取在秋后通过道沟把村庄都连接起来。"刘之光对何郝炬说着未来的打算。刘之光现在以工委委员的身份负责七区的具体工作，此外他还兼着五区的区委书记。

对于刘之光的工作，何郝炬感到非常满意，他相信自己用人的眼光。他突然想到了地委会决议的事，脸上掠过一丝阴云，但一刹就恢复了平静。何郝炬觉得，在开辟五区的工作上，刘之光发挥了很好的作用。虽然他利用了家乡的社会关系，但他本人办事有魄力，遇事敏锐，敢于主动承担。与一同出来工作的许辛光、王学武相比，刘之光的个性鲜明，敢于提出问题，勇于给自己加担子，能够迅速开创新局面。

刘之光分析说："日伪军目前大多集中在德县县城里，不常在村里活动。东边的边临镇有敌人的前哨据点，据点主要关注目标是我方的七区和八区，偶尔也会配合德平、宁津几处敌伪的活动。我们一直没在五区开展过大型活动，所以日伪军一直以来都认为五区是受他们管辖的区域，不大过问。往后，随着我们的活动影响力加大，肯定会引起敌人的注意，到时五区可能会面临七区、八区目前的处境。"

"这是无法避免的，只是时间早晚而已。我们当然要尽可能多地争取时间发展五区，让它和东部互成犄角，互相支持，让德县的抗日斗争形势得到改观。眼下五区还不具备开展大型武装活动的条件，那里没有中心区那样的道沟，打起仗来如果需要转移太不方便了。"

刘之光说："您说得对，所以五区现在只能是一个隐蔽的游击区。我们想等青纱帐起来了在五区开挖道沟，创造大部队进入开展活动的条件，现在是冬春换季的时候，时机还没到。"

何郝炬从五区转到八区时，李玉池已经带着回民大队的人等着他了。他一直记挂着何郝炬要给他说的事。

当何郝炬看见站在李玉池身后的李金德时，露出了惊讶的表情，照他的估计，李金德此时应该还在路上。"他已经完成你交给他的任务了。"李玉池说。何郝炬知道，李金德此时站在这里说明他用五天时间走完了寻常人十天才能走完的路程。"真是好样的，金德同志！"何郝炬的眼睛一阵发酸。李玉池说："大哥交给他紧急任务，他自然是要拼死拼活地去完成。他回到队上时，说话都像是在说梦话。他怕你等急了，所以赶着要向你报告，实在没办法，我们就让他骑在毛驴上，由两个人在旁边扶着，赶到你这里来。"

此时的李金德盖头上满是灰沙，颜色早已由白色变成了黑黄色，脸上也是胡子拉碴的，整个人看起来更黑更瘦了。

"你辛苦了，真不知该如何感谢你。"何郝炬十分激动，眼眶里泛了红。信送到了，何郝炬的心里踏实了，他现在除了正常开展工作就是耐心等待了。

突然，何郝炬拍了一下脑门，对李玉池说："上次就想和你说个事儿，这阵子闹得差点忘了。有个下派干部，是个女同志，其他地方不方便安排，想让她到赵马拉村，你看好不好安排。"李玉池说："赵马拉村很安全，这件事交给回宝仁就全妥了。回宝仁的妻子很能干，可以给女干部当个助手。"

何郝炬想，回宝仁一家人多么好啊！他们做的都是些危险的事，稍有不慎就会死在敌人的屠刀之下。想想他们，自己受的这点委屈实在算不得什么。

尘埃并未落定

何郝炬他们刚回到陵县五区就碰到了一次敌情。罗院、林子两处的敌伪军对李元寨村一带来了个东西夹击，似乎是在寻找五区区队。几天前五区队巩铁锋他们将林子据点出来的伪军狠狠地揍了一顿。一发现敌伪两路夹击，五区队就开始机动转移，敌人最终扑了个空。次日，罗院的伪军又扑向了偏南的盛刘家村。地委的武装小分队为掩护在三官道办公的何郝炬等人，此时正在盛刘家村附近活动。发现敌情后，武装小分队迅速转移到林子街以南，对伪军从侧面进行打击。直到天黑，武装小分队才撤下来与地委领导会合，再转移到了于、信二庄。

自海上回来后，这支武装小分队就出现了疲态。副队长老苏以娶媳妇为由回家了，迟迟没有归队。何郝炬曾多次派人去找，他竟躲了起来，实在是出人意料。老苏的行为无疑给全队的士气带来了负面影响。警卫员尹寿和等几个战士因病休养，还未归队，队长傅洁民的伤也还未痊愈，眼下只有指导员耿捷山带领大家训练，开展活动。何郝炬让丁学风临时从德县抽调了几名战士补充到地委武装小分队，并安排武装小分队暂时留在五区进行休整。就在他们刚刚缓过点劲来的时候，又接连遭遇了几次敌情。无奈之下武装小分队只能护送何郝炬等人转移到三区郑家寨附近。

一天，地下交通员送来一封军分区司令部发来的信，信上只有几个字："即日来三村。"落款是个"合"字。这是一封召开地委会议的通知信。何郝炬意识到，对于地委的报告，边区党委可能已经批复意见了。

此行需地委的武装小分队一同前去，大家一听说要远道行军，劲头又上来了，病休的几个战士和还未痊愈的队长傅洁民都归了队。小分队顿时恢复了往日的高昂士气。

这是王楼战斗后何郝炬第一次来到齐河北部。开会的地方与临邑只隔着一条徒骇河。河的两岸斗争氛围迥异，河的这岸自王楼战斗后总是风声鹤唳，而河对岸临邑那边却是和缓平静，军民相安。何郝炬突然想到了齐济县县长李聚五和德县的刘之光，刘之光受李聚五开辟齐河北部的影响，树立起了开辟德县五区的信心。这一刻何郝炬明白了龙书金、曾旭清提出开辟齐河的良苦用心，这是为二军分区主力部队开辟了一个新的休养生息的地方。

何郝炬是第一个到达会议地点的人，曾旭清见到他非常高兴。曾旭清详细地向何郝炬介绍齐河、临邑南部一带的活动情况。从他的话语中可以听得出，他对这个地区的发展现状非常满意。

"如果前些日子我们有这样一个地方就好了。"曾旭清说。

"前些日子给地委同志写信时，没能控制自己的情绪，说了一些不该说的话，我甘愿接受同志们的批评。"何郝炬爽快地亮明了自己的态度。

"这没有什么该说不该说的，同志们确实有过一些意见，不过都已经过去了，等大家都到了，咱们再议吧。"听曾旭清这么说，何郝炬知道自己猜得不错，确实是收到了边区党委的批复。

下午，李萍从济阳方向赶了过来。济阳和齐河之间没有封锁路障，两边可以通过道沟联系，敌伪据点也相隔较远，所以李萍酝酿着把这一带进行合并重组。

"平禹、齐河、济阳、陵县的同志们面临重重困难都能顾全大局，服从地委会议的决议，你这个地委主要负责人怎么就做不到呢。只不过是一个临邑县是全撤还是保留的问题，哪有你说的那样严重，我想不通你哪来那么大的情绪和火气。你是地委的主要负责人，是我们心目中的大哥，但你的做法真让人难以接受。"李萍一见到何郝炬就立马把心里话说了出来。

何郝炬预感到，他的那封信会让他在今后一段时间里成为大家指责的对象。他冷静地对李萍说："我不认为我还应该占着地委主要负责人的位置。就当时的会议而论，主持会议并做最后总结的是旭清同志，我只是地委会议的一个参会人员，所有参会的人都可以在会上发表意见，最后通过讨论形成统一的意见。你们给我的那封信把决议不民主的责任加在了我的头上，这我坚决不同意。"

说到签名信，李萍冷静了一些。他迟疑了一下说："那封信是邹玉峰在曾旭清、孙子权两人的一再相劝下才动笔写的，写完曾旭清给大家念了一下就交给交通员了。"李萍还说，他对信上说了什么，并没有什么特别的印象，当时也没听出来有什么问题。这会儿听何郝炬这么说，他感觉有些尴尬。

说到后来的地委会议时，李萍说，他同龙书金、曾旭清在老官张地委会议结束后到了谷、马二庄，正好孙子权和邹玉峰也在那里。曾旭清给邹玉峰说了老官张地委会议的决议，并让邹玉峰说说看法。因决议已经形成，邹玉峰本不愿说，但孙子权说如果决议有什么不妥之处，可以重新讨论。曾旭清也一再鼓励邹玉峰说说看法。邹玉峰认为，设立临北办事处没有必要，因为办事处所辖区域不完整且自身力量薄弱，非但起不了多大作用，还会降低平禹、齐济两县管理临邑南面和西面的积极性，而且这么处理也不符合当前精简机构、集中力量的处事原则。临北办事处纯粹是地委个别同志为提拔他认为优秀的干部而保留的一个起不了多大作用的摊子。

听到这里，何郝炬知道为什么他们会在信里那么写了。李萍继续说，孙子权也提了一句"何郝炬作为'大哥'，作风不民主，不接受别人的意见"。曾旭清听完沉思了片刻，大概是觉得他们两人提出的看法都在理，所以点头表示赞同。

李萍说："我们怎么也想不到你会把问题直接捅到边区党委。我真担心这件事会影响大家的关系。真心希望大家能够心平气和地坐下来谈一谈，统一一下思想认识，搞好关系，别争来争去的最后把对敌斗争的大事丢在了一边。"

何郝炬被李萍的诚挚无私打动了，心里的那点儿对他的隔阂和芥蒂一下就烟消云散了。但是，何郝炬不赞同李萍的最后一句话，他认为争论归争论，争论是为了更好地进行斗争。李萍很担心何郝炬会因为此事受到组织上的严肃处理，何郝炬自己也在安静地等待着结果。

孙子权和邹玉峰是晚上到的，会议定在了第二天。曾旭清主持会议，主题是继续讨论上次地委会议的议题，并着重研究当前需要紧抓的几项工作。曾旭清在会上向大家宣读了边区党委发来的电报：

> 　二地委向边区党委报告电文已悉，边区党委同时收到郝炬同志致地委的信，及地委通知郝炬的信的抄件以及郝炬给边区党委的简要报告。边区党委经过认真研究，认为：第一天地委的会议尽管有个别同志因事缺席，但多数人参加且形成了决议，符合组织原则，决议应为有效。仅隔一天，在没有全部通知第一天参会的地委成员到场的情况下，针对同一议题再次进行讨论并形成与先前的决议内容相悖的新决议，这种做法是不正常的，地委的主要领导同志应当对此负责，并立即予以纠正。至于讨论中涉及的具体问题，边区党委希望地委各同志从大局出发，在维护地委决议的基础上认真研究，使问题妥善解决。边区党委重申：面对当前的斗争形势，各级党组织的领导成员一定要团结一致，认真地进行批评与自我批评，坚持正确的，纠正错误的，集中力量开展对敌斗争。

这完全出乎大家的意料，谁都没想到边区党委会将这件事作为一个重大组织原则问题来看待，他们认为区党委最多不过是"各打五十大板"，然后让他们重新讨论决定。一时间大家都沉默不语，最后是曾旭清先开口说话："我虚心接受边区党委的批评。地委的同志在会上都充分发表了意见，这是个很好的现象，发生这件事的责任不在大家，而在我。两次会议都是我主持的，我没有很好地引导大家维护地委的决议，还在不经过充分考虑的情况下重新开会另成决议。我们要坚决按照边区党委的指示行事，坚决纠正错误，不要在思想上转不过来弯，觉得自己受了委屈。"

听了曾旭清的话，何郝炬感觉心里暖暖的，他认为应该马上表明自己的态度，于是站起身来说："因为自己感情用事，将给地委的信抄录给了边区党委，在地委同志间造成了隔阂，自己深感内疚。"说完他向参会的每一位同志点头致歉，并表示愿意接受同志们对自己的批评。

见何郝炬说完一时间没人接话，龙书金说道："我们开过两次会议，形成了两次决议，这是事实。边区党委从组织原则上对我们做了提醒，郝炬同志也已经向同志们致歉，大家就不要再议论此事了。总之，我们大家还是要团结起来进行对敌斗争。"

李萍本来就不喜欢在这种场合发言，电文的内容证明他在刚见到何郝炬时的一番言论错了，所以他选择不说话。孙子权和邹玉峰二人从曾旭清宣读电文开始，脸上的表情一直很严肃，后来再听龙书金和曾旭清那么说，他俩也都觉得无话可说。至于临邑是否撤县的问题，虽然边区党委在电报中已经指明要地委的同志继续研究，但这已成为一个敏感问题，谁都不想谈，大家一致同意按照第一次地委会议的决议办，不打折扣。这次地委会议只用了半天时间就开完了。

这场争议没有输家也没有赢家，大家都是为了党和人民的利益。看似这一切就这样过去了，但其实每个人心里都清楚，尘埃只是暂时落定，往后还可能浮起来。

不知是计

龙书金和曾旭清带领警卫排驻扎在三区的阎福楼村，何郝炬去过几次。

在阎福楼村的一天傍晚，何郝炬找来了指导员耿捷山，"小耿，交给你个任务。"何郝炬说。

"什么任务？"

"去村北把敌人的电话线截断。"

"是，我马上回去叫人。"耿捷山转身就要走。

"不用了，叫上警卫班的马占河一起去就行了，他是这里的人，熟悉地形。"何郝炬说。

原来，罗院据点里的孙世林传来消息说，如果把敌人的电话线截断，那他们必然会出来查线，多则出动两个班，少则出动一个班，只要我们做好了准备，就可以趁机俘虏他们。何郝炬觉得这一带最近过于平静，应该弄出点动静来。地委会后，何郝炬觉得自己应该做出更多、更好的工作成绩来，只有这样才能弥补他心里的愧疚。

龙书金说："伏击敌伪的事还是让警卫排来负责吧，他们的战斗经验比地委的武装小分队要多一些。"

"今天晚上大家还是转移一下，以防不测。"曾旭清说。经过商量决定，由地委武装小分队负责先破坏线路引敌出洞，然后负责掩护分区机关人员转移。

耿捷山和马占河来到了阎福楼村村北的公路上，见四周无人就跨过公路来到了电线杆下。他们两人一起用劲，用手推、用肩扛，费了九牛二虎之力终于放倒了一根。他们剪下来了一截电线，卷成线圈后扛回了阎福楼村。当晚，在地委武装小分队的掩护下，龙书金、曾旭清、何郝炬等人离开阎福楼村转移到了邓家村。到达目的地后，打仗心切的耿捷山和马占河又连夜返回了阎福楼村。

警卫排的战士们在拂晓时分埋伏在了公路边的壕沟里。上午 8 点左右，东边公路上出现了一支伪军队伍，见电线杆倒在地上，他们嘟囔道："他娘的，线从这里断啦。谁少这截铁丝用，害得老子……"伪军果然来查了！

时机已到，警卫排排长一声令下，战士们跃上公路，齐声喊道："不许动！谁动打死谁！"伪军们呆住了。几个战士麻利地缴了伪军们的枪，过程中有几人吓得跪在地上连哭带叫的。走在伪军队伍最前面，歪戴帽子斜背枪的就是孙世林，他趁乱悄悄地对耿捷山说："这只是伪军的一个班，另一班开进了阎福楼村。"警卫排排长留下几个战士看守这伙伪军，他带领耿捷山、马占河和剩下的战士绕到了阎福楼村村东，准备活捉另一班的伪军。

伪军在村口放哨。马占河和几个战士大摇大摆地向村口走去，放哨的两个伪军看见了他们连忙拉枪栓瞄准，并大声喊道："站住！干什么的?"

"吊丧的。"

"吊丧的，过来一个，我们搜搜身。"

几个战士交换了一下眼色，停了下来，马占河径直走了过去。一个伪军放下枪准备搜身，另一个伪军仍端着枪瞄准那几个战士。说时迟，那时快，马占河一个箭步冲上去，一脚就踢歪了伪军端着的枪，并快速从腰间拔出匣子枪对准了那个伪军的脑袋："别动，再动就敲了你！"战士们这时也冲过来，两个伪军只能束手就擒。埋伏在村外的战士迅速向村口聚拢，他们从哨兵的嘴里得知，伪军去了村里的阎德升酒楼。

在阎德升酒楼的二层，伪军们把枪放在一边，有的谈天，有的吸烟，有的吃花生……伪军班长正在给村长训话。战士们拿下岗哨后快步冲上二楼，大喝道："不许动!"伪军们愣在那里一动不动，等他们回过神来时，战士们已卸了他们的枪栓。

"背上自己的枪到外面站好。"耿捷山命令道。伪军们一个个乖乖地背上自己的枪站到了院子里。马占河一数发现少了一个人，他立马返回二楼，在一个墙旮旯里找到了一个伪军。"出来!"马占河手里拿着枪大声说道。伪军听了哆哆嗦嗦地下了楼,站到了队伍的最后。

战士们押着伪军们来到了阎福楼村村北与负责看守的战士们会合,之后准备撤往回龙寺洼地。

这时,一个战士说:"排长,咱们从三更半夜折腾到现在,光折腾不放枪多不过瘾啊,手心痒痒得慌哩。"一听这话,几名胆小的伪军腿又开始哆嗦了起来。

警卫排排长和耿捷山相视一笑,说:"那就冲天放几枪吧,一定要给我省着点啊。"

"叭——叭叭——"清脆的枪声激荡在平原田野的上空。

枪响过后,耿捷山招呼大家加快步伐。他们要尽快赶到回龙寺进行埋伏,因为如果罗院据点的伪军增援这里,回龙寺是必经之地。他们在那里等了一天也没等来敌人的增援部队。见马占河的脸上流露出了失落的表情,耿捷山说:"今天的战果已经不错了,知足吧。"

与高长江的较量

为壮大我方在敌占区内的力量,刘之光依据地委指示组建了敌占区工委,刘之光任工委书记,魏国光、徐孝峰为工委成员。刘之光走后由张敬波接任德县县委宣传部部长兼七区区委书记,由李贵接任敌工部部长。敌占区工委机关设在土桥据点内,这是刘之光同丁学风提前商定好的。前不久,敌人搞伪区长选举,在刘之光的操作下,共产党员齐遇炳(后妥协)当选伪区长,爱国人士张觉民任伪副区长,魏国光任伪区助理员,孙象九任伪区队长,刘子珍也调到区队任班长,徐孝峰任新成立的合作社理事长,刘之光是区公所和合作社的职员。利用这些身份,他们在伪军队长高长江的眼皮底下四处活动。

高长江协助我方除掉汉奸李绍唐后,武连鹏曾让刘之光尝试策反高长江。经过一段时间的努力,高长江的思想本来已经有所松动,但日伪军在春天的疯狂举动让高长江变得更看好日本人。对于我方派去的人,高长江不理不问。在吃了几次闭门羹后,刘之光就和丁学风商量拔掉土桥据点。

7月初,高长江带着伪军去满庄、文庄一带"扫荡"。张搏得到消息后准备率二区队在文庄进行截击。早饭刚过,高长江就带着人赶到了白庄,二区队也已在文庄摆出了战斗姿态。论装备和实力，高长江的队伍远比史存善的队伍强，但二区队凭借天然屏障毫不畏惧地展开对攻。由于二区队的装备差，且子弹数量有限，两个多小时后每个战士的手里都只剩下两三粒子弹了。敌人这时仍密集地向我方阵地扫射，且没有撤退的迹象。战士们只好撤到马虎里西南的一片坟地里，最后又退到了耿庄。在撤退过程中，有两名战士负伤，敌人的伤亡情况不详。

十多天后，高长江带领伪军趁黑突袭白桥村，抓住了村民魏厚山，且在魏厚山的指引下抓住了张搏的大哥魏维贵、大嫂柏氏及妻子刘氏。天亮后，伪军先是把三人绑在街中心的一棵老槐树上，随后把全村人都赶到了老槐树下，且宣称"只要谁家有共产党员，他们的下场就是这样"。张搏化名于继先活动，敌人其实只是猜测于继先与魏维贵是弟兄关系，他们抓三人其实是宁可错杀一千，也绝不放走一个。伪军在村里折腾到了上午9点才押着三个人撤走。

就在高长江抓人当夜，张搏的一个叔伯兄弟就通过通信站找到张搏汇报了白桥村的情况。早饭过后，张搏通知潘志新和区文化教员宋子政开会商量应对之策。经过讨论，他们决定趁高长江不注意打他个措手不及。

德济公路白桥至钱屯段是顺着天然道沟修建的，公路两侧是密集的青纱帐，完全具备打伏击战的有利条件。经过商量，由张搏带一个班、宋子政带一个班、潘志新带两个班埋伏在耿陈北、公路以南的地段，张搏对那一带的地形非常熟悉。伏击的地方与南北天然道沟相连，部队可以迅速撤退。讨论会后，潘志新集合全体战士召开了战前紧急动员会："同志们，我们有紧急任务，区长的哥嫂、家属被高长江抓了去，我们要去营救他们。这次的战斗与以往不同，大家就是拼出性命也要救出他们，一定要坚决完成这次任务！"同志们听后齐声高喊："一定救出他们！"

队伍到达目的地后，迅速在离公路二十余米的地方做好了埋伏，静静地等待敌人的到来。没多久就看到高长江带着队伍出现在公路上，朝他们走来。

敌人一进入伏击圈，爆炸声顷刻间震耳欲聋，四处尘土飞扬，敌人不知所措。魏维贵在烟雾中趁机跑了出来，两名女眷也非常吃力地跟在后面。远远地张搏看到大嫂走路一瘸一拐的，像是负了伤。慌乱过后，敌人很快就架好了机枪，并朝着公路南面一阵扫射。战士李文海、舒臣、李宝山三人本想去帮张搏的亲人一把，潘志新一看敌人的火力太猛，于是阻止了他们。战士们只能眼睁睁地看着张搏的家人又被抓了回去，最后，他们只能顺着道沟撤出阵地。

一个多小时后，区队安全退到了王舍庄。张搏的家人被带回了土桥据点，心狠手辣的伪军对他们进行了严酷的审讯，但等来的只有"不知道"三个字。于是，高长江将他们扣押在了据点里。

接下来的日子，对区长张搏来说简直是度日如年。亲人被抓，他心底的怒火越烧越旺，但他身为一区之长，又不能因为个人的事情影响全区的工作。

"集中几个区的武装，尽快拿下土桥据点。"丁学风对武联鹏、刘之光说。不久之后，在武联鹏、刘之光的策划下，张搏联合七区的张龙、六区的王新元共同攻打土桥据点。六区队负责监视仙人桥据点的增援力量，七区队负责监视曹家庵据点的增援力量。二区队的五个班和从六区队、七区队抽出来的四个加强班，攻打了一夜，拂晓时成功拿下据点。高长江带着他的残兵连夜逃进了城里。张搏在将亲人送到谭庄的一个亲戚家养伤后又全身心地投入了工作。

土桥据点被拔掉这件事极大地震慑了二区的敌人，同时也极大地促进了二区的开拓工作，为这片区域的政权建立打下了坚实的基础。不久后，县工委下达指示，任命齐朝阳为二区区长兼区委书记，任命纪奎生为六区区长兼区委书记，张搏率区队重新回到八区。

德县抗日根据地的恢复和发展引起了敌人的恐慌，他们认为一定有中国共产党的高级干部在二区和七区活动。驻德县的特务机关长把他的"一四一五"特务部队派到了边临镇，配合驻德县的宪兵队对我党的地下组织进行搜捕，孙象九、吕志成、王坤先后被捕。经过组织营救，虽然他们陆续被放了出来，但还是给抗日工作的开展带来了很大的负面影响。

第十六章　灾荒年景

麦收时节

临北办事处已经设立，临北工委也已经成立，六区的干部、区武工队也都顺利进驻临北。刘润生调任临北工委副书记后，陵县县长一职由王工一接任。刘润生早就向地委表示过当时担任陵县县长是勉为其难，所以地委让王工一接替他的工作，他早有思想准备。

许国珍、刘润生、王战亭、巩铁锋几人对新工作都充满了信心，虽然他们都认为新工作会面临很多困难。以巩铁锋从五区队带去的人马为主的临北大队很快就成立了。临北大队一成立就钻到了临邑原三区、五区的几个地方活动，有时甚至还直接跑到了苏家庙一带活动。苏家庙一战后，县、区政权和武装已经很久没在那一带开展过活动了。临北大队到苏家庙一带开展活动，对提升军民的士气有着非常重大的意义，这充分说明了保留"临北"这块阵地有很大的必要性。

自"五一大扫荡"以来，二军分区特别是陵县、德县、德平，与周边地区基本断绝了往来，对华北根据地的情况更是一无所知，从敌伪的报刊上也很难找到只言片语。大家猜测，北方局指示的分散隐蔽的斗争方针得到了很好的落实。

对于冀鲁边区的情况，他们也只能通过边区党委、军区的通报了解到一点。从间接收到的电讯可知，冀中地区的主力部队和一大批干部已经转移到了其他地区。原冀中军区司令员吕正操现已是晋绥军区司令员，原冀中军区政委程子华现已是晋察冀军区副政委，原冀中军区党委书记黄敬现在是冀鲁豫军区党委书记。

三军分区的紧张局势还在进一步恶化，部队仍然以分散活动为主。黄骅副司令员带着一两个小连队在一军分区和三军分区穿插活动。边区党委、军区对二军分区的工作时有鼓励，他们认为二军分区在坚持斗争、守住阵地的基础上，积极寻找时机开拓前进，在斗争中求发展，对稳定边区的局势起到了重要的作用。其间，地委领导班子两次集会讨论当前的局势。他们明显感觉到王楼战斗后笼罩在干部头上的沮丧、埋怨等消极情绪已经消失。通过积极开辟新区，展开游击战，整个地区的形势稳中有升，部队兵员也逐渐得到了补充，战斗力已经恢复到王楼战斗前的水平。当下，我方已能公开进入德平，在德平建立政权的条件已经成熟。龙书金等人向边区党委建议，希望在山东分局学习的靳兴侯能够尽早回二军分区组建德平政权。

边区党委对二军分区的表扬和鼓励，自然也鼓舞着二军分区的同志们，曾旭清就不止一次提到通报中有关表扬的内容。不过，大家都认为二军分区的局势向好，主要是因为二军分区地处鲁北地区，不属于"真渤特区"，不是华北敌军的重点"清剿"对象。敌人认为二军分区没有大规模的正规部队存在，对他们构不成什么威胁。我们正好抓住了这个机会，努力恢复和开辟阵地。

边区党委下达了新的指示精神：我方还是主要在敌我交叉的游击地区活动，因此要有区别地实行不同的政策，不能把在根据地实行的政策，普遍用于边区的游击地区。在传达边区党委指示精神的二军分区党委会上，针对边区党委提出的这一问题，大家的反应普遍较为强烈。曾旭清明确表示不赞成。他认为，有这么多的部队和干部在二军分区活动和休整，而且二军分区下面还普遍建立了抗日民主政权，直接控制着除据点外的广大农村地区，二军分区不就是隐蔽的游击根据地吗？

看到曾旭清这么激动，龙书金没有说话。他明白曾旭清之所以这么激动，是因为他把边区党委的指示当成对二军分区工作的一种否定了。

会后，龙书金对曾旭清说："边区党委在这个时候下这种指示，绝不是无的放矢，主要目的应该是让大家检查各自的工作。边区党委对巩固游击地区提出了更为明确的要求，提醒大家开展工作要结合实际，要采用适宜的工作方法和斗争策略，我认为这是正确的。比如建立革命两面派政权，这个斗争策略是不适合大的抗日根据地的，但在游击地区，却是行之有效的。德县五区是敌人眼皮底下的一小块土地，只要工作方法和斗争策略得当，这里也可以成为德县的隐蔽游击根据地。但是，如果工作方法和斗争策略出现了偏差，已经开辟出来的新区也可能会在顷刻间化为乌有。"

对边区党委的指示，尽管大家理解不同，看法各异，暂时还不能形成思想上的统一，但大家都能严格按照党的组织原则，在行动上保持高度统一，将边区党委的指示精神落实到当前的各项工作中，竭力克服眼前严重的困难，把抗战坚持下去。

一年一度的麦收时节又到了。

自1941年算起，德县、陵县、德平三县已经连续三年遭遇旱灾了。1943年，一直到麦收前一个多月的时候，才下了一场透雨。漫洼地里的野草像瘌痢头一样稀稀疏疏，人们满心焦虑：秋收如果指望不上，这往后的四五个月可怎么熬过去呀？

往年，一到麦收时节日伪军就会频频出动，到我中心区骚扰、抢掠；这一年，日伪军没有骚扰我中心区，主要到据点附近的村里要钱要粮，要酒要肉。确保这些村里的老百姓免受敌人的祸害，成了县、区武装和区政权的当务之急。为了不暴露实力，也为了村庄免遭报复，县大队和区武工队常常化装成老百姓分散行动。他们不和敌人大规模地正面对抗，只在据点附近的大街上、集市上搞突然袭击，有针对性地除掉个别汉奸、伪军头目。中国共产党领导的抗日民族政权渐渐地得到了村民们的信任，村里的年轻人为躲避敌人的骚扰，纷纷选择加入游击队。一些据点里的伪军头目也私下通过各种关系向抗日民主政权示好，各县、区敌工部也趁机加大了说服伪军抗日的工作力度，且取得了很大的成效。

麦收开始后不久，敌人就开始了新一轮的"大扫荡"。从表面上看，敌人"扫荡"的直接目的是抢夺粮食。敌人的给养原来大部分都是从驻扎的大城市运来的，自去年开始从外面运来的给养越来越少，于是他们打起了当地粮食的主意。从规模上看，这次抢夺粮食的行动是敌人在冀鲁边平原上向我方发起的又一次大的进攻。随着太平洋战争的爆发，一部分侵华日军被抽调到太平洋或东南亚战场，但对我方敌后抗日根据地的攻势丝毫没有减弱。敌人在平禹、陵县发动了两次规模较大的"合围扫荡"，在德县一带活动的二区队及两个县大队也曾被几路敌人围攻，经过几番激烈战斗才成功突围。

麦收时节，何郝炬每天的心情就像坐过山车一样，起起伏伏。

陵县二区的区委书记赵钧在敌人的一次"扫荡"中被抓走，被关押在陵县县城里。经过多方努力，最终通过收买负责看管的伪军，才将其成功营救出来。

常年在谷、马二庄行动的邹玉峰等人也在这一轮攻势中遭到敌人的围击，他们被迫牵着一头毛驴顺着道沟转移。转移途中，驴背上褡裢里装着的文件掉出来了一些，虽然都是些不涉及机密的宣传品，却暴露了谷、马二庄是地委机关所在地的这一事实。幸好捡到这些宣传品的是伪军而不是日本人，事情没有发展到难以收拾的程度。何郝炬收到消息后，马上让三区的侯文成想办法把宣传物品弄回来，且叮嘱他千万不能让这些东西落入日本人之手。经过多番周折，侯文成出高价从凤凰店据点的伪军小队长王海长手中买了回来，也算是成功化解了这一危机。

相比之下，陵县敌工部部长王诚斋的经历算是百死一生。王诚斋经常在敌控区里打击日伪军、汉奸，所以敌人很想将他置于死地。日伪军在黄昏时分包围了王诚斋所在的村子，他们在抓住王诚斋后并没有立即杀害，而是反绑住王诚斋的双臂，打算将他拖到村外活埋。天气炎热，王诚斋敞着褂子，被一个伪军用枪顶着后背往前走。当感觉捆绑他的绳子不牢实时，他开始放慢速度，同时两条胳膊尽量往里抽动，快到村口时，他的胳膊已经缩在绳子外边。此时天已经完全黑了下来，敌人没有发现异常。走到村外道沟前时，王诚斋甩开上衣，猛地往沟里一跳，光着膀子撒腿就跑。负责押解王诚斋的伪军只觉眼前一晃，就看不见人影了。伪军顿时傻了眼，等回过神儿来才大声地喊了起来。王诚斋刚跑出十几步远，枪声就响起了，他孤注一掷，拼命往前冲。好在天黑了敌人看不清，只能胡乱开枪，子弹嗖嗖地从他身边飞过，却都没有射中他。正好道沟前方有一个沟岔子，王诚斋顺着一条道拼命往前冲，伪军们朝另一条道沟追了过去，王诚斋成功脱险。因为天太热，跑到最后，王诚斋咯了好几口血。第二天大家找到他的时候，他头都抬不起来了。"咯几口血没关系，我挺过来了，照样干革命，怕什么！"此后，王诚斋把这次咯血当成了一件很自豪的事。

慢慢地，我方对付敌人的办法多了起来。敌人向我中心区出动，我们就向敌人的据点步步逼近：罗院据点附近的小张庄村、林子据点附近的小官寨村、凤凰店据点附近的小王家村都成了抗日游击队和区干部的栖身之地。他们一般在拂晓前进村，到了晚上再转移到另一个村，一有机会就给敌人来个突然袭击。

南许村脱险

自从麦收开始，日伪军三天两头地来村里。三泂河村十户有八户是八路军军属，盛云章、魏玉珍、魏永杰几人多方周旋，把日本人瞒住了。附近据点里的绝大部分伪军都与日本人貌合神离，他们不吭声，日本人也摸不着头脑。尽管如此，狡猾的日本人还是总来村里折腾，虽然什么也没折腾出来。游击队和区干部熟悉了日伪军的套路，进进出出都能绕开敌人。

何郝炬带着武装小分队从德县返回三洄河村后，住进了魏玉坤家的西院。老三魏方荣将大黑驴拴到了牲口棚里，还顺手给槽里添了把草。刚磨完豆谷的方荣娘端着簸箕出门时与何郝炬打了个照面，大娘高兴得合不拢嘴，忙喊老三去烧水。

方荣娘知道何郝炬等人打西乡来，见他们都平安无事，心上的那块石头一下子落了地。

"赶快进屋歇着，俺给你下杂面面条，大娘知道你爱吃面条，偏偏今年年头不济，就连榆树皮也比往年收得少。"方荣娘说罢，朝厨房走去。

何郝炬每次来三洄河村，都有一种回家的感觉。方荣娘拉起了家常："鬼子、二鬼子来得多了，我们也就见怪不怪了。咱老百姓的命都豁出去了还怕啥，倒是你们这些同志，可千万别让那帮鬼子给碰上了。"

不一会儿，一碗热气腾腾的面条就端到了何郝炬的面前。

"大娘，以后不能这么麻烦了，随便吃点就行。今年又是灾年，你家的日子也不宽裕。"一说到灾年，方荣娘就忧心忡忡，麦收完已经一个月了，可还没下过一场透雨呢。

"庄稼虽然长得不好，但咱同志们坚持抗日可不能没有饭吃。放心，家里的日子还过得下去。"方荣娘出门时，嘴里还在叨咕着，"总不能一场透雨都不下了吧！下上两场大雨，老百姓的收成就能保住了。"

魏立勋、戴豪廷来见何郝炬时，也提醒他不能在三洄河村久留。"你是领导，目标大，万一有啥闪失，我们的责任可就大了。"戴豪廷笑着说，"我们也采取了一些措施，把几十个人的区队分成了几个小队，大家分头活动，发现敌情就互相支援。"

何郝炬很认同他们的做法，这就是分散、隐蔽斗争的具体化。他到德县、德平等地工作，出于安全考虑，需要带着武装小分队，回到陵县，武装小分队集结在一起反而容易暴露。何郝炬马上叫来傅洁民，让他安排队伍分散休整。此后，许辛光跟傅洁民带领分队在陵县四区、五区来回活动，耿捷山、贾金砚、尹寿和、蔡玉田则是跟随地委机关继续在四区活动。双方互相联系，形成掎角之势，便于照应。

出于安全考虑，何郝炬等人没有一直住在一个村里，而是在三洄河附近的几个村子里轮换着住。一天夜里，何郝炬和耿捷山、贾金砚、尹寿和几人来到了南许村。南许村位于滋镇与罗院之间，离滋镇只有几里远，离罗院差不多十里。南许村不大，名气虽没有三涧河村那么大，却也是我抗日军民常来常往的堡垒村。

几个人住进了村里唯一的一家小杂货铺，杂货铺的后面是一个小院，老许一人住在这里。杂货铺位于村里的一条南北向的胡同中，顺着胡同往前走能到村里的大街，往后走能到村里的后街。何郝炬之前来南许村都是住在老许这里，因为出入比较方便。

到的时候是下半夜，村里寂静无声。老许点上地炉子烧了开水，沏了壶大方茶，说："你们慢慢喝，我去前面看着。"说完就起身去了小货亭。只见他躺在一把斜放的椅子上眯起了双眼，然后每隔几分钟就起身在院里院外走走。一般只要我们的人在他这里住，他就会进进出出，替大伙儿当起了流动哨。耿捷山几人也是轮流在外边转悠，有时候也会爬上屋顶听听外面的动静。

月色皎洁，月光洒满小院，夜色静谧而清凉。屋里的人在朦胧中渐渐睡去。耿捷山坐在小椅子上靠着墙闭着眼，贾金砚、尹寿和躺在一张从炕上拉下来的席子上，何郝炬独自一人睡在炕的一角。因为天气热，何郝炬脱下了上衣，铺在身边。

突然，老许慌慌张张地跑进了院子，连院门都没顾上关，他一边跑一边压低嗓门朝屋里喊："不得了了，鬼子到了前街了！"屋里的人闻声不约而同地睁开了眼，刹那间，何郝炬已经穿好大褂，扎好裤腰，将手枪别进了腰间。

"快，翻墙上后街去。"老许用手指了指屋顶，低声吆喝道。大家的动作十分敏捷，贾金砚第一个翻上屋顶，接着是何郝炬、尹寿和，耿捷山在最后。要上后街，只能从后院的界墙上过去。那墙只有一尺多宽，平时走都是战战兢兢的，但此时大家都来不及思考，没两下就跨过去了。他们接连过了几个院墙，终于到了后街边的屋顶上。后街上一片寂静，街北有个大院靠着圩子墙，院门此时是敞着的。院里紧靠着圩子墙的是个牲口栏，牲口已经被老乡拉出来下地去了。大伙从屋顶上一跃而下，然后向大院冲去。贾金砚跑在最后，把院子的大门掩了一下。牲口栏的屋顶矮，大家三两下就到了围墙上。围墙外边是一圈壕沟，围墙顶上到壕沟底足有六七米高。前一天刚下了一场雨，沟底还隐约可见星星点点的积水。

"往下跳！"耿捷山说完就和贾金砚、尹寿和头也不回地跳下了壕沟，何郝炬反身伸开双臂，贴着围墙往下溜，到沟底时跌了一跤。耿捷山已经爬出了壕沟，正在向他们招手，示意他们快点爬上岸。紧靠着壕沟的是一片玉米地，玉米这时候长得不高，还遮不住人。他们弓着身子钻了进去，然后头也不抬地匍匐着向前爬。穿过玉米地，翻过一道田埂，接着又穿过一片玉米地和一片高粱地，这时他们听见了机枪声，听得出敌人是在圩子墙上朝他们扫射。他们跑得越来越快，也不知道跑了多远，直到拂晓时分，枪声停止了，他们才停下来。

已经精疲力竭的他们开始检查随身携带的物品，贾金砚忽然问尹寿和："你那一褂子手榴弹呢？"

尹寿和慌了，一拍脑门懊恼地说："唉！刚才一急，就把褂子忘在屋里了，万一给日本人看见了，那老许怎么能活着出来呀。"

"刚才那一阵扫射，准是鬼子发现了咱们，你说老许还能逃脱吗！"耿捷山也急了。

"都这时候了，急也没什么用。"何郝炬说，"那么紧张的情况下，忘记东西可以理解，只要人没事就好。"虽然这么说，但何郝炬其实心里也非常担心老许和南许村村民的情况。

稍微歇了一会儿后，他们继续向前走，天亮时他们走到了高家村的一片漫洼地里。青纱帐时节，既看不清远处，也弄不清村里有没有什么事儿。贾金砚起身先是听了听动静，接着又向外面瞅了瞅，他认为这几个村没事，于是顺着道沟转到高家村南面。王战亭家就在这个村里，于是他们有了一种亲切感。保险起见，只贾金砚一人进村和同志们碰面，拿几个窝窝头充饥，其他几人待在村外的西瓜地窝铺里，和看园子的老汉在一起。

雨水多的年份里西瓜好吃，偏偏今年天干得厉害，就连瓜藤都没长好。老汉说："这个把月就只见了几滴雨，你说这瓜能长得好吗！你瞧瞧，有的叶苗都见黄了，要再不下雨，别说是瓜了，就连大秋都不知道会是个什么情况呢。日本鬼子横冲直撞，咱还能和他们打转悠，毕竟中国人是杀不尽斩不绝的。可这年头要是再不济，那可就真没辙了呀！"老汉叹口气，对他们说道。

下午，到滋镇赶集的村民差不多都回村了，他们带回了在集上听到的消息：罗院据点、林子据点的日伪军于拂晓前兵分几路扑到前后许家和南许村，包围了好几个村庄。不过据说全都扑了空，天亮以后他们又都撤回到各自老窝去了。

听到大家都这么说，何郝炬他们才放心地回到了附近的村里。吃了晚饭，何郝炬对耿捷山说："咱们得回一趟南许村，看看老许怎么样了。"

黑夜里的南许村悄无声息，家家户户早就关了门。他们回到了小杂货铺，老许此时在小杂货铺门前坐着。一见到何郝炬他们，老许的眼泪在眼眶里打转，"大哥，真悬呀！幸亏没出什么事，你们真要是出了什么事，叫我怎么向区长他们交代呀！你们这要出了事，村里也会让敌人搅得鸡犬不宁的。"

老许说的都是实情，敌人每次搞奔袭都是为了搜捕抗日战士，真要是碰上了，敌人中再死上两个人，那他们必定会在村子里报复，什么伤天害理的事情都能干得出来！

老许给大家沏上茶，开始说昨天晚上的经过："昨晚天热，俺也睡不着，到下半夜就听到有人出发去滋镇赶早集了，突然俺听到外面的脚步声很重，和平常百姓走路的声音不大一样，于是想上街瞧瞧。俺刚走到胡同口，就发现街上黄澄澄的一片，俺知道是日伪军来村里了。我回来喊你们的时候一着急就忘了掩住门。等你们走了，我看见一条褡裢落在桌子上，屋里地方小，藏不住，我举起褡裢就往货亭的屋顶上扔，心想敌人来了怎么也不会朝房顶上瞅。我不知道褡裢里装的是手榴弹，结果扔上去的时候手榴弹全掉出来散落在屋顶上了。屋顶虽然不高，可俺也没时间去收起来了，只能眼睁睁地看着。日伪军很快就冲进了铺子里，他们拿着刺刀在屋里一顿乱刺。俺站在一边紧张得不得了，心想要是他们往屋顶上瞅可咋办。还好，这帮家伙闹腾了一阵后就朝货柜上的东西下手了。大马钩被翻出来随着就点上抽了起来，货柜上的小酒坛子也给翻了出来……突然，后街上响起了枪声，俺寻思是不是和你们碰上了。日伪军一听枪响全都朝后街跑去了。敌人虽然走了，可俺不敢动，大门也不敢去关，只望着货亭的屋顶出神，一直到天大亮敌人全都离开了村子。"

老许喝了口茶，接着说："大哥，你们这回真是福大命大。你们不是从后院边墙上跑的吗，其实那时候日伪军正在后院北屋里翻东西。"

何郝炬几人听了非常吃惊。老许又说："后院长锁今儿对俺说的。他家大哥一早出门要去滋镇赶集，还没来得及关上门，就闯进来了几个日伪军。日伪军们嚷嚷着将长锁媳妇、长锁娘全给轰了出来，然后就在北屋里边乱翻东西。长锁是看着你们几个越墙过去的，和伪军进院的时间相差不到半袋烟的工夫。"

"会有这么巧？我不信日伪军会走到我们前边。"贾金砚心生疑问。

老许说："算时间应该差不多。你们绕了几个弯上房，再越过边墙，时间上已经晚了一步。日伪军进长锁家应该比进俺屋要早，因为两拨日伪军是从前街一起上胡同里来的，前面的进了后院，后面的进了俺这里。昨天下半夜就俺这小杂货铺和长锁家的门没关。"

何郝炬听罢，长长地舒了一口气。

邱岩桂被捕

邱岩桂从一军分区调来二地委担任妇联主任。李玉池按照何郝炬的吩咐，安排她住在了赵马拉村的回宝仁家里。

邱岩桂是乐陵县李名杨村人，五岁时父母相继去世，从此跟叔父生活。因生活所迫，叔父带她逃荒去了"关东"，叔父靠出卖劳力、节衣缩食供其读书。海龙县师范毕业后，邱岩桂在当地任小学教员。七七事变前夕，邱岩桂随叔父回到了乐陵。1937年冬，共产党员杜步舟到乐陵开展抗日救国运动时结识了邱岩桂，在1938年春介绍邱岩桂参加革命，并在同年10月介绍邱岩桂加入中国共产党。

白天，邱岩桂跟着回宝仁的妻子下地拾草、挖菜，晚上开展革命工作。敌人开展"拉网合围"后，回宝仁同妻子说："咱家目标太大了，把岩桂同志送到安全户家里去吧。"见妻子有些迟疑，他又说，"咱们家人来人往的，过去咱天不怕地不怕的，现在是特殊时期，咱不得不考虑。"不久，回宝仁将邱岩桂送到了一户蒲姓人家里。蒲家只有母子二人，儿子没有娶妻。他们商量着，如有敌人来查，蒲母就说邱岩桂是她家的儿媳妇。

9月2日晚上，根据邹玉峰的安排，二区区委书记魏立勋到赵马拉村找邱岩桂商量有关妇女宣传的事情。谈完工作后，回宝仁对魏立勋说："最近形势严峻，这么晚了就在村里住下吧。"说完，他把两人送到了蒲家。发现蒲家住不下后，邱岩桂跟着魏立勋去了另一户人家。

拂晓时分，村里忽然枪声四起，邱岩桂和魏立勋从梦中惊醒。邱岩桂对女房东说："若敌人来查，就说我们是来走亲戚的。"

枪声越来越近，很快就进来了一伙伪军，简单地问了两句后他们就走了。不一会儿，外面又响起了枪声，魏立勋出门看了一眼后立马回来，急急忙忙地说："快躲起来，我总觉得这伙人是冲咱们来的。"邱岩桂立马跑到对面屋里的高粱叶下藏了起来。没多久敌人就进了院子，他们一边喊着"八路快出来"，一边用刺刀朝着高粱叶乱刺。

邱岩桂被捕了。敌人把邱岩桂和另外两个满脸是血的人一起押到了罗院据点。

罗院据点里还关着不少村民，日伪军对他们逐个盘问，问一个放一个，最后只剩下邱岩桂和那两个满脸是血的人。邱岩桂仔细打量了一下那两个人，一个看上去五十多岁，一个看上去十七八岁。敌人问他俩是干什么的，他们说自己是老百姓。问邱岩桂时，邱岩桂说她是谷家人，是来投亲借粮的。日军军官狰狞一笑，叫人把那年长的老头吊了起来，先是打，接着是灌水，最后放狗咬，老头始终说自己只是老百姓。敌人接着对那个看上去只有十七八岁的青年进行了严刑拷打，青年也说自己只是老百姓。

邱岩桂是第一次见到这些酷刑，心中一阵恐慌，但她很快镇定下来，她在心中不断告诉自己，只要不怕死，就能挺过来，自己是一名共产党员，绝不能给共产党丢脸。

轮到审讯邱岩桂时，日本军官问："你是八路？"问完又指着那两个受刑的人说，"不说就死了死了的。"邱岩桂说："我不是八路。"敌人暴跳如雷，把邱岩桂吊了起来，用棍子、皮鞭一阵痛打。邱岩桂咬紧牙关，一声不响，渐渐地失去了知觉。日本军官命人朝邱岩桂的头上浇了一桶凉水，邱岩桂醒了过来，日本军官接着问道："你是八路吗？""不是！"邱岩桂坚定地说。敌人又把她吊了起来，然后朝她的鼻子里面灌水。没多久，邱岩桂的鼻孔和喉咙就像被火烧刀割一般疼痛，还流出了血。"你是八路吗？"敌人还在问。邱岩桂愤怒至极，拼尽全力怒喝道："不是！"

如此反复几次以后，邱岩桂的肚子胀得像皮球一样。敌人把她平放在地上，然后用脚在她的肚子上用力踩，她痛苦不堪，但就是不承认自己是八路。最后，敌人牵来了狼狗，不一会儿邱岩桂就成了一个血人，躺在地上不能动弹。敌人把她拖到了一间小屋里过夜，周身的疼痛令邱岩桂彻夜难眠。

次日，敌人又来提审，几个汉奸把她架到了一间小屋里。进门后，她看见桌子上摆着茶点，还放着一把军刀。坐下后，日本军官让她先吃点东西，邱岩桂很饿，抓起桌子上的点心就往嘴里填，疼痛感迅速来袭——她忘记了嘴上的伤。面对敌人的询问，邱岩桂开始平静地讲述编了一夜的故事。

她告诉敌人，自己姓李，父母没给起名字，只有小名，原籍乐陵，今年三十六岁。丈夫名叫马德发，在东北一个叫样子哨的地方开铁匠铺。她有两个孩子，但都病死了。孩子死后，她和丈夫回到谷家村，后来因为生活困难，丈夫又回到了东北。自己目前靠纺线、做鞋维持生计。这次到赵马拉村，是因为家里没粮了，到姑姑家借粮。

日本军官听完，笑嘻嘻地凑到邱岩桂面前，说："你只要说实话，皇军大大的优待。"

"我说的都是实话。"邱岩桂有气无力地说。

"你死了死了的!"日本军官一边说着一边拿起军刀，指向邱岩桂。见邱岩桂浑身是血，且身体已十分虚弱，日本军官便让两名伪军把她架进了一个能关七八个人的大木笼里，笼子里还关着那两个与她一起被抓过来的人。初秋时节，气候潮湿、闷热，伤口引来无数苍蝇叮吮，没几天，伤口处就出现了线头大小的白蛆。

木笼里还关着一个外号叫"练子"的中年人，他经常以一名"智者"的语气劝大家说实话，大家都怀疑他是敌人派进来的奸细。

一天，一个抱着四五岁男孩的年轻妇女被关了进来。据说她丈夫是八路军的地下交通员，敌人没抓到她丈夫，就把她抓来了。邱岩桂借放风的机会悄悄叮嘱她："他们打你时，你坚决不说，他们就拿你没有办法。"第二天，女人被提去审问，回来时浑身是血，不能动弹。小男孩饿得没命地哭，邱岩桂看着心疼极了，她勉强撑起身子，向难友们要了块玉米面饼子嚼着喂他。孩子有了吃食后就变得很乖，夜里就依偎在她的身旁。

一天早上，看守把邱岩桂提到了一间小屋，然后悄声对她说："大嫂，你的官司打完了，你给区长当老妈子吧。谷希林来了，叫你赶快把口供写出来。"邱岩桂满是疑惑地盯着那名看守看了一会儿，说："我不认识谷希林，我也不会写字。"看守有些急了，说："我不会干缺德事的，谷希林是我的朋友。鬼子快完了，他要我告诉你，你只有照着做，才能被放出去。"邱岩桂还是不说话，看守更急了，说："我这也是为我自己找出路，你赶快写。"说完递给了邱岩桂铅笔和纸。邱岩桂猜想，应该是组织来营救她了。她将自己先前编好的故事写在纸上，写完交给了看守。

第二天早上，在和难友们的闲谈中，邱岩桂说她家是做买卖的，她能画几个字。不久，练子就被敌人提审了。练子回来后，敌人马上把邱岩桂提进了审讯室。敌人指着桌上的一张地图问她："你识字吗?"邱岩桂说："不识字。"话音刚落敌人就拿起了桌上的一根棍子，狠狠地打在她的肩膀上。打完了，敌人又叫她在地图上歪歪扭扭地写了一个"山"字。写完，敌人又接着问："你是不是八路?"

"不是。"

"谷家在哪个县?"

"平原。"

之后，敌人又足足打了她半个小时，她又不能动了，出入木笼都得靠难友扶着。

很显然，是练子在告密。

二十多天后，伪所长把她叫了去，说要送她上陵县。邱岩桂坐在一辆卡车上，她的四周都是日伪军。她忽然想起，我党的王兴荷、张哲生两名同志也被关在陵县监狱，如果可以见面，也许能有机会把口信捎出去，从而赢得组织的营救。

到陵县监狱后，邱岩桂趁上厕所的机会找到王兴荷、张哲生，告诉他们："组织已在积极营救你们，你们应该快出去了。"王兴荷说："我会想办法告诉外面你已来到这里，让他们先给你送饭。"

能和狱中的同志取得联系，邱岩桂很高兴。根据敌人的要求，她又将先前的口供写了一份。

来到陵县监狱的第三天，邱岩桂被提审了，面对敌人的审讯，她坚持之前的说法。没过几天，张哲生就被放了出来。党组织很快就知道了邱岩桂的现状，并随即安排宋俊声以家人的名义给她送饭、被褥和棉衣。宋俊声偷偷告诉邱岩桂，组织正在想办法营救她，让她一定要坚持住。

一天，一名姓张的看守抱来一堆棉絮、布料，让邱岩桂做被子。邱岩桂和王兴荷看着眼前的棉絮、布料，脑海里浮现出战友们风餐露宿干革命、吃不饱穿不暖的景象。她俩决定用这些东西偷偷地做几双鞋子，然后想办法找人带出去。后来，她俩让张姓看守送了七八双鞋给邹玉峰、曾旭清、魏立勋等同志。

12 月底，姓张的看守送来了一件棉衣，并悄悄告诉邱岩桂衣角有信。看见组织的来信，一向坚强勇敢的邱岩桂竟像个孩子似的蒙上被子大哭了一场。后来，她写了一封回信，还画上了监狱草图藏在被子里，让人捎了出去。

和党组织取得联系后，邱岩桂干革命的热情更加高涨。她和王兴荷一有机会就对狱卒做宣传工作，给狱友陈述抗战形势，分析我军必胜的原因。

邱岩桂和王兴荷还经历了一次惊险的越狱活动。通过一段时间的观察，邱岩桂和一名叫韩德胜的男狱友取得了联系。韩德胜是个三十出头的血性汉子，因为得罪了本村的财主，遭陷害被抓了进来。韩德胜手巧，他教邱岩桂她们用罐头盒做成小刀。在韩德胜的带领下，他们已经锯断了几根窗棂，一切准备就绪，就等天黑了。

可就在那天下午，消息不幸被走漏，韩德胜当晚就被杀害了。

越狱行动虽然失败了，但狱中的邱岩桂意识到，黎明的曙光就要到来了。

一夜铲除两据点

马颊河南岸的仙人桥，位于德县六区、七区的交界处，是德县的东南大门，敌人非常重视。1938 年 9 月，土匪在仙人桥村子东北角修起了一座炮楼，炮楼后来成了敌人的据点。敌人对炮楼进行了扩建加固，外面也修了围墙，墙上还留有射击孔。围墙内东北角有一座高九米的三层碉堡，由战斗力较强的伪军第二中队张凤林部驻守，碉堡内设有一个伪警察所，专门负责维持地方治安。

1940 年 10 月，敌人在距离仙人桥东南六公里处的董屠庄修建了另一处据点，据点内有一个前哨阵地，由一小队伪军驻守。据点在村子的西北角上，四周筑有土围子，土围子外面挖有宽七米、深三米的壕沟。敌人在董屠庄的东北角上还修了一座土质的两层岗楼，岗楼的四周也筑有土围子，土围子外面同样挖有壕沟。

仙人桥的右侧是黄河涯，当地驻有史存善的一个伪军中队；左侧是土桥街，有一个日伪据点。仙人桥据点一有风吹草动，附近据点的日伪军可随时过来增援。仙人桥据点的建筑结构相比其他据点，属城高池深，兵戈坚利，用张凤林的话讲，可谓是"固若金汤"，坚不可摧。

董屠庄据点的伪军第二中队第三小队七班班长刘春旭，与伪军小队长高文焕积怨已久，且有激化之势。张凤林准备以整顿军纪为名，插手处理。刘春旭闻讯，心中极为不安，在他看来中队长亲自插手，绝非吉兆。经过反复考虑，他认为只有投靠八路军才能躲过这场灾难。于是，他托本村的刘成武和吴家寨的张光奇作为中间人与八路军联系。好几天过去了，刘春旭都没有收到回音，他变得神不守舍、焦急万分。

一天，刘春旭在土桥街大集上遇见了老朋友刘玉成，他知道刘玉成和八路军走得近，于是说出了自己的心里话。刘玉成说："部队行踪不定，一时很难找得到。张龙就在附近，我领你去见他吧，让他给你想个解决的办法。"见到张龙后，刘春旭把自己如何与小队长产生矛盾，如何遭排挤，如何产生弃暗投明的想法等一股脑地全说了出来。最后，他表示愿意做八路军的内应，协助八路军拔除董屠庄据点。张龙认真地听他讲完，然后鼓励他说："我们非常欢迎你。国难当头，作为一名中国青年，就应该为国家做出贡献。虽然不小心走了歧路，但只要认真悔改，仍然是一个好青年。如果真按你说的拔除了董屠庄据点，那一定会给你记功，还会给你一定的物质奖励。我们的政策就是立功者受奖。"

听到张龙这些话，刘春旭立即说："行动最好定在今夜，今夜我正好有一班岗，放吊桥、开大门都由我说了算。十二点以后，大家基本上都睡觉了，枪都挂在墙上，缴枪是手拿把掐。"张龙一听来了兴致，但又觉得机会来得太突然不敢相信，他上下打量了一番刘春旭，又扭过头去看刘玉成，见刘玉成冲自己点了点头。张龙这才和刘春旭探讨了起来。接下来，刘春旭把据点内部的人数、装备、枪支弹药，以及各种障碍设施，都做了详尽的说明。

张龙认真地听着刘春旭的话，偶尔提一些他熟悉的问题试探刘春旭。几番试探之后他才把心放下，认为这确实是一个拔除董屠庄据点的大好机会。目前，区队只有三个班的武装，担不了这么大的任务，他想起来，军分区二营正在七区活动。他立马带着刘春旭出发去寻找二营部队。见到张宝珊营长后，张龙将情况做了完整的汇报，张营长认为绝不能错过这个机会，决定当晚就行动。刘春旭的值班时间是夜里零点至两点，行动的时间是夜里一点。张宝珊营长统一指挥行动，张龙负责具体执行。几人约好了接头的地点、时间和暗号，并当场对好表。然后就让刘春旭回董屠庄据点，暗中监视敌人的动向。

午夜时分，张宝珊营长做完战斗动员后，部队立即出发。知道要去拔除敌人的据点，大家一路情绪激昂，十几公里的路程，眨眼间就走完了。他们在附近的地沟里安静地等着刘春旭的消息。不一会儿，刘春旭走了出来，他告诉张宝珊一切正常。张营长命令二连迅速进入警戒状态，一连和区队立即投入战斗。

"你是哪一位？"

"我是刘春旭，快把吊桥放下来。"

随着吊桥吱吱呀呀地落下来，大门也紧跟着敞开了，张龙和战士们激动得心都要蹦出来了。他们快速冲进了据点，在一枪未响的情况下全俘伪军三十多人，缴枪三十余支。在清查被俘人数、缴获的枪支弹药及其他军用物资时，张龙灵机一动，心想何不趁机把仙人桥据点一块拔掉呢？

刘春旭也在帮着一起清点物资，此时的他心里踏实多了。张龙对刘春旭说："再给你个立功的机会。"

刘春旭停下了手里的工作，怔怔地望着张龙。他不知道自己还能干啥。

"解决董屠庄据点，未响一枪，炮楼也没有被焚烧，仙人桥据点肯定不了解这里的情况，现在离天亮还有好几个钟头，不如趁热打铁，咱们把仙人桥据点一块拔掉，你看怎么样？"张龙说。

刘春旭："好，没问题！"

见刘春旭同意，张龙立马把这个想法报告给了张宝珊，张营长也非常赞成。一部分战士押着俘虏，带着缴获的物资返回宿营地，剩下的人直奔仙人桥。

仙人桥伪军据点和伪警察所分驻两处，相距不远，必须同时解决，否则会对战斗不利。张龙和张宝珊商议后决定由区队派出一个班随二营一连进入伪军据点缴枪，张龙带领其他两个班解决伪警察所。

张龙带领的战士们冲进屋内，都把枪收完了，伪警察们还一个个鼾声正浓。一名战士走到炕边，拍了拍一个伪警察的脑袋说："喂！天亮了，该起床了！"就这样，十多名伪警察迷迷糊糊地做了俘虏。

刘春旭此时也领着一连和区队的战士们扑向了据点。据点值班的叫盖炳训，见有人过去，忙问口令，刘春旭说："我是春旭。"盖炳训一听声音是熟人，就一边放吊桥，一边问道："这么晚了，来干什么呢？"刘春旭说："有点急事。"

一名战士冲上去三两下就拿住了盖炳训，并用毛巾堵上了他嘴。其他战士分头到各屋收枪，战士们很快就将西屋和南屋的枪收完了。在东屋收枪时，惊动了北屋的一名伪军值班员，伪军值班员慌乱中冲黑影开了一枪，正好击中了区队战士李长江（今陵城区边临镇胡家寨人）的头部，李长江当场牺牲。战士们立即向敌人发出警告，要他们放下武器，缴械投降，否则坚决予以消灭。此次战斗，共俘伪军六十余人，缴获长短枪六十余支。除伪军中队长张凤林趁机逃走外，其余无一人漏网。

第2天，张龙让人拿来记账簿，按照红点、黑点进行统计，然后将有问题的伪军交给政府处理。剩下的，愿意抗日的就留下来，愿意回家的就发放路费。刘春旭报名参军，留在了区队，因在拔除董屠庄据点、仙人桥据点中立了大功，组织奖励了他三千元法币。

一夜之间，我军在未发一弹的情况下连拔敌人两处据点，这在社会上引起了很大的震动，扩大了德县抗日政权的政治影响力，同时也引起了敌人的极大恐慌。从此，二区、五区、七区的抗日斗争进入了一个新的时期。

过了很久张龙他们才知道，董屠庄据点和仙人桥据点各有一小股伪军漏网：董屠庄据点的董福本，是董屠庄本地人，知道自己作恶多端、罪不容诛，所以夜里经常变换住宿地点，那晚他没在据点住，故而漏网；仙人桥据点是在行动当晚的几天前派出了一个班负责守卫马颊河大桥，行动当晚他们也没在据点里，所以也侥幸逃脱。

还是粮食问题

7 月末的一天，何郝炬手拿刚刚收到的边区党委发来的一份文件正在认真领会。

我们已处于黎明前的黑暗时期，敌人越是要灭亡，就越会做垂死挣扎，犹如困兽之斗。黑暗就要过去，曙光就在前面⋯⋯

从国际形势上来看，德、意、日等国家败局已定。濒临失败的日军似乎横下心来要和抗日军民拼个你死我活，他们对中心区村庄的"合围扫荡"、骚扰破坏一直就没停过，进攻也丝毫没有放松的迹象。

对二军分区来说，眼下最大的难题并不是敌人的攻击，而是北部几个县的灾情。春天的借粮斗争虽然暂时缓解了粮食危机，但老天爷就像是故意要考验这里的民众一样，持续多年的旱灾大有愈演愈烈之势。

截至当年农历的六月底，庄稼地就一次都没"喝饱"过。庄稼长得又矮又小，稀稀拉拉的叶子也出现了黄色，看不见抽了多少穗子。俗话说"逢旱必蝗"，对这几个县来说，群蝗过境无疑是雪上加霜。从北乡飞过来了一拨又一拨的蝗虫，三天时间就遮云蔽日，席卷整个陵县、德县大地。群蝗所到之处，地如火烧，就连高粱秆、玉米秸上发黄的叶子都被一扫而光。

"天天盼着老天爷下点雨，让我们能收个一星半点的粮食，这蝗虫一来，将地里那一点豆谷茬子、玉米高粱秋秸叶子都啃光了，我们要怎么活呀！"接下来，人们开始了流浪逃荒的生活。

也许是因为在村里找不到吃的，连续两三个月，罗院据点、盘河据点、神头据点的日伪军很少到村里"扫荡"。慢慢地，粮食问题成了抗日民主政权当下需要解决的主要问题。

自古以来鲁北大地就有"两三年一小旱、十来年一大旱"的说法，今年的旱灾可算得上是大旱之中的特大旱了。因此，地委要求，所有干部走访了解百姓生活，以便做出正确决策。

丁学风介绍说："从前碰上灾年，不外乎是老少娘们儿在家吃糠咽菜，老少爷们儿跑出去要饭过冬，第二年开春再做庄稼活。从前大部分人选择闯关东，如今闯关东的路子差不多堵死了，再去说不定就会被日本人抓去当劳工、当伪军，越来越多的人选择往南边跑。'下蚌埠'成了大部分逃荒百姓的选择。"

"蚌埠不也被鬼子占领了吗，去了不照样被鬼子抓去当劳工、当伪军?"何郝炬问。

"那边没有什么'满洲国'，情况兴许要好一些。听说往那边去的人多，被抓去的可能性不大。"

李玉池说："人都跑没了，我们还怎么坚持抗日斗争呢?"

"这倒是，斗争离不开群众，人都走了，斗争要怎么开展下去确实是个问题。"几个人听了心情都非常沉重。

王景芳、曹明惠、马冲、许国珍等人每次来地委，都会谈到粮食的问题。临北和林子的旱情也很严峻，靠东的一些村庄的情况要好一些，从某种意义上来说，这次旱灾算是"插花灾"。新任临北工委书记许国珍想让县区武装在敌控区内找一些储粮多的村庄来个"劫富济贫"。这个想法一说出来，立马遭到了何郝炬的反对。何郝炬深刻地意识到，他这几十年虽经历了不少生生死死的劫难，但处境绝没有比现在更残酷、更严重的了。眼下的粮食问题关系到人民群众的生死，如果解决不好，他该如何面对魏玉坤家的大娘、高家村的种西瓜老汉等这些与他患难与共的亲人们呢?

在地委的例会上，他将了解到的全军分区的受灾情况做了通报。平禹地区的受灾位置主要在铁路和县城附近，粮食的总产量与往年相比严重减产，但维持到明年麦收应该不成问题;齐河、济阳靠近泺口、晏城一带算是平年，北区有"插花灾"的地方也算是全区灾情较轻的;德县的七区、八区、九区粮食颗粒无收，五区往西是平年;德平全县受灾，西南与陵县、德县交界的地区，灾情同这两个县一样严重，德平北部、东部也是"插花灾"灾区;临邑城南现划归齐济地带的区域属于严重"插花灾"灾区;临北地区灾情严重，几乎颗粒无收;陵县五区算是二军分区中灾情最严重的地区。

"目前来看，受灾最严重的还是以陵县为中心的鲁西北三县。多数地区还是能够坚持到明年麦收，若真能坚持到那时，那一切都会改变的。"曾旭清冷静地分析道。孙子权、李萍、邹玉峰等人也持同样的看法，谁都没有忽视这片土地上的困难，只是大家都心有余而力不足。

何郝炬日日夜夜在这片土地上开展斗争，他对这片土地充满了感情。见地委的同志们商量不出来解决问题的办法，他其实是非常激动的。这些日子，他脑子里一直在琢磨粮食问题，他认为全区唯一有可能拿出部分粮食外运的是齐济地区。因此，他想和李萍商量一下，看有无可能在齐济地区搞到一些粮食，帮助北部灾区渡过难关。然而，以李萍谨慎稳妥的性格，要他立刻表态，怕是没那么容易，所以何郝炬做好了打持久战的准备。

"我们绝不能让人民群众在大灾面前坐以待毙，我们绝不能让这些地区变成无人区，从齐济地区拿出一部分粮食帮助他们渡过难关是义不容辞的。"李萍语气坚定地说道。这大大出乎何郝炬的意料，他没想到李萍会这么爽快地答应。何郝炬感到非常高兴，解决粮食问题总算是有了眉目。

然而，对于粮食运输的安全问题，李萍表示非常担心，毕竟从齐济运粮到北面，有百十里地的路程，需要穿越商临公路的大封锁沟，还要途经敌人的好几个据点、岗楼。"你的积极态度是对我的最大支持，也使我对解决眼下的问题充满了信心。运粮的确困难重重，我也还没想到好的办法，不过我相信总会找到法子的。"

何郝炬外出只有半个月的时间，但他却感觉仿佛离开了很久。离开的时候，地里的庄稼长势虽差，却还有一丝生机；眼下，地里随处可见密密麻麻的蝗虫尸体和被吞噬一空的秫秸。不少人正在地里捡蝗虫充饥，但这又能坚持多久呢？

村里，大家神色凝重，看向何郝炬的眼神充满了忧郁与困惑。"大哥，往后我们该拿什么去和鬼子斗呀？"魏立勋的声音里带了些哽咽，一见到何郝炬忍不住问道。

方荣娘刚见到何郝炬时一脸欢喜，但转眼就露出了愁容："以后你再来呀，不要说杂面面条了，怕是连糠菜都找不到了。你们这些棒小伙子，饿着肚子怎么去抗日呀！"

何郝炬冷静地说："一切都会好的！"此时何郝炬内心所承受的巨大压力，无人能体会得到。

德县根据地的建设正在有条不紊地进行，缺粮也成了丁学风眼下面临的最大难题。去年的旱灾，已经使收成比往年少了五成，人们本来满怀期待，想着来年能风调雨顺，让他们平安渡过饥荒。可眼下，就连树皮都被人扒光了，更别说粮食、野菜了，刚刚开辟出来的几个新区也因为粮食问题出现了信任危机。

丁学风向何郝炬汇报德县的灾情时，陵县县委书记王景芳及临北工委书记许国珍也在现场。

"我们前段时间开展借粮斗争，积极组织自救，工作很有起色。地委准备外调一批粮食进来。但我们能不能运进来，运进来后首先解决哪些村庄、哪些人的粮食问题，我们需要提前考虑？"大家的积极性都很高，争先恐后发表自己的看法。经过讨论，最后决定先把粮食集中在封锁沟附近，由临北的武装在据点的壕沟一侧掩护、警戒，以保障运粮的安全。届时，临北工委、办事处和各区干部一起参加运粮行动，积极发动临北受援村的群众越过封锁线，将粮食搬回自己的村寨。根据当下的形势估计，敌伪不会大规模出动，如果运粮工作都在夜里进行，那地方武装完全能够顶住敌伪的破坏。

许国珍认为，当下是团结群众的大好时机，这次行动有利于团结组织群众，行动过后，我相信一些"两面应付"的村庄会完全转到抗日民主政权这边来的，到那时，我们的乡村政权就能得到进一步巩固了。刘润生说："我们一定要把灾情弄清楚，不多报也不少报，既要对得起老百姓，也要对上级负责。在年成普遍不好的情况下，我们既要使真正受灾的百姓得到粮食，又要准确统计受援人数，不能搞虚数，否则会加大支援县和地委专署的负担。临北地区的灾情比陵县五区要轻一些，有些村庄算是'插花灾'，所以无须从外边运粮。"何郝炬非常赞同刘润生的话。

何郝炬之后又分别与陵县三区、四区、五区的区长和区委书记谈过话，了解当地老百姓的一些想法和情况，同时也评估这些同志是不是具有率领群众完成运粮任务的能力。令他感到欣慰的是，这几个区里有离家逃荒打算的人并不多，老百姓信得过共产党和抗日民主政权，他们相信共产党和抗日民主政权会帮助他们平稳度过灾年的。老百姓的信任让何郝炬感觉热血沸腾，同时他也对做好运粮工作充满信心。

何郝炬决定马上动身，他要在地委会上提出运粮方案并力促尽快做出决定。地下交通员这时传来消息，说司令部已转移至平禹地区，请地委同志立即前往参加会议。

在地委会议上，何郝炬把调查走访后形成的救灾方案提了出来。"二军分区的百姓的生活遇到了大的困难，生死攸关，我们要组织互助征借和调剂，让受灾百姓平稳度过灾荒。由专署负责在收成好的县征借粮食，由受灾地区的党组织负责组织百姓运回。受灾最为严重的陵县、德县、德平地区的百姓以及县、区武装人员，每人每月可领取原粮十五斤；其他地区的受灾百姓每人每月可领取原粮五斤；党政工作人员每人每月可领取原粮八斤。粮食按月发放，一直发到明年春天，此外还要向群众说明为何有分配差异。从齐济征借的粮食，由齐济县抗日民主政权组织运送至封锁沟不远处，等待救济的县、区分别组织人员抢运，并以村为单位成立民兵队、组，确保粮食运输的安全。"

大家一致通过这个救灾方案，没有提任何修改意见。龙书金见大家没有异议，就做了进一步强调："抗灾救灾是今冬的重大工作，地委、专署及有关各县都要当作大事来抓，县、区武装也要严密监控敌伪的动向，确保运粮行动不出纰漏。"

何郝炬建议由专署出面组织工作，地委同志参与行动。孙子权毫不犹豫地接受了，并表示愿意和何郝炬一起完成这项工作。何郝炬很高兴，因为前不久他和孙子权提过调粮救灾的事，当时孙子权没有明确表态。如今，看他态度如此积极，看来是想通了。

曾旭清最后强调："积极、及时地开展救灾行动是中国共产党群众观点的具体体现，也是我党的重大历史使命。区党委曾批评我们群众观念不强，这次行动正是我们增强群众观念的一次绝佳机会，同时这一行动也是我们赢得民心、巩固根据地的重大举措，我们将与人民同甘苦、共患难，为人民排忧解难。专署要具体指挥，地委也要集中领导，县区武装要亲临现场警戒，保证运粮工作的安全，主力部队更要积极配合，防备敌军大规模的袭击和抢掠。总而言之，我们要想尽办法确保运粮行动万无一失。"

经过讨论，地委会决定由何郝炬、孙子权、李萍一起组织、指挥运粮工作。

日军近期很少出来活动，他们的给养多半是从大城市运来的。连续几年闹灾荒，伪军们现在也不愿到那些受灾严重的地方去活动，去了也捞不着啥东西，他们只在据点附近的村里活动。二军分区的大部分地区暂时安静了下来，百姓有了片刻喘息的机会，这也给运粮救灾工作创造了机会。

秋粮收割已经结束，征借粮食工作已落实到位，各县、区开始投入调运粮食的准备工作中。灾区的运粮民兵队伍也已建立完毕，只待一声令下，便可投入护粮的工作。阴历十月，第一批粮食从原临邑城南向北区起运，担任这次运输任务的主要是北区的县、区武装和干部，地委小分队随行。一路上大家虽然累得气喘吁吁，但一想到过冬不用愁了，就无比激动。

粮食合理负担工作，让新上任的陵县县长王工一真正体会到了粮食对于群众的重要性。他听从了何郝炬的建议，安排行政科科长戴豪廷负责粮食运输工作。说到粮食，戴豪廷比谁都急，因为他要确保同志们有吃食。

"看你整天着急上火的，要不你去带队运粮吧。大哥钦定你负责这次的运粮工作。"王工一对戴豪廷说。

"保证完成任务！"戴豪廷说。

"县大队随你一起行动。军分区已经把这次行动报给了沿途的部队，关键时候他们会配合行动的。"

十多天后，戴豪廷把一百万斤粮食一斤不差地运了回来。虽然运粮途中遇到了日伪军，自己的胳膊也被流弹击中，但是只要一想到粮食被平安地运了回来，圆满地完成了任务，百姓们有粮食可以吃了，戴豪廷的心里就乐开了花。

诡异的电报

就在运粮任务各项工作逐渐步入正轨之时，一个令人悲愤的消息传来：军区副司令员黄骅和参谋主任芦成道遭叛徒刺杀，牺牲了。叛徒是司令员邢仁甫手下的手枪队队长冯冠奎，现已逃跑，其他伤亡情况不明。消息是从百姓口中得知的，龙书金觉得有些可疑，试图与军区取得联系，确认真伪，但没有联系上。曾旭清、何郝炬等人则认为军区一定是忙着收拾局面，无暇通知各军分区。

一天，何郝炬正准备带着小分队到陵县各区走走，看一下运粮任务的完成情况。还没走出门，何郝炬就被司令部的人叫走了，说是有紧急情况。

"军区终于来电报了。"曾旭清急忙对何郝炬说。

电报的内容很简单，开头通报了冯冠奎叛变，残忍杀害黄骅、芦成道一事，并指出这件事给边区造成了重大损失。边区党委、军区决定召开紧急会议，要求一军分区彭瑞林、傅继泽，二军分区龙书金、何郝炬，三军分区李广文、杨铮侯尽快赶到新海地区报到。电报落款为边区党委、军区。

何郝炬说："这次的会议应该是让司令员和政委两人去，我去不太合适。"

"上边指定要谁去，谁就去。你们两个代表了地方和主力部队，有什么不合适的。"曾旭清说。

龙书金也说："谁去都一样，上级指定让咱俩参加，一定有他的道理。咱们这里总得有人主持工作，特别是主力部队，我和政委必须要有一人在家，不然突发重大情况，谁来做决定。这次过去，我们的队伍不能太大了，带一支能打能走的小分队就可以了，我看你上回带的那支队伍就挺不错。"

"那支队伍路倒是熟，就是没什么实战经验，咱可以让他们在前面带路，然后再带一支战斗连队跟着。"

龙书金说："那就这样定了。带上司令部的警卫排和你那支小分队，一共五六十人，足够了。"

队伍在陵县三区集结完毕后立即朝着德县方向出发。

"郝炬同志，你在想什么？"晚上休息时，见何郝炬不停地翻身，龙书金问道。

"我总觉得这事儿有些蹊跷，但又想不出是哪儿出了问题。"何郝炬说。

"等到了军区一切就都明白了。"

听龙书金这样说，何郝炬的心踏实了下来。

两天后，就在他们准备穿越商乐公路赶往庆云时，军区司令部的侦察员找到了他们，给他们送来了一份最新的紧急电报："鉴于当前斗争形势，决定将原定召开的紧急会议推迟，即告龙、郝，不再前来，如已出发，望速追回。"电报落款仍是边区党委、军区。

"这又是怎么回事，这样紧急的会议，怎么一下就推迟了呢？"看到电报，他们觉得愕然无语。送电报的是边区党委、军区派来的一位特殊"交通员"，他日夜兼程从新海赶到德县，先是找到二区队的赵淳表明要当面向二军分区、二地委通报边区党委、军区的紧急情况，后根据赵淳提供的路线一路追了过来。

刺杀事件发生时，王卓如、李其华、刘贤权、于居愚等同志都在新海，邢仁甫带电台和司令部的警卫一大队在南望子岛上。因在刺杀事件中受轻伤，暂住村里养伤的军区后勤副主任刘印阳，突然发现刺杀黄骅、芦成道的凶手冯冠奎很快就出现在了邢仁甫的随从部队中。刘印阳知道，冯冠奎是邢仁甫的干儿子，所以他立即认定刺杀黄、芦的事与邢仁甫有直接关系，他决定向边区党委书记王卓如、军区政治部主任刘贤权报告这一情况。待他找到边区党委时，王卓如已和邢仁甫取得联系，并约定在大山以西的张王庄会合。听了刘印阳的汇报，王卓如的情绪很激动。和刘贤权商议后，他们决定干掉邢仁甫及其同伙，并由刘贤权暂代司令员。由于邢仁甫早有防备，我方的捕杀行动没有成功。

邢仁甫叛变后，电台被他挟持，电报通知龙书金等人开会，纯粹是为了将他们一网打尽。王卓如、刘贤权无法与各军分区及上级通过电报联系，只能派人到各军分区送信，以免出现新的干部伤亡。

听完，龙书金和何郝炬都惊出了一身冷汗……

此后，二军分区和上级的联系完全中断。他们只能通过商河、阳信方面，从三军分区打听到一点信息。最新了解到的情况是，南望子岛已经被敌军攻入，边区党委、军区机关在敌军攻入前已转移到清河垦区，据说是从海上转移的。军区的两个警卫大队由刘贤权率领着继续在新海和邢仁甫一伙及敌伪进行斗争，形成三方对峙之势。

二军分区的所有工作都只能自己拿主意了，地委成员碰头的次数逐渐多了起来，有时候一个月就能见好几次。大家都认为，越是困难的时候，越要发挥集体的智慧和力量。

秋末，在和军区及一军分区、三军分区对峙了两个多月后，邢仁甫及同伙逃进了沧县的敌伪据点。消息传来时，大家都认为，这样的结局在意料之中。

二军分区的运粮救灾工作开展得比较顺利。各县、区的部队和地方抗日民主政权都在最短的时间内运回了粮食，大规模的民兵运粮行动即将展开。就在这个节骨眼上，边区党委、军区经清河军区来电通知，在垦区八大组召开边区高干会议，并指定二地委的龙书金、何郝炬、孙子权、李恒泉等同志参加。

何郝炬立马从陵县赶回了司令部，准备和龙书金、孙子权、李恒泉等人会合后一同去清河垦区参加会议。曾旭清在见到何郝炬时说道："边区党委的这次会议应该是要总结近几年来的斗争，特别是反邢斗争，但也可能会涉及地委、军分区的一些事情。年初咱们出现了地委决议的争论，同志们至今对你还有些意见。我真诚地希望你能有所考虑。开会回来后，大家在地委会上认真地检查解决。"

见曾旭清态度严肃，何郝炬说："我已经在地委会上检讨了自己遇事冲动、自以为是，对同志们包括对你不够尊重的问题，现在我还是这个态度，我乐于接受同志们的批评，在今后的工作中，我也会努力改正自己的缺点和错误的。"

"这样就好，都是党的干部，谈开了就能更好地团结一致，做好咱们二军分区的工作。"

从曾旭清的话里，何郝炬隐约感觉到曾旭清和孙子权、邹玉峰，对上次的争论仍有很大的意见。只是他没想到，这次边区高干会议会迫使他辞去地委副书记的职务。

党委会上的纷争

清河垦区由黄河入海的泥沙淤积而成，人烟稀少，土地广袤。为打通清河与冀鲁边区，两年前杨忠司令员牺牲在了通往这里的路上。当年底，清河二军分区在这里建立起了抗日民主政权和地方武装。现如今，邢仁甫的叛变让这里暂时成了冀鲁边区党委和军区的大本营。

跟随龙书金等人行动的是司令部的一个警卫排，沿途都有县区的游击队接送、带路、掩护，因此地委的武装小分队留在了陵县。

"来到这里才算是真正认识到什么是游击根据地。以前总觉得我们那儿就是游击根据地，谁要说个不是，就能跟他急了，现在看来呀，我们还真是高看自己了。"孙子权边走边发着感慨。

这里看不到什么村落，路上也没见到多少行人，刚收割完的庄稼地里随处可见摇摆倒伏的高粱秆和枯黄的玉米秸，一看就知道收成还不错。军区派来带路的向导同志说，垦区年年都是这个模样，说不上什么好年头坏年头，这里不用施肥，将种子撒到地里就不用管了，只等到时候收割就行了。听向导这么说，何郝炬的心上掠过一阵酸涩。队伍继续往前行进，向导告诉他们，距离目的地还有二十公里。

到了目的地后，何郝炬发现，边区党委、军区办公的地方其实就是几间盖着秫秸的土坯墙小屋。屋子外边不远处有个大水坑，坑里的水满满的。因为这里靠海，地下水是咸的，所里坑里积蓄的雨水就是他们的生活饮用水。按照军区首长的话说，这儿是块宝地，后方机关、大部队都能容得下。敌人不常来这边，因为他们的军用地图上没有这块地方，进来了只能在高粱地里瞎摸。去年，海上突然来了好几艘大轮船，入海口也被封锁了，飞机在天上转来转去，还用机关枪朝地面扫射、扔炸弹，地面上的日伪军也有好几千人，其中还有一支骑兵。日本人的大洋马在垦区几天几夜都喝不上水，日伪军喝水也是个问题，所以没几天，就全都灰溜溜地跑了。

放下行李后，龙书金等人就去了会议室。会议在一间大屋里召开，参会人员总计二十余人。区委委员兼三军分区地委书记李其华主持会议，并宣布当天会议的两项议程：周贯五传达山东分局和山东军区的领导同志对冀鲁边区工作的指示；王卓如对边区的当前斗争做阶段性总结。

　　山东分局和山东军区对冀鲁边区工作的指示，主要是针对冀鲁边区自建立抗日救国军到建立边区党委这一时期的工作做出评价。王卓如的阶段性总结，重点讲述的是邢仁甫以武力解决问题，鲁莽行事，没有从革命的全局性和党的事业出发考虑问题，以致犯下原则性的错误，造成严重的后果。

　　就在会议即将结束时，孙子权站起来要求发言。他声明，他的发言虽不在会议的议程安排中，但和会议的议题相关。孙子权说，他要揭露二军分区长期以来存在的严重不团结现象，他认为出现这种现象的主要原因是地委主要负责人之一的何郝炬存在严重的个人英雄主义。孙子权的话让会场的氛围瞬间紧张了起来。何郝炬没有丝毫思想准备，一下子就被搞蒙了。孙子权列举的事例就是地委会议上关于临邑是否撤县的争论。他特别强调，何郝炬耍阴谋诡计，在背后搞鬼，向边区党委谎报事实。边区党委受了何郝炬的蒙蔽，批准他的报告，也打击了地委其他同志。孙子权多次重复说，何郝炬耍阴谋手段欺骗上级，左右边区党委打击别人，抬高自己，存在严重的个人英雄主义，是野心家本质的极大暴露……

　　孙子权发完言，会议就结束了。何郝炬感到既气愤又委屈，他立马跑到了王卓如的办公室，想得到王卓如的支持。王卓如此时正在和别的同志谈话，回头一看是何郝炬，似乎有些不快。

　　"你要谈什么？我正准备单独和你谈谈呢！"

　　何郝炬说："卓如同志，我给边区党委的信件内容，你是清楚的。我是不是真如孙子权所说隐瞒上级，左右边区党委，你也是知道的呀。"

　　"眼下不需要去谈这些问题。"王卓如的脸色看起来有些难看，"孙子权同志讲了你那么多的问题，难道全都说错了？你现在要考虑的是如何虚心接受同志们的批评，认真反省自己、改变自己，你应该考虑，党把你放在这样的工作岗位上，你该怎么样团结好地委这一班人，做好自己的工作！"

　　见何郝炬还想申辩，王卓如有些不耐烦了，责备道："你这个同志，怎么是这样的态度！难道你还没有意识到自己问题的严重性?！你这两天好好地闭门思过，正视自己的错误，不要躲躲闪闪，有抵触情绪。边区党委会专门召开一个小范围的会议来讨论你的问题。"

　　原想边区党委了解他当时的处境，应该能允许他把事情说清楚，没想到王卓如一点申辩的机会也不给他。何郝炬感到愤懑绝望、心灰意冷，他躲到了一边，谁也不想见。

　　龙书金并不知道孙子权会在会上说出这么严重的话来。来之前曾旭清和他沟通过，说孙子权要在这次会上提二地委领导班子的团结问题。龙书金认为提出来也好，因为他发现那件事后大家似乎都对何郝炬有意见，心里总是疙疙瘩瘩的，只是他实在抽不出时间来协调解决。现在孙子权丝毫不留情面地说了出来，两个人又都在情绪中，他也只好先静观其变，再找合适的机会化解矛盾。龙书金、何郝炬、孙子权、李恒泉四人住在一间屋子里，自打会议之后，孙子权与何郝炬两人碰面时都不大自然。

　　何郝炬认为，王卓如应该是让他认真检讨，虚心接受孙子权的批评，即使孙子权说的并不是事实。一句话，就是不管给他扣多大的帽子，他都不要申辩。

　　"卓如同志认准了是我的不是，能否解决问题，就看我检讨得好与坏了，反正今后我是不能也不应该在地委继续工作下去了。"何郝炬对来找他谈心的李其华说，可以听出来，何郝炬的话里有委屈也有牢骚。

　　"你不应该这样想，不在地委工作，你想到哪里工作？"李其华问道。

　　"可以到县里去工作，也可以带支小游击队摸敌人的据点，反正都是干革命。"

　　"二地委是你的战斗岗位，你不应该自暴自弃，不应该遇到点事，就撂挑子不干。要知道，解决问题就是为了更好地开展工作。"

　　"人家都把我看成野心家了，我还怎么在地委工作下去？共产党人是要为共产主义事业奋斗终身，但这并不是说只能在地委这个岗位上奋斗。县里、游击队里，一样都是干革命！"听何郝炬如此说，李其华也不知道该说什么好了。

　　没多久，周贯五就找何郝炬去谈话。周贯五在边区的威望很高，从未直接领导过何郝炬，这次突然找何郝炬谈话，何郝炬着实感到意外。去了之后何郝炬才知道，周贯五要谈的是另一件事。

　　"我找你来是要谈一个干部的政治组织问题，因为此事非常机密，所以只能和你一个人谈。保险起见，你最好不要记在纸上，而是记在脑子里。"

　　周贯五给何郝炬看了一份绝密文件，文件立论、分析皆精辟透彻。之后，周贯五告知何郝炬，他在向分局、军区汇报工作时，分局的有关同志告诉他，二军分区一位姓余的县级干部在参加抗日队伍前参加过反动组织，具有重大政治嫌疑，极有可能是隐藏在革命队伍内部的阶级异己分子、反动分子。"你回去以后要迅速查清这名余姓的县级干部是谁，然后将其送到边区党委党校学习，进行具体审查处理。"

　　何郝炬听了既激动又失落。"感谢组织上对我的信任，把如此重大的任务交给我，只是我目前正在做检讨，等候组织处理，这个时候插手这个事情是否合适？而且我一个人也处理不了，可否告诉地委组织部部长，由我们俩一起开展此项工作？"何郝炬问道。

周贯五正色道："你现在仍然是二地委的主要负责人，组织上当然信任你。我把这一任务交代给你，至于该不该和李萍同志商量，那是你自己的事。总之，你要认真履行职责，要对党的事业、对革命的事业负责。"

周贯五推心置腹的话，无疑是给了何郝炬一剂强心针，他觉得心里好受多了。

第二天的检讨会上，王卓如说，孙子权揭露的问题，边区党委认为很严重，二地委要认真对待、解决。他希望何郝炬同志能够以认真负责的态度，虚心接受批评，改正错误。

"我和孙子权两人是'少帅老将'，平时接触较多。我承认我确实年轻气盛，有时候还没等他讲完话，我就将他的意见顶了回去，这可能令他感到难堪，憋了一肚子气。我希望这个老同志能够原谅我这个不懂事，还有些狂妄无知的年轻人。"说到这里，何郝炬就不再往下说了。临邑撤县的问题，早就在地委会上争论过了，所以他不打算再做任何解释，孙子权讲什么，他就承认什么就是了，左右不过是把所谓的严重个人英雄主义、野心家本质，一概揽在身上。最后，何郝炬请求上级撤销他的职务，并予以处分。何郝炬做完检查后，王卓如问大家有没有什么意见，尤其是二军分区的几位同志，有什么意见尽量都说出来。

龙书金只说："现在谈什么撤销职务、组织处分，是不是太早了？"李恒泉则表示，他在部队上工作，对地方上发生的事不清楚，只是觉得郝炬同志将"野心家本质"之类的头衔揽在自己头上有些过了，处分、撤职等也不该在检讨中提。孙子权见何郝炬一股脑地把问题全揽了过去，就什么也没说。

王卓如要求大家继续发言，一方面是希望能在发言中找到解决当下问题的办法，另一方面是要大家借着二军分区的问题开展批评与自我批评。何郝炬此时已经决定，不管别人说什么他都不再发表个人意见了。看何郝炬还在闹情绪，王卓如非常生气。因此，在会议的最后，王卓如指明让何郝炬就他自己在会上的态度做出深刻反思，第二天晚上继续开会检讨。

会后，龙书金安慰何郝炬道："你不要耍小孩子脾气，说什么撤职、处分，你态度好点儿，这事儿不就过去了吗！"何郝炬此时已经对龙书金有了看法。平日里他很尊重这位老大哥，在他的印象中，龙书金为人敦厚淳朴，算得上是地委领导班子里的大兄长。二地委发生的事情，实情龙书金都了解，可为什么他当时就不站出来说两句呢？"反正我已经做好了思想准备，就等着组织安排我到下边县里去工作。"何郝炬语气有些不快地对龙书金说道。

第二天的会议再一次无果而终。

王卓如再次找何郝炬单独谈话，此次的态度较之前已经缓和了很多。王卓如说，让何郝炬多留几天，是想让他的脑筋转转弯，现在看来没有用。边区党委、军区有其他重要的事情需要处理，于是让何郝炬先回二地委了。至于何郝炬提出的"不再在二地委工作，想下到县里去"的要求，王卓如也表示边区党委会慎重考虑再做决定。在决定出来之前，何郝炬仍然是二地委的主要负责人之一，还是要协助曾旭清同志做好分内的工作，切勿因这次的事情影响到地委的工作，影响到同志间的关系。

回去的路上何郝炬一直在想陵县的运粮工作，如能下到陵县工作，他还真希望能把这个事一抓到底。

曾旭清一见到何郝炬就问："听说你在会上受了委屈，怎么会这样呢？"曾旭清此时已经听说了八大组会议上的情况。

"这不是意料中的事吗？去之前我们不是交换过意见吗？"何郝炬淡淡地说。在他出发前，曾旭清对他说的话其实就已经透露了孙子权会在会上发难的讯息，只是他当时没有多想。并且，何郝炬料定孙子权事先肯定和曾旭清、邹玉峰几人商议过，不然以孙子权的性格，是断然不会做那么尖锐的发言的。

"有些地方孙子权说得有些过了，还乱扣帽子，确实有不妥之处，他已经和我说了。听说你要求离开地委，我觉得完全没有必要，你把这件事看得太重了。你这样要求，不是在给边区党委、军区出大难题吗？"

"犯那么多的错误，怎么还能留在地委干领导工作呢，人总得有点自知之明嘛！"

听何郝炬的话里还带着情绪，曾旭清一下子严肃了起来："边区党委怎么可能让你撂下这个挑子？咱们都是党的干部，但在这件事情上，我不得不向你提出批评，你这样撂挑子不管，贻误了工作，谁能负责？"

"你放心吧，在边区党委下决定之前，我不会撂挑子的，我已向卓如同志做了保证，也向边区党委表了态。我要求离开地委，是因为我深感自己能力有限，不能胜任这份工作，我要求下到县里或游击队工作，不会离开二军分区的。"

从何郝炬说话的语气和表情可以知道，他的这番话是发自肺腑的，他跟二军分区的干部、群众有着生死与共的深厚情感，是不会轻易分开的。

何郝炬准备第二天一早就回陵县，因为那里的运粮工作正在如火如荼地开展着，他要去看看情况。就在他离开前，司令部收到了边区党委、军区发来的两份电报。一份是山东军区下达的命令，让清河军区与冀鲁边军区合并成立渤海军区，杨国夫任渤海军区司令员，龙书金任军区副司令员，景晓村任军区政委，刘其人任军区副政委，周贯五任军区政治部主任，袁也烈任军区参谋长。另一份是让两区党委合并，景晓村任新区的党委书记，王卓如任新区的党委副书记。对各军分区的领导干部也进行了调整：三地委的领导班子增加了宣传部部长王宗仁，三军分区司令员由边区的军区政治部主任刘贤权担任；一地委书记彭瑞林调区党委，地委书记由军区直属团政委陈德担任；二军分区司令员由龙书金兼任，曾旭清任二地委书记兼二军分区政委，原一地委副书记曹戎调任二地委副书记兼组织部部长，何郝炬、李萍仍为二地委委员，分别出任陵县县委书记、齐济县县委书记。

刘贤权走访二地委

何郝炬的心终于安定了下来，他要立刻赶回陵县去。出发前，他想起了周贯五交给他的工作。

从八大组回来后，何郝炬就跟李萍说了周贯五交给他办的事情。经过几天的调查，两个人交换了一些各自了解到的情况，以便确定具体人员，向区党委上报调查名单。之后，他们谈了很久关于工作调动的事。得到组织上重新任命的消息后，李萍的心一直没有平静下来。他对组织调他兼任齐济县委书记一事意见很大。情绪刚刚稳定下来的何郝炬给他做起了工作："不管事情的来由如何，还有多少意见，我们个人都必须无条件地执行党组织的决定。有什么意见，将来可以提嘛，但是严格执行党的决定这一原则是不可动摇的。况且你我还是党的书记、组织部部长，更不能说二话呀！"

李萍是个心思重的人，几天的工夫，他的面容就憔悴了不少。见李萍一时半会儿拗不过弯来，何郝炬也不忍心马上离开，原想等第二天再和他谈谈。没想到第二天等来了从军区返回二军分区的龙书金和同来的刘贤权。

龙书金带来了新消息，由于陈德强烈要求曹戎留在一地委和他一起工作，故曹戎能否来二地委成了问号。据龙书金侧面了解，曹戎本人也不愿意离开一地委到二地委来，因此龙书金要求何郝炬、李萍暂时都不要下到县里去，等待区党委的新通知。

"这不成无限期推迟了吗？"何郝炬又有点心神不定了。对曹戎能否来二军分区一事，何郝炬早就在心里打了一个问号。在二军分区内部存在严重分歧的当下，曹戎绝不可能主动前来，除非是组织要求他非来不可。现在陈德出面要求他留下，这不正好给了他一个台阶下吗？

"那区党委要选谁来二地委呢？"何郝炬问。

"这很难说。"龙书金回答得很简单，接着他转了话题，"区党委委托刘贤权同志来二军分区了解调查二地委前段时间发生的一些事情，并准备用一两个月甚至更长的时间来解决问题。你下调的事，只有等问题解决之后再考虑了。"

龙书金作为军区副司令，又是二地委和二军分区的主要领导，二地委的事情，他是可以代表区党委、军区来解决的。但也正是因为龙书金的身份特殊，所以上级还是另派专人来调查处理。刘贤权是冀鲁边军区政治部主任，又是边区党委、军区的领导成员之一，由他来了解调查事情的原委，更具有客观性、公正性。

"区党委要求二地委所有成员都尊重、支持贤权同志的工作。"龙书金说到这里看了一眼何郝炬，"我知道你心里有话不愿说，但我还是建议你遇事要冷静再冷静，别意气用事。区党委这次是下了决心要解决二地委领导间的这些问题，你又岂能置身事外。"

龙书金的话说到了何郝炬的心坎上了。在八大组的会议上，他始终没有表明自己的观点，何郝炬猜不透他在想什么。刘贤权为人平和、作风稳重、办事仔细，何郝炬认为由他来解决二地委的问题是再合适不过的。

"咱们都是在边区一同战斗的战友，区党委这次交给我的任务是到二地委帮助开展工作，解决当前存在的一些问题，我希望在工作中能得到地委各位同志的支持，希望大家能帮助我顺利完成这项工作。"刘贤权随后又对何郝炬说："郝炬同志，你也不要说得太绝了，真的就没有意见可以发表了吗？我不会先向你征求意见，你可以放心地去做你要做的事，有时间可以先好好考虑一下，有什么要谈的可以随时找我，我可以等，十天、二十天、一个月，甚至再长一点时间也没关系。"

刘贤权的话虽没有什么实质性的内容，但何郝炬明显感觉到两人之间的距离似乎变得近了许多。

刘贤权接着说："我这次来二地委完全是临时安排的，来之前我已做好了去三军分区工作的准备。接到任务时我还觉得有些奇怪，后来才知道是龙副司令向区党委提出的建议，他认为二地委的问题不是简单地调换几个干部就可以解决的，把事情弄清楚了才能真正地解决问题。"

何郝炬原以为自己很快就可以下到陵县开展工作，现在看来可能还需要等一段时间。隔天，何郝炬就回到陵县一边马不停蹄地在北部几县开展救灾指导工作，一边等待调查结果。

何郝炬此前听说中心区受灾的农户外出逃荒的不多，人心比较稳定。到了中心区以后他才感觉到，事情并非如此，其实有不少青壮年外出逃荒。县里的同志一再检讨，说是自己的工作没有做好，以致人心不稳，但侯继成、魏立勋等人认为逃出去一些人也不是坏事，不能据此断言人心不稳。何郝炬也说，在大灾之年外出逃荒，能缓和本家本户缺粮的严重程度，还能把分配给他的口粮匀给其他人，这样不是很好吗，这样村子里不也更稳定了吗？这么一说，大家都想开了。

粮食运回来后，根据分配标准机关干部每人每月可分得八斤口粮，村民每人每月可分得十五斤口粮。在分得粮食后，大家可以选择一个地方把粮食藏好。大家都知道，粮食是关系到今冬明春这段时间能否坚持斗争的大事，是万万马虎不得的，也都计划着再去找点糠菜之类的掺在粮食里，解决饿肚子的问题。

地委机关的许辛光、耿捷山给何郝炬留下了八斤粮食，何郝炬说："我成天在各地转悠，分给我的这一份要扣除我在外的天数。"

许辛光说："谁还能天天记账，大家知道就行了。"

何郝炬严肃地说："无论是谁，在口粮这件事上都不能是个例外，我和尹寿和自己能够算日子记下来。"

耿捷山问："地委和小分队人人都分了，扣下的粮算谁的？"

"小分队常年在各处游击活动，每月十五斤怎么够吃，可以补给他们一点嘛，也可以接济接济咱们常驻村里的特困人家。"何郝炬说。

经过荒年，德县近日的斗争环境有了一些改变，驻守边临镇、义渡口的敌军数量都有所减少，敌伪骚扰我中心地区的情况也减少了，新来的县委书记时进暂时松了一口气。丁学风也轻松了一些，他打算年后离开德县回地委工作。

临北的形势仍然很严峻。敌军在这里仍然保持原有兵力，伪军在这期间也变得更加嚣张了。临北的汉奸何狗子已经成了二军分区几个县敌伪中最难对付的一个人，抗日民主政权的县、区武装经常遭到他的偷袭。在这样的形势下，经过一年的艰苦斗争，临北的政权、武装成功地坚持下来了。在斗争的过程中，临北工委的王战亭突发疾病离开了人世。这个雇工出身的优秀共产党员，尽管办事粗糙，不太会说话，但他那种不被任何困难吓倒、一心为抗战的工作劲头让他得到了组织的器重和信任。听到他去世的消息，地委机关和陵县的同志们都非常难过。

德平的处境比临北要好一些，但同志们工作中遇到的困难却比临北那边要大得多。德平抗日民主政权的旗帜刚刚举起就碰上灾荒，他们还不具备既领导人民和敌伪做斗争，又领导人民和灾荒做斗争的能力。

有消息传来，由于曹振东一直没有表明是否投靠日本人，日本人彻底失去了耐心。初冬的一天早上，一股日军悄悄开进了褚家集，在一枪未发的情况下闯进了曹振东的卧室，将病榻上的曹振东抓了起来，除参谋长董静亭成功逃脱外，其余人员悉数被抓。日本人将抓来的所有人都送往了德平，随后又将曹振东送往了济南。这股偷袭褚家集的敌军是从德县、陵县、宁津、吴桥等处集结而来的。敌人知道，德平一有动静就会立马引起曹振东的注意，因此这次行动他们没有动用部署在德平的兵力。事后，董静亭组织手下的人马悉数进城，与我方宣布公开敌对的关系。这让德平县抗日民主政权开展工作的难度更大了，区一级党的政权和武装迟迟建立不起来。靳兴侯、李玉池均有"巧妇难为无米之炊"之叹，而地委专署现在也无法给予他们更多的帮助。

村里的党员告诉何郝炬，救灾行动之后，村里就连那些过去从不开口的小伙子也像是认准了死理一般，表示坚决跟着共产党走，他们的发展对象一下多了起来。

地委机关、武装小分队的同志们共尝度荒的艰难滋味。用棉花种子掺上糠做成的饼子、用油籽饼磨成粉掺一点面粉做成的饽饽，又大又甜，吃进肚里果腹可口，已经成了他们的"主食"。大家偶尔能从德县、德平之间的集市上收到一星半点的瘪壳花生，收回来后炒得焆一点，吃的时候连壳一起嚼着咽下，香喷喷的后味无穷。何郝炬高兴地对大家说："直到今天我才发现花生带壳吃是如此美味，我想我会永远记住这个味道的。"

在运粮赈灾总结会上，何郝炬激动地说："让全区人民和我们一道平稳地度过荒年，这也是一场战斗。坚守住了自己的阵地，保护了苦难的人民，就是这场战斗的巨大胜利。看看我们现在的生活，看看我们大家的精神面貌，我可以自信地说，这个胜利很快就会到来的！"

春节前夕，何郝炬和李玉池一道返回了赵马拉村。一天晚上，在回宝仁家的炕头上，何郝炬、李玉池和回宝仁正在聊天。何郝炬说："玉池，你发现了没有，这次灾荒过后，好多东西都在悄悄地改变。"

见李玉池望着自己没有说话，何郝炬接着说："经过这大灾年，那些在过去不敢和我们沾边或长期与我们敌对的据点在主动和我们拉关系，谋后路，尤其是在敌军重点收缩，汉奸伪军如老鼠过街、自身难保的当下，我们的活动空间大了起来。"李玉池听完，沉思了一会，然后重重地点了点头。

回宝仁说："我听说有些据点里饿跑了不少伪军。我看接下来不用咱们打，他们自己就待不住了。"李玉池接过话说："可能还真是这样。我看小鬼子也是有前劲没后劲，咱们离两年打败鬼子的目标不远了。"

回宝仁的媳妇这时进来送水，听到他们的话，顺嘴说了一句："也不知道邱同志咋样了。"

何郝炬愣了一下，李玉池接过话说："你放心吧，大娘！邱岩桂同志现在很好，她还在里面给我做鞋了呢，很快就能出来了。"李玉池说完，和何郝炬相视一笑。

望着妻子出门的背影，回宝仁说："这两人在一起待出感情来了，三天两头地念叨邱同志，前天还掉眼泪了呢。"

何郝炬说："据可靠消息，过年期间就能营救出来了。"

听了这话，回宝仁忙走出了屋子，他要赶忙把这个消息告诉媳妇去。

第十七章　黎明之前

正月会议

刚和小分队的战士们一起过完一九四四年的春节，何郝炬就接到通知，地委准备召开地委会议，要求他提前到达会场。何郝炬在去开会的路上猜测，刘贤权已经调查了一个多月了，应该有结果了吧。

如他所料，刘贤权见到何郝炬的第一句话就是："已经过去一个多月了，我们可以好好谈谈了吧。"

刘贤权告诉何郝炬，是他要求何郝炬提前来的。近一个多月，刘贤权已经和地委、分区、专署的各个同志做了查摆、访谈，也走访了下面几个县，听取了下面的同志们对地委的意见，现在只剩何郝炬还没谈了。

"过了这么长时间，心里应该平静些了吧。我对地委存在的问题，已经有了较为详尽的了解，我把我了解到的情况大体跟你说一下，听完你也可以把自己的意见摆出来了。"

刘贤权告诉何郝炬，他把地委两次会议的争论、八大组会议上孙子权的发言、边区党委的批复电报，以及何郝炬给边区党委的报告内容，原原本本地说给访谈的相关同志听，然后还附上了何郝炬给地委的那封长信的抄件。经过核对，边区党委的批复电报和何郝炬给地委的抄件一字不差，自然不存在隐瞒真相、欺骗上级、左右边区党委的情况。因此孙子权发言中的主要论点就失去了依据，发言的基调自然也就错了，给地委同志之间的团结留下了阴影，造成了不良后果。孙子权的发言起到了否定边区党委批复意见的作用，从这一点来看，孙子权在会上的发言是错误的。何郝炬以消极的态度来对待同志的批评，拒绝对相关问题做出解释，这种做法也是错误的。经过这段时间的谈话、核实，有关同志已明确表态，多半都做了自我批评，孙子权除对自己的发言做了自我批评之外，还特别表示要在地委会上向何郝炬道歉，可以说现在是解决地委问题的最好时机。

听了刘贤权讲述的调查情况，何郝炬有些激动，他突然感觉身上一下子就轻松了，然后他把当时的不满情绪以及自己的真实想法全都告诉了刘贤权。

何郝炬说，在八大组会议上王卓如对他的批评，让他感到委屈，他认为边区党委对不符合事实的意见听之任之，压制他的申诉，且责令他一人承担责任，让他做检讨，他很反感，产生了强烈的抵触情绪，以致在会上"顶牛"。

"可算是说出心里话了。"何郝炬能说出心里话，刘贤权十分高兴。他接着说："你应该想一想，孙子权同志在大会上批评地委的主要负责人，这体现了党内民主，边区党委的领导同志怎么能在会上批评驳斥他呢？至于他讲的问题到底对不对，会后可以弄清嘛。如果有人在会上被批评了，那党委肯定会要求被批评者有一个接受批评的正确态度，而且要勇于进行自我批评。至于批评内容中涉及的问题是非真假等，可待下一步辨明解决。卓如同志当时那样处理是完全正确的。"听了刘贤权的这番话，何郝炬仔细回想了一下边区党委的领导同志对他的每一次谈话、批评，不禁心生愧疚。党的民主生活作风不就是这样倡导的吗？怎么轮到自己时，思想上就变狭隘了呢？

这次地委会的参会人员增加了刚被提拔为分区副政治委员的李恒泉。何郝炬在会上把自己的情绪、对边区党委的看法以及自己应承担的责任来了次彻底剖析，孙子权也在会上做了检讨。至此，长达一年的地委两次会议的矛盾、分歧宣告结束。

会议结束前，刘贤权宣布："边区党委已经做出决定，曹戎继续留在一地委任副书记，何郝炬、李萍继续在二地委原岗位工作。希望地委每一位同志都珍惜这次会议达成的团结一致的重大成果，使二地委的工作向前推进，以更好的姿态迎接对敌斗争的新胜利。"

这次地委会后不久，二军分区做出决定，由军分区政治部组织成立抗日建国学校，具体工作由政治部主任辛国治负责，从部队抽调赵光煜、郝汇川、阎宗威三位同志担任学校领导，赵光煜任支部书记，郝汇川任支部副书记，阎宗威任学员队长。学校由政治部宣传股负责授课，主要授课人是宣传股长、延安抗大毕业的孟哲生。赵光煜、郝汇川、阎宗威具体负责招收学员和组织行政领导工作。第一期共招收学员四十余人，他们跟随分区司政机关活动，晚上转移行军，白天在树林中上课。

麦收后部队在临邑驻扎时恰逢党的生日和全面抗战七周年纪念日，为宣传党的抗日政策，阎宗威策划并主演了京剧《空城计》，受到了干部、战士及人民群众的喜爱。于是，二军分区副政委李恒泉与辛国治决定让学员们成立一支文艺宣传队，自编自演抗战节目，有力地配合部队和地方的抗日宣传工作。很快文艺宣传队队长阎宗威凭着记忆写出了《打渔杀家》的剧本，并在学校驻地大辛庄北的皈依店进行了彩排，效果很好。至此，文艺宣传队就差举行成立仪式了。

在魏玉坤家的西院里，方荣娘一见到何郝炬的身影，激动得流下了眼泪。

"真想不到，还能看见你们回来！"

"大娘，你们是怎么过来的，俺们也一直放心不下呀。"

"说真的，去年秋后要什么没什么，谁知道是死是活呀！俺那时还以为再也看不到你们了，看不到你们把鬼子赶跑了。若不是区上给了些救命粮，我们再掺点糠菜，真不知道这日子怎么挺过来呢。今年开春势头还不赖，等到麦子下来了，这日子也就好过了。大娘想像往常一样给你下碗杂面面条，可眼下真是没办法呀，只能给你们拿几个糠饼子充充饥了。"

"大娘，你别管俺们，我们头年里都分了口粮。"

"你们成天在外头打游击，那些粮食哪能熬得下去呀，别光顾着说话了，快进屋吧。"说着方荣娘把何郝炬他们让进了屋。

何郝炬陆续从侯继成、戴豪廷、魏立勋几人那里得知，据点里的日伪军不敢走得太远，只能频繁地在附近几个村里折腾找吃的。老百姓怕他们把刚分下来的救命粮抢走就往区上跑。为此，戴豪廷在中心区村庄里组织了民兵，让民兵悄悄地配合各村老百姓的行动，天一黑民兵们就上村里转悠，并且故意在村头鸣枪，让敌人摸不着头脑，也不敢随便出来。

往据点里运送给养的汽车好久没来了，老百姓都已经感觉到日军快要待不下去了。何郝炬他们回到三泗河后不久，林子到罗院、罗院到神头沿途的几个据点里的日军饿得实在熬不住了，就跑去了林子据点和罗院据点。之后，林子据点里的几十个日本士兵在牵着几匹牲口，急急忙忙往罗院转移的途中被我方区队发现了，在区队的追赶下，他们吓得丢下东西头也不回地跑进了罗院据点。

在陵县的几个据点中，林子据点里的伪军队长算得上是铁杆汉奸，抗日军民可以说是受尽了他和他手下那些伪军的迫害。现在日军一跑，他们自知无所依仗，难逃一死，顿时惊慌失措。

"林子据点里的伪军这回是真乱套了。"侯继成兴高采烈地向王景芳报告这个意外的消息。

"据说日本人突然撤走了，事先也没跟这帮伪军通个气，伪军没了靠山，自然就大乱了。"王景芳说道。侯继成提出趁伪军大乱的时机集结县大队和区队的力量端了林子据点。王景芳觉得可行，于是和侯继成一起到三泗河向何郝炬做汇报。

王景芳和侯继成进屋时，正好听见李玉池在向何郝炬汇报邱岩桂已经被营救出来了的消息。"还是先安排邱岩桂同志住在赵马拉村吧，好好照料一下，让她养养身子。邱岩桂同志是个好同志，这半年来受罪了。"何郝炬说完就把视线转向了王景芳他们。

何郝炬在听了王景芳和侯继成的建议后，又和王工一、马冲、曹明惠等人进行了商议，大家一致认为拿下林子据点一定会是一件轰动鲁西北三县的大事。但是，我方县、区武装擅长打游击战、麻雀战，之前从未打过攻坚战，如硬打，势必要付出沉重的代价。主力部队已经很久没有在陵县活动了，坚持在北部一带斗争的二区队大部分时间在德县、德平及平禹等地活动，若要调他们过来参加行动，必须得有作战计划，并且要经过军分区领导认可。然而，军分区在未接到上级军区的指示之前，不能有大的行动。所以目前最好的解决办法是策动伪军起义，到时来个里应外合。这样既可以避免人员伤亡，又不会暴露我方的军事力量，但能不能成就要看能为我方所用的伪军力量够不够了。

何郝炬最后提醒大家，要从林子据点里的日本人撤离一事来分析敌人的下一步动向和战争大局。林子据点的日本人逃走，固然有陵县灾情严重，他们难以生存下去的原因，但同时也要看到，在国际战场上德国战败已成定局，而日军在太平洋战场上也是节节败退。日军在华北地区连年出动重兵，增设据点，兵力分散，一般驻有日军的据点，少的只有一个小队的兵力，多的也不过是五六十人。林子据点里的日军突然撤离，是不是敌人在重新调整部署呢？

侯继成平日里是一个沉着冷静、办事稳健的人，但今天他对拔掉林子据点的事热情很高，所以一讨论完他就立刻起程往回走，准备着手策动伪军们起义。

末日里的伪军们

1944 年春的局势变化可以用令人眼花缭乱来形容了。

林子据点里的日军跑到罗院据点后，没几天就又和驻守罗院的日军一起撤到陵县县城，只不过这次他们是被陵县县城来的车接走的，行动很诡秘也很突然。罗院的伪军们自然还被蒙在鼓里的，他们被扔到了一边，没人管了。县、区武装得知这一信息时，日军已经撤走半个多小时了，想追赶已经来不及了。不到一天的工夫，日军撤走的消息就传遍了陵县东三区。

罗院据点是日本人在陵县建的最大的一个据点，中心区的老百姓中间传着这样两句话：罗院的鬼子凶，林子的汉奸孬。如今，这两个据点里的日军都撤了，剩下的那些伪军成了秋后的蚂蚱——蹦跶不了几天了。

正如人们预料的那样，日军走后汉奸们个个急得像热锅上的蚂蚁。林子据点的伪军很快就行动了起来。日军撤到陵县县城后的第三天晚上，林子据点里的伪军就开始往城里转移。与我方有联系的两个分队在半道上悄悄地溜出来，投靠了五区区队；剩下的伪军一直被五区区队追赶到了二区。伪军一路溜号儿，最终到达陵县县城的没几个人。陵县伪政府这时也已经乱了，伪县长冯玉林一看形势不妙也准备收拾细软带着家眷逃往济南。罗院的伪军因为怕被武工队的人撞见，不敢在白天跑，只能在晚上偷偷开溜，大部分选择先到神头据点。神头据点的伪军队长张贞恩见到罗院的伪军后忙令人把吊桥升起来，并传令给大家，坚决不能收留这些伪军。神头据点里的伪军问张贞恩："队长，我们是不是也该撤了，再待下去可能会小命不保呀。"张贞恩说："大家沉住气，把门给我看好了，我自有解决办法。"

罗院据点的伪军看神头据点不收留他们，只好往县城里跑，路上又少了不少人。有些伪军找到了伪保安团，被收到了伪保安团的队伍里。中途溜走的那些伪军，有的跑回老家向抗日政权投了诚，有的之前就与区里有联络，顺理成章地加入了抗日队伍。

"头两天日军全跑了，这两天伪军也全没了，真是太好啦！"从滋镇到李元寨，从天齐庙到老官张，人人奔走相告，相互庆贺，那光景比过年还要热闹不知道多少倍。受苦受难的陵县人民忽然觉得一夜之间压在身上的大山没有了，怎么能不激动万分呢！

没过几天，又传出来了好消息——神头据点的伪军队长张贞恩率领据点里的伪军们起义了。参与这次起义的伪军中队共三个小队十个班一百二十人，有长枪一百二十二支，短枪五支，每支枪子弹五十发；伪警察所有三十人，长枪二十支，子弹千余发；两个伪区公所八人。

根据张贞恩先前提出的要求，起义人员要加入家乡的队伍。为此，平禹县大队派出指导员赵怀刚来接应，并当场宣布由所有起义人员组成平禹县抗日游击中队。起义人员中有两人想回家，区抗日民主政权为他们发放了路费。于兴武和李茂森这两个伪区长被几名武工队的队员五花大绑地押到了区委书记赵钧的面前。赵钧让人把他们关了起来，等待人民的审判。之后，队伍向凤凰店东的吴家店进发，我党派出八路军干部王梦元担任该队的指导员，随队出发。队伍在吴家店休整期间，上级为起义部队召开了欢迎大会，县大队新任政委陈立德做了宣传动员，还为每人发放了军装一套、鞋袜各一双、手巾一条、肥皂一块、北海币三十元。行进途中，每到一个地方，都会有群众自发组织欢迎慰问他们，演戏、扭秧歌，儿童团列队欢迎，好不热闹。士兵们见了非常高兴，说："当八路就是好，走到哪里都有亲人，哪像以前当伪军，老百姓见了就骂我们是汉奸。早知当八路是这个样子，我们早就起义了。"

经过一个多月的整顿训练，平禹县抗日游击中队走向了抗日前线。据资料显示，这支队伍先后八次参加了与日本人的正面对战，有二十三名战士牺牲，二小队队长李树德负重伤。

陵县县委再次调整

为尽快适应迅速发展的对敌斗争形势，5月，二地委对陵县的领导班子做了较大幅度的调整。

区党委从一地委、三地委抽调了姚少坚（万钧）、罗素、叶尚志等同志来二地委工作。姚少坚原是一军分区农救会主任，为人老成干练，擅长做群众工作，在一地委的干部群众中的评价较好；罗素属于一军分区妇救会的领导成员，曾任县妇救会主任，是个有文化、有能力的女同志；叶尚志来自抗大，是随分局巡视团来到边区的。区党委组织部对他的评价是"有较高政治觉悟和文化素养的政治工作者，到基层后可以先担任县委副书记，也可以立即担任县委书记"。

姚少坚一见到何郝炬就直接提出希望地委能够让他到县里工作，他愿意立下军令状，挑起组织上交给他的重担。叶尚志、罗素也都表示希望到县里工作。正好陵县的领导班子需要调整，所以地委马上做出了调整决定：将姚少坚、叶尚志、许辛光、罗素等同志调到陵县县委任职，姚、叶分别出任正、副县委书记，原县委书记王景芳调任地委组织部副部长，调专署民政科科长田任平任陵县县长，原一专署民政科科长褚方珍接替田任平任专署民政科科长，原陵县县长王工一调往专署粮秣科任职。

听到调整的消息，王景芳的情绪有些低落，对这次的调整有些不满和抵触，加之他身体有些不适，所以过了好一段时间才去新的工作岗位。

1944 年的麦收，人们盼望已久。但经历了连年的灾荒，人们对马上到来的丰收似乎还有点不敢相信。麦收过后，没多久，一些村里就接连出现了村民离奇死亡的事情，仅陵县中心区的一百多个村庄就陆陆续续地有两百多人去世，百姓们都很紧张。专署的孙子权、王其元闻讯，速派民政科科长褚方珍到陵县调查。

"虽然我初来乍到，还有些分不清东南西北，但调查是民政科分内的事，我一定要认真完成。"褚方珍认真地对田任平说。田任平看到褚方珍为了调查的事情跑前跑后、忙个不停，劝她要多注意休息。

几天后，褚方珍从一头毛驴的身上得到启发，找到了答案。在来二军分区前，她先回了趟老家——德平城北褚家，老家的邻居无意间和她讲了一头毛驴暴毙的事。闹春荒的时候，有人牵了一头毛驴去宁津城南的亲戚家借粮，到了亲戚家后，亲戚看小毛驴饿得皮包骨头很可怜，好意多喂了些草料，想着隔天回去的路上有劲儿。结果隔天早上，小毛驴倒在地上死了。原来它把一大槽草料全给吃光了，肠子被撑断了。褚方珍经过几天调查后，仔细一想，眼下那么多人离奇死亡，不正是和这头小毛驴一样的原因嘛！

听了褚方珍的分析，姚少坚恍然大悟，忙安排人下到各村去搞好宣传教育工作。

姚少坚没想到陵县的形势会一转眼发生如此巨大的变化。虽然大家对今年各地情况都会有所好转早有预料，但谁都没有想到会这么快。据他所知，一军分区、三军分区现在还都处在和敌伪军反复争夺的形势之下，不管是乐陵、宁津还是新海、盐山，都找不到一块像陵县这样的"净土"，他认为，如果不抓紧进行工作，那就太对不起从斗争中争取到的这大好局面的陵县抗日军民了。来陵县后，姚少坚接触了许多干部和人民群众，一说起抗日斗争，他们无一不是情绪高涨、干劲十足。姚少坚是个不轻易对事和人表示赞许的人，但陵县的斗争形势让他有些"得意忘形"。

原临北工委书记许国珍调往从齐济县分离出来的济阳县任县委副书记后，由戴豪廷接任临北工委书记。戴豪廷对大家说："敌人虽然走了，可是没走多远，大家别掉以轻心，说不定哪天就会向咱们这里反扑。"他呼吁大家恢复"老规矩"——农会当家，民兵联防，儿童团站岗放哨，时刻防备敌伪汉奸的反扑。临北地区的斗争形势虽然略有好转，但形势还是很紧张，远不如陵县发展变化快。

何郝炬接过戴豪廷的话说："豪廷同志说得对，我们别高兴得太早。陵县出现的变化跟日本在国际战场上形势变化有关。他们不得不在华北战场上减少据点，集中主力军团。虽然陵县遭遇灾荒，敌伪军在此难以生存，但实际上他们的战斗力并未受到什么损失，未来是否会卷土重来还未可知，所以我们绝不能麻痹大意。"他转向戴豪廷接着说："我倒是同意你的意见，抓紧时机把根据地的各项工作开展起来，尽快赶上其他先进地区，以防敌伪的再次进犯。即使敌人无力反扑，我们也能为大反攻做好准备。"

何郝炬虽然在冷静地提醒着大家，但他的内心无比激动，因为大反攻的日子很快就要来到了。

引蛇出洞

在德县，人们还没有看到敌人有减少兵力的迹象。八区的陈宝亮据点里的敌伪军还在不断地骚扰附近的村民。县委书记时进提出："既然敌人不主动撤，那我们就想办法打跑他们。"

七区区长张龙一直在寻找赶走敌伪军的机会。5月初的一天，鲍庄的侦察员宋建中向张龙报告：陈宝亮据点里的伪军张振海在德县至边临镇的公路上骑着车子向东去了，很可能是回陈宝亮据点。听了这个消息，张龙的脑海中突然有了一个想法。他对宋建中说："张振海的出现，可能会给我们制造一个打击敌人的有利条件。"接着他把想法告诉了宋建中，宋建中听了蹦得老高，高兴地说："好办法，好办法！"张龙随即叫通信员刘其泉把指导员李文彬、副区队长王福田请到他的住处。听了张龙的想法，李文彬和王福田都认为可以试试。张龙说："单依靠我们区队的力量完不成这个任务，还得请县大队来支援。"接着他一面派人向县大队打报告请求支援，一面令刘春旭准备好电话机、干电池以及其他物品。

晚饭后，区队来到东乔家与县大队会合。张龙到大队汇报情况时，时俊禹副政委说："你的想法很奇特，但究竟能不能成功，还不好说。"冯三荣副大队长说："我看行动由大队部统一指挥吧，侦察、战斗由大队负责。区队不单独分配任务，随大队活动。夜间战斗，参加的单位多了不利于指挥。张龙同志负责与敌人通话，把敌人引出来。暂定晚上零点以后行动，现在我们就召集干部开会，布置任务，区队可单独传达。"

午夜时分部队出发了，战士们在茫茫夜色中稳步前进。半个多钟头后，部队在南北辛庄东南一公里处的一条南北走向的道沟处停下来，战士们要在此地设伏。以一连为主的战士们埋伏在公路两侧，对着陈宝亮据点形成口袋状，袋子的口朝着正东。

行动的时间一到，张龙就命令刘春旭和区队侦察员小王爬到道沟东岸的一根电线杆上掐断敌人的线路，然后接上了我们的电话机。电话接通后，张龙向敌人发问：

"喂，陈宝亮吗？"

"我是陈宝亮，你是哪里？"

"我是德县城里，叫你们队长来接电话。"张龙模仿伪县长的护兵陈冠五的声调说道。没一会儿，话筒里传来了接话声："谁呀？"

"我是陈冠五，你是孙队长吗？"

"我是孙盛元。"

"张振海回队了吗？"

"我还不大清楚。"

"佟县长（德县伪县长佟昌五）叫我通知你，立马派出一个小队到将军寨配合皇军运粮，八路军在那个村里藏着粮食，拂晓前赶到，不得有误。"

"是！是！"

张龙朝下面的刘春旭眨了下眼，然后继续说："口令改为'服从'，听清楚了吗？"

"听清楚了！"

"你再复述一遍。"

"服从。"

"你们那挺机枪修好了吗?"

"还不大行。"

"要是不行,干脆不带算了。"

"是!"

"对对表,现在是 1 点 34 分。"

"好了,1 点 34 分。"

"马上行动吧!"

不久就有侦察员回来报告说:"敌人出动了,听见据点里有集合报告的声音。"冯三荣立即发布命令:"敌人出动了,准备战斗!"张龙从机枪射手薛长金的手中拿过了机枪,他这个老机枪射手要打头一枪。薛长金说:"机枪给你,我打什么?"冯三荣接过话笑着说:"你打手榴弹嘛!"

没过多久,满心运粮的伪军一步步钻进了张龙给他们布下的"口袋"。随着冯三荣的一声"打!"机枪响了,战士们的枪也响了,密集的子弹像雨点一样射向了敌群。埋伏在公路两侧的战士们如神兵天将一般冲入敌阵。伪军们遭到突然袭击,被打得晕头转向,四处乱窜。随着"布袋口"越扎越紧,敌人退无可退,全部乖乖地做了俘虏。

自那以后,陈宝亮据点剩下的那些伪军整天龟缩在据点里不敢露面。但七区的土桥街、边临镇、曹家庵三处据点仍控制着德县东南这块所谓的"半治安区"。

并不浪漫的故事

随着斗争环境的改变,陵县东三区一带已然成为我们的大后方和地区领导中心。分区的主要武装力量被部署在齐济等前方地带,分区首脑机关则经常活动在陵县一带。

局势还在迅速地发生着变化。麦收后不久,随着日军撤至县城集中,在我县、区武装的包围和宣传攻势之下,凤凰店据点里的伪军也逃进了城里。之后不久,在陵县的日军又全部撤到了德县。日军走了,陵县的伪军失去了靠山,他们不敢外出实施抢掠,粮饷没了着落,最终也往德县方向逃了。陵县的日伪军全撤走了,这是陵县和二军分区在抗战中迎来的又一特好消息。

几天后，原驻陵县县城的日军从德县回到了陵县，只是人数较先前少了很多，带回来的伪军也没有多少。他们关闭了陵县县城的东城门，只留下了通往德县的一条通道。陵县县城实际上已经成了日本人为德县设置的一个外围据点，陵县县城里的日伪军对城东的几个区已经构不成威胁了。

这个时候姚少坚又一次来到了老官张村。"大哥，我们现在应当考虑下一步该怎么办了，局势变化如此之快，原先的工作计划已经不能适应眼下的形势了。我们应当对自己提出更高的要求，加快工作步伐，至少陵县这个地方应该比别处先走一步。我想尽快和县里的同志一起认真讨论这个事情。"姚少坚一脸严肃地对何郝炬说。

"谢谢你的提醒，地委过几天开会也会集中讨论的，其间可能还会得到区党委的指示。"何郝炬被姚少坚对抗战工作的积极负责、主动担当的精神感动，提出来要加重他在新形势下的工作担子，让他担起更多的责任。

姚少坚来找何郝炬不只是要谈工作问题，他还有两件工作以外的事情要谈。他告诉何郝炬，一个地委负责同志给姚少坚来信说一军分区有位妇联副主任近日要来二军分区。这位妇联副主任年纪比邱岩桂小，但是是一位老党员、老同志了，工作非常出色。一军分区的工作环境异常艰苦，她长期坚持在一线，相当辛苦。鉴于此，一地委的领导认为二军分区的环境要好于一军分区，因此要她来看看，如果能适应，可以考虑在去分局党校完成学习后调到二军分区来工作。姚少坚说，这个同志与他和罗素是多年至交，工作很出色，是出名的女才子，希望她来时何郝炬能和她谈谈，增加些了解。他还对何郝炬说，曹戎已安下心来在一军分区干下去了，经区党委批准，最近将和一军分区妇联的一位姓林的女同志结婚。

何郝炬听出了姚少坚的意思，但他对这件事并不感兴趣，于是说："我以前就听说过她，她是一位好同志，我很高兴能在二军分区见到她，也很乐意和她谈一谈。"这时他忽然想起了别人说过的三句话，于是照搬过来对姚少坚说，"但，我所仰慕的女同志，必是年龄大于我、革命工作职务高于我、政治学识水平高于我者。"姚少坚听后有些诧异，因为这样的要求他还是第一次听说，但好歹何郝炬答应了可以见面谈谈。

姚少坚说的第二件事有些麻烦。陵县妇联有位小钟同志，人年轻聪慧，给人的印象也不错。陵县县委的一位同志对她颇有好感，也接触过。县委的那位同志近日发现王景芳也在接触小钟，对小钟示好，有些着急。姚少坚是主动替那位同志来找何郝炬的，希望组织上能说服王景芳不要找小钟了。

何郝炬说："不管是谁，最好都别在这件事上下功夫，这会在干部群众中产生不好的影响。我们现在还处于困难的战争环境中，刚有了几天缓和日子，就头脑发热整这么一出，是不是太性急了。"

"你这话说得太绝对了吧！"姚少坚一脸微笑，显然并不同意何郝炬的观点，"笼统讲都不赞成，是不是太古板了一些？事情已经发展到了这一步，挡是挡不住的，不管是谁总得有个说法才是。"

"也许是吧，这件事的关键在于女方自己如何做选择，这种事不能勉强凑合。"

姚少坚说："你说得对，那我委托罗素探探小钟的意见，等知道她的想法后，我给你回个话，看最后怎么办。"

只几天的工夫，何郝炬就陆续收到了几位当事人的来信。先是县委那个同志的，他写得一手好字，文字简练而富于热情。他在信中表示，在遇到小钟之前他从未想过个人问题，和小钟接触后对小钟产生了特殊的感情，因此斗胆来信，希望组织上给予明确指示。他在信的末尾写道："作为一名共产党人，我会毫不犹豫地按照组织的决定去做。"他在信中只写了他对小钟的感情，对小钟的意愿和王景芳的事只字未提。

只隔了半天，何郝炬就收到王景芳的来信。王景芳写的信一如他的行事作风，很细、很琐碎。他从在陵县从事农村支部工作的调研开始谈起，说他与小钟在多次谈话中逐渐熟悉，彼此之间已经有一种难以形容的思想感情，感到在个人生活中不能没有对方，而且已向小钟表露过自己的感情。接着笔锋一转，说感情正处于发展之际，突然有人对小钟展开了追求，致使小钟和他的感情出现危机。由于竞争对手的为人、年龄、风度都具有一定的优势，因此他深感忧虑。经再三思考，他决定修书一封，以求得小钟的理解和认可，加深彼此的感情。他在信中还恳求组织上能向那位同志打个招呼，请他不要干这种拆台挖墙脚的事……

小钟给罗素的信实际上是写给组织的，只是绕了几个弯最后由姚少坚转给何郝炬。小钟在信中说："王景芳同志多次找我谈话，并对我说了他对我的感情，但我从未接受，也未使他难堪。另一位县委的同志也几度找我谈话，两人还算谈得来，但我也未对他做出过要好的表示。我还年轻，还想多干一些革命工作，谈感情对我来说有些太早了。但王景芳步步紧逼，见我一直没有表示，竟在前天送来一封血书，逼我马上接受他的追求。我实在难以忍受，现将这封血书寄给上级领导。我请求上级领导告诉他，不要再这样纠缠下去……"

何郝炬还没想好要如何处理这件事就接到了通知：司令部从齐济转来陵县，地委会议即将举行，龙书金、曾旭清、李萍三人同来，孙子权、邹玉峰到了即可开会。

分区这次来陵县是因为军区安排了新的重大任务，地委会上会就这一重大任务专门进行讨论。没有地方上的协助，部队很难完成这一任务，而且圆满完成这次的任务对解放陵县可能会有促进作用。

原来，军区在得知陵县敌军逃跑后很快就做出了指示：分区主力要及时进行集中整训，尤其要进行攻坚训练，要适当壮大主力部队，提高战斗力。要求年内再拔掉两个县的敌伪军据点。分区各县大队要抓住有利时机扩大队伍，要在战斗中训练，提高部队素质。从分区主力部队中抽调骨干去帮助各县、区建设武装部队。要求分区做好县、区武装的管理工作，务必尽快使每个县大队都有建制完整的独立营，并争取下一步上升为主力部队，为战略反攻做准备，其中规模较大的县大队还要争取向小团方向发展。

何郝炬说："陵县敌伪的逃跑对分区的影响很大，下面的同志要求地委及时调整工作部署，加快工作进程。"

龙书金补充道："部队的重大问题要拿到地委会上讨论，但部队不能原地等待，几个区队的力量除齐济留有一部分外，其余主要集中在北部地区，该是要等摸清情况后再确定什么时候开始动手。"

会前，曾旭清还和李萍、何郝炬交代了一件事，那就是要二地委帮忙解决龙书金的个人问题。龙书金已经三十三岁了，怎么都该成个家了。

何郝炬心想，这事咋全赶在一起了呢。他跟曾旭清说了一下王景芳几个人的事情，曾旭清认为王景芳令人同情，但事情闹成这样已经很难挽回了。他提出亲自找小钟面谈一次，探探她的真实想法。

何郝炬把小钟来信的大意告诉了王景芳，并把他写给小钟的血书还给了他，然后告诉他这件事就这样算了吧。王景芳看着自己写的这封血书脸色大变，可见他完全没有想到小钟会向上级反映情况，而且将他写的血书也一并交了上去，这对他来说是个不小的打击。见王景芳的脸色非常不好，何郝炬只得耐心地开导他，劝他振作起来。

就在地委会前，从陵县县城里传来了我方一名非常优秀的地下党员孙清河牺牲的消息。

孙清河是孙油坊人，积极参加抗日活动，经组织考察确认后，于1942年加入中国共产党。入党后，他在村里积极发展党员，并建立了党支部，任党支部书记。在斗争形势严峻时，他发动、组织群众为抗日工作出人、出钱、出粮，建立民兵组织，实行村庄自卫。孙清河机智勇敢，胆大心细，一次又一次地躲过了敌人的追查，圆满完成组织交给他的任务。

由于汉奸告密，孙清河被抓。敌人以他和家人的性命为威胁，胁迫他供出地下党组织的相关情况。在遭到孙清河的断然拒绝后，敌人把他反绑在一棵大树上，先是砍断了他的双脚，接着割去了他的双耳，最后又剁了他的双手。孙清河从始至终都没有透露出半个字，他以自己的英勇无畏保全了我们的地下党组织。

龙书金在得知孙清河的遭遇后，气愤地一拳砸在桌子上，恨恨地说："到现在还有我们的同志在牺牲，这说明形势还不能说好，竟还有人在这卿卿我我纠缠这些儿女情长之事。"龙书金的这句气话让来参会的各位同志顿时全都愣在了那里。

突然响起的铃铛声

曹五旅残部公开投靠日本人后，在短短几个月的时间里，先后在糜镇西南的崔赵、马家两村建立了据点，并经常到附近几个村子里"扫荡"，与陵县的日伪军被迫从据点撤走的局面形成了鲜明的对比。寺后刘村地处德平和陵县交界处，村北是通往德县、德平的公路，这条公路是日本人运送军火的主干线，村南面和西南面都是我方的中心地带。伪军们决定在寺后刘村安插据点，这样既可窥探我中心区的活动，又可阻止我军去德平开辟抗日根据地。

据说伪军们一开始是把据点的位置定在公路南面的四观寺村的，因为该村西南角有一片豪华房屋，是几户大地主家的住宅，连成一片就像一个碉堡群。后来四观寺村的几个地主老财拿出了一些金银首饰和钱财送给伪军首领霍荣青、褚长廉，所以霍荣青下令不在四观寺村建据点了，到公路北的寺后刘村找位置。

寺后刘村穷，房屋又矮又小。霍荣青带着他手下的小头头们围着村子转了几圈都没找到合适的落脚点，最后决定在村中心大湾的两侧各建一个据点，两据点间相距二百多米。地点选定后，伪军们逼着全村的青壮年为他们修据点，还把地点周围百米之内的建筑物全部拆掉。他们把老百姓家房檐上的砖扒走，用来修垛口，他们还从村里锯枣树枝围成院墙。伪军小队长宋世五带一个连在湾西，霍荣青、褚长廉带一个连在湾东，互成掎角之势。据点修成后，伪军们把村里通向据点的路全部堵死了，然后偷偷挖了一条一百多米长的地道通到湾边的水井旁。

这些伪军大都是本地人，霍荣青是义渡口乡霍家桥人，宋世五是滋镇小宋家人，他们手底下的人最远的离这里也不过十来公里。进村没两天，这帮伪军就开始在村里抢粮食，抢别的用品。他们白天在村里抢，到处翻箱倒柜，大到牛骡，小到鸡鸭、锅碗瓢勺，无一不抢，抢完了晚上就往自己家里送。他们所到之处无一不是哭声震天。后来，他们开始强抢妇女，把村里的年轻女性全都吓得逃到亲戚家去躲了起来。这伙人的胆子越来越大，竟还找机会跑到我中心区去抢粮、抢东西。

对于伪军的种种行为，靳兴侯和李玉池觉得异常气愤，丁学风更是气得浑身发抖，因为寺后刘是他的老家。百姓们也迫切期望拔掉这两个据点。军分区决定尽快采取行动，拔掉寺后刘据点。军分区政委曾旭清和军分区副司令员赖金池负责指挥这次战斗，参战部队以第二区队为主，北部三县及临北、平原五个县的县大队约两千人辅助战斗。5 月 22 日晚上 9 点左右，作战部队悄悄地来到了寺后刘村的攻击位置。区队和陵县县大队为主攻，其余部队打援，计划以偷袭的方式先攻下西面的据点，然后再攻东面的据点。夜色中战士们静静地等着，等领导一声令下对敌人来个瓮中捉鳖。

夜里，一阵突如其来的铃铛声把据点里的敌人惊醒了。他们惊慌失措地爬起来射击，计划偷袭哨兵的几名战士被迫撤了回来。原来，狡猾的伪军们在枣树枝上拴着铜铃，只要枣树枝一动，铃铛就会发出响声，而且，枣树枝上满是棘刺，战士们很难快速穿过。为了尽快结束战斗，赖金池命三名战士跳进两据点间的水湾里，走水路靠近据点，然后将用长绳拴着的铁钩甩过去把枣树枝拉开。随后一名爆破组的战士怀抱炸药包、头顶用湿棉被盖住的八仙桌，冒着被敌人射击的危险成功冲过百余米开阔地，来到了敌人的据点底下。敌人一看慌了神，手忙脚乱地扔下了数枚手榴弹，负责爆破的同志倒在了血泊里。紧接着又有两名爆破组的同志倒在了血泊里。我军加大了火力，全力掩护第四名爆破手。没多久，炸药包在岗楼下被拉响了，随着冲锋号的响起，战士们高喊着冲进了据点。据点里的敌人溃不成军，被击毙了几十人，剩下的在伪队长宋世五的带领下逃跑了。

东面据点里的敌人此时孤立无援选择从地道里逃跑，被埋伏在地道口的战士击倒了七八人，只能退回去。就在这时，我攻击部队的一部分战士利用事先挖好的地道来到了岗楼底下，用炸药包炸开后墙冲了进去。霍荣青、褚长廉等几个头目丢下了死伤过半的队伍，趁黑逃出了我方的伏击圈。

此次战斗中，回民大队一连连长马乾修同志牺牲，另有五名战士受轻伤。

天亮以后，战士们开始打扫战场。寺后刘村东北方向不远处这时突然响起了密集的枪声。原来，霍荣青他们在逃出寺后刘后重新集结了队伍，还搬来了援兵，想杀我们一个回马枪。但这些不知天高地厚的伪军们打错了如意算盘，他们做梦都想不到赖金池等人早就想到他们会有这一招，所以早早地就在村外他们的必经之路上等着了。敌人刚到寺后刘村就钻入了我军的包围圈。敌人再一次丢下几十具尸体和三挺机枪，连滚带爬地往德平县城方向逃跑了。

后来，面对李玉池的质问，坐镇德平的原曹五旅参谋长董静亭不得不将伪军首领霍荣青、褚长廉二人枪毙。

智取西堂据点

一天，德县县大队的副大队长冯三荣把张龙叫了去。他对张龙说："分区司令部给我们下了一个任务，要我们配合全区统一行动，在年前拔掉一个据点。这是一项既艰巨又光荣的任务，我打算把这个任务交给你。只要需要，县大队随时可以支援，你看怎么样，能接吗？"

张龙立马大声说："坚决完成任务，领导说拔掉哪个据点，我们就冲哪个据点下家伙。"

冯三荣笑了："口气不小啊！县里的初步意见是西堂据点。这个据点在德县和吴桥的交界处，如果拿下了这个据点，可以同时给两个县的敌人造成恐慌。西堂据点的原伪军副大队长魏周仁曾被我们俘虏过，经过教育后被释放了，他对我们的政策有所了解，这算是一个有利条件。当然任务还是相当艰巨的，所以你要悉心准备，切不可轻敌。"

接到任务后，张龙一直在琢磨怎么办。西堂据点工事坚固，防卫森严，不好强攻，眼下时间又紧，最好的办法是智取，从敌人的内部来攻。他脑子里灵光一闪，马上叫来侦察员高德旺，让他把过去在据点里当伪军小队长、现在家务农的韩子斌找来。

半小时后，高德旺带着韩子斌回来了。

"韩先生，我们虽然是初次见面，但我常听县大队的领导们说起你，说你曾经帮过我们很多忙，你做的那些事情，我们一直记着。今天邀你来，是又有事情想请你帮忙。"张龙诚恳地对韩子斌说道。

虽然之前没见过，但是韩子斌听说过张龙的事，知道是张龙找他，其实心里多少是有些胆怯的，见面后一看张龙的态度如此诚恳，心里的那点胆怯和顾虑很快就被打消了。

"只要队长认为我还有用，还能为国家做出点贡献，那我一定尽力而为。"

张龙说："既然韩先生不辞，我就直言相告了。我们计划拔掉西堂据点，原本是打算争取让伪军副大队长魏周仁率部起义，但思来想去认为争取起义不太可行。魏周仁胆小怕事，做事情畏首畏尾，没有领导起义的胆量。而且，他是个外乡人，手下的人大多是本地人，并不是完全服他。所以我们把目光转向了他的两个护兵，做这两个护兵的工作，只要他们愿意做我们的内应，那拔掉西堂据点就有了七八分的把握。你和魏周仁的护兵算是老相识了，所以请你帮忙做他们的思想工作，有什么困难可以提出来，我们想办法解决。"

韩子斌当即表示："既然队长这么信任我，我一定克服一切困难完成任务。"

张龙告诉韩子斌，区里派侦察员高德旺帮他，有什么事两个人商量着办。两人均表示绝不辜负张龙对他们的信任。

十天后，韩子斌、高德旺一起来找张龙汇报工作。他们说，已经联系上了那两个护兵，经过他们俩的关怀和教育，那两个护兵已经意识到当伪军帮着日本人残害自己的同胞，是对不起祖宗爷娘，对不起后代子孙的事，不但会落得个千载骂名，还难逃抗日民主政权的制裁。经过韩子斌的现身说法，两人同意做他们的内应，帮助八路军拔掉西堂据点。

张龙听完他们的汇报，满是鼓励地说："你俩的工作是很有成效的，时间虽短但成绩很大。接下来你们也不要放松，要继续加强与护兵的联系，增强他们的信心和决心，避免他俩在思想上出现反复造成功亏一篑。接下来就等请示完县大队以后定具体的行动时间了。对了，你们还要通知他俩提前把家属转移到安全的地方去，以免发生什么意外。"

张龙第一时间把这个情况汇报给了县大队，武连鹏认为已经具备行动的条件了。接着，武连鹏又仔细询问了一些细节，经过讨论，最后决定当晚就采取行动，要韩子斌、高德旺通知两个护兵提前做好准备。

下午，县大队召开连级干部会议，部署战斗任务。子夜时分部队出发，韩子斌和高德旺在前面领路，县大队、区队依次前进。夜黑似漆，万籁俱寂，战士们行走了大约2.5公里后停在了西堂附近。韩子斌、高德旺领着侦察班的几名战士继续前进至村西头的一座小庙，在那里他们和两个护兵见了面。侦察员了解情况后立即返回大队报告。武连鹏随即命令二连立刻警戒，负责监视吴桥县城和蛤蟆赵据点里的敌人的行动；三连和区队随大队部待命。张龙带着一连和侦察员一起来到了村西头。三名侦察员和两个护兵在前面引路，其他人隔着一段距离跟在后面。很快他们就来到了据点前的壕沟外沿，护兵叫值班的门岗开门，门岗一听是副大队长的护兵的声音，不敢怠慢，急忙开大门、放吊桥。吊桥落地的一刹那，三名侦察员一阵风似的冲过吊桥，门岗还没有弄清怎么回事，就成了俘虏。后面的战士们紧跟着冲进了据点，按照计划分头到各屋收枪。伪军们这时都还在呼呼睡大觉，所以这次行动八路军一枪未发，俘获伪军七十余人，缴获长短枪七十余支、轻机枪一挺，子弹上千发，缴获其他军用物资大批。

事后，武连鹏命令部队立即转移，于拂晓前抵达了王桂枝村。在转移的路上，侦察员向张龙报告，说魏周仁的情绪有些不正常，看起来很紧张，老是东张西望的。张龙找到魏周仁时，发现他的身边还有一个女人，于是说："老魏不要害怕，我是张龙，我们会保证你的人身安全的。"魏周仁微微点了点头，张龙接着说："放心吧，不要有什么顾虑。"听了张龙的话，魏周仁和他老婆竟拉着张龙的手哭了起来。魏周仁说："张队长啊，这个事不该这么办呀，你通知我一声，我把队伍拉出来不就完了吗！"

张龙笑了笑，心想，这个时候还给自己打官腔呢。张龙说："问题不像你说的那么简单，放心吧，保证对得起你就是了。"

攻占德平县城

德平县城里原驻有一个大队的日军，近两年人数逐渐减少。1943年年底，也就是曹五旅残部进入德平县城，公开投靠日本人以后，日军全部撤离。现在城里主要是曹五旅残部和原来为数不多的一些伪军。这些人只敢在城跟前走动，吓唬吓唬老百姓。在处决了霍荣青、褚长廉两个汉奸后，整个德平县城一时人心惶惶，陷入了混乱。抗日军民已经建立起了德平抗日政权，宣称要讨伐曹五旅残部，董静亭觉得自己已经走到了绝路，被吓得一病不起。

对于德平县城里的敌伪情况，李玉池、靳兴侯他们十分了解。鉴于德平县城当前的斗争情况，龙书金决定立即着手解决德平问题。司令员、政委要亲自率队参加这场战斗，地委会议不得不延后召开。大家都能理解，因为这一仗的结果直接关系到地委接下来的工作部署。

向德平县城的进攻，没有遭到多少抵抗，除几个顽固分子因反抗遭击毙外，大多数人都选择了放下武器。攻城战士找到董静亭时，发现他躺在床上，已经没了呼吸。曹五旅残部的人大部分选择了投诚，在经过教育学习后，被分配到了我军分区的各个连队中。

在攻打完德平县城后地委会议终于召开了。参加会议的除地委成员外，还有专署秘书主任王其元、军分区政治部主任辛国治。来汇报工作的靳兴侯、李玉池两人也列席了会议。

"这场战斗算不得激烈，敌人已丧失了抵抗能力。这对我们来说是很有好处的，一方面可以收获武器，另一方面可以鼓舞士气。毕竟这是头一次攻城拔寨，有了这次的经验，下次攻打临邑就轻松多了。"龙书金说。

"岂止是鼓舞了士气呀，地方上也一样能扬眉吐气嘛。在我们德平县，打了这么一场大仗，还顺利拿下了县城，人心振奋自不待言，接下来我们的各项工作可以迅速便捷地开展起来了！"靳兴侯兴奋地说，他从来没有像今天这样开心过。自打他接任了德平县县长兼县大队大队长的职务后，一直感觉力量欠缺，总是在为干部短缺、工作进展缓慢发愁，可这一仗之后一切都发生了改变。他和李玉池一同参加了攻城战斗，又一同来到三洄河，一是向地委汇报工作，二是当面要求地委增派干部，以便迅速开展工作。

会议在讨论完当前的形势后，又分析研究了下一步的工作任务：

一是按照区党委、军区的要求，争取第二次攻城战斗的胜利，并时刻提防敌人在华北敌后的最后反扑，准备迎接胜利的曙光。要求各县不断地向部队补充兵源。在春节前后，发起一次大规模的群众参军活动，争取把三个区队建成一个人员充实、训练有素、能野战攻坚、有较强战斗力的主力部队。各县还要做好具体的工作规划，争取用一年的时间，把县大队建成一个能达到主力部队战斗力和政治水平的独立营。陵县、德平独立营的规模要加大，可以设立四个以上的连队。正常情况下各区也要建成一个完整的连队以维持本区的治安，同时作为补充主力部队的第二预备队。分区从主力部队中抽调部分干部到县、区武装队，帮助县、区武装队建立起正规的军事和政治制度，以提高县、区武装的战斗力。

二是地方上要抓紧时机发展基层党组织，建立群众组织和民兵队伍，逐步改造、建设中心区内的村政权，开展"双减"反霸群众运动。拿下德平县城后，局面已经打开了，后续的工作要尽快跟上去，干部要以在当地挖掘为主，但地委还是会抽调干部过去充实领导骨干队伍。

三是建立地委、专署的集中领导。这是区党委对地委提出的要求。会议决定，地委、专署主要集中在陵县。分区机关也以陵县为后方，多数时间和地委、专署在一起活动。根据需要建立武委会、交通总站、地区报社，筹备建立专署工商局和银行办事处等。各界救国联合会主任及农会主任拟由王景芳担任。鉴于他目前的状况，暂由妇救会主任邱岩桂同志代理各界救国联合会主任一职。

会议结束后，大家都在有条不紊地开展工作，王景芳却整天待在自己的屋子里。他对着墙壁，不言不语、不吃不喝，吓得房东大娘非要给他找医生看看。同志们去找他安慰他，他大部分时间也是一声不吭，偶尔说几句话也是前言不搭后语。对他这种情绪化的表现，地委多数同志都认为应该给予他适当的处分。专员孙子权认为处分不能根本性地解决他的问题，他的精神已经处于崩溃边缘，处分可能加重他的病情，应以帮助为主，对他进行批评教育，让他逐渐清醒过来。

因王景芳已出任组织部副部长，照理应由地委的主要负责同志和他谈话。于是，这个任务就落到了何郝炬的身上。和王景芳谈过话之后，何郝炬感觉没有起到多大作用，因为王景芳仍然一副眼眶发红、脸色灰沉、表情呆滞、垂头丧气的样子。

恒泉剧团

地委会后，地委机关逐渐在陵县地区形成了自己的基地，为适应这种变化，各部门也进行了人员调整。组织部部长李萍已经把工作重心转移到了地委这边，并且着手开展组织部的工作。邹玉峰来得稍晚一点，但宣传部、报社几个工作人员已经提早搬回了陵县。王其元率领专署及警卫队集中到了李元寨。地委武装小分队交给了陵县县大队，何郝炬虽然很不舍，但是从革命事业的发展来看需要这么做，从这支队伍和每个同志的未来发展来看也需要这样做。

有了地委武装小分队的加入，陵县县大队已扩编成一个加强的独立营，下一步就是向主力部队升级过渡。贾金砚作为武装小分队队长，带领队伍到了县大队。组织上准备让耿捷山先到德平三区担任区委书记，下一步再调到县委宣传部任职。傅洁民则是被调到陵县五区，和侯继成搭档，担任五区区长。经何郝炬和李萍的慎重考虑，决定调刘之光到地委工作，任地委秘书一职。

这次地委会召开前，军分区政治部文工队举行了成立仪式。为纪念中国工农红军成立，时间专门定在了 8 月 1 日，地点在滋镇街。在不到一个月的时间里，文工队竟然排出了三出京戏：《童女斩蛇》《失空斩》《打渔杀家》。宣传股长孟哲生演马谡，队长阎宗威则是孔明、萧恩一把抓。文工队没有女演员，由一个从未学过京戏的青年学生乔装改扮，童女、桂英儿一肩挑。

听说文工队有大戏要唱，邻近村里的老少爷们儿都跑来看戏。村民们没看过什么大戏，以前过年的时候，村里还能自己拉个班子唱个小戏，扭个秧歌啥的，日本人来了以后就啥也没有了。

地委成员龙书金、曾旭清、何郝炬、李恒泉及新增补为地委委员的政治部主任辛国治参加了成立仪式。曾旭清在致辞中讲到，宣传队是中国共产党领导的政工队伍，以宣传党的方针政策为宗旨，以工农兵为服务对象，当前以为人民军队的官兵服务为主。

成立仪式后，曾旭清说："政治部的工作干得不错，部队、地方都需要有点文化娱乐。过去是环境不允许，现在有条件了，搞起来也很快。"他还跑到演员中间去聊天，说过年的时候让文工队的人热热闹闹地唱一番。

"搞京戏，搞起来不难，搞好却不易，主要是戏本子太少了。这几出戏都是阎宗威过去记的。听说延安有《逼上梁山》《三打祝家庄》，可惜我们弄不到。要是我们自己也能编一些适合部队的戏就好了。"辛国治对何郝炬说。

"我虽然不会唱戏，但要编个戏本子，还真不一定编不出来。"何郝炬说。

"你干脆试一下子，编个本子交给阎宗威，他准能给你排演出来。"

何郝炬看了辛国治一眼，认真地说："我可以试试，反正是参考老戏本，照着葫芦画瓢嘛。"

回去后何郝炬就来了兴致，一晚上就弄出来了一个小样，戏名为《呼延灼》。第二天，他把戏本子拿给辛国治看，辛国治看到后非常惊讶："没想到你一个晚上就编出了个剧本！我马上拿给阎宗威看。"

"你也太急了点，这只是个小样，正儿八经的剧本再快也得再熬几个通宵才能拿得出来。"何郝炬说。

二军分区文工队在抗日烽火中诞生，隶属于分区政治部宣传股，连级建制。队长阎宗威，政治指导员郝汇川，教员刘梅村、刘恩义、王玉昆。下设三个分队：一分队队长张梦森，副队长孙印三；二分队队长宋秀斋，副队长王学忠；三分队队长唐竹亭，副队长石东志。抗日建国学校第一批四十多名学员为文工队队员，政治上享受排级待遇。因为没有女同志，文工队在演戏时都是男扮女装，而且是官兵同台、军民共欢，因此非常地受欢迎。

龙书金、曾旭清等人在成立仪式结束后率领部队到齐济地区进行了短暂的休整。没过多久，他们就回到了陵县。这次回来，龙书金、曾旭清、赖金池、李恒泉、辛国治几人都在。

第二次行动又要开始了吗？地委上下纷纷议论。他们的下一个目标是拿下临邑，只要成功拿下临邑，那今年的军事任务就算完成了。

"自过年以来，日军陆陆续续地撤走了不少，剩下的已经不多了，所以现在攻打形势对我们来说较为有利。我们在齐济的这段时间，已经进行了充分的战前动员，也做好了各方面的准备，部队求战的欲望很强烈，大家都有决心、有信心把临邑拿下。但是，何狗子带着的那伙汉奸比较难缠，这是我们这次行动的一个变数，所以虽然形势对我们十分有利，但仍需要小心应对。"曾旭清在做战前动员时说。

龙书金说："经过这几个月的练兵、整训，再加上之前打德平积累下的经验，我们一定能够拿下这次战斗，完成军分区交给我们的任务。何狗子定会负隅顽抗，临邑城里也还驻有一部分日军，所以这场仗势必会是异常艰苦的一仗。"

何郝炬、李萍、邹玉峰及地委机关各科室的人大都一副心事重重的样子。他们焦急地等待着龙书金他们的消息，心思都放在了攻打临邑县城这件事上。自部队在中午出发后，整个世界好像都静了下来，人们说话也都轻言轻语的。直到午夜时分他们才听到南边传来断断续续的枪声。黎明前，指挥所骑兵通信员返回张古良村，他带回来了消息：二区队午夜时分就打开了城门，包围了伪警卫团的营房，战斗一直在激烈地进行着。这之后便没有了新消息传来，大家心里都感到焦急不安。按照原计划，天亮以前要结束战斗，因为拖下去，敌人在济阳、商河的援兵就会赶来，届时对我军来说形势就会变得十分不利。

天亮后，司令部的人撤到张古良村，一脸倦容的龙书金没有多说话，曾旭清的脸色也十分严肃。

何郝炬他们几人围了上去。曾旭清见大家一脸焦急，于是说："何狗子这帮家伙真是难打，要不是路有水熟悉情况，从背后打出了一个缺口，我们还真难打进去。虽然是打进去了，但只消灭了大半的敌人，到底还是让何狗子和一部分日军冲出了城，朝着夏口方向跑了。"

"李恒泉副政委跟着突击队冲上前线，受了重伤，牺牲了！"龙书金扼腕叹息。

听龙书金这样说，所有人都沉默了。李恒泉是一位非常优秀的政工干部，他工作勤恳认真，思想进步，深受军民的尊重与爱戴。在战场上，他以坚定勇敢的革命精神身先士卒，经历过无数次的考验，谁能想到会在这场进攻临邑的战斗中倒下呢。

尽管拿下了临邑县城，但没能全歼城中的敌伪军，所以我军时刻面临着济阳、商河方向的敌人的反扑风险。保险起见，部队已全部从临邑县城中撤出，司令部下令让路有水带领的三大队和临北县大队在城区周围活动，守护临邑县城。

军分区政治部文工队唐竹亭、任振华、王国栋等同志组成的战地宣传小组，随军参加了攻打临邑的战斗。战斗结束后，他们转移到了济阳县垛石桥，在那里排演了京剧《法门寺》。演出结束后，军分区决定将文工队改名为"恒泉剧团"，在演出用的大帷幕上缝制"恒泉剧团"四个大字，编唱歌曲《悼念李副政委恒泉同志》，以纪念李恒泉同志。

邹玉峰结婚

根据区党委的安排，孙子权到党校学习。孙子权一直想去党校学习，因为他深感自己文化水平低，生怕在革命队伍里被别人落下。

此外，商河县被划归二军分区，因为商河县的划入，二地委不得不重新考虑起各县的干部调配问题。何郝炬为此深入商河了解情况，由于对商河的斗争环境不熟，所以由回民大队的特务中队陪他一起去，副队长李金德带队。回民大队已经由过去的三个中队两百多人发展到四个中队外加一个特务中队近四百人，各方面素质过硬的李金德也被提拔为特务中队的副队长。

经过几天的走访了解，回到陵县后，何郝炬在地委会上汇报了此行了解到的一些情况，经反复讨论，最后形成了一个建立三边县的建制及其有关事宜的决议：

将商河分为南、北两部分，北部仍为商河县，将商河南部、济阳县东部的仁风区、惠民县的西南边界区域合并成立商济惠边县。原商河县抗日民主政权的机关也一分为二，原商河县大队中的一个中队与已升级的区队合并成立新的商河县大队。原商河县大队的其他中队，以及原属济阳县大队的济东游击队合并成立三边县大队。原商河县委书记赵元明、县委副书记张凤伍出任商济惠边县委的正、副书记。原商河县县长王权五任商济惠边县县长。调戴豪廷任商济惠边县大队副大队长，并参与县委领导工作。调叶尚志为商河县委书记，原商河县抗日民主政权秘书左东周任商河县县长，原商河县农会主任阎华文任商河县委组织部部长。

为集中力量处理好商河、三边分别建县的事情，暂不恢复临邑县建制，保留临北党工委和专署临北办事处。分区三大队改为临邑警备大队，负责临邑城至夏口一带的警戒守备工作，如遇敌情，可直接指挥相关区队协同作战。

这次地委会实际上解决了集中力量、挺进三边、商河分开、缓建临邑的相关部署，把前段时间悬而未决的事情定了下来。参与本次调整的干部、武装很快就全部到位，并利用青纱帐起来的好时机进入边缘游击区开展工作。就这样商济惠边县、商河县和济阳县在洛口与惠民之间形成了掎角之势。

随着人员的调整到位，各县及地委机关的各项工作也在有条不紊地推进着。组织部副部长王景芳虽然对于自己的工作状态做出了检讨，但依旧整天无精打采、失魂落魄，有几次甚至公然拒绝组织交办的工作。其实，他对之前的工作变动依然抱有很大意见，他认为自己在陵县工作尽心尽力，陵县取得的成绩有目共睹，那其中应有他的一份功劳，地委却将他免职外调，没有给予他应有的肯定和信任。曾旭清在了解情况后找他谈过几次话，但没起多大作用，王景芳依然坚持自己的观点，并提出来想离开二地委，最好是抽调他去分局党校学习一段时间，然后由区党委另外分配工作。

地委的领导同志都认为，工作调动是再正常不过的事了，王景芳存在这样的想法，恰好反映出了他的思想政治水平不高和极重的个人得失观念。考虑到让他去党校学习，能让他检讨思想，端正态度，对他的成长可能会有好处，所以同意让他先去区党委报到，等抽调下期学员时再去党校学习。出发前，王景芳又向何郝炬做了检讨，并承诺会在学习中认真检查，改正错误。

二地委的干部队伍中王景芳这样的情况不是个例，考虑到当前正需要从思想上为全国性的战略大反攻做好准备，所以区党委要求各军分区在秋冬季开展整风运动。

二军分区的整风运动是按单位开展的。二地委机关的领导同志连同妇联、回民协会、武委会、交通总站的领导同志，及李玉池、邱岩桂等共计二十余人一起开展了整风运动。大家先是学习了毛泽东同志的《改造我们的学习》《整顿党的作风》等几次重要的讲话内容，然后又开展全员自我检查。

这次运动宣布了鼓励坦白反省的三条"不影响"，即属于政治上的问题，不影响党对当事人的信任；属于组织上的问题，不影响当事人的党籍；属于思想生活上的问题，不影响党对当事人的使用。这次运动的重点是要解决组织上入党，思想上也必须入党的问题。这次自我检查的焦点在何郝炬、李萍、邹玉峰三人身上。

何郝炬自查、坦白的问题有三条：一是从中学开始就谎报了年龄，比实际年龄多说了三岁，至今未向组织上做过交代；二是全面抗战前有人介绍他参加"学生生活社"，但是在知道那是一个国民党的反动外围组织后没有参加，且在入党时已向组织做过报告，但终归是曾经发生的一件不太好的事，所以在这次整风运动中，再次向组织交代；三是从晋南到太行山时，曾在途中被国民党盘查，且在被抢走财物后才被放行，这件事当时也向组织报告，再做交代以表自己认真对待整风运动的态度和对党的忠诚。

李萍平素里就有些认死理，过去在济南、天津活动过，曾经被形势逼得差点自尽。入党后丢掉过组织关系，对照三个"不影响"，他应该讲讲的，但他有所顾虑，害怕讲了今后会被同志们奚落，没脸见人。就在这个节骨眼上，区党委忽然来电报让他去参加城市工作会议。这封临时电报让他开始胡思乱想，认为组织上是在怀疑他。好在在何郝炬、李玉池的耐心开导下，他转过来弯了。

邹玉峰在沉闷了几天后开始剖析自己。他把自己骄傲自满，瞧不起别人的毛病，提高到了个人英雄主义的高度上。他还在生活作风方面提到了两件事，一是言行粗暴，动不动就训下边的同志；二是他和平原县一位名叫张金华的女同志接触较多，在和何郝炬打了个招呼后，就将张金华调到了他任职的地委宣传部。经组织上了解，邹玉峰并未娶妻，找一个合适的对象，并无不妥之处，这件事就算是过去了。

整风运动一结束，区党委就通知抽调第二批学员去山东分局党校轮训，二地委抽调邹玉峰和王景芳一同前往。接到通知后，邹玉峰突然变得沉默寡言，原来此时他和张金华正处在热恋中，一下子要分开，个中滋味肯定是不好受。他不想去，大家都能理解，但曾旭清的态度很坚决：上级党委决定的事，没有重大理由必须坚决执行。

一天后，邹玉峰找到了何郝炬，他说："我要向组织报告我现在遇到的巨大难题。你是我们的大哥，请你帮我想想，我该怎么办。"

何郝炬是第一次见邹玉峰露出那样谦虚的神情，他听见邹玉峰说："我的检查还没有说完，没有把事情向组织交代彻底。金华已经有了五个月身孕……"

何郝炬这才明白邹玉峰为什么会在整风运动开始前那几天心情那么沉闷。调他去党校学习确实会令他的处境变得十分尴尬。他走了，丢下张金华一个人，谁来照顾？更何况她怀孕一事很快就藏不住了。何郝炬这下也犯了难。

"你马上宣布与张金华结婚，让你们的关系变得名正言顺，这样下一步的事就好处理了。"何郝炬灵机一动对邹玉峰说道，邹玉峰一脸愕然。根据区党委的规定，去党校学习的地委同志，如爱人系工作同志，可以一同前往参加学习。如果他们结婚了，那一起去党校学习就顺理成章了。邹玉峰反应过来后也十分高兴。

不过，此去鲁南，行程数百里，道路崎岖不说，还要通过敌伪的封锁线，路上得有二三十天，已有五个月身孕的张金华能熬得下来吗？何郝炬和邹玉峰都感觉这也是个问题。何郝炬又想到了一个主意：邹玉峰和张金华以去党校学习的名义，从地委去区党委，到了之后找王卓如说明情况，并请求暂时留在区党委照顾到张金华生产，将党校的学习推迟到下期再去。

"太好了！"邹玉峰眼中闪着激动和兴奋的泪花，几个月来的苦恼，现在全解决了。

第二天晚上，在邹玉峰的住处，举行了邹玉峰和张金华的简单的婚礼仪式。大红的喜字贴在门上，一盘炒花生摆在方桌上，机关十多个人齐聚在一间大屋子里。何郝炬以主婚人的名义宣布他们两人结婚。邹玉峰简单介绍了一下他们两人相爱的经过，尔后大家向他们送祝福。婚礼的气氛并不算热烈，因为下边的同志在面对邹玉峰时都不太敢说话，就更不用说去闹新房、开玩笑了。结婚仪式早早地结束了，因为两个新人还要为去区党委做准备。

第十八章 归 宿

《黎明报》

《黎明报》的前身是在三洄河村的墓穴里创办的《烽火报》。因日伪军搜查得严，报社从三洄河村搬至三区前侯村，后又搬到了老官张村。1944 年 1 月，冀鲁边区与清河区合并为渤海区，区党委办了《渤海日报》，但由于斗争环境恶劣，有时经月不得见报，对于大家了解最新斗争形势和上级的指示十分不方便。

1944 年上半年，二军分区所属各县除陵县、平原、临邑、禹城几县的县城里还有少量日伪军外，农村的据点几乎撤尽，我方根据地已连成一片，形势大好。邹玉峰这时向地委建议办自己的报纸。为适应新的形势，及时报道对敌斗争的情况，扩大宣传、鼓舞士气，地委决定增派人员成立报社、创办报纸，命名为《黎明报》。社长由地委宣传部部长邹玉峰兼任，副社长为李资清，编辑主任由宣传部宣传科科长张梦生兼任，编辑为专署秘书崔石挺、李炳如。社址设在平原七区的张机村。

《黎明报》报道的内容主要有：一、新华社通过电台播发的国内外重要消息；二、党的方针、政策和中心工作；三、各县武装斗争经验介绍；四、减租减息、雇工增资、合理负担、借粮斗争等工作相关情况。随着形势的持续好转和报纸发行量的增加，报社的规模也随之扩大，工作人员由最初的十几人增至近百人，还增加了随军记者，石印机也增至三台。报纸通过交通站分发到各县，加快了工作交流和信息传播，对二地委各项工作的开展起到了积极作用。

随着报纸发行量的不断上升，再加上抗日形势一天比一天好，工作人员中出现了轻敌思想，在办报的地方建起了篮球场，以致暴露了目标。一九四四年农历九月二十一日，陵县、临邑、平原几个县的日伪军向报社所在的几个村"合围扫荡"。敌人在李家坊找到了地下印刷所，把印刷机器当场销毁，又在白家村搜出了电台，也都当场销毁。报社人员李炳如、任君默、王汉被俘，谭爱华英勇牺牲。

1944 年的冬天马上就要来了，敌人的搜捕破坏加上邹玉峰的离开，让《黎明报》的办报工作进入寒冬。邹玉峰走后，副社长李资清主持报社的全部工作。

"还有东西蔡村的一台印刷机没被敌人搜去，但只能完成之前四分之一的工作量。"李资清向何郝炬汇报说。

"《黎明报》必须尽快恢复正常，一来不能阻断党的声音向基层传播，二来可以提升广大军民的士气，消除人们思想上的阴影。"何郝炬说。

"负责收报的同志说，把收音机改装一下就能当收报机用，只是很难买到收音机。"李资清说。

何郝炬思忖了片刻，说："你和德县县委书记时进联系一下，让他帮着想想办法。"

不久之后，在时进的安排下，李资清让崔石挺带一名通信员去土桥据点找伪军小队长孙象九买到了收音机。

收音机买回来后，没过多久又买回来了石板制成石印机，12 月底报社复工，办报地点转移到了东张挂村和杨冲宵村一带。

查减反霸

雇工增资、减租减息、典当回赎，是中国共产党在抗日战争时期为改善农民群众物质生活条件而制定实施的一项战时经济政策。陵县在 1944 年夏开始实行雇工增资、减租减息、典当回赎，县委副书记叶尚志在这些方面有着丰富的经验。三边县正在筹建，他希望能在剩下的在陵县工作的日子里干更多的事。

叶尚志要求在开展这项工作时注意掌握如下几个要点：一、根据统战政策，对地主的斗争方式主要是说理，让地主给雇工增加工资，给佃户减租减息，把低价收买的土地退还给原户主；二、陵县的抗战形势刚刚好转，农民怕地主会秋后算账，所以党组织和抗日民主政权的工作重点应放在解除农民的后顾之忧上；三、依靠抗日民主政权的政令，充分发动群众，让群众自己解放自己。

地委先是在三区盛刘村搞了个试点，目的是进行基层实践活动，取得第一手资料。盛刘村是一个建有党支部、群众基础较好的村庄，但何郝炬他们对盛刘村实际存在的问题估计不足，以致一开始就和村里的头面人物王顺发来了个"遭遇战"。

在前几年对罗院据点的斗争中，王顺发和县、区抗日民主政权一起与敌伪做斗争，他的积极行为掩盖了他在村里的一些底细，其实他是村里实际掌握权势的人。在这次活动中，他压榨、盘剥村民的事情被一点点地捅了出来。何郝炬、刘之光几人率地委工作组和村党支部的同志一起摸情况、辨是非，支持群众揭发他的斑斑劣迹。最后，农会的选举大会变成了对王顺发的控诉批判大会。地委的同志也借机向村民们进行政策教育，表明对王顺发这种行为上存在劣迹，但在对敌斗争中也做过一些好事的人，在权衡利弊后，一方面要批判、索赔，另一方面也不能忽视他们在抗日战争中所做的贡献，要给他们重新做人的机会。

在陵县三区、四区有不少村庄与盛刘村的情况类似，于是地委领导同志分别和在周围几个县蹲点的同志谈话，让他们在发动群众时区别对待，采用不同的方式开展工作。在整个过程中，大家切实感受到在乡村发动群众改造乡村政权、改善人民生活的种种便利。

在县委会上，何郝炬告诉大家要往远处想，要将这次的工作抓彻底，这样群众的积极性才能调动起来，进而为解放全县创造良好条件。县委经过讨论，定下了如下目标：通过这次运动使全县的雇工实现百分之五十的增资，使租佃关系普遍实行二五减租，借贷实行分半减息，土地回赎不留死角，让一部分失地农民重新获得土地，使广大贫雇农得到实实在在的实惠。改善他们的物质生活，更重要的是要在这场运动中使广大农民普遍受到教育，认识到组织起来的力量，提高斗争信心，进一步提高农业生产、参军支前的积极性，为迎接解放打牢思想基础。

1944 年底，县委提出的目标基本达成，三区、四区这些老中心区的群众的觉悟短时间内也提高了一大截。

张硕牺牲

李萍和邹玉峰的先后离开，让何郝炬身上的担子一下子重了起来。他下到各县工作时，地委机关的日常事务全部交由丁学风主持。

德平县城被拿下后，县长靳兴侯要求德平县尽快赶上其他县的工作步伐。德平三区紧邻滋镇，在未公开设立政权时就有一定的群众基础，德平县城被拿下后，县抗日民主政权立即参照陵县四区的模式把群众组织起来；德平五区靠近乐陵，也有一定的群众基础，发展得更快。

德县背靠陵县二区和德平四区，已形成一大片根据地。德县的县、区武装在短短半年内就得到了较大程度的充实和发展，区、乡的工作也按照区党委、地委的要求有条不紊地开展着。为适应新形势的变化，县领导班子也做了相应调整：张龙升任副县长，张搏任县武委会主任。去年调来的县长郭毓芬突发疾病，躺床上已经半年多了。在给地委的简报中，时进说郭毓芬的病情有了好转，地委的同志看了都很高兴，何郝炬更是觉得应该亲自去看望一下。

郭毓芬见何郝炬来看自己，格外高兴，他的水肿在逐渐消失，黄疸斑点也在逐渐消失。郭毓芬觉得组织上为他治病肯定花了不少钱，这令他十分不安。何郝炬对他说："你就安心治病吧！准能重新走上战场，迎接战争胜利。"

看完郭毓芬后，何郝炬本想在德县多待些日子，结果曾旭清派人送信来让他速回地委，说李萍从区里回来了，有重要消息要向地委汇报。

李萍带回来的第一个消息，让大家很意外：邹玉峰夫妇在通过齐东游击区时遭到了敌军的袭击，张金华受重伤去世。邹玉峰一行人在途中与前去"扫荡"的敌伪军遭遇。在向外突围时，骑在毛驴上的张金华不幸中弹坠地。虽然大家竭尽全力背着她冲出了火力圈，但她终因伤势过重去世。到达区党委时，邹玉峰因受到的打击过大，精神已濒临崩溃，情绪也异常激动，经常大发脾气。区党委本想留他休养一段时间，但他十分坚定地表示要离开。区党委多次找他谈话无果，最终同意了他的要求。

李萍带回来的第二个消息是区党委召开的城工会议精神。中央把开展城市工作当作此后一个时期的重点工作，把它比作和敌后战场的武装斗争同等重要的第二条战线，要求从分局到各军分区党委立刻着手建立城工部。渤海区党委从分局调来张文通任城工部部长，着手在济南周围几个方向的城市建立工委。渤海区的德县、沧州、周村、张店等小城市也要建立城市工委，由地委组建、管理，区党委城工部派人参与相关工作。会议明确，济南工委（也称"北工委"）以二地委为依托，直面洛口和济南，对济南的辐射面最大。济南工委书记由区党委民运部长彭瑞林调任，副书记由李萍担任。为便于工作，彭瑞林、李萍二人均为二地委成员，但精力主要放在城市工作上。二地委对济南工委的工作应给予大力支持。李萍负责筹建济南工委的相关工作，逐步交出现在负责的二地委的相关工作。会议明确由二地委组建、管理德县工委，区党委指派参加这次城市工作会议的崔健担任德县工委书记。崔健到岗之前，由地委配备的工委副书记李萍负责筹建工作并开展相关工作。

曾旭清首先表态道："我们要人给人，要枪给枪，支持你的工作。"说完他转身看向何郝炬，说："以后大事小事全由你一个人干了，孙子权走了，邹玉峰也走了，剩下这个组织部部长也要走了。"

曾旭清又转向李萍说："你带上小岛吧，他到你那里用处更大。"

小岛考其马已经完成学业，回到了二军分区，他已经成为一名共产主义者。和他一起回来的有两名翻译人员和两名渤海区敌工部工作人员。现在他们每天的工作非常忙，特别是小岛，他负责对日军喊话、开展政治攻势，他工作起来认真负责、一丝不苟。李萍听说能带上小岛很高兴，因为在接下来的城市工作中，小岛会起到非常重要的作用。

他们接着讨论组建德县城市工委一事，在谈到由谁担任德县工委副书记比较合适时，李萍和何郝炬不约而同地想到了刘之光。刘之光现在是地委秘书科科长，在许多事情上都能给予何郝炬帮助。对何郝炬来说，抽调刘之光其实相当于把他的"参谋处处长"给调走了。但他还是认为应该让刘之光去锻炼一下，于是他说："让刘之光担任德县城市工委副书记吧，相比地委秘书科，德县工委更需要刘之光这样的人才。"

随后，李萍谈到，上级还要求在附近各县的党组织中寻找条件合适的党员打入济南，以掌握更多的情报，建立多种关系。这些人的党组织关系从地委转到工委，由工委具体领导。李萍特别提到了原德县县长张硕。张硕在济南治病期间，利用自己的社会关系，秘密开展各种活动，已经成立了一个党支部，发展了六名党员。在这次的城市工作会议上，李萍也将这个事情向区党委做了汇报。区党委非常重视这件事，要地委将张硕的党组织关系转至济南工委。李萍还说，分区敌工科在济南也有一些敌伪军关系，这些关系也可以让他们来联系，以备在解放济南时使用。

李萍说的这些事情，除分区敌工科一事要与辛国治商谈处理外，其余的曾旭清都立刻给予了答复。

地委会后不久，就传来了张硕同志牺牲的消息，我方与张硕联络的秘密交通线也遭到了破坏。人们瞬间陷入了悲痛和焦虑之中。李萍急得三天都吃不下东西，那是张硕苦心经营的地下党组织，本想在成立济南工委的时候大显身手，现在不但新发展的党员全部被捕，张硕本人也英勇就义了。

"黎明到来之前不知道还会牺牲多少同志！"望着东南方向，李萍一声叹息。

戴豪廷牺牲

龙书金、曾旭清、何郝炬三人正在渤海区参加会议，突然收到了戴豪廷牺牲的消息："三边县县大队近来频频向商济惠边界出动，打击敌伪，开辟新区。日前不幸与大股日伪遭遇，战斗终日，县委书记兼大队政委赵元明、副大队长戴豪廷两位同志在战斗中英勇牺牲，部队由县长兼大队长王权五率领安全转移……"

赵元明和戴豪廷是多么好的同志呀，戴豪廷在陵县工作时就表现出色，后来到临北县大队、三边县大队工作，尽管对工作环境不熟悉，但他还是义无反顾地接受了组织上的安排。地委一直希望他们能够带领县大队迅速在三边县打开局面，没想到会出现这样的意外。

当时，戴豪廷带领县大队驻在三边县史家庙村，他们在左牛冯一带发现了敌情。侦察员一开始以为来的是伪军的抢粮部队，所以县大队决定先将他们击溃，然后劝降，将伪军发展到我方的队伍中来。战斗在李毛村打响，县大队冲上去后，才发现对方是化装的日军"扫荡"部队，敌人的装备先进，火力充沛。戴豪廷带领县大队三次冲锋都未成功，被迫撤退。撤退中戴豪廷的腿部受伤，行走艰难，他不想拖累战士们，于是命战士们先撤，他来掩护。子弹打光后，戴豪廷和受伤的小通信员一块被敌人抓了去。戴豪廷看着身边的通信员对敌人说："我是共产党的干部，一切由我承担，他还是个孩子，什么都不知道，你们放了他，否则我不会回答任何问题。"敌人听了后，放了通信员，对他也有所放松。当晚，戴豪廷想办法逃出了关押他的地方。可他刚逃出村子，就被敌人发现了，一排密集的子弹射来，戴豪廷倒在血泊中。他牺牲的这一天离他二十九岁生日只差五天。

人们在悲痛中度过了一九四五年的春节。

龙书金他们在渤海区参加会议时，在家主持工作的李萍则是率领大家轰轰烈烈地开展参军大动员工作。

这天，方荣娘对三儿子魏方荣说："三儿，我怎么看到你姐夫也去参军了呢，不是说他们家只去一个吗？"

"娘，志刚哥没去。他倒是想去，可部队不同意。"

"那我咋看到他在队伍里呢，穿着军装可精神了。"

魏方荣笑了，说："娘，你看错了，那是志刚哥的弟弟，他们是双胞胎。"

方荣娘恍然大悟："哦，你瞧我这眼神。"

"娘，你给首长们说说，让俺也去当兵。"魏方荣放下饭碗，噘起小嘴说道。

"我都去不了，你还想去。"二哥魏方亭插话说。

"你们俩谁都不要想了，首长早就说过了，你们俩现在的工作很重要，不能放你们走。"魏玉坤这一句话，哥儿俩就都不吱声了。刚撂下碗筷，院子里就传来了脚步声，是龙书金他们回来了。

"大街上好热闹呀，到处是穿着新军衣的战士们。"龙书金对来欢迎他们回来的李萍说。

"你们几个都去开会了，留下我们这两三个人，就怕工作抓不上去。现在好了，你们回来了，我们也算是圆满地交差了。"李萍把他们迎进屋内，接着说，"这几年百姓经历了血与火的磨炼，在拥军、参军的号召下，百姓和人民子弟兵的鱼水之情，一下子爆发了出来。"

在地委会上，李萍、辛国治汇报了一些具体数字。区队所属各队，从七八十人增加到一百二三十人，已经达到一个连的兵力，就连县大队都有了一个加强营的兵力。辛国治还特别强调，全区的三级武装部队都达到了历史上的最高水平。

曾旭清听了以后高兴得合不拢嘴。他说："一元化时，二军分区只有一个十七团，现在足足有了三个十七团的兵力。我们要抓紧训练，提升战斗力，要把我们县大队的战斗力提升到主力部队的水平。"

不久之后，区党委派王子彬到二专署任专员，秘书主任王其元被任命为副专员。

就地正法

一天，姚少坚来找何郝炬，脸上挂满了笑容。

"怎么，你也听说了？"何郝炬问他。

"听说了，真是太鼓舞人心了。"姚少坚兴奋地说。

方荣娘这时来何郝炬的屋子里收拾东西，见他俩这么高兴，就问："听说什么了，你俩这么高兴，快给我这个老婆子说说。"

"大娘，毛主席说了，要解放全国人民！"何郝炬凑到方荣娘跟前说。

"那咱们的好日子就要来了。"方荣娘说着就离开了屋子。

原来，就在那天早上，新华社播报了中国共产党第七次全国代表大会在延安胜利召开的消息。毛泽东同志在致闭幕词时说，要放手发动群众，壮大人民力量，在中国共产党的领导下，打败日本侵略者，解放全国人民，建立一个新民主主义的中国。

"你来得正好，有件事我要和你说一下。"待姚少坚坐稳后，何郝炬接着说，"根据区党委的要求，根据地要继续向东扩展，将宿安东部、商河西部辟为陵县七区，临盘公路北、临邑至宿安路西、沙河南一带辟为陵县八区。这样根据地的范围就能在原来四个区的基础上扩大为七个区。等将来地盘大了，你这个县委书记肩上的担子可就重了。"说到最后，何郝炬的表情有些严肃。

"何书记，有担子你尽管往我身上压，你看我这个身体，没问题的。"姚少坚说着夸张地拍了拍胸脯。

"大力发展城东根据地的同时，城西根据地也要迅速发展。我们要为攻打陵县县城提前布好局。"何郝炬说完，突然又想起一件事来，"那个叫孙来旺的国民党特务处理了没有？"

姚少坚说："昨天公审后已经枪决了。"

何郝炬说的孙来旺曾经当过伪军，后来混进了陵县抗日民主政权的公安队伍里。谁知他又暗中跟国民党往来，成了国民党特务。"枪毙一个孙来旺，还斩不断国民党顽固势力伸向我根据地的黑手。制造摩擦、挑起民众对我抗日民主政权的不满是他们的一贯伎俩。抗日战争胜利在望，在这个关键时刻我们应当主动出击，积极争取头面人物，结成抗日统一战线，以分化瓦解国民党在鲁北一带的反动势力。"返程路上，姚少坚一直在回想何郝炬的这番话。回去后他立马找来了公安队伍的负责人张克光商议，两人合计了一晚上，最终圈定了在陵县教育界很有声望的头面人物曹植初。如果能说通他与我党合作，共同抗日，那对整个陵县的抗日工作来说都会产生很大的推动作用。

姚少坚、张克光和侦察股股长祝万兴一道去曹植初家里做工作。姚少坚代表县委向他阐明国共合作、联合抗日的政策，揭露国民党假抗日、真反共的罪证，希望他能弃暗投明，与我党共同抗日。没有想到，曹植初是个顽固分子，不但拒绝联合抗日，还大肆吹捧国民党。

由于曹植初的身份地位特殊，他的言行会严重影响我党工作的开展。回来后，姚少坚只得让张克光派侦察人员搜集他的罪行材料，经核实后，将其逮捕。根据地委的指示精神，凡罪大恶极者，应就地正法，以对当地民众起到最大教育之效果。经合议，二专署决定在凤凰店对其进行公审，然后处于枪决，并将他的罪状公布于众。这件事不仅在百姓中起到了很好的教育意义，而且强有力地震慑了鲁北一带的国民党反动势力。

1945 年的春夏之交

一九四五年的六月初一，德县县大队副大队长冯三荣、副政委时俊宇带领县大队在截击了边临镇逃往桑园的伪军后，进驻边临镇。第三天早晨，得到消息的敌人纠集了德县、陵县的日伪军共计五百余人包围了边临镇。待发现敌情时，敌人已冲进边临镇街上，冯三荣当即命令一连掩护部队转移。一连撤至夏庄道沟时同埋伏在松树林里的敌人展开了激战。敌人接连发动了两次猛烈攻击，都被我军打退了。

战场上暂时平静了下来。连长张建洪说："大家要严密监视敌人，不知道敌人还会耍什么花招，极有可能会重整旗鼓，再次发动更猛烈的攻击。"不出所料，敌人新一轮的进攻开始后，火力比先前猛烈了许多。张建洪隐蔽在一堵矮墙后面，一面指挥战斗，一面想着应对策略。他发现骄横的敌人毫无隐蔽意识，如果靠近后再出其不意地攻击，就能把他们的主力吸引过来。于是，张建洪带领部分兵力摆开弧形阵势，悄悄向敌人的一百余名骑兵靠了过去。在距离敌人几十米时，机枪、步枪齐发，敌人的骑兵乱作一团，只能慌忙应战。中午时分，冯三荣率部队冲出了敌人的包围。敌人看他们只有不到一个连的兵力，像疯狗一样向他们扑了过去。张建洪让战士们利用村里的墙头、树干、猪圈、厕所等与敌人展开拉锯战。战斗一直持续到下午三点，期间敌人增加了数百兵力，还配备了八门小炮。战至最后，张建洪率战士们同敌人展开了白刃战。经过近十个小时的战斗，连长张建洪、一排排长陶元林牺牲，大部分战士成功突围。

傍晚，县大队的各路人马陆续在官道孙集合。在这次战斗中，敌人死伤二十多人，县大队总共有三十余人英勇牺牲。敌人见县大队成功突围，狗急跳墙，对边临镇进行了大肆抢掠，抓去百姓二十二人，抢走牲口二十余头。

几天后，怒气难消的冯三荣狠狠地打击了董屠据点。

董屠据点原本已经被张龙拔掉了，但由于当时还要拔掉仙人桥据点，怕响动大了被敌人发觉，所以没有将董屠据点里的设施破坏。谁知没过多久那侥幸脱逃的董福本重新回到家乡，还坐上了伪军队长的位置。经过董福本的扩张，伪军有近百人，武器装备较之前也精良了许多，每人配长、短枪各一支。这伙伪军经常袭击八路军，或者到附近集上抓人、抢东西。在摸清了敌人的活动规律后，县大队决定在杨胡店集上教训他们。拂晓时分，冯三荣率县大队和七区队共计百余人埋伏在丁庄、郑家屯一带的道沟中，并派出侦察员密切监视敌人。上午9时许，董屠据点的二十多名伪军，一人一辆自行车耀武扬威地赶了过来。敌人一进入伏击圈，战士们就迅速出击。伪军当即傻了眼，丢下车子就向宁庄、河沟刘方向逃去。

前不久，陵县县大队也和敌人打了一次遭遇战。麦收过后，陵县五区联防大队大队长庞文华、指导员张希彬正带领两百余人在老官张集训。当时县大队驻刘双槐村，区队驻刘家庙，和老官张均相距数里。那天早上，民兵正在上操，哨兵发现敌情后立刻向联防队报告。联防队当即决定让没带枪的民兵向西南方向转移，带枪的五十余人从西向北出击，同时他们还派人向县大队报告情况。民兵刚一出村就和敌人正面相对，指导员张希彬当场牺牲，大队长庞文华负伤后晕倒在路旁的水沟里。民兵边打边退，成功转移到了赵辛家一带。

得知消息的县大队副大队长钱德胜带着一个连来增援，但他们没想到，联防队撤走后敌人返回了老官张。发现我增援部队后，敌人派骑兵迂回到增援部队背后。增援部队腹背受敌，唯一的一挺机枪还出现了故障，钱德胜不得不下令立即撤退。

敌人在后面紧追不放，到双张家时区队赶来支援。经过激烈战斗，县大队成功脱身，区队从芦坊村地道顺利撤出。后来他们才知道，他们遇到的是日军的精锐部队，参战的骑兵有百余人、步兵有二百余人。由于敌情不明，这次遭遇战民兵伤亡十几人，县大队二连连长吴传河、指导员吴传正等四十余人和区队包括指导员尹福宽在内的四人壮烈牺牲。其中一名战士在负伤后，抓住敌人，拉响了手榴弹，与敌人同归于尽……

敌人被吓跑了

青纱帐起来以后，军区就发出了战斗命令，龙书金眼下的任务是重新进占陵县和拿下商河县城，现二军分区的其他县城已被陆续收复。龙书金的想法是尽量用青纱帐做屏障进行掩护，逐渐包围县城，然后进行坑道作业，逐步扫清外围，在外围堵住敌军逃跑的路，最后集中兵力向主要据点进攻，直逼城头碉堡……

随着形势的发展，龙书金发现，除商河县城必须要采取这种策略外，陵县县城似乎用不着这么复杂。经过十几个昼夜的鏖战，龙书金率领分区主力部队及八个县大队的兵力顺利攻下商河县城。之后不久就接到了军区急电，电文中说山东军区立即组建八个师，渤海军区组建第七师，渤海军区二军分区直属部队组建一个团编入。拿下商河县城后，所有参战部队的人都集中于洛口待命。龙书金通知在陵县地委坐镇的何郝炬，攻打陵县县城主要还是靠当地武装自己解决。

陵县军民被全国抗战的大好形势鼓舞，一大批热血青年想要参军、参战。8月9日，根据地委要求，陵县县委在三区姜复初村召开解放陵县县城的紧急会议。会上，姚少坚传达学习了上级文件精神，特别提到要对少数顽军进行政治攻势，迫使敌人立即投降。

会议决定，收复陵县县城的战斗由县委直接领导，因田任平率县大队在参加完商河攻城战后留在了洛口，故张克光成了这次战斗的主要指挥者，由动委会主任罗星协助他。公安队伍只有三十余人，外加城关的少数武装，总兵力不过百人。攻城时间定在三天后，攻城策略为军事上迷惑，政治上瓦解。

8月12日晚，张克光按照县委的指示，调集了武装部队和民兵分别进驻县城东关和北关。在到达指定位置后，张克光立即派人封锁消息，严防敌特打探我方部队的情况。同时，张克光还制造了大规模调动部队、即刻就要攻城的假象，给敌人施以强大压力。同时，他还将城关的伪乡长、保长召集起来，告诉他们抗战即将胜利，我方主力部队也会立即攻城，让他们给城内的敌人传消息，立即放下武器向八路军投降，张克光还向他们大力宣传我军对待俘虏的宽大政策。伪乡长、保长这时意识到他们立功的机会来了，纷纷表示当晚就把消息传给城内的敌人。伪乡长、保长进城后，驻在东关、北关的我方武装部队和民兵一直在仔细地留意敌人的动静。

夜里十一点钟左右，城内的敌人突然打了二十余发炮弹。张克光、罗星他们不明白敌人打炮是何目的，于是派人去了解情况。侦察员回来后，他们才知道，原来敌人已经开始从西门往外逃窜了，调部队截击已经来不及了。张克光下令发出攻城信号，武装部队和民兵收到信号后立即攻入城内。城里此时已是一片狼藉，伪县府的大门大开，文件、书籍落得满地都是。

姚少坚一面部署力量以防敌人反扑，一面下令让县委机关随即进城收缴日伪文书、档案、物资，以及安抚群众。至此，陵县县城解放。

1945 年 8 月 15 日，日本裕仁天皇向全日本广播，接受波茨坦公告，宣布无条件投降。

龙书金终于可以腾出时间来操办自己的事了——他和二军分区女干部王毅清的婚礼。婚礼是在二地委驻地举行的，曾旭清、何郝炬、王子彬、辛国治等人都喝了不少喜酒。他们的神经紧绷了这么多年，这一刻他们觉得终于可以放松一下了。

第二天，收音机里突然传来了新的讯息："国民党包庇伪军，侵犯抗日根据地，内战危机严重……"事态正如中央预计的那样，日军尚未完全缴械，新的战争又在向我们逼近。

何郝炬意识到，一个充满变数的时期就要来了。为应对时局的瞬息万变，渤海区党委、行署正式进驻惠民，并要求四个军分区也进驻中心县城，二军分区机关也要从陵县搬到临邑。

魏玉坤家的大药房门口来了许多送行的乡亲。经历过无数风雨的魏老先生这时眼眶红红的，他把手里的一大包草药递到了李萍的手里。

"这是调养身子的药，你的身体现在越来越差了。"魏玉坤说。李萍扭过脸咳了两声，说："不碍事的，都是老毛病了。等推翻了国民党反动派的统治，就可以彻底休息了。"

方荣娘紧紧握住何郝炬的手不放，泪珠一个劲地往下落："大娘今儿个也不知咋了，这眼泪就是不听使唤呢。"

"大娘，临邑离这里不远，我还会回来看你们的。"何郝炬说。

"大娘心里有数，日本人跑了，你们就会越走越远了。"

"大娘你放心，我要想吃大娘做的杂面面条了，就来找你，我可管不住我这张嘴。"何郝炬说完笑了起来。

魏方荣牵来了何郝炬常骑的那头大黑驴，等何郝炬坐好后，就一路牵着送出了村。一直走出了村子好远，他也不肯松开缰绳。

地委一行人逐渐消失在青纱帐间的小路上，三泗河的村民们心里变得空落落的。

尾 声

蓝天下的罪恶

虽然打跑了日本侵略者，但国民党想要窃取胜利的果实，对我根据地虎视眈眈，斗争形势仍然严峻。

地委要求，各县、区抗日民主政权务必尽快适应新的斗争环境。日本人走后，有很多地方都需要人，急需大批干部。就在我根据地军民踊跃参军支前、在根据地进行土地改革的时候，那些曾遭镇压、批斗的地主恶霸、汉奸等坏分子同德县城里的那些抗日战争时期的伪军、汉奸及反动分子勾结，并在国民党顽固势力的怂恿下，组织了地主反动武装"还乡团"。他们大肆造谣污蔑，暗杀我方干部群众，利用各种反革命手段，制造白色恐怖。一时，鲁西北的天空乌云密布。

1945 年 8 月下旬，在边临镇生金刘村，北三区民兵联防队队长刘书升带领群众与恶霸地主刘中范进行了斗争，迫使他交出贫雇农的租粮两万斤。刘中范表面上服从，却连夜用大车把家属、粮食秘密运到了德县。他还勾结袁桥的土匪头子邱子玉、高道仁村的地主张洪训和河北吴桥的大流氓马元新组成"还乡团"。这伙人在 8 月 30 日晚上潜入了他的家里，密谋杀害刘书升。据刘中范老婆提供消息说，区农会干部杨春胜、杨长玉这时正住在村民刘汝臣的家里。

"先杀区农会干部，然后杀刘书升。咱们这次一定要把动静弄大，看这帮'泥腿子'谁敢再折腾！"张洪训咬着牙说。

"先前说好的只杀一个人，这多出来的是要有费用的，否则我无法跟弟兄们交代。"邱子玉露出一脸的奸笑。

"是啊，你们家大业大无所谓，可我们弟兄要吃饭呀。"马元新也在一旁帮腔。

"放心，事成之后一定不会亏待弟兄们的，以后还要仰仗弟兄们呢！"刘中范赶忙上前赔笑道。

午夜，匪徒们潜入了刘汝臣家的大院。杨春胜被惊醒了，他起身想去看个究竟，门刚开了一条缝，就被"还乡团"的匪徒击中。杨春胜牺牲后，杨长玉也被抓走了。之后，几名匪徒搭人梯跳进了刘书升家的院子，将刘书升全家六口人全部残忍杀害。这伙匪徒在逃往德县的途中，见被绑着的杨长玉行动缓慢，嫌他拖慢了逃跑速度，将其残忍杀害。邱子玉杀害杨长玉的一幕被带路的刘风田看见了，他被吓得惊叫了一声。他的声音引起了马元新的注意，马元新说："这小子现在已经没用了，留着也是个祸害。"说完抬手就是一枪，刘风田当场毙命……

抗日战争时期，陈宝亮村的陈厚堂仗着认识据点里的日伪军就当起了汉奸，平日里专门欺压老百姓，民愤极大。日本投降后，陈厚堂逃到德县投靠了国民党。在那之后，他伙同本村汉奸祝风山、陈炳华，小张庄汉奸董荣，李七村汉奸张金友，巨家洼村汉奸张培云、张培祥，于集街汉奸于如德等二十余人组成了一个暗杀团。1945年12月11日，在唐屯村地主齐孝明的带领下，他们枪杀了该村村长齐孝敬。当天夜里，他们闯入陈宝亮村村长陈东武的家中，将陈东武杀害，手段残忍至极。在杀了陈东武后，他们又窜到了武装队队长祝付来的家中，准备杀害祝付来，因祝付来当晚不在家，他们的阴谋未能得逞。临出村时，陈厚堂在大街上鸣枪，说："找祝付来借个枪使，我要把共产党杀尽、斩绝。"当晚，这伙人又闯入李七村，将村长张善元杀害。

一天，史存善及匪徒共计六十余人住进了河沟刘村的大地主刘方营家，并与孙家洼的土匪头子孙德祥接上了头。史存善把孙德祥和高长江叫到了河沟刘村，伙同刘方营密谋"围剿"设在郭叶村的董屠区区部。他们派孙德祥到郭叶村去打探情况。隔天晚上，史存善带着一伙匪徒到郭叶村南一里多远的石庄村抓了丁庄农会会长张在青。匪徒把张在青绑在村东庙门的柱子上，用刀活活地把张在青分成了八块。土匪以家属性命为要挟，逼使石庄村村长到区部报告，说村里发生了凶杀案，妄图诱捕我区全体干部。董屠区区长纪祥民见石庄村村长的神情不对，起了疑心，于是派交通员徐登成、交通站站长李富来、民政助理王玉书三人去石庄村处理。三人刚到石庄村东头，"还乡团"的匪徒们就围了上来。情急之下他们三人一路跑进了村西的芦苇湾。匪徒们在外面高喊："赶快出来，再不出来就扔手榴弹炸死你们！"为保全其他两名同志的性命，交通员徐登成走出了芦苇湾。匪徒们将徐登成抓回去绑在村东庙门的柱子上，用刺刀活活捅死。之后，匪徒直奔区部，边走边开枪。副区长纪奎生听到枪响，误以为外面战斗已经打响，于是带领区部人员迎战。纪奎生见匪徒众多，为避免伤亡，遂分头向村北撤退。撤退中，来区里送信的八路军通信员小王没跑多远，就被匪徒抓住后绑在树上，用刺刀挑死。纪奎生腿部中弹后被匪徒逮住，匪徒用同样的方法将其残忍杀害。史存善对围观的群众扬言："这就是成立农会的结果，这就是你们闹革命的下场！"

土桥区前刘村民兵模范班的成员，为防止土改后村集体财产遭敌人破坏，集中睡在民兵队部。混进模范班的"还乡团"奸细李相文、李相山借站岗之机，勾结数十名"还乡团"分子，包围民兵队部后，借着人多爬上房顶，扒开一个口子，向屋内投了三颗手榴弹，五名民兵当即牺牲。班长刘玉祥和剩下的三名民兵及农会会长刘玉文在突围过程中全部牺牲。

这天早上，天刚刚放亮，糜镇湾头村张立元（张贯一）的父亲哭丧着脸回到了家。张立元妻子的心立刻沉下来，张立元已经失踪二十多天了，难道有消息了？父亲说："立元家的，你别着急，要挺住！"说着他先把门关上，然后把筐里的柴火拿出来，里面露出了鲜血染红的衣裤。立元妻子一眼就认出，这正是自己亲手缝制的衣裳，便放声大哭。立元父亲立马制止说："咱先把立元安葬，不能声张。"

张立元是被"还乡团"抓去的。早在几年前，根据老师丁学风的安排，张立元辞去了小学教师的工作，全身心地投入到德平西四区的抗日工作中，受德平县委负责人王林华直接领导，具体负责管理秘密设在邻村田冢村的德平地下兵工厂。在村民田中会、田兆金等人的协助下，兵工厂搞得有声有色，为德平县基层组织提供了相当数量的手榴弹和土制猎枪。

一个多月前的一天，张立元从德平汇报完工作后，在回田冢村路上，遇到了附近村子一辆去德平城送地瓜的马车。那人主动与张立元搭讪："湾头李的张立元，坐我的车回家吧。"张立元犹豫了一下，心想：也好，坐车能省下点脚步。这天正是糜镇大集，一进东街，这位老乡便说："你赶着车前面走着，我买了鞭梢随后就赶上。"张立元也没多想，就接过了鞭把。车过了十字街，赵姓老乡手拿鞭梢疾步赶上，接过鞭把。在交鞭子时，张立元忽然用余光扫到，几个彪形大汉似野狗般朝他围拢过来。张立元心想：不好，遇到"小组子"了。

"东街失火了！"张立元大喊一声，以此避开尾随者的视线，随后迅速跳下马车，弓腰朝街北面小胡同急奔。子弹"嗖嗖"地擦肩而过，他借着一间废弃的茅房向"小组子"连开数枪，致使一匪徒重伤。再次装子弹时，他被抄了后路。这伙土匪押着张立元迅速在集市上消失了⋯⋯

土匪抓到张立元后，悄悄把他关押在前赵村西头一座小西屋里。张立元受尽了折磨，肋骨被打断三根。最后，这伙土匪趁天黑把他从小西屋拖出，拉到村东北角的松树林里杀害了。

驻糜镇街的八路军战士先发现了张立元的尸体，因查不出死者身份，便安排把尸体就地埋葬了。后来，经过一个月的暗中打探，才得知张立元失踪的消息，就通知张立元的父亲，让他先去确认一下。土扒到一半时，便露出了血衣，见到血衣，立元父亲已估摸到结果了。家人为了避免匪徒再次报复，立元父亲喊上院中人趁夜将张立元的遗体从原葬处直接移往坟地安葬。这一年，张立元还未满二十八岁。

就在同一个冬天，陵县城南丁楼村的土匪邱登峰，夜间带领十二名匪徒，从德县窜回本村后，杀害了分其土地的五名贫苦农民。

西南与之相距五公里的王芽村地主李保奎，勾结"还乡团"诱骗我联防大队长王德玉赴宴，开枪将其打死。

⋯⋯

军调小组来德县

1946 年 1 月，国民党政府迫于全国人民要求和平的强大压力，与中国共产党签署了停战协定。根据停战协定，中国共产党、国民党和美国政府的三方代表，在北平成立军调处执行部，负责各冲突地区的调处工作。2 月 5 日，军调处执行部第十五小组（由美国代表怀特中校、国民党代表刘全明上校和共产党代表宋绍德少校组成）从北平来到德县，调处国民党部队与人民军队的冲突，在渤海军区对外联络部负责人符浩的引领下，在土桥街与渤海军区司令员袁也烈、政委景晓村会见。袁、景向军调小组揭露了国民党收编伪军、抢夺抗战胜利果实、残杀干部群众的行径。次日，驻德县的国民党代表潘光、渤海军区代表景晓村与军调小组在我渤海军区下属的部队驻地——刘家集村进行谈判。谈判期间，近两万名群众在县、区、村干部的带领下，拿着血衣汇集到刘家集，向军调小组控诉国民党驻德县守军，对解放区人民烧、杀、抢、掠的罪行。参加谈判的国民党代表，面对事实无言可对。景晓村遂提出了三项建议：一是即刻解散收编的伪军部队，并交当地人民民主政权处置；二是将日军撤退时遗留下的粮食交出，救济城内受饥饿的居民；三是由军调小组、渤海军区代表和国民党驻德县代表，组成管制委员会，临时管理德县城内的政务和军务，并负责解决居民的粮、柴、煤等供应问题。国民党代表刘全明坚持说驻德县的守军是国军，并要求我军解除对其守军的包围。

2月7日，三方就停战问题达成了协议。其后，驻德县的国民党及其部队根本不按照协议执行，他们继续派出小股武装到解放区抢粮、"抓夫"，进行袭扰破坏活动，并且越来越甚。5月中旬，这支由伪顽组成的驻德县国民党守军出动数百人包围了德县九区区公所，并打伤我方的工作人员。当地百姓对国民党收编的这支反动武装恨之入骨，于是组织了请愿团到渤海军区驻地请愿，要求严惩国民党反动派，保卫抗战胜利果实。在铁的事实面前，美国方面和国民党方面的代表不得不承认德县城内的守军不是国民革命军，不得不承认他们烧杀掳掠的罪行。最终，谈判的结果基本与我方提出的建议相符，我们争取到了暂时的和平。

"还乡团"匪徒的暗杀、抢劫等恐怖活动给新诞生的农村基层政权带来了巨大威胁，轰轰烈烈的土地革命运动一时间处于低潮。军调小组走后，地委要求各县立即采取措施，与"还乡团"展开坚决斗争，务必保卫战争胜利果实，保卫人民群众的生命财产安全。

姚少坚、田任平等人在参加了地委会议后，经过充分酝酿，制定出以下四项措施：一是县委要求各区在遭破坏的村重新组织建立农村基层政权，注意加强农会组织的领导；二是对各村贫协会、模范班、青救会、妇救会、儿童团等组织进一步整顿，以消除内患；三是对"还乡团"匪徒等坏分子的家属、亲友和各村尚未外逃的地主、恶霸、汉奸等采取挂牌、训话、监视和分化瓦解等形式的打击；四是各区对确有勾结"还乡团"搞暗杀、破坏等行为的地主、汉奸给予坚决镇压，狠狠打击阶级敌人的嚣张气焰，迅速将这股反革命复辟歪风压下去。同时，号召全县广大民兵、儿童团扛起大刀、红缨枪，昼夜站岗放哨，轮流值班，做到"一处报警，八方支援"，随时监视敌人的行动。

在当时的形势下，保卫土地改革成果已成为公安机关的主要任务。专署公安机关及时调整对敌斗争策略，地主、恶霸、"还乡团"匪徒等成为重点打击对象。姚少坚、田任平他们计划在三区开展试点工作。当时三区的一些大的村子的百姓，如郑家寨、大宗家村的贫下中农，害怕地主报复，不敢起来做斗争，尤其斗争对象是一些有名望的大地主时，更是顾虑重重。经请示县委同意，新任公安局局长田烈一声令下，一夜之间将阎德胜等在土改中有劣迹的大地主抓了起来，给他们戴上高帽，游街示众。见地主富农的代表人物被抓，那些蠢蠢欲动的地富分子的嚣张气焰立刻被打了下去，贫下中农的腰杆瞬间硬了起来。

"共产党和咱穷人是一条心，有党和政府做主，我们不怕了！"这是姚少坚在三区走访时，听到村民说得最多的一句话。

丁庄村地主刘传德窃取了丁庄农会会长的职务，并勾结土匪首领将原农会会长梁西山杀害了。孙家洼农会会长被地主收买了，原边临镇据点的伪军队长当上了贫雇农小组长。仅几个月的时间，他就两次勾结"还乡团"匪徒谋杀农会干部，虽未成功，却烧毁房屋十余间，牵走牲口六头。

为此，凡农村基层政权或农协组织被地主、汉奸等坏分子破坏或窃取的村庄，县、区都派人进驻，重新整顿政权、组织，以消除内患。另外，通过对地主、"还乡团"匪徒进行挂牌、训话、监视，让其交代罪行、提供线索、主动赎罪等，大大巩固了土地改革运动的成果。前许村农会组织，为了解"还乡团"的活动，派共产党员许瑞生、许良军二人扮作小商贩去济南探听情报，并及时地把济南的情报转送了回来，多次成功破坏"还乡团"的暗杀行动。岔河刘村的农会组织给村里的地主们讲政策、分析形势，让他们立功赎罪，结果地主们交出了为"还乡团"准备的七千元左右的现款。

县、区两级将个别罪大恶极的"还乡团"匪徒交给了公安机关处置。四区区队在德平县大队的配合下，多次击退"还乡团"匪徒的进犯。1946年8月7日，褚家村的贫苦百姓在民兵班长褚希儒的带领下打死了"还乡团"匪徒褚振东，为民除害。同年11月，县公安机关逮捕了"还乡团"匪徒头子祝希贞、祝希贤、姜秀城和丰李村的李心泮，还先后打击了"还乡团"匪徒头子赵兴才、阮振荣等人。

1947年6月，以匪徒李丫子为首的团伙抢劫了凤凰店区的商店，打死商店管理人员三人（经理、会计、司务长），盗走枪支和五万元北海币，并企图袭击我方区委。凤凰店区委书记张庆三了解这一情况后，马上报告县大队。教导员陈玉奇迅速带领部队顺血迹追赶，追至城南将其一伙人生擒。县委当即在凤凰店街召开了凤凰店、城关和神头三个区自卫团的大会，参加会议者多达千人。县委副书记方明和县长田任平分别在会上做了讲话。公安局局长田烈在会上陈述了该伙土匪的罪行后，当即宣布枪毙。此次大会后，地主、"还乡团"匪徒的嚣张气焰被打灭，各农民协会在群众中的影响力增大。此后，土地改革运动又在各村轰轰烈烈地开展了起来，全县的农村基层政权得到了巩固。

从这里走向全国

1946 年 6 月 26 日，国民党在完成战争准备后，不顾全国民众的强烈反对，撕毁停战协定和政协决议，以围攻中原解放区为起点，相继在晋南、苏皖边、鲁西南、胶济铁路及其两侧、冀东、绥东、察南、热河、辽南等地，向解放区展开大规模的进攻，全面内战爆发。国民党反动派虽然发动了向山东的重点进攻，但暂时没有把战火燃烧到黄河以北。因此，渤海区成了支援全国解放战争的后方基地之一。

1946 年春，陵县县长田任平、武装部部长罗星从二地委、二军分区受领了征兵任务。通过广泛发动，他们在最短的时间内动员了一千余人，组成三个中队前往前线；9 月，他们遵照二地委、二军分区的指示，将县大队两个连共计三百余人输送到主力部队，其中就有"二猴子"侯文成任连长的二连。临行前，侯文成特意跑到临邑找到何郝炬辞行。

"战场上形势瞬息万变，你要多注意，要保重身体，我会等着你的好消息的。"何郝炬望着眼前这位较之前成熟很多的老部下，语重心长地说道。

"大哥放心，打国民党比打鬼子轻松多了！"听了侯文成的话，何郝炬笑了。

侯文成的身影变得越来越小，何郝炬想，这一别，不知此生还能否相见，想到这些，心里生出了一丝伤感。

侯文成他们走后，从所属各区队中抽调了部分人员重新组建了陵县县大队。

1947 年 4 月，德县县委在徽王区纸坊村召开了徽王、官道孙、东堂三个区的万人动员大会。会议历时三天，家家户户都有人参加。大会第一天，郭毓芬县长做了全国解放战争形势报告。他的身体已经完全康复了，眼下已接到通知，要调他到专区武委会工作。在报告中，他用国民党反动派主动挑起内战，大举进攻解放区，和"还乡团"制造暗杀恐怖事件的罪恶事实教育群众，告诉群众要认清形势，要起来和国民党反动派做斗争。会议第二天是百姓诉苦，由苦大仇深的贫雇农诉说自己的遭遇。他们的诉说，使得会议现场哭声一片。百姓诉完苦，县公安局对十一个制造暗杀事件的杀人犯执行了枪决，严厉打击了敌人的气焰，振奋了人民的精神。会议第三天是参军报名。在区、乡干部的带动下，广大适龄青年争相报名参军。仅这一天，全县就有四五千名青年参军入伍。县委组织新兵在魏集区任桥村集结，组成新兵团，二地委委员郑仲哲任团长，接兵单位派出的石青任政委。二地委、二军分区派来的干部和县委配备的地方干部对新兵进行整训。经过一段时间的集中训练，德县县委选派王玉坤、张廷秀、冯书法、唐培元等十余名同志护送新兵上前线。新兵团辗转德平、惠民等地，后急转南下到胶济线，历经一个星期的徒步行军，才到达部队。

1947年7月，二地委、二军分区又分配给陵县四百名的征兵任务。这次动员参军县里提出了"前方打老蒋，后方挖蒋根，斗倒地主要翻身"的口号。青年应征入伍的积极性很高，很快就有五百名青年应征入伍。陵县县委将其中四百名新兵送交野战部队，剩下一百名留在县大队。同年秋，陵县又先后两次将县大队共计六百名战士输送到野战部队。

早在1947年4月，国民党军对山东进行重点进攻时，德县组织了一个民工营，由县武装部部长刘玉彬带领前往胶东，后跟随部队经烟台、桓台到达鲁南，参加了孟良崮战役。在那次战役中，民工营表现英勇，许多民工立功受奖。

9月的征兵工作开始，三泗河村报名参军的有八十七人。魏玉刚的两个哥哥早就参军去了前线，他要再一走，家里就只剩母亲和妹妹了，但他还是想去参军。魏玉刚劝告母亲："娘，不打倒蒋介石、不消灭国民党反动派，咱就还要给人家扛活打短工，咱就还会过那些苦日子。"魏玉刚的话虽不多，可句句说在了母亲的心坎上。

"孩子，你说得对！你去吧，为了不让咱穷人再过那苦日子，不打倒蒋介石，不消灭国民党反动派你就别回来。"

两千余名德县支前民工组成了一个担架营，王玉坤任营长兼教导员，柳永茂任副营长，孙德宽任供给主任。担架营随华东野战军第八纵队从沂蒙山区转战到鲁西南，从东平湖畔辗转到陇海路南，再转战太康等黄泛区，前后七个多月，在多次战斗中抢救、运送伤员。黄泛区内，人烟稀少，民工只能在草地上宿营。由于战斗频繁，敌机经常跟踪轰炸，为及时抢救和安全转移伤员，民工们不得不夜间长途跋涉。他们的脚上都磨破了泡，肩膀也都压肿了，有的负了伤，有的甚至献出了生命。

1948 年 4 月，为支援山东兵团发动的胶济线春季攻势，陵县组织了一千余人的支前运输队，县长田任平任支前运输队的队长，各区委书记任中队长，带队随华东野战军转战在胶济铁路线上。他们先后参加了张（店）周（村）战斗和解放潍县战斗的支前工作。潍县解放后，支前运输队伍留下了两百余人作为常备民工连，由县武装部部长罗星带着随华东野战军转战各地。

1948 年 9 月初，为支援解放济南的战役，陵县组织了一支支前民工营。县武装部部长罗星任营长兼教导员，县公安局副局长韩化岭任副营长，李诚任副教导员。支前民工营下设四个民工连，共计七百余人，有两百副担架。在战斗中，支前民工承担着抢救伤员的任务，表现得十分英勇果敢。这支队伍里出现了三泗河村魏玉坤的二儿子魏方亭的身影，这时他已化名许文轩，是民工营三连的连长。

1948 年 9 月 15 日晚上，魏方亭带领三连负责抢救常旗屯战场上的伤员。全连由小杨庄东进，需要渡过小王庄的泥湾，爬过敌人的火力封锁线，然后蹚水过河抢救伤员。十八岁的魏本连和刘文升两人陆续救下十几名伤员，并安全地抬到了河边的地堡里。一排副排长赵金荣和民工窦金才每人背着一名伤员，蹚过齐腰深的河水，穿越一公里的敌人火力封锁线，往返抢运，把十几名伤员安全地背到了卫生所。

三班民工许焕青的脚上生着疮，行走不便，但丝毫没有影响到他抢救伤员。9 月 20 日晚，部队为了让民工们能好好休息一下，安排他们暂停抢运，但没有一人停下来。起初是两名民工抬一名伤员，后来是一人背着一名伤员，一夜之间，他们从战场上抢救下来了六十九名伤员。

战斗结束后，陵县支前民工营又承担了从三大马路向黄岗转运伤员的任务。当时天上下着雨，民工们怕伤员伤口淋雨后感染，就把衣服脱下来给伤员盖上；过河时怕水浸着伤员的伤口，就把担架举得高高的。三连连续八个昼夜抢救伤员，且成绩显著，荣获济南战役"民工模范连"的光荣称号。全连除两名患重病的民工外，全部立功受奖。

11 月初，为支援淮海战役，陵县、德县都组织了一定数量的民工奔赴前线承担抢救伤员的任务。德县组成了一个担架营，和禹城、临邑两个县的民工合编为一个民工团。德县行政科科长王玉坤任副团长，兼德县民工营的带头人。郑春峰任营长，杨书堂任副营长，魏福和任指导员，刘玉珍任供给主任。德县民工在完成接运济南战役战俘的任务后，马上投入到淮海战役的伤员抢运任务中。战役期间，民工们只有高粱饼子充饥，连咸菜都没有。

淮海战役期间，陵县组织了四百余人的支前民工营，出动了二百辆小推车，由吴丙俊带领，转战在淮海战场。据渤海军区二军分区运粮指挥部统计，截至 1948 年 12 月，陵县向前线作战部队运送小麦 135.4 万斤、玉米 132.4 万斤，德县运送小麦 691.3 万斤、玉米 71.7 万斤。

为支援渡江战役，陵县筹集粮食 263 万斤，德县筹集粮食 400 万斤，两个县均组织民工肩挑车推运往前线，胜利完成了筹粮任务。

1948 年，解放战争进入第三个年头，我军与国民党军进行战略决战的时机即将到来。9 月 8 日，中共中央在西柏坡召开了政治局会议，讨论了为夺取全国政权所需要的干部的准备工作问题。会议决定，在解放战争第三年内，必须准备好三万至四万名下级、中级、高级干部，以便第四年内能够随军前进，能够有秩序地管理大约五千万至一亿人口的新开辟的解放区。根据会议决定，中共渤海区党委要求各地委、县委配备两套领导班子，一套留当地坚持工作，一套随军南下。

1949 年 2 月，经过动员，采取自愿报名、领导批准的方式，陵县采用军队编制的形式组织起了一整套南下干部班子。1949 年 3 月 1 日，陵县南下干部班子被正式编为渤海区南下干部纵队第三支队第二大队第五中队，共计一百一十人。中队为县级领导机构，县委书记许振国任中队指导员，县长罗星任中队长，县委副书记张庆三还兼任组织部部长，魏方亭任宣传部部长。七个区分为七个班，区委书记任班长，区长任副班长。3 月 8 日，南下干部支队随大军渡过黄河，在晚上到达济南黄台火车站。4 月 29 日南下干部到达长江北岸的大圩渡口，连夜渡过长江。几天后，大部队突然召开紧急会议传达华东局的最新指示：杭州、绍兴、宁波等市已经解放，亟需大批干部接管城市，决定由渤海一大队、二大队与鲁中南的一批干部去接管浙江。5 月 8 日，二大队到达浙江省杭州市，五中队除少数具有小学文化程度的区级以上干部留在杭州工作外，剩下的大部分被分配到浙江省诸暨县接管城市。据统计，陵县、德县、德平共有二百四十余人随军南下。

三泂河村，这个饱经磨难、从血雨腥风中走来的小乡村，不但经受住了血与火的考验，也为我党培养出了一批南下干部。据三泂河村村志记载：1939 年夏至 1949 年 9 月的十年间，三泂河村的青壮年，光荣入伍并参加战斗的共有一百七十八人，参加地方革命斗争后转为脱产干部的有二十余人。在参军列队上前线的队伍中，曾传扬着"三泂河一次参军一个连"的说法。曾在县、区或部队担任过领导职务的魏立勋（王士英）、魏方亭（许文轩）、魏秀荣（女）、张庆三（魏秀荣丈夫）、魏全义、魏全阁（魏俊杰）、魏玉州（李伯桑）、魏永华、魏乃成、魏立森（许挺进）、魏玉耀等人随军南下，在分别到达江苏南通、上海、浙江杭州及四川成都后，立即投入到了当地的革命斗争和建设事业中。

告 别

经过连年战乱，身体孱弱的李萍不能再坚持工作，济南解放后不久，就回到了三洄河休养。组织上为照顾他的生活起居，把他的父母、弟弟都接了来，全家人搬进了魏玉坤家的西院。听说他的病情加重，而且出现了精神恍惚的情况，时常念叨起何郝炬，何郝炬决定抽时间去看望他。他从临邑出发，途经沙河，沙河两侧白杨丛生，河滩低矮处也冒出了稀疏的小灌木。战争已经过去两年了，夏秋之交的沙河露出了生命复苏的繁茂景象。

地委派来陪同的小张是在何郝炬离开地委后才到地委工作的，他不知道何郝炬对这些地方非常熟悉。何郝炬告诉小张，吴县长牺牲后，遗体就是安葬在沙河沟里的。一年前，吴县长阳信老家的亲人来起回了他的遗体。

"我刚来陵县吴县长牺牲时的情景，至今依然历历在目。那时候想要找一副棺木根本不可能，只能尽量往沙河底部的深处掩埋。"看见沙河，何郝炬感慨万千，自言自语起来。

路过三区时，他想起了"二猴子"侯文成，那是个多么机智勇敢的好同志啊！侯文成是最早随大军南下的干部，到了湖北襄樊地区建立地方政权，任区长。据前些天传来的消息，他已经被国民党残忍杀害……

上次和李萍握手言别是在离开二地委的前夕，那时李萍虽然还在工作岗位上，但已是病体难支，精神有些恍惚了。两人上次的会面使李萍一时精神振奋、情绪渐趋正常，他还叮嘱何郝炬不要忘记他，要时常去看他。距离上次见面已经过去一年半了，何郝炬没能兑现对李萍的承诺，他当时没有告诉李萍自己即将离开二地委去区党校学习的消息。李萍后来病倒了，离开了工作岗位，回到了三洄河村治疗养病。医生说他是抑郁症，精神一蹶不振，不能饮食，不能走动。他两腿细小，骨瘦如柴，整天怀疑自己将不久于人世，老是感觉眼前有迷糊的影子，谁劝说都没用。何郝炬的突然出现令他的情绪相当振奋，同时也颇有怨言，责怪何郝炬爽约。通过交谈何郝炬发现，他除了怀疑同志之间的交往有问题外，还怀疑组织上停止他的工作是对他有什么看法。

经过何郝炬的一番劝说，李萍的脸上露出了笑容，但不一会儿就又转过身来指着他那细小的腿骨说："你看，这不就完了吗？"

望着李萍，何郝炬的心里非常难过。他没有把自己将要随大部队南下的消息告诉李萍，他怕李萍经不住打击。

回去的路上，何郝炬一言不发。这次分别后，再见不知是何时了。战争眼看就要胜利了，艰难的日子也马上就要结束了，可李萍的身体还能好起来吗？想起这些，何郝炬的心中泛起无限伤感。身下的那头大黑驴似乎了解主人的心事，不知不觉中放慢了步子……

红色的力量

（后记）

2018 年春天，在时任德州市陵城区委宣传部部长时磊的安排下，我陪同市文联主席郭德生、市作家协会主席邢庆杰，到陵城区滋镇三洄河村参观正在建设的红色洄河纪念馆。我记得，那天正好赶上滋镇党委书记孟广芬从成都何郝炬老人那里采访回来。当时，大家谈论得最多的是时任冀鲁边区二地委书记何郝炬在三洄河村居住时的生活点滴。也就是从那时起，我对三洄河村的历史产生了浓厚的兴趣。后来，机缘巧合下时部长让我围绕三洄河的红色历史搞些文学创作。

一个月后，在滋镇镇党委、镇政府的支持下，陵城作家协会以"红色洄河"为主题，组织了包括部分德州市作协会员在内的 30 人的采风团深入三洄河村采访，参观抗战旧址，听历史的见证者讲烈士的故事。回来后，我便开始整理资料，收集上来的资料涉及的地域范围已大大超出三洄河村，且内容震撼人心。于是，我有了创作一部以三洄河村为基点，辐射整个陵城的抗战纪实文学作品的想法。这一想法立即得到了陵城区委党史研究中心主任石坚、区委宣传部常务副部长冯冬梅的鼓励和支持。石坚主任还从党史研究的角度，就作品的架构设计与我进行广泛深入的交流。

自 2018 年 6 月起，我先后多次到三洄河村、高家村等地走访、调查，对史料进行详细的考证、记录，试图还原历史的真相。

这是我文学创作路上的一次艰难跋涉。我一开始的创作计划是把抗战时期陵城人民所遭受的苦难、所表现出的英勇和所创造的辉煌在作品中全部呈现出来，后来我发现这个计划执行的难度太大了，几乎不可能实现。于是我改变思路，以史料中那些对陵城抗战产生过重大影响力的人物和事件为对象，通过文学创作的方式将他们进行整合并记录下来。

几十年过去了，那段历史的亲历者、见证者大多已作古，只能通过前人留下的文字以及一些民间流传的故事来推断事情的来龙去脉。这又出现了对同一件事的描述存在多种说法的问题。为尽可能真实地还原历史，我常会把好不容易整合起来的故事脉络打破、然后重新梳理。创作的那段时间，我的精神处于高度紧张状态，晚上一闭上眼，身子就不由自主地"悬浮"在陵城上空。饥饿、奔跑、杀戮、突围，民众的呐喊声、战马的嘶鸣声，将士枕戈待旦，大地上狼烟四起……一觉醒来，前一天的那些没来得及形成文字的思绪早已跑得无影无踪。每当需要重新调整事件发生的先后顺序，及重新梳理故事情节时，我都会感到窒息。每次窒息感的时间随着案前史料及书籍垒砌的高度不断延长。相比敲打文字，对史料的求证过程更耗费脑力和体力，因此那段时间大脑缺氧的频率越来越高。

创作伊始，正值母亲病重。那段时间，我日夜守着母亲，负责母亲的吃喝拉撒。母亲出生在陵县城南的万家村，算是陵城抗战的亲历者。小时候常听母亲说，日军进城那会儿，她的爷爷带着她逃难，一头挑着她，一头挑着干粮。本打算趁母亲清醒时，从她的口中多了解一些那个年代的事，有时候也想从母亲那里对某件事进行求证，但母亲总是顾左右而言他。考虑到母亲已没有多少日子，且浩瀚的史料整理也让我无法静下心来听母亲唠叨，于是我选择不再询问，只安静地守着她。被冷在一旁的母亲常常整晚整晚地盯着我看，当她发现儿子的脊背有些弯曲时，会心疼得说个不停。

后来，母亲的精神状态每况愈下，我放下了创作，静下心来陪伴母亲，听母亲唠叨。从母亲断断续续的话语中我了解到，她的爷爷在当年是村里的主事，在村里是一个与根据地的两面村长差不多的角色。日伪军来村里"扫荡"，她的爷爷能应对自如；村民们有事，也都找他去摆平。她的爷爷有枪，是用来防土匪的，日伪军来村里的时候，他就把枪藏进炕洞里。母亲曾亲眼见到日本人砍杀村民，刀光闪过时，她躲到了爷爷的身后，再看时，村民的人头和身子已经不在一处。从那以后，母亲就经常做噩梦，梦境都与这个场景有关。村民被砍杀的场景被定格在我的脑海里，并且在之后的创作过程中经常浮现出来。后来，母亲变得有些语无伦次，我再也不能从母亲那里听到过去的事了，但母亲在那段时间说过的一句话我到现在都记得："三儿啊，你先把眼下的事忙完，等我有空了就给你讲万家村的故事，保准你能写半个书。"一辈子大字不识一个的母亲，这句话却说得很有文化。做儿子的小瞧了母亲，因为病榻上母亲的空，应是我给的。

不久之后，母亲就永远地离开了这个世界。母亲离开后，我度过了一段百无聊赖的日子。坐在电脑前的人常常只是一具躯壳，灵魂早已飞往他处。灵魂归来时，面对苦心敲出的数十万文字因为事件发生的时间问题需要重新整理时，我感觉自己已处在崩溃的边缘。好在目之所及皆显现着人性的光辉：吴匡五县长率领的县大队遭敌人追击，他被迫在马上小憩，疲惫至极，坠于马下；何郝炬南许村脱险，夜宿旷野瓜棚，可谓一夜惊魂；龙书金遭敌追杀，夜入民宅，枕眠于夹壁柴草堆……与他们相比，我虽谈不上生活有多美满，却无杂疾，更无性命之忧。母亲那"半个书"的念想虽无法实现，但我早已将对母亲的情感融入创作之中。每每想起母亲，一股红色的力量就会瞬间涌遍全身，让我顿时精神振奋。

我要用一颗赤子之心，热爱、感恩、拥抱养育我的这片土地；我要用鲜明的笔触，写出前辈们对幸福生活的热爱，对信仰的坚守，对美好人性的守望，对幸福明天的向往……

《这是一片红色的土地》的创作是在找寻陵城人的精神和风骨中进行的。虽然我不是历史学家，但我以一个历史学家的严谨态度，以陵城抗战史上真实的生命个体为经，以饱满的历史细节为纬，力求让作品中的每一个故事，在色彩上要美，在意境上要纯，在境界上要真……

随着时间的流逝，战争的硝烟早已散尽，但发生在陵城大地上的那段历史能被永远地记录下来，并传承下去，是我创作本书的最大心愿。

2020 年 3 月